T0286023

LA NOCHE MÁS BRILLANTE

LA NOCHE

MÁS BRILLANTE

JENNIFER L. ARMENTROUT

TITANIA

Argentina • Chile • Colombia • España
Estados Unidos • México • Perú • Uruguay

Título original: *The Brightest Night*
Editor original: Tor Teen Books
Traducción: María Palma Carvajal e Inmaculada Rodríguez Lopera

1ª. edición Octubre 2023

Reservados todos los derechos. Queda rigurosamente prohibida, sin la autorización escrita de los titulares del *copyright*, bajo las sanciones establecidas en las leyes, la reproducción parcial o total de esta obra por cualquier medio o procedimiento, incluidos la reprografía y el tratamiento informático, así como la distribución de ejemplares mediante alquiler o préstamo público.

Copyright © 2020 *by* Jennifer L. Armentrout
Translation rights arranged by Taryn Fagerness Agency and Sandra Bruna Agencia Literaria, S.L.
All Rights Reserved
© 2023 de la traducción *by* María Palma Carvajal e Inmaculada Rodríguez Lopera
© 2023 *by* Urano World Spain, S.A.U.
Plaza de los Reyes Magos, 8, piso 1.º C y D — 28007 Madrid
www.titania.org
atencion@titania.org

ISBN: 978-84-19131-41-6
E-ISBN: 978-84-19699-94-7
Depósito legal: B-14.559-2023

Fotocomposición: Ediciones Urano, S.A.U.
Impreso por Romanyà Valls, S.A. — Verdaguer, 1 — 08786 Capellades (Barcelona)

Impreso en España — *Printed in Spain*

A ti, que me lees. Siempre.

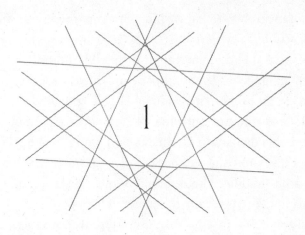

1

—Jason Dasher.

El nombre retumbó en la habitación mientras me quedaba mirando los fragmentos de cristal rotos de la botella que había tirado el general Eaton.

Me quedé allí, bloqueada en la más absoluta incredulidad, observando cómo el líquido ámbar se filtraba sobre los papeles que había por el suelo. Algunos parecían propaganda de cuando Houston era una ciudad bulliciosa. Un anuncio de colores brillantes de una nueva tienda de muebles que iba a abrir en el centro. Un paquete azul de cupones sin abrir. Sobres blancos con la palabra «urgente» escrita en rojo. Todos eran pruebas de la vida que había dejado atrás quienquiera que hubiera llamado «hogar» a este edificio antes de que cayeran las bombas de pulso electromagnético, que dejaron la ciudad habitable solo para aquellos lo bastante desesperados como para permanecer ocultos en una zona muerta.

¿Habrían evacuado los propietarios o se habrían perdido en el caos que siguió a las bombas no nucleares de pulso electromagnético como otros tantos cientos de miles?

¿Por qué estaba pensando en todo eso? El correo de alguien no era la preocupación más acuciante. Era como si mi cerebro entrara en cortocircuito ante la mención de su nombre.

El sargento Jason Dasher.

Las masas lo conocían como el héroe de guerra caído, un icono patriótico perdido en la guerra que protegía a la humanidad contra los Luxen invasores. Yo había sido una vez parte de esas masas, pero había descubierto la verdad después. Dasher era un hombre malvado, el responsable de experimentos horribles, tanto con humanos como con alienígenas, en nombre de un «bien mayor».

Pero era un hombre malvado que había fallecido.

Nada más que un fantasma que no podía recordar, porque su mujer le había disparado. La misma mujer que creía que era mi madre hasta que supe que yo no era Evelyn Dasher, sino una chica llamada Nadia Holliday. Más o menos al mismo tiempo que supe que mi querida madre también era una Luxen.

Sylvia se había casado con un hombre responsable de embarazos forzados entre Luxen y humanos, mutaciones no consentidas, secuestros, asesinatos y el sometimiento de su propio pueblo. Y no solo se había casado con él, sino que también había trabajado para la institución responsable.

Dédalo.

Una organización secreta que existía dentro del Departamento de Defensa, que había comenzado con la tarea de integrar a los Luxen en la población humana mucho antes de que la gente supiera siquiera que los alienígenas existían. Habían estudiado las características biológicas únicas de los Luxen, que no solo los hacían resistentes a todas las enfermedades humanas, sino que también les permitían curar cualquier número de lesiones físicas que pudiera sufrir un humano. Dédalo pretendía utilizar los conocimientos adquiridos para mejorar la vida de millones de personas, pero todo eso se les había ido de las manos con rapidez.

Todavía no tenía ni idea de cómo asumir todo el asunto. No creía que fuera capaz de hacerlo nunca, pero el hecho de que hubiera sido ella quien había acabado con la vida de él había ayudado.

Un poco.

Había disparado a Dasher cuando intentó incumplir el acuerdo, el trato que me salvó la vida y me la arrebató al mismo tiempo. El suero Andrómeda me había curado el cáncer que me había estado matando, pero me había robado los recuerdos de quién era en el pasado.

Y me había convertido en..., bueno, una cosa que había aprendido que se llamaba «Troyano». Algo que no podía clasificarse exactamente como humano.

En este momento, ese pequeño dato estaba pasando a un segundo plano frente a las noticias de última hora que tenían que ser una broma.

Jason Dasher estaba vivo.

Un dolor sordo se me encendió en la boca del estómago mientras sacudía la cabeza. Intenté dar el siguiente paso lógico, que era que Eaton no era el tipo de persona que se equivocaba al hablar, pero tenía el cerebro muy saturado con todo lo que había pasado. Y, madre del cordero místico, habían pasado muchas cosas en los últimos dos meses.

Jason Dasher estaba vivo, y eso no era lo peor de todo. Yo estaba codificada para responder a él como si fuera un simple ordenador que responde a las órdenes. Un hombre muerto que ahora estaba vivo. Un hombre que era un monstruo y podía ejercer el control sobre mí en cualquier momento.

—Imposible —gruñó una voz grave.

El corazón me dio un vuelco, y miré a la derecha. Estaba a mi lado, no era un Origin cualquiera, el hijo de un Luxen y una híbrida, sino uno más poderoso que incluso el Luxen más fuerte.

Luc.

Ahora tenía apellido, uno que había elegido después de que yo le dijera que el hecho de que Dédalo nunca le hubiera puesto uno no significaba que no pudiera tenerlo. Había elegido el apellido King, porque era un poco obvio, pero Luc King sonaba bien, le pegaba. Y yo me había alegrado de que se hubiera puesto uno, porque la falta de apellido había sido una de las muchas formas en las que Dédalo se aseguraba de que sus creaciones recordaran que eran cosas y no entidades vivas que pensaban, sentían y querían como los demás.

El apellido lo hacía más humano, pero en ese momento, Luc no parecía ni remotamente humano.

No cuando el iris de sus ojos era del color de la amatista enjoyada y sus pupilas ardían como diamantes brillantes. Un resplandor blanco le rodeaba el cuerpo rígido. Los ángulos de sus pómulos parecían más afilados y unas líneas tenues y tensas enmarcaban sus labios carnosos.

Lo que lo rodeaba era la fuente, una energía pura que estaba en el mismísimo núcleo de los Luxen, lo que los hacía tan peligrosos, tan fascinantes. El impresionante poder podía dar vida y podía acabar con ella en un nanosegundo.

Más veces de las que me atrevía a admitir, me había quedado mirándolo con una especie de fijación asombrada, intentando averiguar qué tenían las líneas y los ángulos de su rostro o cómo estaban compuestos sus rasgos para que lo hicieran tan atractivo. Todo el mundo se perdía un poco mirándolo cuando lo veía por primera vez, así que no me sentía demasiado superficial. Hombres. Mujeres. Jóvenes. Mayores. A los que interesaba. A los que no. A todos les afectaba en cierta medida, y ahora, cuando ya no ocultaba lo que era, su belleza era salvaje, primitiva y descarnada.

Luc era tan letal como asombroso, y yo lo quería, estaba enamorada de él, y en el fondo sabía que había sentido lo mismo cuando era Nadia. Cada parte de él encajaba con cada parte de mí, y lo que sentía por él ahora mismo no tenía nada que ver con su apariencia o con emociones residuales de una vida diferente. Era por él. El amor había echado raíces con sus frases cursis y horribles para ligar y sus regalos tontos que en realidad no eran en absoluto regalos. El amor crecía cada vez que me miraba como si yo fuera el ser más preciado y querido de todo el universo. El amor se extendía con su paciencia perdurable, sin ataduras ni estímulos. Estaba ahí para mí, siempre lo había estado, sin esperar que yo sintiera nada por él. Y volví a enamorarme de él cuando me di cuenta de que incluso cuando creía de verdad que nunca volvería con él, aún no había dejado de quererme.

Hasta Luc, ni siquiera había sabido que era posible amar tan profundamente, tan infinitamente, y era estimulante y aterrador a partes iguales. La mera idea de perderlo...

Un escalofrío se apoderó de mí al recordarme que muy pocas cosas podían ganar ventaja sobre Luc. Había visto de lo que era capaz. Convertir a humanos y Luxen en cenizas con solo tocarlos. Lanzaba a la gente como frisbis con un movimiento de la mano. Humana o no, la gente no solo temía la fuerza de Luc. La respetaban. Él no era el alfa. Era el omega, y no dudé ni por un segundo de que una de las únicas razones por las que el mundo no estaba ya bajo el control de Dédalo era porque Luc se había vuelto contra sus creadores.

Pero ahora uno de ellos de alguna manera estaba vivo: el que se había asegurado de que mi vida como Nadia, mi vida con Luc, hubiera terminado.

—Lo vi. —La voz de Luc era gruesa y rasgada, con un poder absoluto agitándose en su interior—. Lo vi con mis propios ojos, completamente funcionales. Sylvia disparó a Jason Dasher.

—¿Igual que creías que Dédalo había desaparecido de verdad? —replicó el general, girándose hacia nosotros.

Era un hombre mayor, de unos sesenta años, con el pelo canoso rapado muy corto y el rostro marcado por la experiencia. Un hombre que había pasado su vida sirviendo a su país y que debería estar disfrutando de su jubilación en algún lugar como Arizona o Florida. En lugar de eso, estaba aquí, en lo que ahora se denominaba Zona 3, escondido entre humanos que el gobierno había decidido que no merecía la pena evacuar, Luxen no registrados, humanos que los Luxen habían mutado, conocidos como híbridos, y otros Origin que habían escapado de Dédalo.

—¿Que con la destrucción del Proyecto Origin, Dédalo dejó de existir sin más? —continuó Eaton, refiriéndose al programa responsable de la creación de los Origin.

Luc se quedó completamente inmóvil, y a mí se me erizó la piel en respuesta.

—¿Crees que soy tonto?

Al general Eaton se le tensó la mandíbula.

—¿O ingenuo? —La voz de Luc ahora era suave, aterradoramente suave, y cuando volvió a hablar, esperaba de verdad que Eaton respondiera y lo hiciera con sabiduría—. ¿Eh? ¿Eso crees?

—No —lo interrumpió Eaton—. No lo creo.

—Me alegra oír eso. Odiaría tener que hacerte cambiar de opinión. —Luc se había adelantado un paso, o dos o tres, y yo ni siquiera lo había visto moverse—. Nunca he creído que se hubieran erradicado por completo, ni que sus objetivos acabarían con ellos. Los humanos siempre querrán estar en la cima de la cadena alimentaria y nunca dejarán de buscar el poder.

La forma en la que Luc decía la palabra «humanos» dejaba claro que, aunque la madre que nunca había conocido era humana, él no se veía como tal, y un apellido no había cambiado eso.

Me entró un dolor desgarrador en el estómago cuando dijo:

—Pero todas las instalaciones que pude encontrar no son más que cenizas ahora, junto con un gran número de personas que dirigían Dédalo. Supe que Dédalo seguía en funcionamiento en el momento en el que esa chica con la que Evie iba al instituto hizo lo imposible y encontramos esos sueros en su casa.

Estaba hablando de April Collins, una amienemiga que odiaba tanto a los Luxen que había reunido a compañeros de clase con ideas afines y organizado protestas diarias. Lo irónico de todo eso era que April ni siquiera era humana.

Era como yo.

Una Troyana.

Su odio fue diseñado por Dédalo con el único propósito de sembrar el miedo y la desconfianza hacia los Luxen entre la población humana.

Cuando Heidi y yo habíamos expuesto de forma accidental que era otra cosa, April estuvo a punto de matar a Heidi al atravesar con toda la mano el cuerpo de mi amiga.

Luc y yo habíamos encontrado una reserva de sueros en su casa, pero no teníamos ni idea de para qué servían y los habíamos perdido cuando asaltaron la discoteca de Luc. Los sueros no eran lo único que habíamos descubierto en su casa. También habíamos encontrado a su supervisora, a la que yo había... disparado... en la cabeza como si fuera algo que ya hubiera hecho antes.

Por lo que sé, podría ser algo que había hecho una cantidad innumerable de veces antes y tan solo no lo recordaba.

—Y Dédalo ha sobrevivido solo para hacerse más fuerte, para hacerse más inteligente —dijo Eaton.

—Eso no explica cómo un hombre que en teoría está muerto, en realidad está vivo —replicó Luc.

Era una muy buena observación, una que me moría de ganas de que me explicaran, pero de repente me sentí... rara. Casi ansiosa. Como si me hubiera tomado tres de esos cafés expresos que le gustaban a Zoe. Debía de ser porque tenía hambre y estaba acostumbrada a haber tomado varias cosas con una buena cantidad de azúcar a estas alturas del día. Dejé a un lado la extraña sensación de nerviosismo y me concentré.

—¿Viste morir a Dasher, Luc? —preguntó Eaton, con los hombros hundidos y el rostro curtido por el cansancio—. No. Lo único que viste fue que le dispararon y que sangró.

—Le dispararon en el maldito pecho, hombre. —Las manos de Luc se cerraron en puños—. Cayó y no volvió a levantarse. Fue una herida mortal.

—¿Te quedaste cerca después? —El desgastado sofá de cuero se estremeció cuando Eaton se sentó, con sus largas y débiles piernas estiradas mientras se enfrentaba sin miedo a la mirada de Luc.

Luc no contestó durante un largo instante, y una onda de poder estalló a su alrededor, haciendo que el aire se espesara.

—Quería destruir todo lo que él era, borrarlo de la faz de la Tierra, pero no pude. —Inclinó la cabeza hacia un lado—. Jason había contactado con miembros de la maldita fuerza especial alienígena cuando llegué. Los agentes estaban de camino. Yo temía que mi presencia... —Se interrumpió cuando las venas debajo de la piel comenzaron a brillarle tan blancas como sus pupilas.

—Temías que si te quedabas, tu presencia la pondría en peligro a ella. —Eaton movió la cabeza en mi dirección.

«Estamos hechos el uno para el otro».

Eso era lo que Eaton nos había contado. Que Dédalo tuvo algo que ver con nuestro primer encuentro, cuando yo era Nadia. Que contaban con que él formara algún tipo de vínculo con ella (conmigo) y, a través de ese vínculo, pensaban controlarlo.

Tal y como habían intentado con Dawson y Beth, Daemon y Kat, y seguro que con muchísimos otros.

Si eso era cierto, tenía sentido que se anticiparan a que Luc hiciera cualquier cosa para asegurarse de que yo estuviese a salvo. Incluso si eso significaba correr el riesgo de irse antes de estar cien por cien seguro de que Jason Dasher estaba muerto de verdad.

No haría nada que pudiera hacerme daño. Eso era lo único en este mundo que sabía con certeza. Se destrozaría a sí mismo célula a célula antes de dañarme un solo pelo de la cabeza.

Pero yo...

Madre mía.

Una claridad repentina me atravesó como un viento helado. Mi siguiente respiración amenazó con ahogarme. Yo podría herir a Luc. Mucho. De hecho, ya lo había herido. Si no se hubiera comunicado conmigo, si no hubiera llegado hasta mí cuando me puse en modo Troyana psicópata, eliminando a los Hijos de la Libertad, un grupo que se había activado para acabar con los Troyanos antes de que fuera demasiado tarde, habría matado a Daemon.

Habría matado a Luc, a quien amaba con cada fibra de mi ser. Pero en aquel bosque, no había sido el chico al que amaba antes ni el hombre al que amaba ahora. En ese momento, Luc no había sido más que un desafío para mí, una amenaza que esa parte alienígena de mí veía y había sido entrenada para eliminarla. Yo...

Le había arrancado la carne de los huesos con solo un pensamiento.

Asqueada, cerré los ojos con fuerza, pero eso no impidió ver las imágenes de Luc arrodillándose mientras se le desgarraba la piel, mientras me suplicaba que recordara quién era.

En el fondo de mi corazón había creído que si me convertía en lo que había sido en aquel bosque fuera del piso franco, Luc sería capaz de detenerme. Que encontraría la forma de llegar a mí antes de que hiciera daño a alguien. Pero nos había estado faltando un dato importante.

Que estaba codificada para responder a Jason Dasher.

Tenía una idea de lo que eso significaba gracias a la reacción que tuvo April conmigo después de haber utilizado la onda Cassio, un dispositivo que había despertado cualquier entrenamiento que yo hubiese tenido. Esperaba que la acompañara sin rechistar, que volviera con él, un hombre sin nombre que ahora sabía que era Jason Dasher.

El corazón me latía contra las costillas mientras el pánico crecía como la mala hierba. ¿Y si él u otro Troyano volvía a usar la onda Cassio? ¿O si volvía a ocurrir lo que pasó en aquel bosque?

¿Y si Luc no pudiera localizarme la próxima vez?

Entonces me convertiría en un esbirro sin cerebro, y ni siquiera en uno como esos *minions* simpáticos y amarillos.

Se me escapó una carcajada, pero se me quedó atascada en la garganta, donde sentí que me estaba ahogando, y puede que fuese algo bueno, porque era el tipo de risa aterradora que acababa en lágrimas o en sangre.

Jason Dasher podría quitármelo todo otra vez. Los recuerdos. El sentido de identidad. La voluntad. La autonomía. Mis amigos. Luc.

La mera idea de volver a perderme abrió de golpe una puerta en lo más profundo de mi interior y de ella brotó una maraña de emociones. Un ciclón de miedo e ira se levantó, empapando cada fibra de mi ser.

Me destruiría a mí misma antes de permitir que me lo arrebataran todo de nuevo.

—Nunca.

Desvié la mirada hacia Luc. La energía salpicó el aire, silbando y crepitando, mientras Luc captaba mis pensamientos, algo que me sacaba de quicio aunque no siempre pudiera controlarlo. Según él, mis pensamientos solían ser... ruidosos.

—Nunca tendrás que tomar esa decisión —juró, mientras la oleada de poder que emanaba de él latía con fuerza y luego disminuía hasta que dejó de brillar a su alrededor. El aire de la habitación se volvió más ligero y fácil de respirar—. Nunca te controlará. Nadie lo hará.

Pero yo no había tenido el control de mí misma en ese bosque, no cuando los había atacado a él y a Daemon. Ni siquiera había sido yo...

—No importa. —Luc estaba de repente justo delante de mí, con sus cálidas palmas acunándome las mejillas. Piel contra piel. Como siempre, el contacto hizo que una silenciosa carga de electricidad bailara sobre mi piel y corriera por mis venas. El brillo de sus pupilas disminuyó hasta normalizarse. Bueno, lo que era normal para Luc. Las difusas líneas negras que le rodeaban los iris y las pupilas ahora estaban visibles—. Eras tú en el bosque. Otra parte de ti de la que aún no me he hecho amigo, pero lo haré.

—No lo sé. Ese poder que había en mí, la fuente que había sido alterada por todos los sueros y el ADN alienígena, no haría amistad con nada que no fuera quizás un tejón de la miel.

—Los tejones de la miel son criaturas muy inteligentes, ¿lo sabías?

—Luc.

Me dedicó una sonrisa torcida.

—Para serte sincero, creo que la parte de tejón de la miel que hay en ti pensó que te había dejado con la miel en los labios.

Se le escapó una risa estrangulada.

—¿La miel en los labios?

—Sí. ¿No es eso lo que dicen todos los chicos románticos?

—Tal vez en los años veinte.

—Juraría que se lo he oído decir a alguien hace poco. —Bajó la cabeza, deteniéndose cuando el puente de su nariz rozó el mío—. No me preocupa, Melocotón.

Melocotón.

Al principio me parecía un apodo muy raro, pero ahora... Oírlo decir eso hizo que mi corazón se sintiera como si lo estuvieran estrujando de la mejor manera posible.

Con verdadera curiosidad e incredulidad, le pregunté:

—¿Cómo no te va a preocupar?

—Porque tengo fe.

Me quedé mirándolo.

—En mí. —Inclinó la cabeza y sentí su mejilla contra la mía, curvándose en una sonrisa más grande. La siguiente inhalación estaba llena de pino y aire fresco y muy llena de Luc—. Tengo fe en ti. En nosotros. No vas a convertirte en un esbirro sin cerebro. —Una pausa—. A menos que sea Halloween y te disfraces de *minion*.

Se refería a mi último disfraz.

—Creía que habías dicho que me parecía a Paco Pico.

—Mi sexi Paco Pico —me corrigió Luc, y arrugué la nariz. Deslizó una mano hacia atrás, enroscando los dedos en mi pelo mientras guiaba con cuidado mi cabeza hasta que nuestros ojos se conectaron y se sostuvieron—. Eres Evie. No perderás el control. No lo permitiré. No lo permitirás. ¿Sabes por qué?

—¿Por qué? —susurré.

—Porque no hemos venido hasta aquí, sobreviviendo a todo lo que hemos pasado, para perdernos el uno al otro otra vez —dijo—. Tú no permitirás eso. Sé que no lo harás, pero si no puedes creer en eso todavía, entonces cree en mí hasta que puedas. ¿Qué te parece?

La emoción me invadió con tanta intensidad que, cuando parpadeé, tenía las pestañas húmedas. Sus palabras me rompieron el corazón y también calmaron la preocupación. Asentí cuando parte del pánico se disipó.

Durante un instante, Luc apoyó su frente contra la mía. El simple consuelo liberó el resto del pánico.

—Juntos —murmuró—. Estamos juntos en esto.

La respiración temblorosa que tomé se sentía limpia.

—Juntos.

Alzó la cabeza y se detuvo para darme un beso en la sien antes de apartarse. Me apartó la mano del pelo, pero la dejó apoyada en la parte baja de mi espalda.

—Creía que os habíais olvidado de que estaba aquí —comentó Eaton con sequedad, pero cuando lo miré, sus rasgos delineados se habían suavizado—. Dédalo aún no ha tenido esto en cuenta.

—¿Que no ha tenido en cuenta el qué? —preguntó Luc.

—El amor. —Una breve risita siguió a esas dos palabras mientras Eaton se recostaba contra el sofá—. Hagan lo que hagan, nunca tienen en cuenta el amor. Es como si ninguno de ellos hubiera experimentado su poder.

—¿Tú sí? —pregunté, sin saber mucho del hombre.

—Sí. —La mano de Luc se deslizó despacio por mi columna vertebral—. Estuvo casado una vez. Tuvo un hijo.

Tenía el presentimiento de que nada de eso había acabado con un «felices para siempre».

La sonrisa de Eaton era más bien una mueca.

—¿Por qué no me sorprende que lo sepas a pesar de que no he hablado de Amy y Brent con Daemon o Archer?

Luc no respondió mientras me recorría de nuevo la espalda con la palma. No le hacía falta.

El general Eaton tampoco pareció necesitar la respuesta cuando su mirada reumática se encontró con la mía. Estaba segura de que cuando había sido más joven, aquellos ojos azules habían sido tan brillantes como el cielo en verano.

—Sylvia lo curó.

Luc maldijo.

Ya lo sospechaba, pero oír la confirmación me hizo un nudo en el estómago. Sylvia... siempre sería, Dios, siempre sería mi madre, sin importar lo que hubiera hecho. No podía cambiar la forma en la que la veía ni lo que pensaba de ella, pero había mentido mucho, y esas mentiras ocultaban cosas terribles y verdades horrendas.

Había sido muy convincente cuando me contó en qué habían estado involucrados mi «padre» y Dédalo, muy convincente, había parecido muy horrorizada por cómo Dédalo había empezado a explotar a los Luxen por su afán de utilizar el ADN alienígena para crear armas de destrucción y por lo que Dasher había intentado hacerle a Luc.

¿Cómo pudo haber sido una mentirosa tan hábil? Convencerme no era una hazaña de nivel olímpico, ya que en aquel momento yo no lo sabía, pero ¿mentirme a la cara de esa manera?

—Escuché sus pensamientos, pero no capté nada de esto. —La ira vibraba en la voz de Luc—. Sabía que estaban desviándolos, que pensaban en tonterías, pero ¿ser capaz de bloquear todo esto? —Unas ondas de color bronce le caían sobre la frente mientras sacudía la cabeza—. Debería haber sabido que algo más tenía que estar pasando allí.

—No es frecuente que te enfrentes a personas que sepan exactamente cómo estar preparados ante un Origin que tiene la capacidad para leer la mente —razonó Eaton—. Sabían cómo desviar tu habilidad porque participaron en la creación de los Origin. No fue un error tuyo.

El corazón me latía con fuerza contra las costillas mientras abría la boca, a punto de decirle a Luc que en realidad no era culpa suya. Pensé en cuando April había atacado a Heidi. No me costó nada ver a Emery acunando a Heidi contra ella mientras la Luxen había pasado de su forma humana a su verdadera forma, una hermosa luz con forma humana tan intensa que me habían dolido los ojos al mirarla. Aunque Emery no había sido tan hábil como otros Luxen a la hora de curar humanos, había salvado la vida de Heidi al poner sus manos sobre ella e invocar la fuente.

«No te interpongas entre un Luxen y la persona a la que quiere, pase lo que pase».

Eso es lo que me había dicho Luc cuando Emery se había llevado a Heidi, y en cuestión de horas, no había quedado más que una débil cicatriz donde April había metido la mano atravesando a Heidi, destruyendo tejidos, músculos y órganos.

Así que o a mi madre se le daba bien curar, o aún amaba a ese hombre.

El mundo parecía moverse bajo mis pies. Me sentí mal, como si fuera a vomitar en el suelo, y di un paso atrás. Necesitaba distanciarme de las palabras de Eaton, de una prueba más de que nunca había conocido a mi madre y de que nunca sabría qué había habido en ella, si es que había habido algo, que fuese real.

Porque ella también se había ido, llevándose consigo todas sus mentiras y cualquier verdad, si es que había habido alguna.

La mano de Luc era una cálida presencia a lo largo del centro de mi espalda, impidiendo que me retirara. Solo tenía la mano ahí, no me sujetaba, pero aunque no hubiera estado ahí, no habría salido rebotando de la habitación como una pelota de goma.

La negación era un lujo que ya no podía permitirme.

Tenía que afrontarlo, y no importaba lo mucho que me doliera darme cuenta de que todo lo relacionado con ella había sido una mentira. Sí, mi madre podría haber cambiado de opinión en algún momento después de que me devolvieran a ella sin que recordara ser Nadia ni el entrenamiento que era obvio que había recibido. Eso podía ser cierto, podía ser real. Ella había muerto asegurándose de que yo escapara antes de que Dédalo pudiera capturarme, pero nada de eso cambiaba lo que había hecho, y yo tenía que afrontarlo.

Tenía que lidiar con eso.

Tragando saliva con dificultad, levanté la barbilla y cuadré los hombros. Podía hacerlo. Ya me había enfrentado a muchas cosas, el tipo de cosas que enviarían a la mayoría a la esquina más cercana donde no harían más que mirar al vacío. Había aceptado que había existido una Evie Dasher real que murió en un accidente de coche. Había procesado que mi verdadero nombre era Nadia Holliday y luego me había dado cuenta de que no era ni Nadia ni Evie, sino una mezcla de ambas y alguien diferente por completo. Había asimilado la verdad de que Sylvia y Jason Dasher no eran mis padres. Había sobrevivido al ataque de un Origin que tenía un rencor/obsesión infernal por Luc. Me había tropezado con compañeros de clase muertos y había sido yo (como una asesina sigilosa y algo inconsciente de lo que hacía, pero bueno) la que se había cargado a April. Estaba asimilando el hecho de saber que era capaz de hacer daño de verdad y que había alguien ahí fuera que podía tomar el control de mí.

Por supuesto, tenía una carga emocional complicada, un montón de recuerdos perdidos, y puede que fuera una alienígena psicótica híbrida que un día podría o no volverse completamente loca con todo el mundo, pero seguía aquí. Todavía estaba de pie sobre mis propios pies.

Luc agachó la cabeza y me murmuró al oído:

—Eso es porque eres una tipa dura.

—Deja de leerme la mente —le pedí, y él ladeó la cabeza, guiñándome un ojo. Suspiré—. Pero gracias —añadí, porque necesitaba que me lo recordaran.

Una media sonrisa apareció un segundo después, cuando mi estómago gruñó, vacío. Era obvio que las barritas energéticas que Luc y yo nos habíamos tomado antes de la reunión no habían sido suficientes.

Con las mejillas sonrojadas, aparté la mirada de la de Luc. Solo yo tendría hambre después de enterarme de una noticia tan traumática.

—¿Ella...? ¿Crees que todavía quería a Dasher?

—No puedo responder a eso. —Eaton se pasó un pulgar por la barbilla.

—Un Luxen no siempre tiene que amar a la persona que está curando. —La mano de Luc se enroscó en el dorso de mi camiseta—. Recuerda que algunos tan solo son extraordinariamente buenos en ello. Sylvia podría haberlo sido, o podría haber estado lo bastante motivada, algo en lo que Dédalo llegó a ser muy hábil. Querer a alguien significa que se tiene más posibilidades de tener éxito, sobre todo para los que no están muy duchos o no tienen la experiencia.

—Y también significa que es más probable que la mutación se arraigue sin que el humano muera en el proceso —añadió Eaton—. Esa es la parte que Dédalo nunca ha podido descifrar. El proceso tiene su parte de ciencia, pero hay un misticismo en él que no se ha explicado ni comprendido del todo.

Apretando los labios, cerré los ojos un instante. ¿Y si ella lo hubiera amado?

—Podría haberlo hecho, Evie. —La voz de Luc era tranquila—. Tal vez ella sentía mucho más odio que amor. Las emociones son complicadas. —Sus ojos buscaron los míos—. Pero...

—No importa. —Eaton inclinó la cabeza hacia atrás contra la pared desnuda que una vez había sido del color de la mantequilla.

La mirada de Luc se centró en Eaton.

—Tienes razón. En realidad, no importa. —Esa era la verdad, y me golpeó con la velocidad de un tren de carga. Había cosas más importantes, cosas que importaban aquí y ahora. Colocando una mano sobre mi estómago aún gruñéndome, pensé en la única cosa que podría empeorar mucho esta situación—. ¿Creéis que ella...?

—Con la garganta seca, lo intenté de nuevo—. ¿Creéis que Dasher mutó?

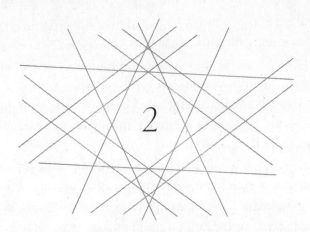

2

De todos los que podían acceder a la fuente, un híbrido era el más débil. Se agotaban al usarla, a diferencia de los Luxen u Origin, y no podían curarse. Sin embargo, no había que tomárselo a la ligera. Hacerlo era como decir que una tonelada de dinamita no era peligrosa. Sí, no era tan mala si se comparaba con una bomba nuclear, pero aun así podía destruir una manzana.

Un híbrido, uno entrenado, no sería fácil de matar.

Tan pronto como ese pensamiento terminó, abrí los ojos de par en par. Estaba pensando en lo difícil que sería matar a alguien y no en el hecho en sí de matarlo. Ni siquiera me había inmutado, lo que puede que significase que tenía todas las papeletas para necesitar una buena terapia intensiva.

—¿Qué crees tú, Eaton? —le preguntó Luc—. ¿Se ha hecho una nueva versión mejorada y deportista de sí mismo?

—Tampoco puedo responder a eso. —Eaton se llevó la mano a la rodilla—. No he visto a Dasher desde que terminó la guerra, cuando me enteré del Proyecto Poseidón. Tuvimos una pelea después de eso, por supuesto.

—Pero si lo ha hecho, será más difícil acabar con él. —Crucé los brazos sobre el pecho, helada a pesar de la falta de corriente de aire.

—Híbrido, humano o chupacabras, no tendrá ninguna oportunidad contra mí —afirmó Luc. Por increíble que pareciera, aquello no provenía de una actitud extremadamente arrogante. Era la pura verdad—. O contra ti.

Tardé un instante en darme cuenta de que me estaba hablando a mí. Sorprendida, parpadeé. No es que no recordara lo que había hecho en aquel bosque. Había tocado el suelo y la tierra se había movido como cien víboras. Mis palabras y pensamientos habían cobrado vida sin que yo tocara a los hombres siquiera. Había arrancado árboles y roto cuerpos enteros con un movimiento de la mano.

Pero todavía me seguía pareciendo difícil considerarme peligrosa.

—No tendría ninguna oportunidad contra mí si de algún modo aprendo a... acceder a esas habilidades y... ya sabes, no intentar matarte a ti ni a ningún otro amigo en el proceso —le contesté.

—Detalles —murmuró.

Entrecerré los ojos.

—Ese detalle es bastante importante.

—Como ya te he dicho, Melocotón, no estoy preocupado.

—Deberías estarlo —comentó Eaton—. Yo sí lo estoy.

Joder, este tipo debería dar discursos antimotivacionales.

—Los Troyanos son el mayor logro de Dédalo. Tuvieron éxito donde fracasaron con los híbridos y los Origin, erradicando la idea de la voluntad libre y el sentido del yo. Tienen una verdadera mentalidad de colmena, respondiendo a quien ven como su...

—Si dices «amo», puede que rompa algo —le advertí, cien por cien en serio.

—Creador —respondió Eaton—. Los Troyanos ven a Dasher como su creador. Su dios.

¿Qué maldición de todas las maldiciones habidas y por haber? Alcé una ceja hacia Luc y repetí:

—¿Su dios?

Una onda cálida calentó el aire cuando Luc gruñó:

—No es ningún dios.

—Para los Troyanos, sí lo es. Si les ordena comer, lo hacen. Si les ordena obedecer a otro, lo harán sin dudarlo. Si él les ordena matar, masacrarán sin pensarlo. Si él les exige que acaben con ellos mismos, se cortarán la garganta en un santiamén si se les proporciona el arma.

Bueno, no estaba segura de cómo podrían empeorar las cosas.

—Conocí el Proyecto Poseidón poco después de que terminara la guerra. Dasher lo presentó como la respuesta a cualquier futura invasión hostil y una forma de mantener a raya a los Luxen existentes para que los más débiles tuvieran protectores. —Los ojos de Eaton se desenfocaron—. Creo que al principio ese era su propósito.

Fruncí el ceño.

—Creía que el objetivo del Proyecto Poseidón era gobernar todo el universo, como todos los villanos clichés.

—Dasher, al igual que la mayoría de los de Dédalo, es complicado, como Sylvia —dijo, y me estremecí—. Hay hilos de bondad en ellos, un objetivo inicial de intentar hacer lo correcto. Dasher cree que el Proyecto Poseidón es la forma de que la humanidad sobreviva.

—Porque la humanidad no sobrevivirá a otra invasión —musitó Luc, y luego asintió como si estuviera de acuerdo sobre qué película ver y no sobre la aniquilación de la raza humana—. No a otra de tamaño considerable. La última vez, los Luxen invasores fueron derrotados a duras penas, y eso solo con la ayuda de los Arum, que sufrieron un duro golpe en la batalla. Aún hay más Luxen que no han venido. —Hizo una pausa—. Todavía.

Ese pequeño dato era algo que había dominado las noticias tras la guerra. Los expertos habían calculado que aún había millones de Luxen que no habían llegado durante la invasión, pero cuando los días se convirtieron en semanas, en meses y, por último, en años, esas estadísticas no quedaron en más que alarmismo.

—Pero hay Luxen aquí que contraatacarían. —Pensé en Daemon y Dawson, Emery y tal vez incluso Grayson..., bueno, Grayson depende de en qué humor estuviese—. Esos que querrían proteger sus hogares y a los humanos de los que se han hecho amigos. Por no hablar de todos los híbridos y Origin.

—En el momento en el que Dédalo aprendió todo lo que pudieron de los Luxen, dejaron de confiar en ellos, sobre todo cuando descubrieron que muchos eran conscientes de que venían más con planes de hacerse con el poder. —Eaton se removió en el cojín plano, buscando una comodidad a la que el sofá hacía tiempo que había renunciado—. Por eso buscan neutralizar a los Luxen mediante la tecnología y el miedo. No quieren a ningún alienígena aquí y, si me lo preguntáis, creo que solo quieren a ciertos humanos, los que consideran dignos o necesarios. Su hilo de bondad hace tiempo que se pudrió.

Fruncí el ceño.

—¿Sabes? Después de lo que hemos estado haciendo a los inocentes Luxen que solo quieren vivir lo mejor posible, no los culparía si no ayudaran a contraatacar y dejaran que todos nos fuéramos a la mierda en un cubo de basura.

—Ni más ni menos —convino Eaton en voz baja.

—¿Crees que otros Luxen nos invadirán con el tiempo? —pregunté.

Luc se encogió de hombros.

—Es posible, pero no nos metamos en problemas.

Yo no clasificaría a millones de Luxen que odiaban a los humanos como meros problemas, pero eso no estaba pasando. Todavía. El Proyecto Poseidón, sí.

—Me está empezando a doler la cabeza. —Suspiré, y la verdad es que así era. Sentía un leve latido detrás de los ojos. Sabiendo la suerte que tenía, puede que me estuviera resfriando.

Espera.

¿Podría resfriarme ahora? Ni siquiera estaba segura. Lo único que sabía era lo que recordaba de Evie y, aparte de pequeños resfriados, no había estado enferma. Según Luc, el ADN Luxen del suero Andrómeda prevendría cualquier futura enfermedad grave.

Lástima que no pudiera prevenir un dolor de cabeza.

Las facciones de Luc se suavizaron.

—Yo tengo una cura para eso.

El calor me invadió las mejillas cuando mi mirada se cruzó con la suya. Tenía el presentimiento de que sabía de qué tipo de cura estaba hablando. De él. De mí. Besándonos. De muchas actividades piel con piel.

Mientras se mordía el labio inferior, asintió.

El calor aumentó, y se me extendió por la garganta.

—Eres lo peor —murmuré.

—Soy lo mejor —respondió Luc, sentándose en la silla del ordenador. No hizo ningún ruido bajo su peso, pero había estado a punto de morir cuando yo me había sentado en ella—. Dime qué viste cuando te enteraste de este proyecto.

—Al principio creía que eran Origin, pero vi cómo se movían, lo que podían hacer. —Un lado de los labios de Eaton se torció en una sonrisa sin gracia—. Él estaba muy orgulloso de ellos, como si fueran sus hijos y los estuviera exhibiendo. Se movían como..., Dios, como si no tuvieran humanidad. Incluso tú... Hay una pizca de humanidad en la forma en la que te mueves. —Eaton miró fijamente a Luc—. Y más cuando ella está implicada, pero cualquier parte de ellos que hubiera empezado a ser humana había sido borrada.

Nerviosa, tragué saliva.

—¿Eran una especie de robots?

—No. —Tenía los ojos medio cerrados—. Eran primitivos, como una manada de lobos, y Dasher era su alfa.

Creo que prefería la comparación con los robots.

—Por muy orgulloso que estuviera de ellos, no los veía como personas, no como nos vemos tú y yo entre nosotros —continuó Eaton—. Lo supe muy pronto, cuando uno de ellos se quedó rezagado respecto a los demás. Creo que era alguien que acababa de mutar. No estaba fracasando en cumplir las misiones. Únicamente iba por detrás, y tan solo era un chaval. No tendría más de dieciséis años, pero Dasher estaba decepcionado. —El rostro del hombre mayor palideció mientras cerraba los ojos—. Dasher se inclinó hacia él, le susurró al oído, y el chico se dio la vuelta y chocó contra la pared de hormigón que teníamos enfrente, golpeándose la cabeza contra ella hasta que..., joder, hasta que no quedó nada más que una tragedia.

Se me separaron los labios mientras las náuseas subían con rapidez.

—Jesús.

—¿Dónde estaba la instalación esa? —preguntó Luc mientras se acercaba y me rodeaba el codo que tenía doblado con la mano. Tiró de mí y me acerqué. Me sentó sobre su muslo derecho.

Eaton abrió los ojos. Parecían aún más apagados.

—Dalton, Ohio. En la base aérea Wright-Patterson.

—¿En el hangar 18? Conozco ese lugar. —Luc me rodeó la cintura con el brazo y extendió la mano sobre mi cadera—. Allí tenían algunos Origin.

—Trasladaron a los Troyanos antes de que arrasaras el hangar —comentó Eaton, y volví a mirar a Luc, pero él estaba mirando fijamente al general—. No tengo ni idea de a dónde.

El pulgar de Luc se movió sobre la curva de mi vientre.

—¿Cuántos Troyanos viste ese día?

—Treinta. —Hizo una pausa mientras yo empezaba a dar golpecitos con el pie—. Y luego veintinueve.

«Y luego veintinueve». Sentí pena por un chico cuyo nombre ni siquiera conocía, pero con el que, sin embargo, sentía un extraño parentesco. Recordaba haber oído su voz en el bosque, justo antes de que lo que tenía dentro se apoderara de mí. «Demuéstrame a mí que eres digna de este regalo de la vida. ¡Demuéstraselo a ellos!». Esa voz había estado llena de una exigencia implacable, y ahora sabía que esa voz pertenecía a Dasher.

Toda esa culpa por ser incapaz de recordar cómo sonaba su voz cuando había creído que era mi padre había sido energía desperdiciada. La razón era que nunca había oído su voz como Evie. Solo había oído la voz de Dasher como Nadia.

El brazo de Luc me rodeó con fuerza, tirando de mí hacia atrás hasta que todo mi costado se apretó contra su pecho.

—¿Es posible que haya más Troyanos?

—¿Sin contarla a ella? —Eaton me apuntó con la barbilla.

Me recorrió un escalofrío.

—No me cuentes a mí. Soy diferente a ellos.

La mirada del general me hizo preguntarme por cuánto tiempo.

—¿Y sin contar a los que se están activando ahora? Que yo supiera, había al menos un centenar totalmente entrenados, pero eso fue hace varios años. Podría haber más ahora, pero incluso si no los hay, es un número considerable. Puede que a ti no te parezca mucho, pero para ponerlo en perspectiva, es como si hubiese cien como tú, Luc.

—No hay nadie como yo. —Su tono no era burlón ni arrogante. Era la verdad. No había nadie como él.

Una leve sonrisa apareció en el rostro de Eaton.

—Pero hay al menos cien capaces de hacer lo que ella hizo e incontables más que podrán ser capaces de hacerlo. Dasher reunirá un pequeño ejército, y lo que están haciendo en el Patio no va a suponer ninguna diferencia. No serán más que carne de cañón.

—Hombre de poca fe —murmuró Luc, mientras movía el pulgar una vez más a lo largo de mi cadera.

—Nada de esto tiene que ver con la fe. —Eaton resopló mientras recorría la habitación, posando una mirada entrecerrada en una caja de cartón—. ¿Por qué no haces algo útil, Luc, y me acercas una de esas cervezas?

—Creo que ya has tenido suficiente para todo el día.

Hizo otro sonido desdeñoso.

—Llegados a este punto, no hay nada que parezca suficiente.

Arqueé una ceja y decidí ignorar aquello.

—Has dicho que Luc era la estrella más oscura y yo la sombra más ardiente. Que eran nuestros nombres en clave. —Cuando asintió, continué—: ¿Qué es la noche más brillante?

—Dasher nunca explicó qué significaba eso, y yo indagué mucho, pero nunca pude conseguir ninguna aclaración. Lo único que puedo suponer es que es el objetivo final.

—¿La dominación mundial? —Luc soltó una carcajada seca—. Tiene grandes aspiraciones con su pequeño ejército de supersoldados autodestructivos.

Parpadeé.

Mirando a Luc con el ceño fruncido, Eaton volvió a moverse sobre el cojín.

—¿No ha tenido Dédalo siempre grandes aspiraciones? Tú lo sabrás. Después de todo, aparte de los Troyanos, tú eres su creación más codiciada.

Eso me recordó otra cosa que no podía entender.

—Has dicho que me usaron para llegar a Luc, como una forma de tomar la delantera y volver a atraparlo, pero no lo entiendo. Si quieren erradicar a los Luxen, a los híbridos y a los Origin porque pueden defenderse, ¿por qué querrían a Luc vivo? O... —Me dio un vuelco el corazón—. O lo quieren muerto y yo he malinterpretado todo eso.

—No creo que lo hayas hecho, Melocotón. Me quieren a mí. —Luc dejó caer la barbilla sobre mi hombro—. ¿Puedes culparlos?

—Sí.

Eso provocó una carcajada en el general, que por lo demás estaba estoico.

—¡Ay! —murmuró Luc, pero un instante después sentí el roce de sus labios en un lado del cuello. Un beso rápido que hizo que una oleada de escalofríos me recorriera todas las partes interesantes. Me contoneé un poco a cambio, y Luc tensó el brazo, inmovilizándome. Por encima del hombro, capté que tenía los ojos entrecerrados y sonreí—. Compórtate —pronunció en silencio con la boca.

—Con los Troyanos —continuó Eaton—, no sé por qué querrían a Luc vivo. —Una pausa—. Sin ánimo de ofender.

—Sí que lo has hecho.

A Eaton parecía que no podía importarle menos.

—Si yo fuera Dasher, tendría una recompensa tan alta por tu cabeza que el riesgo de una muerte segura podría pasarse por alto. Eres una amenaza, una real, pero te quieren. —Nos miró a uno y a otro—. Así que eso debería ser un poco preocupante.

—¿Un poco? —repetí—. Yo diría que es muy preocupante.

—Lo que significa es que tienen planes para mí. —Luc no podía sonar más aburrido que si estuviera viendo un documental sobre dejar en espera a alguien—. Dédalo siempre tiene planes para mí, y mira cómo han salido todos los anteriores.

Inclinándome hacia atrás, lo miré fijamente.

—Eres una de las pocas cosas que puede detenerlos. Mantenerte con vida significa que tienen planes aún mayores que antes. ¿No te preocupa en absoluto?

Alzó sus densas pestañas, revelando unos brillantes ojos amatista.

—No me preocupa lo más mínimo. Sus planes son siempre más grandes que los anteriores, y cada uno de ellos implica controlarme.

Nunca han podido hacerlo, y no hay ni una sola cosa que puedan hacer para lograrlo.

—¿De verdad que no? —preguntó Eaton en voz baja mientras se me quedaba mirando.

Siguiendo la misma línea de pensamiento, se me cayó el alma a los pies.

—Ya lo han hecho en cierto modo. Consiguieron que te alejaras y te mantuvieras fuera de mi vida. Me usaron para eso.

—Eso es diferente. —Luc me sostuvo la mirada—. Y nunca más volverán a ponerte las manos encima para poder usarte como una herramienta para controlarme. Nunca más —repitió esas dos palabras como si estuvieran grabadas en piedra—. Así que no me preocupa.

—Da igual si te preocupas o no, la cuestión es que, al fin y al cabo, os quieren a los dos —señaló Eaton.

Aparté la mirada de Luc.

—No se apoderarán de nosotros.

El general se encogió de hombros.

—Hemos hecho todo lo posible para mantener la Zona 3 lo más a salvo posible de Dédalo. Se patrulla por la muralla todo el tiempo; al igual que por los límites de la ciudad. Hemos cerrado los túneles que pasan por debajo de la ciudad y hemos volado los puntos de entrada. Es suficiente por ahora, pero si alguien fuera listo, todos aquí, incluidos vosotros dos, os dispersaríais por los cuatro puntos cardinales. Encontraríais un buen agujero donde esconderos mientras pudierais, y sobreviviríais hasta que ya nadie pudiera esconderse.

No podía creer lo que había dicho. La ira había ido creciendo poco a poco dentro de mí desde el momento en el que empezó a hablar, pero ahora afloraba a la superficie, punzante sobre mi piel como un sarpullido.

—Eso es lo que debería haber hecho yo, pero no lo hice. Y mirad dónde estoy ahora.

Un rubor rosado le recorrió las mejillas curtidas.

—Intenté detener a Dasher. Acudí a todos los que estaban por encima de mí y cada vez me advertían de que me ocupara de mis asuntos, pero no hice caso. —Se puso de pie arrastrando los pies—. Seguí presionando, ¿y sabéis lo que obtuve a cambio? Lo perdí todo. No hablo de mi carrera ni de mi casa. Lo perdí todo —dijo, moviendo la mano en el aire—, absolutamente todo.

Detuve el pie y me dio un vuelco el estómago.

Luc se inclinó hacia mí y me rozó la curva de la oreja con los labios.

—A su mujer. Y a su hijo.

—¿Qué? —susurré, con el corazón encogido.

Los hombros de Eaton se movieron con una respiración pesada y rápida.

—Me advirtieron que lo dejara estar, y cuando no lo hice, vinieron a por mí, pero en vez de eso, acabaron con ellos.

Se me hizo un nudo en la garganta mientras lo miraba sin saber qué decir.

Se sentó en el borde del sofá.

—Quiero que castiguen a Dasher y a todos ellos de formas que seguro te perturbarían. Estoy ayudando a la gente todo lo que puedo, pero sé a lo que nos enfrentamos.

Empecé a dar golpecitos otra vez con el pie derecho.

—Siento lo de tu familia. Lo siento muchísimo.

Eaton se me quedó mirando unos instantes y luego asintió con brusquedad. Pasó un largo rato.

—Conozco las estrategias de batalla. Conozco las cifras simples y sé lo que significa que te superen aunque no te superen en número. —Dejó caer el codo sobre el brazo del sofá—. Me importa la gente de aquí. Incluso me importa la persona que te tiene ahora en brazos. No quiero que le pase nada malo a ninguno de ellos.

—Eso me reconforta el corazón. —Luc se enderezó detrás de mí—. De verdad que sí.

El general negó con la cabeza.

—Y por eso necesito decir lo que voy a decir.

—Soy todo oídos y un montón de sensaciones cálidas. Te escucho —respondió Luc.

—Tenemos un asunto más urgente que tratar que el momento en el que Dédalo descubra que estamos aquí y lo que estamos haciendo. —Eaton levantó la rodilla derecha y se la frotó con la palma de la mano.

—¿Y qué podría...? —Luc se interrumpió y, cuando volví a mirarlo por encima del hombro, vi que tenía las cejas fruncidas y la cabeza ladeada. Se le iluminaron los ojos de un violeta intenso y brillante, y luego se le endureció la expresión. Su rostro no era más que líneas marcadas y ángulos duros—. No.

—Luc... —empezó Eaton, y mi mirada volvió a la suya.

—Ya lo has pensado, y eso ya es bastante malo de por sí —cortó Luc al hombre mayor—. No puedes retractarte. Ya está ahí fuera, pero si lo dices, si le das vida para que supure y se extienda, no lo olvidaré.

Con muchas ganas de saber en qué demonios había pensado Eaton, abrí la boca, pero la mirada de Eaton me hizo callar.

El dolor se dibujó en las líneas de su rostro mientras se movía hacia delante, con las dos manos sobre las rodillas.

—Lo siento —se disculpó, y sonaba genuino—. No quiero pensarlo ni decirlo, y estoy seguro de que no quiero que sea así, pero lo sabes, Luc. Sabes que es la única manera.

Luc guardó silencio mientras salíamos de la casa de Eaton, con los rasgos aún duros y una mirada distante pero ardiente, su suave apretón en mi mano totalmente en desacuerdo con la rabia apenas contenida que le latía por el cuerpo.

El sol había quemado el aire fresco de la mañana. Imaginaba que a los lugareños les parecería que hacía frío, pero a mí, acostumbrada a temperaturas mucho más frías en noviembre, me pareció el tiempo perfecto para agarrar la cámara y salir a la calle.

Una punzada de anhelo se me encendió en el pecho. Echaba de menos la emoción de estar detrás de una cámara. Era como el silenciador de una pistola. No me estresaba ni pensaba en lo que me depararía la siguiente hora, por no hablar del día o la semana siguientes. Cada parte de mí, desde los ojos hasta los dedos que se enroscaban alrededor de la cámara, se centraba en el momento que intentaba capturar. Todo el proceso era una contradicción, íntimo y a la vez remoto, como si me sintiera protegida y al mismo tiempo como si cayese sin red de seguridad. Aunque mis fotos nunca pasaran de Instagram, siempre tenía la sensación de estar dejando atrás algo más grande que yo, ya fuera la prueba de que a veces la muerte era de verdad un renacimiento (como cuando las hojas pasaban del verde al rojo y, por último, al dorado antes de caer) o una sonrisa o risa sincera.

Y ahora mismo, mis dedos ansiaban capturar la imponente ciudad de Houston, con sus edificios que se alzaban hacia el cielo como esqueletos huecos y sus autopistas congestionadas de coches pero vacías de gente.

Una ciudad muerta que debía ser recordada.

Pero no tenía ninguna cámara que agarrar. La vieja me la había destruido April y la que Luc me había conseguido después se había quedado atrás por las prisas por escapar de Dédalo.

Aparté la pesadumbre. Tenía cosas más importantes de las que ocuparme.

La estrecha calle fuera de la casa de Eaton estaba vacía y las casas cercanas, silenciosas, con la excepción de las cortinas y los toldos que chasqueaban con suavidad en las ventanas. No tenía ni idea de si había gente viviendo en las casas de estilo ranchero o no, pero no parecía haber nadie alrededor, lo cual era perfecto.

Me paré sin previo aviso, y Luc se detuvo, mirando por encima del hombro. La cálida luz del sol se le reflejaba en los pómulos.

—Tenemos que hablar.

Arqueó una ceja, y pasó un instante.

—¿Sobre qué?

—¿No me estás leyendo los pensamientos ahora mismo?

—No estás emitiéndolos de forma ruidosa. —Mirándome a la cara, me agarró de la mano mientras se acercaba, con su alto cuerpo tapando el sol—. Trato de no escuchar cuando no estás proyectando.

—Te lo agradezco. —Y de verdad que sí, porque a menudo pensaba en cosas bastante aleatorias y estúpidas como por qué las moras no eran en realidad moradas—. ¿En qué estaba pensando Eaton?

—¿Cuando decidió beberse media caja de cervezas antes del mediodía? —Levantando la otra mano, me agarró un mechón de pelo—. Imagino que será el estrés. Tal vez incluso el aburrimiento. Joder, siempre pudo haber sido un...

—No estoy hablando de eso, y lo sabes. Iba a decir algo, pero te diste cuenta y no le dejaste decirlo.

Luc tiró del mechón, enrollándoselo alrededor del dedo índice.

—¿Sabías que a la luz del sol tu pelo es como oro fundido? Es precioso.

—Eh, gracias. —Me solté el pelo de su dedo. Luc hizo un mohín, consiguiendo parecer adorable y ridículo a partes iguales—. Pero decirme cosas bonitas sobre mi pelo no va a distraerme.

—¿Y si te hago un cumplido sobre ti? ¿Eso te distraerá?

Suspiré.

—Luc...

—¿Sabes de verdad lo increíblemente resiliente que eres? ¿Lo fuerte que eres? —me preguntó, apoyándome la yema de los dedos en la mejilla. Un zumbido de electricidad me recorrió las venas—. Te has enfrentado a muchas cosas, Evie. Toda tu vida ha dado un vuelco y se ha tambaleado. Lo que pensabas dentro era cierto. Sigues en pie. La mayoría no lo estaría. Algunas de las personas más fuertes a nivel físico que conozco no lo estarían. Creo que no te das el suficiente crédito.

Incluso sabiendo lo que estaba tramando, se las arregló para desviarme del tema en cuestión.

—Todo eso no importará si Dasher tiene una manera de tomar el control o si lo pierdo de nuevo y no vuelvo.

—Tienes razón —coincidió—. Cuando April usó la onda Cassio en ti, despertó tus habilidades, pero no le dio el control a ella ni a Dasher. Y en el bosque puede que te desataras y no supieras quién eras, pero no intentaste volver con Dasher como un niño que quiere ir a casa, ¿verdad?

Pensé en ello. En el bosque, no había sido yo, pero tampoco había sido una Troyana programada para volver a Dasher. Había sido algo..., otra cosa. Pero ¿quién sabe lo que habría hecho si hubiera conseguido acabar con Daemon y Luc? ¿Habría atacado al resto del grupo y habría regresado al final con Dasher? No lo sabía.

Necesitábamos averiguar si ese era el caso, porque si volvía a desatarme, todos teníamos que saber a qué nos enfrentábamos. No solo era un peligro en el sentido físico una vez que me convertía en supervillana, la Zona 3 estaba repleta de Luxen no registrados y más. Ese conocimiento en las manos equivocadas sería mortal.

—No vas a traicionar a la gente de aquí —dijo Luc con suavidad, ahuecándome la nuca con la mano.

Estaba leyéndome la mente otra vez.

—Lo siento. —Sonrió—. Estás siendo ruidosa.

—Mira, también tenemos que hablar de todo eso, pero volviendo al tema, sé que Eaton estaba pensando algo que no querías que oyera. Y entiendo que lo más probable es que me estés protegiendo, pero sea lo que sea, necesito saberlo.

Luc levantó nuestras manos aún unidas, apretándolas contra su pecho, por encima del corazón. Mi estómago aprovechó aquel momento para recordarme a mí y al mundo entero que todavía tenía hambre, rugiendo muy fuerte.

—Melocotón —murmuró con los labios crispados—, lo que necesitas ahora mismo es comida.

—Lo que necesito ahora es que dejes de ser evasivo. —Y tal vez una hamburguesa, pero considerando dónde estábamos, dudaba de que eso estuviera en el menú a corto plazo.

—Te sorprenderías. Aquí hay mucho ganado, y tienen bodegas y neveras —explicó Luc—. Si te portas bien, seguro que puedo cocinarte una jugosa hamburguesa.

A mi estómago le encantaba esa idea.

—Si no contestas a mi pregunta, estoy segura de que voy a darte un puñetazo en algún sitio que te haga daño.

—Qué agresiva eres —murmuró, bajando la cabeza mientras me inclinaba más hacia atrás. Su aliento bailó sobre mis labios cuando habló, y me provocó un escalofrío—. Me gusta.

Se me aceleró el pulso, enrojeciéndome la piel.

—No te gustará. Créeme.

Suspiró mientras rozaba con sus labios la comisura de los míos. Respiré entrecortadamente y sentí una gran expectación, pero no me besó.

—A Eaton le preocupa que pierdas el control.

Aunque no me sorprendió oír eso, se me hundieron los hombros.

—Eso no es ninguna novedad, así que ¿por qué has reaccionado como lo has hecho?

Luc se quedó callado durante un largo instante.

—Eaton tiene una manera de pensar las cosas. —Levantó la cabeza—. Es un viejo paranoico. No es que no tenga razones justificadas para serlo, pero su paranoia no tiene por qué contagiarte.

Al estudiarlo, deseé que el maldito suero me hubiera dado la capacidad de leer los pensamientos. Por otra parte, no todos los Origin podían hacerlo. Por lo que yo sabía, solo Luc y Archer podían.

—Como le he dicho a Eaton, no hay nadie como yo.

Lo fulminé con la mirada.

—Te voy a dar un puñetazo.

—Puede que me guste.

—Tienes una tarita.

—Tal vez. —Comenzó a bajar la cabeza, pero conseguí esquivarlo. Apenas. Si me besaba, no habría más que pensamientos sucios y huesos líquidos.

—Eaton tiene derecho a estar paranoico —le contesté—. Puede que no vuelva a Dasher como un juguete programado, pero eso no me hace menos peligrosa si vuelvo a estallar.

—Entonces solo tenemos que asegurarnos de que no estás en una situación que pueda llevarte a que estalles.

—Ni siquiera sabemos qué tipo de situación provocaría eso.

—Creo que alguien que intente matarte es el tipo de situación que debemos evitar —razonó.

—Eh, eso sería genial y todo eso, pero tengo la sensación de que, con los Hijos de la Libertad ahí fuera y Dédalo buscándome, va a ser una situación difícil de evitar.

A Luc se le tensó la mandíbula.

—Yo te mantendré a salvo.

—Ya sé que lo harás. —Le apreté la mano—. Pero también necesito mantenerme yo a salvo. Y tenemos que mantener a salvo a todos los demás.

No me respondió, así que continué presionándolo.

—Y en realidad no sabemos si eso es lo único que lo desatará. Le has dicho a Eaton que me ayudarías a controlarlo.

—Claro.

—Entonces, vamos a empezar. Ahora mismo. —Me invadió una oleada de emoción, y sí, teniendo en cuenta por lo que me estaba emocionando, era un poco raro, pero intentar tener esa cosa dentro de mí bajo control era mejor que estar de brazos cruzados, sin hacer nada más que estresarme por ello mientras todos los demás también se preocupaban por si me pondría en plan Thanos o no.

Eso ya era hacer algo.

Eaton básicamente había insinuado que se estaba gestando una guerra, y no importaba que yo quisiese formar parte de ella o no. Ya estaba metida hasta el fondo en el asunto, y si yo era algo que creían que podían utilizar para apoderarse del mundo, ¿por qué no podían usarme para contraatacar? ¿Para ayudar a los que aquí no solo intentaban sobrevivir, sino también oponer resistencia?

Ya no era Evelyn Dasher.

La conmoción se apoderó de mí al encontrarme en una calle desconocida, en un barrio que no debería existir.

No era la misma chica que había entrado en Presagio con Heidi, que prefería huir antes que enfrentarse a una verdad incómoda. Ni siquiera era la misma versión de Evie que se había enfrentado a un Origin, ni siquiera la chica que había ido aceptando poco a poco quién era y de quién se estaba enamorando.

Desde que conocí a Luc, me había encontrado en un estado de evolución constante, que no había terminado cuando me di cuenta de que era muy capaz de acabar con una vida para proteger a alguien a quien amaba, ni había cesado cuando vi cómo la vida y la luz se desvanecían de la única madre que había conocido.

Ahora era alguien que no metía el rabo entre las piernas y huía, aunque al principio quisiera hacerlo, sino que era alguien que quería luchar en lugar de retroceder.

Las facciones de Luc se tensaron por un breve instante antes de suavizarse.

—Lo que tenemos que hacer ahora es darte algo de comer antes de que empieces a comerte a la gente. —Dejó caer un beso sobre la punta de mi nariz—. A los que viven aquí tampoco les gustaría eso.

Arqueé una ceja, pero cuando me tiró de la mano, eché a andar, porque tenía razón. Necesitaba comer. Llegamos al cruce antes de que soltara:

—Luc.

—¿Sí?

—Vas a ayudarme, ¿verdad? —pregunté mientras cruzábamos la calle.

Luc nos había guiado de forma bastante distraída hasta el paso de peatones.

—Lo haré aunque no quiera.

—¿Por qué no querrías hacerlo?

Luc se detuvo y me miró.

—Porque tengo la sensación de que para conseguir que lo que hay en ti aparezca y se active, voy a tener que hacer lo que sé que matará una parte de mí.

El temor me recorrió la espalda en forma de escalofrío.

—¿Y qué será eso?

Sus ojos eran como brillantes fragmentos de zafiros violetas rotos.

—Tendré que hacer que me veas como una amenaza.

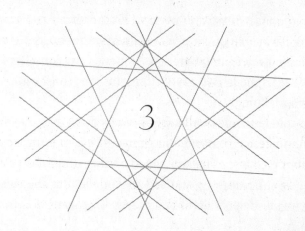

3

Las palabras de Luc se me hundieron como una losa en el estómago, dejándome en silencio mientras caminábamos hacia la casa. Lo que había dicho tenía sentido. Luc era uno de los seres más peligrosos y poderosos que pisaban la Tierra. Lo que había dentro de mí lo había percibido y había ido tras él, pero aunque Luc era una amenaza para todos los demás, no lo era para mí. Nunca lo sería para mí. No tenía ni idea de cómo podría hacer que lo viera de esa manera.

No tenía ni idea de cómo él podría afrontar el hacer eso.

—Tal vez alguien más podría entrenar conmigo —sugerí después de unos momentos—. ¿Alguien como Grayson? —El Luxen más borde conocido por el hombre estaría fuera de sí de alegría por la oportunidad—. Le encantaría asustarme o hacerme enfadar. Lo vería como una recompensa.

—¿De verdad crees que permitiría que otro hiciera lo que hay que hacer? —preguntó.

Fruncí los labios.

—Soy plenamente consciente de que tengo una vena protectora enfermiza cuando se trata de ti. —Luc me apretó la mano—. En el momento en el que fuera a por ti, tendría que matarlo.

Le lancé una larga mirada y le apreté con más fuerza la mano.

—¿No podrías, tal vez, entender que en realidad no estaría intentando hacerme daño y, por tanto, no matarlo?

—Lo intentaría y fracasaría, Melocotón. Lo mismo ocurriría con Zoe o con cualquier otra persona que quisiera hacerte daño, aunque supiera que en realidad no pretendiera hacértelo. —Se encogió de hombros como si lo que hubiera soltado no fuera gran cosa—. Te lo he dicho, es un defecto que tengo. Al menos soy consciente de ello.

—Sí. —Alargué la palabra—. Al menos eres consciente.

Curvó un lado de los labios.

—La concienciación salva vidas.

Como no tenía ni idea de qué responder a eso, intenté encontrar otra manera. Grayson apenas parecía haber empezado a tolerarme después de saber que yo era Nadia, y por tolerar me refería a que solo era un veinte por ciento menos imbécil conmigo. Pero no quería verlo morir.

Tampoco quería que Luc hiciera algo que le hiriera.

Continuamos en silencio y, tras unos pocos pasos, un escalofrío me recorrió la espalda y me sacó de mis pensamientos. Al echar un vistazo a la tranquila calle, no pude evitar la repentina sensación de que nos estaban observando.

Sentí ojos sobre mí, sobre nosotros. Decenas de ellos, y no era una paranoia inducida por las casas casi idénticas de una sola planta con porches tranquilos y entradas vacías. Incluso los árboles que bordeaban las calles parecían estar sin pájaros, y el silencio, el vacío, resultaba escalofriante.

Sabía sin lugar a dudas que, aunque los coches de varias décadas que había visto esa mañana ya no existían (vehículos fabricados antes de los arranques eléctricos y los sistemas informáticos internos), algunas de esas casas estaban ocupadas.

La gente nos estaba mirando.

A medida que nos dirigíamos a la calle de la casa en la que nos íbamos a alojar, la sensación se intensificó. Me fijé en la casa de ladrillo descolorido con una cochera cubierta. La brisa atraía la tela, que se levantaba y dejaba ver de forma fugaz sofás y sillas de mimbre. Había una botella de agua sobre una mesa baja, junto a una impresionante pila de libros. Todo parecía muy normal, como algo que vería en casa, en Columbia, Maryland.

La normalidad de todo aquello me hizo sentir otra punzada en el pecho, y casi podía imaginarme a Zoe, Heidi y James sentados en aquellos cojines de un azul brillante y luminoso, comiendo comida basura mientras hacían como que estudiaban.

La imagen era en parte recuerdo, en parte fantasía, porque no teníamos cochera y Columbia ya no era mi casa. No sabía si volveríamos a estar los cuatro juntos de nuevo.

Caminando más despacio, desvié la mirada hacia el porche. Las cortinas tapaban el sol, así que no podía ver nada más allá, pero me detuve.

Me detuve en el mismo momento que Luc, notando una extraña sensación en la nuca, como si unos dedos me hubieran rozado la piel. Levantando la mano, deslicé los dedos debajo del pelo y me froté la piel.

Las pesadas cortinas se abrieron y Daemon, o Dawson, apareció en el porche. El Luxen de pelo oscuro y ojos verde esmeralda era idéntico, pero cuando bajó los pocos escalones, supe que era Daemon. Tenía el pelo un poco más corto que su hermano y la cara y el cuerpo un poco más anchos. No era suficiente para distinguirlos, pero siempre había podido hacerlo al cabo de unos instantes.

Lo que era un poco raro.

Volví a refunfuñar y me llevé la mano del cuello al estómago, frotándomelo como si eso fuera a ayudarme.

—Llevas toda la mañana esperando a que pase por aquí. —Luc esbozó una lenta sonrisa—. ¿A que sí?

Daemon caminó por la acera de baldosas.

—Es que te he echado mucho de menos.

—Eso no me sorprende.

El Luxen asintió en mi dirección, y yo lo saludé con torpeza con la mano, sabiendo perfectamente que no le caía muy bien que dijéramos.

—¿Cómo ha ido la reunión con Eaton? —le preguntó Daemon a Luc.

—Esclarecedora. —Fue la respuesta, y casi me eché a reír. Solo Luc podía resumir lo que habíamos descubierto esa mañana en una palabra—. Nos ha soltado una noticia bastante importante. Me pregunto si lo sabías desde el principio.

Se me oprimió el pecho. No había pensado en eso hasta ahora. ¿Y si Daemon sabía lo de Dasher y no nos había avisado?

Ay, las cosas estaban a punto de ponerse feas si ese era el caso.

—Voy a necesitar unos cuantos detalles más antes de poder responder a eso. —Daemon se cruzó de brazos.

Luc me miró y pude leer la pregunta en sus ojos. Incluso me pareció oírle decir: «Depende de ella». Si Daemon no sabía nada de Dasher, Luc me estaba dando la opción de decidir si soltar la bomba.

En realidad, no había elección que hacer. Daemon tenía que saber a quién nos estábamos enfrentando.

—Eaton nos has dicho quién dirige el Proyecto Poseidón, y adivina quién controla ahora Dédalo. —Me eché hacia atrás con la mano libre el pelo que el viento me había despeinado y me preparé para la reacción que pudiera tener Daemon—. Jason Dasher.

Daemon se quedó tan quieto que podría haberse confundido con una estatua, pero entonces parpadeó y miró a Luc.

—Sí, yo también creía que estaba muerto —respondió Luc, su mano era un peso cálido alrededor de la mía—. Sylvia lo curó cuando me fui.

—¿Cómo pudiste no saber que estaba vivo? —Daemon sonó incrédulo mientras las pupilas de sus ojos se volvían blancas—. Pareces saber todo lo demás, incluso las estupideces, pero, de alguna manera, ¿no tenías ni idea de algo tan grande como esto?

La irritación me picó en la piel como un enjambre de hormigas rojas y respondí antes de que Luc tuviera oportunidad.

—No tenía ni idea, porque tenían sus pensamientos protegidos mientras estaba con ellos y mi madr... —Empecé a corregirme, pero la mujer había sido mi madre al fin y al cabo—. Mi madre debió de haber enterrado la verdad hasta el fondo para que Luc no pudiera llegar a ella. Por lo que nos ha contado Eaton, ella y Jason habrían sido extremadamente hábiles para bloquear sus pensamientos, ya que habían ayudado a crear los Origin, pero es probable que ya conozcas ese pequeño dato, y dudo que pienses que Luc le ocultaría algo así a todo el mundo, la verdad.

Pasándose los dientes por el labio inferior, Luc inclinó la barbilla. Parecía que intentaba no sonreír ni reír, y yo no sabía qué le había hecho tanta gracia.

—¿Qué? —pregunté, mirándolo fijamente.

—Nada. —Movió los labios mientras miraba a Daemon—. Pues ya te lo ha dicho ella, ¿no?

—Sí. —La diversión parpadeó en las llamativas facciones de Daemon—. Lo ha hecho.

—Perdona —mentí—. No me ha gustado tu tono.

—Pido disculpas por dicho tono. —Daemon inclinó un poco la cabeza—. Es que estoy alucinando. Si hubiera sabido que estaba vivo, habría cazado a ese cabrón.

Sabiendo lo que sabía del tiempo que habían pasado Daemon y Kat en Dédalo, no creí ni por un segundo que fuera una amenaza vacía.

—¿Por qué Eaton se guardó eso para sí mismo? —La luz detrás de las pupilas de Daemon comenzó a desvanecerse—. ¿Por qué no nos lo dijo?

Eso era algo que ninguno de los dos podía responder.

Una brisa que llevaba el aroma de las manzanas volvió a atraparme el pelo, agitándolo alrededor de la cara mientras Daemon miraba por encima del hombro, de vuelta a la casa.

—No quiero que Kat lo sepa —comentó, centrándose en nosotros una vez más—. No hasta que tenga el bebé. No necesita más estrés ahora.

—De acuerdo. —La mirada de Luc se posó en la casa—. Parece que va a dar a luz en cualquier momento.

—Ya ha salido de cuentas. Vivien ha dicho que es normal, pero... —Se le tensaron los hombros a Daemon, y supuse que Vivien sería una de las pocas doctoras que estaban aquí. La preocupación flotaba en el aire—. Pero si tarda demasiado, tendremos que inducirle el parto, y no estamos muy bien preparados para eso.

Se me hundió el estómago.

—¿Tenéis medicamentos para eso?

La impresionante mirada esmeralda de Daemon se dirigió a la mía.

—Hacemos barridos cada quince días en busca de bienes y suministros. Hemos rebuscado todo lo que hemos podido en Houston, pero por suerte para nosotros, se habían dejado muchas medicinas. El problema es que muchas necesitan ciertos mecanismos administrativos que requieren un flujo bastante constante de electricidad, y tenemos que tener cuidado con la frecuencia con la que encendemos las cosas aquí.

Eso tenía sentido. No querrían acabar llamando la atención.

—Necesitamos que sea un parto lo más fácil posible —añadió Daemon, descruzando los brazos y pasándose una mano por el pelo—. Viv está preparada para las complicaciones, por si acaso, pero...

Lo que no quiso decir se quedó suspendido entre nosotros.

Las mujeres morían en hospitales funcionales dando a luz. La tecnología y los avances médicos solo podían llegar hasta cierto punto.

—Kat es una híbrida, y te tiene a ti. —La mano de Luc se soltó de la mía cuando se acercó a Daemon, poniéndole una mano en el hombro. Eran de la misma estatura, y era difícil imaginar que en el pasado Daemon hubiera sido más alto que Luc—. Ella tiene a su familia. Me tiene a mí. No dejaremos que las cosas se tuerzan. Kat estará bien, y tu bebé también.

Daemon agarró a Luc por el hombro.

—Eres su familia, Luc. No te menciones aparte.

Oír a Daemon decir eso me hizo sentir aún peor por haber estado a punto de matarlo en el bosque, porque Luc necesitaba saber que formaba parte de una familia, una familia que incluía a Zoe, Emery y probablemente incluso a Luc. Necesitaba recordar que, aunque mantenía un muro entre él y casi todo el mundo, había quienes estaban dispuestos a derribar esa barrera.

—Entonces puede que tú y Kat tengáis un pequeño Luc o una pequeña Lucy en camino. —La respuesta de Luc habría sido muy normal si no fuera por que tenía la voz un poco tomada.

Los rasgos de Daemon se suavizaron cuando soltó una risita áspera.

—Tenemos dos nombres elegidos, y siento decírtelo, pero Luc no es uno de ellos. Tampoco Lucy.

Sonriendo, Luc dio un paso atrás.

—No sé si puedo perdonar eso.

Apareció una leve sonrisa, insinuando aquellos profundos hoyuelos que debían de ser impresionantes cuando de verdad se dejaba llevar y sonreía. Daemon era guapísimo. De eso no había duda, pero no me aceleraba el pulso como Luc.

Sin embargo, en un abrir y cerrar de ojos, la pequeña sonrisa que Daemon había estado esbozando desapareció.

—¿Tienes tiempo para esa charla tan necesaria?

Las campanas de alarma repicaron con fuerza en mi cabeza, ya que recordaba con claridad a Daemon haciendo referencia a esta conversación «tan necesaria» más de una o trescientas veces desde que se enteró de lo que yo era.

Como seguramente yo iba a ser el tema, pensé que debía tomar parte en dicha conversación, pero antes de que pudiera decir nada, me rugió el estómago de forma escandalosa.

La verdad, esperaba que Daemon no hubiera oído eso.

—Ahora mismo no tengo tiempo. —La mirada de Luc pasó del cielo despejado a Daemon—. Evie tiene hambre. Parece que su estómago se está comiendo a sí mismo. Tengo la sensación de que si no consigue algo que considere carne roja, podría empezar a comerse animales pequeños y niños.

Despacio, giré la cabeza y lo miré, alzando las cejas.

Luc se encogió de hombros.

—Solo estoy siendo sincero.

—Estoy bastante segura de que podrías haber descrito mi hambre de otra manera —contesté.

—No lo sé. Ha sido bastante descriptivo. —Daemon sonrió—. Mira, dale de comer a tu chica y luego ven a verme. Esta conversación no puede retrasarse para siempre.

—No tiene sentido esconderse de ello —replicó Luc—. Es tan inevitable como que me pongas de los nervios.

—Si tuviera sentimientos, podrías haberlos herido.

—Si me importara, eso me preocuparía, pero como no es así... Termina tú mismo la frase.

Daemon soltó una risita, aunque yo los miraba a ambos con los ojos muy abiertos. A veces me preguntaba cómo estos dos no se habían mutilado seriamente el uno al otro todavía. Tenían una amistad de lo más extraña.

Mientras Daemon y Luc se enfrascaban en otra ronda intentando quedar por encima del otro, me giré un poco hacia la ciudad. Estábamos en un terreno más elevado, lo que nos permitía ver mejor lo que quedaba de Houston. Me vi sorprendida otra vez por la sensación de que la ciudad merecía ser capturada antes de que la decadencia derrumbara los edificios. Tragándome un suspiro, me volví hacia Luc y Daemon.

Algo me llamó la atención. Al principio no estaba segura de lo que veía, entrecerré los ojos. No sabía lo que era, pero cuando escudriñé el paisaje, barriendo los rascacielos de las afueras de la ciudad, lo vi.

Un destello de luz, fácil de confundir con el resplandor del sol en una de las ventanas, en lo alto del cielo, pero parpadeó tres veces en ráfagas cortas antes de una pausa más larga y después dos más.

Eso no era cosa del sol.

¿Qué...?

Por el rabillo del ojo, vi otra ráfaga de luz que venía del otro lado de la calle, de la esquina del otro edificio. La luz parpadeaba a un ritmo constante desde una ventana situada más abajo.

—¡Luc, mira!

Se apartó de Daemon en cuanto lo llamé por su nombre, pero estaba concentrado en mí.

—A mí no —le dije, mirando hacia atrás—. A esos dos edificios.

Luc hizo lo que le pedí.

—¿Qué?

Haciendo lo mismo, Daemon se adelantó.

—¿Qué es lo que estamos mirando?

—¿Vosotros no veis las...? —Me interrumpí, mirando de un edificio a otro. Las luces intermitentes habían desaparecido.

—¿Qué se supone que estoy mirando? —preguntó Luc.

—He visto... —Esperé a ver si aparecían las luces, pero no lo hicieron—. He visto luces parpadeando en las ventanas de esos dos edificios. —Los señalé.

—Yo no veo nada. —Luc frunció el ceño—. Solo el resplandor del sol en las ventanas.

—Eso no ha sido un resplandor. Ha sido un destello constante en ambas ventanas en distintos momentos, casi como... —Me detuve antes de decir: «Casi como si las luces se comunicaran entre sí», porque sonaba raro.

—Quizás la luz del sol estaba captando algo en el suelo y estaba rebotando en las ventanas. Hay muchos escombros en la ciudad, junto con coches abandonados —sugirió Daemon—. Y hay viento, así que a saber lo que está soplando por ahí abajo, pero no hay nadie. Ni siquiera los grupos de chatarreros. No queda nada de valor.

Luc asintió.

—Eso o extraterrestres. Siempre es eso o extraterrestres.

Daemon resopló mientras yo ponía los ojos en blanco, pero por mucho que me quedara mirando los edificios, no aparecía ninguna luz intermitente, ni tampoco un extraño resplandor reflectante. Daemon y Luc debían de tener razón. Era el resplandor del sol o un efecto visual.

Porque ¿qué otra cosa podría ser responsable en una ciudad abandonada y muerta?

Luc acabó «dándole de comer a su chica» con la hamburguesa asada a la parrilla más asombrosa de carne picada proporcionada, curiosamente, por Daemon. La cocinó en la pequeña hoguera que había en el patio trasero y a la que alguien había dedicado mucho esfuerzo. A lo largo de la valla de madera florecieron en abundancia pensamientos que casi hacían juego con los ojos de Luc. En los parterres elevados florecían caléndulas de color rojo anaranjado. A lo largo del camino de baldosas florecían bocas de dragón rosa pálido. Había otras flores, algunas rojas y otras amarillas, que no reconocí, pero todo era precioso y deseé saber cómo cuidar las flores.

Una vez, me las arreglé para cargarme uno de esos pequeños jardines de cactus.

La hoguera y un sofá de exterior con cojines de color rojo intenso se encontraban en un pequeño patio situado en la parte trasera de la apartada propiedad. Unos carteles metálicos descoloridos diseñados como veletas estaban clavados en la valla. Cuando paseaba por el jardín mientras Luc jugueteaba con la hoguera, me preguntaba quién se ocupaba de esto. Los parterres estaban libres de malas hierbas y habían arrancado las partes muertas de las plantas. Incluso la hierba estaba relativamente recortada, y supuse que el responsable era el viejo cortacésped de molinete apoyado contra la valla.

Había unas cuantas rebanadas de pan casero recién hecho precintadas en la despensa de la cocina, y Luc y yo acabamos convirtiendo nuestras hamburguesas en tacos de pan. Estaban buenísimos.

También la mitad de la segunda hamburguesa que acabé compartiendo con Luc.

Seguía esperando que Zoe apareciera, pero no lo hacía, y cuando pregunté dónde podría estar, lo único que Luc dijo fue:

—Creo que está con Grayson.

A pesar de que no estaba del todo segura de que Grayson estuviera familiarizado en absoluto con emociones como la empatía o la compasión, sabía que la pérdida de Kent había sido un golpe duro para él y esperaba que Zoe fuera capaz de darle consuelo...

Sin causarle daño físico.

Luc no se dirigió a casa de Daemon cuando terminamos de limpiar después de nuestro almuerzo tardío, como yo había pensado que haría. No es que me quejara. La idea de estar sola en casa de un desconocido, con mi propia cabeza como única compañía, no era precisamente algo que me entusiasmara. Acabó llevándome al dormitorio y a la cama, me rodeó con sus brazos y me estrechó contra él, con la mejilla apoyada en su pecho. Los pensamientos sobre la extraña luz que había visto en la ciudad pasaron a un segundo plano mientras hablábamos de lo que habíamos descubierto de Eaton.

Mientras estábamos allí tumbados, en una pausa en la que me quedé mirando a Diesel, la roca que Luc me había regalado, le pregunté algo que me había estado rondando la cabeza desde que habíamos salido de casa de Eaton.

—¿Qué crees que habría hecho Dédalo si no me hubieras aceptado cuando Paris me trajo hasta ti? Si no hubiera funcionado, ¿habrían seguido buscando gente que poner en tu camino?

—¿Qué?

Arrugué la nariz contra su pecho.

—Sé que no viene a cuento, pero Eaton hizo que pareciera que el hecho de que tú y yo nos conociéramos estuviera planeado desde el principio.

Se quedó callado un rato.

—No sé cómo sería eso posible, y no es que dude de su capacidad para orquestar algunas cosas jodidas, pero ¿cómo habrían jugado un papel en tu huida?

—Y sin que tú te enteraras —añadí.

—Bueno, había algunas cosas de ti que yo no sabía. Entonces aún hacías ruido, pero rara vez pensabas en tu padre o en lo que te hizo huir, y yo no te presionaba. —Su pecho se levantó con una respiración profunda—. No importa lo que hubieran hecho si te hubiera rechazado. No lo hice. Lo demás da igual.

—Sé que no tiene sentido darle vueltas, pero es que... no sé. Es un gran «¿y si...?».

—Los «¿y si...?» son las ETS de la mente —dijo, apretándome cuando me reí—. En serio. No tienen sentido y terminas con ganas de llevarte un cepillo de alambre al cerebro. No pierdas el tiempo con eso.

Suspiré.

—Tienes razón.

—Siempre la tengo.

—Yo no diría tanto, pero me molesta cuando la tienes. —Sonreí cuando resopló, y entonces cambió de tema.

En algún momento, tras discutir si Luc podría acabar con un ejército de Troyanos y yo sugerirle que se tomara la amenaza un poco más en serio, debí de quedarme dormida.

Porque, de repente, me encontraba de nuevo en un bosque a las afueras de Atlanta, rodeada de hombres enmascarados y armados, pero esta vez no llovía y no se oía nada.

Nada de nada.

Con el corazón acelerado, miré alrededor del pequeño claro a los hombres que no se movían ni respiraban. Estaban congelados, con los brazos extendidos y los dedos en los gatillos de las armas apuntándome.

—Esto es un sueño —dije en medio del inquietante silencio—. Solo tengo que despertarme. Tengo que...

—Solo yo.

Se me estremeció el corazón ante la voz que resonaba sobre mí y dentro de mí, procedente de ninguna parte y de todas a la vez. Una voz que no era la mía. Una voz que ahora reconocía.

Jason Dasher.

Me di la vuelta y busqué entre los árboles y las sombras que proyectaban, pero solo vi más hombres armados, hombres a los que sabía que ya había matado.

—Solo yo —repitió.

Me giré y grité cuando una ráfaga de dolor me atravesó la nuca antes de desaparecer.

—Mis opiniones. —Su voz resonó en el bosque, en mí y en mis propios pensamientos. Cada músculo de mi cuerpo se tensó y mis manos se cerraron en puños.

—Mis necesidades. Mis exigencias. —Su tono firme, extrañamente agradable—. Mis opiniones. Mis necesidades. Mis exigencias. Solo yo importo, vuestro creador. Nunca me decepcionéis.

—Nunca —susurraron muchas voces, una legión de ellas, y la mía fue una más.

La presión me oprimía el pecho, apretándolo y retorciéndolo. Comencé a hablar, pero tenía la boca tan seca que se me volvió pastosa mientras los enmascarados se convertían en reluciente ceniza dorada.

Un hombre apareció entre dos árboles enormes, nada más que una sombra, pero yo sabía que era Jason. Estaba saliendo de los recovecos de mi subconsciente, donde habían quedado enterrados años de recuerdos.

Mi creador.

—No —dije, con las manos temblando mientras se me calentaba la piel y luego se enfriaba—. Tú no eres mi creador.

—Te arranqué de las garras de la muerte y te di la vida. —Su voz eran dedos arrastrándose dentro de mi mente. Podía sentirlos deslizándose sobre mí, buscando una forma de entrar—. ¿En qué me convertiría eso si no en tu creador?

—En nada. —Cada respiración era demasiado pesada—. No te convierte en nada.

—No me decepciones —dijo como si yo no hubiera hablado—. No cuando tengo planes tan maravillosos para ti, Nadia.

El sonido de mi nombre, de mi verdadero nombre, era como una bomba que estallaba en lo más profundo de mi mente, haciendo añicos los cerrojos y abriendo de par en par las puertas selladas.

La energía brotó de mí, crepitando en el bosque y cargando el aire de estática. El poder llenó el espacio húmedo y mohoso, lamiéndome la piel y erizándome el vello de la nuca. El aire se deformó... No, fueron los árboles los que se deformaron.

Las costuras del cielo se estiraron bajo el peso de la energía. Se formaron finas grietas y una capa de nieve llegó hasta mis pies descalzos. En el fondo de mi mente, sabía que algo no iba bien. El cielo no podía resquebrajarse. El sueño y la realidad iban y venían. Estaba de pie en un bosque, y luego estaba de espaldas, en una cama, y luego el duro suelo traqueteaba bajo mis pies. Mi mirada se dirigió hacia donde estaba él. Me invadió la furia, como una tormenta de látigos y remolinos. Quería matar a aquel hombre, recuperar todo lo que me había robado e impedir que siguiera haciéndolo. Cada célula de mi cuerpo se concentró en él. Necesitaba matarlo, porque todos aquellos recuerdos, aunque estuvieran fuertemente ocultos, se expandían y se estremecían y me llenaban la boca con el sabor de la sangre y el terror, de la humillación y la suciedad de la derrota y de la desesperación que me obstruían la garganta. Aquellos recuerdos reprimidos gritaban de rabia y palpitaban de odio incontrolable por cada hecho oscuro y destructor del alma que las partes más ocultas de mi subconsciente recordaban aunque yo no pudiera. Me ahogaban y me asfixiaban, apretando tan fuerte hasta que desplazaron cualquier sentimiento o pensamiento bueno que hubiera tenido y solo quedaron ellos.

Lo odiaba a él.

Me odiaba a mí misma.

Lo odiaba todo.

El aire se calentó, y esperaba que en cualquier momento los troncos de los viejos árboles y los enroscados arbustos entraran en combustión. Si eso ocurría, el bosque ardería como una caja de cerillas, arrasándolo todo en una furia de llamas. O los árboles se derrumbarían sin más, sepultándonos bajo los escombros de corteza, tierra y rocas. El viento azotaba los árboles y me levantaba el pelo de los hombros.

—Eso es —dijo, esa voz suya todavía en mi cabeza, todavía hurgando, y entonces ya no estaba en el bosque, sino en una habitación. Paredes blancas. Luz blanca. Un hombre de pie delante de mí. Camiseta blanca ajustada y lisa. Pantalones oscuros verde oliva. Cabello castaño salpicado de canas.

Una agitada masa de sombra y luz, un caleidoscopio de luz y oscuridad me rodeó los brazos y después todo el cuerpo. Mis pies ya no estaban en el suelo.

—Estás confundida. Insegura. Asustada. Pero, sobre todo, estás muy enfadada.

—Sí —grité, mi voz era el eco de un recuerdo oculto durante mucho tiempo.

Las sombras seguían arremolinándose a mi alrededor, un resplandor blanco y luminoso atravesaba la oscuridad como ráfagas de relámpagos.

—Bien. Úsalo. —Sonrió, sin mostrar los dientes—. Toma ese miedo y esa ira y úsalos.

—Evie. —Se oyó otra voz, más suave y cálida—. Despierta. Despierta ya.

—Úsala o te tragará entera —dijo, mirándome fijamente sin miedo—. Y si no lo hace, recuperaré la vida que te di. Le quitaré la vida a él. Y sabes que lo haré. Sabes que puedo.

Abriendo la boca, grité de la rabia y el terror...

—¡Evie! —Una mano se aferró a la mía y una descarga de electricidad me punzó la piel al provocarme un cortocircuito en los sentidos. El contacto hizo añicos la habitación blanca y al demonio que estaba delante de mí, sacándome de la pesadilla y devolviéndome a la realidad.

Abrí los ojos y vi que estaba en el dormitorio. Iluminado tan solo por la luz de la luna, me encontré cara a cara con las aspas de un ventilador de techo que giraba mucho más deprisa de lo que yo creía que podía hacer, ya que no había electricidad para alimentarlo.

La mano sobre mi brazo era real y apretó; los dedos dejaron una impronta en mi piel.

—Estás a salvo, Evie. Estás aquí. Estás despierta y estás a salvo.

¿De verdad?

La sensación de ahogo y asfixia persistía mientras miraba fijamente el ventilador, preguntándome cómo estaba tan cerca.

—Lo he visto. Estaba en el bosque conmigo, diciéndome que solo él importaba. Que él era mi creador. —Respiré de manera entrecortada varias veces—. Después estaba en esta habitación y lo he visto.

—Tú ya no estás ahí, y él no está aquí. —La voz de Luc seguía siendo suave y segura—. Él no es nada para ti.

El ventilador giró aún más rápido. En la oscuridad, la puerta de la habitación crujió, abriéndose y cerrándose.

—Me ha hecho —susurré, cerrando los ojos.

—Él no te ha hecho.

—No lo entiendes. —Mis pensamientos corrían a gran velocidad, dando sentido a la pesadilla que había combinado múltiples realidades—. Me ha hecho hacer cosas.

—Evie, mírame. —La voz de Luc adquirió un tono duro que no daba lugar a discusiones—. Mírame.

Abrí los ojos y giré la cabeza en dirección a su voz. La luz de la luna se le reflejaba en los pómulos y, en la penumbra, su pelo era una maraña de ondas oscuras y desordenadas. Había luces blancas donde deberían haber estado sus pupilas, y estaba varios centímetros por debajo de mí.

Y el hombre de la camiseta blanca y los pantalones verde oliva parpadeaba entre nosotros.

—Es Jason Dasher. —Me estremecí—. Lo he visto, y me ha dicho que no lo decepcionara. Me ha dicho que usara lo que tengo dentro de mí.

—Eso no importa. Nada de eso importa. —Luc estaba de pie sobre la cama. Solo entonces me di cuenta de que no era la luz de la luna lo que le daba en la cara.

Era yo.

Me cosquilleaba la piel. Ahora podía sentirla dentro de mí, esa fuerza que rugía y fluía. Empujándome las entrañas, la piel y los huesos, estirándome. Sombra y luz pulsaban a mi alrededor.

Quería salir.

Y yo quería arremeter, descontrolarme. Liberar el vórtice de miedo y rabia. Quería enfurecerme, sembrar la destrucción. Derribar los muros hasta que solo quedara yo, porque todavía podía saborear aquellas realidades pegajosas y empapadas de sangre.

—Me estás mirando, Melocotón, pero no me ves —dijo—. Mírame de verdad.

Me estremecí cuando mi mirada se cruzó con la suya.

—Ha dicho que te mataría. Que podía y que lo haría...

—Eso fue antes, en el pasado, y, Melocotón, entonces no pudo matarme. —Tiró de mi brazo, se le tensaron las facciones y el blanco diamante de los ojos se le encendió. Mis pies tocaron el suelo, y ahora era Luc quien se alzaba sobre mí—. Y te juro que ahora no puede tocarme.

Otro escalofrío me sacudió.

—Estaba en mi cabeza. Está en mi cabeza. Tiene que estarlo para que yo sueñe eso.

—Has soñado eso por todo lo que has descubierto, pero él no está ahí dentro. Ahora puedo oír tus pensamientos y solo estás tú ahí dentro, y solo estamos nosotros aquí fuera. Nosotros somos lo único que importa. —Luc me tocó las mejillas con los dedos. Me estremecí al contacto, al sentir cómo la fuerza que me rodeaba se espesaba y se extendía hacia él como si lo atrajera—. Y ese hombre nunca importará.

Temblé cuando apoyó las palmas de las manos en mis mejillas. Un movimiento cerca de la puerta hizo que me girara...

—Mírame, Melocotón. Mírame a mí —me dijo Luc, pasándome los pulgares por las líneas de la mandíbula—. Solo es Gray. Estaba por aquí cerca. Te ha oído gritar.

¿Grayson estaba aquí, en el dormitorio? Intenté mirar de nuevo, pero Luc me sujetó.

—No le hagas caso. Sabe que todo va bien. Que solo has tenido una pesadilla.

—Una pesadilla de las gordas —comentó el Luxen con su tono aburrido y familiar.

—Pues sí, pero todos tenemos pesadillas —continuó Luc—. ¿No, Gray?

El Luxen no respondió.

—Ahora que sabe que todo va bien, se largará. ¿Verdad, Gray?

Un latido de silencio y entonces soltó un jocoso:

—Verdad. Todo parece completamente bajo control aquí. ¿Debería alertar a los lugareños para hacerles saber que lo tienes todo controlado?

—No será necesario. —Los labios de Luc se curvaron hacia un lado, dedicándome esa sonrisa torcida tan entrañable como atrevida. La misma sonrisa que lucía la primera vez que lo conocí como Evie, cuando asaltaron su discoteca. Era la misma sonrisa que había tenido después de ser acribillado a balazos—. Que tengas una buena noche, Gray.

—Sí, vosotros también —contestó, y sentí que se retiraba sin llegar a verlo.

El instinto de perseguirlo, de detener su huida, me atravesó como un viento rápido. No quería hacerlo, ni siquiera estaba segura de por qué lo sentía, pero el impulso depredador caló hondo.

—Quiero ir tras él.

—¿Quién no ha querido ir tras él?

—No lo entiendes. Es como si... hubiera algo dentro de mí. Algo que quiere ir tras Grayson. —Luché contra ello mientras levantaba las manos, agarrando las muñecas de Luc. La puerta seguía abriéndose y cerrándose—. Pero no quiero hacerle daño.

—Yo sí quiero hacerle daño, pero solo un poquito. Por eso eres mejor que yo. —Esa sonrisa suya me envolvió el corazón—. Siempre has sido mejor que yo.

—¿Cómo? —Una risa estrangulada se abrió paso—. Estoy a punto de explotar. Puedo sentirlo, Luc. Pensé... No lo sé. Pensé que teníamos tiempo para arreglar esto, pero...

—Todavía no has explotado, así que aún tenemos tiempo. No ha pasado nada, quizá solo la caída de un cuadro o un libro. —Sus rasgos estaban ahora envueltos en sombras, pero podía ver sus brillantes pupilas escudriñando las mías—. Sé que podemos, Evie. Juntos. Concéntrate en mí. No en los recuerdos. No en las pesadillas. Solo en mí.

Con el corazón palpitante, me esforcé por hacerlo cuando me sentí como un globo a punto de estallar. Quise que mis dedos se relajaran. Sin embargo, se tensaron hasta que me dolieron los nudillos y pude sentir los huesos. Sentí que mi cuerpo se inclinaba hacia él y conseguí detenerme.

—No es como cuando estaba en el bosque. Ahora se siente diferente.

—Lo que hay en ti es parte de ti, Evie. No es una cosa o un algo. Es la fuente, y eres tú. Incluso cuando no me recuerdas, sigues siendo tú —dijo, acariciándome las mejillas con los pulgares—. Es solo que no estás familiarizada con cómo se siente o cómo controlarlo, igual que cuando los Luxen o los Origin son pequeños. Tienen unas rabietas extraordinarias. ¿La niña de Dawson y Beth? ¿Ash? Una vez reventó todas las ventanas de una habitación porque Beth no la dejaba subirse a la barandilla de una escalera de caracol. En otra ocasión, tiró un plato de guisantes a la pared, y el plato y los guisantes la atravesaron.

—¿Crees que tengo una rabieta? ¿Como Ashley, que es una cría pequeña?

—Ashley, que es una cría pequeña, tiene más control que tú.

Parpadeé. La contundente afirmación me había quitado parte de la presión.

—Vaya.

—Cuando era pequeño, un bebé Origin, también tuve problemas para controlar la fuente. Todos los hemos tenido en algún momento.

—¿Un bebé Origin? —susurré, encontrando difícil imaginármelo como un niño pequeño y confundido, pero lo que se formó en mis pensamientos fue una adorable carita de mejillas llenas con traviesos ojos de color violeta.

—Sí, era así de bonito. —Me había leído los pensamientos—. ¿Qué? Sabes que no nací de un huevo ni de un tubo de ensayo.

Lo único que podía hacer era mirarlo fijamente.

—No estás teniendo una rabieta. Creo que la pesadilla, los recuerdos que la pesadilla ha despertado en ti, te han provocado una reacción emocional, una lo bastante fuerte como para hacer que la fuente saliera a la superficie.

Volví a pensar en el sueño, en la sensación de haber roto cerraduras y abierto puertas de par en par.

—En mi pesadilla, o en el recuerdo, no sé lo que era, me llamó Nadia, y fue entonces cuando lo sentí de verdad.

Un temblor recorrió las manos que sujetaban mis mejillas con mucha suavidad.

—Voy a hacer que me cuentes todo sobre la pesadilla y lo que recuerdas, pero ahora mismo solo quiero que te concentres en mí.

¿Cómo podía sonar tan tranquilo cuando la casa temblaba, cuando en cualquier momento una pesadilla se apoderaba de mí y se me podía ir la pinza?

—Mírame, Melocotón, y siente esto.

Sin darme cuenta de que había cerrado los ojos, los abrí. Vi dónde él había puesto una de mis manos sobre su pecho, encima de su corazón.

—¿Sientes cada respiración que hago? Es lenta y profunda, ¿verdad?

Me concentré a través de la bruma del pánico y el miedo persistente. Estaba respirando de forma lenta y profunda.

—Sí.

—Bien. —Dio un paso hacia mí, y lo que había en mi interior se estiró ante la cercanía. Nuestros pechos se rozaron con su siguiente respiración—. Quiero que te concentres en cada una de mis respiraciones y que ralentices la tuya para que coincida con la mía.

Empecé a hacerlo, pero vi los gruesos zarcillos de luz de luna y oscuridad deslizándose de mi mano, lamiendo su pecho mientras algo pesado se desplomaba sobre la casa. Comencé a retirar la mano.

—¡Luc!

—No pasa nada —replicó, manteniendo mi mano en su sitio. Empezaron a marcársele los tendones del cuello—. Solo concéntrate en mi respiración.

Desvié la mirada de mi mano a su cuello. Incluso con poca luz, pude ver que la piel del cuello de su camiseta se estaba poniendo rosada. La comprensión me iluminó.

—Te estoy haciendo daño.

—Sobreviviré. No te sueltes. Concéntrate en mi respiración...

—¡No! —Haciendo que dejara de agarrarme las muñecas, aparté mis manos de él, pero vi la masa palpitante y retorcida de la fuente bañar su pecho en una ola.

El horror se apoderó de mí mientras me quedaba mirándolo.

—Escúchame. —Unas tenues líneas blancas comenzaron a aparecer bajo las mejillas de Luc, formando una red de venas, pero él alargó la mano, agarrándome una vez más por los hombros—. La forma en la que la fuente se construye en un Luxen o en un híbrido es diferente de cómo lo hace en un Origin. Cuando empezamos a aprovecharla, invocándola pero sin usarla, tenemos lo que es como un punto crítico. Es como una olla a presión... —Respiró hondo—. Si puedes controlarla, tendrás que dejarla salir.

«Úsala o te tragará entera...».

Me concentré en la energía que afloraba a la superficie de su piel mientras la humedad me goteaba por la nariz. ¿El poder en mí? Luc dijo que formaba parte de mí, pero lo sentía como una entidad separada, y se estaba despertando. No era la fuente, eso estaba claro. Pero estaba ligado a ella, y se estiraba una y otra vez, enroscándose alrededor de los órganos e invadiendo mis extremidades. Quería...

Quería.

Temblando, empujé lo que fuera de mí hacia el fondo mientras la piel de Luc se teñía de puntitos blancos.

—Suéltame, Luc. Te estoy haciendo daño.

Unas líneas blancas rodearon la boca de Luc mientras deslizaba una mano hacia mi nuca. Enroscó los dedos en mi pelo.

—Te estás haciendo daño a ti. —Tembló, su cuerpo alto y fuerte temblaba—. Estás sangrando.

El dolor me recorrió la parte posterior del cráneo. La energía de mi interior parecía una bomba. Esas frágiles paredes y esos viejos suelos no iban a resistirlo, y Luc tampoco. Era posible que las casas cercanas se vinieran abajo. Así de grande se sentía la energía, y si la dejaba salir, lo destruiría todo. No quería que eso pasara...

—Entonces no dejes que te controle. —Se inclinó hacia mí, más allá del aura que rodeaba mi cuerpo, y apoyó la frente contra la mía. Me estremecí ante el contacto, ante la forma en la que esta parte nueva y extraña de mí anhelaba no solo que la dejara salir, sino también a él. No tenía sentido, pero era lo que sentía.

Si no podía dejarlo salir y no podía controlarlo, ¿qué pasaría si dejaba que me tragara? El instinto, o tal vez un conocimiento oculto, me decía que todo ese poder iría a parar a mi interior, y tenía la sensación de que eso no acabaría bien para mí.

Pero los demás estarían a salvo.

Luc estaría a salvo.

—No puedes hacer eso.

Se equivocaba. Cómo lo sabía, no estaba segura, pero podía absorberlo, atraerlo hacia mí hasta que no tuviera a dónde ir.

—No dejaré que hagas eso, Evie. —Sus caderas se apretaron contra las mías, y no había nada que nos separara—. No vas a volver esto en tu contra.

—Tienes que soltarme. —Una quemadura helada me punzó la piel.

—Nunca —juró, rozándome con los labios la curva de la mejilla.

Otro escalofrío me recorrió. Dos reacciones se produjeron a la vez. Una era familiar. Ese zumbido cálido y apretado de atracción que amenazaba con convertir mi cuerpo en líquido, incluso en ese momento, cuando las cosas se estaban desmoronando. La otra era... distinta. La nueva parte que Luc afirmaba que era yo también temblaba de expectación, pero de un tipo diferente que no había experimentado antes.

Quería...

Y tenía hambre.

—Suéltame —supliqué mientras esta cosa se derramaba en mi pecho—. Por favor. Te quiero y no puedo hacerte daño así. Suéltame.

—Evie. —La voz de Luc apenas se elevó por encima del retumbar de mi pulso—. Nunca te soltaré. Nunca más.

Los músculos se me tensaron hasta el punto del dolor ardiente, sacudiéndome los brazos. La presión no paraba de crecer...

—Puedes hacerlo. —Su nariz se deslizó por la mía mientras decía—: Solo necesitas tiempo para aprender cómo.

Antes de que pudiera responder, Luc me besó.

La sensación de su boca en la mía fue una sacudida para el sistema. Hubo un roce de labios. Una vez. Dos veces. Una suave caricia que me provocó una sensación de calor y escalofríos desde la raíz del pelo hasta la punta de los dedos de los pies. Me tensé, y no se parecía en nada a la ira ardiente y amarga, al miedo helado o a la resbaladiza otredad que se había extendido dentro de mí. Todo, literalmente todo, se detuvo por la conmoción, y lo único que sentí fue el más dulce estallido de agonía y de deseo, y todo en mí se ablandó. Mis labios se separaron en un suspiro, y él se estremeció contra mí. Su beso era una exigencia y me hundí en él, volviendo a poner las manos en su pecho. El beso terminó con un gemido ahogado.

El sonido...

Abrí los ojos y vislumbré la mueca de dolor que se dibujaba en su hermoso rostro.

—No pasa nada —susurró, recuperando la distancia que nos separaba y atrapándome el labio inferior con los dientes. Calmó el dulce escozor con otro beso, y un grito ahogado me abandonó justo antes de que su boca se moviera de nuevo sobre la mía, provocando otra sacudida en el sistema.

«Lo siento».

Por imposible que fuera, era su voz la que oía en mi mente, y no entendía por qué se disculpaba cuando era yo la que le estaba haciendo daño.

Una de las manos de Luc me subió por la cintura, pasó por encima de mi vientre y se posó en el centro de mi pecho. Abrió la mano y extendió los dedos mientras la otra mano abandonaba mi nuca. Me pasó el brazo por encima de los hombros, abrazándome...

Luc rompió el beso, echando la cabeza hacia atrás mientras apartaba la mano de mi pecho. La fuerza abrumadora del poder se tensó y luego se quebró.

Y lo vi.

De mi pecho brotaban hilos de luz blanca y negra, pulsantes y retorcidos, unidos a los dedos de Luc. La presión se desprendió de mi cráneo y mis entrañas. Me invadió un alivio dulce y frío, tan potente y repentino que grité.

La masa pulsante bañó a Luc, cubriéndolo por completo hasta que no pude verlo en absoluto.

Ay, Dios.

Luc lo había hecho para que yo no lo hiciera. Había tomado el poder catastrófico dentro de sí mismo, dejando que se lo tragara a él antes de que me tragara a mí.

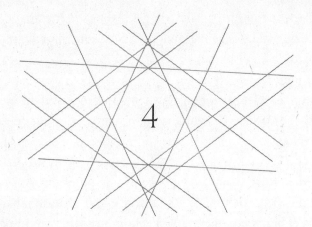

4

La casa dejó de temblar y, arriba, el ventilador de techo se convirtió en un perezoso chirrido impulsado por la brisa exterior. Con un último crujido, la puerta del dormitorio se entreabrió. La amenaza de una masa crítica había terminado para mí, pero ¿para Luc?

A su alrededor, el torbellino de sombras y luces era como una batalla entre el alba y el crepúsculo. Consumió a Luc, hasta que no fue más que la silueta de un hombre.

—¡Luc! —El pánico estalló en lo más profundo de mí, desencadenando una oleada de la fuente. Sentí que las puntas del pelo se me elevaban de los hombros en señal de advertencia, e intenté contener el poder antes de que fuera demasiado grande, demasiado fuerte.

Los rayos de luz blanca que rodeaban a Luc palpitaban con intensidad. En un acto reflejo, extendí el brazo y me protegí los ojos del resplandor mientras la sombra de energía de la luz de la luna se proyectaba hacia el exterior, lamiendo y agitándose sobre las sombras más oscuras y turbulentas hasta convertirse en una ola ondulante, lo único que lo rodeaba, que lo rodeaba entero.

Todo su cuerpo estaba envuelto en el resplandor blanco de la fuente, igual que los Luxen cuando aparecían en su verdadera forma.

Luc era tan brillante como cien soles, convirtiendo la noche en día. Cualquiera que estuviera despierto y a menos de una manzana de esta casa tendría que haber visto la luz presionando contra las ventanas y filtrándose en la noche. La estática cargó el aire a nuestro alrededor, crepitando sobre mi piel.

Nunca había visto nada parecido en él. Por lo general, cuando se conectaba de verdad a la fuente durante más de unos instantes, solo se veía un aura blanquecina que delineaba su cuerpo, y esa era la típica señal de que las cosas estaban a punto de salirse de control. ¿Esto? Esto era totalmente distinto.

Pero estaba vivo y no era ceniza y polvo, algo que sabía que no habría sido mi caso si él no hubiera intervenido. El saber que habría sido mortal si hubiera dejado que la fuente estallara dentro de mí era instintivo, algo que no podía explicar.

Se me pusieron los vellos de punta de todo el cuerpo, y no tenía nada que ver con las ráfagas de la fuente que seguían disparándose en lo más profundo de mi ser. Estaba de pie, pero no se movía.

—Luc —repetí su nombre y me acerqué a él para darme cuenta de que estaba sentada en el borde de la cama. Mis piernas habían cedido en algún momento.

No hubo respuesta desde el interior de la intensa luz.

Me incliné hacia delante y el resplandor de luz que lo rodeaba reaccionó a mi proximidad, parpadeando con rapidez. Me detuve, con los dedos a escasos centímetros del brazo encerrado en la fuente.

—Por favor —dije, con el corazón atronándome—. Por favor, di algo.

Me recibió el silencio, un silencio frío e inquietante.

Por un momento en el que se me paró el corazón, pensé que no iba a responder en absoluto, y ese momento fue uno de los más aterradores de mi vida, porque no tenía ni idea de lo que se había hecho a sí mismo. ¿Y si lo perdía? Dios mío. Se me encogió el corazón. No sabía qué haría sin él, porque no podía perderlo. No otra vez.

—Estoy bien.

El alivio hizo que se me atascara el aire en la garganta, pero había algo raro en su voz. Su tono era más profundo; el timbre, más grave, e incluso yo podía oír el zumbido de un poder increíble e inexplorado en aquellas dos palabras. El tipo de poder que dudaba que incluso Dédalo hubiera visto antes.

Y la parte alienígena que había en mí no sabía cómo reaccionar ante Luc. Podía sentirla, extendiéndose y presionando contra mi piel en oleadas, como si percibiera que Luc era una amenaza, como había hecho en el bosque, pero esta vez no se apoderó de mí. Se replegó en mi interior, enviando la señal de que sabía que no sería prudente enfrentarse a Luc mientras estuviera así..., fuera lo que fuese.

Y me recordó las inexplicables malas vibraciones que a veces me transmitía una persona o un lugar extraño aunque no los conociera o no hubiera estado allí nunca. Era el instinto primario que me advertía de que ese lugar o esa persona me traería problemas, y ese tipo de intuición nunca se equivocaba.

Ese instinto primario me decía ahora mismo que había algo muy muy raro en Luc.

—No voy a hacerte daño —afirmó Luc.

—Ya lo sé. —Y lo sabía. Bueno, al menos eso creía. Se me humedecieron los ojos por la intensidad de la luz que lo rodeaba, pero no pude apartar la mirada. Aunque retiré la mano y la curvé contra el espacio entre mis pechos, donde él había presionado su palma.

Permaneció donde estaba, como un ser brillante, completamente de otro mundo.

—Tenía que detenerte antes de que te suicidaras. Habrías muerto. No habría quedado nada de ti por lo que llorar —confirmó lo que el instinto me había estado diciendo, pero había algo diferente en su voz que iba más allá de los dejes de poder en su tono, algo raro en la forma en la que elegía las palabras e incluso en la forma en la que estaba allí—. Habrías derribado este edificio y todo lo que lo rodea.

—Gracias —susurré, todavía insegura de qué hacer con él, ya que estaba, bueno, vivo y eso, pero estaba claro que no estaba bien—. ¿Cómo has hecho eso?

—Te lo he quitado —afirmó como si tan solo me hubiera quitado un abrigo y no una masa mortal de poder caótico—. Y luego he tomado la oleada de la fuente dentro de mí.

Parpadeé, conteniendo la niebla acuosa de mis ojos.

—¿Sabías que podías hacer eso?

Inclinó la cabeza y asintió.

—¿Todo el mundo sabe que puedes hacerlo? —Me recorrió un escalofrío.

—No. Solo lo he hecho una vez antes. —Hubo una pausa mientras alzaba la cabeza—. Con Micah.

Me estremecí ante la mención del Origin que casi había acabado con mi vida. Micah había pertenecido a la última hornada de Origin, pero aquellos niños se habían vuelto malvados. Con solo Dios sabía qué para aumentar la velocidad a la que se habían desarrollado a nivel físico, se habían vuelto agresivos y peligrosamente violentos. Lanzaron a Kat por una ventana por una galleta y acabaron matando a un humano. Luc había intentado intervenir, pero nada de lo que hacía parecía tener ningún efecto sobre ellos, e hizo lo que tenía que hacer, acabar con ellos, con todos menos con Micah, que más tarde volvió para aterrorizar la ciudad de Columbia.

Era otra mácula de Dédalo, pero también una que Luc llevaba consigo. Lo que tuvo que hacer con esos Origin fue algo que llevó consigo hasta el final.

—No me contaste que podías hacerlo —contesté al fin.

—No era algo que necesitaras saber —respondió sin vacilar—. No es algo que nadie necesitara saber.

Arqueé las cejas y luché por no sentirme ofendida o un poco dolida por su fría afirmación, ya que ahora no era el momento de tener sentimientos de dolor. Algo le pasaba a Luc, algo muy malo.

—¿De verdad estás bien?

—Sí. Me siento... invencible.

Abrí la boca y luego la cerré. ¿Qué se respondía a eso?

—Es extraño —continuó de un modo casi clínico mientras daba un paso hacia mí. Me tensé—. Creía que sabía lo que se sentía, pero me he equivocado.

—Ojalá estuviera grabando lo que has dicho. —Lo miré con recelo mientras sacaba las piernas de la cama, arrimándomelas contra el pecho—. Pero nadie es invencible, Luc.

—Yo era lo más parecido a ser invencible. Antes de ti —se corrigió con bastante objetividad—. Ahora que conozco el alcance de tu poder, he llegado a la conclusión de que, en realidad, no lo era.

Estaba empezando a desear algo que nunca había deseado: que Grayson siguiera por aquí.

Luc se acercó un paso más y sentí el calor de su cuerpo.

—Pero ¿ahora mismo? —Levantó los brazos radiantes, girando la cabeza hacia el brazo izquierdo y después hacia el derecho—. Aunque pudieras controlar tus habilidades, no serías rival para mí.

—¿Enhorabuena? —Mientras él se dedicaba a mirarse, yo retrocedí unos dos o tres centímetros y me quedé helada cuando la masa luminosa que era su cabeza se dirigió hacia mí. Mi ritmo cardíaco se triplicó—. ¿Crees que puedes, ya sabes, atenuar el espectáculo de luces? —Si pudiera verlo, la cara y sobre todo los ojos, me sentiría mucho mejor. En realidad, puede que solo me sintiera mejor cuando volviera a ser un Luc un poco aterrador pero normal y no este Luc completamente aterrador e inhumano.

Miré hacia la roca mascota que estaba sobre la mesita de noche. Encima de los ojos dibujados con rotulador negro, había una cicatriz en forma de rayo a lo Harry Potter. Diesel era un regalo tonto, absurdo e inútil, algo que a Luc le haría mucha gracia.

A esta versión de él frente a mí no se lo haría.

—Tiene que seguir su curso.

Tragué saliva.

—¿Qué significa eso exactamente?

—Una vez que absorba la fuente, se desvanecerá y seré... —Una pausa—. Un poco aterrador pero normal, y no esta versión completamente aterradora e inhumana de mí mismo.

—Sal de mi cabeza.

—No puedo evitarlo. Estás dentro de mí. —Dos manos incandescentes se apretaron contra la cama, a un palmo de mis pies.

—Eso suena... un poco inquietante.

—Es... diferente —dijo, con la voz aún teñida de matices desconocidos—. La fuente tiene una huella de lo que la ha impulsado. No puedo ver lo que estabas soñando, pero lo siento. Puedo saborear tus emociones.

Me quedé helada, con los ojos desorbitados. No estaba segura de cómo sentirme al respecto. Aunque quería que entendiera por qué había perdido tanto el control, no quería que conociera tan de cerca aquella pesadez asfixiante y sofocante.

—Sabe a sangre y terror —dijo, y se me cortó la respiración—. Humillación y derrota.

Estaba tan absorta en lo que estaba diciendo que no me había dado cuenta de que estaba más cerca, de rodillas, rondando por mis piernas.

—Puedo saborear el residuo de la desesperanza —continuó—. Lo que causó esos sentimientos sigue oculto para ti..., para mí. Lo que te hizo hacer durante el tiempo que estuviste con Dédalo no importa. Solo importa esto. No lo mataré, Evie. No habrá una muerte simple y rápida para él. —Las manos de Luc estaban en mis caderas y mi espalda estaba pegada al colchón. Su cabeza y sus hombros estaban a la altura de los míos, y, cuando habló, sus palabras destilaron fuego—. Le arrancaré la piel del cuerpo y le destrozaré los músculos y los tendones hasta que no pueda ni mover un dedo. Lo desgarraré poco a poco, las partes más sensibles, miembro a miembro, y entonces, cuando vea que se avecina la muerte, te verá a ti. Serás lo último que vea antes de asestarle el golpe mortal.

Me estremecí, un poco asustada por sus palabras.

Y también estaba un poco... excitada. Puede que eso significara que había algo malo en mí. Vale, no es que fuera una posibilidad. Cien por cien había algo retorcido y perturbador en mí.

—No hay nada perturbador en ti —contestó Luc—. No es la idea de la violencia lo que te hace sentir así. No hay nadie que se lo merezca más que Jason Dasher.

Tenía razón, pero no debería desearle esa clase de muerte a nadie. Debería ser mejor que eso y esas mierdas, y, además, no debería querer besarlo después de oírle decir eso.

Luc volvió a inclinar la cabeza.

—También es porque sabes que haría punto por punto lo que te he dicho, que haría todo eso por ti, y también sabes las ganas que tengo de ser lo último que vea Jason Dasher.

Con la respiración entrecortada, supe que tenía razón.

—Los humanos son complicados, Evie. Seres complicados y con capas que a veces se encuentran en esa incómoda zona gris moral —prosiguió con esa extraña voz cargada de poder—. Que tú no seas cien por cien humana no significa que no seas igual de caótica.

Me humedecí los labios mientras me latía el pulso. Me dolían los ojos de mirar fijamente a la luz, pero por muy cerca que estuviera, podía ver que no se parecía en nada a un Luxen, que en su verdadera forma me recordaba al cristal líquido. Más allá del intenso resplandor, vi las líneas y los planos casi perfectos del rostro que aún ansiaba capturar con mi cámara como había hecho una tarde en su club.

—¿Y tú?

—Yo soy el caos —afirmó.

No entendí lo que eso significaba, pero habló antes de que pudiera preguntar.

—Ojalá no me tuvieras miedo ahora mismo.

—No te tengo miedo.

—Tienes la mente abierta de par en par para mí. Sé en lo que estás pensando.

Entrecerré los ojos llorosos.

—Por millonésima vez, es de mala educación leer los pensamientos de la gente.

—Eso no cambia lo que sé —replicó.

—Vale. Sí. Estoy un poco asustada. ¿Puedes culparme? Estás hablando raro y no me has llamado Melocotón ni una vez desde que me absorbiste todo ese poder...

—Lo tomé para que no te mataras de una forma estúpida.

—Y te lo agradezco, pero podrías haber omitido la parte de estúpida —le dije, y él se limitó a mirarme con los ojos llenos de llamas blancas—. También me has dicho que ahora podrías eliminarme con facilidad...

—Lo que puedo hacer y lo que haría son dos cosas distintas.

—Sí, lo sé, señor Mente Fría, pero eso no hace que sea menos espeluznante oírlo. —Tenía las manos tensas a los lados, los dedos clavados en la manta. Era la única forma de evitar darle un puñetazo—. Y por si no lo sabes, ahora mismo pareces la Antorcha Humana.

—Pero sigo siendo Luc. —Inclinó un poco la cabeza y tuve que bajar la mirada para protegerme los ojos del brillo—. Sigo siendo tuyo.

Me dio un pequeño vuelco el corazón cuando mis dedos se soltaron de su agarre mortal.

—Sí. Lo eres.

Desplazó una de las manos al espacio junto a mi hombro, y el calor que desprendía debería haber sido insoportable, pero no lo fue.

—Ojalá no me tuvieras miedo —repitió—. Porque quiero quitarte el sabor de lo que guardaban tus recuerdos con algo bonito.

Lo que mi corazón hizo a continuación fue vergonzoso. Lleno de la amarga dulzura de sus palabras, se hinchó tanto que sentí que podía salir flotando de la cama. Luc quería borrar lo que yo sabía que él sentía, porque había estado en mí primero, y, a decir verdad, no quería nada más que lavar esa mancha. Tenía miedo de lo que era ahora, pero no de él.

Nunca de él.

No podía contar cuántas veces había intervenido y me había salvado la vida, ya que estaba segura de que había habido veces que ni siquiera lo había sabido. No podía entender cómo se había alejado de mí, porque sabía que yo no habría sido capaz de hacerlo. Yo era demasiado egoísta, y ahí era donde Luc se equivocaba con respecto a él y a mí. Él haría cualquier cosa para asegurarse de que yo viviera, y yo haría cualquier cosa para asegurarme de que él permaneciera a mi lado.

Luc empezó a retroceder, y yo dejé de estar tumbada y de pensar, porque Luc me necesitaba. Levanté las manos, sabiendo que la fuente que lo rodeaba no me haría daño.

La electricidad me recorrió los dedos y me bajó por los brazos mientras deslizaba las manos por el cálido resplandor. Le apreté las palmas contra las mejillas, volviendo su cabeza hacia la mía. Los ojos se me llenaron de lágrimas, y no estaba segura de si era por la luz o por otra cosa, pero los cerré mientras levantaba la cabeza hacia la suya.

En cuanto nuestras bocas se tocaron, me invadió una corriente de energía mucho más fuerte que me dejó un cosquilleo en los labios y en la garganta. No me aparté de la fuerte sensación ni del calor que ahora ardía a su alrededor. Separé los labios y profundicé el beso, demostrándole a Luc que no le temía y haciendo todo lo posible por borrar lo que ambos sentíamos, lo que ambos compartíamos ahora.

Pero entonces deslizó una mano hasta mi nuca, buscando el control del beso, y yo se lo cedí encantada.

Del fondo de su garganta salió un gruñido que me encogió los dedos de los pies y me provocó un nudo delicioso en el estómago.

«Evie».

Juraba que le había oído decir mi nombre incluso cuando sus labios se movían sobre los míos y que había sido su voz, y no la frígida y apática que me había preocupado, pero eso no era posible, y entonces ya no estaba pensando en eso en absoluto. Una mano en mi cadera tiró de mi cuerpo bajo el suyo y jadeé ante la explosión de sensaciones. El calor y la dureza me apretaron, borrando todos los pensamientos excepto cómo se sentía él, cómo me sentía yo.

Dondequiera que tocaba, le seguía la estática, danzando tras la mano que se deslizaba por mi brazo, sobre mi cintura, y luego más abajo, deteniéndose para agarrarme la cadera de una forma que me dejó sin aliento, y después me apretó el muslo. Sus caderas se acomodaron en mí y, cuando me levantó la pierna, la enganché alrededor de la suya.

No sabía a malos recuerdos ni a pesadillas. Sabía a sol y a noches de verano. Caía y caía en su calor y en él, y cuando se movió contra mí, jadeé:

—Luc.

—¡Me vas a matar con esa forma de decir mi nombre! —exclamó. Su tono seguía siendo ese extraño, poderoso y frío, pero ¿sus palabras? Eran todas de Luc cuando me atrapó el labio inferior entre los dientes—. No tienes ni idea.

No creía que supiera lo que me estaba haciendo mientras su boca recorría un camino de besos por mi garganta. Arrastró los dientes por aquel lugar increíblemente sensible, justo encima de mis hombros, haciendo que se me arqueara la espalda.

Vale.

Quizá sí sabía exactamente lo que estaba haciendo.

Luc se rio mientras una de sus manos se deslizaba por debajo de mi camiseta, dejándome una marca contra la piel desnuda del vientre.

—Estás dentro de mi cabeza otra vez. —Apenas reconocí mi propia voz.

—Pues sí. —No estaba avergonzado—. Y no es el único lugar dentro del que quiero estar.

Me ruboricé de arriba abajo ante la audacia de sus palabras.

—Qué sorpresa —alcancé a susurrar mientras deslizaba la mano por mis costillas, por encima de las finas copas de mi sujetador. El material no protegía mi piel del calor de su mano.

Su boca volvió a la mía.

—Tú quieres lo mismo.

No era una pregunta. No necesitaba que la hiciera. Sí quería. Deseaba tanto lo mismo que era casi doloroso, pero este...

Este era Luc, pero tampoco lo era.

Entonces me besó como si me estuviera reclamando, como si nunca antes hubiera tenido el lujo de hacerlo, y me reclamó por completo.

Las cosas se descontrolaron un poco cuando el intenso resplandor que consumía a Luc pulsó y se encendió, creando sombras parpadeantes a lo largo de la cama y de la pared. Se quitó la camiseta y sentí su pelo como hebras de fuego entre los dedos mientras me besaba por todo el cuerpo, sobre la ropa y luego contra la piel.

La forma en la que me quedé sin pantalones y sin camiseta tuvo que deberse a alguna habilidad ingeniosa de Luc, porque no me di cuenta para nada de lo que estaba ocurriendo hasta que sentí unos centímetros de piel caliente y desnuda rozando la mía. Del sujetador sí que fui plenamente consciente, porque sus dedos y luego sus labios me deslizaron los tirantes por los brazos, y cuando cayó sobre la cama y la ropa dejó de ser una barrera entre sus manos, su boca y yo, sentí que no podía respirar por la forma en la que mi pulso latía por todo mi cuerpo. Nuestras manos estaban por todas partes, y sabía hacia dónde se dirigía esto. La intención pesaba en el aire, como una tercera entidad tangible, y cuando tiré de la última prenda que llevaba Luc, lo hice sin pensarlo. Solo quería sentir, sentirlo, saborear esos preciosos momentos robados mientras todo lo que nos rodeaba parecía a punto de desmoronarse. No teníamos ni idea de lo que iba a pasar de una hora a otra, y yo solo quería lo bonito de esto, de él, de nosotros juntos, y eso no tenía nada de malo.

Excepto por una cosa.

Nuestra primera vez juntos debería ser nuestra, y no de Luc, mía y de lo que fuera que me había sacado.

Luc separó su boca de la mía en un beso lento, saboreándolo.

—¿Evie?

Al abrir los ojos, vi que el resplandor de poder que rodeaba a Luc se había desvanecido lo suficiente como para distinguir el brillo de diamante de sus pupilas. Me estaba mirando fijamente, sin pestañear, con una mirada que me resultaba familiar, pero que no lo era.

Le apoyé un dedo tembloroso en la mejilla resplandeciente.

—Te deseo. Quiero esto —susurré, y Luc se estremeció. La fuente se iluminó con fuerza—. Pero así no.

Por un momento, se quedó inmóvil.

—Así no —aceptó, tocándome la barbilla. La fuente crepitó con suavidad, y se me extendió por la mejilla—. Pero ¿sabes qué?

—¿Qué?

Dejó caer la mano sobre mi cadera.

—Hay un montón de cosas que podemos hacer en su lugar.

Me dio un vuelco el estómago de la manera más exquisita. Habíamos hecho otras cosas, y esas cosas me gustaban mucho. Y a Luc también.

—Sí. —Las comisuras de los labios se me empezaron a inclinar hacia arriba—. Hay.

Luc me besó y entonces, con un movimiento increíblemente rápido, estaba medio boca abajo, medio de lado, y la larga y casi ardiente longitud de Luc estaba pegada a mi espalda un latido después.

Sorprendida por ese movimiento repentino, solté una carcajada, aturdida.

—Ha sido impresionante.

—Lo sé. —El calor húmedo de su boca me tocó el hombro.

Reprimí un gemido.

—Y yo que pensaba que no podías ser más arrogante.

—¿Es arrogancia si es la verdad?

—Sí.

—No estoy de acuerdo. —Estirándose sobre mí, extendió su mano sobre la mía, que descansaba sobre la cama; el resplandor de la fuente tornó mi piel de un tono iridiscente y, cuando deslizó los dedos por mi brazo, unas chispas me inundaron la piel—. Y tú ya lo sabes.

—¿Que yo ya sé el qué? —Incliné la cabeza contra su pecho, mordiéndome el labio mientras él movía la mano con más libertad.

—Que siempre tengo razón.

Mi risa terminó en un sonido que me abrasó las mejillas, pero pude vengarme cuando incliné las caderas hacia atrás y él dejó escapar un gemido rasgado que sonó en parte a maldición. Cualquier rastro de risa murió en los dos segundos siguientes, porque sencillamente no tenía aire en los pulmones para reírme.

Deslizó los cálidos dedos por mi vientre, más allá de mi ombligo, y luego se detuvo. Esperó.

Luc, aún ahí, todavía en control, me esperó.

Asentí mientras susurraba:

—Sí.

Se estremeció contra mí, y luego no hubo más que una tensión salvaje e impresionante mientras bajaba la mano con una precisión infalible.

En esos momentos, ambos llegamos al punto en el que ninguno de los dos era capaz de pronunciar palabras coherentes. Cuando por fin me tocó de verdad, perdí la noción del tiempo. Me moví contra su palma. Él se movió contra mí, los dos buscando, persiguiendo la explosión, y cuando esta llegó, su grito ronco se unió a mi grito agudo.

Y fue entonces, en el momento en el que unos finos temblores me recorrieron en oleadas que se reflejaron en Luc, cuando me percaté de que lo que había empezado siendo sobre Luc había acabado siendo sobre los dos. Hasta que se nos ralentizaron las respiraciones y los corazones, ninguno de los dos se dio cuenta de lo mucho que necesitábamos que nos recordaran que los recuerdos y el pasado, incluso las partes que no recordábamos, no nos definían.

No íbamos a permitirlo.

Nunca.

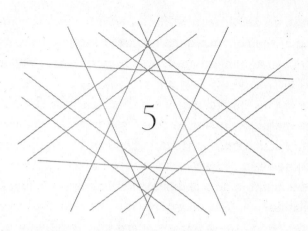

5

Algún tiempo después, a pocas horas del amanecer, Luc ya no parecía la Antorcha Humana. Debió de ocurrir mientras dormía, porque cuando abrí los ojos no había resplandor, solo sombras.

Luc me había pasado un brazo por debajo de la cabeza y yo estaba utilizando su bíceps como almohada. Seguía acurrucado a mi alrededor, con el pecho cálido contra mi espalda, pero ni de lejos tan caliente como horas antes.

—Debes de tener el brazo dormido —murmuré.

Estaba trazando formas difusas a lo largo de mi cintura.

—Mi brazo nunca ha estado mejor.

Al oír su voz, solté un pequeño suspiro de alivio.

—Suenas como siempre.

—¿Te refieres a cuando solo doy un poco de miedo?

Me encogí.

—Nunca vas a dejar que lo olvide, ¿verdad?

—Nop. —Movió un dedo, y pensé que estaba dibujando un ocho.

Inclinando la cabeza hacia un lado, intenté verle la cara en la oscuridad, pero lo único que vi fue su cuello.

—Sabes que no te tengo miedo, ¿no? Ni siquiera cuando parecías un Luxen puesto hasta las cejas de esteroides.

—Lo sé. —Se movió un poco y me tocó la punta de la nariz con los labios.

—Bueno, estaba un poco acojonada. Me recordabas a un robot. Un robot cachondo, que son dos palabras que nunca pensé que diría en mi vida, pero estabas... distinto —divagué—. Y me sorprendería si no terminara con quemaduras en lugares muy incómodos.

—¿Un robot cachondo? —Luc se rio y me rozó ligeramente los labios con los suyos. Se echó hacia atrás, moviendo de nuevo el dedo—. No creo que tengas que preocuparte por incómodas quemaduras en lugares inconfesables.

—Está bien saberlo. —Me froté la mejilla contra su brazo—. Me alegro de que ya no brilles.

No respondió, sino que dibujó en mi cadera lo que parecía un... ¿par de labios?

Encontré su otra mano, entrelacé mis dedos con los suyos y apreté.

—Sé que ya te he dado las gracias, pero...

—No tenías que darme las gracias la primera vez y por supuesto que tampoco tienes que dármelas otra vez. Haría cualquier cosa para mantenerte a salvo, Melocotón. Es lo que hay.

—Eso no significa que no tenga que darte las gracias —le dije—. Si no lo hubieras hecho, yo habría, bueno, ya sabes lo que habría pasado. No podía calmarme. Lo intenté. De verdad que lo intenté. —Me quedé mirando las sombras de la cama—. Pero no pude hacerlo.

—Aun así, es algo bueno.

Levanté las cejas.

—¿Por qué dices eso?

—Porque ahora sabemos que la fuente no solo responde cuando te sientes amenazada. La emoción extrema puede sacarla.

—Lo volveré a repetir, ¿por qué eso iba a ser algo bueno?

—Bueno, para empezar, no tengo que hacer que te sientas amenazada por mí —respondió, con tono seco.

—Ah, sí. Buena observación.

—Y creo que... —Exhaló con fuerza—. Creo que trabajar con ello si está relacionado con las emociones nos da una mejor oportunidad de sacarlo y controlarlo.

Pues he hecho un buen trabajo controlándolo.

—La fuente parece reaccionar como un mecanismo de defensa en ti, que se activa si te sientes amenazada o bajo una coacción extrema, y eso tiene sentido. Como he dicho antes, los Luxen y los Origin jóvenes tienen la misma falta de control, pero la cosa es que al menos deberías poder aprovecharla, usarla cuando quieras. Esa es la parte que no entiendo.

Tal vez era defectuosa.

—No eres defectuosa —dijo en voz baja—. Y no me chilles por leerte los pensamientos. Prácticamente me lo acabas de gritar.

Suspiré, y pasó un rato hasta que hablé de mi miedo más íntimo.

—Solo ha sido una pesadilla, Luc. Y tal vez algunos recuerdos reprimidos que están aflorando. —Estaba claro que algunos eran recuerdos reprimidos, pero bueno—. ¿Podría pasar esto cada vez que me duerma? ¿Y si es algo que no puedo controlar?

—¿Si es algo que no puedes controlar? ¿Significa eso que prefieres no hacer nada?

Fruncí el ceño.

—No. Pero no puedes quitarme la fuente cada vez que me descontrole. No quiero que te conviertas en Luc el robot.

—¿Y si fuera Luc el robot cachondo?

—Madre mía —gemí.

Volvió a reírse, y Dios, me alegré de oírlo aunque estaba haciendo todo lo posible por avergonzarme.

—Lo haremos en un lugar más seguro. Hay muchos campos y zonas abandonadas donde, si tienes que liberarla, no pasará nada.

—¿Que no pasará nada? ¿Y si sales herido?

—No saldré herido.

Ladeé de nuevo la cabeza.

—Voy a recordarte lo que dijo Luc el robot. Que te habías equivocado en lo de ser invencible.

—Además de que estaría preparado en caso de que estalles y podré tomar precauciones, hará falta algo más que un edificio o dos cayendo sobre mí para que salga herido.

¿Un edificio o dos?

No tenía palabras para eso, la verdad.

Pero sí que tenía otras:

—¿Y si me convierto en una supervillana? La forma en la que hablaste de mi poder... —Desvié la mirada—. Hiciste que sonara como si supieras que podría contigo.

—¿Evie? No sé si te das cuenta o no, pero desde el momento en el que todo se vino abajo en ese bosque, supe que podías acabar conmigo si de verdad querías. No te lo pondría fácil, pero es una pelea que ganarías.

Ya lo sabía, pero oír cómo Luc lo confirmaba daba pánico.

Ahora bien, si pudiera controlarlo, sería bastante impresionante, pero ¿hasta entonces? Era aterrador saber que podía perder el control y matar a la persona que amaba con todo mi ser.

—¿Y eso no te molesta? ¿Ni un poquito?

—¿La verdad? —Me puso boca arriba, e incluso después de lo que acabábamos de compartir, me puse un brazo sobre el pecho—. En realidad, lo encuentro muy sexi. Me puse un poco cuando me estabas arrancando la piel de los huesos.

Eh...

—Sí, ya sé que es demasiada información, pero mira, estaría bien que alguien más se encargara de los malos mientras yo me pongo al día con *Jersey Shore*.

Me quedé mirando su rostro ensombrecido.

—¿Hablas en serio? Porque no lo sé. Espero que no, pero todo eso suena como a las estupideces que de verdad quieres decir.

Posó la palma sobre mi estómago, justo debajo del ombligo.

—La mitad de eso era verdad. Bueno, el noventa por ciento lo era. Creo que *Jersey Shore* está muy infravalorado.

Cada vez que me quedaba sin habla, la verdad, no creía que pudiera volver a dejarme en silencio. Cada vez me equivocaba por completo.

—Pero no dejaré que llegue al punto de que mi vida o la tuya corran peligro —prosiguió—. Lo detendré antes de que llegue a eso.

—¿Cómo? ¿Vas a seguir absorbiéndome el poder?

Me pasó el dedo por el ombligo y se quedó callado durante unos largos instantes.

—No creo que sea prudente.

Inquieta, pregunté:

—¿Por qué?

—Soy el único Origin que puede hacer eso. Bueno, soy el único Origin vivo que puede hacerlo. En cierto modo, es parecido a cómo un Arum se alimenta de la fuente y cómo aumenta sus fuerzas y habilidades, pero no es lo mismo. —Ahora estaba dibujando una línea invisible—. Ahora sé por qué te refieres a eso como «eso» u otra cosa dentro de ti —dijo—. La fuente se sentía como una entidad separada.

—¿No se suele sentir así?

—Se siente como una parte intrínseca de mí. Lo que salió de ti se sintió diferente. Tal vez sea porque fui diseñado desde que nací. No creo que sea así con los híbridos, tampoco. Puede que porque tienen un Luxen para anclar la mutación. ¿Quizá se siente así porque está en ti, pero no eres realmente parte de ello, al menos de manera intencional? Cada vez que la has utilizado, te lo han impuesto, ya sea mediante amenazas físicas o angustia emocional. Tal vez eso cambie a medida que te acostumbres. No lo sé. En cualquier caso, nunca había sentido algo así. —Su voz se volvió más tranquila—. ¿Ese tipo de poder? ¿Lo que sentí con él dentro de mí? Eso podría ser adictivo. Soy un chico lo bastante listo como para reconocerlo, pero ha sido más que eso. Como si estuviera..., no sé, intentando fundirse conmigo a nivel celular.

—Eso suena fatal.

—Sí, y tampoco parece posible. No lo es, así que podría estar interpretando lo que sentí del todo mal —dijo—. Pero el instinto me dice que si lo hiciera a menudo, me cambiaría, y mi instinto nunca se equivoca.

El hielo me inundó las entrañas.

—¿Quieres decir que te convertirías en Luc el robot y te quedarías así?

—Creo que me convertiría en algo mucho peor que eso —contestó, y en la oscuridad, sus ojos encontraron los míos—. Me convertiría en algo a lo que temer de verdad. Solo debería ser la opción a la que recurrir como último recurso.

No debería volver a suceder. Si a Luc le preocupaba que pasara algo así, no podía.

—No creo que debas hacerlo en absoluto.

Luc guardó silencio durante un largo instante.

—Hay otras formas de contenerte, Evie, si llega el caso.

Intuyendo que había un motivo por el que no había utilizado uno de los otros métodos, puse una mano sobre la suya.

—Esas formas me harían daño, ¿verdad? Esa sería la única razón por la que no harías eso en lugar de tomar mi poder.

—Me conoces muy bien. —Deslizó su mano por debajo de mí—. Puedo hacer cosas que nunca me has visto hacer.

Conseguí reprimir el escalofrío que me provocaron sus palabras. Había visto a Luc hacer muchas cosas impresionantemente poderosas, así que ¿qué más podría hacer que yo no hubiera visto?

—Si quisiera, podría entrar en tu mente y apagarte. No sería indoloro. Imagino que sería como lo que sentiste cuando se utilizó la onda Cassio —explicó, y aquel había sido el peor dolor que había experimentado nunca—. Podría hacerte pensar y ver cosas que no existen, igual que podía hacerlo la hornada de Origin de la que Micah formaba parte. Pero eso no es todo.

Me latía con fuerza el corazón.

—¿Hay más?

Se rio, pero le faltó su calidez y su humor.

—El suero utilizado para crearme forma parte del suero Andrómeda. Lo sé porque hubo cosas que hiciste en el bosque que solo yo puedo hacer. Cosas que Micah y los otros solo estaban empezando a desarrollar.

Casi me daba miedo preguntar.

—¿Qué cosas?

—¿La forma en la que destrozaste los cuerpos con tu mente? ¿Cómo lo hiciste con un giro de tus dedos sin tocarlos? Esas son cosas que yo puedo hacer. —Levantó una mano y se echó el pelo hacia atrás—. Pero soy casi tan rápido y poderoso como tú, y no podría hacer lo que tú hiciste con la tierra, convertirla en un arma.

Estaba hablando de cómo había convertido el suelo en sogas mortales, básicamente. La verdad era que no tenía ni idea de cómo lo había hecho, aparte de que lo había pensado... y había sucedido.

—¿Qué hay de Archer? —Y la pequeña Ashley y Daemon y el niño que pronto iba a tener Kat—. ¿Y Zoe?

—Ni Archer ni Zoe pueden hacer ninguna de esas cosas. Yo fui una sorprendente casualidad de la perfección antes de que crearan la última hornada de Origin —contestó, y lo dijo sin una pizca de arrogancia—. Cada Origin tiene sus propias habilidades únicas. Al menos así ha sido. Ashley tiene una manera de saber las cosas.

¿Como cuando supo que yo era Nadia?

Eso seguía siendo un poco espeluznante.

Pero ahora yo también era un poco espeluznante.

—En el bosque, cuando parecía que no iba a alcanzarte... —Se apartó de mí y se puso boca arriba. El aire frío invadió de inmediato el espacio—. Lo intenté. —Exhaló con fuerza—. Odiaba la idea de causarte dolor, aunque supuse que a esas alturas no te provocaría un daño duradero como a los humanos. Sus mentes no pueden soportarlo. Les revuelve el cerebro, literalmente. Pero no pude entrar. Es como si esa habilidad se hubiera tenido en cuenta cuando se perfeccionó el suero.

¿Podría Dédalo haber sido tan proactivo? La respuesta era un rotundo sí. Habían tomado todos los éxitos y fracasos de los sueros anteriores y habían trabajado con ese conocimiento, no contra ello.

—Tendré que atraparte antes de que caigas por ese precipicio. Es la única manera.

Enroscó el brazo debajo de mi cabeza, como si quisiera apartarla, y supe por qué eso le molestaba. Atraparme antes de que no pudiera llegar a mí significaba que se apoderaría literalmente de mi mente. Luc no se había andado con rodeos. Dolería mucho, y eso sería lo último que Luc querría hacer.

Rodé hacia él, pegándome a un lado de su cuerpo mientras le pasaba un brazo por encima del pecho desnudo y una pierna por encima de la suya.

—¿Qué...? —se interrumpió Luc.

—Está bien. Te doy permiso.

Luc se quedó inmóvil contra mí. Creo que ni siquiera respiraba.

—Si empiezo a caerme por el precipicio, tienes mi permiso para darme una bofetada mental. Dolerá, pero no será culpa tuya. No puedes sentirte culpable por ello.

—No creo que eso sea de verdad una opción, Melocotón.

—Hay que hacerlo, Luc, o estaremos jodidos. Nadie más puede hacer lo que tú. —Mantuve el tono de voz, porque sabía que no estaba siendo dominante ni sobreprotector. Si la situación fuera al revés, me estaría ahogando en culpa. Así que lo entendía, pero eso no cambiaba el hecho de que era nuestra única opción—. ¿Te parece bien que estemos jodidos?

—Me parece bien mientras seamos nosotros los que jodamos.

Puse los ojos en blanco y empecé a incorporarme, pero Luc me rodeó la espalda con el brazo, manteniéndome pegada a él.

—No. Tienes razón —dijo—. No será fácil. No me gustará, y a ti tampoco, pero es mejor que las alternativas.

No podía haber otras alternativas.

De repente se me ocurrió una idea inquietante.

—¿Y si la razón por la que ocurre así es porque no estoy hecha para controlarlo?

Luc se quedó muy quieto.

—¿En qué estás pensando?

—Sabemos que muté hace cuatro años y luego me entrenaron. Mis recuerdos no se borraron hasta entonces, cuando me volvieron a plantar con mi madre como una especie de durmiente. No hubo señales de mi mutación hasta que April utilizó la onda Cassio, y desde entonces no ha habido ninguna otra señal, salvo cuando me siento amenazada o me asusto. Quizá sea solo un mecanismo de defensa y no algo planeado por Dédalo o Dasher.

—No te estoy siguiendo, la verdad.

No estaba segura de ser yo misma, porque los recuerdos que tenía de Dasher eran demasiado breves, inconexos y parecían fuera de contexto, pero también estaba lo que había dicho Eaton.

—Los Troyanos fueron diseñados para responder solo ante Dasher. Tal vez yo solo pueda usar la fuente de manera intencionada o controlarla bajo su control y por eso se siente como una entidad separada en lugar de como una parte de mí, del mismo modo que la fuente es una parte de ti o de un híbrido. Solo es parte de mí cuando Dédalo lo permite.

Joder, en el momento en el que esas palabras salieron de mi boca, quise retirarlas, porque sonaban lo bastante locas como para estar totalmente en lo cierto.

—Me niego a aceptarlo —soltó.

—Luc...

—Tampoco tiene sentido, Evie. Cada persona es capaz de manipular el ADN hasta cierto punto, y no me importa cuánta codificación haya en un suero, tú no eres un ordenador que sea solo capaz de ejecutar un programa —argumentó—. Tampoco explicaría cómo tus emociones podrían controlarla. ¿El daño físico? Sí. Eso tiene sentido, porque sería una forma de asegurarse de que eres capaz de proteger su recurso. Pero ¿las emociones? Eso no es una amenaza física inmediata.

Luc tenía razón.

—Simplemente no puede ser posible —afirmó como si pudiera sin más hacer que así fuera porque no quería que lo fuera.

Yo tampoco quería, porque si era así y tenía razón, ningún entrenamiento serviría de nada si Jason Dasher guardaba el as definitivo bajo la manga.

Yo no era más que un lastre andante o una posible bomba haciendo tictac en el corazón de lo que sospechaba que era el único lugar capaz de formar algún tipo de resistencia contra Dédalo.

Como una verdadera Troyana.

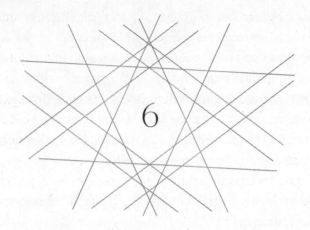

6

—Así que esa ha sido mi noche —le dije a Zoe mientras terminaba de masticar un puñado de cacahuetes que me había metido en la boca, el cuarto puñado de cacahuetes. Tenía tanta hambre que ni siquiera tenía gracia.

Luc estaba manteniendo aquella «tan necesaria» conversación con Daemon. Zoe había aparecido unos minutos después, casi como si la hubieran llamado para hacer de niñera de Evie, con unos vaqueros y una camiseta que le quedaban tan bien que supe que no eran prestados, sino parte de la ropa de reserva que había guardado aquí.

A veces todavía me chocaba darme cuenta de lo mucho que desconocía de la vida de Zoe.

Cuando descubrí por primera vez que Zoe era una Origin y que nuestra amistad al principio había sido urdida, había sido duro, porque había habido una parte de mí que había temido que nuestra amistad hubiera estado tan tramada como mi vida como Evie, pero lo había superado. Cómo nos hicimos amigas Zoe y yo no importaba. Lo que importaba era el hecho de que nos apoyábamos la una a la otra.

En ese momento estábamos sentadas en el suelo de la casa que se había convertido de manera provisional en la de Luc y la mía, con la desgastada mesa de centro entre nosotras cargada del tipo de comida que, por lo general, no me comería ni con una pistola apuntándome a la cabeza. Bueno, excepto los pequeños trozos de lo que Zoe había llamado «queso de granja». Podría comer queso todo el día y toda la noche, pero ¿el resto de cosas?

Apio. Manzanas en rodajas. Zanahorias. Pepinos y tomates en rodajas.

Aparte del queso que había puesto sobre las galletas saladas que puede que estuvieran un poco pasadas de su fecha de caducidad, mi madre habría estado orgullosa de lo que estaba consumiendo.

«Mi madre».

Un trazo intenso de amargo dolor me iluminó el pecho antes de que pudiera apagar aquel choque de trenes de emociones. Respiré de forma entrecortada.

—¿Y qué tal tu noche?

Zoe me observó con la mirada perdida, la expresión que había tenido durante todo el tiempo que le había estado contando lo que había pasado la noche anterior. Pero no se lo había contado todo, claro. No necesitaba saber lo que habíamos hecho Luc y yo, y creo que agradeció que omitiera esos detalles, pero sí le conté lo que había hecho Luc. Le confiaba mi vida y sabía que Zoe me quería como si fuera una hermana, pero también sabía que Luc era algo totalmente distinto para ella. Le respondía a Luc como un soldado a su general. No era solo porque él la había liberado del infierno de Dédalo, sino más que eso, una lealtad nacida del respeto, lo mismo que le pasaba a Grayson y a Emery, incluso a Kent antes de que lo asesinaran. Me dolía el pecho cuando pensaba en él, y eso me hacía pensar en Heidi y en si estaba bien, y en si James se estaba preguntando qué nos había pasado.

Me dolía aún más el corazón porque pensaba en mi madre y no sabía si llorar por ella era lo correcto. Si todas las cosas terribles que había hecho significaban que ya no era digna de que ni yo ni nadie llorara por ella.

—No tan interesante como la tuya —contestó Zoe, sacándome de mis pensamientos—. No tenía ni idea de que Luc pudiera hacer algo así. —Sacudió la cabeza mientras mojaba una manzana en un poco de miel—. En realidad, no sabía que algún Origin pudiera hacer eso, lo que hace a Luc aún más especial.

—Lo sé —coincidí, mirando la sustancia dorada que goteaba por el trozo de manzana, preguntándome si de verdad estaría bueno.

—Me recuerda a cómo se alimentan los Arum. Parece un beso cuando lo hacen. —El trozo de manzana se detuvo a centímetros de su boca—. Bueno, supongo que podrían hacerlo mientras se besan, pero en esencia lo que hacen es inhalar, succionar la fuente.

—Luc no lo hizo así. Tan solo me puso la mano en el pecho y me la sacó —respondí, imitando lo que me había hecho—. Pero sí, estaba superraro hasta que la absorbió.

—¿Más raro que tú comiendo comida sana?

Resoplé.

—Creo que la cantidad de sal que le he echado a los tomates anula los beneficios para la salud de lo que estoy comiendo.

—Qué gran verdad.

—Pero sí, estaba diferente. Seguía siendo Luc, pero estaba algo... distinto —dije—. Estaba más frío y casi como, no sé, si tuviera la mente fría, si es que eso tiene sentido. Había muchas emociones. —Obviamente, había muchas emociones, teniendo en cuenta a dónde había llevado el beso—. Pero podría ver que no sería el caso si hubiera tomado más.

—Pero no va a volver a hacerlo, ¿verdad?

Exhalando con brusquedad, asentí.

—Cierto. Incluso él mismo ha dicho que no debería hacerlo.

—Y eso es lo que da miedo. —Zoe le dio un mordisco a su manzana glaseada con miel, con expresión pensativa—. A ver, si Luc cree que acabará mal si lo vuelve a hacer, es grave. En cierto modo, está admitiendo una debilidad. No puede controlar cómo responde a la fuente que está en ti, y aparte de ti, no creo que Luc tenga ninguna debilidad.

No estaba segura de cómo sentirme por ser la debilidad de Luc. Sobre todo porque sabía que era verdad. Por eso Jason Dasher y mi madre habían sido capaces de hacer lo que habían hecho. Habían explotado su debilidad.

Recostada en el sofá color crema descolorido, observé el ventilador de techo girar con pereza. El viento de las ventanas abiertas atrapaba las aspas, manteniéndolas girando y moviendo el aire. La casa era agradable, pero si la temperatura se disparaba, ni la sombra ni las ventanas abiertas mantendrían el calor a raya.

Recorrí el salón con la mirada. Antes no había prestado atención a la casa. Una parte de mí no quería ver los restos de la vida del anterior propietario, pero ahora no podía evitar hacerlo. Una televisión mediana descansaba sin ninguna utilidad sobre una consola de madera, en el centro de una hilera de estanterías de color marrón oscuro. Libros de todas las formas y tamaños se alineaban en esas estanterías, intercalados por cachivaches aleatorios como esas estatuas de ángeles blancos que parecían niños pequeños. No podía recordar cómo se llamaban. Algunos estaban rezando, acariciando perritos o gatitos, y otros estaban en columpios o mirando hacia arriba, con las alitas bien abiertas.

Esas figuritas siempre me habían asustado. Como si los angelitos fueran algo malo.

El tema de los ángeles continuaba en los cuadros que adornaban las paredes. Dos ángeles regordetes y pensativos que también parecían niños. Encima de la televisión había uno mucho más serio del arcángel Miguel luchando contra los demonios. Varias pinturas más pequeñas de ángeles de la guarda vigilando a niños y parejas felices salpicaban las paredes.

Fruncí los labios y miré las fotos enmarcadas de labradores *retrievers* con alas de ángel que había sobre las mesitas auxiliares.

Había muchos ángeles, pero ninguna foto de quién había vivido aquí. Recorrí las paredes con la mirada, encontrando el contorno de donde debían de haber colgado fotos en otro tiempo.

Me pregunté si Dee había hecho eso para preparar la casa para Luc y para mí o si un equipo de personas había pasado por las casas habitables y había eliminado los rastros de quienes habían vivido allí antes para facilitar que otros ocuparan sus lugares.

En cualquier caso, no pude evitar pensar que, si yo hubiera formado parte de ese equipo, lo más probable es que hubiese descolgado algunos de esos cuadros de ángeles y los hubiese guardado donde no estuvieran mirando a la persona que se mudara.

Sabía por qué estaba mirando fijamente la aparente obsesión angelical que se exhibía. Intentaba no asustarme por lo que había dicho Zoe. No había motivo para preocuparse. Luc no iba a volver a hacerlo.

—¿Vas a contarme lo que Eaton tenía que deciros a Luc y a ti? —preguntó Zoe—. En realidad, pensándolo bien, no estoy segura de que mi cerebro pueda soportar mucho más.

—Pues prepárate para que te implosione el cerebro —le contesté, y entonces le conté lo que Eaton nos había dicho. Se quedó sorprendida y perturbada al mismo tiempo al saber que Dasher estaba vivo y todo lo demás que le conté.

—Madre mía. —Dejó caer la zanahoria y apoyó los codos sobre la mesa—. Justo cuando crees que Dédalo no puede ser peor, aparece para demostrarte lo contrario.

—Lo sé —murmuré, odiando la pesadez que se apoderó de mí—. Ojalá Heidi estuviera aquí ahora mismo. Seguro que encadenaría insultos de cinco países distintos con su ira...

—Y nos haría reír, porque seguro que no solo los pronunciaría mal, sino que además se lo tomaría muy en serio. —Zoe esbozó una sonrisa.

—¿Como cuando llamó a mi ex «mierda» en sueco? —dije, riendo—. Dios, cuánto la echo de menos. Espero que Emery y ella estén bien.

—Llegarán pronto —me aseguró Zoe—. Emery es inteligente. Las dos lo son. Estarán bien. Solo tardarán un poco en llegar.

Asentí, dejando caer las manos sobre el regazo.

—Lo sé. —No podía permitirme pensar otra cosa.

El humor se desvaneció cuando Zoe apretó los labios y supe que había vuelto a pensar en lo que le había contado.

—Puede que Eaton crea que todo empezó con buena intención, pero yo no me lo creo ni por un segundo. Él no estaba dentro como Luc y yo.

Me inclinaba más a creer en la percepción de Zoe.

—La dominación mundial. —Cerró las manos en puños apretados antes de abrirlos poco a poco—. Suena estúpido y a cliché, como el argumento de una película de *Los Vengadores*, pero no lo es cuando lo piensas de verdad.

Asentí con la cabeza.

—Sabes que no habría creído nada de esto, que nuestro gobierno fuera capaz de esto. Y me gustaría pensar que no era muy ingenua antes de que Luc volviera a mi vida, pero eso no me lo habría creído.

—No eras ingenua —ratificó—. Y tampoco te habías subido al carro del odio a los Luxen, aunque creías que tu padre había muerto en la guerra, asesinado por uno de ellos.

La ira y el asco se deslizaron por mí como una víbora. Odiaba haber perdido aunque fuera un minuto sintiéndome culpable por no recordar cómo sonaba la voz de mi padre.

—Creo que es difícil aceptar que gente en la que confías, gente en la que necesitas confiar, que se supone que vela por la salud y la prosperidad de su comunidad, pueda ser tan malvada —dije al fin—. Incluso cuando ves pruebas de ello y sabes que la gente es capaz de cualquier cosa.

—Es diferente cuando lo ves con tus propios ojos. Creo que hay una parte de nuestra psique, nuestra parte humana, que automáticamente quiere creer lo mejor de la gente y de las situaciones. Quizá sea porque es más fácil o da menos miedo. Quizás incluso sea una herramienta de supervivencia. No lo sé —replicó Zoe—. Pero hay grupos de personas que creen que el uno por ciento controla el mundo. Como si una especie de gobierno en la sombra estuviera al volante, y en cierto modo, tienen razón. La gente no sabe que Dédalo existe y que esa organización tiene las manos metidas en todo, pero no han sido capaces de extender su alcance hasta hacerse con el control absoluto a nivel global, no hasta un punto en el que el impacto en la vida de la gente corriente deje de estar oculto y sea fácil de pasar por alto. Para ello, tendrían que deshacerse de cualquiera que pudiera defenderse y luego pasar a los seres humanos que consideren indeseables. Podrían remodelar la ley, el gobierno y la sociedad para lo que más les beneficie.

Volvió a apretar los labios y negó con la cabeza.

—Pero ¿de verdad es ese su objetivo? Hay mucha gente a la que tendrían que eliminar si no quisieran pasar cada momento de su vida temiendo una rebelión. ¿Y sabemos en realidad cuál es su objetivo final? No, pero no puedo imaginarme cómo planean conseguir algo de esto con un centenar de Troyanos entrenados y un ejército de humanos recién mutados.

Reflexioné sobre ello, pensando en cómo el mundo veía a Jason Dasher como un héroe.

—Pero si se hacen pasar por los héroes, como hizo Jason Dasher, y hacen que aquellos de los que quieren deshacerse sean los villanos, puede que les resulte fácil hacerse con el control.

Zoe se quedó callada, y una parte de mí ni siquiera podía creer que estuviéramos teniendo esta conversación, así que quizá Zoe estaba experimentando un poco cómo la psique humana busca protegerse a través de niveles de negación.

Pero como me había dado cuenta antes, el lujo de la negación era algo que ninguna de nosotras podía permitirse.

—Ya ha empezado. —El malestar me recubrió la piel—. Mira cómo se culpa a los Luxen de que la gente enferme. Algo que es imposible a nivel biológico, pero no mucha gente parece cuestionar a las personas que les dan de comer, como el senador Freeman. —Me acomodé el pelo detrás de las orejas—. En realidad, no llegamos a comentar todo el asunto de la gripe del que nos habló el tipo de los Hijos de la Libertad. ¿Cómo se llamaba? ¿Steven? No tuve oportunidad de preguntarle a Eaton al respecto, pero ¿y si es verdad?

Zoe se echó hacia atrás, con los ojos abiertos de sorpresa.

—Cielos, no me puedo creer que me olvidara de eso.

—Han pasado muchas cosas —le recordé.

Asintió, arqueando las cejas en señal de acuerdo.

—Steven dijo que Dédalo había convertido la gripe en un arma y la habían estado liberando en lotes, ¿verdad?

Asentí con la cabeza.

Desvió la mirada hacia las ondulantes cortinas.

—Han manipulado una cepa de la gripe para que sea portadora de la mutación. Las personas que se vacunan contra la gripe todos los años pueden enfermar, pero no mutarán. Los que no se hayan vacunado...

—Mutarán o morirán. —Como Ryan, uno de nuestros compañeros de clase, que había enfermado de la gripe y había muerto. O Coop y Sarah. Ellos habían mutado. Pero luego hubo brotes en Boulder y Kansas City. Allí también murió gente. Steven dijo que esos casos eran de prueba y que el virus mutado no se había propagado.

Todavía.

Incluso ahora, podía oír a mi madre dando lecciones sobre la importancia de la vacuna contra la gripe. ¿Sabría ella lo que Dédalo iba a hacer con el virus de la gripe? Cerré los ojos y maldije para mí misma. Ella tenía que saberlo. Trabajaba en enfermedades infecciosas y, por Dios, podría haber participado en la creación de esa cepa armada en algún momento. ¿Por eso estaba tan a favor de la vacuna contra la gripe? ¿Porque sabía lo que se avecinaba? Y si era así, ¿era una prueba más de que había cambiado de opinión?

«Ya no importa».

Porque no deshizo lo que había hecho, y su cambio de opinión no había sido suficiente. Podría haber advertido a la gente. Podría haber hecho algo.

—Ni siquiera quiero creerlo —admitió Zoe—. ¿Ves? Esa es la parte humana de mí gritando que suena demasiado imposible, pero sé que no es así.

Y ahora yo también lo sabía.

—Maldita sea. Si liberan esa gripe a un rango mayor y miles y miles de personas caen enfermas o si algunas de ellas empiezan a actuar como lo hizo Coop, enfureciéndose como zombis infectados de rabia, la gente va a entrar en pánico, y entonces Dédalo podrá abalanzarse, darle a la gente asustada alguien a quien culpar. Los Luxen. —Aspiró con fuerza—. Será horrible.

Podría ser una catástrofe.

—¿Cuánta gente se vacuna contra la gripe? —preguntó, y yo sabía que no esperaba una respuesta.

—Algo más del cuarenta por ciento, a veces más si hay una gripe estacional fuerte. —Cuando parpadeó, esbocé una débil sonrisa—.

Eh..., mi madre solía hablar mucho sobre las vacunas. Solo lo sé por ella.

Zoe me estudió un momento y luego dijo:

—Bueno, más del cincuenta por ciento mutará o morirá. Eso es un ejército de la hostia o una disminución drástica de la población.

Y la población ya había mermado cuando los Luxen nos habían invadido cuatro años antes: doscientos veinte millones de personas habían muerto entonces.

Menos gente que pudiera pensar y que pudiera luchar sería más fácil de controlar.

Me subí las piernas hasta el pecho y crucé los brazos alrededor de las rodillas.

—Tenemos que detenerlos antes de que liberen ese virus, porque para entonces será demasiado tarde.

Las pupilas de Zoe brillaron de color blanco durante unos segundos antes de volver al negro. No respondió, y supuse que estaba demasiado absorta imaginando qué ocurriría si se liberara aquel virus.

La ira resurgió una vez más, pero esta vez no se deslizó; rugió a través de mí como un río embravecido.

—Aunque Dédalo no tuviera este virus de la gripe, habría que hacer algo con ellos.

—Bienvenida al club, hermana.

—Ya lo sé. Ya sé que tú, Luc y seguro que un montón de gente aquí no quieren nada más que ver que han desaparecido, y yo puede que ni siquiera recuerde mi tiempo con ellos. Seguro que eso es una bendición.

Zoe desvió la mirada.

—Lo es.

Tragué saliva.

—Pero sigo pensando en ese Troyano que vio Eaton, el que se golpeó la cabeza contra la pared hasta morir. Lo único que Dasher hizo fue decirle que lo hiciera, y lo hizo sin dudarlo.

—Ni siquiera sé qué decir al respecto —masculló, tensando la mandíbula—. Nunca podrían conseguir ese tipo de control sobre nosotros o los híbridos, y definitivamente tampoco sobre los Luxen. No es que no lo hayan intentado. Creo que la única razón por la que Dédalo no ha tomado el control es porque no ha podido replicar la mente colmena que pueden tener los Luxen y los Arum.

—Pero ahora sí lo han hecho. Eaton nos ha dicho que los Troyanos ven a Dasher como si fuera su dios. Luc cree que todo el asunto del código no importa, que no acabaré bajo el control de Dasher, pero en realidad no lo sabemos —admití, y luego respiré hondo y con calma—. No importa si puedo controlarme o no. ¿Esos otros Troyanos? Seguro que eran como yo o como Luc y tú. Puede que no tuvieran elección antes de que les hicieran esto, pero seguro que ahora no la tienen. Tenemos que detener a Dédalo antes de que tenga la capacidad de ordenar a cientos de miles de personas recién mutadas que no cumplen con sus expectativas que se suiciden. No puedo permitir que eso ocurra.

La determinación reverberó dentro de mí. Tenía que hacer algo, porque esos Troyanos y los que aún estaban por mutar eran como una parte de mí. Parecía una locura, pero así era como me sentía. No podía explicar la conexión con los otros Troyanos, con las caras y los nombres que no recordaba y que tal vez ni siquiera conocía. Quizás estaba ahí, enterrada en lo más profundo de mí, porque me habían entrenado con ellos. Tal vez era mucho más simple que eso y todo tenía que ver con el miedo acechante e insidioso de que yo pudiera convertirme en la Troyana a la que ordenasen hacer algo demasiado horrible para conjurar a otros o a mí misma. No tenía ni idea, pero había que detener a Dédalo. Había que borrarlo de la faz de este planeta y de la historia, y esta vez de verdad.

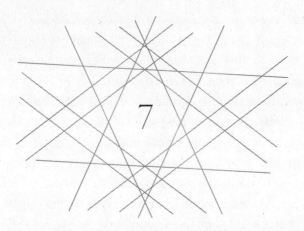

7

Nuestro apetito se marchitó y murió en ese momento. Hablar de organizaciones hambrientas de poder que tenían el potencial de aniquilar o mutar a más de la mitad de la población de Estados Unidos podía hacer eso.

Con los músculos de los muslos contraídos, desplegué el cuerpo desde la posición casi fetal. Tener las piernas estiradas me ayudó. Un poco. Pequeñas sacudidas me danzaron por la parte posterior de los muslos y después por las pantorrillas, haciendo que me temblaran las piernas.

—¿Estás bien? —preguntó Zoe.

—Sí. Es que... —No solo me sentía nerviosa. Había algo más, una inquietud que llegaba al borde de la frustración, del tipo que te hacía querer llorar o dar un pisotón sin motivo aparente. Estaba ansiosa.

Ansiosa hasta el punto de que me picaba la piel. No podía sentarme a mirar cuadros de ángeles. Era probable que tuviera mucho que ver con lo que habíamos estado hablando.

—Necesito moverme. No puedo quedarme aquí sentada.

—Me ocurre lo mismo —dijo Zoe—. No cuando tenemos toda esta pesada y oscura mierda sobre nuestras cabezas. Puedo enseñarte el sitio, si quieres.

Más que interesada, me levanté del sofá.

—¿Estás segura de que se me permite vagar como una Troyana libre?

—¿Una Troyana libre? —resopló Zoe—. Si a Grayson se le permite entrar en contacto con otros aquí, no veo por qué tú no podrías.

Oír su nombre me hizo pensar en la noche anterior. A saber lo que debía de estar pensando, pero me preguntaba cómo estaría..., bueno, sobrellevándolo todo. Por mucho que pareciera odiar a los humanos, se había preocupado por Kent, e incluso yo podía ver que se estaba tomando mal su muerte.

El dolor se apoderó de mi pecho mientras recogía las tapas y las colocaba en los recipientes de comida. En comparación con Zoe y los demás, apenas conocía a Kent, y a Clyde y Chas aún menos, pero sus muertes seguían doliendo.

Sobre todo la de Kent.

—¿Cómo está Grayson? —pregunté, limpiándome las manos en una servilleta cuando terminé de guardar la comida.

—Está bien. —Zoe se alisó el dobladillo de la camiseta mientras caminaba alrededor de la mesita—. No quiere hablar de Kent ni de Clyde, pero sé que se siente responsable.

—No es culpa suya. —Lo que le pasó a Kent ocurrió antes de que nadie supiera lo que estaba pasando. Había sido muy rápido: un francotirador y una bala lo habían encontrado, acabando con su vida antes de que ninguno de nosotros se diera cuenta de que la amenaza había estado allí.

—Creo que él lo sabe, pero a veces es más fácil echarse la culpa a uno mismo que aceptar que no se podía haber hecho nada —dijo, sonando más sabia que cualquier joven de dieciocho años que conociera—. Grayson es...

—Si dices «complicado», te pego.

Zoe se rio cuando la puerta principal se abrió antes de que ella llegara. La verdad era que una gran parte de querer tener el control de la fuente era para poder ser increíblemente perezosa como lo eran todos los seres que conocía con ADN alienígena.

—Pues eso es lo que iba a decir.

Suspiré.

—Es que..., bueno, tiene muchas capas —añadió al cabo de un momento—. Está claro que se irrita mucho.

—Eso es quedarse corta.

—Pero luego le tomas cariño.

—Como a una ETS —murmuré en voz baja.

—Antes de que te des cuenta, os habréis hecho mejores amigos —dijo. Eso era tan probable como que yo me hiciera amiga de un mono portador del virus del ébola, como la niña de aquella película antigua—. No cierres la puerta. Aquí no hace falta, y no sé si alguien tiene la llave.

Mientras la seguía fuera, mi imaginación echaba a volar con lo que podría pasar con una puerta sin cerrar. Al menos tres asesinos en serie que sintieran predilección por las rubias sin recuerdos podrían colarse en nuestra ausencia y esperar mi regreso.

Pero si eso ocurriera, seguramente podría eliminarlos a todos.

Sintiéndome un poco la ama, una pequeña sonrisa se me dibujó en los labios hasta que me di cuenta de que puede que también me cargaría a cualquier otra persona que por desgracia estuviera cerca.

Vaya, eso me quitó el aliento y también me hizo pensar en lo que le había pedido a Luc. Preguntándome qué pensaría Zoe, anuncié:

—Quiero entrenar para controlar mis habilidades. Bueno, no ahora mismo —añadí cuando me miró de forma abrupta—. Pero sí, por ejemplo, mañana.

—Ah —respondió, y eso fue lo único que dijo mientras pasábamos por delante de la casa de Kat y Daemon. No tenía la extraña sensación de esperar que alguien saliera, pero me preguntaba cómo iría la conversación de Luc con él.

—¿Eso es todo lo que vas a decir? —pregunté—. «¿Ah?».

—Todavía estoy procesándolo.

—No me había dado cuenta de que había tanto que procesar.

—Pues sí —contestó mientras seguíamos por la calle aún vacía.

—¿Quién vive en esta calle? —pregunté.

—Daemon y Kat. Dee y Archer viven en la casa al otro lado de la que estáis vosotros. —Señaló una casa de ladrillo pintada del color del marfil—. Ahí es donde se quedan Dawson y Beth. Hay algunos más que viven aquí, pero no los has conocido todavía.

Joder. Si Luc no hubiera hecho lo que hizo anoche, podría haber herido de gravedad a mucha gente.

Tuve que apartar ese pensamiento, porque si no lo hacía, me haría entrar en una espiral de pánico, y eso era lo último que ninguno de nosotros necesitaba.

Volviendo a centrarme en la calle en apariencia desierta, me pregunté si de verdad era posible que todo el mundo estuviera fuera. Esta vez no tenía la sensación de que nos estuvieran observando. Por otra parte, ahora que no lo sentía así, no podía estar tan segura de que lo que había sentido el día anterior no hubiera sido paranoia.

Antes de doblar la esquina, eché un vistazo a la ciudad, pensando en la luz intermitente que había visto. Me planteé contárselo a Zoe, pero imaginé que tendría la misma reacción que Luc y Daemon.

Así que le pregunté:

—¿Has terminado de procesar lo que te he dicho?

Zoe sonrió.

—Creo que es una buena idea.

—¿En serio?

Entonces se echó a reír. Era evidente que no había podido ocultar mi sorpresa.

—No pensabas que diría eso, ¿verdad? Pero me sorprende que Luc haya estado de acuerdo.

—¿Porque va a tener que hacerme el cerebro papilla, básicamente? —bromeé, aunque no tenía muchas ganas de lo que eso me iba a hacer sentir.

O de lo que le iba a hacer a Luc.

—Sí, eso. Por eso no me sorprende oír que no deja que nadie más trabaje contigo.

El viento se levantó, agitando las ramas. Algunas de las hojas doradas se sacudieron.

—Sonabas como si pudiera haber otra razón.

Se metió las manos en los bolsillos de los vaqueros.

—Luc solo intentó entrenar a los Origin que liberó, a los que pertenecía Micah, y ya sabes cómo acabó.

A punto de tropezar con el bordillo de la calle que cruzábamos, aspiré con fuerza. Sabía con exactitud cómo había acabado aquello.

—Tampoco me ha contado eso. —Parecía que había muchas cosas que Luc no me había dicho. Pero ahora mismo, eso no era lo más importante.

Una nube se deslizó sobre el sol mientras pasábamos por la calle que llevaba a casa de Eaton y seguíamos recto. Odiaba la idea de que Luc pensara en aquellos Origin aunque solo fuera unos segundos.

—Tengo que controlar esto, Zoe.

—Estoy de acuerdo. —Zoe frunció los labios—. Pero se me acaba de ocurrir una tercera razón o un problema potencial.

—Genial.

—¿Y si empujarte sin parar a aprovechar la fuente provoca esa mentalidad de colmena de la que hablaba Eaton?

El hielo me cubrió las entrañas.

—Lo he considerado. Sé que Luc también tiene que haberlo pensado, pero es un riesgo que tenemos que correr. La única otra opción es no hacer nada, y yo no puedo hacer eso.

—Tienes razón.

—Necesitamos algo en caso de que me convierta en...

—¿Un robot programado para volver a Dédalo?

Le lancé una mirada y asentí.

—¿Tal vez podamos conseguir un tranquilizante para elefantes?

Una mirada pensativa le cruzó su bello rostro.

Entrecerré los ojos.

—No lo decía en serio.

—Pero un tranquilizante podría ser una opción.

Lo único que podía hacer era mirarla fijamente.

—¿Qué tal si piensas en algo positivo?

Su risa era suave y se desvaneció enseguida con el viento que se arremolinaba en la amplia acera.

—Cuando se me ocurra algo, te lo haré saber.

—Pero ¿será mejor que espere sentada?

—Lo has dicho tú, no yo.

«Estupendo».

Más adelante, las casas de estilo ranchero y los céspedes cubiertos de maleza dieron paso a lo que podría haber sido un parque urbano en algún momento. Entre los altos juncos, pude distinguir las formas de los bancos y lo que podrían haber sido mesas de pícnic. Unas enredaderas frondosas ocultaban el cartel de la entrada por la que pasamos, y fue entonces cuando olí a... carne asada, y luego la brisa trajo el aroma dulce y picante de la canela.

A pesar de todo lo que acababa de comer, se me despertó el estómago con avidez.

—Algo huele genial.

—Pollo asado al fuego y ojalá que esas nueces pecanas con una capa de canela que hacen Larry y su mujer. Esas cosas son droga caramelizada.

«¿Larry y su mujer?».

Mis pasos se ralentizaron al oír a la gente por primera vez desde que habíamos llegado. El murmullo de las conversaciones, de las risas, fue la primera prueba de que nadie mentía y de que esto no era un pueblo fantasma.

Curiosa, puse mis pies en movimiento a un ritmo más rápido. Al final de la calle, llegamos a lo que debió de ser un cruce muy transitado antes de la guerra. Al otro lado de la medianera cubierta de hierba, detrás de una hilera de palmeras, había un centro comercial.

Tiendas apiladas unas sobre otras, la mayoría de los carteles caídos o erosionados hasta el punto de que solo se podían leer letras en lugar de palabras. Antes había un salón de manicura, al lado de una licorería. Del centro de urgencias solo quedaba la cruz sobre las puertas dobles cerradas. Las tiendas más grandes seguían teniendo una marca clara. Junto a una de las cadenas de tiendas de mascotas se veían las letras rojas de una tienda de electrónica ahora muy inútil, y en sus aparcamientos había docenas de puestos y gente arremolinada, todos bajo toldos enrollables de colores rojo, azul y amarillo.

—Esto es el mercado —afirmé, ganándome el mote de Señorita Obvia. Ahora sabía dónde habían estado todos esos coches la tarde anterior.

—Sí. —Zoe estaba sonriendo ante mi cara con ojos como platos. No podía evitarlo. Había mucha gente.

Muchísima.

Y mientras estaba allí, demasiado lejos para ver caras o colores de ojos, el instinto se estaba avivando en mí, diciéndome lo que no podía ver, pero sí intuir. Humanos, muchos humanos, y entre ellos, había unas pocas fuerzas vitales más brillantes. Luxen.

«¿Fuerzas vitales?».

¿Qué clase de pensamiento había sido ese?

—Así es como la Zona 3 se mantiene viva —me estaba contando Zoe, sacándome de mis pensamientos—. Bueno, es una de las maneras. Aquí se comercia con comida, provisiones y otras cosas. En realidad, con todo tipo de cosas. La última vez que estuve aquí, alguien estaba intercambiando animales, ya sabes, no de los de verdad, sino de esos con los que juegan los niños.

Parpadeando, volví a centrarme en Zoe.

—¿Cómo? ¿Con dinero?

—No hace falta dinero. —Tiró de mi brazo, arrastrándome hacia la calle vacía—. Vamos.

Confundida ante la perspectiva de que no hiciera falta dinero, pregunté:

—Entonces, ¿cómo compra la gente las cosas aquí?

—El trabajo puede intercambiarse por comida. Por ejemplo, si alguien necesita reparaciones en casa o ayuda para trabajar en uno de los cultivos. Algunas personas intercambian bienes, pero nada de dinero —explicó Zoe mientras cruzábamos la calle y entrábamos en el mercado, donde el cemento se había agrietado y habían empezado a crecer pequeñas flores blancas y moradas. Mantenía su brazo entrelazado con el mío—. Y se aseguran de que nadie pase hambre, aunque sean demasiado viejos para hacer trueques con mano de obra o no tengan nada de valor que intercambiar. Eso es lo que pasa hoy. Los miércoles, la comida es gratis para los que tienen la entrada aprobada, y pueden llevarse toda la que necesiten.

—¿Y hay suficiente comida para eso?

Zoe asintió.

—Es algo increíble la cantidad de trabajo que se puede hacer y la cantidad de comida que se puede cultivar cuando no estás sentado dentro viendo la tele o perdiendo el tiempo en las redes sociales.

—O cuando tu próxima comida depende realmente de que salgas ahí fuera y cultives algo —añadí.

—Eso también. —Zoe me apretó el brazo mientras se detenía—. En cierto modo, la Zona 3 ha tenido suerte. Muchos granjeros se negaron a irse durante las evacuaciones. Sus granjas eran su medio de vida y no podían dejarlo todo y empezar de nuevo. Así que había gente que conocía la tierra y sabía cómo garantizar la abundancia de todo tipo de cultivos. Y todos los que se trasladaron aquí han estado dispuestos a aprender.

—¿Y la comida y las cosas de aquí son de verdad gratis para los que las necesitan?

—Todo lo que es necesario sí —respondió Zoe cuando vi que un perro chiquito y desaliñado de pelaje blanco salía de debajo de uno de los puestos y se apresuraba a saludar a un grupo de personas que se había detenido a unos metros de la mesa. El pequeño cachorro ladraba con alegría mientras iba de persona en persona, recogiendo palmaditas y caricias.

—No siempre ha sido fácil —continúa—. Los cultivos sufrieron un duro golpe durante la sequía del año pasado, y sumado a un verano muy caluroso, ha sido... duro. No había suficientes lugares frescos para albergar a los más expuestos a enfermedades relacionadas con el calor. —Se le entrecortó la respiración—. Antes había más que necesitaban asistencia.

—Qué triste —susurré.

—Pero este verano no han perdido a nadie, al menos por el calor.

Recorriendo lo que parecía una interminable procesión de puestos de colores brillantes, me empapé de las vistas y de los olores, pero estaba un poco aturdida por todo aquello. ¿Quién podría culparme? Habiendo vivido siempre en un mundo donde nada era gratis y donde la gente se avergonzaba de necesitar ayuda, por mucho que la necesitara, esto era del todo inesperado.

La gente de aquí había encontrado un sistema que funcionaba para todos. Era obvio que se trataba de una población mucho más reducida, pero no era como si la misma mentalidad no pudiera aplicarse a comunidades más grandes.

Y entonces me di cuenta. Si la Zona 3 fue capaz de sobrevivir, de convertirse en un lugar donde aquellos a los que habían dejado atrás pudieron prosperar entre los que necesitaban refugio, entonces ¿qué pasó con las otras zonas? Había otras tres ciudades que habían sido amuralladas y abandonadas a su suerte: Alexandria, Chicago y Los Ángeles.

Luc no había dicho exactamente que estuvieran vacías. Solo había dicho que habían abandonado a gente.

—¿Y las otras Zonas? —pregunté—. ¿Son así?

Zoe observó el viento que soplaba entre las copas de los árboles.

—De alguna forma, sí. Todas menos Alexandria. Está demasiado cerca de la capital.

—¿Qué hay de la gente de allí? ¿Quedaba gente cuando construyeron las murallas alrededor de Alexandria?

Zoe echó a andar de nuevo.

—No lo sabemos. Ha sido demasiado arriesgado acercarse. El puente hacia Arlington siempre ha estado bloqueado, al igual que el resto de carreteras que llevan a Alexandria.

Apretando los labios, seguí a Zoe. Era difícil pensar en la gente que podría haber quedado atrapada. ¿Cuatro años sin ayuda? La Zona 1 tenía que estar ya muerta de verdad.

Los Luxen invasores no fueron responsables de eso. Fuimos nosotros los que lanzamos las bombas no nucleares de pulso electromagnético, y fue nuestro gobierno el que amuralló esas ciudades, sabiendo que había gente demasiado enferma o demasiado pobre para marcharse. Fue nuestro gobierno el que dijo a los familiares que sus seres queridos habían muerto en la guerra cuando podrían haber seguido vivos en esas ciudades, esperando una ayuda que nunca iba a llegar.

El número de personas que debían de estar implicadas para ocultar lo que se hacía era astronómico, y no podía entender cómo cualquiera de ellas dormía por las noches.

A medida que nos acercábamos a los puestos, se hizo evidente quién tenía permiso para entrar. La mayoría de los que se movían eran ancianos, con la espalda encorvada y los dedos moteados de nudillos hinchados agarrando carritos de la compra que utilizaban más para apoyarse que para transportar mercancías. Había gente más joven, a algunos los vi en silla de ruedas o con otros problemas de movilidad, y otros eran más jóvenes, pero les ayudaban personas mayores que yo sabía que no eran del todo humanas. La mujer de pelo plateado y ojos de un azul glacial como los de Grayson era sin duda una Luxen. Su brazo pálido rodeaba los hombros de un joven humano que sostenía una cesta de paja llena de verduras de hojas verdes junto al pecho mientras estaban de pie frente a una mesa cargada de patatas en cajas de madera.

Pareció ser la primera en darse cuenta de nuestra presencia.

Mirándonos a Zoe y a mí por encima del hombro, la sonrisa de su rostro ligeramente delineado se desvaneció. Se giró de inmediato para responder a lo que dijera el joven. Volvió a sonreír cuando lo condujo al interior del mercado, donde había varias hogueras en las que se estaba cocinando carne.

—¿Se nos permite estar aquí ahora? —pregunté.

La sonrisa de Zoe era burlona.

—Sí, por supuesto. No te preocupes.

No preocuparse era más fácil decirlo que hacerlo, pero estaba absorta en el mercado y en cómo todo eso era posible.

—Has dicho que «se aseguran» de que nadie pase hambre. ¿Quiénes lo hacen?

—Un grupo de personas, algo así como un consejo, que está formado por humanos, Luxen, Origin, híbridos y Arum.

Desvié la mirada hacia ella.

—¿Cómo funciona eso con los Arum y los Luxen por aquí?

Las dos especies alienígenas eran enemigas natas, ya que en cierto modo habían destruido sus propios planetas. Así fue como acabaron aquí en primer lugar. Los Arum podían alimentarse de Luxen o de cualquier criatura que tuviera la fuente en ellos, tomando el poder en su interior y luego usándolo, lo que los hacía peligrosos de una forma totalmente diferente.

—No hay muchos Arum, pero los Arum y los Luxen saben comportarse. Está claro que nada de alimentarse por parte de los Arum y nada de intolerancia por parte de los Luxen. No se consiente ni lo uno ni lo otro.

—¿Y qué pasa si no siguen las normas?

Zoe entrecerró los ojos.

—Que yo sepa, solo ha habido unos pocos casos en los que se han infringido las normas. Todos se han resuelto de un modo u otro.

Estudié su perfil.

—¿Y qué quieres decir con «de un modo u otro»?

No respondió mientras caminábamos por los alrededores de las mesas abarrotadas, no durante un largo instante.

—La gente de aquí no quiere irse, Evie. Para muchos, su vida es mejor, pero es demasiado arriesgado echar a la gente. Por suerte, nunca se ha llegado a eso. No se ha infringido ninguna norma grave, y hay un lugar para retener a los que necesitan aislamiento por pelearse o por ser un grano en el trasero en general.

Sonaba como una cárcel, lo cual tenía sentido.

Un hombre mayor que acababa de colocar un puñado de mazorcas de maíz en su carrito nos miraba (o me miraba) con abierta desconfianza mientras se dirigía lo más rápido que podía al siguiente puesto, con las ruedas de su carrito chirriando.

—¿Y nadie ha querido irse nunca? —pregunté—. ¿Para reunirse con la familia o los amigos del exterior?

—Creo que no —respondió—. Pero yo no lo sabría. No formo parte del consejo, e imagino que si alguien quisiera irse, sería al consejo a quien acudiría.

La inquietud se apoderó de mí. Me costaba mucho creer que ni una sola persona hubiera querido marcharse.

—Ese es Javier. —Zoe señaló a un hombre de pelo oscuro y piel del color de la arcilla tostada por el sol—. Era sastre antes de la guerra, y sus habilidades son ahora igual de útiles.

Un hombre me saludó desde detrás de una mesa en la que había ropa doblada y apilada cuando vio a Zoe, pero se le congeló la sonrisa cuando posó la mirada en mí.

Zoe no parecía darse cuenta mientras me guiaba, pero yo sí. No podía evitarlo. Cada vez que alguien se fijaba en nosotras, se fijaba en mí y acto seguido parecía que quería salir corriendo.

Yo era una extraña entre ellos, y esa gente tenía todo el derecho a desconfiar, así que no me lo tomé como algo personal. O, al menos, lo intenté.

El olor a canela crecía. La última mesa era la fuente, pero la multitud que la rodeaba bloqueaba cualquier acceso a Larry y sus pecanas en apariencia mágicas.

—Joder —refunfuñó Zoe—. Tenía muchas ganas de que las probaras. Las pecanas están buenísimas, pero no vamos a llegar al principio de la fila pronto. Volveré más tarde para ver si le queda alguna. Ahora mismo, todavía queda mucho por ver.

Tirando de mí hacia el último puesto, me señaló el centro de urgencias en el que me había fijado al entrar, explicándome que era todo lo funcional que podía ser, ya que servía como único centro médico. Entonces vi lo que había detrás de la plaza. La ropa colgaba de cuerdas tensadas sujetas a postes de madera atornillados. Hombres y mujeres, todos ellos humanos, estaban sentados en taburetes o sillas sobre grandes contenedores de plástico. La zona olía a detergente fresco.

Miré hacia el mercado.

—¿Están limpiando la ropa de la gente que compra en el mercado?

Zoe asintió.

—Sí, y algunos lo hacen a tiempo completo para otros que en realidad no tienen ganas de hacerlo.

—¿Intercambio de trabajo? —supuse.

—Lo has entendido. —Haciéndome señas para que cruzara la calle, dijo—: El mercado está más o menos en el centro, así que muchas cosas están en este lugar. El consejo se reúne aquí, y si alguien necesita algo, viene aquí. —Señaló un edificio de hormigón de tres plantas con el cartel de una antigua biblioteca—. La zona del sótano también se utiliza cuando suben las temperaturas.

Zoe no me llevó a la biblioteca. En su lugar, siguió un camino de piedra sombreado por unos robles robustos que rodeaba el edificio. Apenas habíamos dado un puñado de pasos cuando oí gritos y risas de niños.

—¿El colegio?

Con los ojos de un violeta intenso a la sombra de los árboles, Zoe sonrió.

—La mayoría son unos mocosos. Creo que solo hay dos un año más jóvenes que nosotros. Trasladaron el colegio a esta casa porque está cerca de todo y es más fácil arreglárselas sin electricidad.

Alguien había pintado personajes de Barrio Sésamo como si se estuvieran asomando por las ventanas del edificio de ladrillo rojo de una planta.

Había niños (niños pequeñísimos) por todas partes. Corrían por la arena y la hierba, trepaban por los parques infantiles y jugaban en un balancín en el que aparecían Snoopy y Charlie Brown. Las cuerdas de saltar azotaban la parte asfaltada del patio. Los más pequeños se manchaban las manos en la arena a la sombra de los árboles.

Había dos juegos de columpios y ambos estaban abarrotados, por supuesto, ya que los columpios eran lo más divertido de un parque infantil. Uno estaba pensado para niños más pequeños y el otro lo ocupaban niños que parecían tener unos diez años, pero siempre se me ha dado fatal calcular la edad de los niños. Para mí, todos parecían bebés.

Sentados en la mesa de pícnic estaban los dos adolescentes que Zoe había mencionado. Dos chicos sentados muy cerca, sus cabezas casi tocándose mientras compartían un libro en las manos. Debían de tener una concentración asombrosa, porque no tenía ni idea de cómo podían leer cuando estaban prácticamente sentados en medio de una yincana al aire libre.

—¿Estos son todos? —pregunté, contándolos lo mejor que pude, ya que algunos de esos pequeños traviesos eran rápidos—. Solo hay como quince, y son todos...

—¿Son todos qué?

No tenía ni idea de lo raro que sonaría si dijera que sabía que eran humanos. Los tres adultos (dos mujeres y un hombre) no tenían ADN alienígena. Era extraño, porque sentía que había algo más aquí. Alguien que sí tenía ADN alienígena.

No sabía cómo describir que no era tanto una sensación como un conocimiento, así que dije:

—No hay niños Luxen, ¿verdad?

Zoe me miró un momento y luego se apoyó en la base de un roble, con las manos recogidas detrás de ella.

—En realidad hay dieciséis niños aquí, pero no hay ningún niño Luxen. Una vez fui a la zona de Chicago y allí vi pequeños Luxen, pero muchos de los Luxen que tenían edad suficiente para tener hijos murieron en la guerra, en ambos bandos, y la mayoría de los que tuvieron hijos acabaron registrándose. Los Luxen jóvenes no siempre pueden controlar sus habilidades. Entran y salen de su forma todo el tiempo, y tener tres hijos que no pueden controlar sus formas era demasiado arriesgado. Registrarse era más seguro; al menos así parecía al principio. Muchos otros Luxen no parecen querer traer un niño Luxen o híbrido a este mundo, al igual que los Arum. Bueno, excepto Daemon y Kat, pero están locos y parece que decidieron que los condones eran para gente con sentido común.

Ahogué la risa.

—O a lo mejor es que se les rompió el condón —divagó—. No lo sé, y no voy a preguntar, pero estaría muerta de miedo. Su hijo va a ser increíblemente poderoso algún día, pero hasta entonces, solo será un bebé, y cuando...

—Espera. No lo entiendo. —Me giré hacia ella, recordando al Luxen con el que me había topado por accidente cuando había vuelto a buscar el móvil en la discoteca de Luc. El Luxen casi me había ahogado, pero estaba protegiendo a su familia, una familia que incluía a una niña con coletas. No tenía ni idea de si los otros dos hermanos habían estado allí y yo no los había visto, porque los Luxen siempre venían de tres en tres, o si les había pasado algo—. Luc tenía una familia en la discoteca. Una niña que era una Luxen. La vi...

—No consiguieron llegar hasta aquí.

Sentí una presión en el pecho y después se detuvo.

—¿Qué?

Su voz se cargó de un tono lúgubre.

—Creo que eran Daemon y Archer quienes los trasladaban. A mitad de camino surgió algo y tuvieron que entregarlos a otro que iba a llevarlos el resto del camino. Los descubrieron. También perdimos a Jonathan, el Luxen que los escoltaba. Los llevaron a donde los equipos del GOCA llevan a los Luxen no registrados. —Observó a los niños, con los hombros tensos—. Luc ha intentado averiguar dónde los alojan, y ya lo conoces. Puede averiguar casi cualquier cosa. Lo mismo ocurre con Daemon y Archer. Entre los dos, es probable que hayan hecho una ronda de reconocimiento en al menos cien lugares.

Lo único que podía ver cuando volvía mirar a los niños era a esa niña.

—Sabemos que los Luxen no registrados se procesan primero en las oficinas del GOCA, pero ¿a dónde los llevan después? Ni idea. Siempre que creemos tener pistas, es un callejón sin salida. —Zoe hizo una pausa—. O los tienen en algún sitio donde no se nos ha ocurrido buscar, o...

Zoe no terminó, pero no hacía falta. Con la boca y la garganta secas como si estuvieran cubiertas de ceniza, me crucé de brazos sobre la barriga. Los Luxen no registrados no desaparecían sin más, y si no había pistas, ni pruebas de un centro de retención, entonces eso dejaba una posibilidad.

No había centros de retención.

Y eso significaba que la niña con coletas sujetada por su madre asustada y su padre que había estado dispuesto a matar para protegerla estaban muertos.

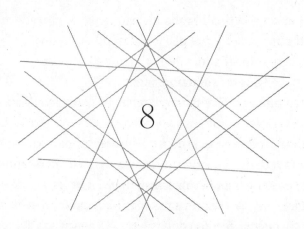

8

¿A cuántos Luxen habían detenido? Por lo que yo sabía, no había estadísticas al respecto, y lo peor (y había muchas cosas terribles compitiendo por el primer puesto) era que esta horrible posibilidad tenía sentido. Si Dédalo planeaba erradicar a cualquiera que pudiera defenderse, ¿por qué iban a detener a los Luxen? ¿Qué sentido tendría?

Tuve que respirar entre las náuseas incipientes.

—¿Y no se ha vuelto a ver a nadie a quien el GOCA haya apresado?

Zoe abrió los ojos.

—Unos pocos escaparon, pero siempre ocurrió antes de que los procesaran. Que yo sepa, nadie ha escapado después.

Temblando ante lo que había insinuado, observé cómo el viento agitaba las altas plantas de juncos que bordeaban el patio de recreo. Lo que Zoe había dicho antes acerca de que la psique humana tiende por defecto a la negación parecía haber dado en el clavo una vez más, porque casi no podía creérmelo.

Pero no sería la primera vez que la raza humana cometía un genocidio. Ni siquiera sería la décima. Tenemos una sorprendente incapacidad para aprender de la historia.

—Ahí está la decimosexta renacuaja. —Una pequeña sonrisa apareció, borrando una fracción de la tristeza del rostro de Zoe.

Siguiendo su mirada, vi a una niña diminuta que salía de la puerta del colegio con el pelo oscuro recogido y la cara en forma del corazón más precioso. Llevaba los vaqueros remangados y los pies descalzos.

—Ashley —dije. La hija de Bethany y Dawson—. ¿Ella es la Origin más joven que hay ahora mismo?

—Creo que sí. —Zoe hizo una pausa—. Al menos hasta que Kat dé a luz.

Agarrada a una especie de peluche, Ashley bajó los escalones como un canguro. Uno de los otros niños se lanzó en picado desde un balancín y estuvo a punto de lanzar al otro por los aires.

—Madre mía. —Me reí cuando la niña cruzó deprisa el patio de recreo y se encontró con Ashley al pie de la escalera. La niña le dio un abrazo rápido y se fue corriendo.

—Todos la adoran —comentó Zoe en voz baja—. Seguro que es porque ha hecho que un par de ellos... —Levantó los dedos, formando unas comillas— «vuelen».

—Eh..., ¿qué?

Zoe sonrió.

—Mira a la niña que le ha dado el abrazo.

Al encontrar a la niña con mallas rosas detrás del columpio, casi me caigo al suelo cuando esta se elevó en el aire como si una mano invisible gigante la hubiera agarrado en volandas.

Levantando los bracitos por encima de la cabeza como una pequeña Wonder Woman, voló tan alto como el colegio y después tan alto como el árbol.

Ashley estaba de pie en medio del camino, con su peluche colgando a un lado y su carita contraída en una mueca de adorable y severa concentración. Eché un vistazo rápido a los profesores y vi, para mi sorpresa y asombro, que estaban rodeados por varios de los otros niños, muy distraídos.

¡Y tenían un pequeño vigía!

Un niño de piel morena no dejaba de mirar a la niña de las mallas rosas que levitaba sobre el árbol y a los adultos. Las carcajadas de la pequeña Wonder Woman hicieron que los demás niños vociferaran para que los profesores se concentraran en ellos.

Fue bueno que lo estuvieran haciendo.

Porque la pequeña Wonder Woman estaba rodando por el aire, no una, ni dos, sino tres veces antes de que el vigía agitara los brazos como uno de esos muñecos hinchables que se agitan.

Ashley la bajó con rapidez. Quizás demasiado rápido. La pequeña Wonder Woman aterrizó con brusquedad, perdió el equilibrio cuando tocó el suelo con los pies y se cayó de culo. Como una verdadera diosa guerrera en entrenamiento, cayó de espaldas, riéndose.

Me quedé con la boca abierta.

—Ashley necesita practicar en serio los aterrizajes —murmuró Zoe.

Con una sonrisa de satisfacción, Ashley se llevó el peluche al pecho y volvió a saltar descalza.

—No sé qué es lo que acabo de ver.

—¿Como los bebés Origin se hacen amigos de los humanos? —sugirió Zoe.

No podría estar en desacuerdo con eso.

—Seguro que no adivinas quién le ha enseñado a hacer eso.

No necesitaba adivinarlo.

—Luc.

—Sí. —Riendo, se sacó las manos de detrás de la espalda—. Él se lo enseñó cuando apenas tenía dos años, al parecer comenzaron por hacer volar sus juguetes, y después a Daemon cuando vino de visita.

La mandíbula me tenía que llegar al suelo ahora mismo. Tardé un instante en encontrar mi voz.

—Estoy segura de que sus padres se lo agradecieron.

—A Dawson le hizo gracia, pero Beth es un poco asustona. —Una mirada sombría se le dibujó en el rostro—. Digamos que eso fue lo más parecido a una reprimenda que Luc ha recibido en toda su vida.

Sonreí al oír eso, pero se me quedó la sonrisa a medio camino mientras miraba fijamente a Zoe, dándome cuenta por enésima vez en poco tiempo de que había muchas cosas que no sabía sobre mi mejor amiga.

—Tienes otra vida —solté.

Su mirada volvió a dirigirse a mí.

—Fue más difícil de lo que puedes imaginar mantenerlo en secreto.

Teniendo en cuenta todo lo que estaba en riesgo, entendí por qué había tenido que hacerlo. Al volverme hacia el patio de recreo, casi me sobresalto cuando veo a Ashley mirándonos directamente.

—¡Hola, Zoe! —la saludó agitando el peluche, que resultó ser una llama. Apuesto a que sabía quién le había hecho ese regalo—. ¡Hola, Nadia!

Oh.

Sin saber qué hacer y sin querer corregirla, le devolví el saludo.

—¡Adiós! —Se dio la vuelta, lanzó la llama de peluche al aire y volvió a saltar hacia los otros niños.

La llama de peluche rebotó a su lado.

Me recogí la mandíbula del suelo.

—Es..., eh..., muy guapa.

—Y también es superrara —añadió Zoe, y cuando la miré, se echó a reír—. ¿Qué? Es verdad. Nunca te conoció como Nadia.

Mirando de nuevo a la pequeña Origin, pensé en lo que Luc me había dicho.

—Luc me contó que cada Origin tiene unas habilidades únicas. Que Ashley sabe cosas sin más. ¿Y tú?

—Nada tan guay como saber cosas.

—Seguro que es genial. ¿Qué es?

Puso los ojos en blanco.

—Puedo usar la fuente para cargar la atmósfera. Si hay humedad en el aire, puedo crear una tormenta infernal.

Abrí los ojos de par en par.

—Eres como una X-Men.

—No sé nada de todo eso. A ver, los Luxen pueden hacer algo similar. Cargar el aire y causar relámpagos.

—Pero ¿pueden crear tormentas? —pregunté.

Zoe se encogió de hombros.

—Algunos pueden poner una en marcha, dependiendo de las circunstancias ambientales, pero no conozco a ninguno que haya sido capaz de crear un tornado.

Parpadeé despacio, pensando que la había oído mal.

—¿Puedes crear un tornado?

Zoe volvió a encogerse de hombros como si no fuera para tanto.

—Y puedo controlarlo.

—¡Puedes crear un maldito tornado y controlarlo! —repetí, mirándola boquiabierta—. Mujer, eso es increíble. —Hice una pausa—. Y da un poco de miedo, pero quiero ver uno.

—Puede que algún día. —Sonrió, y ahora me preguntaba qué podría hacer Archer. Sabía que podía leer la mente. ¿Habría algo más? ¿Como atravesar paredes?

Una repentina y extraña sensación de cosquilleo me recorrió la parte posterior de los hombros. Dando manotazos, recé para que mis manos no entraran en contacto con un insecto crujiente.

No hacía nada más que imaginarme el tamaño de los bichos en Texas.

No había nada, pero la sensación permaneció, intensificándose, hasta que...

—Estamos a punto de tener compañía. —Zoe se bajó del árbol, su atención se centró en quien estaba detrás de mí.

Bajé las manos, me volví y vi a una mujer alta y hermosa, de piel morena y pelo recogido en unas trenzas gruesas y pulcras. Algunas de esas trenzas estaban teñidas de azul, y el efecto era impresionante cuando el viento jugaba con su pelo. Sus ojos eran de un color ámbar increíble, que me recordaban a un topacio y hacían juego con el maxivestido informal que llevaba combinado con una bonita chaqueta negra.

Y era una Luxen.

—¡Cekiah! —La alegría iluminó el tono de Zoe, que se adelantó y abrazó con cariño a la mujer mayor.

Cuando se separaron, Cekiah le tomó las mejillas a Zoe.

—Señorita Callahan —dijo de una forma muy cariñosa—, hace muchísimo tiempo que no te veo. ¿Estás bien?

Zoe enroscó los dedos alrededor de los brazos de la mujer.

—He vivido días mejores, pero estoy bien.

Los rasgos angulosos de la mujer se suavizaron.

—He oído lo de Kent. Lo siento mucho.

Se me encogió el corazón mientras Zoe respiraba de manera pesada y visible.

—Era uno de los buenos —respondió con voz grave—. No se lo merecía.

—No, desde luego que no. —Fue la suave y triste respuesta—. Murió junto a la gente que le importaba, gente a la que quería. Una familia que está más unida que aquellos con los que compartía sangre. Encuentra algo de paz en eso y recuérdalo como Kent hubiera querido que lo hicieras.

Zoe asintió.

Dándole un beso en la frente a Zoe, Cekiah se enderezó y su mirada ultrabrillante encontró la mía mientras bajaba las manos.

—Bueno, esta debe de ser Evie.

La saludé con la mano como una idiota.

—He hablado con Eaton esta mañana —continuó—. Me ha contado que Luc te trajo antes de ayer.

Sin tener ni idea de si eso era lo único que Eaton había compartido con ella, di un paso hacia delante y le tendí la mano.

—Encantada de conocerte.

La Luxen me estrechó la mano con un apretón frío y firme.

—Yo también estoy encantada de conocerte. ¿Te ha enseñado Zoe los alrededores?

—Solo lo básico —respondió Zoe antes de que yo pudiera hacerlo. Fue a ponerse a su lado—. El mercado y esto.

—¿Y qué te ha parecido el mercado?

—Al principio me quedé un poco estupefacta —admití—. Es estupendo que la gente que necesita ayuda pueda conseguirla aquí.

—A diferencia del mundo fuera de estos muros —dijo—, nosotros nos aseguramos de que aquí nadie pase nunca necesidad, no importa si es humano o Luxen, Arum o híbrido.

—Al mundo le vendría bien más de eso.

Ladeó un poco la cabeza.

—Al mundo le vendrían bien muchas cosas.

—Cekiah es una de los miembros del consejo —intervino Zoe—. Y una de los primeros Luxen que vinieron aquí.

¿Era miembro del consejo? Eaton habría compartido lo que yo era con un miembro del consejo, ¿no?

—¿Cómo acabaste aquí? —le pregunté.

—Antes de la guerra, vivía en una comunidad de Luxen en Colorado, una de las que Dédalo ayudó a establecer para los... asimilados. —La mirada de Cekiah nunca se apartó de la mía—. Después de la invasión, conocí a Daemon y a sus hermanos allí. Y a Luc también. Era un chico muy joven entonces, pero incluso a esa edad, escuchabas cuando hablaba. No confiaba en el programa de registro que se estaba creando, aunque muchos tenían esperanzas, lo cual era una insensatez. Yo, como Luc, tenía la sensación de que numerarnos y rastrearnos era el principio de algo que no acabaría bien. Y cuando él y Daemon encontraron pruebas de que había gente atrapada en las ciudades amuralladas, tuve que hacer algo. La idea de que hubiera gente olvidada, encerrada en un mundo que los creía muertos, me daba pesadillas. Por suerte, no fui la única en ese sentido.

—Pero tú y todos los que vinisteis aquí a ayudar sois únicos —le contesté, diciéndolo en serio—. No te desatendiste del problema porque no te incumbía. Mucha gente que conozco, muchos humanos, habrían hecho eso.

—Gracias, pero sería negligente por mi parte no admitir que mi altruismo tenía un poco de egoísmo —respondió—. Era una forma perfecta de pasar desapercibida.

Zoe se rio.

—Bueno, podrías haber pasado desapercibida yéndote de Estados Unidos como hicieron muchos Luxen.

Parpadeé. Era la primera vez que oía eso.

—¿Ah, sí?

Cekiah se rio, con un sonido rico y gutural.

—Muchos huyeron a Canadá cuando se retiraron del acuerdo del PRA, además de a varios países europeos. Yo me lo planteé —admitió, y el humor que bailaba en sus ojos se desvaneció entre las sombras—. Pero las pesadillas eran reales. No habría sido capaz de vivir conmigo misma.

—Y no importará lo lejos que llegue nadie si Dédalo tiene éxito —dijo Zoe.

—Cierto. —Cekiah dio un paso hacia delante. Si se sorprendió al oír hablar de Dédalo, no lo demostró—. Os he visto fuera y quería saludaros, pero no os entretendré mucho más. —Por fin apartó sus ojos de los míos y miró a Zoe, apuntándola con el dedo—. Tú, sin embargo, será mejor que me hagas un hueco para que podamos ponernos al día en condiciones.

—Por supuesto —murmuró Zoe, y era evidente que le complacía oír la petición.

Aquellos poderosos ojos ámbar oscuros volvieron a mirarme.

—Tengo que ser sincera contigo.

Zoe se puso rígida, pero yo me mantuve quieta, increíblemente quieta. Tenía la sensación de que sabía lo que se avecinaba.

—Luc me ha hablado de quién eres, de quién eres en realidad —comentó, y la atención de Zoe se centró en la Luxen mayor—. Me ha visitado antes con Daemon. Me ha contado lo que necesitaba saber, y lo ha hecho mientras me pedía que el saber qué es lo que eres se quedara conmigo. Luc me ha pedido que no lo compartiera de momento con el resto del consejo.

Me empezó a latir con fuerza el corazón. No quería que la gente lo supiera. Si se enteraban, sus miradas de sospecha y desconfianza ya no serían de recelo, sino de miedo. Joder, incluso podrían exigirme que me marchara, y no quería ni pensar en la respuesta de Luc a eso. Tampoco quería enfrentarme a una realidad en la que estaría ahí fuera, intentando controlar mis habilidades, cuando me encontraran los Hijos de la Libertad o Dédalo.

—Cekiah —comenzó Zoe.

—Déjame terminar. —Cekiah hizo que Zoe se callara con esas dos palabras—. Mi instinto no es mentir a aquellos que sienten una profunda responsabilidad hacia los que están aquí, y Luc lo sabe. No te conozco, y no lo digo para ser cruel, pero tengo la sensación de que tú tampoco te conoces.

Me estremecí ante esas palabras demasiado ciertas.

—Lo único que sé es lo que Luc me ha asegurado, y basta con mirarlo cuando habla de ti para saber que solo se preocupa por tu seguridad —continuó—. Su petición no me ha hecho ni remotamente feliz. Sin embargo, como Luc se ha apresurado a recordarme, le debía mi silencio.

¿Cuántas personas le debían favores a Luc? En serio. Aun así, sentí cómo me recorría el alivio.

—Como le he respondido, si por un segundo creo que pondrás en peligro a alguien de aquí, no me importa lo que le deba a Luc, no guardaré mi silencio.

Con el corazón latiéndome con fuerza, alcé la barbilla.

—Es más que comprensible. No esperaría que lo hicieras.

Me pareció ver que el respeto y tal vez incluso un poco de alivio parpadeaban en su rostro, pero sus palabras seguían siendo como cuchillas cuando habló.

—Por tu bien y por el de todos los demás, espero que no acabemos lamentando nuestra hospitalidad y generosidad.

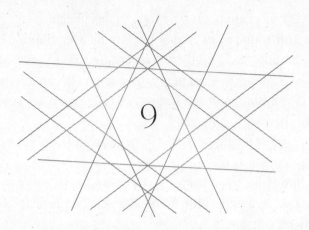

9

Acunando el tarro de mantequilla de cacahuete que había encontrado en la despensa, me paseé por el salón con la cuchara en la mano.

La energía incesante había vuelto y me resultaba casi imposible sentarme. Ya lo había intentado, rebuscando en las estanterías hasta encontrar un antiguo ejemplar de *Danza de dragones*, pero no conseguía concentrarme. ¿Puede que fuera el silencio? Esa era una parte de mi incapacidad para concentrarme, pero también era por la advertencia que Cekiah me había hecho con razón antes de separarnos y por que Luc aún no había vuelto. Tal vez Daemon se estaba resistiendo, no quería quedarse callado como Cekiah, y Luc tenía que convencerlo.

Esperaba que no estuvieran intentando matarse entre ellos.

Todo eso quizás explicaba por qué me sentía como el conejito de Duracell puesto hasta las cejas de *crack*, pero me moría de hambre como si no me hubiera dado a la gula hacía tan solo unas horas.

Miré a la puerta por quincuagésima vez como si pudiera hacer avanzar a Luc, lo cual era un poco triste, pero estaba aburrida y no podía quedarme quieta y ya me había comido medio tarro de mantequilla de cacahuete y estaba...

Sola.

La única persona que de verdad conocía aquí era a Zoe (Grayson no contaba) y ella se había ido a ponerse al día con Cekiah, y yo echaba de menos a Heidi y a James. No tenía ni idea de cómo le iba a James en casa con todas nosotras fuera. ¿Qué le pasaría si Dédalo acababa liberando la gripe a gran escala? ¿Se había vacunado? No lo recordaba, y no había forma de avisarle.

Con ese pensamiento, tomé otra cucharada de aquel manjar de mantequilla de cacahuete y me la metí en la boca.

Espera. ¿Cuántos años tendría esta mantequilla de cacahuete?

Sabía bien, pero si pertenecía a los anteriores propietarios, no creía que tuviera una caducidad de cuatro años. Tal vez la habían comprado en una de las entregas de suministros. Frunciendo el ceño, levanté el tarro hasta que vi que la fecha de caducidad era de hacía más de un año.

Miré del tarro a la cuchara medio llena, me encogí de hombros y volví a meterme la cuchara en la boca.

Solo me comí una cucharada más antes de pensar que debía dejarle un poco a Luc. Me obligué a soltar la mantequilla de cacahuete y me disponía a investigar las habitaciones cerradas cuando sentí un extraño cosquilleo en la nuca. Frunciendo el ceño, me volví hacia la puerta principal. No habían pasado ni dos latidos cuando alguien llamó a la puerta.

Zoe habría entrado sin más, y Luc no tenía motivos para llamar, así que estaba llena de curiosidad mientras me abalanzaba sobre la puerta, abriéndola de golpe.

Dee Black estaba allí, con su largo pelo negro recogido en un moño que rivalizaría con el de Zoe en cuanto a pulcritud.

Sus vaqueros azules estaban salpicados de algo marrón.

Los ojos verde esmeralda de Dee siguieron mi mirada y se echó a reír.

—Tengo una pinta horrible. Sí, lo sé. Estaba tratando de derretir pepitas de chocolate con las manos. —Las agitó—. Tengo manos de microondas cortesía de la genialidad extraterrestre.

Parpadeé despacio.

—¿Puedes hacer eso? ¿Cocinar comida con la fuente?

—Bueno, casi todo el mundo puede menos yo. Cada vez que intento hacer algo que no sea cocer huevos, la cosa se va al garete, como demuestra el hecho de que esté cubierta de chocolate seco. Lo calenté demasiado rápido y como que explotó —explicó—. Pase lo que pase, no dejes que Luc ni nadie intente convencerte de que la carne cocinada con la fuente sabe bien.

—¿Ah, no? —Me oí preguntar mientras intentaba no mirarla tan abiertamente..., pero fracasé.

—No. No. Sabe a carne cocinada con aire cargado, y aunque no suene tan mal, lo es. No hay cantidad de condimentos que puedan cubrir ese sabor a ozono quemado.

—Vale. —Noté cómo estaba asintiendo.

—En fin. —Sonrió con alegría—. Me han enviado aquí para rescatarte. Kat quiere hablar contigo.

—¿De verdad?

Dee asintió.

—Sí. Y está superembarazada, como ya sabes, y a una mujer tan embarazada no se le dice que no.

Deslumbrada por completo por Dee, me encontré entrando en casa de Daemon y Kat unos minutos después, sin recordar siquiera el corto paseo o si siquiera había accedido. El hecho de que estuviera tan, bueno, deslumbrada por Dee tenía mucho que ver con lo que escondía su sonrisa fácil y su actitud algo displicente. Dee era increíblemente inteligente y poseía un ingenio rápido que le permitía pasar muchas tardes en un lugar seguro fuera de la Zona 3, discutiendo con idiotas intolerantes como el senador Freeman en la televisión sin perder la calma. No solo eso, se notaba que tenía mucho valor, pues se había convertido en la cara pública de todos los Luxen. No podía haber una sola persona en Estados Unidos que no la reconociera. Estaba segura de que tenía muchos fans.

También estaba segura de que tenía muchos enemigos.

Zoe tenía razón. Lo mío con Dee era un flechazo.

Me guio a través de un salón en el que no había espeluznantes cuadros de ángeles, pero que parecía una librería. Había pilas ordenadas de libros por todas partes: en la consola multimedia que debía de haber albergado una televisión en algún momento, apilados en torres a ambos lados. Había libros apilados a ambos lados del sofá y del sillón reclinable gris, y en el resto del espacio no había más que hileras de estanterías desparejas, algunas altas y blancas, otras bajas y de color marrón oscuro, y todas repletas de libros. Nunca había visto tantos libros en una habitación.

—Kat es una ávida lectora —dijo Dee, dándose cuenta de lo que estaba mirando—. Nadie toca sus libros sin permiso. Si te presta alguno, significa que le caes bien, pero más te vale devolvérselo en perfecto estado.

Teniendo en cuenta que yo no paraba de doblar las esquinas de las páginas, me guardé los dedos sucios mientras recorríamos un estrecho pasillo similar hasta el dormitorio del fondo. Las cortinas de las ventanas abiertas dejaban entrar la luz del sol. La brisa mantenía la habitación fresca, dándole una sensación abierta y aireada.

Lo primero que noté fueron todas las cosas que había. Era como pasear por la sección de bebés del supermercado. Una trona montada esperaba en un rincón de la habitación, junto a una de esas hamacas que siempre pensé que hacían que los niños parecieran arañas humanas. Junto a un parque plegado de la marca Pack n' Play había un cambiador en el que se veían tres bolsas de pañales diferentes. Sobre una mesita auxiliar había una cesta llena de biberones y tetinas, y había dos cochecitos y uno todavía en su caja.

Luego estaban los pañales. Ni siquiera sabía que hubiera tantas marcas distintas de pañales.

Se oyó una suave carcajada cerca de la gran cama. Kat estaba apoyada en una montaña de almohadas, con el pelo castaño oscuro recogido en un moño desordenado. Tenía la cara sonrojada como si hubiera estado al sol, pero por el tamaño de su barriga, que parecía haber aumentado desde la última vez que la vi, dudaba de que hubiera estado fuera. A su lado había un libro de tapa dura sin sobrecubierta, con un marcapáginas sobresaliendo del centro. Olvidado en el suelo había un cesto de hilo azul brillante y ¿lo que podría haber sido una bufanda? ¿El principio de un jersey? Algo que de verdad esperaba que nadie llevara puesto.

—A Daemon se le ha ido un poco de las manos la preparación para el bebé —dijo—. Menos mal que no tiene que prepararse para el día del juicio final.

—En realidad, eso habría sido útil si ese fuera el caso. —Dee se dejó caer en la cama junto a Kat, cruzando sus largas piernas—. Pero entonces eso significaría que Daemon haría algo útil de verdad.

Kat resopló.

—Al menos no tendremos que preocuparnos por quedarnos sin pañales. —Miró hacia abajo y se palmeó el vientre—. Eso si el bichito brillante se decide a aparecer.

—Bueno, está claro que se parece a Daemon —comentó Dee, mirando la barriga de Kat—. ¿No es así, pequeñín?

—¿Cómo te has enterado de que es un niño? —Me quedé justo en la entrada del dormitorio, con los dedos entrelazados delante de mí, sin saber qué hacer.

—No lo sabemos al cien por cien, pero Ashley sigue refiriéndose al bebé como «él» y, bueno, ya conoces a Ashley. A veces sabe más que nosotros —explicó Kat.

—Sí, así es. —Volví a echar un vistazo a la habitación y me llamó la atención una pila de guantes de jardinería sobre la cómoda de roble. Estaban todos nuevos, con las etiquetas puestas, pero...

Miré a Kat otra vez.

—¿Has sido tú la que se ha encargado del jardín de al lado?

Se le iluminaron los ojos.

—No puedo atribuirme el mérito de haberlo puesto en marcha. Los anteriores propietarios lo hicieron. Yo solo lo cuido. Bueno, todo lo que he podido. Con suerte, aún tendré tiempo de pasarme por allí y mantenerlo, si no te importa.

—Madre mía, por favor, siéntete libre siempre que quieras. No tengo mano para las plantas. Ni mano ni ninguna otra parte del cuerpo, la verdad. El jardín necesitará tu ayuda.

—Quizás pueda enseñarte algunos trucos para que tengas una mano estupenda. —Kat me dedicó una sonrisa cansada—. Acércate. —Señaló el espacio frente a Dee—. Siéntate. Pensamos que como Luc estaba con los chicos, podríamos pasar algo de tiempo a solas.

Nerviosa y con ganas de, bueno, con muchas ganas de causar una buena impresión, planté el trasero donde ella quería. Me senté a los pies de la cama, frente a Dee.

—No sabía que Archer estaba con ellos.

—No creo que ellos tampoco lo supieran hasta que Archer se invitó a sí mismo —replicó Dee con ironía.

Kat se rio.

—Pero si te soy sincera, tenía un motivo oculto para invitarte. Tengo un montón de preguntas para ti.

Sospechando con qué tenían que ver sus preguntas, decidí no andarme con rodeos.

—Daemon te ha contado lo que le hice en el bosque.

—Sí. —Unos ojos grises como el cielo se encontraron con los míos. Ojos que sabía que habían visto cosas a las que los más débiles no habrían sobrevivido—. Y me alivia que esté bien. Si no, tendría que hacer todo lo posible para acabar contigo, embarazada o no.

Recibí la advertencia alto y claro, superé la vergüenza impulsada por la incómoda verdad de lo que había hecho y asentí.

—Lo entiendo. —Se me pusieron coloradas las mejillas—. Siento mucho lo que hice. No espero que ni tú ni Daemon lo aceptéis. Solo espero que todos sepáis que lo siento de verdad.

—Pero acepto tus disculpas —dijo Kat, sorprendiéndome—. Por lo que sé, no tuviste control sobre lo que pasó, y Daemon también lo sabe.

Puede que Daemon lo supiera, pero dudaba de que fuera tan indulgente como Kat.

—Una parte de mí desearía que no aceptaras mis disculpas. Sé que suena raro, pero... —Me interrumpí, sin saber cómo explicarlo.

—Pero sientes que deberías ser castigada. Lo entiendo. Créeme. Todos hemos hecho cosas que han acabado mal para otros, queriendo o no. —Kat miró a Dee, que asintió—. Mis acciones provocaron la muerte de un buen amigo de Dee. No fue algo que hiciera a propósito. De hecho, pensé que estaba haciendo lo correcto. Dee me ha perdonado, pero todavía hay días en los que me parece que no debería haberlo hecho.

—Pero lo hice. —Dee se apoyó en el hombro de Kat—. Con el tiempo —añadió—. Y mira, Daemon necesita que le bajen los humos de vez en cuando.

Parpadeé despacio.

Kat soltó una breve risita.

—Es verdad. Normalmente, es Luc quien tiene reservado ese lugar especial.

—Parece que se amenazan mucho —reconocí.

—Esa es su versión de la unión masculina. —Dee puso los ojos en blanco—. Mete a Archer en la mezcla, y es como quién puede amenazar más que el otro.

—¿Qué hay de Dawson?

—Dawson es el único normal de todos —dijo Dee, y Kat asintió—. Así que, si amenaza a alguien, significa que algo malo está a punto de pasar.

—Tomo nota —murmuré, pensando que Dawson y Daemon podían parecer idénticos, pero sus personalidades no podían ser más distintas.

—Estoy bastante segura de que este chico tiene un pie plantado en un órgano vital. —Kat puso las manos en el colchón y se movió un poco. Una vez acomodada, respiró hondo—. No sé si Luc te lo ha contado o no, pero cuando muté por primera vez, no tenía ni idea de lo que estaba pasando. Era un desastre. Si se me ocurría querer un vaso de té, la jarra se abría en la nevera y se derramaba por todas partes.

—No jodas.

Apoyando las manos en el vientre, asintió.

—Las puertas se abrían antes de que las tocara. La ropa se caía de las perchas. Hubo un par de minutos en los que pensé que mi casa estaba poseída.

Dee se rio.

—Se necesita mucho para que un Luxen mute a un humano, y no es algo que ocurra a menudo, así que ni siquiera fue algo que consideré al principio, pero cuando al final se lo dije a Daemon, él sabía lo que estaba pasando. —Hizo una pausa—. Creo que estaba tan sorprendido como yo al principio.

—¿Cómo sucedió? —pregunté, esperando no ser demasiado entrometida.

—La versión corta de una larga historia es que todo se reduce a que Daemon me curó demasiadas veces.

—Vale. Esa ni siquiera es la versión corta correcta. Sí. Daemon la curó un par de veces, pero lo que pasó fue que Kat era increíble y nos salvó la vida —intervino Dee—. Antes de la invasión y demás, la mayor amenaza eran los Arum.

—Vaya, cómo han cambiado las cosas —murmuró Kat.

—Daemon se había cargado a uno de los hermanos de un Arum, y el tipo nos estaba apuntando a Daemon y a mí. Kat y Daemon eran como archienemigos en ese momento, él le dijo alguna estupidez típica de Daemon y ella terminó ofreciéndose como voluntaria para ser una distracción humana, para disgusto de Daemon...

—Daemon y yo no nos llevábamos bien al principio —explicó Kat, sonriendo—. En realidad, lo odiaba en ese momento. Vale. Ya entonces me parecía guapo, pero su atractivo no anulaba lo imbécil que era.

—En fin, que terminó básicamente sacrificándose para salvarnos a Daemon y a mí. Casi se muere.

—Habría muerto si Daemon no me hubiera curado, y fue una curación tan descomunal que empezó a cambiarme a nivel celular. —A Kat se le deslizó el moño de la cabeza hacia un lado—. El resto de lo que ocurrió es largo y complicado y, para ser sincera, solo me enfadará y me deprimirá.

—No hace falta que me cuentes nada más —me apresuré a asegurarle.

La mirada gris de Kat parpadeó sobre mi rostro, y el silencio se extendió entre nosotras.

—Nos vimos un par de veces.

La siguiente respiración se me quedó atascada en la garganta.

—Daemon me lo dijo. Me contó que me viste en la discoteca cuando conociste a Luc.

Asintió.

—Y te vi después, durante la invasión. Luc te había llevado a Malmstrom, una base aérea en Montana. Todos estábamos allí, incluido Eaton. Luc trató de mantenerte oculta de nosotros.

Fruncí el ceño.

—¿Por qué?

—¿No conoces a Luc? —preguntó Dee con una carcajada.

—Seguro que te has dado cuenta de que es un poco protector contigo —dijo Kat, y entonces fui yo quien se rio.

—Solo un poco —respondí, frotándome las rodillas con las manos—. ¿Hablamos entonces?

Negó con la cabeza.

—Estuviste... descansando la mayor parte del tiempo que estuviste allí.

Entendí lo que eso significaba. Debió de ser mientras había estado muy enferma.

—Después de la invasión y de que las cosas se calmaran, Luc nos visitó cuando vivíamos en Colorado y no estabas con él. Pensamos que habías...

—¿Muerto? —contesté. Cuando Kat asintió incómoda, sonreí—. Creo que, en cierto modo, sí. Bueno, aparte de unos breves recuerdos que no me dicen mucho, no recuerdo nada de mi época como Nadia.

Los ojos de Kat se encontraron con los míos.

—Es probable que eso sea algo bueno.

Mis manos se detuvieron sobre mis piernas.

—Sí, tengo esa sensación. —Me miré las manos—. A ver, quiero saber quién era, pero creo que es una maldición y... —Las palabras me abandonaron cuando una salpicadura de brillantes puntos negros se extendió por la parte superior de mi mano derecha.

—¿Estás bien? —preguntó Dee.

Se me paró el corazón y parpadeé. Mi mano parecía normal un segundo después. ¿Qué demonios había pasado? Miré a las chicas y luego de nuevo la mano. Seguía normal. ¿Había visto lo que creía? ¿O era una especie de ilusión óptica? No lo sabía.

Con la garganta seca, asentí.

—Sí, solo pensaba en todo eso de la falta de recuerdos.

Una mirada de compasión recorrió el rostro de Kat.

—No puedo imaginar lo que se siente no recordar quién eres, pero sí sé lo que es ser entrenada por Dédalo y lo lejos que llegarán para hacer avanzar su causa.

Eso me llamó lo suficiente la atención como para dejar de lado lo de la mano rara.

—A veces... siento cosas —admití con timidez, solo porque no sabía cómo explicarlo—. Como emociones ligadas a esos recuerdos reprimidos. No son buenas, así que hay una parte de mí que está agradecida. Una gran parte de mí, porque creo que si lo supiera, no estaría bien.

Las manos de Kat se detuvieron sobre su vientre.

—Daemon me ha contado lo de Jason Dasher —anunció—. Ha intentado ocultármelo, pero yo sabía que me estaba escondiendo algo. No puedo creer que esté vivo, pero tampoco es que me sorprenda. Ya casi nada me sorprende. —Exhaló con brusquedad—. Conocía a Jason Dasher. Tenía una forma de casi hacerte creer que lo que hacían era por un bien mayor. También Nancy.

Me centré en ese nombre.

—Eaton la mencionó la primera vez que hablamos con él, y a Luc no pareció gustarle oír ese nombre.

—Por supuesto que no. —Kat enarcó las cejas—. Nancy Husher supervisaba a los Origin; eran su proyecto favorito. Básicamente crio a Luc hasta que escapó, y estaba obsesionada con encontrar al Luxen más poderoso, creyendo que eso aseguraría una mejor descendencia Origin. Esa mujer era una... —Cerró la boca con fuerza, sacudiendo la cabeza, mientras yo permanecía sentada en un silencio atónito—. Digamos que me habría encantado estar allí cuando Luc acabó con su vida.

—Luc nunca te ha hablado de ella, ¿verdad? —Dee me leyó como a un libro abierto. Negué con la cabeza—. Bueno, seguro que prefiere no pensar en ella.

—Yo lo haría —comentó Kat—. Y si Luc no ha sacado el tema, entonces yo debería cerrar la boca.

Empecé a discrepar.

—Tiene que ser Luc quien te hable de Nancy —cortó antes de que pudiera pedir respuestas—. Puede que ya te haya dicho demasiado.

—No es culpa tuya. Seguramente pensabas que ya me habría sacado el tema. —No sabía cómo sentirme por no saber nada de todo esto, pero...—. Han pasado muchas cosas desde que Luc y yo..., desde que volvimos a conectar, y él ha estado centrado sobre todo en mí y en lo que he estado pasando. No ha habido mucho tiempo para mucho más.

Quería darme una palmadita en la espalda. Mírame, siendo razonable en lugar de herir mis sentimientos de forma irracional.

Me merecía más mantequilla de cacahuete.

—Lo que me lleva a mi pregunta superentrometida. —Kat intercambió una mirada con Dee—. Queremos saber más sobre tus habilidades.

Les conté lo que sabía que podía hacer y fui franca sobre el hecho de que no tuve control las pocas veces que pude usar la fuente. Omití lo que había ocurrido la noche anterior, porque no creía que Kat necesitara preocuparse por lo cerca que había estado de arrasar su casa. En ningún momento ninguna de las dos me hizo sentir como una loca descontrolada, y eso reforzó mi valor para contarles lo que hice a continuación.

—Luc va a practicar conmigo para que pueda controlarla. No quiero arriesgar a nadie aquí, y quiero ser capaz de contraatacar. Quiero acabar con Dédalo. Para siempre. Y si soy tan increíble como se supone que es un Troyano, puedo ayudar. Puedo luchar con todos vosotros —dije, y no me perdí las miradas rápidas que se lanzaron Dee y Kat. Me apresuré antes de que pudieran aguarme la fiesta—. Sé que hay gente entrenando en el Patio. No lo he visto con mis propios ojos, pero sé que eso es lo que está pasando. Y también sé que ninguna de vosotras tiene motivos para confiar en mí, pero si puedo controlar esto, todos me necesitaréis.

Kat guardó silencio.

Fue Dee quien habló.

—Tienes razón. Si puedes controlar tus habilidades, podríamos necesitarte. Nunca había oído de nadie que pudiera hacer lo que tú has hecho.

Asintiendo, no me permití emocionarme demasiado. Podía sentir un enorme «pero» acercándose.

Y así fue.

—Pero no estoy segura de lo que hará falta para que asumamos ese riesgo. —Los brillantes ojos verdes de Dee sostuvieron los míos—. No es algo personal. Me caes bien. Además, según Zoe, estás loca por mí. Estoy de tu parte.

Iba a pegar a Zoe.

En serio.

—Pero no soy solo yo, y si te soy sincera, lo que eres puede ser demasiado arriesgado —continuó Dee, y el peso de las palabras se hundió como piedras—. Si solo hay una pequeña posibilidad de que puedas enlazarte con Dédalo, es demasiado arriesgado.

Sus palabras no eran más que la verdad (la cruda verdad), pero antes de que pudiera sentir en serio el ardor de esas palabras, compartimenté como una profesional y asentí.

—Lo entiendo, pero ¿no soy ya un riesgo?

—Sí —admitió Kat—. Si te enlazaras e informaras de lo que ya sabes, estaríamos jodidos. Toda la gente inocente de aquí estaría jodida.

—Lo sé...

—Entonces tienes que saber lo que nos veríamos obligados a hacer —me cortó Kat, con la mirada firme—. No permitiremos que le proporciones ninguna información a Dédalo.

El corazón me dio un fuerte vuelco mientras le sostenía la mirada, y me sorprendió lo tranquilas que fueron mis siguientes palabras.

—¿Me mataríais?

—Hubo un tiempo en el que ni siquiera pensaba por un segundo que acabar con la vida de alguien fuera una decisión o un acto en el que yo pudiera participar —respondió, frotándose despacio el vientre abultado con la mano—. Que era algo que odiaría decidir, pero que haría de todos modos. Pero eso fue hace mucho tiempo. Era otra vida. No permitiremos que le proporciones ninguna información a Dédalo.

Sabía que solo estaba diciendo otra verdad incómoda. También sabía que no era personal y que ella no quería tener que decirme nada de esto. Y como con Cekiah, si estuviera en su lugar, yo diría lo mismo y haría lo mismo. La advertencia seguía ardiendo como si me hubiera plantado de cara en el asfalto y me deslizara por él, y dolía en ese punto de mi corazón que no deseaba otra cosa que encontrar mi lugar aquí, ser amiga de Kat y Dee y formar parte de sus planes para acabar con la organización que sin duda nos había hecho cosas terribles a todos. Y me dolía porque sabía que eso significaba que nunca tendría ninguna de esas cosas, no más allá de lo superficial.

Pero me tragué el sofocante nudo de emoción y dije:

—Si consiguierais tener éxito, tendríais que ocuparos de Luc.

—Lo sabemos —contestó Kat con una sonrisa triste—. Sabemos que ninguno de nosotros viviría más que el segundo que tardara Luc en darse cuenta de lo que habríamos hecho, pero proteger a la gente y lo que hacemos aquí vale nuestras vidas. Y él sabe incluso ahora lo que haríamos, pero cree que no ocurrirá. Espero que no, así que esperemos todos que ese día nunca llegue para ninguno de nosotros.

Poco después de que Kat me dijera que me diese por muerta si alguna vez me unía al resto de los Troyanos, me fui de su casa. Por extraño que pareciera, no fue por ese comentario. Dee había cambiado enseguida y sin problemas la conversación a su próxima entrevista en antena con el senador Freeman, y para entonces, Kat se estaba quedando frita. Apostaba a que ya estaría durmiendo la siesta incluso antes de que yo llegara a la puerta principal.

Preocupada por lo que pudiera depararme el futuro y, de algún modo, hambrienta, me arrastré hasta la silenciosa casa. Con aquel tarro de mantequilla de cacahuete en mente, entré en la cocina, con la habitación iluminada únicamente por la amplia ventana sobre el fregadero. Oí la aguda inhalación de una respiración que no era la mía.

Moví la cabeza en dirección a la pequeña despensa. Un chico estaba allí de pie, con varias latas de verduras recogidas contra el pecho y la pequeña bolsa de pan horneado colgando entre los dientes. En el momento en el que mis ojos conectaron con los suyos, grandes y marrones, supe que ese chico no había estado en el colegio. Habría reconocido aquel escandaloso pelo rojo que le sobresalía en todas direcciones, pero era más que eso. El chico estaba escuálido. Con las mejillas muy hundidas y unas clavículas demasiado marcadas que le sobresalían por encima del cuello de su sucia camiseta verde. No era lo único sucio. Los dedos que sujetaban las latas de comida estaban cubiertos de polvo y suciedad. Sus vaqueros rotos estaban asquerosos, y aquellos chicos del colegio habían estado limpios y bien alimentados. Este chico no.

Se había quedado helado, igual que yo, pero se recuperó. Las latas resbalaron de sus brazos y cayeron al suelo rodando en todas direcciones. Después cayó la bolsa.

El chico salió corriendo.

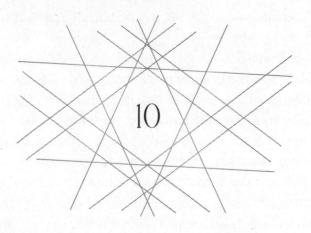

10

—¡Para! —grité.

El niño no me hizo caso y se precipitó alrededor de la pequeña isla de la cocina. Me lancé hacia la puerta trasera, bloqueándole el paso. Giró sobre sí mismo y se dirigió hacia la puerta por la que yo había entrado, pero me moví para situarme entre las dos salidas. Se detuvo de forma brusca detrás de la isla, con su frágil pecho subiendo y bajando con rapidez.

Con el corazón latiéndome con fuerza, volví a mirarlo. No tenía ni idea de quién era ese niño, pero era obvio el motivo por el que estaba en la cocina con los brazos llenos de comida. Parecía que no hubiera comido bien durante semanas, si no más, y sabía que eso significaba que no podía estar viviendo en esta comunidad, a menos que alguien lo hubiera estado reteniendo en algún lugar y no le hubiera permitido acceder a comida o agua para bañarse.

Mi mente se estaba imaginando cosas muy turbias, pero el mundo y la gente que había en él podían ser más turbios que cualquier cosa que mi imaginación pudiera inventarse.

Pero lo más importante era que la cosa que tenía dentro de mí no había cobrado vida, así que supuse que eso significaba que no lo reconocía como una amenaza. El chico era sin lugar a dudas humano, eso lo sabía, pero no era tan ingenua como para creer que eso no significara que no pudiera convertirse en una, aunque, en ese momento, iba a hacer caso al instinto o a lo que fuera que llevara dentro.

No le quité los ojos de encima y me preparé para que intentara huir.

—¿Quién eres?

El niño no contestó mientras su mirada oscilaba entre la entrada y la puerta trasera.

—No pasa nada. —Alcé las manos, pensando que eso ayudaría. Pero no fue así.

El niño levantó los brazos por encima de la cabeza y se agachó, protegiéndose como si esperara que le lanzara algo o que usara la fuente contra él.

Madre mía.

¿Qué le habría pasado a este chico? Bajé las manos con rapidez.

—No pasa nada —repetí—. No voy a hacerte daño.

No se movió, pero le temblaba todo el cuerpecito. El niño estaba más que asustado, y aunque yo no tenía ni idea de qué le había causado semejante estado, dije lo único que creía que podía ayudar.

—No soy una extraterrestre —le solté, y no era exactamente mentira.

El niño no se movió durante un largo instante, pero, poco a poco, bajó los brazos. Aunque no me miró.

—Si estás aquí, entonces eres amiga de uno de ellos. Estás con uno de ellos.

—Soy amiga de ellos —respondí—. Pero eso no significa que vaya a hacerte daño.

—¿Por qué iba a creerme eso? —Se quedó mirando la puerta como si fuera un salvavidas, y tuve la sensación de que volvería a salir corriendo en cuanto se sintiera remotamente amenazado por mí.

—Porque no entiendo por qué ser amiga de ellos te haría pensar que podría hacerte daño —le contesté, aunque sabía por qué los humanos temían a los Luxen, tanto si eso estaba bien como si estaba mal—. Y porque no quiero hacerte daño. —Hice una pausa—. Aunque estás en mi casa.

—No sabía que se había mudado alguien. —Dirigió su mirada nerviosa hacia mí y luego volvió a la puerta—. Ha estado vacía todo este tiempo.

—Nos acabamos de mudar hace unos días. Soy nueva aquí, pero conozco a algunas personas. —Eso tampoco era exactamente una mentira—. ¿Tú vives aquí?

El niño no respondió.

Mi mente iba a toda prisa, tratando de averiguar qué podía decirle para que siguiera hablando y no se pusiera aún más nervioso. Decidí que podría ayudar si le decía mi nombre.

—Me llamo Evie, por cierto, y como ya te he contado, acabo de llegar hace unos días con mi novio.

Otra mirada rápida en mi dirección.

—¿Es tu novio uno de ellos?

—¿Que si es un Luxen? No. —Eso tampoco era exactamente una mentira, aunque el niño no sabría que existían los Origin o los híbridos.

—Pero estás aquí, así que eres una de los que les apoyan —dijo.

—Pues sí. Los Luxen de aquí no se parecen en nada a los que nos invadieron —le expliqué, esperando de verdad que ese no fuera el momento en el que Luc decidiera aparecer—. A menos que sepas algo que yo no sepa. Si es así, espero que me lo digas, la verdad.

No dijo nada durante tanto tiempo que pensé que no iba a contestar, pero lo hizo.

—Nosotros no nos acercamos a ellos.

—¿Nosotros?

El niño respiró hondo y me miró, y esta vez no apartó la vista. Creía que era un paso en la dirección correcta, pero su mirada era intensa. Este chico había visto demasiadas cosas en su corta vida.

—Estaba intentando robarte tus cosas. —Levantó la barbilla y cuadró los hombros—. Me has descubierto, y no me creo que no estés enfadada, así que ni siquiera intentes mentirme.

—Me has tomado desprevenida. Me has asustado un poco, pero no estoy enfadada. No estaría aquí de pie intentando hablar contigo si lo estuviera. Además, no es como si estuvieras robándome mi comida. Estaba aquí cuando llegamos. —Forcé un encogimiento de hombros despreocupado—. Y no es como si te hubieras llevado la mantequilla de cacahuete. Si lo hubieras hecho, no estaría nada contenta.

Parpadeó.

—Me gusta la mantequilla de cacahuete. —Sonreí—. Mucho.

Pasó un largo instante sin que hiciera nada más que mirarme.

—Eres rara.

Me reí.

—Sí, creo que sí.

—Definitivamente, sí —me confirmó. Sus ojos cautelosos no me abandonaron en ningún momento, pero pareció relajarse un poco y dejó de mirar hacia la entrada de la cocina cada tres segundos.

—Entonces, ¿vas a decirme tu nombre por lo menos?

—Nate. —Se movió inquieto, rascándose el pelo con los dedos—. Solo Nate.

Aliviada y un poco sorprendida de que hubiera compartido su nombre, le dije:

—Encantada de conocerte, Nate.

Volvió a mirarme fijamente, esta vez como si tuviera un tercer brazo que me saliese de en medio de la frente.

No me atreví a acercarme a él.

—Tú no vives en esta comunidad, ¿verdad?

Nate cambió el peso de un pie a otro.

—Yo no vivo aquí.

Pensé en las luces intermitentes que había visto y que casi había olvidado. La ciudad estaba muerta y todo lo que tenía valor se había recogido. ¿Cómo podía vivir alguien allí, y mucho menos más de una persona, y no haber sido visto?

Pero si no vivía aquí, y dudaba seriamente de que pudiera atravesar el muro sin ser visto, solo podía haber otro lugar. Houston podía estar muerta, pero era una ciudad grande, y si la comunidad se había llevado todos los bienes de la ciudad, tendría sentido que él estuviera haciendo prácticamente lo mismo, rebuscando en la comunidad.

—¿Vives en la ciudad? —le pregunté.

Dejó de moverse.

—A ver, ¿dónde más podrías vivir si no?

Nate se encogió de hombros.

Aunque ya lo sospechaba, me dejó atónita.

—¿Cómo vives allí? ¿Estás...? —¿Solo? ¿Sin padres? Me corté antes de hacer esas preguntas. Ya sabía que había alguien más que él. Había dicho «nosotros», y tuve la sensación de que debía elegir bien mis preguntas.

—Me las arreglo —murmuró, echando un vistazo a una de las latas de judías verdes.

—Supongo que tendrás que hacerlo. ¿Puedo preguntarte algo más? —Cuando asintió con rapidez, le pregunté—: ¿Por qué vives allí y no aquí?

—No somos de aquí y no nos fiamos de ellos —respondió, con los ojos brillantes—. Mataron a gente. Todos los vimos, justo después de la invasión, antes de que lanzaran esas bombas. Los vimos tocar a las personas y convertirse en ellas, matarlas.

Hablaba de cómo los Luxen invasores habían asimilado con rapidez el ADN humano, asumiendo prácticamente la apariencia física de estos. Al estilo de *La invasión de los ladrones de cuerpos*, pero...

—Los Luxen invasores eran peligrosos. Eran asesinos, pero los Luxen de aquí no hicieron eso.

Levantó la barbilla.

—¿Cómo puedes saberlo? Has dicho que acababas de llegar.

—Porque sé que hay muchos Luxen que vivían aquí, en la Tierra, mucho antes de que llegaran los otros, y la gran mayoría de ellos nunca hizo daño a nadie. Algunos de esos Luxen están aquí, en esta comunidad, viviendo con humanos, ayudándolos. Algunos de ellos son incluso amigos míos que conocí antes de venir aquí —le expliqué, la última parte era un deseo que se me escapaba de la lengua con demasiada facilidad—. Y oye, no digo que todos los Luxen sean ejemplos perfectos de, bueno, una raza alienígena, pero creo que los de aquí son buenos.

Nate volvió a quedarse callado mientras parecía digerir la noticia de que los Luxen habían estado aquí. No hubo ninguna conmoción o negación. Tenía la sensación de que este chico había estado lo bastante expuesto en su corta vida como para saber que todo era posible.

—¿O has visto algo diferente a los de aquí? —presioné.

—¿Cómo voy a saber si lo he hecho? Su aspecto no es el mismo que tienen siempre —argumentó, y vaya si tenía razón. Los Luxen elegían su forma humana, los que llevaban aquí un tiempo lo habían hecho tomando poco a poco algo de ADN humano por aquí y por allí, pero algunos Luxen podían cambiar con facilidad su apariencia replicando a los que los rodeaban—. Cualquiera de ellos podría ser un asesino, pero ahora parecen diferentes.

—Tienes razón. —Respiré hondo—. Pero los que están aquí y la gran mayoría de los demás, ahí fuera, en el mundo, fuera de estos muros, no quieren hacer daño a nadie. Solo quieren vivir. Eso es todo.

No había nada en su cara que dijera que me creía, así que no me sorprendí cuando declaró:

—Tengo que marcharme.

Sabiendo que la única manera de detenerlo era llegar a las manos, y que eso no ayudaría en nada a generar confianza en mí o en los Luxen, asentí.

—Vale. Puedes quedarte con la comida si quieres. Creo que había algunas bolsas de plástico viejas en la despensa. Seguro que así será más fácil de llevar.

Se le pusieron los ojos como platos.

—¿De verdad?

Asentí con la cabeza.

Nate comenzó a agacharse para agarrar una de las latas más cercanas, pero se levantó de un tirón.

—¿Por qué? —preguntó—. ¿Por qué ibas a dejar que me llevara la comida?

Miré una de las latas.

—¿Crema de maíz? No es mi comida preferida.

El chico movió los labios y esbozó una sonrisa.

—Es asquerosa, pero a mi...

—¿Pero qué? —pregunté cuando se interrumpió.

Su mirada se posó en la lata, justo en la esquina de la isla.

—¿Cuál es la trampa? —preguntó en su lugar—. Tiene que haber una trampa.

La pesadumbre se me instaló en el pecho.

—No hay ninguna trampa, Nate. Necesitas la comida, ¿verdad?

Se le sonrojaron las mejillas bajo la suciedad y me di cuenta de que me había equivocado al decir algo, pero antes de que pudiera abofetearme a mí misma, dijo:

—Sí, la necesito.

Aliviada de que no lo hubiera negado para su propia perdición, retrocedí hasta quedar contra el fregadero.

—Toma lo que quieras. Sin trampas.

Nate se me quedó mirando durante unos instantes.

—¿Y la mantequilla de cacahuete?

—No puedes llevártela.

Aquellos labios volvieron a crisparse, y entonces no perdió el tiempo, agarró una bolsa de la despensa y recogió las latas y el pequeño paquete de pan. Le habría ayudado, pero intuí que no se sentiría cómodo si me acercaba a él. Me surgieron muchas preguntas mientras lo observaba. ¿Cómo puede salir de la ciudad y moverse sin ser visto? ¿Cuántos más habría en la ciudad? ¿Qué edad tendría? ¿Habría más niños? ¿Adultos? ¿Otros demasiado asustados de los Luxen como para pedir ayuda? No obstante, me mantuve callada. Puede que Nate se llevara la comida, pero eso no significaba que confiara en mí.

Esperé a que tuviera la bolsa en la mano antes de hablar.

—Si necesitas más comida o algo, puedes venir aquí. O si, ya sabes, solo quieres pasar el rato.

No respondió.

Quizás la última proposición había sido demasiado, pero quería que supiera que estaba bien si volvía.

Abrazando la bolsa contra el pecho, se dirigió hacia la puerta trasera. La abrió mientras me miraba por encima del hombro.

—Por favor, no le digas a nadie que me has visto. Puedes pensar que son diferentes y que son seguros, pero si se lo dices, vendrán a buscarnos. Los otros... huirán. —Le temblaba el labio inferior—. No conseguirán sobrevivir solos si lo hacen. Por favor.

—¿Hay más niños? —pregunté.

Miró la bolsa que llevaba y asintió.

—¿Cuántos?

—Eso no importa. No digas nada. Por favor.

No importaba, porque no podía entender cómo sobrevivía un niño, y mucho menos más de uno. No podía prometer mi silencio. Ni aunque quisiera, puesto que Luc probablemente escucharía mis pensamientos, y Nate tenía razón. Tenía la sensación de que si Cekiah o cualquier otro se enteraba de la existencia de estos niños, irían a por ellos, y si tenían el miedo suficiente como para huir, tenían una ciudad lo bastante grande para esconderse. No se lo ocultaría a Luc, pero eso no significaba que los demás tuvieran que saberlo.

Mentir era una necesidad aquí. Al menos eso me dije a mí misma, porque Nate no necesitaba saber nada de eso.

—Prométeme que si necesitas más comida o algo, volverás aquí y no se lo diré a los demás.

Entrecerró los ojos.

—¿Me estás chantajeando?

—Yo no lo llamaría así —razoné.

—¿Cómo lo llamarías entonces?

—¿Mediochantajearte?

Se le escapó una risita de sorpresa.

—Eres rara.

—Cierto —murmuré—. ¿Tenemos un trato?

Nate tardó en asentir.

—Trato hecho.

—Bien.

Nate se marchó entonces, sin decir ni una palabra, y me costó no seguirlo. Solté un suspiro entrecortado, esperando que aquella no fuera la primera y única vez que lo viera.

Terminando la mantequilla de cacahuete, recorrí el patio trasero, buscando alguna señal de por dónde se había ido Nate. No había ninguna. Con los pensamientos saltando de mi conversación con

Cekiah, Kat y Dee a la aparición de Nate, me senté debajo del gran roble con hojas de color bronce. Al levantar la vista mientras volvía a enroscar la tapa en el tarro, vi un pequeño mirlo que me miraba fijamente.

Oh. Era el primer pájaro que veía aquí.

Recostándome, observé al pequeño saltar por la rama. No me permití pensar en lo que Kat o Cekiah habían dicho. No podía. Ya tenía miedo de perder el control, y estresarme por lo que pudiera pasar no ayudaría a mantener a raya mi pánico ni a calmar lo que fuera que llevara dentro. Mi mente volvió a Nate y a las preguntas que no podía hacerle.

No tenía ni idea de cómo me había quedado dormida después de todo, pero debí de hacerlo, porque lo siguiente que sentí fue el roce de las yemas de los dedos contra la mejilla y el zumbido de la electricidad que me recorría la piel. Cuando abrí los ojos, vi unas pestañas increíblemente largas y espesas y unas rodajas de tanzanita violeta.

—Hola —murmuró Luc, con una pequeña sonrisa en los labios demasiado carnosos.

—Hola.

—Me pregunto algo. —Luc estaba tendido junto a mí, tumbado de lado con la mejilla apoyada en la mano.

—¿Qué? —murmuré, preguntándome cuánto tiempo había estado allí.

—¿Por qué estás tumbada en el patio, bajo un árbol, acunando un tarro de mantequilla de cacahuete contra tu pecho?

—¿Eh? —Fruncí las cejas mientras miraba hacia abajo, y sí que estaba acunando el tarro—. Me he quedado dormida con él.

—Creo que debería ser un mejor novio si recurres a la mantequilla de cacahuete como apoyo.

Dejé caer la cabeza contra el césped.

—Nunca podrías competir contra la mantequilla de cacahuete.

—Eso suena como un desafío. —Levantó un lado de los labios.

Más allá de las hojas, el cielo estaba naranja por encima del hombro de Luc. El atardecer.

—Debo de haberme pasado la tarde durmiendo la siesta. Puede que esté cubierta de garrapatas.

Me pasó la punta de los dedos por el pómulo mientras asentía.

—Genial —suspiré, abrazando la mantequilla de cacahuete.

—Puedo comprobarlo. En realidad, estaría más que feliz de hacerlo. Tan solo voy a necesitar que te desnudes. Por completo. También puedo ayudarte con eso.

—Apuesto a que sí. —Me reí, aunque me estremecí ante la posibilidad. Me negaba a creer que la atracción que se encendía cada vez que estábamos juntos pudiera ser obra de una agencia gubernamental secreta, por muchos científicos locos que tuvieran en nómina.

Esos dedos se me deslizaron por la garganta.

—Solo quiero ayudar. No querría perderme una zona y que acabaras con la fiebre maculosa de las Montañas Rocosas.

—¿Puedo contraer la fiebre maculosa de las Montañas Rocosas?

—Puede que no. Tampoco creo que haya garrapatas en este césped. —Me pasó el dedo por el cuello de la camiseta—. Pero podemos fingir que sí. Te aseguro que sería muy divertido.

—No necesitas convencerme de algo que ya sé. —Sintiendo los músculos increíblemente flojos, bostecé. Haciendo mucho ruido. Justo en la cara de Luc. Me sonrojé, apartando la mirada—. Lo siento.

Luc se rio.

—Tienes sueño, ¿eh?

—Sí. —La verdad es que tenía bastante. Era muy probable que ahora pudiera volver a dormirme con facilidad—. Es un coma de mantequilla de cacahuete.

—¿Un qué?

—Me he comido casi un tarro entero de mantequilla de cacahuete. —Giré la cabeza hacia él—. En realidad, me he comido toda la mantequilla de cacahuete. Lo siento.

Su mirada parpadeó sobre mi cara.

—¿Sabes? No me gusta la mantequilla de cacahuete.

Tenía que estar alucinando.

—¿Perdona?

—A ver, me la comería si no tuviera más remedio, pero no soy fan.

—¿Cómo? ¿Cómo es posible? —pregunté—. La mantequilla de cacahuete es increíble.

Se limitó a encogerse de hombros.

—No creo que podamos seguir siendo amigos —dije, aunque cedí a mi impulso y alargué la mano para pasar los dedos por su pelo. Suave como la seda. Giró la cabeza y me besó la palma de la mano antes de que la bajara.

—Menos mal que no somos amigos, Melocotón. —Clavó la mirada en mi boca, y la profundidad e intensidad de sus ojos entrecerrados hizo que un fuego me recorriera la piel.

—Pensándolo bien, es perfecto. Eso significa que nunca nos pelearemos por la mantequilla de cacahuete.

—¿Lo ves? Tú y yo pegamos juntos, como el queso y el pan. —Su sonrisa fue breve—. Siento que se me haya hecho tan tarde hoy.

—No hace falta que te disculpes.

La diversión bailó en sus facciones.

—Lo dudo. Apuesto a que estabas fuera de ti por la soledad y la necesidad.

Entrecerré los ojos. De ninguna manera admitiría lo sola que había estado.

La sonrisa que apareció me hizo preguntarme si sabía en lo que estaba pensando. Puede que sí.

—He estado un rato con Zoe. Me ha dado una vuelta por la zona. Luego ha venido Dee. Kat quería verme.

—¿Ah, sí?

—Sí.

—¿Cómo ha ido?

—Bien. —No pensé a propósito en lo que Kat había dicho. Puede que Luc supiera lo que harían si yo resultaba una amenaza, pero saberlo y darse cuenta de que lo sabía eran dos cosas muy distintas.

Inclinó un poco la cabeza.

—¿Solo bien?

—Sip. Tienen muchas cosas para bebés —continué—. Y libros. Muchísimos libros.

—Kat es una ávida lectora. Cuando vivía fuera de aquí, tenía un *blog* de libros. *Katy's Krazy Obsession*, o algo así. Daemon solía visitarlo muchísimo.

Sonreí, imaginando al Luxen de pelo oscuro desplazándose sin parar por las publicaciones y las fotos de los libros nuevos. La sonrisa se desvaneció cuando pensé de qué más tenía que hablar con él.

Luc me arrancó una brizna de hierba del pelo.

—No pensé que tardaría tanto.

—He oído que Archer ha ido a haceros compañía y que habéis hecho una parada en boxes para hablar con Cekiah.

Si a Luc le sorprendió que lo supiera o no, su expresión no lo delató.

—Sí. Es una especie de lideresa no oficial por aquí, y sabía que Daemon no iba a ocultarle lo que había sucedido. Cekiah es una buena mujer.

—¿Que te debe un favor?

—Así es.

—¿Qué has hecho por ella?

—Un caballero jamás lo contaría.

Arqueé las cejas.

—Menos mal que no eres un caballero.

—Es cierto. —Volviendo a trazar el cuello de mi camiseta, se inclinó más cerca. Con cada pasada, bajaba el holgado escote más abajo—. La ayudé a localizar a sus hermanos desaparecidos.

—¿Eso es todo?

Asintió con la cabeza.

Tenía la sensación de que había mucho más en esa historia.

—¿Cómo ha ido la charla con Daemon?

—Sé que estabas irritada por haberte quedado fuera de la conversación con él. Lo siento —dijo, y me invadió una oleada de sorpresa.

—Sí, bueno, estaba irritada.

—No puedo culparte por eso. —Siguió pasando el dedo por la piel por encima del cuello—. Daemon necesitaba sacar lo que tenía que decir, pero tú no necesitabas oírlo. —Las pestañas de Luc se alzaron y su mirada se clavó en la mía—. Porque ya sabías lo que iba a decir, Evie.

Lo medité. Luc tenía razón. Ya lo sabía.

—Y sé que te sientes culpable por lo que le hiciste en el bosque. No necesitas que agrave eso abriendo la boca, y yo no necesito lanzarlo contra una pared porque haya herido tus sentimientos.

Desviando la mirada hacia el árbol, vi que el pájaro había desaparecido.

—Le ha contado a Kat lo que pasó. Ella me ha dicho que acabaría perdonándome.

—Lo hará.

Otro bostezo salió de mí.

—¿De verdad lo crees?

—Claro. Ahora mismo solo está preocupado por Kat, su hijo y sus amigos, pero eso cambiará cuando vea que no volverá a pasar.

Cómo Luc podía estar tan seguro de eso me asombraba, pero, aunque tuviera razón, nunca me aceptarían del todo.

Dejando a un lado la decepción y el dolor persistente, dije:

—Me molestó que me dejaran de lado, pero también lo entendí. Por eso no dije nada ayer.

—Lo sé —contestó—. Pero aun así necesitaba decir algo. Había otras cosas relacionadas con la zona de las que Daemon quería hablar. —Había bajado el escote lo suficiente como para que, cuando mire hacia abajo, viera el ribete de festón de mi sujetador—. No querría tener esa conversación cerca de alguien que no conociera.

—¿O en el que no confiara?

—Yo confío en ti, Evie. Zoe también. Cualquiera que te conozca...

—¿Como Grayson?

—Bueno... —Se mordió el labio inferior—. Cualquiera que te conozca, excepto Grayson.

Resoplé.

—Pero ¿los que no te conocen? ¿Como Daemon? No confían en ti. —Luc fue tan directo como pudo—. Aunque una vez que te conozcan, lo harán. Solo tenemos que respetar que necesitan tiempo.

Solo me molestó un poco su respuesta tan lógica.

—¿Tú y Zoe habéis dado clases de Lógica básica?

Luc soltó una risita mientras su mirada se dirigía al lugar donde estaba deslizando el dedo unos centímetros bajo el cuello de mi camiseta.

—Sí. Hicimos uno del nivel básico de Matar a nuestros enemigos y otro del nivel avanzado de Ser sexi a más no poder.

—Madre mía de mi vida. —Solo Luc podía hacer una broma así.

Con una sonrisa diabólica, bajó la cabeza y besó el lugar por donde acababa de pasar el dedo. Un pulso de calor estremecedor me recorrió desde donde sus labios tocaban mi piel hasta cada punto de mi cuerpo.

—Y mientras esperamos a que se arreglen con sus vidas, eso no significa que no pueda ponerte al corriente —siguió diciendo, dándome otro beso donde se me disparaban los latidos del corazón—. Pero antes, tengo una pregunta importante para ti. Una que de verdad necesito que pienses largo y tendido. ¿De acuerdo?

Conociendo a Luc, no tenía ni idea de a dónde quería llegar. Tampoco estaba segura de poder repetir mi nombre cuando sentí el calor húmedo de su lengua contra mi piel, pero murmuré algo que sonaba como una palabra de nuestro idioma.

Luc levantó la cabeza mientras se movía para quedar encima de mí, con la mayor parte de su peso apoyado en el brazo y su embriagadora calidez asentándose sobre mí.

—¿Eres religiosa?

Su pregunta me tomó tan desprevenida que se me despejó la mente.

—Eh, ¿no? Bueno, ¿no mucho?

—Pues yo sí. —Una pausa—. Porque eres la respuesta a todas mis plegarias.

Lo miré fijamente.

—¿Y sabes qué más?

Con los labios curvados en las comisuras, resistí el impulso de abalanzarme a darle un abrazo. A duras penas. Este era el Luc que me había faltado después de que me quitara la fuente, su lado juguetón e irreverente que bullía bajo la superficie incluso en las peores circunstancias. Esto era lo que había estado ausente.

—¿Qué? —susurré, con la voz un poco grave por el inesperado estallido de emoción.

—Hoy me he sentido un poco apagado, pero ahora, contigo, definitivamente me siento encendido.

—Madre mía. —Me reí.

—Dime, Melocotón, ¿eres electricista?

—¿Cómo vas a convertir eso en una frase cursi para ligar?

—Porque me iluminas los días.

—Eso ha sido lo más cursi que he oído en mi vida.

—¿Estás segura? —Me deslizó la mano por la cintura hasta la cadera, dejando un aluvión de sensaciones a su paso—. ¿Y esta? ¿Te llamas Google? Porque tienes todo lo que he estado buscando.

Estaba sonriendo como si no hubiera nada malo en el mundo, y tenía que agradecérselo a él.

—Vale. Estaba equivocada. Eso ha sido lo más cursi que he oído en mi vida.

—Y no tienes que preocuparte nunca más de que me convierta en lo que me convertí anoche —dijo, con voz tranquila mientras clavaba su mirada en la mía—. Eso no volverá a ocurrir. Jamás. No voy a perderte. Y tú no vas a perderme por nada del mundo.

Se me cortó la respiración.

—Vale.

—Nunca jamás, Melocotón.

—Me parece estupendo.

—Estás pegada a mí —continuó—. Tú eres el papel y yo soy el pegamento. Pegamos juntos...

—¿Como el queso y el pan?

—Esa es mi chica. —Acercó su boca a la mía...

Y se me escapó otro bostezo, calentándome toda la cara.

—¡Joder! Lo siento mucho. Vas a besarme y bostezo justo en tu cara.

Se rio por lo bajo y me pasó el pulgar por la barbilla.

—Ha sido sexi.

—Ha sido justo lo contrario de sexi. No me puedo creer lo que he hecho. No sé por qué estoy tan cansada.

—¿De verdad que no? —preguntó, dejando caer la mano de mi barbilla—. Han pasado muchas cosas, y dormir apenas estaba incluido.

Y ahí estaba él, siendo todo lógico y esas cosas.

—Vamos. —Poniendo la mano alrededor de la mía, se levantó de un salto, arrastrándome con él—. Vamos adentro y, si te portas bien, te deslumbraré con más frases para ligar.

—¿Si me porto bien? —Le di una palmada en el pecho, sin sorprenderme en absoluto cuando me atrapó la mano con sus reflejos increíblemente rápidos.

Me rodeó con un brazo, me estrechó contra su pecho y me besó.

No fue rápido, como el que me había dado antes de irse a hablar con Daemon. Este se prolongó hasta que mi cabeza flotó con su sabor y su tacto. Me besó como si fuera lo último que haría, como si se muriera de hambre solo de mí, y así era. Podía sentirlo en la presión de sus labios y el movimiento de su lengua. Yo lo era todo para él, y él lo era para mí.

Su pecho estaba caliente y duro bajo la camiseta, y su corazón latía tan rápido como el mío. Deslicé las manos hacia arriba y le agarré los hombros, la nuca y el pelo.

Cuando el beso terminó, tenía la respiración tan jadeante y agitada como cada una de mis terminaciones nerviosas.

—Lo eres todo para mí.

Abriendo los ojos, no le grité por estar en mi mente.

—Y tú para mí.

Dejó caer su frente sobre la mía.

—Queso y pan. Eso es lo que somos.

—Mmm —murmuré, dejando que mis manos se apartaran de él mientras daba un paso atrás—. Eso me da hambre.

Luc se rio mientras me agarraba de la mano.

—Hablando de hambre, eso me recuerda a lo que Daemon quería hablar.

Puede que, debido al beso que acabábamos de darnos, estaba pensando en un tipo de hambre totalmente distinto y mi mente saltó de inmediato al terreno de la picardía. Intenté alejar las imágenes de Daemon y Luc.

Y fracasé.

Una lenta sonrisa se me dibujó en la comisura de los labios.

Entrecerró los ojos, pero dejó entrever un brillo burlón.

—Qué mente tan sucia.

—Sí, ya. —Me reí—. ¿De qué más quería hablar Daemon?

—Uno de los líderes no oficiales pero totalmente oficiales de aquí tiene una reunión fuera de la zona, y eso tiene a todo el mundo inquieto, sobre todo porque un grupo que salió a recoger un paquete no ha dado señales, tal y como se suponía que debía hacer.

Pensé en la familia Luxen que no había llegado hasta aquí y Jonathan el Luxen que no había vuelto.

—¿Puedo preguntarte algo y que seas cien por cien sincero?

Luc no contestó de inmediato. Me di cuenta de que estaba pensando su respuesta.

—Depende.

—No puede depender de cuál sea la pregunta.

Frunció el ceño mientras me miraba fijamente. Sacudió un poco la cabeza.

—Haz tu pregunta, Evie.

—¿Crees que los Luxen que han sido capturados por el GOCA...? —Era más difícil decirlo en voz alta que pensarlo—. ¿Crees que están muertos?

Su mirada se encontró con la mía, y no hubo vacilación en su respuesta, ni se lo pensó dos veces.

—Sí, eso creo.

Cerré los ojos, sintiendo una pesadumbre en el alma y en el corazón.

—Zoe me ha dicho que la familia que había visto en la discoteca no había llegado hasta aquí, y eso es lo que me temía. —Inspirando profundamente, abrí los ojos y me encontré con su mirada—. Hay que detenerlos, Luc. A Dédalo. A todos ellos.

—Estoy de acuerdo. —Luc me pasó el pulgar por la base del labio y nos quedamos allí de pie durante lo que me pareció una pequeña eternidad, ninguno de los dos hablando mientras en el aire pesaba lo que podría ser la pérdida de miles de vidas inocentes.

Rompí el silencio.

—¿Cómo te olvidas de ese pensamiento? ¿Piensas en otra cosa?

—Tan solo lo haces porque tienes que hacerlo. Nada bueno sale de transitar por ese tipo de camino. Yo ya lo he descubierto.

Lo había hecho, mucho más que yo, y eso me entristecía aún más.

—Seguimos adelante, pero no olvidamos, Evie. ¿Sabes lo que hacemos? Nos vengamos. Hacemos justicia. Eso es lo que hacemos.

Tragando saliva, asentí. Tenía razón. No podía pensar en todo lo que había pasado, pero recordaría las caras de aquellos Luxen asustados. No olvidaría a Kent.

O incluso a mi madre.

Participaría en esa justicia aunque fuera lo último que hiciera.

—Eso no es lo único de lo que Daemon quería hablar —añadió Luc mientras me tomaba de la mano y nos guiaba de vuelta a la casa—. Me ha dicho que habían desaparecido algunas provisiones. Comida. Material médico. Otras cosas al azar. No sabía desde cuándo, pero tengo la impresión de que desde hace tiempo.

Una imagen de Nate se formó en mi mente.

—No entiendo por qué alguien necesitaría robar. Aquí las necesidades están cubiertas —continuó—. A menos que a las latas de conservas y a los botes de judías verdes les crezcan piernas y salgan corriendo atravesando la pared, alguien se está llevando cosas.

—Judías verdes. —Arrugué la nariz—. *Puaj*.

Me sonrió mientras entrábamos en la cocina.

—¿Y si solo tuviéramos judías verdes para comer?

Lo medité.

—Me las comería y me quejaría todo el tiempo.

—Respeto tu sinceridad.

—Puede que deba dejar de comer todo lo que está a la vista, entonces —respondí mientras Luc encendía uno de los faroles—. No quiero añadir más problemas a la lista.

—Si necesitamos más comida, nos conseguiré comida. Será como en la época de las cavernas. Yo cazaré y recolectaré mientras tú... —Luc se interrumpió.

Arqueé una ceja, esperando.

—Me muero de ganas por descubrir qué ejemplo extremadamente machista vas a poner. ¿Cuidar el hogar? ¿Cocinar la matanza de la noche anterior? ¿Esperar con paciencia a que vuelva mi hombre?

—Iba a decir que mientras tú estarás a mi lado.

—Buena esa.

Apareció una sonrisa infantil, y era casi chocante lo adorable que era, y después se echó a reír.

Me gustó su risa; me hizo querer sonreír y acurrucarme cerca, así que eso hice. Bueno, hice una versión menos elegante de acurrucarme. Apoyé la cara contra su pecho. Me sorprendió lo fácil que era estar así con él, ser cariñosa y cercana. Creía que nunca me acostumbraría a lo fácil que se había vuelto en un periodo de tiempo tan corto y tumultuoso.

Pero ¿ha sido en realidad en poco tiempo?

Nuestra historia, la recordase o no, abarcaba años.

Giré la cabeza y froté la mejilla contra su camiseta, agradeciendo el calor bajo el fino algodón. Era hora de contarle qué más había ocurrido. Levanté la cabeza.

—Hoy ha pasado algo.

—Cuéntamelo todo. —Me puso las manos en las caderas y me levantó para que me sentara en la isla de la cocina.

—Y creo que puede tener que ver con la comida y los suministros desaparecidos de los que te hablaba Daemon, pero tienes que prometerme que no vas a decirle nada ni a él ni a Cekiah ni a nadie.

—Vale.

Arqueé las cejas.

—¿Vas a aceptar con tanta facilidad?

Frunció un poco el ceño, apoyó las manos a ambos lados de mis piernas y se inclinó hacia mí.

—Vivo la vida en función de mi necesidad de saber. Tú lo sabes, pero aparte de eso, somos como el pan y el queso, Melocotón. Yo te cubro las espaldas. Tú me cubres las mías. Si me dices que no diga nada, no diré nada, porque sé que tienes una buena razón para pedírmelo.

Se me encogió el corazón cuando solté:

—Te quiero. Espero que lo sepas. Te quiero mucho.

Sus facciones se suavizaron.

—Lo sé. Siempre lo he sabido —susurró, dejando caer un beso sobre mi frente—. Cuéntame qué ha pasado.

Sintiendo un nudo en la garganta, le conté que había encontrado a Nate llevándose parte de la comida que teníamos en la despensa y la poca información que había podido sonsacarle.

—Mierda. —Luc se había alejado de la isla, pasándose la mano por las ondas desordenadas y bronceadas—. ¿Cuántos años crees que tenía?

—No lo sé. Se me da fatal adivinar las edades, pero creo que puede que tuviera unos trece años, un año más o un año menos. Parecía que había estado llevando la misma ropa durante semanas, si no meses.

—¿Y hay más?

Asentí con la cabeza.

—No sé cuántos ni dónde están en la ciudad, pero si el resto está en las mismas condiciones, tienen que estar a punto de morirse de hambre, Luc. Y estaba aterrorizado por los Luxen. Puedo entenderlo. Al menos hasta cierto punto, pero no es como si hubiera tenido acceso a las noticias para que le hayan contado más estupideces sobre los Luxen.

—Solo Dios sabe lo que vio durante la invasión y después, y es joven. Joder, ese tipo de cosas traumatizan a los adultos y crean el tipo de miedo que no es fácil superar. —Cruzándose de brazos, se volvió hacia el cielo oscuro más allá de la ventana de la cocina—. Si acudiera a Cekiah con esto, pondría en marcha de inmediato una partida para encontrar a esos niños y traerlos.

—¿Para ayudarlos? —pregunté esperanzada.

Me miró por encima del hombro.

—Sí, para ayudarlos. Tienen que estar arreglándoselas a duras penas en esa ciudad.

—Lo sé, pero si están tan asustados como creo, van a esconderse, Luc, y teniendo en cuenta que se han movido sin ser vistos por la comunidad, saben cómo hacerlo.

—Cierto. —Volvió a la ventana—. Es un poco preocupante que se hayan colado entre los guardias que patrullan las murallas y las afueras de la ciudad, pero no me sorprende. Pasar la muralla es una cosa, pero los límites de la ciudad son un espacio grande. De todos modos, no podemos permitir que huyan y se escondan. La verdad es que me sorprende.

—¿El qué?

—Que no intentases seguirlo.

—Lo pensé —admití—. Pero sabía que era demasiado arriesgado. Si me veía, no volvería jamás, y quiero poder ayudarlo..., ayudarlos. No puedo ni empezar a entender cómo esos niños han sobrevivido cuatro años en esa ciudad.

—Yo tampoco puedo. —Se volvió hacia mí—. Pero seguirlo presenta un riesgo del todo distinto, Melocotón. No sabes nada de ese chico, y aunque no me inclino a pensar que sea algún tipo de trampa relacionada con el motivo por el que estamos aquí, eso no significa que hacia donde se dirija ese chico sea remotamente seguro.

—Lo sé, y no es que crea que pueda cuidarme de verdad ahí fuera. Ser capaz de patear traseros y protegerme no es exactamente genial si eso significa perder el control por completo. —Crucé los tobillos—. Pero eso no significa que no vaya a intentar ayudarlo. Espero que vuelva.

Luc estaba callado, y creí saber hacia dónde se dirigía su mente.

—Sé que sospechas. Tienes toda la razón para hacerlo, pero solo era un niño hambriento y asustado, y no me dio la impresión de que hubiera ningún adulto. Si los hubiera, ¿no habrían sido ellos los que buscaran comida?

—Eso podría pensarse. —Luc suspiró mientras volvía a la isla—. No voy a decirle nada a nadie, pero tienes que prometerme que me avisarás en cuanto lo vuelvas a ver.

—Eso es mediochantaje, que lo sepas.

—¿Qué? —Se apoyó en la isla.

—Nada. —Me reí por lo bajo—. Lo haré. Te lo prometo. —Le di un golpecito en el hombro con el mío—. Me sorprende que no supieras ya lo del chico.

—Ya te lo he dicho, Melocotón. No te leo la mente si puedo evitarlo. No estabas haciendo ruido.

—Me siento orgullosa.

Luc resopló.

Apoyé la mejilla en su hombro.

—¿Crees que volverá?

—Creo que sí.

—¿Por qué?

—Porque después de conocerte, no veo cómo alguien podría mantenerse alejado de ti.

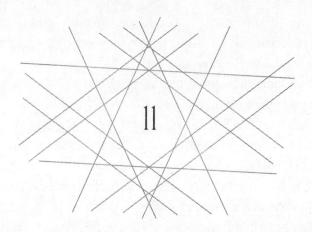

11

Después de la cena más orgánica que jamás había consumido y de la ducha más rápida y fría de toda mi vida, me senté en la cama, con una de las camisetas prestadas de Luc, mientras intentaba peinarme todos los enredos del pelo en el dormitorio iluminado por varias velas y faroles. Mientras Luc se duchaba, pensé en otra cosa que Kat y Dee me habían dicho, algo que había pasado a un segundo plano tras su advertencia y la aparición de Nate.

Luc era como una caja fuerte a prueba de fuego, y yo quería forzar su cerradura. Siempre estaba pendiente de mí, de lo que me pasaba o de cómo me sentía. Era como un trabajo a tiempo completo para él, y eso no era justo. Quería que pudiera apoyarse en mí como yo...

Los pensamientos coherentes se tomaron unas minivacaciones cuando Luc salió del baño, con un par de pantalones de chándal colgándole de manera indecente de las caderas mientras se frotaba el pelo con una toalla.

—Melocotón —murmuró Luc mientras bajaba la toalla—, vas a hacer que me sonroje.

Yo sí que me sonrojé mucho cuando seguí peinándome.

—No sé cómo puedes aguantar tanto tiempo en el agua fría.

—Talento. —Tiró la toalla al gancho de la puerta del baño. Tuvo que haber usado la fuente para que eso funcionara—. ¿Sabes? Si quieres tomar un baño caliente la próxima vez, podría encargarme de eso.

Bajando el peine, miré hacia él y lo único que vi fue un baño humeante.

—¿Cómo?

—Podríamos hacer correr el agua, y después la caliento con la fuente.

Me quedé mirándolo.

—¿Y por qué lo sugieres ahora?

—No lo había pensado hasta este momento. —Unas sombras suaves bailaron sobre su cara y sus hombros mientras merodeaba hacia la cama—. La ducha sería demasiado complicada. Imagino que cuando empieces a practicar con la fuente, podrás calentarte tus propios baños.

Desvié la mirada hacia el cuarto de baño, y los sueños de baños calientes bailaron como pastelitos en mi mente. Si le pedía a Luc que calentara un baño, lo haría ahora mismo, así que sabía que lo haría por mí mañana. Ya tenía la petición en la punta de la lengua.

«Podrás calentarte tus propios baños».

Pedírselo a Luc sería muy fácil, pero hacerlo yo misma sería mucho más satisfactorio.

Luc se sentó frente a mí.

—¿En qué estás pensando?

Volviendo a desenredarme el pelo, dije:

—Quiero hacerlo yo.

—Vale.

—Podría ser una meta, ¿sabes? Como algo por lo que trabajar —continué—. Y también funciona como una recompensa.

—Así es.

—Entonces, empezamos mañana, ¿verdad?

—Sí —respondió tras unos instantes—. Daemon me ha recomendado un lugar que creo que estará bien y será seguro.

El alivio casi me hizo soltar el peine.

—Creía que...

—Creías que me iba a echar atrás. —El pelo húmedo le cayó a un lado mientras se apoyaba en el codo.

Asentí, bajando el peine.

—Sé que no te ilusiona la idea de hacerme daño, y sé que intentaste entrenar a Micah y a los otros chicos.

—Alguien se ha ido de la lengua.

—Alguien que no has sido tú. —Le golpeé el brazo con el peine. Inclinando la cabeza hacia atrás, tomó el peine.

—Intenté entrenarlos, y al final, creo que solo empeoré las cosas.

—No podías saber lo que iban a hacer.

—No podía saber lo que no iban a hacer —añadió, quitándome el peine de los dedos—. Pero tú no eres ellos. No pensaré en ellos mientras entrenemos juntos.

—¿Me lo prometes?

Tiró el peine a un lado.

—Te lo prometo.

No sabía si creerlo o no. Sabía que lo que había pasado con los Origin le había dejado una herida profunda.

—Si pensaras en ellos, tendría sentido. Nadie podría culparte por ello.

—Lo sé, Melocotón. Me preocupa más hacerte daño que cualquier mal recuerdo que pueda o no aflorar.

—Pero a mí me preocupa más... —jadeé mientras Luc se movía a una velocidad que no podía seguir.

De repente estaba frente a mí, de rodillas. Me agarró de las caderas y me tiró hacia atrás. En un abrir y cerrar de ojos, me tenía debajo de él.

—Lo siento —dijo, apoyando el peso en un brazo—. Pero parecía que necesitabas una manta tamaño Luc.

Me palpitaba el pulso mientras colocaba la mano sobre su pecho.

—Estás intentando distraerme.

—No se me ocurriría. —Su voz estaba llena de indignación fingida, incluso cuando descargó parte de su peso sobre el mío.

La siguiente respiración fue superficial. Ninguno de los dos llevaba mucha ropa, sobre todo yo, que solo llevaba su camiseta y la ropa interior, así que no había muchas barreras entre su piel y la mía.

Inclinando la cabeza, me dio un beso en la comisura de los labios.

—Me gusta esto. —Movió las caderas y me recorrió un remolino de sensaciones—. Ser tu manta. Mucho.

Sintiéndome un poco sin aliento, llevé mi mano a su mejilla.

—Ya me doy cuenta.

Levantó la cabeza y pude ver el repentino brillo diamante de sus pupilas.

—Evie... —Me recorrió el rostro con la mirada—. Las cosas con las que me llenas la cabeza.

Había cosas de las que quería hablar con él, cosas importantes, pero saber con qué le llenaba la cabeza parecía muy importante en ese momento.

—¿Como cuáles?

Giró la cabeza hacia mi palma, depositándome un beso en el centro de la mano.

—Tú. Yo. —Bajó la cabeza y deslizó los labios por mi mejilla hasta llegar a ese punto tan sensible debajo de mi oreja—. Y cosas con las que solo he fantaseado.

El calor me inundó los sentidos y el deseo me invadió en oleadas. Me dio un beso donde mi pulso latía descontrolado, y luego fue más abajo. Se me cerraron los ojos y eché la cabeza hacia atrás, dejándole vía libre.

—¿Te enseño algunas? —murmuró contra mi piel, escuchando mis pensamientos más íntimos.

Se me curvaron los dedos de los pies.

—Ni siquiera sé lo que eso podría suponer —admití.

Acariciándome la cintura con la mano, levantó la cabeza y acercó su boca a la mía.

—Podemos descubrir juntos lo que conlleva.

Sonaba como un plan que de verdad me parecería bien, y vaya si quería, pero...

Abriendo los ojos antes de que me dejara llevar por completo, tiré de su cabeza hacia arriba.

—Hay algo que quiero de ti.

Su mirada estaba cargada de intención.

—Cualquier cosa.

—Háblame de Nancy Husher.

El cambio que se produjo en Luc fue tan sorprendente como esperado. La luz se desvaneció de sus pupilas y la mirada somnolienta desapareció de sus ojos. Sus hombros se tensaron y sus rasgos perdieron el afilado filo del deseo, volviéndose duros e implacables.

—Pues sí que ha habido alguien que se ha ido de lengua. —Su tono era tan plano como el papel.

—Y ese alguien no has sido tú —repetí en voz baja y continué antes de perder el valor—. Su nombre ha salido más de una vez.

—Pues ya son demasiadas veces. —La luz de las velas parpadeó en su mandíbula—. ¿Qué podrías querer saber de esa mujer?

Mantuve la mano en su mejilla.

—Todo lo necesario.

Sus pestañas se deslizaron hacia abajo, protegiendo su mirada. Pasó un latido y luego otro. No levantó la vista cuando habló.

—Nancy era una mujer que, en lugar de corazón y alma, solo tenía obsesión y ambición. La bondad y la empatía eran herramientas que utilizaba para ganarse la confianza de los demás o para asegurarse de que la subestimaran.

Mientras Luc hablaba, su voz no cambió de inflexión. Carente de emoción, sonaba como si estuviera recitando un discurso, pero contra mi palma sentí el pequeño espasmo del músculo a lo largo de su mandíbula.

—Lo único que le importaban eran los Origin, y no confundas la palabra «importar» con cualquier atisbo de emoción humana. ¿Las procreaciones y mutaciones forzadas? Fueron idea suya cuando Dédalo no logró convencer a los demás de sus intenciones puras o cuando empezaron a quedarse sin Luxen e híbridos dispuestos. No había nada que esa mujer no hiciera. ¿Secuestrar gente? ¿Asesinar a seres queridos? ¿Usar a inocentes para controlar a los que necesitaba? No había línea que no cruzara, y estaba tan obsesionada con Daemon como conmigo, pensando que si ya no me tenía a mí como ejemplo de éxito, necesitaba a los Luxen más fuertes para engendrar futuros Origin o para mutar a soldados dispuestos a unirse a su causa... a toda costa.

Aunque ya lo sabía, el horror seguía recorriéndome.

—Estaba obsesionada con crear la especie perfecta, y estuvo muy cerca de conseguirlo.

—¿Contigo? —pregunté—. ¿O con el grupo al que pertenecía Micah?

—Creía que yo era perfecto hasta que escapé. Fue entonces cuando ella y los demás empezaron a trabajar en el suero Prometeo. Si me hubiera quedado, ella nunca habría creado a Micah y...

—Si te hubieras quedado, nunca habrías liberado a Zoe y a muchos otros. Si te hubieras quedado, probablemente el mundo estaría aún peor —interrumpí, necesitando que supiera que no había ni una sola cosa que Nancy o Dédalo hubieran hecho que fuera culpa suya—. Si te hubieras quedado, nunca nos habríamos conocido.

Su mandíbula se flexionó una vez más contra mi palma y entonces alzó las pestañas. No pude distinguirle los ojos.

—Fue la única madre que conocí.

Tragándome palabras de compasión que sabía que no querría oír, levanté la mano y le besé aquella mandíbula testaruda.

—¿Sabes que hubo un breve periodo de tiempo en el que llegué a pensar que era mi madre? —El papel de lija cubrió su voz mientras miraba hacia otro lado, haciendo que se me resbalara la mano—. Antes de que pudiera perfeccionar mi habilidad para leer la mente, no tenía ni idea. Creía que esa mujer era mi madre.

—Lo siento —susurré, porque si alguien sabía lo que se sentía, era yo, y sabía que había poco que alguien pudiera decir en respuesta a algo así—. ¿Cómo te enteraste?

—Por Archer. —Movió la cabeza de un lado a otro como si se estuviera aliviando un tirón—. Era unos años mayor que yo y el único Origin que quedaba de la hornada anterior. Por aquel entonces, solo sabíamos lo que sabíamos. Dédalo era nuestro hogar, para bien o para mal.

No podía ni imaginármelo.

—Ya de pequeño sabía que me trataban de forma diferente a los demás. Me daban muchos más privilegios. Mejores cenas y aperitivos. Dulces. Se me permitía ver la televisión, y Nancy a menudo me dejaba quedarme con ella mientras trabajaba hasta tarde en los laboratorios. Los celos llevaron a Archer a revelar la verdad. Fue un... *shock*.

—Seguro que sí. —Le pasé el pulgar por el pecho, por encima del corazón—. Sé que lo fue.

—Sí —dijo en voz baja—. Pero también supuso que abriera los ojos, y lo único que importa ahora, cuando se trata de esa mujer, es que está muerta. Y no muerta como Jason Dasher, sino muerta al cien por cien. Fue un esfuerzo conjunto entre Archer y yo, pero esa mujer no va a volver. —Su mirada volvió a la mía—. No es más que ceniza, fertilizando una parcela de tierra en algún lugar de Montana, y no puedo encontrar ni un ápice de arrepentimiento en mí por haberlo hecho. ¿Te molesta?

—No —respondí sin dudarlo ni un segundo—. El suelo se merece algo mejor que ser cubierto con sus cenizas, y me alegro de que ya no esté aquí. Parece un monstruo, peor que Dasher.

—Lo era, pero se ha ido y hoy no tiene absolutamente ningún impacto en mi vida. Por eso no hablo de ella. No hay razón para darle espacio en mi mente o en la de nadie, sobre todo en la de Kat y en la de Daemon. Ella no se merece eso.

—Puedo estar de acuerdo con eso, pero...

—No hay impacto, Evie. Me negué a permitirlo —me cortó—. Espero que eso te diga lo suficiente sobre ella.

—Sí. —Por ahora. Había mucho más de lo que estaba compartiendo, pero incluso yo sabía cuándo dejar de presionar.

—Bien. —Luc se apartó de mí y se puso en su lado de la cama, el más cercano a la puerta. Siempre ese lado—. Deberíamos dormir. Si vamos a empezar a practicar con la fuente, vas a necesitar todo el descanso posible.

—De acuerdo. —Sentándome, me acerqué y metí las piernas debajo de las mantas mientras las llamas de las velas parpadeaban y luego se apagaban. Los faroles fueron después. Miré a Luc. Estaba de espaldas a mí.

Él nunca me daba la espalda.

Doblando un brazo sobre mi cintura, me quedé mirando el contorno de su cuerpo. No creía que estuviera enfadado. ¿Irritado por haber mencionado a Nancy Husher? Tal vez. Pero sabía que lo que le había hecho apartarse de mí no tenía nada que ver conmigo.

A pesar de lo que Luc decía, no era tan indiferente con Nancy como quería. ¿Y quién podía culparlo? Nadie. Ojalá hubiera algo que pudiera decirle aparte de lo que ya le había dicho. Entonces podría entender que estaba bien seguir furioso y triste por lo que esa mujer le había hecho a él y a los demás, igual que estaba bien que se alegrara de que estuviera muerta.

Que hubiera sido él quien se hubiera asegurado de ello.

Lo que me molestaba era que Luc no se permitiera sentir nada de eso, y eso no era algo que yo pudiera cambiar en unas horas o una noche. Pero lo que sí podía hacer era lo que quería poder hacer. Podía simplemente estar ahí para él, aunque él no supiera por qué o no quisiera.

Me tumbé a su lado, me puse de costado y me moví hacia él hasta que mi pecho quedó pegado a su espalda. Le rodeé la cintura con un brazo. Luc no se movió ni respondió, pero lo abracé con fuerza.

—Te quiero —susurré contra la cálida piel de su espalda. Me quedé dormida así, sin que nos separara ni un milímetro.

Algún tiempo más tarde, me desperté lo suficiente para sentir cómo Luc enroscaba sus dedos entre los míos.

Unas horas después del amanecer, me encontraba de pie en un almacén de embalaje abandonado en las afueras de Houston. La tenue luz del sol se filtraba por la ventana sucia y los bancos de trabajo cubiertos de polvo.

Levanté la vista hacia el alto techo, suponiendo que estaba hecho de acero y yeso. En otras palabras, cosas que era probable que me dolieran si se me caían o cuando se me cayesen sobre la cabeza.

De pie a varios metros delante de mí, Luc siguió mi mirada. Esta mañana había vuelto a la normalidad, como si no hubiéramos hablado de Nancy Husher anoche. Una parte de mí se sintió aliviada, pero también me preocupaba que hubiera vuelto a meter todos esos sentimientos en la cámara acorazada que era Luc. Si algo sabía era que eso no era sano, ni siquiera para un Origin todopoderoso.

—¿Estás seguro de que es una buena idea que hagamos esto dentro? —pregunté.

—Pensé que sería mejor si lo hacíamos sin miradas indiscretas —explicó Luc.

Una risa tan seca como el pastel de carne de la cafetería del instituto llegó desde la esquina.

—Buena suerte con que nadie note que el edificio se derrumba sobre nuestras cabezas.

Se me tensó la mandíbula.

—¿Tiene que estar él aquí?

Luc deslizó una larga mirada en dirección a dicha esquina, hacia donde Grayson descansaba sobre una especie de gran bobina de cable.

—¿Por qué estás aquí?

El Luxen rubio glacial sonrió. Como todos los Luxen, con sus ojos color zafiro y sus rasgos cincelados, estaba dotado de un gran ADN, pero siempre me había parecido el más inhumano de todos los Luxen que había conocido.

Puede que porque esos rasgos casi simétricos carecían de cualquier rastro de humanidad.

—Estoy aquí como apoyo moral —advirtió.

Puse los ojos en blanco.

—Más bien está aquí para asegurarse de que no te mate.

Luc sonrió.

—No vas a matarme, Melocotón.

—¿Y si mato a Grayson? —Hice una pausa—. ¿Por accidente?

Grayson arqueó una ceja y, metiéndose la mano en el bolsillo, se sacó una piruleta de manzana ácida.

—Eso me pondría triste —respondió Luc—. Gray es útil.

—Tan útil como una sartén de madera —murmuré mientras Grayson desenvolvía la piruleta.

Luc soltó una risita.

—Vale. He pensado que era mejor empezar por lo sencillo.

—Lo sencillo suena bien.

Grayson resopló.

Tomé una bocanada de aire larga y profunda.

—Ignóralo —ordenó Luc.

—Es más fácil decirlo que hacerlo.

—Ya sea fácil o difícil, tienes que aprender a ignorar también las influencias externas. Cuando sales ahí fuera y utilizas la fuente, no todo el mundo va a estar tranquilo y en paz —declaró Luc—. Lo más probable es que estén pasando un montón de mierdas. No tendrás el lujo de concentrarte entonces, y no lo tendrás aquí.

—¿Así que por eso está aquí? ¿Para ser una distracción molesta? Eso tiene sentido. —Le sonreí a Grayson—. Gracias.

Grayson entrecerró los ojos.

Un punto sarcástico para mí.

Luc lanzó otra mirada en dirección a Grayson, que fue ignorada en gran medida.

—Sabemos que la fuente se activa en ti si eres amenazada de muerte o experimentas un alto nivel de emociones. El modo en el que utilizas la fuente en esos momentos es algo que solo los más hábiles de nosotros seríamos capaces de hacer. Aprovecharla, convertirla en un arma o utilizarla para dar forma o moldear otros objetos físicos es algo extremadamente difícil de hacer.

—Lástima que ella no sepa cómo se hace.

Un punto sarcástico para Grayson.

—Pero lo que eso me dice es que eres más que capaz de hacer lo más sencillo con la fuente —continuó Luc como si Grayson no hubiera hablado—. He estado pensando qué sería lo más fácil para que lo intentaras primero.

—¿Respirar? —sugirió Grayson.

Dos puntos sarcásticos para Grayson.

—Para nosotros, sería convocar a la fuente. Así. —Una luz blanca y crepitante bailó sobre sus nudillos—. Lo único que he hecho ha sido invocarla.

Me quedé mirando la fuente.

—¿Qué quieres decir con «invocarla»?

—Joder —suspiró Grayson—. Verás tú qué día más largo.

Tres puntos sarcásticos para Grayson.

Me estaba quedando muy atrás en el marcador de puntos sarcásticos.

—Me refiero a que la he llamado desde aquí. —Luc se puso la mano en el esternón, en la parte central del pecho—. ¿La sientes ahí?

—Pues... —Me interrumpí, insegura. ¿Sentía algo allí?—. No lo sé. ¿Qué se siente?

—¿No sabes lo que se siente? —La burla se derramaba como el sirope en el tono de Grayson.

—Estás a punto de sentir mi rodilla en tu trasero —le solté—. Explícame cómo se siente.

Grayson se metió la piruleta en la boca. Dos puntos sarcásticos para Evie.

Luc hizo una mueca con los labios.

—Para mí, se siente como... una cuerda enrollada en el pecho.

¿Una cuerda enrollada? Pues nop. No sentía eso.

—Yo no la siento así. —Grayson levantó una rodilla y apoyó el brazo en ella.

—¿Cómo la sientes tú? —preguntó Luc.

El Luxen alzó un hombro, haciendo un vago encogimiento de hombros.

—Se siente como una energía inquieta. Un zumbido. A veces en todo el cuerpo. A veces en el esternón.

Con el ritmo cardíaco acelerado, miré a Grayson. Eso sí lo había sentido. Muchas veces.

Luc clavó la mirada en mí.

—¿Es eso lo que sientes, Evie?

—Me he sentido más inquieta desde la onda Cassio, sobre todo últimamente. Como si no pudiera quedarme quieta. —Me puse la mano en el pecho—. Y he sentido que empezaba aquí, como una extraña sensación de ansiedad. Me imaginaba que era por todo lo que estaba ocurriendo.

Luc negó con la cabeza mientras la fuente desaparecía de su mano.

—Es la fuente que hay en ti. Te vas a sentir más conectada que antes.

—Ja. Chupaos esa. —Grayson sonrió alrededor del palo—. Mirad lo útil que soy.

Pues sí.

Argh.

Daba igual.

—Vale. ¿La sientes ahora? —Luc me recorrió con la mirada. La pequeña sonrisa regresó—. Creo que sí.

Me tranquilicé, dándome cuenta de que me había estado balanceando despacio de un lado a otro.

—Escucha a tu cuerpo. —La voz de Luc era más cercana, más tranquila.

No estaba segura de cómo escuchar a mi cuerpo, pero me centré en por qué me había estado balanceando para empezar. La energía ansiosa estaba ahí. No la había notado, pero era como un zumbido en mis venas. Sí. Un zumbido. Como una corriente eléctrica baja, pero no estaba solo en mis venas. Podía sentirla en el centro de mi pecho. Presioné con la palma de la mano, y había algo allí.

Mi mirada voló a la de Luc.

—Puedo sentirla.

Sonrió.

—Bien. Ahora quiero que la invoques. —Debió de leer mi confusión, porque añadió—: Quiero que te imagines esto. —La fuente volvió a cobrar vida a lo largo de sus nudillos—. Quiero que te imagines haciendo esto.

Mi mirada pasó de su mano a su cara y luego volvió a su mano.

—¿Es tan fácil? ¿Me lo imagino y...? *¡Ale!* ¿Tengo dedos eléctricos?

Se rio.

—Invocar la fuente es fácil. Usar la fuente para hacer lo que quieres es otra historia, pero como ya sabemos, ya eres capaz de hacer cosas increíbles con ella.

—Cosas aterradoras —corregí.

—Cosas poderosas. —Sus ojos se encontraron con los míos y los sostuvieron cuando levanté la mirada—. Para eso eres capaz de usar la fuente. Para hacer cosas poderosas, Evie.

Eso era verdad.

Lo que le había hecho a April, lo que había hecho en aquel bosque e incluso lo que había hecho cuando había empezado a perder la cabeza hacía un par de noches, todo había sido poderoso. El truco estaba en controlarlo.

Me miré la mano que seguía apretada contra el pecho. El zumbido de energía seguía ahí. Siempre había estado ahí. Tal vez incluso antes de que se utilizara la onda Cassio, y no lo había reconocido, pero ahora lo sentía.

—¿Lo único que tenía que hacer era imaginármelo? ¿Y ya está?

—Sí —contestó Luc—. Eso es.

Abrí la boca y luego la cerré.

—¿En serio?

Grayson suspiró con tanta fuerza que me sorprendió que no nos arrastrara.

—Sí. Es así de fácil. —Inclinó la cabeza hacia un lado mientras hablaba alrededor de la piruleta—. Debería serlo. A menos que te pase algo.

Le lancé una mirada asesina.

—No me pasa nada, excepto el hecho de que estás tú aquí.

—Espera. —La fuente se apagó una vez más mientras Luc fruncía el ceño—. ¿Nunca has intentado invocarla antes?

—Pues... —Cambié mi peso de un pie a otro mientras ambos chicos me miraban fijamente—. Pues no, la verdad.

Luc parpadeó.

—¿Qué? —La piruleta se deslizó mientras Grayson se quedaba con la boca abierta. La atrapó antes de que cayera al suelo—. ¿Ni siquiera has intentado usar la fuente? ¿Ni una sola vez?

—No. —Me puse a la defensiva y crucé los brazos sobre el pecho—. ¿Por qué iba a hacerlo? ¿Tengo que recordaros lo que ha pasado las únicas veces que he usado la fuente? No solo no tenía el control, sino que dos de esas tres veces no tenía ni idea de quién era. ¿Por qué iba a invocar a propósito algo que podría hacer daño a la gente que me importa? Tú no estás incluido en esa afirmación. —Miré fijamente a Grayson, y él frunció el ceño—. Y no nos olvidemos que todo esto acaba de pasar hace nada.

—Sí, tienes razón. —Luc salió del único estupor en el que lo había visto—. Esto no es una reacción instintiva para ti, y no habría ninguna razón para que siquiera lo intentaras, sobre todo si tenemos en cuenta lo que ha sucedido. Debería haberlo tenido en cuenta.

—Claro que sí —murmuré, pero ahora me sentía un poco tonta. Como si hubiera sabido que al menos debería haberlo intentado.

Dios, yo era peor que un bebé Luxen en todo. Ni siquiera sabía cómo se sentía la fuente y...

—No eres tonta. —Luc estaba de repente frente a mí, apretándome las mejillas con las manos—. No eres peor que un bebé Luxen.

No estaba tan segura de eso.

—En todo caso, debería haberme dado cuenta. —Sus ojos buscaron los míos—. Todo esto es nuevo para ti, y apenas ha transcurrido tiempo. No te pasa nada. ¿Vale?

Asentí con la cabeza.

Grayson estaba negando despacio con la suya, pero fue sabio y mantuvo la boca cerrada.

Inclinando la cabeza, Luc apretó su frente contra la mía.

—Lo conseguirás. Sé que lo harás. —Acercó sus labios a los míos, en un beso corto pero increíblemente dulce. Quitó las manos de mis mejillas y se apartó—. En realidad son buenas noticias.

Miré a Grayson. Estaba observando una de las ventanas sucias, la piruleta ya no estaba.

—¿Por qué es esto una buena noticia?

—Porque puede significar que puedes usar la fuente y controlarla a conciencia —explicó Luc—. Y si ese es el caso, eso es un gran agujero en tu teoría de que solo Dédalo puede controlar tus habilidades.

—¿Su qué? —Grayson se centró en nosotros de nuevo.

Mientras Luc le explicaba a Grayson mi teoría de que Dasher era la clave de mi control, o al menos lo intentaba, pensé en que si Luc tenía razón, esto sería un agujero enorme, pero...

Con la mirada fija en mi mano, no pensé en el extraño efecto que había visto en casa de Kat ni en el aspecto de la fuente cuando Luc la invocó. ¿De verdad podía ser tan sencillo? Casi no me cabía en la cabeza, pero ¿y si lo fuera? ¿Solo tenía que imaginármelo y ya?

Me invadió una sensación de acierto al abrir y cerrar la mano. Por lo que sabía, eso era lo que había hecho en el bosque. Las imágenes de lo que quería me habían venido a la cabeza muy rápido, y la fuente había respondido aún más rápido, reproduciendo lo que yo veía. Con April, no había utilizado la fuente. Había sido el entrenamiento físico, y yo había estado en piloto automático, con mi sentido del yo en un segundo plano.

El zumbido en el centro de mi pecho aumentó, casi como si supiera lo que estaba pensando. ¿Podría ser por eso por lo que me había sentido más inquieta? ¿Quería que la utilizara? Pero ¿y si lo hacía y eso desencadenaba algo en mí que no podía controlar?

El miedo era una sombra que me presionaba la espalda, y ese zumbido inquieto se intensificó. Si no lo intentaba por lo que pudiera pasar, ¿qué pasaría entonces?

Nada.

No pasaría nada bueno. Sería peor que inútil, porque estaría eligiendo no hacer nada.

No iba a ser una inútil.

La determinación y el rechazo absoluto a quedarme de brazos cruzados se convirtieron en el combustible que quemó el miedo. El zumbido de mi pecho latía como una leve palpitación. Lo que sentía no era ansiedad ni inquietud. Era poder, poder que se acumulaba en mi interior. Y si eso era cierto, ¿es posible que el hecho de no utilizar la fuente me condujera a situaciones como la de la noche en la que había tenido una pesadilla, cuando había alcanzado la masa crítica? No lo sabía, pero cerré los ojos. En mi mente, vi la mano de Luc, crepitando con la fuente, y luego sustituí su mano por la mía, y quise que sucediera.

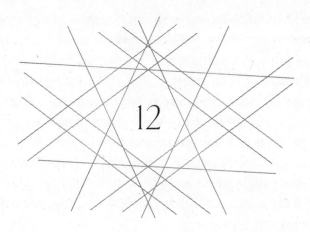

12

Una chispa.

Eso es lo que sentí, como si se encendiera una cerilla. Una sensación de hormigueo me recorrió el brazo derecho. Podía tratarse de mi imaginación o de un deseo descabellado, pero si lo era, era una de las imaginaciones más realistas que había tenido nunca.

—Melocotón, abre los ojos y mira.

Así lo hice, encontrándome tanto a Luc como a Grayson mirándome con atención.

—A mí no. —La sonrisa de Luc estaba llena de una calidez tranquilizadora, y cuando su mirada se encontró con la mía, tenía una calidez en los ojos que me hizo pensar en besos fuertes y caricias suaves, además de todo lo que nunca me había dicho.

No sé por qué en ese momento me di cuenta de que Luc nunca me había dicho esas dos sencillas pero poderosas palabras, pero lo hice. No necesitaba esas palabras cuando podía verlas en la forma en la que me miraba, cuando podía sentirlas en cada una de sus acciones.

Respirando de manera entrecortada, me miré la mano y quise gritar un «¡Aleluya!» ante lo que veía, aunque no pude evitar darme cuenta de lo diferente que era de cuando Luc lo hacía.

Una luz blanca envuelta en sombras se arremolinó en torno a la palma de mi mano, enroscándoseme entre los dedos. Chisporroteaba y emitía pequeñas pulsaciones de energía que parecían líneas eléctricas arqueadas.

—Lo he hecho. —Casi no podía creérmelo mientras giraba la mano. La fuente siguió el movimiento. Mirando a Luc, sentí que se me curvaban los labios mientras la emoción florecía en mi pecho—. Lo he conseguido.

Luc sonrió, y fue una gran sonrisa, de esas que transforman sus facciones de bellas a simplemente arrebatadoras.

Entonces las vi: las extrañas manchas en la piel de mi brazo que había visto en casa de Kat. Unos puntos brillantes de color ónice me aparecieron bajo la piel.

—¿Estás viendo eso? ¿En mi brazo? —pregunté, mirando rápidamente a Luc.

Asintió con la cabeza mientras me miraba.

—No están solo en tu brazo, Melocotón.

—¿Qué? —Se me abrieron los ojos como platos.

—Están por todas partes —explicó Grayson desde su rincón. Si no estuviera hablando, me preguntaría si estaba respirando, estaba muy quieto—. Tienes cientos de manchas. En el cuello. En la mejilla derecha.

—¿Por todas partes? —Miré hacia abajo, pero de algún modo resistí el impulso de levantarme la camiseta para ver si tenía en la barriga—. Tengo una erupción de puntos negros brillantes.

—Podría ser una erupción peor —contestó Luc, y me quedé boquiabierta—. Ya has tenido este aspecto antes, Melocotón, cuando estabas en el bosque. Y antes de anoche te vi las marcas en las mejillas.

—¿Y no pensabas decírmelo?

—No quería que te diera un ataque. —Hizo una pausa—. Obviamente.

—¡No me está dando un ataque!

Ladeó la cabeza.

—¿Ah, no?

Cerré la boca de golpe. Las manchas parecían moverse bajo mi piel, acercándose y luego separándose.

—Me pareció ver esto ayer mientras estaba con Kat y Dee. No dije nada porque ellas no parecían verlo. Creía que me lo había imaginado.

—Interesante —murmuró Luc—. Podría haber sido un repunte de la fuente. ¿Qué sentías o en qué pensabas cuando lo viste?

Mis pensamientos volvieron a ese momento.

—Estábamos hablando de que no recordaba mi época con Dédalo.

—Tiene sentido, pues. Estoy seguro de que tenías la emoción a flor de piel en esa conversación. —La mirada de Luc me recorrió el rostro de una manera que me hizo querer ver lo que él veía—. Debió de haber sido solo en tu brazo, entonces, porque no hay manera de que no se dieran cuenta de esto.

—Quiero ver qué aspecto tengo —respondí, mirando a mi alrededor, pero no había ninguna ventana lo bastante limpia como para intentar siquiera ver un reflejo en ella. ¿Tendrían baños aquí?

—Cuando volvamos a la casa podrás mirarte.

Impaciente, pero sabiendo que había cosas más importantes que mirarme, lo dejé pasar.

—Seguro que me veo rara.

—En realidad es bastante bonito —replicó Grayson, y yo casi me caigo del susto. ¿Acababa de hacerme un cumplido? También debió de sorprenderse a sí mismo, porque parecía a punto de caerse. Desvió la mirada... Espera. ¿Se estaba... sonrojando?—. Pero sí, también es muy raro —añadió—. Yo en tu lugar me sentiría incómodo.

Apreté los labios.

—Es precioso —dijo Luc, y cuando volví la vista hacia él, estaba sonriendo—. Y es diferente. Ya sabes qué aspecto tiene un Luxen o un Origin cuando usan la fuente. A veces no hay otros signos visibles. Otras veces...

—Hay luz blanca en las venas o las pupilas se vuelven blancas. —Tragué saliva—. ¿Tengo venas negras?

Sacudió la cabeza.

—Ahora mismo no, pero cuando estabas en el bosque, se te habían oscurecido un poco las venas y tenías el aura de la fuente a tu alrededor.

Como con la pesadilla.

—¿Qué significa cuando hay un aura?

Luc me estudió.

—¿Qué sentiste cuando sucedió?

Lo medité.

—Sentí... No sé, como si el poder, la fuente, se estuviera acumulando dentro de mí. Como si se expandiera fuera de mí. —Y entonces, sin más, respondí a mi propia pregunta. Siempre que había visto a un Luxen u Origin hacer eso, era cuando estaban muy enfadados o a punto de enfrentarse a alguien.

—Ahí lo tienes —respondió Luc.

Al darme cuenta de que Luc quería que averiguara lo que yo ya sabía, entrecerré los ojos hacia él.

—Eres exasperante.

—Y sexi.

Negué con la cabeza, volviendo a observar la luz blanca y oscura que se arremolinaba sobre mis nudillos.

—¿A los Arum les salen puntos negros en la piel?

—No que yo haya visto. Son casi como un reflejo opuesto de los Luxen. Imagino que así es como el ADN de los Arum se manifiesta en ti.

—Esto es una locura.

Volví la mirada a Grayson. No lo había oído moverse, pero ya no estaba encaramado a la bobina de cable. Estaba de pie a solo unos metros de distancia.

La curiosidad marcó su rostro mientras me miraba la mano y negaba con la cabeza.

—De verdad eres una mezcla de Arum y Luxen.

Sonaba tan sorprendido que le pregunté:

—No me viste en el bosque, ¿verdad?

Sin dejar de mirarme la mano (a mí), negó con la cabeza.

—Dawson y yo fuimos tras los otros miembros de los Hijos de la Libertad. Vi las secuelas de lo que hiciste en el bosque y sé lo que Steven contó, pero...

—Una imagen vale más que mil palabras —concluyó Luc.

—Nunca he visto nada igual. —Unos ojos azules ultrabrillantes se alzaron hacia los míos—. Tendrás que tener las habilidades de ambos, el usar la fuente para empujar hacia fuera y atraerla hacia dentro.

—Supongo. —Cerré la palma de la mano y la fuente desapareció. Oh, no—. No quería que pasara eso.

—Es normal —me aseguró Luc—. Si no la estás usando para algo, tendrás que hacer que se quede ahí. ¿Cómo te sientes?

Me encogí de hombros.

—Normal, supongo.

—¿Sin ningún impulso de matarnos? —preguntó—. Bueno, ¿sin ningún impulso de matarme a mí?

Grayson arqueó una ceja, sin que aquella afirmación pareciera impresionarlo en absoluto.

A mí, en cambio, me pareció una mierda que tuviera que hacerse la pregunta.

—De momento, no.

Luc sonrió.

—Invócala otra vez.

Asentí con la cabeza y sentí el chispazo, el tirón tenso desde el centro de mi pecho y luego el torrente de energía. La luz sombría estalló sobre mi mano.

Levanté la mano, girándola un poco mientras miraba el despliegue de la fuente. Totalmente asombrada por lo que era capaz de hacer con una orden, me sentí un poco débil y tonta, pero eso era...

Joder, hace unos meses me habría reído en la cara de cualquiera que sugiriera que yo era capaz de hacer algo así.

—Ahora quiero que la hagas desaparecer —me indicó Luc—. Puedes hacerlo de varias maneras...

Imaginé que se desvanecía, y la fuente hizo exactamente eso, parpadeó y luego se desvaneció.

—Vale. —Se rio.

Sonriendo como una tonta, curvé los dedos hacia dentro.

—Tan solo me la he imaginado desapareciendo en mi cabeza.

—Esa era una de las formas que iba a sugerir. —Apoyado en el banco, se cruzó de brazos—. Hazlo otra vez. Invócala y luego haz que desaparezca.

Lo hice una y otra vez, tantas veces que perdí la cuenta, y cada vez que lo hacía aparecían los puntos brillantes. Grayson se comió cuatro piruletas, lo que me hizo preguntarme varias veces cuántas de esas cosas tendría en el bolsillo.

Luc no pasó de ahí hasta que no hubo duda de que podía controlar la invocación de la fuente. Entonces encontró un cartón blanco vacío y lo colocó en el centro de la mesa. Se volvió hacia mí.

—Quiero que muevas este cartón. No hace falta que invoques la fuente, pero funciona igual. Quieres que el cartón se mueva. Imagina que sucede.

Ignorando los rugidos de mi estómago, me volví hacia la mesa. Una vez más, me pregunté si de verdad iba a ser tan fácil. «Si te lo imaginas, vendrá». Me tragué una risita.

—Concéntrate —ordenó Luc con suavidad—. Deberías intentar concentrarte.

—¿Sabes? Me voy a enfadar mucho si me imagino esa caja moviéndose y lo hace. Porque eso significa que he perdido días de ser increíblemente vaga.

—Melocotón...

—Podría haber estado deseando que las puertas se abrieran y cerraran, que la ropa se desdoblara, que los tarros de mantequilla de cacahuete vinieran a mí —expliqué—. Podría estar tumbada en la cama todo el día y desear que la comida entrara en mi boca.

—Qué metas tan ambiciosas tienes. —Grayson había vuelto a su bobina de cable y a su altanería.

—No conozco una meta más ambiciosa que la de que la comida venga a mí mientras estoy en la cama —repliqué.

—Déjame adivinar, ¿ni siquiera has intentado ver si podías mover algo? —Grayson resopló mientras le quitaba el envoltorio a otra piruleta—. Creía que todos los humanos lo intentaban al menos una vez al día.

Puse los ojos en blanco.

—Lo intentamos de vez en cuando. No todos los días. —Bueno, al menos yo no lo hacía, porque la decepción de no poder mover cosas con la mente era real—. Y no, no lo he intentado desde que pasó todo.

—Me dejas muerto.

A tomar por saco ese estúpido cartón blanco. Me imaginé la bobina de cable deslizándose por debajo de Grayson.

No ocurrió nada.

—Evie —advirtió Luc, pero sonaba como si se estuviera ahogando de risa.

Grayson alzó la vista de su piruleta.

—¿Qué? —Bajó la piruleta—. ¿Qué estás haciendo?

—Nada —mentí.

—¿Estás intentando hacerme algo? —El Luxen se rio—. No estoy preocupado en absoluto. —Se metió la piruleta en la boca—. Nada de nada. ¿Quieres saber por qué? Mover objetos es una de las cosas más difíciles de aprender y controlar incluso para los Luxen más jóvenes y brillantes. Puede que te hayan entrenado y todo eso, pero es obvio que no recuerdas nada. Así que adelante. Dame algo de lo que reírme, porque esto se está volviendo aburridísimo.

Iba a darle algo, porque entonces me di cuenta de que la clave no estaba en imaginar algo en movimiento. Era la intención detrás de él. La voluntad. Y lo que era más importante, era ser consciente de que podía hacerlo.

No me imaginé la bobina saliendo disparada por el suelo. Esta vez, lo deseé. El pulso en el centro de mi pecho era débil, algo que puede que no hubiese notado si no hubiera estado prestando atención.

Sucedió muy rápido, una fracción de segundo después de que el pensamiento entrara en mi mente. Fue como si una cuerda invisible se hubiera atado a la bobina y hubiera tirado de ella con fuerza. La cosa giró por el suelo, lanzando polvo al aire mientras Grayson caía al suelo con un golpe satisfactorio. Se quedó allí sentado, con la piruleta colgando sin fuerza de un lado de la boca y los ojos de un sorprendente tono azul antinatural.

—¿Te estás aburriendo ahora? —pregunté con dulzura.

Grayson se puso de pie y se giró hacia mí. No tenía ni idea de dónde se había metido la piruleta. Las pupilas de sus ojos brillaron como diamantes y me palpitó el centro del pecho. Se me erizaron los vellos de todo el cuerpo cuando cada parte de mí, incluso lo que había dentro de mí, se hiperconcentró en el Luxen.

Me miró por encima del hombro y vi cómo se le endurecía la mandíbula. Dio un paso atrás y la luz de sus ojos desapareció.

—Si fueras cualquier otra persona...

La advertencia flotó en el aire entre nosotros, y supe que no era yo quien lo detenía. Era quien estaba detrás de mí.

Y eso me molestó.

La fuente estalló con intensidad, presionándome la piel como lo había hecho la noche que tuve la pesadilla. No necesitaba mirar hacia abajo para saber que tenía un aura.

—No es Luc quien debería preocuparte —dije, y esa era mi voz, esas eran mis palabras. Quería decirlas.

—¿Ah, no? —preguntó Luc en voz baja desde detrás de mí—. ¿Debería Grayson estar preocupado ahora mismo, Evie?

Tuve que pensar muy bien cómo quería responder a eso. Una parte profunda y oculta de mí deseaba que Grayson se abalanzara sobre mí, y no estaba segura de si eso tenía algo que ver con la fuente o no.

Pero, por mucho que quisiera derribar a Grayson de su pedestal, no quería herirlo de gravedad, y lo haría. Lo destruiría por completo si me desatara.

—No —respondí, exhalando con brusquedad. La tensión de mi pecho se relajó y la luz sombría se desvaneció como humo en el viento—. No debería.

Grayson se sorprendió y volvió a mirar detrás de mí. Alzó las cejas.

—¿Qué pasa? ¿Quieres que te arranque la piel de los huesos? —interpelé, y me giré hacia Luc. Estaba sonriendo. Parpadeé—. ¿Por qué estás tú sonriendo?

—Estoy sonriendo porque en realidad querías acabar con Grayson —contestó, con los ojos brillantes.

—¿Y por qué sonríes por ese motivo? —Me quedé estupefacta.

—Porque has elegido no hacerlo —respondió Grayson—. Deja que lo asimile.

Le eché una mirada por encima del hombro y estaba a punto de decirle que estaba pensando en cambiar de opinión cuando caí en la cuenta.

—La he contenido. —Volví la cabeza hacia Luc—. Madre mía, he sentido la fuente. Estaba lista para salir, ¡pero la he contenido!

La sonrisa de Luc creció.

—Sí, lo has hecho. Tienes el control, Melocotón. Ahora mueve el maldito cartón.

Grayson no había mentido antes. Mover objetos no era precisamente fácil. Aunque había sido capaz de mover la bobina de debajo de él, el cartón resultó ser otra historia.

No estaba enfadada con el cartón.

Lo que demostró la relación entre la emoción y la precisión. Si estuviera enfadada, más valía que todos huyeran. Si tuviera sentimientos encontrados, todo el mundo podría echarse una siesta.

Conseguí mover el cartón tras varios fallos. No fue hasta que Luc dijo:

—Imagina que tienes muchos brazos invisibles, brazos que pueden estirarse cientos de metros. Y sí, sé que suena ridículo, pero toma esas decenas de brazos y envuélvelos en la fuente. No igual que con Grayson o conmigo, sino con tu fuente.

Eso sonaba ridículo y me había llevado a imaginarme todo tipo de cosas invisibles al azar que no tenían nada que ver con la tarea que tenía entre manos, pero cuando por fin me centré e hice lo que Luc me había indicado, el cartón voló directo hacia mi cabeza.

Y fue justo en ese momento cuando aprendí que, si iba a mover un objeto, tenía que planificar también a dónde quería moverlo.

Algunos días me sentía más estúpida que otros. Este era uno de esos días.

Cuando Luc dio por concluida la lección y Grayson desapareció en un nanosegundo, me sentí un poco aliviada de volver a casa. Estaba cansada y hambrienta, pero también quería practicar más.

Envalentonada por el éxito que habíamos tenido y un poco confiada, me sentí esperanzada de verdad, como si por primera vez pensara que podía retomar el control de mi vida. Tenía ganas de sacarle más jugo. Vale, tal vez no debería usar la expresión «sacarle más jugo» porque sonaba raro, pero quería ver con exactitud lo que podía hacer.

Volví a pensar en lo rápido que había desaparecido Grayson.

—Me pregunto si ahora podré correr rápido —murmuré mientras caminábamos por una carretera vacía salvo por coches abandonados que tenían más óxido y daños causados por el sol que pintura. Seguí escudriñando, esperando ver a Nate, pero sabiendo que podía que fuese demasiado pronto para que volviera.

—En realidad es una buena pregunta. No lo sé. Los híbridos son físicamente más fuertes y rápidos, pero no como un Luxen, un Arum o un Origin. Así que, técnicamente hablando, deberías ser capaz de correr bastante rápido. Pero ¿tan rápido como ellos o como yo? No puedo responder a eso.

No estaba segura de lo que haría si en realidad pudiera correr a una velocidad mensurable, ya que la única vez que lo había hecho era cuando mi vida había estado bajo amenaza inmediata. Incluso entonces, corría como una tortuga con una pierna rota.

—¿Podemos practicar más cuando volvamos a la casa?

—Creo que deberías tomarte con tranquilidad el resto del día.

Fruncí el ceño.

—Antes de que puedas preguntar por qué, y sé que te estás preparando para hacerlo, es porque no quiero que te sobrepases hasta que no dominemos mejor lo que te sale de forma natural aparte de darle una patada a Grayson en el trasero.

Dejé de fruncir el ceño y sonreí.

—Ey, ha sido increíble. Nunca lo olvidaré. No mientras viva.

—Lo mejor ha sido que se ha demostrado que puedes controlar tu fuente, incluso cuando estás enfadada.

Pues sí, pero...

¿Qué más demostraba? Sí, me había enfadado con Grayson, pero no había sido nada parecido a la furia que había sentido en la pesadilla ni al pánico. Lo que había hecho hoy no significaba que no volvería a perder el control o que no me volvería una Troyana con una mente colmena con todo el mundo.

Y así, sin más, mi anterior confianza se vino abajo.

—Pero ¿qué prueba eso en realidad? —pregunté mientras una brisa fresca corría por la calle.

—Prueba mucho más de lo que estabas pensando ahora mismo, Melocotón.

Luc me tomó de la mano.

—Puedes usar la fuente y puedes controlarla, pero es casi como un músculo que se ha atrofiado por la falta de uso. Creo que, con un par de sesiones, te sorprenderá lo que puedes hacer.

Una decena de escenarios diferentes me vino a la mente. Abrir y cerrar puertas con el poder de mi mente solo porque podía. Encender y apagar velas. Invocar un tarro de mantequilla de cacahuete y una cuchara de la cocina. Calentar mi propia...

—Melocotón. —Luc se rio entre dientes y se llevó mi mano a la boca. Me besó el dorso—. Ni siquiera yo puedo invocar un tarro de mantequilla de cacahuete de una habitación totalmente distinta y que haga otra cosa que estamparse contra una pared.

—Pero se supone que soy más increíble que tú, así que tal vez yo sí pueda.

—Ya eres más increíble que yo. —Tiró de mí y llegamos al campo cubierto de maleza que bordeaba la calle. A lo lejos, oí la llamada lastimera de las vacas—. Practicaremos moviendo algunas cosas más y después pasaremos a ver si puedes mover cosas más difíciles.

—¿Como qué?

—Como gente que es capaz de resistirse.

Se me abrieron los ojos de par en par.

—¿Como tú?

Asintió con la cabeza.

—Grayson. Estoy seguro de que Zoe se ofrecerá voluntaria.

—Pero ¿y si os hago daño?

Luc me miró.

—Hoy no le has hecho daño a Grayson, aunque querías.

Tenía razón.

Me quedé mirando el campo, preguntándome cuánto más me cambiaría la vida.

—¿Eso me convierte en una mala persona? ¿El que quisiera hacerle daño?

—¿Quién no ha querido hacerle daño a Grayson?

Ahogué una carcajada.

—Grayson estaba intentando sacarte de quicio a propósito —añadió—. Y es excepcionalmente bueno en ello.

—Pues sí —murmuré, pensándolo—. ¿Estás diciendo que no estaba molestándome porque solo quería ser un idiota conmigo, sino para ver lo que podría hacer?

—Sí. —Hizo una pausa—. Y porque es un imbécil. Es uno de sus puntos fuertes.

No sabía cómo eso se consideraba un punto fuerte.

—Hoy ha sido un buen día. Nadie ha tenido que hacer daño a nadie. Nadie ha salido herido —dijo, mirando el cielo nublado—. Bueno, excepto quizás el orgullo de Grayson y una piruleta o dos, y no hemos tenido que hacer que te asustaras o te enfadaras de verdad. Me tomaré esto como una victoria y una prueba de que vamos por el buen camino.

Apretándole la mano, decidí que yo también me tomaría el día de hoy como una victoria.

—Entonces —continuó, alargando la palabra—, ¿quieres comprobar si puedes correr rápido?

Me detuve de repente.

—Creía que me habías dicho que me lo tomara con tranquilidad.

—Si puedes correr más rápido que antes, será por la mutación, por la fuente que la alimenta, pero no es lo mismo que lo que estabas haciendo hoy. —Un brillo travieso se posó en sus ojos—. ¿O estás cansada? Si es así, seguro que puedo llevarte de vuelta. Ven. —Me dio un tirón de la mano—. Puedes subirte a mi espalda.

—No necesito que me lleves. —Tiré de mi mano para liberarme—. Venga, vamos a hacerlo. ¿Hacia dónde corremos?

Afloró su sonrisa infantil, la que me hacía sentir como si tuviera un nido de mariposas carnívoras en el pecho.

—De vuelta a la casa. ¿Puedes encontrarla desde aquí?

—Si acortamos por el campo, sí.

—Entonces, venga. A la de tres.

No hubo tiempo para anticiparme o hacer preguntas. Luc puso en marcha la cuenta atrás y, al llegar al tres, ya era un borrón en movimiento, corriendo hacia la maleza que le llegaba hasta las rodillas.

—¡Mierda! —grité.

Su risa salvaje resonó a mi alrededor y volví a maldecir mientras echaba a correr. Al principio, no noté nada diferente. Luc iba tan adelantado que no era más que un parpadeo, y eso era muy injusto. ¿Cómo podía no ser capaz de correr rápido? Eso me convertiría en una Troyana muy ineficiente.

Tenía que ser capaz de correr como Luc. Tenía que hacerlo.

El zumbido de la energía se disparó, y entonces ya no estaba trotando a través del campo. Estaba corriendo a toda velocidad.

No supe exactamente en qué segundo aumenté el ritmo, pero lo hice y, mierda, corría tan deprisa que me escocían los trocitos de hierba y tierra que me caían en las mejillas y los brazos desnudos. No sentía ardor en las piernas ni agarrotamiento en el estómago y los pulmones. El corazón se me aceleraba, pero no parecía que se me fuera a salir del pecho. Más adelante, Luc se hizo más visible. Lo estaba alcanzando.

Me movía tan rápido que era casi como si estuviera volando.

Y fue liberador. No hubo lugar para los pensamientos mientras el viento me sacudía mechones de pelo del moño que me había hecho aquella mañana. No pensé en lo que había hecho, en lo que podía significar ni en lo que no. No hubo espacio para pensar en Jason Dasher o en Dédalo. No hubo espacio para la mezcla de dolor y rabia que me obstruía la garganta y que me llevaba a cualquier pensamiento sobre mi madre. No me preocupé por Heidi, Emery o James mientras corría. No me pregunté si Nate volvería ni cuántos niños más habría por ahí, sobreviviendo a duras penas. Solo sentí el latido de mi corazón y el crujido de la hierba bajo mis zapatillas de deporte.

Cuando adelanté a Luc y lo rebasé, supe que iba a ganarle, y así lo hice, reduciendo la velocidad solo cuando llegué a la puerta principal y la abrí de par en par.

Giré, con la respiración acelerada pero no agitada. Luc apareció en la puerta uno o dos segundos después de mí, con el pelo alborotado hacia atrás.

Riéndome, aunque aún me latía el corazón con fuerza, retrocedí hasta el salón.

—No me puedo creer que te haya ganado.

—Yo tampoco. —La puerta se cerró detrás de Luc, que avanzaba con sus ojos como fragmentos de amatista. La intensidad de su mirada me revolvió el estómago.

—¿Qué se siente al no ser el mejor? —pregunté, deteniéndome cuando golpeé la mesita con las pantorrillas.

—Soy un mal perdedor. —Posó las manos en mis caderas y, antes de darme cuenta, estaba en el aire y luego tumbada en el sofá. Luc estaba cerniéndose sobre mí—. Vas a tener que hacerme sentir mejor.

—Vas a tener que aguantarte.

Inclinando la cabeza mientras deslizaba las manos por mi camiseta, me susurró algo al oído que me abrasó las mejillas y un montón de otras zonas.

—Estoy sudada —le solté.

—Yo también. —Me besó, y un pulso exquisito se disparó a través de mí.

Lo agarré por el hombro y apreté la otra mano en el pelo de su nuca.

—Estoy sucia.

—No me importa. —Su boca volvió a acercarse a la mía y su cuerpo se movió sobre y contra el mío. Lo sentí todo de la forma más nítida y deliciosa—. Antes de todo esto, cuando te sentías mejor, corríamos así todo el tiempo. Solíamos volver loco a Paris, porque a menudo estábamos dentro de la casa, tirándolo todo, y siempre acababa en una discusión entre nosotros.

Ahora mi corazón tronaba por una razón totalmente diferente.

—¿Por qué?

—Porque te enfadabas si te dejaba ganar —contestó, y yo me reí por lo absurdo del asunto. Me besó de nuevo, un choque casi codicioso—. Echaba de menos eso.

—Esta vez no me has dejado ganar.

—No. —Sus labios se curvaron en una sonrisa contra los míos—. No te he dejado, y, joder, no tienes ni idea de lo aliviado que estoy de saberlo.

Sabía por qué lo estaba. Se me encogió el pecho. Era una prueba más de que ya no estaba enferma, de que ya no me moría. Luc lo sabía, pero imaginé que era como si a mí me costara creer que usar la fuente pudiera ser tan fácil. Todavía había una parte de él que no podía creer que yo no estuviera enferma.

Presionando mi frente contra la suya, esperé que por una vez estuviera escuchando mis pensamientos cuando le dije: «Te quiero».

Por ilógico que fuera, me pareció oírle susurrar un «Lo sé», pero sabía que no podía, porque sus labios estaban ocupados con los míos una vez más.

Apreté los dedos en su pelo, y su mano se dirigió poco a poco hacia el norte, alcanzando el material satinado...

Sentí el extraño zumbido a lo largo de la base de mi cuello en el mismo momento en el que Luc se congeló sobre mí. Se levantó, mirando por encima del hombro, hacia la puerta. Antes de que pudiera compartir lo que sentía, habló:

—Es Dee —dijo, y un instante después, se oyó cómo llamaba a la puerta, cómo la aporreaba.

13

No había absolutamente nada en dar a luz que me atrajera ni por asomo.

Por supuesto que los bebés eran preciosos cuando no competían con tu interior por alojarse, y todo el ciclo de la vida era un milagro en sí mismo, pero...

Otro grito rasgó el cielo nocturno, seguido de una ristra de las combinaciones más impresionantes de la palabra «joder» que había oído en mi vida. La mayoría iban dirigidas a Daemon.

Hice un gesto de dolor.

En realidad, todos los improperios estaban dirigidos a Daemon.

Pobre Kat.

Debería existir algún tipo de ley cósmica que obligara a los hombres a sentir todo lo que sienten las mujeres al dar a luz.

No tenía ni idea de la hora que era. Me había quedado dormida en algún momento, antes de que los gritos me despertaran. Alguien me había tapado con una colorida colcha de retazos fucsia y turquesa. No creí que hubiera sido Luc, ya que supuse que me habría despertado.

Según la última actualización dada por Dee, que había llegado horas después de que ella se presentara en la casa, todo iba «normal».

¿Qué tan normal podía ser cuando Daemon había llamado a Luc y yo no había visto a ninguno de los dos salir del interior de la casa? Y ya era más de medianoche.

Luc habría venido a verme si hubiera podido, y aunque no había visto a la doctora Hemenway con mis propios ojos, el viejo vehículo de gasolina que me recordaba a un *buggy* seguía aparcado al otro lado de la cochera. Zoe me había dicho que el vehículo pertenecía a la doctora y que había varios como ese repartidos por la Zona 3, que los utilizaban humanos que no tenían la habilidad de correr a velocidad supersónica.

La preocupación me picoteaba el hombro. No sabía mucho (bueno, no sabía nada) sobre dar a luz, pero pensaba que estaba ocurriendo algo no tan normal.

En realidad no conocía a Kat, y era probable que Daemon prefiriese verme en cualquier otro lugar que no fuera donde estaba, pero esperaba con cada fibra de mi ser que tanto la madre como el niño salieran de esta sanos y salvos.

Tenían que hacerlo.

Kat era una híbrida, ni de lejos tan débil o propensa a la muerte como una humana. Además, si la intervención médica fallaba, tenía a Daemon, a sus hermanos y también tenía a Luc, que podía aprovechar la fuente como energía curativa.

Kat y el bebé tenían que estar bien.

Eso es lo que me decía a mí misma mientras me sentaba en uno de los brillantes cojines azules de los sofás de mimbre, sentada bajo la titilante y cálida luz blanca de las tiras de luces solares que colgaban de la parte superior de la cochera. Observé cómo la brisa jugueteaba con el toldo, sola por el momento. Zoe se había marchado con un joven al que yo había identificado como un Luxen antes incluso de que traspasara el toldo. Cekiah lo había enviado a buscar a Zoe, y al parecer yo no estaba al tanto de por qué.

Miré la colcha. Si había sido ella quien había traído la manta, ¿dónde estaba ahora? Supuse que podría haber sido cualquiera. La gente había estado yendo y viniendo durante toda la tarde y la noche. Luxen e híbridos que nunca había conocido y humanos que a veces acompañaban a un Luxen. Seguía sintiendo esa extraña sensación de telaraña, pero por el momento estaba demasiado cansada para la energía cerebral necesaria para considerar de verdad que podría ser la fuente dentro de mí reconociéndola en otros... o la posibilidad de que estuviera continuamente caminando entre telarañas reales o tumbada en una gigante.

Si resultara que estaba cubierta de telarañas, me prendería fuego. En serio.

De todos modos, todos se callaron al verme. Ni uno solo se acercó a mí mientras se detenían para ver cómo estaban Kat y Daemon y si había alguna novedad o algo que pudieran hacer. Solo unos pocos valientes enviaron una tímida sonrisa en mi dirección, que yo devolví, puede que con demasiado entusiasmo.

Aquí había un gran sentido de comunidad. Dudaba de que Kat y Daemon fueran los mejores amigos para siempre de todos los que se pasaban por allí, pero la gente se preocupaba lo suficiente por ellos como para venir, y pensé que eso decía algo increíble tanto de Daemon y Kat como de los que se pasaban por allí.

Sabía que Nate y quienquiera que estuviera en la ciudad serían bienvenidos aquí, recibirían cuidados y tendrían acceso a toda la comida que necesitaran. Serían aceptados, y solo esperaba tener la oportunidad de convencer al chico de ello.

Pero ¿y yo?

¿Estas mismas personas se sentirían más cómodas conmigo cuando llevara un tiempo aquí? ¿Una vez que demostrara que no entraba en la categoría de extraña peligrosa?

Eso esperaba, porque en el futuro inmediato, este era mi hogar. Nuestro hogar. Luc y yo teníamos un hogar juntos. Más o menos. No es que hubiéramos ido a elegir un apartamento o algo así, pero estábamos juntos. De cualquier manera, el aleteo de mi pecho tenía unas alas del tamaño de un pterodáctilo.

La Zona 3 tenía que convertirse en mi hogar, porque no solo necesitaba estar en un lugar donde pudiera seguir practicando con la fuente, sino que además ni Dédalo ni los Hijos de la Libertad podrían encontrarme aquí.

O eso esperaba.

Ahora mismo, estaba a salvo aquí. No hacía falta ser muy lista para saber que no lo estaría si estuviera ahí fuera. Necesitaba hacer que esto funcionara.

Tenía a Zoe, y Heidi llegaría pronto, y eran más que suficientes, pero también necesitaba hacer amigos aquí. Conexiones. Algo que diera lugar a algo más que una sonrisa medio asustada. Joder, estaría feliz con un «hola». Parecía una tontería, pero quería sentir que formaba parte de lo que estaban haciendo aquí y no que era una invitada no deseada.

Solo necesitaban tiempo. Eso era todo.

Añadí ese pensamiento al historial de «Kat y el bebé van a estar bien» y pulsé el botón mental de repetición.

Moviéndome en el sofá, desplegué las piernas. Me dolía un poco el estómago. La cena rápida que Zoe y yo habíamos terminado comiendo mientras esperábamos noticias no había hecho más que atenuar mi apetito. Tal vez estaba teniendo contracciones por simpatía.

Kat era una campeona. Cuando Dee nos puso al día, mencionó de pasada que no había analgésicos. Kat había optado por no tomarlos en caso de que alguien los necesitara más que ella. A ver, ¿quién lo necesitaba más que alguien que estaba dando a luz a una persona pequeña? El parto natural tenía un «Nop» escrito por todas partes. No había forma de que yo pudiera hacerlo sin estar drogada hasta las cejas.

El viento levantaba el pesado toldo y, fuera de la cochera, la noche era oscura y silenciosa, a excepción de algún grillo ocasional... o algún grito de dolor. Acurrucada bajo la colcha, miré por encima del hombro hacia la puerta lateral que no se había abierto en mucho tiempo. No había entrado con Luc, porque aunque Kat y yo habíamos llegado a charlar el día anterior, no la conocía tanto. No quería entrometerme en momentos destinados a ser compartidos con la familia y los amigos. No quería estorbar y, bueno, no me habían invitado.

Por no mencionar que, en realidad, no quería ver lo que estaba sucediendo allí.

La extraña sensación de cosquilleo me recorrió la nuca y, esta vez, no caí en el baile de «¿Tengo un bicho?». Esperé a ver si aparecía un Luxen o si una araña gigante se arrastraba por...

Sacudí la cabeza hacia la puerta lateral cuando un grito de agotamiento rompió la calma y terminó en un gemido de cansancio. Hice una mueca y me llevé la colcha a la barbilla. Tenía que averiguar si los Origin y los no Origin podían tener hijos, porque no quería saber nada de lo que estaba pasando en aquella casa. Nunca.

—Pareces oficialmente traumatizada.

Jadeando, giré la cabeza. Grayson estaba de pie justo debajo del toldo, las tiras de luces proyectaban un cálido resplandor sobre su figura y, sin embargo, seguía recordándome a una de esas esculturas hechas de hielo. Me invadió la desconfianza. Después de lo de hoy, estaba segura de que él estaba fantaseando con convertirme en un episodio de *Crímenes imperfectos* en el que me asesinaran y me echaran de comer a los cerdos.

Arqueó una ceja que era solo un tono o dos más oscura que el pelo rubio que tenía peinado hacia atrás.

—Te he asustado.

—No. —Todavía sostenía la colcha en mi barbilla—. No lo has hecho.

—¿Ah, no? —Grayson sonrió, y vaya, podía esbozar algunas de las sonrisas más impresionantes que jamás había visto. Miró por encima de mi hombro hacia la puerta cerrada y después sus ojos azul glacial se posaron en mí—. Pareces traumatizada.

Bajando poco a poco la colcha, medité sobre cómo responder a aquel comentario. Grayson y yo tal vez solo habíamos tenido una conversación casi sin pelearnos desde que lo conocía, y aunque él podría haber dicho que el efecto punteado que adquirió mi piel antes era bonito, también podría haber estado sufriendo un trauma cerebral extremo en ese momento. No tenía ni idea de lo que había estado haciendo antes de unirse a Luc y a mí. Podría haberse estado golpeando sin parar la cabeza contra una pared por lo que a mí respectaba.

—Escuchar a alguien de parto es un poco traumático —dije por fin.

Se metió la mano en el bolsillo de los vaqueros y sacó una piruleta. Uno de sus talentos Luxen tenía que ser conjurar un suministro interminable de esas cosas.

—Entonces espero que Luc y tú estéis teniendo cuidado.

Arqueé las cejas.

—O te encontrarás gritando hasta altas horas de la madrugada. —Se apoyó contra el lado de la cochera, meticulosamente desenvolviendo la piruleta—. Porque no es del todo imposible para vosotros dos, así que será mejor que Luc y tú os protejáis con algo de teflón.

Durante un largo instante, lo único que pude hacer fue quedarme mirándolo hasta que por fin fui capaz de formular una respuesta coherente.

—La verdad es que no quiero hablar contigo de lo que Luc y yo hacemos y de cómo lo hacemos...

Levantó una mano mientras decía:

—No necesito detalles, pero gracias.

—No estaba ofreciendo detalles —espeté, con los dedos clavados ahora en los bordes de la colcha.

—Lo que digo es que no es imposible. Él es un Origin y tú eres..., bueno, lo que seas, pero apuesto a que tienes suficiente ADN alienígena como para que sea probable. —Se metió el envoltorio en el bolsillo y alzó la piruleta como si estuviera brindando—. Así que felicidades.

Sacudí la cabeza, estupefacta. Luc y yo no habíamos hablado exactamente de protección, aunque habíamos estado a punto de hacerlo una o dos veces. Y sí, era probable que debiéramos haber tenido esa conversación mucho antes de acercarnos al acto en sí, pero ninguno de los dos íbamos a tener sexo con solo pensamientos y oraciones como única protección.

—Te lo repito: lo que Luc y yo hagamos o dejemos de hacer no es asunto tuyo. Así que voy a fingir que esta conversación no ha tenido lugar. ¿De acuerdo? Genial.

Riéndose de una manera que yo sabía que era por mí, se metió la piruleta en la boca.

Y me miró fijamente.

Los vellos de todo el cuerpo se me empezaron a erizar. La antigua yo habría mirado hacia otro lado y se habría preguntado lo rápido que podría alejarse de Grayson. Pero esa ya no era yo. Así que le aguanté la mirada. Si íbamos a tener un enfrentamiento épico, estaba dispuesta a ganarlo.

—¿Quieres algo? —pregunté, con la voz tan dulce que rezumaba azúcar.

Sonriendo sobre el palito de la piruleta, se cruzó los brazos sobre el pecho.

—Solo estoy esperando novedades.

—¿Y no puedes esperar en otro sitio? —le pregunté.

Levantó un hombro.

—Este me parece tan buen lugar como cualquier otro. Si a ti te parece bien. —Hizo una pausa—. Nadia.

No reaccioné de ninguna manera cuando utilizó mi verdadero nombre, ni siquiera di un respingo, y mi cerebro tampoco hizo un viaje por el carril de los recuerdos perdidos.

—Hay muchos sitios donde sentarse. —Aflojando mi agarre mortal sobre la colcha, hice un amplio gesto de barrido hacia los otros muebles—. Sírvete.

—Estoy bien de pie. Gracias. —Un músculo le hizo un tic a lo largo de la mandíbula.

Sabiendo que le molestaba que no mordiera el anzuelo, sonreí. Puede que hasta batiera las pestañas.

—El sofá es mucho más cómodo —insistí, negándome a apartar la mirada—. Imagino que la silla también lo es. Mejor que estar de pie y sujetando el garaje.

—Mejor me quedo donde estoy —respondió—. No querría que se derrumbara sobre tu cabeza.

—Seamos sinceros. —Me eché hacia atrás, levantando las piernas sobre el cojín que tenía al lado—. Te encantaría verlo caer sobre mi cabeza.

Inclinó un poco la cabeza, el palito moviéndose en un lento círculo.

—No tienes ni idea de lo que me encantaría.

Sus vagos comentarios casi siempre me sonaban a amenaza velada o a algo que alguien que buscaba llamar la atención publicaría en Facebook. Solían dejarme tartamudeando, pero estaba demasiado cansada y preocupada por Kat como para prestarle atención.

—Tienes razón. No lo sé.

—No hay mucho que sepas, ¿verdad? —me desafió—. No recuerdas quién eres en realidad. No sabes en qué te has convertido. Ni siquiera habías intentado usar la fuente hasta hoy, y no tienes ni remota idea de cómo evitar descontrolarte y...

—¿Matar a un puñado de inocentes? Es verdad —lo interrumpí—. Seguro que hay muchas más que no conozco. Podemos escribirlas si tienes papel y boli. Haz una lista, y luego, cuando descubra cosas, podemos ir tachándolas.

El palito blanco dejó de moverse mientras apretaba los labios.

—Juntos —añadí.

Grayson rompió el contacto visual y apretó la mandíbula con tanta fuerza que me sorprendió que el palito no se partiera en dos.

¡Aluvión de puntos sarcásticos para Evie!

Quería saltar del sofá, correr por el patio y gritar mi triunfo. ¡Ja! Había ganado. De verdad había ganado el enfrentamiento, y él podía besarme el...

—Esto está durando demasiado —afirmó, deteniendo de forma abrupta mi regodeo.

—¿El qué? —Casi tenía miedo de preguntar.

—El parto. —Su mirada se desvió hacia la puerta detrás de mí—. Ahí dentro hay un Origin intentando nacer. El parto suele ser rápido y duro. —Sus ojos parecían charcos de medianoche cuando volvió a mirarme—. Y antes de que preguntes, no, no soy un experto, pero sé lo suficiente y definitivamente más que tú.

La última parte no me molestaba en absoluto, y no tenía nada que ver con que estuviera cansada y hambrienta. Dios, me moría de hambre otra vez.

—Crees que está pasando algo malo.

—Creo que hay una buena razón para que Luc haya estado ahí todo este tiempo. —Su atención volvió a la puerta cerrada—. Muchas no sobreviven al nacimiento de un Origin.

La ansiedad me invadió.

—Pero Kat es una híbrida, y Daemon puede curar...

—A veces esas dos cosas simplemente no bastan.

Empecé a argumentar que tenían que ser suficientes, pero...

Ay, Dios.

Igual que a veces no bastaban todos los avances médicos del mundo.

Me pasé un brazo por la barriga y miré hacia la puerta. Fue entonces cuando se me ocurrió. Volví la cabeza hacia Grayson.

—Si Kat muere...

—También lo hará Daemon —confirmó lo que no quería ni pensar—. Sus fuerzas vitales están irrevocablemente unidas. Si una muere, el otro también. Si el niño sobrevive, sería huérfano.

Abrí la boca, pero no tenía ni idea de qué decir, y entonces, mientras un nudo de emoción se me hinchaba en la garganta, me di cuenta de que no había nada que pudiera decir. No había palabras para situaciones así. Me hundí en el sofá y me miré las manos.

—¿Es eso lo que les pasó a los padres de Luc? —pregunté, pensando que tal vez Grayson lo supiera. Luc me había dicho que estaba bastante seguro de que sus padres habían muerto, pero eso fue antes de que yo supiera que era Nadia y, en aquel momento, solo me contaba las verdades a medias.

—Es posible —respondió Grayson tras varios latidos largos—. Eso o que después de que Dédalo consiguiera lo que quería, sus padres ya no tenían valor.

—Es horrible —susurré lo obvio.

—Puede que sus padres ni siquiera se conocieran. Pudieron no parecerse en nada a Kat y Daemon —dijo de un modo tan directo que se me estremeció todo el cuerpo—. Podría haber sido el producto de una mutación y una concepción forzadas. La mayoría de los Origin lo fueron.

—Eso no lo hace menos horrible.

194

—No. —Seguía mirando la puerta—. Lo hace aún más horrible.

Sí. Tenía razón.

Durante los dos minutos siguientes, pensé en cómo Luc había amenazado a Daemon y a Dawson más de una vez.

—Eran amenazas vacías.

—¿De qué estás hablando?

—De Luc amenazando a Daemon y a Dawson —le expliqué—. Una vez dijo que no quería que Beth se quedara viuda, pero sabe lo que ocurre...

—Lo vacías que sean sus amenazas depende de lo enfadado que estuviera cuando las profirió, pero si yo fuera tú, no asumiría que ninguna de sus amenazas es vacía.

—Él no haría...

—Luc es capaz de cualquier cosa —interrumpió Grayson cuando alcé los ojos para mirarlo—. Tal vez sea otra de las cosas que has olvidado.

No me importaba lo que Grayson insinuara; Luc no era capaz de matar a Daemon, sabiendo que habría acabado tanto con la vida de Kat como con la del bebé. Lo mismo se aplicaba a Dawson y Bethany.

Se hizo el silencio entre nosotros mientras ambos sucumbíamos a nuestros propios pensamientos. Ya no repetía el mantra anterior (Kat y el bebé van a estar bien) con tanta confianza. Los humanos morían cada segundo, y solo porque los Luxen y todos los que llevaban su ADN lucharan contra la muerte y a menudo ganaran, eso no los convertía en inmortales. Como había dicho Grayson, a veces simplemente no bastaba.

¿Y los padres de Luc? Dios, no quería ni pensarlo. ¿Se habrían amado? ¿Habrían sabido siquiera sus respectivos nombres? Luc tenía que pensar en eso, y si lo estaba sintiendo tan fuerte como yo, no me podía ni imaginar...

—Echo de menos a Kent. —Grayson pronunció esas palabras en voz tan baja que ni siquiera estuve segura de haberlas oído de verdad—. Habría dicho algo muy estúpido ahora mismo. Algo increíblemente fuera de lugar. Ni siquiera tendría sentido, pero...

Un poco aturdida por su íntima confesión, observé cómo su rostro impresionantemente estoico, ausente de la habitual mueca o expresión de desagrado, se agrietaba un poco. Era una pequeña fisura, apenas perceptible, pero la vi. La grieta estaba en sus ojos, en el breve momento en el que los cerró y se le puso tensa la piel. Ahí. Ahí estaba el toque de humanidad que solo había visto dos veces antes, cuando Kent murió y, por extraño que pudiera parecer, cuando descubrió que yo era Nadia en realidad.

Si Grayson fuera James o Zoe o un canguro rabioso, me habría levantado y le habría dado un abrazo. Pero se trataba de Grayson, y si lo hacía, tenía la sensación de que no lo apreciaría y me arrepentiría.

Eso no significaba que no pudiera empatizar desde una distancia segura.

—Te habría hecho reír. Me habría hecho reír —terminé, con un nudo en la garganta—. Sé que no lo conocí mucho, pero yo también lo echo de menos.

Con la mandíbula tensa, Grayson asintió con brusquedad.

—Kent fue el primer humano que conocí.

—¿Lo conociste desde que eras pequeño?

Luc me había explicado que algunos de los Luxen que habían estado aquí antes de la invasión vivían en comunidades, algo así como barrios, y rara vez, o nunca, se relacionaban con el mundo exterior humano. Puede que la gente común y corriente pensara que esas comunidades «extrañas» eran simples sectas o algo parecido.

Teníamos una capacidad asombrosa para encontrar respuestas lógicas a lo ilógico.

Un momento.

Ya no podía incluirme en ese *nosotros* del que formaba parte la humanidad.

La mirada de Grayson volvió a la mía, con una intensidad inquietante.

—Conocí a Kent cuando tenía dieciséis años.

Al repetir en mi cabeza lo que había dicho, sumé dos más dos, añadiendo esa mirada que me estaba dirigiendo, y terminé con un «Madre del alien hermoso, Grayson era uno de los invasores...».

Unos dedos fantasmales me danzaron sobre la nuca, la sensación me sobresaltó lo suficiente como para estirar la mano y golpearla contra mi piel. No me recibió nada más que carne. Miré por encima del hombro.

La puerta se abrió y todos los pensamientos sobre lo que Grayson podría haber admitido se desvanecieron. El hermano de Daemon salió, y aunque la mitad de su rostro estaba en sombras, no había duda de la tensión que se reflejaba en las facciones de Dawson.

Se me tensó cada músculo del cuerpo, los labios y la lengua incapaces de formar las palabras que quería pronunciar.

Por suerte (y ni de broma pensaba admitir esto nunca), Grayson estaba allí y no tenía ningún filtro en absoluto.

—¿Siguen vivos?

Miré a Grayson con los ojos muy abiertos.

Vale, quizás no estaba tan agradecida por su falta de tacto.

Dawson debía de estar acostumbrado al otro Luxen, porque lo único que hizo fue asentir y decir:

—De momento, sí.

No fue exactamente la mejor de las respuestas, pero tampoco era la peor.

—Daemon está cuidando de Kat, y Luc está ahí para el bebé. Tengo que ir a ver a Ash. Zouhour la está cuidando —explicó. No tenía ni idea de quién era—. Normalmente se despierta a esta hora con ganas de un vaso de agua y...

Buscando a su papá.

Empezó a pasar el garaje y después se detuvo.

—El parto de Beth tampoco fue fácil. —Su voz estaba llena de grava, del tipo que puede herir—. Está ahí con Kat. Creo que la está ayudando, ya sabéis, ver a Beth. Es un recordatorio de que alguien más pasó por lo mismo que está pasando ella y que salió bien.

No sabía si eso ayudaba o no, pero asentí y entonces me di cuenta de que Dawson no podía verlo de espaldas a mí.

—Creo que sí.

—Sí. —Su voz apenas superaba un susurro, con las manos aferradas a los costados, y yo sabía que tenía que estar fuera de sí de miedo por su hermano y por Kat—. Ahora vuelvo.

Apoyada en el respaldo del sofá, lo vi desaparecer en la noche. Todos habían pasado por mucho. Sería demasiado injusto, demasiado cruel, llevarse a Kat y a Daemon o al bebé.

—¿Qué crees que ha querido decir con que Luc está ahí para el bebé?

—Lo más probable es que Luc esté evitando que el bebé corra peligro mientras Daemon hace lo mismo por Kat.

—¿Puede hacer eso con la fuente, con un bebé? —¿Un bebé que aún estaba dentro de su madre?

—Luc puede hacer casi cualquier cosa con la fuente —respondió Grayson, y eso me asombró—. Evie.

Sin dejar de mirar hacia donde había desaparecido Dawson, me pregunté por qué no había oído otro grito inducido por el parto.

—¿Qué?

—¿Por qué te estás frotando el cuello?

¿Eso estaba haciendo? Fruncí el ceño. Sip. Seguía haciéndolo a pesar de que la extraña sensación se había desvanecido poco después de la aparición de Dawson. Sorprendida de que se hubiera dado cuenta de eso e insegura de cómo responder, me giré para mirarlo.

—No lo sé. ¿Por qué?

Tenía los ojos entrecerrados mientras me observaba.

—Si eres algo remotamente parecido a una Origin o una híbrida, no te ha dado un calambre en el cuello.

—Eh... —Alargué la palabra—. No. No ha sido eso.

El palito que le sobresalía de los labios se había vuelto a quedar quieto.

—¿Has sentido algo ahí?

Curvando las manos hacia dentro, me encogí de hombros.

—¿Cómo es que no lo sabes? —Dio un paso hacia mí.

El recelo volvió, filtrándose en mí.

—¿Y a ti qué te importa?

—Sabes que los Luxen pueden sentir a otros Luxen, ¿verdad? —dijo—. Los híbridos siempre saben dónde está el que los mutó. Los Origin perciben a ambos y sienten cuando un Arum se acerca. La proximidad de cuando sienten al otro varía de Luxen a Luxen, de Origin a Origin, de híbrido a híbrido. Pero cuando un Origin o un híbrido sienten la presencia de un Luxen, dicen que es como el tacto de unos dedos invisibles a lo largo del cuello o entre los hombros.

Estaba siguiendo lo que me estaba diciendo, pero de repente me sentí rara. No por unos dedos fantasmas o unas telarañas en el cuello, sino como si mi cuerpo se moviera aunque yo estuviera segura de que no.

¿Se estaba moviendo el sofá?

—Tendría sentido —estaba diciendo Grayson mientras yo apoyaba las manos en el sofá. Nop. Parecía que estaba firme—. Lo has sentido justo antes de que entrara en el garaje, ¿verdad? Te he visto mover los hombros como si algo se estuviera arrastrando sobre ti, y justo ahora, has mirado hacia esa puerta en el mismo momento en el que he sentido que Dawson se estaba acercando.

—Espera. —Eso captó mi atención, e hice la pregunta menos importante posible—. ¿Me estabas observando?

—Siempre estoy observando. —Soltó esa bomba como si acabara de admitir que le gustaba tomarse el té por la tarde.

—Vale. Eso es lo más espeluznante que...

Un súbito zumbido me recorrió mientras toda la cochera parecía girar a mi alrededor.

Me puse en pie a trompicones y me llevé la mano a la cabeza. Por un segundo, fue como si me inclinara hacia el extremo derecho, pero me mantuve erguida. Cerré los ojos. Mal movimiento. Había sido una idea horrible, terrible, la peor idea posible que se me podía haber pasado por la cabeza. El mundo entero pareció tambalearse.

Grayson estaba de repente a mi lado.

—¿Estás bien?

¿Lo estaba? El corazón me golpeaba las costillas. Tragando saliva, respiré de forma superficial mientras miraba... ¿los vaqueros de Grayson? Estaba doblada por la cintura. ¿Cuándo había ocurrido eso?

—Sí, estoy bien. —Parpadeé, y el mareo desapareció tan rápido como había aparecido. Al menos eso creía. Me enderecé y dirigí la mirada hacia la mano de Grayson, que yacía sobre mi hombro.

Grayson me estaba tocando.

Él nunca me tocaba.

Bueno, hubo una vez en la que dispararon a Luc y mi cráneo tuvo un encuentro cercano y personal con el techo de un todoterreno. Grayson nos había curado a Luc y a mí, lo que significaba que era probable que hubiera tenido que tocarme para hacerlo. Pero a pesar de lo que decía Luc, estaba segura de que había amenazado a Grayson con graves daños físicos para conseguir que me curara.

Grayson vio lo que estaba mirando y echó la mano hacia atrás como si estuviera ardiendo. Así de cerca, sus ojos eran como el cielo antes de una tormenta.

—¿Me estás tomando el pelo?

Di un paso atrás. No podía creer que se le hubiera ocurrido preguntarme eso.

—Ah, sí. Ya sabes, pensaba que no teníamos bastante, así que he creído que tal vez debería fingir que me había puesto enferma.

Se le curvó el labio.

—No me sorprendería.

Ignorando el comentario y preguntándome cómo había podido pensar que Grayson tenía algo de humanidad, agarré de un tirón la colcha del suelo.

—Después de todo, ahora no eres el centro de atención. —La voz de Grayson era tan venenosa como una víbora—. ¿Estás tan necesitada que tienes que fingir...?

—Tienes mucha suerte de que ya no tengas metida en la boca esa estúpida piruleta, porque te juro que te la metería hasta la garganta.

Grayson se rio mientras se le curvaban los labios en una sonrisa burlona.

—¿Debería preocuparme ahora? —preguntó, recordando lo que había dicho Luc cuando estábamos entrenando—. ¿O lo de antes ha sido un golpe de suerte? Si no recuerdo mal, solo han hecho falta cien intentos para que movieras el cartón.

No había necesitado cien intentos. Más bien un par de decenas.

—Ya veo. —Sus rasgos se volvieron pétreos—. Aparte de quedarte ahí y hacer que maten a otras personas, no hay mucho que puedas hacer cuando de verdad importa, ¿cierto?

Inspirando de manera agitada, me alejé un paso más de él, sus palabras eran como un cuchillo clavado en el pecho. Lo miré fijamente.

—Mierda —murmuró Grayson, apartando la mirada—. No he querido decir...

—Pero lo has dicho. —Tiré la colcha en el sofá. Apartándome de él, comencé a caminar. No sabía a dónde iba. Tal vez a la casa. Tal vez seguiría caminando. Lo único que importaba era alejarme de Grayson, porque había muchas probabilidades de que, si me quedaba allí, sí que tuviera que preocuparse.

Porque me sentía aún más rara.

Como si estuviera mal.

Nerviosa, como si me zumbara la sangre y la piel. Sentía pinchazos en los dedos de los pies y subían deprisa por las piernas. Esto era más que antes, y se trataba de la fuente. La sentía palpitar en el centro del pecho. Una fina capa de sudor me salpicaba la frente.

Grayson estaba de repente delante de mí.

—Evie...

—Muévete —murmuré, o al menos eso creí.

El aire cambió, no, la temperatura de mi cuerpo cambió. Me invadió el fuego y, sin embargo, tenía frío, me estaba congelando, y mis ojos...

Algo les pasaba.

Grayson parecía como si estuviera rodeado por un maldito arcoíris. Un prisma de colores le rodeó todo el cuerpo durante unos segundos antes de volver a la normalidad, iluminado por el resplandor de las luces solares.

Y no, eso no estaba nada bien.

Mis pasos eran espasmódicos, temblorosos, mientras movía a ciegas un brazo para rozar el toldo, y el material se partía como si lo hubiera atrapado un viento huracanado.

No podría decir siquiera si lo había tocado, porque mi piel estaba... No podía sentir mi piel.

Con el corazón atronando y el pulso por las nubes, inhalé, pero era como respirar a través de una pajita atascada. Me llevé la mano al pecho y sentí que el corazón me latía deprisa, demasiado deprisa. Quizás no era la fuente. Tal vez fuera un ataque de pánico. Yo nunca había tenido uno, pero Heidi solía tenerlos cuando era más pequeña, antes de que yo la conociera. Una vez me los describió, y sonaban muy parecidos a esto: como si todo mi cableado interno sufriera un cortocircuito y todo mi cuerpo estuviera fuera de control.

Llegué a la mitad del camino oscuro cuando me golpeó.

Un mareo impresionante y arrollador estalló y me recorrió el cuerpo en una poderosa oleada que me arrastró hacia abajo, hundiéndome.

No sentí el duro impacto contra el suelo. No sentí ni vi nada, pero oí que Grayson me estaba llamando. No pude responder. Ni cuando la voz de Luc sustituyó a la suya. Ni siquiera cuando oí a Luc rogarme que abriera los ojos.

Me había ido.

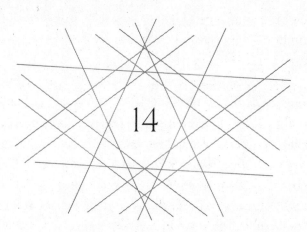

14

«Evie».

Oí que decían mi nombre con distintas voces y en momentos diferentes. Creí reconocer algunas, y la voz de Luc era la que más oía. A veces solo era él diciendo mi nombre, otras veces me hablaba, manteniendo una conversación unilateral.

—Zoe está preocupada por ti, Melocotón. Todos lo están, incluso Grayson.

¿Grayson? Parecía mentira, pero ¿por qué iba a preocuparse alguien? Tenía tanto sueño que no me daba la cabeza para entenderlo, solo estaba cansada y necesitaba dormir. No había nada por lo que preocuparse.

—Tienes que despertarte, Evie. —La voz de Luc era un susurro sedoso y cálido en la oscuridad tranquilizadora—. Abre esos ojos preciosos tuyos para mí. Por favor.

Quería hacer lo que me pedía, porque Luc no era de los que suplicaban por nada ni por nadie, pero no estaba preparada y los sueños me llamaban.

Y soñé que estaba en casa.

Atravesé el tranquilo salón que olía a manzanas crujientes y especias de calabaza, atraída hacia la cocina.

De espaldas a mí, ella se sentó en la isla de la cocina, con el pelo rubio recogido en una coleta y una blusa blanca sin ningún rastro de arrugas, por imposible que pudiera parecer.

Ella.

Sylvia Dasher.

Luxen.

Creadora.

Traidora.

Mamá.

Me había detenido por completo, incapaz de moverme mientras me quedaba mirándola con el corazón desbocado al mismo tiempo que una mezcla de emociones estallaba en mi interior. La ira estaba ahí, como un veneno. También la confusión, porque sabía que estaba soñando, pero esto parecía un recuerdo, y debajo de esas emociones desordenadas y explosivas también había felicidad. A pesar de todo lo que sabía y de todo lo que esta mujer había hecho y mentido, me alegré de verla. Sentí alivio.

Le daba sorbos a una taza mientras pasaba las páginas de un libro que yo no podía ver, y me di cuenta de que ahora olía a café rico y más.

Café. Manzanas. Especias de calabaza.

Hogar.

Dispuesta a mover las piernas, di otro paso y me detuve. Algo en la mesa del comedor me llamó la atención. Había un ramo de flores en el centro, lirios blancos en un jarrón transparente, flanqueado por dos velas cónicas en soportes de hierro. Nunca había habido flores allí. Lo recordaría, porque a mi madre no le gustaban las flores. Una vez dijo que no le gustaba ver morir algo bonito.

Mi mirada se desvió hacia la pared. De ella colgaba un cuadro desconocido. Un paisaje montañoso en blanco y negro. Despacio, volví a centrarme en ella. Casi temía que, si hablaba, se desvanecería, volvería adondequiera que fueran a parar los muertos.

Di un paso adelante y volví a detenerme. Había una pequeña mancha redonda donde algo había ensuciado el suelo de madera. Lo habían limpiado, pero no con la suficiente rapidez.

—*No te preocupes por el suelo. Lo cambiarán pronto y será como si nada de eso hubiera pasado.*

Levanté la cabeza y contuve la respiración.

Mi madre inclinó un poco la barbilla hacia la derecha.

—*Estaba esperando a que me hicieras compañía.*

Apreté los ojos y se me saltaron las lágrimas. Era su voz. Cálida. Tranquila. Cada palabra pronunciada como si la hubiera pensado. No se parecía en nada a la última vez que la había oído.

Esa mujer era una mentirosa, y a saber si algo de lo que decía era verdad, pero era mi madre.

—*Ven a sentarte conmigo* —dijo—. *Ya es hora.*

Respirando de forma entrecortada, pregunté:

—¿Hora de qué?

Dio palmaditas en el taburete de al lado con una mano pálida.

—*No voy a hacerte daño. Te lo prometo.*

El aire frío se agitó cuando un cuerpo rozó el mío, silenciándome antes de que pudiera responder. Sobresaltada, me giré y sentí que el suelo se caía bajo mis pies.

Una chica rubia avanzaba despacio, como si cada paso requiriera un esfuerzo. Su pelo caía hasta una cintura tan estrecha que estaba segura de que se podría abarcar con dos manos. Estaba delgada, demasiado delgada. La sencilla camiseta negra colgaba de unos hombros y unos brazos tan frágiles y delgados que parecían que pudieran romperse con un chasquido de muñeca. Las piernas, sin grasa ni músculos, parecían sostenerla a duras penas. No se trataba de una persona delgada por naturaleza con un metabolismo hiperactivo. Era una persona que estaba enferma.

Una persona que se estaba muriendo.

Y era yo... cuando era más joven, cuando me llamaba Nadia.

Con los ojos muy abiertos, la vi sentarse en el taburete, con los brazos cruzados en la cintura y los hombros encogidos, pero se enfrentó a la mirada de mi madre sin miedo.

La confusión me inundó mientras miraba fijamente a mi madre y a la versión más joven de mí. ¿Era un sueño o un recuerdo?

—*Él había prometido que no le haría daño a Luc, pero lo ha intentado de todos modos* —afirmó ella, con la mandíbula increíblemente pálida y tensa—. *¿Por qué iba a confiar en ti?*

—*Porque he cumplido mi promesa* —respondió mi madre.

La versión moribunda de mí se rio, se rio en sus narices, y creo que desarrollé un flechazo hacia mí misma, que era tan raro como sonaba.

—*Ninguno de vosotros dice la verdad.*

—*¿Y quién crees que no dice más que mentiras?*

—*Dédalo. No me estáis salvando la vida porque tengáis debilidad por las chicas enfermas. Queréis controlarlo a él, y yo soy una forma de hacerlo.*

—*Y aun así Luc te ha traído hasta aquí. Aun así te ha dejado aquí.*

—*Eso es porque es idiota.*

Parpadeé.

Mi madre se echó a reír, aunque el sonido me resultó doloroso y familiar.

—*No, es porque te quiere, aunque todavía no sepa lo que eso significa. Está dispuesto a hacer cualquier cosa para darte una segunda oportunidad de vivir.*

—*Como ya te he dicho, es idiota.* —Levantó la barbilla—. *Y no hay nada que puedas decir o hacer que me haga confiar en ti.*

Esa era yo.

La audacia de sus palabras y de su mirada me hizo sonreír. Ella no tenía miedo.

Yo no había tenido miedo.

Empoderada por cómo era antes, me dirigí hacia el final de la isla y mi mirada se posó primero en mi madre. Estaba mirando a Nadia, pero ese era su perfil, su rostro, las tenues líneas que le marcaban la piel en las comisuras exteriores de los ojos el único signo de la edad.

Sylvia Dasher era guapa de una forma clara. Pelo liso hasta la barbilla del color del champán. Rasgos altos y angulosos y piel pálida desprovista de maquillaje. Podía contar con una mano las veces que la había visto llevar máscara de pestañas y pintalabios. Sin duda, era Sylvia.

Entonces miré a Nadia, y me vi de verdad por primera vez. Vi mis rasgos en la forma de su cara. Pero estaba muy pálida, las pecas resaltaban con claridad y las sombras debajo de los ojos parecían moretones. Tenía los ojos hinchados, como si hubiera llorado hacía poco, y creí saber el motivo. Luc la había dejado aquí. Me había dejado aquí. Se me encogió el pecho. El agotamiento se le aferraba a la boca y sus labios tenían un ligero tinte azulado. Respiraba con dificultad, como si necesitara hinchar los pulmones con toda su fuerza.

¿Cuánto tiempo más habría vivido si Luc no me hubiera traído aquí? Seguro que meses no, ni siquiera semanas. Tal vez solo días. Así de cerca había estado de morir.

—Lo harás —dijo mi madre después de un largo momento, y casi sonó triste, resignada. Golpeó el libro con el dedo—. Mira esto.

Arrugando las cejas, hice lo que me pedía, y lo mismo hizo Nadia con la misma expresión que la mía. No era un libro lo que descansaba sobre la isla. Era un álbum de fotos, y el dedo de mi madre estaba sobre la foto de una niña rubia sentada detrás de una tarta de cumpleaños. Una vela proclamaba con orgullo el número ocho. Sonreía a la cámara, con una sonrisa grande y feliz.

Era la foto de Evelyn Dasher.

La de verdad.

—Te pareces mucho a ella —comentó mi madre—. Podríais haber sido hermanas.

Nadia se inclinó un poco y se le abrieron los ojos de par en par al mirar la foto.

—Eso es... perturbador.

Sí. Sí que lo era.

Despacio, Nadia levantó la mirada y retrocedió, poniendo todo el espacio que pudo entre ella y mi madre.

Me alegraba saber que mi antigua versión de mí estaba tan alucinada como yo cuando encontré el álbum de fotos.

—La primera vez que te vi, no podía mirarte. Era demasiado duro cuando todo lo que veía era a mi Evie. —Sylvia apretó los labios y luego aflojó poco a poco la mandíbula—. Murió en un accidente de coche. Hace tres años.

Nadia se quedó mirando la foto.

—Puede que no fuera mi hija de sangre, pero yo era su madre en todos los aspectos importantes. —Se le tensaron los hombros y pasó la página—. *Tu parecido es increíble. Sabía que por eso te había elegido él.*

Que por eso me había elegido él.

Nadia alzó la mirada, observándola durante varios segundos antes de preguntar:

—*¿Cuándo fue la primera vez que me viste?*

Contuve la respiración.

—*Hace mucho tiempo* —respondió ella.

Exhalé con dureza, preguntándome si era posible hiperventilar en un sueño, si es que esto era siquiera un sueño. Si mi madre me había visto mucho antes de que acudiera a ellos con Luc, entonces...

—*Esto ha sido una trampa desde el principio* —le recriminó Nadia, con pequeñas gotas de sudor salpicándole la frente—. *¿Cómo? ¿Cómo has...?*

—*Hay muy pocas cosas que Dédalo no pueda hacer, Nadia. Luc lo sabe mejor que nadie.* —Mi madre se alisó con una mano un mechón imaginario de pelo fuera de su sitio, una costumbre que hizo que se me encogiera el corazón—. *¿Recuerdas cómo encontraste a Luc?*

Los pálidos labios de Nadia se apretaron mientras miraba con rebeldía a Sylvia.

—*Le contaste a Luc que te habías escapado de tu padre cuando se desmayó una noche* —continuó, mirando fijamente a Nadia—. *¿Por qué le mentiste?*

La sorpresa se apoderó de mí al ver la misma emoción bailar por las mejillas sonrojadas de Nadia.

—*Tu padre era muy bueno ocultando quién era* —dijo mi madre—. *Alan fue una vez un soldado con el tipo de medallas que solo la valentía podía ganar.*

Conocía a mi padre... ¿a mi verdadero padre? Y tenía un nombre. Mi verdadero padre tenía un nombre. Alan.

—*Fue a la guerra en el extranjero con Jason, luchó codo con codo con él. Jason lo consideraba un amigo, pero no sabía quién era Alan en realidad. No creo que muchos supieran qué clase de monstruo había bajo la máscara que llevaba cuando tu madre aún vivía.*

Sentí que necesitaba sentarme.

—*¿Por qué no le dijiste la verdad a Luc?* —preguntó—. *Una vez que supiste lo que era y de lo que era capaz, sabías que en cualquier momento podría meterse en tu mente y llevarse esos secretos.*

Nadia estuvo callada durante mucho tiempo.

—*No pensé en ello cerca de él.* —Su voz apenas era un susurro—. *No pienso en ello.*

—*Claro que no.* —La compasión suavizó el tono de mi madre y, como una tonta, quise creer que era genuina—. *Te estabas protegiendo de un monstruo.*

—*Sé lo que era* —espetó Nadia mientras su delgado pecho subía y bajaba con rapidez—. *Sé lo que quería. Iba a venderme a...*

—*Si hubiéramos sabido lo que estaba haciendo tu padre, habríamos intervenido antes. No habríamos...*

—*¿Intentado comprarme como si fuera un trozo de carne?* —Las lágrimas nublaron los ojos de Nadia—. *¿Porque fue a él a quien vi hablando con mi padre fuera? ¿Fue Jason Dasher quien vino a casa aquella noche? No pude oír su voz ni verlo en realidad, pero era él, ¿verdad?*

Sylvia asintió.

—*Mi padre... me dijo que me iba a vender a él. Que por fin valdría...* —Respiró hondo—. *Dijo que era nuestra última noche y supe que esta vez no pararía.*

Ay, Dios.

Un nudo de náuseas se alojó en mi garganta.

—*No podía soportarlo. Simplemente no podía.* —Sus pequeñas manos se cerraron en puños temblorosos—. *Cuando me sujetó, ni siquiera sé cuándo agarré el cuchillo.* —Nadia cerró los ojos—. *Ni siquiera recuerdo... habérselo clavado. Había mucha sangre y corrí. Esa parte no era mentira.*

Mierda.

Nadia mató a su padre.

Yo maté a mi padre.

—*Se merecía algo mucho peor que eso* —contestó mi madre—. *Pronto no tendrás que volver a preocuparte por esos pensamientos.*

Nadia la miró entonces, con los ojos marrones algo desenfocados pero llenos de una voluntad férrea y una inteligencia aguda. No era ninguna tonta.

—¿El chico con el que me crucé dos días después, junto al parque con todos los patos? —La voz de Nadia se volvió áspera—. *Fue él quien me habló de Paris y del club El Heraldo. Me dijo que Paris tenía debilidad por los chicos de la calle. Que allí podría comer algo. Ese chico... no fue una casualidad, ¿verdad?*

—No, no lo fue. —Sylvia sonrió un instante—. *Necesitábamos que conocieras a Luc. Paris no es el único que tiene un corazón blando cuando se trata de cosas rotas.*

Nadia soltó una carcajada ahogada.

—¿Qué es Dédalo? ¿Un Tinder psicótico? ¿Qué habrías hecho si Luc me hubiera echado? Al principio me odiaba. Me dijo que olía y parecía un personaje de La pandilla basura.

Sonaba como algo que Luc diría.

—*Habríamos buscado a otra persona, pero eso es irrelevante, porque no lo hizo. Te acogió y te hizo suya.*

Habrían encontrado a otra persona, lo que confirmaba lo que ya sospechaba. Habrían seguido poniendo gente en el camino de Luc, pequeñas bombas de relojería esperando a ser explotadas.

El color rosado de sus mejillas, antes pálidas, se acentuó.

—*Supongo que habéis...* —Una tos ruidosa le sacudió todo el cuerpo—. *Supongo que habéis tenido suerte con lo del cáncer.*

Sylvia se volvió hacia el álbum de fotos y sus dedos recorrieron la foto de Evie.

—*La suerte no existe, Nadia.*

Separé los labios. No. Era imposible que quisiera decir lo que yo creía. Dédalo no podía provocarle cáncer a la gente.

Pero podían tomar ADN alienígena y mezclarlo con el de los humanos. Podían crear especies enteras y utilizar tecnología que la gente común ni siquiera sabía que existía. Eran capaces de todo.

—Evie, necesito que te despiertes.

El extraño sueño se agitó sin previo aviso, las encimeras grises y los armarios blancos se desvanecieron hasta que todo se volvió negro. Duró segundos, tal vez minutos. No había noción del tiempo, y después todo volvió a estar enfocado.

—¿*Por qué me estás contando esto?* —preguntó Nadia con una mueca de dolor mientras se revolvía en el taburete—. *¿Porque el suero no funciona y voy a morir de todos modos? Si eso ocurre, Luc se enterará. Os matará.*

—*El suero ha funcionado, Nadia, y es por eso. Te vas a poner muy enferma muy pronto. Ya estás empezando a sentir los efectos. Puedo ver la fiebre en tu piel. Seguro que te están empezando a doler las articulaciones.*

Nadia se estremeció.

—*La fiebre empeorará y sentirás que te mueres. Yo voy a asegurarme de que eso no ocurra.* —Mi madre cerró el álbum de fotos—. *Y entonces comenzará una nueva vida.*

Una sensación de horror apareció en los ojos llorosos de Nadia.

—*Me vas a mutar.*

Mi madre no respondió.

Otro temblor recorrió el cuerpo de Nadia, que se alejó de la isla y se giró como si fuera a correr, pero solo avanzó un metro antes de doblarse y perder el equilibrio.

En un acto reflejo, me moví, pero mi madre reaccionó a la velocidad de una Luxen y atrapó a Nadia antes de que se cayera al suelo. Le apartó el pelo de la cara y la puso de rodillas con cuidado. Y lo hizo justo a tiempo.

Todo el cuerpo de Nadia sufrió un violento espasmo y luego vomitó una bilis azul negruzca que brillaba. Sabía lo que eso significaba. Estaba mutando.

Yo estaba mutando.

—¿*Qué me has...?* —Nadia se agitó de nuevo, con lágrimas cayéndole por el rostro. Se le tiñeron los labios de negro—. *¿Qué me has hecho?*

—*Te he salvado la vida* —susurró mi madre, arrodillándose junto a Nadia. Le tendió la mano, pero Nadia rehuyó el contacto—. *No volverás a ponerte enferma, Nadia. Te pondrás mejor y luego te volverás más fuerte.*

Nadia se miró las manos, le temblaba el cuerpo mientras las venas bajo su piel se entintaban.

—*La razón por la que te he contado todo esto* —continuó mi madre— *es porque con el tiempo no recordarás nada de nada. No recordarás haber estado aquí como Nadia. Ni siquiera recordarás a Luc.*

Nadia levantó la cabeza.

—*No.*

Sylvia asintió.

—*Lo siento.*

—¡*No!* —gritó—. *No puedes hacer eso. No puedes quitarme mis recuerdos. No lo olvidaré.*

Sylvia no dijo nada mientras se me partía el corazón. Ella lo olvidaría. Lo olvidaría a él y todo esto.

—*No lo olvidaré.* —La cabeza de Nadia se sacudió mientras su espalda se inclinaba, el ángulo no era natural—. *No lo olvidaré. No...*

Gritó mientras se le retorcían los brazos y el cuerpo se le doblaba como si todos los huesos se hubieran convertido en líquido. Su cabeza se inclinó hacia un lado y yo jadeé.

Nadia miró directamente hacia donde yo me encontraba, con el blanco de los ojos negro como una mancha de aceite.

—*No lo olvides.*

El abismo vino a por mí y me aferró con fuerza hasta que una voz nueva, una con la que no estaba familiarizada, me sacó de los recovecos del sueño. Sumida en un estado de semiinconsciencia, no estaba segura de si seguía soñando o no.

La mujer hablaba en voz baja, así que solo oí partes de lo que dijo, y no tenía mucho sentido.

—Está igual que anoche. Sus constantes vitales están, bueno, están perfectas. Como una atleta en su mejor momento. —Su voz se apagó solo para volver en el mismo tono tranquilo y calmado—. Lo único que puedo decir es que está durmiendo.

—Es imposible que solo esté durmiendo.

Luc.

Sin duda era Luc, y había un fuerte deje de preocupación junto con un afilado deje de rabia. Quería decirle que no pasaba nada, porque así era, pero sentía que los huesos me pesaban como si fueran plomo.

—Lo sé, pero no hay ninguna razón física que pueda determinar que explique por qué no... —La voz de la mujer se desvaneció mientras yo volvía a sumirme en un sueño más profundo y en sueños más extraños.

Unos destellos de imágenes se formaron con una claridad cristalina antes de desvanecerse y desaparecer de mis recuerdos. Otros perduraron y se convirtieron en sombras en mi mente.

Y me encontré de pie en una ciudad de acero que albergaba siglos de recuerdos y millones de voces, pero que ahora estaba en silencio. Ante mí, un mar de taxis amarillos y coches negros estaban desocupados, con las puertas cerradas y los motores apagados. Los escaparates y los hoteles estaban en silencio y sin luz. Se me erizaron los vellos de todo el cuerpo, electrizados por las corrientes de energía en el aire, en las corrientes de energía que me crepitaban sobre los nudillos, luz perfilada en sombras.

Posé la mirada en el asfalto agrietado y roto. Charcos de líquido de color rubí se filtraban por las grietas, zumbando con rabia y poder. Por encima y alrededor de mí, la ciudad temblaba. Edificios altos como montañas colapsaron. El cemento y los ladrillos se convirtieron en cenizas que brillaban como luciérnagas. Los edificios se derrumbaron en gritos que sabían a metal. Fuego del color de la noche cubrió un cielo que ya no podía sostener el sol.

La frialdad se filtró en el mundo.

El poder que irradiaba de mí era un calor helado.

—Abre los ojos y háblame.

Su voz atravesó los sueños, abriendo un agujero del tamaño de un alfiler en las llamas negras ondulantes, y una brillante luz de diamante apareció como una estrella en una galaxia lejana. Pasó el tiempo, y entonces su voz extendió ese pequeño agujero. La luz creció.

—Si el mundo fuera un pañuelo, tú serías mi moco preferido.

—La voz de Luc chocó con los sueños de ciudades cayendo, y la luz blanca se extendió.

Su voz era más cercana.

—Este te va a encantar. Mi médico dice que me falta vitamina T y U.

El agujero se ensanchó y sentí el cálido contacto de sus dedos contra mi mejilla, la fuerte curva de su brazo alrededor de mi cintura mientras más allá, en la ciudad, los carteles publicitarios se evaporaban y las pantallas gigantes se resquebrajaban antes de convertirse en polvo brillante. Las catedrales se derrumbaban con rapidez. El mundo se desmoronó a mi alrededor hasta que no quedó más que el enorme agujero de luz crepitante y deslumbrante y la sensación cálida y dura del cuerpo de Luc apretado contra el mío.

Nos quedamos así un rato, atrapados entre la nada del sueño y la vida que existía más allá.

—Ya es hora.

Al girarme hacia la voz, me vi allí de pie, con una camiseta que me quedaba grande. Una camiseta negra en la que aparecía un ovni abduciendo a un tiranosaurio rex. Tenía que ser una camiseta sacada directamente del armario de Luc. El viento levantaba los mechones de pelo rubio en la imagen de mí, pero donde yo me encontraba, el aire estaba estancado.

—¿Hora de qué? —pregunté una vez más.

La tinta florecía bajo sus ojos como sombras, y sus ojos eran la noche más oscura iluminada por un relámpago, y lo mismo ocurría bajo su piel, la red de venas era un caleidoscopio de oscuridad y luz de luna.

Ella era poder.

Sangraba muerte.

—Ya es hora de acabar con esto. —Levantó una mano y señaló el suelo, a una loma cubierta de hierba que no había estado allí antes, al chico que estaba allí, un dios de pelo color bronce y con un enorme poder.

—¿Luc? —susurré.

Despacio, se volvió hacia mí, hacia nosotros. Todo su cuerpo, sus venas, se iluminaron desde dentro. La luz se derramó en el aire a su alrededor, crepitando y chisporroteando con el poder de la fuente. Sus pupilas eran los diamantes más afilados, brillantes y fríos, y no me miraba a mí, sino a la versión de mí que no era su igual, algo más mortífero y mucho más poderoso.

—Nunca —juró.

Esa sola palabra fue un puñetazo en el pecho y me desmoroné. Haciéndome añicos y rompiéndome en un millón de pedazos diminutos que se dispersaron hasta que me convertí en parte de la ciudad muerta y de las relucientes cenizas que caían al suelo en ruinas.

Y entonces ya no era nada.

No tenía recuerdos. Ni vista. Ni sonido. Ni sentido del ser, y me deslicé más lejos, hacia la nada, hacia donde los sueños que parecían recuerdos y las pesadillas de ciudades destruidas no podían alcanzarme. Me quedé durante una eternidad.

Entonces, oí de nuevo la voz de Luc y lo oí llamarme con una palabra.

«Nadia».

15

Poco a poco fui consciente del cuerpo que tenía a mi lado, notando primero el peso de un brazo enroscado alrededor de mi cintura, después la maraña de piernas y finalmente el muslo metido entre los míos. Solo unos segundos más tarde, fui consciente del sólido pecho apretado contra el mío y de la suave y constante respiración contra mi cabeza.

Entonces sentí, contra mis labios, una piel cálida.

El corazón me dio un vuelco y luego se aceleró en señal de reconocimiento. Mi alma conocía su tacto y su peso, el sabor y el aroma de su piel, porque siempre lo había conocido, incluso cuando yo no lo había sabido.

Luc.

Me estaba abrazando como si yo fuera el tesoro más preciado del universo.

Me concentré en cada una de sus respiraciones hasta que mi cuerpo pareció encontrarse con el suyo de forma natural, siguiendo el ritmo. El suyo era profundo y constante, pero no estaba dormido. Lo sabía porque su mano me recorría el centro de la espalda, que subía y bajaba por mi columna vertebral. Cada pasada de su mano hacía que la piel de mi espalda zumbara de un modo agradablemente molesto.

Inspirando hondo, tomé una bocanada de aire más profunda y prolongada y me dispuse a abrir los ojos.

No pasó nada.

No tenía ni idea de por qué, pero volví a intentarlo con el mismo resultado. Pensando que podría mover otra parte de mi cuerpo, probé con las manos. Resultó que mis brazos estaban cruzados contra un vientre duro, así que no fue posible.

¿Debería preocuparme de que moverme estuviera resultando tan difícil? Seguro que sí. Pero aparte de que mis músculos no respondían a las órdenes que enviaba mi cerebro, me sentía bien. Bueno, eso era bastante importante. Tal vez necesitaba empezar con algo pequeño.

Los dedos de los pies.

Y alabado sea el Señor, ¡sí que podía moverlos!

Aproximadamente cinco segundos después, casi me arrepiento de mi hazaña.

Alfileres y agujas subieron por mis piernas en una rápida sucesión. Quise dejar de mover los dedos de los pies, pero no lo conseguí. El torrente de sensaciones se calmó unos segundos más tarde. Confiada en mis progresos, flexioné el pie.

La mano de Luc se detuvo, apretándome la camiseta bajo su agarre, y contuvo el aliento contra la parte superior de mi cabeza.

—¿Evie? —La forma en la que pronunció mi nombre estaba llena de esperanza contenida, pero sonaba como si viniera del otro lado de la habitación.

¿Todavía tenía los oídos dormidos?

Vale, eso ha sonado a otro nivel de idiotez.

Conseguí mover los labios, murmurando su nombre contra la piel de su garganta.

Luc se movió, echándose hacia atrás hasta que se formó una abertura entre nuestros pechos y el aire fresco se deslizó en el espacio.

—¿Evie? —Un momento después, sentí que su mano abandonaba mi espalda para posarse en mi mejilla—. ¿Has vuelto a mí?

¿Volver de dónde? Había estado durmiendo y soñando cosas raras, sueños que parecían recuerdos, pero ahora estaba preocupada. No era solo que tuviera los ojos pegados y los miembros lacios, sino que ahora recordaba haber oído su voz mientras dormía. Entonces estaba preocupado, pero ¿ahora? Parecía desesperado.

Y Luc nunca sonaba desesperado.

Necesitaba despertarme y averiguar qué narices estaba pasando. Odiaba cómo sonaba Luc. Necesitaba hacer algo más que flexionar el estúpido pie.

Luc se quedó increíblemente quieto durante unos instantes y luego se estremeció.

—No pasa nada. —Me deslizó el pulgar sobre la línea de la mandíbula, la caricia como una marca en mi piel—. Estoy aquí esperándote, pero, Melocotón, por favor, no tardes mucho más. Te echo de menos.

La presión me oprimió el pecho mientras pensaba: «Yo también te echo de menos».

Sacudió la mano contra mi mejilla, y sentí que se movía de nuevo como si estuviera medio sentado.

—¿Evie?

Intentando responder y fracasando una y otra vez, estaba empezando a ahogarme de frustración. ¿Por qué era todo tan difícil?

—Dios —dijo en una áspera exhalación—. Tengo tantas ganas de oír tu voz que me la estoy imaginando en mi cabeza. Me estoy volviendo loco.

Quería que supiera que estaba bien. Bueno, más o menos bien. Todo esto de no despertarme podía suponer algo malo, pero estaba bien. Solo había estado durmiendo...

Espera.

Los recuerdos tardaron en formarse. No me quedé dormida sin más. Había estado con Grayson mientras esperaba noticias de Kat y su... Madre mía, ¿había tenido Kat a su bebé? ¿Estaba bien? Vale. Necesitaba poder despertarme para averiguar la respuesta a eso, así que poquito a poco. Me había mareado, y había visto extraños arcoíris alrededor de Grayson, y luego no recordaba nada más. Era obvio que me había desmayado. Como no era exactamente humana, no creía que pudiera tener migrañas o convulsiones.

Algo había ocurrido.

¿Así que tal vez estaba un poco comatosa? Mierda, ¿tendría el síndrome de enclaustramiento que había visto en un documental de Netflix? Dios santo, ¿y si...?

—¿Y si te despiertas y te has vuelto a olvidar de ti misma? —Sus palabras eran solo un murmullo, pero me sacaron de mi espiral de pánico—. ¿Y si me has vuelto a olvidar? Es en lo único que pienso. ¿Que todo esto...? ¿Toda la locura, todo lo desconocido y todas las cosas terribles que han pasado? Que seguía siendo demasiado bueno para ser verdad, porque nos conocíamos. Nos teníamos el uno al otro —continuó en un susurro, rompiéndome el corazón de formas que ni siquiera sabía que eran posibles—. Por fin estábamos juntos.

La emoción se me agolpó en el pecho. Me ardía el fondo de los ojos mientras Luc tiraba de mi corazón y lo retorcía en nudos sentimentales.

—Pero aunque te despiertes y no sepas quién eres y no sepas quién soy yo, todo irá bien. Estaré aquí y te ayudaré a recordar. —Me rozó la frente con los labios—. Tengo tanto amor por ti que me desborda. Tanto que será más que suficiente si te despiertas y me ves como un extraño. —La siguiente respiración de Luc sonó tan agitada como se sentía mi corazón—. No importa cómo vuelvas a mí, como Evie o como Nadia o como cualquier otra persona, te seguiré amando como te amo ahora, como te amé ayer y antes de ayer, y eso será suficiente.

«Te seguiré amando».

Aunque no me cabía la menor duda de que Luc me amaba, la conmoción de oírselo decir fue como tocar un cable con corriente. Sus acciones desde la primera vez que lo conocí como Evie gritaban esas palabras aunque nunca las hubiera pronunciado, y las acciones tenían mucho más peso que las palabras bonitas.

En unos pocos latidos, sus palabras se tatuaron en mi piel, fluyeron por mis venas y se grabaron en mis huesos. Estarían ahí para siempre, pasara lo que pasara, de eso estaba segura.

Un pequeño músculo sin nombre se movió a lo largo de mi dedo índice. Era un movimiento tan minúsculo que pasó desapercibido para Luc, pero esa frustración se convirtió en un fuego que forjó una determinación férrea. Superé la pesada fatiga.

—No pasa nada —repitió, con voz cansada y áspera por el cansancio, mientras se acomodaba a mi lado—. Todo irá bien.

Pero no era así.

No cuando sonaba así. Quería hacer que se sintiera mejor. Quería eliminar el cansancio y la preocupación de su voz y de sus pensamientos. Quería que dejara de dolerle y que se riera y sintiera cómo la tensión se liberaba de sus músculos. Quería que me dijera más frases estúpidas para ligar. Y quería ver cómo se movían sus labios cuando decía que me amaba.

Nos habían quitado muchas cosas. Recuerdos, personas que nos importaban y años de tiempo, y que me condenaran si perdíamos más segundos o minutos. Luc haría cualquier cosa por mí (había hecho casi cualquier cosa por mí), y lo menos que podía hacer era abrir los ojos y hablar, joder.

El estallido de ira fue combustible para mi determinación, y cuando volví a respirar, lo hice con más fuerza, más hondo.

Abrí los ojos.

Y me encontré cara a cara con Luc.

Todo en mí se paralizó mientras lo miraba fijamente, sin ver sus rasgos al principio. En su lugar, vi un extraño despliegue de colores, un remolino transparente de luz blanca y violeta intenso que parecía danzar alrededor de su rostro y sus hombros antes de desvanecerse.

Entonces fue como si lo estuviera viendo por primera vez, con una claridad vívida y sorprendente. Los mechones de su frente eran una mezcla de dorado, rojo y marrón, como si cada mechón hubiera sido pintado a mano. Sus cejas eran un fuerte tajo, de un marrón ligeramente más intenso sobre una piel que mantenía un cálido matiz dorado. Aquellas pestañas eran de verdad un espeso flequillo envidiable, como yo había recordado, pero bajo sus ojos cerrados había sombras que no habían estado allí antes. El corazón se me retorció una vez más al saber que la preocupación y el miedo habían puesto allí esas manchas oscuras.

Tenía lo que Heidi llamaba un lunar, una tenue mancha marrón bajo el centro del labio inferior. ¿Cómo no me había dado cuenta antes? Tampoco me había fijado en lo definido que tenía el arco de Cupido hasta ahora.

Parpadeé despacio y el extraño conjunto de luces no volvió, pero sus ojos permanecieron cerrados. Sabía que no estaba dormido. No cuando aún me acunaba la mejilla y me trazaba con el pulgar círculos ociosos a lo largo de esta.

El corazón empezó a latirme con fuerza mientras obligaba a mis labios a moverse de nuevo.

—Luc.

Abrió los ojos de golpe y detuvo el pulgar al oír mi voz ronca y grave. Sus profundos y brillantes ojos violetas se clavaron en los míos.

—¿Evie?

Respirando hondo mientras le sostenía la mirada, le dije lo que sabía que necesitaba oír aunque no lo entendiera del todo.

—Sigo aquí.

No se movió ni habló.

Yo tampoco.

Y entonces se movió. Se levantó de un tirón y su cara estaba justo delante de la mía. Pensé que me besaría, pero su boca se detuvo a escasos centímetros de la mía. Su mano tembló contra mi mejilla y pasaron varios instantes antes de que dijera:

—Melocotón, te he estado esperando.

Palabras muy sencillas pero increíblemente poderosas.

—Solo... —Me aclaré la garganta—. Solo he estado durmiendo.

—¿Que solo has estado durmiendo? —Dejó escapar una risa temblorosa llena de alivio—. Has estado durmiendo casi cuatro días.

Abrí la boca y luego la cerré.

—¿Cuatro días?

—Sí. —Sus grandes ojos buscaron los míos—. Evie, te has ido durante cuatro días.

Me quedé mirándolo, sin saber cómo procesar aquella noticia. Solo se me ocurrió una cosa. ¿No me había lavado los dientes en cuatro días?

—Menos mal que no acabas de besarme —solté.

Alzó las cejas.

Espera. Eso significaba que tampoco me había duchado en cuatro días, y no tenía el tipo de pelo que parecía o se sentía como otra cosa más que una mancha de grasa después de tantos días. Sus manos habían estado metidas en eso.

—Debo de verme fatal. Y oler fatal también.

Luc me miró fijamente, y nunca lo había visto así, como si no supiera qué decir.

—¿Qué? —dije con voz ronca.

—¿Llevas cuatro días inconsciente y te preocupa que te bese? —Parecía completamente estupefacto.

—Pero eso significa que no me he lavado los dientes ni me he duchado en cuatro días —señalé.

—Dios. —Volvió a reír, y la risa fue esta vez aún más real y aliviada—. Evie. No sé si debería gritarte o abrazarte.

—¿Abrazarme? —sugerí.

Luc se inclinó hacia mí, deslizándome la mano desde la mejilla hasta la espalda, y esa mano siguió temblando mientras me rodeaba con el brazo y apretaba su frente contra la mía. Estaba nervioso, y eso era algo gordo.

—No me importa tu aspecto ni si te has lavado los dientes o si te has duchado. Sigues siendo el ser más hermoso que he visto nunca. Te besaría ahora mismo, pero por mucho que quiera demostrártelo, necesito que venga la doctora a verte.

—Siempre dices las cosas correctas —murmuré, desenroscando los dedos y apretándolos contra su pecho.

Negó con la cabeza mientras me miraba fijamente.

—No, no lo creo. Hay mucho de malo en muchas cosas que digo.

Comencé a discutir, pero Luc me dio un beso rápido en la frente.

—Voy a buscar a la doctora.

—Me siento bien —le dije, y era la verdad—. Solo un poco cansada.

Luc parpadeó una vez y luego otra.

—Por si no me has oído la primera o la segunda vez, llevas cuatro días inconsciente, Evie. Voy a buscar a la doctora.

Al darme cuenta de que Luc no iba a dejarse convencer, me callé, y entonces pensé en Nate. Se me desplomó el estómago. Esa comida no habría durado ni cuatro días.

—¿Ha venido Nate?

Luc frunció el ceño.

—¿El chico? No lo creo, pero imagino que si lo hizo y me vio a mí o a alguien más aquí es probable que se fuera en otra dirección.

Eso tendría sentido. Suspiré, esperando que si ese era el caso, regresara.

Luc se levantó de la cama, y nunca lo había visto con tantas arrugas. Se había cambiado desde la última vez que lo vi, había cambiado los vaqueros por unos pantalones negros de algodón y una camiseta lisa, pero estaba claro que había pasado los últimos cuatro días con aquella ropa.

Me miré y enarqué las cejas al ver que yo llevaba una camiseta, una camiseta negra. El malestar se apoderó de mi estómago mientras levantaba un brazo hormigueante y empujaba la fina manta amarilla hacia abajo con dedos entre entumecidos y erizados.

La camiseta mostraba un ovni abduciendo a un tiranosaurio rex.

El corazón me dio un vuelco.

—¿Esta camiseta es tuya?

—Una de las que tenía aquí. Zoe te cambió —explicó, alcanzando una botella de agua en la mesita de noche—. Pensó que estarías más cómoda, y no me pareció bien hacerlo yo.

Levanté la mirada hacia la suya. ¿Cómo es que llevaba la misma camiseta en un sueño antes de haberla visto? ¿Me había despertado en algún momento lo suficiente como para haberla visto y no me acordaba? Era posible, supuse. Pero no dejaba de ser extraño.

—¿Tienes sed? —preguntó Luc, y vaya si la tenía. Asentí con la cabeza—. ¿Crees que puedes sentarte?

Me lo pensé y volví a asentir. Sentarme no me costó tanto como abrir los ojos, así que supuse que era un progreso en la dirección correcta. Luc me pasó el agua y, con el primer contacto del líquido con la lengua, empecé a engullirla.

—Creo que sería prudente ir más despacio. —Luc me apartó con suavidad la botella de la boca—. Sorbos lentos hasta que nos den el visto bueno. ¿Vale?

Aunque todavía sentía la garganta y la boca como un desierto, di un sorbo pequeñito.

—Voy a buscar a la doctora. —Se dirigió hacia la puerta, pero se detuvo con los hombros tensos. Observándolo, bajé la botella a mi regazo—. No quiero irme.

La presión me oprimió el pecho.

—Estoy aquí. Estoy despierta, y estoy bien... Al menos, me siento bien. No voy a ir a ninguna parte.

Despacio, se volvió hacia mí, con las cejas fruncidas. Su mirada se encontró con la mía y no habló. Se limitó a mirarme fijamente con aquellos intensos ojos violetas hasta que empecé a retorcerme.

—¿Qué?

—Nada —contestó, y pasó un momento—. ¿Seguro que estás bien?

—Sí. —Asentí con la cabeza para darle más énfasis.

Una emoción se reflejó en su rostro, sus ojos se ensancharon durante una fracción de segundo, pero desapareció antes de que pudiera darme cuenta.

—Vuelvo enseguida.

Luc llegó a la puerta, y acababa de tomar un pequeño sorbo antes de acordarme.

—¿Y Kat? —El agua me goteaba por la barbilla—. ¿Está bien? ¿Y el bebé? ¿Y Daemon?

Se volvió, con la piel alrededor de la boca tensa.

—Ella y el bebé están bien, al igual que Daemon —respondió, y sentí un dulce alivio. Estaban bien—. Son los felices padres de un niño sano. Le han puesto Adam.

16

La doctora Vivien Hemenway llegó unos diez minutos después de que convenciera a Luc de que estaba lo bastante bien como para ir al baño sin que me siguiera. En cuanto la vi y la oí, supe que era la voz que había oído de vez en cuando mientras dormía y que también era humana.

Puede que Grayson tuviera razón y estuviera empezando a sentir las cosas como los Luxen y los Origin, porque sabía que ella no tenía ADN alienígena. No sentí nada cuando la miré. Ni me dio una sensación rara ni vi ningún espectáculo de luces extraño. Pero si Grayson tenía razón, ¿por qué estaba comenzando a ocurrir eso de manera aleatoria?

No tenía ninguna respuesta y me quedé callada observando a la doctora. Con el pelo castaño recogido en una coleta desordenada y un rostro de una belleza terrenal que me recordaba a las fotografías que había visto de las mujeres de los años sesenta y setenta, tenía un aire de autoridad sosegada que solo una médica podría reunir.

Sentada en el borde de la cama, ya me había tomado la tensión y la temperatura, me había mirado los oídos y la boca y estaba escuchándome la respiración, o tal vez el corazón. No tenía ni idea. Se suponía que tenía que respirar hondo mientras Luc me observaba desde donde se encontraba junto a la cama como un guardián silencioso, con los brazos cruzados y las caderas alineadas con los hombros.

Parecía dispuesto a entrar en combate.

Sonriéndome mientras yo permanecía quieta y en silencio durante lo que me pareció una eternidad, por fin bajó el estetoscopio y se sentó.

—¿Cómo te encuentras?

—Eh..., ¿bien? Solo estoy un poco cansada, doctora...

—Llámame Viv —insistió—. Todos mis amigos me llaman así, y creo que nos haremos amigas.

Sí, era raro llamar a una doctora por su nombre de pila.

—Me siento normal.

—¿Pero cansada?

—No cansada en exceso, pero no parece que haya dormido casi cuatro días.

Asintió con la cabeza.

—¿Te has levantado y has caminado un poco? Y si ha sido así, ¿te has mareado o te has sentido débil?

—He ido al baño...

—Y se ha lavado la cara y los dientes —añadió Luc.

Le lancé una mirada con los ojos entrecerrados, deseando que volviera a ser un guardián silencioso y no un guardián soplón.

—Sí, eso también.

—Y estaba temblando cuando por fin salió del baño —continuó, ignorando mi mirada mortal a pesar de que lo que afirmaba era cierto al cien por cien—. Así que creo que se sentía débil.

—Me sentía un poquito débil —repuse—. Y gracias, pero puedo responder yo solita.

Luc ni siquiera tuvo la decencia de que le hubiese importado lo más mínimo que le hubiese llamado la atención. La sonrisa que me dedicó destilaba encanto. Tenía que dejar de mirarlo. Me centré en la doctora, que nos observaba sin disimulo a los dos con diversión.

—Nunca había oído a nadie hablarle así a Luc —dijo.

—Llevo tiempo comentándoselo. —Luc soltó un largo suspiro que me hizo poner los ojos tan en blanco que me sorprendió que no se me cayeran—. Nadie me habla como ella.

—Como si no te gustara —murmuré.

—Sí que me gusta tu actitud. De hecho, me encanta.

Al recordar lo que le había oído decir mientras me estaba despertando, sentí que se me derretía el corazón.

—Interesante —murmuró la doctora—. ¿Y de verdad que no estás teniendo ningún mareo o náuseas?

Sacudí la cabeza.

—Me siento como alguien que no se ha movido durante cuatro días.

—Lo que sería común para cualquier persona inactiva durante tanto tiempo. Todavía puede que experimentes debilidad muscular durante las próximas horas y es probable que aún te encuentres cansada, pero tengo buenas noticias para los dos.

—¿En serio? —Arqueé las cejas mientras me apoyaba en el cabecero.

—Tus constantes vitales son casi perfectas —explicó, doblando el estetoscopio y metiéndolo en el bolsillo delantero de una mochila negra—. No veo signos evidentes de ningún tipo de enfermedad.

—¿Qué quieres decir con *casi* perfectas? —preguntó Luc, aferrándose a esa palabra.

—Bueno, tiene la temperatura un poco alta. —Cruzó una pierna extraordinariamente larga cubierta con un pantalón vaquero sobre la otra—. Es de unos 38,5 grados, pero, por lo que sé, la temperatura de los Luxen, los híbridos y los Origin son todas más altas que la de los humanos, por lo que, si tenemos en cuenta que no eres del todo humana, puede que no sea extraño en absoluto.

Miré a Luc sorprendida.

—Tenía que contarle lo de los sueros —explicó Luc—. Y lo que eres. No quería que intentara tratarte sin que lo supiera todo.

—El secreto profesional sigue existiendo, incluso en la Zona 3 —nos advirtió la doctora Hemenway—. Puedes confiar en que lo que hablemos aquí no irá más allá.

—Vale.

Se acomodó un mechón de pelo detrás de la oreja.

—Vamos a dejar las cosas claras. No soy especialista en híbridos humano-extraterrestres. Antes de que todo se fuera al garete por aquí, trabajaba en genética humana, sobre todo en cáncer y enfermedades hereditarias, lo que significa que he tenido que desempolvar mi época de estudiante de medicina para ser de verdadera ayuda aquí.

—Pero no podríamos haber tenido más suerte de contar con alguien con sus antecedentes —afirmó Luc, y claro, no podía tener más razón—. Teníamos pensado enviarle a Viv los sueros que encontramos en la casa de April.

—Todavía me molesta no haber podido hacerme con ellos —respondió con un suspiro—. Cómo inventaron esos sueros me resulta realmente fascinante.

A mí el cómo me parecía un poco horroroso, pero en fin.

—He podido analizar el LH-11 y el suero Prometeo —continuó—. Bueno, lo mejor que he podido con el acceso limitado al equipo y la energía necesarios para poder utilizarlo. —La doctora Hemenway cruzó las manos sobre su rodilla doblada—. He podido aprender mucho de los Luxen y de los demás, de los que me han dejado trastearlos para satisfacer mi propia curiosidad. Vosotros tenéis una genética extraña, así que hay un montón de cosas que no sé. Y, además, nunca he visto a un híbrido Lúxen o Arum. Luc ya no es el copo de nieve especial.

Una lenta sonrisa se me dibujó en los labios.

Luc hizo un mohín.

—No importa lo que digas, sigo siendo un copo de nieve único y puro.

La doctora Hemenway bufó.

—Luc también me ha contado cómo era tu salud antes de...

Cuando se sumió en una incómoda incertidumbre, completé el resto por ella.

—¿Cuando era Nadia?

Asintió con la cabeza.

—Solo en los últimos cuatro años he aprendido algo sobre cómo se podían mezclar el ADN Luxen y el humano o que estos sueros tenían el potencial de curar ciertos cánceres. Y pensar en todas las vidas que podrían haberse salvado... —La tristeza se reflejó en sus rasgos—. Pero estos sueros y curas han conllevado un precio.

—Sí —asintió Luc en voz baja—. Por supuesto que sí.

—Bueno. —Arrastró la palabra—. Dicho todo esto, puede que no sea de ninguna ayuda más allá de para confirmar que estás viva y respiras. —Hizo una pausa—. Que lo estás.

Sin poder evitarlo, me reí.

—Al menos eres sincera.

—El único médico bueno es el que es sincero —contestó—. Puede ser de ayuda saber con exactitud qué fue lo que sentiste antes de desmayarte. Luc me ha contado lo que le dijo Grayson, pero quiero oírlo de ti.

Jugueteando con el borde de la manta, le conté punto por punto lo que recordaba, incluso la extraña luz que había visto alrededor de Grayson.

Luc se dio cuenta de inmediato.

—¿Qué quieres decir con que viste una luz extraña a su alrededor?

—Vi lo que parecía un arcoíris de luces a su alrededor. Fue breve, y sé que suena raro, porque cuando pienso en Grayson, no pienso en arcoíris.

La doctora Hemenway se inclinó hacia delante y dijo en un susurro conspiranoico:

—Yo tampoco. Pienso en nubes oscuras de tormenta e inviernos gélidos.

Volví a sonreír, cómo me gustaba esta mujer.

A Luc, sin embargo, no le hizo ninguna gracia.

—¿Era la primera vez que veías algo así?

—Sí, pero he visto algo a tu alrededor cuando me he despertado. —Lo miré, y su expresión era impresionantemente inexpresiva—. Puede que fuera porque se me estaban ajustando los ojos a la luz.

—¿Qué has visto? —preguntó.

—¿Como un aura de luz blanca y violeta? —Apreté los bordes de la manta—. Sé que no era la fuente, pero fue un instante muy breve, así que puede que fueran mis ojos.

—No creo que fueran tus ojos —intervino la doctora Hemenway, mirando a Luc—. ¿Grayson también mencionó que podrías haber sido capaz de sentirlo antes de que apareciera? ¿Lo mismo que pasó con Dawson cuando salió, justo antes de marearte?

—Sí. —Resistí el impulso de estirar la mano y frotarme el cuello.

—¿Has sentido algo cuando yo me he acercado a la casa? —preguntó, y cuando negué con la cabeza, ella arrugó la frente—. ¿Y lo habías sentido antes?

—Bueno, los dos últimos días he estado sintiendo cosas raras. Algo así como la sensación de tener telarañas en el cuello, o he sentido como una punzada nerviosa entre los omóplatos —expliqué, contándoles también cómo había sentido que era capaz de distinguir a los que tenían ADN alienígena entre los humanos del mercado y del colegio—. Pero no creo haber sentido nada antes de eso.

Luc descruzó los brazos.

—¿Por qué no me has dicho nada?

—Bueno, han pasado muchas cosas y no sabía si estaba sintiendo algo o solo me lo estaba imaginando. No era constante, así que no tenía ni idea de si en realidad las estaba sintiendo o no. Pensaba mencionártelo. —Y esa era la verdad—. Pero es que no parecía tan importante.

—Cualquier cosa nueva que sientas o experimentes es importante. —Luc no parecía contento—. Podría ser una señal.

—¿De qué?

—De que estás evolucionando —respondió la doctora Hemenway.

Mi mirada se disparó hacia ella.

—¿Evolucionando?

Asintió con la cabeza.

—Hemos tenido algunos humanos que han pasado por el proceso de mutación mientras vivían aquí, así que he podido presenciar el proceso. Es fascinante.

—Tendré que confiar en tu palabra —murmuré, recordando de pronto el sueño que había tenido sobre mi madre. A medida que recordaba los detalles, no estaba tan segura de que hubiera sido un sueño, y una buena parte de mí deseaba que solo hubiera sido eso. Me hundí en las almohadas apoyadas contra el cabecero. Si aquello era un recuerdo que resurgía, parte de él podría haber sido falso, pero si algo había sido real... ¿Dédalo había orquestado el encuentro entre Luc y yo? ¿Qué le ocurrió en realidad a mi padre?

—Cada uno de ellos comenzó a experimentar cosas antes de que la mutación se afianzara. Fueron capaces de mover cosas sin tocarlas, por lo general de forma accidental. Pudieron empezar a sentir la presencia del Luxen que los había mutado, entre otras cosas —explicó, atrayendo de nuevo mi atención hacia ella. Tenía que pensar en ese posible recuerdo más tarde—. Luc mencionó que ese mismo día habías empezado a practicar con la fuente. Que fue la primera vez que la utilizaste. Es decir, que fue la primera vez que la usaste a propósito, ¿no?

Asentí con la cabeza.

—Mutaste hace varios años, así que sabemos que esto no es como lo que le pasa a un híbrido al comienzo de una mutación.

—Cierto —coincidió Luc.

—Desde que te sumiste en esa siesta superlarga, he estado pensando en todo, y tengo una teoría. —Se golpeó la rodilla con el dedo—. Es una locura y podría estar muy equivocada. ¿Lo entendéis los dos?

Luc y yo asentimos.

—Estupendo. Estamos todos de acuerdo. —Sonrió—. Cuando pienso en la codificación genética en la que estábamos trabajando en los seres humanos y las similitudes que he podido encontrar en los sueros que he visto, creo que el ADN en el suero Andrómeda es más como un código informático o un virus.

—¿Un virus? —repetí.

—¿Alguno ha oído hablar de la viroterapia?

Me quedé mirándola con la mente en blanco, pero, por supuesto, Luc tenía una respuesta.

—¿Virus bioingenierizados para combatir el cáncer?

—Sí. —Chasqueó los dedos—. Te has ganado un punto.

Puse los ojos en blanco.

—Ciertos virus oncolíticos pueden unirse a los receptores en los tumores, pero no a las células sanas. Imagino que el suero Andrómeda siguió un camino similar. Atacó las células cancerígenas sin dañar las buenas. Y si ese suero se parece en algo a los dos anteriores, tenía un doble propósito: no solo curarte, sino también mutarte con la mezcla de ADN Luxen y Arum. No obstante, este nuevo suero, que hubiera estado encantadísima de ver, podría tener características de codificación únicas. Son esas características las que me recuerdan a ciertos tipos de virus y su capacidad para permanecer latentes.

Esta conversación estaba muy por encima de mis competencias.

—¿Como el herpes? —sugirió Luc.

—¿Qué? —Me quedé boquiabierta.

Sonriendo, tomó una botella de agua fresca.

—El herpes es un virus que permanece latente en el huésped.

—Está en lo cierto —confirmó la doctora Hemenway.

—¿No se te ha ocurrido un virus mejor que ese? —Agarré la botella.

—Un *malware* es un virus que puede estar latente en un ordenador —prosiguió, con los ojos brillantes de diversión.

Lo fulminé con la mirada mientras bebía un buen trago de agua.

—La varicela también es una forma del virus del herpes. Miles de millones de personas tienen alguna de sus formas —aclaró la doctora Hemenway—. Pero volviendo al tema que nos ocupa. ¿Y si el suero Andrómeda te mutó y luego fue codificado para empujar esa mutación a una etapa latente, diseñada para activarse en ciertas situaciones, al igual que algunos virus solo se activan bajo un escenario de tormenta perfecta?

—¿Como cuando algunos astronautas pueden tener brotes de herpes al entrar en el espacio? —añadió Luc.

Cerré los ojos y los volví a abrir cuando estuve segura de que no le tiraría el agua.

—No entiendo cómo puedes saber eso.

La doctora Hemenway ignoró a Luc.

—Cómo inactivaron la mutación es algo que ni siquiera puedo empezar a comprender. Puede que hayan utilizado la onda Cassio para dejarla en una fase inactiva y también para activarla. Eso es solo una suposición, pero lo que no es una suposición es que, cuando algunos virus se despiertan, no lo hacen de golpe. —Dio una palmada, haciendo que diera un respingo; casi me ahogo con el agua—. El virus está en todas partes y es sintomático. Algunos tardan en ponerse en marcha, en activarse. Los síntomas, o en tu caso, las habilidades, comienzan a aparecer despacio.

—Entonces, ¿estás diciendo que mi mutación se está activando poco a poco?

—Sí. —Hizo una pausa—. Y no.

Parpadeé.

—Para abordar la parte afirmativa de la ecuación, estás empezando a experimentar habilidades nuevas.

—Los Arum ven la energía que rodea a otras especies vivas —añadió Luc—. He oído que los Luxen les parecían arcoíris, y por eso son capaces de distinguirlos entre la multitud. Por eso los Luxen solían vivir en comunidades cercanas a depósitos naturales de cuarzo beta. El cristal distorsiona las longitudes de las ondas Luxen hasta que no pueden distinguirse de los humanos. Lo mismo ocurre con los híbridos o los Origin.

—Ah —susurré, sacudiendo la cabeza. Esto era mucho—. Pero eso no explica cómo pude hacer lo que hice con April y en el bosque. —Me detuve—. Imagino que también lo sabes, ¿no?

—Luc me ha contado lo suficiente como para tener una comprensión general —respondió ella.

—Creo que te sigo —dijo Luc.

—Por supuesto —murmuré alrededor de la boca de la botella.

Me guiñó un ojo, y el revoloteo en la boca del estómago me irritó.

—Cuando se utilizó la onda Cassio por primera vez, despertó la mutación y se produjo un estallido de habilidades, de síntomas, antes de volver a algo parecido a un nivel básico. Tu mutación se activó en ese momento y empezó a interactuar de nuevo con tus células. Y en el bosque, se desencadenó más o menos en un aumento de actividad de nuevo por un escenario de tormenta perfecta, una amenaza a tu vida, pero no era una infección en toda regla en ese momento.

La doctora Hemenway aplaudió con entusiasmo.

—¡Sí! Más o menos eso. En cierto modo. Tu mutación se activó al salir del letargo. Los dos incidentes fueron como brotes, y tiene sentido debido a lo que empezaste a experimentar junto con la manifestación de nuevas habilidades. Luc ha mencionado que has tenido muchísima hambre.

Bajé la botella y asentí.

—Sí, a todas horas.

—Entonces, solo para recapitular en qué punto nos encontramos. La mutación fue activada por la onda Cassio. Como muchos virus latentes, esta mutación empezó a interactuar poco a poco con tu cuerpo. Has tenido brotes desencadenados por un sufrimiento extremo emocional o físico, pero todo el tiempo, desde la onda Cassio, la mutación se ha ido afianzando despacio, explicando la capacidad de rastrear otro ADN alienígena. Bueno, lo que creo que ha sucedido, lo que ha enviado a esta mutación a un frenesí de actividad, es el entrenamiento, el uso intencionado de la fuente. Ha sido la gota que ha colmado el plato. —Hizo una pausa, arrugando la nariz—. Espera. Eso no me suena bien.

—¿El vaso? —la corregí.

—Ah. Sí. ¡Eso es! En fin, practicar con la fuente ha hecho que la mutación se desarrollara con hipervelocidad. ¡Ha sido el *bam*! —Volvió a dar otra palmada, y esta vez sí la vi venir—. El sueño ha podido deberse a lo que estaba pasando en tu cuerpo. Imagino que la mutación estaba dando mucho trabajo, y creo que es probable que descubras más habilidades en el futuro.

—Ah. —Intenté no asustarme, pero se me aceleró el corazón. Tenía que preguntarlo, aunque ella no pudiera responder—. ¿Te ha contado Luc lo que se supone que soy? ¿Cómo estoy codificada para responder ante una persona? —Cuando la doctora Hemenway asintió, el plástico se arrugó bajo mis dedos—. Cuando estaba en ese bosque, no tenía ni idea de quién era, y cuando miraba a Luc y a Daemon, no los veía más que como una amenaza. Si tienes razón y la mutación acaba de despertar del todo... —Se me hicieron en el estómago nudos de temor y esperanza a partes iguales—. ¿Es posible que por eso no me fuera con April como ella pensaba? ¿Y que por eso ahora

sigo siendo yo misma? ¿Porque la mutación no se desarrolló del todo en ese entonces?

La doctora Hemenway abrió la boca y miró de reojo a Luc.

—Él no puede responder a eso —solté antes de que Luc pudiera
pronunciar ni una palabra. La onda de calor cargado que recorrió la
habitación me dijo que no le había gustado lo que había dicho, pero
era la verdad.

—Yo tampoco puedo —contestó al cabo de unos instantes—. Incluso si tuviera ese suero aquí, no tengo la experiencia ni el equipo
para determinar con exactitud de qué es capaz. Ese grupo, ¿Dédalo?,
está a años luz de todo lo que he visto en bioingeniería. Lo único
que puedo hacer es elaborar teorías poco fundamentadas basadas
en lo que sé y en lo que he visto.

—¿Y cuál sería una de esas teorías poco fundamentadas? —preguntó Luc—. Sé que tienes una.

La doctora Hemenway se echó hacia atrás, con las cejas fruncidas, y apretó los labios, haciendo un chasquido.

—¿Basándome en lo que he visto y en los brotes en los que la
mutación se ha afianzado? Puede que al principio no recordaras
quién eras y puede que fueras tras Luc y Daemon, pero de un modo
u otro te recuperaste y, durante ese tiempo no sentiste una compul-
sión abrumadora por buscar a otra persona o marcharte. En cierto
modo, me recuerda a un ordenador nuevo. Lo compras y funciona
durante un par de días o semanas y luego tienes todas esas actuali-
zaciones de *software* que hay que ejecutar.

No tenía ni idea de a dónde quería llegar. Debió de leerme la
expresión, porque me dijo:

—Piénsalo de esta manera. La mutación acaba de salir de su estado de letargo y ha estado o sigue estando ejecutando actualizacio-
nes. Tus recuerdos, pensamientos y sentimientos estaban ahí, pero
el día en el bosque tardaste un poco en volver a conectarte. Tal vez si
la mutación está activa al cien por cien o una vez que esté integrada
por completo, no habrá necesidad de reiniciar. Pero supongo que, si
te ves amenazada de nuevo, lo mejor que puedes hacer es eliminar
todas las amenazas hasta que puedas reiniciar.

—Entonces, ¿crees que seguiré siendo yo misma? —pregunté, medio asustada de permitirme pensar que eso fuera ni tan siquiera una posibilidad.

La mirada de Luc se desvió hacia mí cuando la doctora Hemenway respondió:

—Creo que no hay forma de saber con certeza lo que ha hecho el suero Andrómeda, aunque tuviera ese suero aquí y todas las herramientas y conocimientos necesarios para poder descomponerlo hasta su núcleo. No creo que Dédalo lo supiera siquiera, a menos que hubiera alguien como tú.

—¿Qué quieres decir? —La atención de Luc se centró en la doctora.

—¿No te lo habías planteado? —Parecía sorprendida mientras miraba fijamente a Luc, y luego asintió como si hubiera respondido a su propia pregunta—. Han pasado muchas cosas, así que entiendo que se haya pasado por alto. —Desvió la mirada hacia la mía—. No solo te dieron el suero Andrómeda. Antes te dieron el LH-11 y el Prometeo, ¿verdad? Y aunque el Andrómeda te curó y mutó, el LH-11 y el Prometeo siguen ahí. ¿Cómo interactúan esos sueros con el Andrómeda? Cabe suponer que la introducción previa de ADN alienígena ha disminuido o fortalecido parte de la codificación del ADN del Andrómeda. Si a los otros Troyanos se les diera solo el suero Andrómeda, entonces ninguno de ellos sería como Evie, y ella no sería como ninguno de ellos.

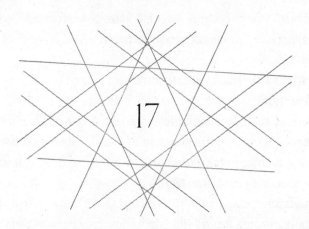

17

Todavía enredada entre la esperanza y el temor, observé cómo Luc se acercaba despacio a la cama.

—Pues supongo que todo han sido buenas noticias. Bueno, incluso si no está en lo cierto sobre todo el tema del reinicio. —«Dios, de verdad espero que lo esté»—. Confirmó que estoy sana incluso después de haber estado durmiendo durante cuatro días.

—Sí. —Luc se detuvo junto a la cama—. Viv es una de las personas más inteligentes que he conocido. Su teoría podría dar en el clavo.

Ese pequeño núcleo de esperanza creció.

—Si es así, entonces no soy un peligro. No voy a ponerme en plan mente colmena con todo el mundo. —Busqué el mismo alivio que sentí en su expresión, pero no encontré más que un lienzo en blanco—. ¿No te alegra saber que puede haber una posibilidad de que un día no enloquezca y vuelva corriendo a Dédalo?

—Para empezar, no creía que fueras a hacerlo. —Frunció el ceño mientras miraba por la ventana cerca de la cama.

—Pero creías eso solo porque no querías aceptar nada más —señalé, estudiándolo bajo la tenue luz del sol de la tarde. Algo ocurría—. ¿Qué pasa? Y no me digas que nada. Está claro que pasa algo.

—No... —Exhalando con fuerza, se sentó a mi lado. Deslizó la mano por mi mejilla, atrapando mechones de pelo entre los dedos. Me los apartó de la cara y me pasó la mano por la nuca—. Odio esto, el no saber. —Se le escapó una risa áspera—. Siempre lo he sabido todo, Evie. Todo. Dirás que soy un arrogante.

Pues sí.

—Pero es la verdad.

Lo era, por desgracia.

—Ser capaz de leer la mente y ver a través de todas las mentiras me ha ocultado muy pocas cosas, pero tú... Todo sobre ti me es desconocido —continuó, retirando con cuidado sus dedos de mi pelo—. ¿Tienes idea de cuánto odio esto?

Teniendo en cuenta cuánto control tenía Luc en cualquier situación, me hacía una buena idea de lo que esto debía de estar haciéndole, todo esto, y odiaba no poder hacer nada para aliviar su miedo. Que yo fuera la fuente de su miedo.

—Apuesto a que crees que sí —dijo, su voz tan áspera como su siguiente respiración—. Pero no es así. Renunciaría a todo el conocimiento solo por saber lo que te está pasando. Sé que suena intenso.

Pues sí.

—¿Todo el conocimiento?

—Lo haría sin dudarlo. Si supiera lo que está pasando, podría arreglarlo. Podría hacer algo distinto a esto. —Me pasó los dedos por la mejilla—. Joder, Evie, ¿sabes que eres lo único que siempre me ha importado?

Sentí una presión tan fuerte en el pecho que me dolió el corazón.

—Luc...

Sacudió la cabeza.

—No me importa cómo me haga sonar. No deberías sorprenderte por ello. No mentía cuando te dije que lo que siento por ti es intenso.

Un ardor me llenó el pecho y me subió por la garganta. Me acerqué a él, con las piernas enredadas en la manta, y le toqué la mandíbula con los dedos.

—No me sorprende.

No pareció oírme mientras esos luminosos ojos violetas se encontraban con los míos.

—Cuando oí a Grayson gritar mi nombre y salí, al verte allí tirada..., se me paró el maldito corazón, Evie. Se me paró todo. Y cuando los minutos se convirtieron en horas y las horas en días, no podía pensar. No podía comer. No podía dormir. Joder, levantarme para ir al baño me daba un miedo de muerte, porque ¿y si te pasaba algo mientras yo estaba fuera esos dos minutos? —Se cortó, cerrando los ojos—. Te he esperado siempre, y lo único que me asusta, que me aterroriza, es que algo vaya a arrebatarte de mi lado y no pueda hacer nada al respecto.

Se me llenaron los ojos de lágrimas y, cuando fui a tragar, se me formó un nudo en la garganta.

—No recuerdas nada de esto, pero estuviste a punto de morir muchas veces cuando estabas enferma. Te quedabas ahí tumbada, tan quieta, joder. Era como si no pudieras oírme ni a mí ni a Paris cuando te hablábamos, como si ya tuvieras un pie en el más allá. Me sentaba allí y te miraba, asegurándome de que respirabas. Odiaba incluso pestañear. —Le temblaba el cuerpo mientras me rodeaba las muñecas con las manos—. Y no había nada que pudiera hacer entonces. Así me sentía cuando estabas durmiendo. Que no había nada que pudiera hacer salvo rezar, y ni siquiera sé si hay un Dios escuchando, pero recé, Evie, porque si te perdía otra vez, no sé qué haría.

La humedad se pegó a mis pestañas, se filtró por mis mejillas.

—Lo siento...

—No te atrevas a disculparte. —Abrió los ojos de golpe—. No has hecho nada malo. Tú no has causado nada de esto. —Hizo una pausa—. He sido yo.

—No, tú no has hecho nada —repuse—. Tú no has causado esto.

Inclinó la cabeza y se me quedó mirando durante mucho tiempo, antes de que apareciera una pequeña sonrisa que no le llegaba a los ojos.

—Todo esto empezó por mi culpa y por mis decisiones.

Le acuné las mejillas con los dedos.

—No sé si empezó por tu culpa.

—Evie...

—He soñado algo, pero no creo que fuera un sueño —me apresuré a decir—. Parecía demasiado real, como un recuerdo, y si era real, nada de esto empezó por tu culpa.

Frunció el ceño mientras su mirada se volvía interrogante.

—¿Qué has soñado? —Despacio, llevó mis manos a la cama—. ¿O recordado?

Bajé la mirada y vi cómo me quitaba las manos de las muñecas mientras le contaba lo que había soñado, desde la mancha en el suelo hasta que mi madre me había dicho que no recordaría nada de lo ocurrido, ni siquiera a él. La única parte que omití fue la sospecha de que podría haber matado a mi padre. En algún momento, se echó hacia atrás y, cuando levanté la vista, estaba sentado rígido, con la mandíbula tensa e implacable.

—Habrían enviado a alguien más si por alguna razón tú y yo, no sé, no... nos hubiéramos hecho amigos o lo que fuera. —Yo también me senté, apoyándome en los cojines. Desvié la mirada hacia el ventilador de techo. No se movía—. Creo que Jason Dasher me buscó por mi asombroso parecido con su hija. Al menos esa es la impresión que me dio mi madre, y si mi padre y Jason se conocían, es plausible que Dasher me hubiera visto antes.

Luc estaba callado, pero podía sentir sus ojos clavados en mí.

—¿De verdad crees que es posible que me hayan hecho enfermar? A ver, teniendo en cuenta de lo que son capaces, no parece imposible, pero...

—Pero si lo hubieran hecho, sería un nivel completamente nuevo al que habrían llegado —dijo—. No te pusiste enferma enseguida. Pasaron un par de años. Sería difícil averiguar cómo pudieron exponerte a algo así. Ni Paris ni yo te vigilábamos las veinticuatro horas del día. Pudo haber sido en el club, en una tienda o cuando salías a tomar fotos sola. Podrían haber puesto algo en la maldita agua de la casa. Paris y yo no nos habríamos puesto enfermos.

Todo aquello me parecía casi demasiado para tenerlo en cuenta, pero tenía que hacerlo.

—No entiendo por qué lo habrían dejado pasar tanto tiempo si todo esto era una forma de controlarte. Podrían haberte agitado ese suero en la cara en cualquier momento y habrías hecho cualquier cosa. Podría haber muerto antes de que me llevaras con ellos, ¿y entonces qué?

—No puedo responder a eso —contestó Luc al cabo de unos instantes—. Tiene que haber una razón por la que esperaron y corrieron ese riesgo.

Habría sido un riesgo enorme. Todo ese tiempo y esfuerzo que dedicaron a que Luc y yo cultiváramos una amistad que llevaría a Luc a desafiar toda lógica podría haberse perdido si yo hubiera muerto.

—No sé. Tal vez lo que he soñado ha sido solo un sueño...

—Tu padre se llamaba Alan.

Un escalofrío me recorrió la espalda cuando mi mirada se dirigió a la suya. Al principio no supe qué decir.

—¿En serio?

Luc asintió.

—Y estuvo en el ejército, pero nunca descubrí ninguna relación con Jason Dasher. Esos registros podrían haber sido borrados. No había mucho que encontrar sobre él aparte de su historial laboral, bastante extenso. El hombre no podía mantener un trabajo más de unos meses.

—¿Alan? —Sacudí un poco la cabeza y volví a mirarme las manos, que ahora descansaban en mi regazo—. Ese es su nombre. ¿Debería sentir algo al saber eso? ¿Alivio o miedo? Es el nombre de mi padre, de mi verdadero padre, y no siento nada.

—No te acuerdas de él, Melocotón. Es el nombre de un desconocido —comentó, inclinando el cuerpo hacia el mío—. No tienes que sentir nada.

—Y puede que sea mejor así, como no recordar mi época en Dédalo. —Cerré los ojos mientras una incómoda pesadez se apoderaba de mí, pegajosa y espesa—. Si el recuerdo era cierto, creo que era un abusador... —Se me revolvió el estómago de náuseas ante la idea de continuar, pero necesitaba decirlo, decirlo todo. No podía dejar lo no dicho dentro de mí, donde se pudriría y se convertiría en otro tipo de monstruo—. Creo que podría haber matado a mi padre. La noche que hui fue justo después de que Jason Dasher llegara, y creo que lo apuñalé.

Volví a abrir los ojos y me miré las manos. ¿Habían estado cubiertas de sangre?

—Ella no... Bueno, no creo que lo supiera, porque creo que me aseguré de no pensar nunca en ello. No creo que pudiera pensar en nada de eso. Probablemente no era el modo más sano de sobrellevarlo, pero quizás era una forma de sobrevivir a todo.

—Ya lo sabía.

Sacudí la cabeza hacia él. Parecía haberme saltado un suspiro.

Luc bajó las pestañas.

—Ya lo sabía. Siempre lo supe, pero tú no querías que lo supiera. Creo que pensabas que te juzgaría por ello, y creo que necesitabas creer que no lo sabía, así que nunca te dije que lo sabía.

Por alguna razón, me estaba escociendo la nariz. Y también los ojos.

—No lo capté de tus pensamientos. No al principio. Nos diste tu verdadero nombre, y Paris pudo comprobar quién eras unos días después de que aparecieras. Se enteró de que tu padre había muerto —me explicó, sin apartar su mirada de la mía—. Sospechaba que lo habías hecho tú. También sospechaba que tenías una buena razón. La primera vez que viniste a vernos, estabas nerviosa. Si alguno de nosotros te agarraba o levantábamos la voz, te estremecías y a menudo te mantenías a un brazo de distancia de nosotros. Tenías muchos moretones que estaban desapareciendo, como si alguien te hubiera agarrado los brazos. Con fuerza. —Sus ojos eran duros como el granito—. Ninguno de nosotros te juzgó. En todo caso, el descubrimiento significaba que encajabas con nosotros mucho mejor de lo que hubiéramos podido suponer, por inquietante que fuera.

Se me escapó una carcajada ahogada y aparté la mirada, parpadeando y conteniendo las lágrimas.

—Tuviste pesadillas el primer año. Te despertabas gritando por la sangre —continuó, su voz muy tranquila—. Una de esas noches, sumé dos más dos. Nunca te lo hice saber.

Con los labios temblorosos, los apreté hasta estar segura de que podía hablar.

—Creo que Sylvia y Jason se dieron cuenta de que era un abusador. Ella dijo que si lo hubieran sabido, habrían venido a por mí antes.

—Y si esa escoria humana hubiera seguido viva cuando Paris te investigó, tampoco habría seguido vivo mucho más tiempo.

Aunque no recordaba a Paris, si se parecía en algo a Luc, no lo dudé ni un segundo.

—Es que... No sé cómo debo sentirme al respecto. —Notaba las palmas sudorosas mientras las frotaba contra la manta—. En realidad no siento nada más que: «Genial, mi padre de verdad tiene un nombre». Debería estar enfadada porque era un monstruo que pegaba a su hija, y lo estoy, pero es como si estuviera enfadada por otra persona, si eso tiene sentido. Tal vez si recordara, las cosas serían diferentes. No lo sé.

La cama se movió, y entonces Luc dijo:

—Mírame.

Respiré hondo y lo hice. En el momento en el que nuestras miradas se conectaron, se sostuvieron.

—Si al final recorres ese camino y recuerdas más cosas, que pase lo que tenga que pasar. Pasaremos por ello juntos, pero no hay nada malo en no sentir nada. Igual que no hay nada malo en lo que sientes por Sylvia. Sientes lo que tienes que sentir, ya sea no sentir nada o sentirlo todo.

La siguiente inhalación me abrasó los pulmones y asentí. O al menos eso creí.

—Te quiero —susurré—. ¿Lo sabes, verdad? Te quiero.

Se inclinó, tocándome la frente con la suya.

—Lo sé, pero si sientes la necesidad de recordármelo a menudo, no tengo ningún problema.

Sonreí y me di cuenta de que la sensación de pesadez y pegajosidad estaba desapareciendo. Sabía que podía volver, posiblemente trayendo consigo recuerdos desagradables, pero si lo hacía o cuando lo hiciera, me enfrentaría a ellos.

—Creo que tengo que confesar algo —dije, echándome hacia atrás hasta que pude ver la cara de Luc—. Te oí mientras dormía, de vez en cuando.

—¿Ah, sí?

Asentí con la cabeza.

—Te oí decir que incluso Grayson me echaba de menos. Sé que era mentira.

Bajó las pestañas y alzó un lado de los labios.

—Nunca mentiría sobre algo así.

—También escuché algunas frases para ligar malísimas.

—Mis frases para ligar nunca son malas, Melocotón.

En mi pecho, el corazón empezó a latirme con fuerza.

—También te oí decir que si me despertaba y no recordaba quién era, que tenías tanto amor en ti por mí que sería más que suficiente. Que me seguirías amando.

Alzó las pestañas y la intensidad de su mirada me robó el aliento.

—Eso deberías saberlo ya.

—Lo sé —susurré—. Sí.

—Pero lo que no sabes es que no era la primera vez que te decía esas palabras.

—¿Ah, no?

—No. —Puso la punta de sus dedos en mi mejilla—. Ya te había dicho una vez que te amaba, que siempre te amaría, pasara lo que pasara. —Tragó saliva, y cuando habló, su voz era espesa—. Te lo dije la única vez que me despedí de ti.

Se le desdibujó la cara.

—¿Y yo qué respondí?

—Dijiste: «Lo sé».

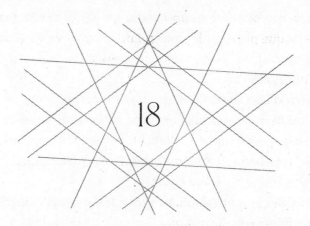

18

Unas horas más tarde, después de que se hubiera puesto el sol y de que Luc y yo hubiéramos hablado de todo lo que había dicho la doctora Hemenway, mientras comíamos lo que parecía la cantidad de verduras y queso para una semana, apareció Zoe. Al igual que Luc, vi un aura transparente de color violeta oscuro teñida de blanco a su alrededor antes de que se abalanzara sobre mí, casi placándome donde estaba sentada bajo las sábanas. Hubo abrazos.

Muchos abrazos.

Y tal vez algunas lágrimas.

—No vuelvas a hacer algo así —me dijo, rodeándome los hombros con los brazos—. ¿Me entiendes? Estaba muerta de miedo.

—Lo siento. —Le devolví el apretón mientras intentaba meter aire en mis pulmones y no pensar en que su cara estaba casi plantada en mi pelo sin lavar.

—¡No te disculpes! —gritó—. No es culpa tuya. Me alegro muchísimo de que estés bien y no estés... —Se cortó.

Mi mirada se dirigió hacia donde estaba Luc, cruzado de brazos y apoyado en el marco de la puerta. Grayson también estaba allí, de pie y en silencio, detrás de Luc. Cuando había entrado, había visto el efecto arcoíris a su alrededor, pero cuando lo miraba ahora, lo único que veía era el moretón azulado y morado.

El Luxen tenía un ojo morado.

No tenía ni idea de cómo un Luxen podía tener un ojo morado, pero tenía muchas preguntas.

—¿Que no esté intentando matar a todo el mundo? —terminé por Zoe.

—Sí —susurró—. Heidi nunca me perdonaría si te pasara algo antes de que ella llegara.

Esperaba que hubieran llegado mientras yo dormía, pero no lo habían hecho y me estaba esforzando por no asustarme. Nadie parecía preocupado, así que me lo tomé como una buena señal.

—Te he echado de menos —dijo Zoe, apretándome hasta que chillé.

—Tu chica empieza a parecer uno de esos juguetes para perros —comentó Grayson.

—Cierto. —Alejándose de la puerta, Luc se acercó y apartó con suavidad a Zoe de mí, y no sé lo que le dijo, pero después de unos minutos más y de que volviera corriendo a la cama para un último abrazo rápido, Luc y yo volvimos a estar solos.

—Se está haciendo tarde —dijo al volver de acompañarlos a la puerta. Unas cuantas velas más se encendieron al pasar él junto a ellas—. E imaginaba que querrías darte un baño, un baño caliente. Sé que quieres hacerlo tú misma, pero creo que podemos hacer una excepción esta noche.

Por supuesto que quería hacerlo yo misma, pero me apetecía más un baño caliente.

—Baño. Por favor. Y luego tú... —Me desplacé hasta el borde de la cama, apartando la manta de un tirón—. Tienes que contarme por qué y cómo Grayson tiene un ojo morado.

—Es una historia divertida. —Llevó uno de los faroles al cuarto de baño y lo colocó sobre la encimera del lavabo—. Le he dado un puñetazo en la cara.

Me quedé con la boca abierta.

—¿Qué?

—Sí. Ya podría haberse curado... —El agua se abrió, ahogando lo que estuviera diciendo mientras se sentaba en el borde de la bañera.

—¿Qué? —Me levanté, dando pasos un poco tambaleantes de camino al cuarto de baño—. ¿Qué has dicho?

—He dicho que lo lleva como una insignia de honor. —El farol no ayudaba mucho a combatir la oscuridad del cuarto de baño, pero proyectaba sombras interesantes a lo largo de la parte posterior de sus hombros.

—¿Por qué le has pegado? —Tiré del dobladillo de mi camiseta prestada.

—Me lo ha contado. —Luc me miró por encima del hombro—. Me ha contado lo que te dijo.

Oh.

Vaya.

Eso no me lo esperaba.

—¿Por qué iba a hacer eso? —le pregunté.

—Porque lo necesitaba. —Luc se estiró, cerrando el grifo—. ¿Quieres ver cómo voy a hacer esto?

Quería saber por qué Grayson sentía la necesidad de decirle a Luc lo imbécil que había sido y por qué no se había curado su propia herida, pero, a decir verdad, tenía más curiosidad por saber cómo iba a calentar Luc el agua. Arrastrando los pies, me puse detrás de él.

—Pienso en agua hirviendo —explicó, metiendo la mano en el agua que debía de estar gélida. Una tenue ráfaga de luz blanca le recorrió el brazo, apenas perceptible mientras arrastraba con pereza la mano por el agua—. Eso es todo.

Antes de que pudiera hablar, oí el suave rumor del agua y entrecerré los ojos, viendo las burbujas brotar de sus dedos.

—Eso es todo —murmuré.

Retiró la mano.

—No obstante, no es fácil de controlar, así que hay que esperar unos minutos para que se enfríe.

Con eso, se levantó con fluidez y, conmigo de pie tan cerca de él, había muy poco espacio entre nosotros. Tuve que inclinarme hacia atrás para mirarlo. De repente me sentí increíblemente nerviosa. No de malas formas, sino con una extraña mezcla de esperanza y expectación. Quería...

No sabía lo que quería, solo sabía que lo quería a él, y podía sentir que estaba a punto de irse.

—He visto el aura —solté, y Luc arrugó el ceño. Me puse colorada y cambié el peso de pie—. He visto la misma aura transparente alrededor de Zoe que he visto a tu alrededor.

—¿Y Grayson?

—Parecía un arcoíris. —Volví a juguetear con el dobladillo de la camiseta—. Un arcoíris con moretones.

Un lado de su boca se curvó hacia arriba.

—No deberías sonreír por eso —lo reprendí.

—No debería haberte dicho lo que te dijo. —La sonrisa se desvaneció—. ¿Necesitas ayuda con algo?

Arqueé una ceja.

—Mente sucia —murmuró, y esa media sonrisa suya hizo su aparición una vez más—. Me refería al baño. ¿Necesitas algo?

Algo decepcionada, miré alrededor del cuarto de baño.

—Puedo traer las cosas.

—O puedes dejar que te ayude —se ofreció y, como no quería que se fuera, asentí—. ¿Qué quieres?

Luc fue a traer lo que le pedí. Jabón para el cuerpo y una esponja. Limpiador para la cara. Una toalla grande y mullida sobre un pequeño taburete de madera.

—Quiero lavarme el pelo —dije—. Necesito lavarme el pelo.

—Entendido. —Agarró dos botes de la estantería de la ducha—. Deja que te traiga una jarra. Eso debería ser de ayuda.

Me hice a un lado y esperé a que saliera del baño para dirigirme a la bañera. Me senté en el borde y enrosqué los dedos de los pies en la alfombrilla mullida. El agua estaba caliente al tacto, pero pensé que en unos minutos se enfriaría lo suficiente, sobre todo si utilizaba el agua fría para enjuagar el champú y el acondicionador.

Saqué los dedos del agua y me levanté, con la mirada deslizándose hacia la puerta entreabierta del baño. No sé en qué estaba pensando, o tal vez no pensaba en nada mientras me agachaba y rodeaba con los dedos el dobladillo de la camiseta prestada. Tal vez fuera el estar dormida durante tanto tiempo y el despertarme para oír a Luc susurrar sus miedos más íntimos. Tal vez fuera el pedacito de esperanza que me daba la teoría de la doctora Hemenway. Tal vez fuera el sueño que en realidad era un recuerdo. O tal vez fuera oír a Luc decir que me amaba.

No lo sabía, y no estaba segura de que importara mientras me quitaba la camiseta y las bragas, dejando caer ambas prendas en el cesto.

Ya no había vuelta atrás.

Me metí en la bañera y respiré de manera entrecortada al sentir el agua caliente. La piel tardó un par de segundos en adaptarse y luego... Madre mía. Me incliné hacia atrás hasta que tuve los hombros debajo del agua y casi gemí cuando el calor me invadió los rígidos músculos de la espalda.

Me incorporé, apretando las rodillas contra el pecho mientras miraba el jabón. El pulso me latía muy rápido mientras esperaba, sin tener ni idea de cómo respondería Luc. Dudaba que gritara «¡Mis ojos!» y saliera corriendo de la habitación. Estaba segura de que estaría más que feliz de verme así, pero esto era atrevido.

Me gustaba ser atrevida.

Sonriendo, apoyé la mejilla en la rodilla y cerré los ojos. Solo había pasado un minuto cuando el corazón me dio un vuelco. Sentí el regreso de Luc, y no tenía nada que ver con ningún ADN alienígena en mí. Incluso con los ojos cerrados, podía sentir la intensidad de su mirada, pesada y tan caliente como el agua.

Al abrir los ojos, lo vi de pie en la puerta, con una jarra blanca vieja en una mano y un recipiente de plástico grande en la otra. No se movió. Ni siquiera estaba segura de si respiraba mientras me miraba fijamente con esas pupilas que brillaban como estrellas.

Con el corazón aún palpitante, dije:

—No quería esperar.

—Ya veo.

Solo pronunció esas dos palabras, pero estaban tan llenas de deseo y necesidad que me estremecí. Respiré hondo.

—He pensado que podrías ayudarme a lavarme el pelo.

Lo único que hizo Luc fue colocar la jarra sobre el lavabo, el recipiente en el suelo, cerca de la bañera, y luego retrocedió de nuevo, regresando a la puerta.

—Y he pensado que, ya que has calentado el agua, deberías disfrutarla mientras está tibia. La bañera es lo bastante grande. —Y lo era. La bañera no era un *jacuzzi* ni nada parecido, pero sin duda era más ancha y larga que una bañera normal. Seguía sin moverse. Levanté la mejilla, pero mantuve las rodillas pegadas al pecho—. Si quieres.

Su boca se abrió y después se cerró. Se tomó un momento.

—No sé si puedo.

No esperaba esa respuesta.

En absoluto.

Un rubor diferente me recorrió la piel, que no tenía nada que ver con el calor del agua ni con el hecho de que estaba completamente desnuda. Mierda, había cometido un error. Uno grande. Un gran error que me había llevado a quedarme en pelotas, e iba a ahogarme a mí misma...

—Lo has entendido mal. O yo me he expresado mal. —Cortó mis pensamientos—. No creo que confíe en mí mismo para compartir ese baño contigo y lavarte el pelo. Va a haber una reacción física. Por mi parte. Por tu parte. Va a ser obvio, y eso puede que debiera avergonzarme, pero no es así. Podrías llevar un traje ignífugo y estar cubierta de estiércol de vaca y yo seguiría teniendo una reacción física hacia ti.

Hice una mueca con los labios.

—¿Estiércol de vaca? ¿En serio?

Me miró a los ojos, y fue entonces cuando me di cuenta de que Luc llevaba muchas máscaras. Esta la había dejado caer, y una necesidad imperiosa le recorrió los rasgos, marcándoselos. El calor le lamió los ojos, intensificando el tono amatista y volviendo sus pupilas de un color blanco brillante.

—En serio.

Un rubor se apoderó de mis mejillas, y algo mucho más cálido y embriagador se deslizó por el resto de mí.

—Vaya.

—Efectivamente —gruñó, y el fuego de sus ojos me encendió las venas—. Así que, mientras sepas que no voy a ser un cuidador imparcial que va a darte un baño y te parezca bien, estoy más que dispuesto a ayudarte. —Un lado de sus labios se curvó hacia arriba—. No tienes ni idea de lo dispuesto que estoy.

—No quiero que seas nada imparcial —susurré—. Quiero que seas tú.

—Menos mal. —Entonces, sin más preámbulos, se llevó la mano a la nuca, agarró su camiseta con un puño y se la pasó por encima de la cabeza. La dejó caer donde estaba.

Mi mirada, ávida, recorrió sus anchos hombros y su pecho definido, deteniéndose en la esbelta longitud de su torso.

Me hizo querer hacer cosas realmente irresponsables...

De repente, recordé las bromas de Grayson.

—¿Podemos tú y yo tener, ya sabes...?

—¿Tener...? —Apoyó los brazos en el umbral de la puerta y, cuando se inclinó, el movimiento hizo cosas interesantes y sinuosas en los músculos de los brazos y los hombros. Estaba segura de que era consciente de ello—. ¿Tener qué?

Manteniendo los brazos alrededor de las piernas dobladas y la mirada por encima de los hombros, fruncí el ceño.

—¿En cualquier otro momento me lees la mente, pero ahora no?

La diversión curvó más sus labios.

—No estás haciendo ruido.

No estaba segura de creérmelo.

—¿Puedo quedarme embarazada?

—¿En general?

Entrecerré los ojos.

—De ti, imbécil.

Bajó la barbilla y se mordió el labio inferior.

—No, no puedes. No fui diseñado para que la potencia trajera nada más que una liberación. Husher creía que la capacidad de un Origin como yo de engendrar un hijo solo impediría el crecimiento de mis habilidades físicas o mentales.

¿Diseñado? Odiaba cómo utilizaba esa palabra para recordarle que era una cosa creada en lugar de una persona. Odiaba absolutamente cómo utilizaba esa palabra y otras. Y odiaba que le hubieran quitado esa opción al nacer.

—Y antes de que preguntes, al igual que los Luxen, los Origin no somos portadores ni susceptibles a enfermedades que puedan transmitirse —explicó. Había estado pensando en cómo hacer esa pregunta—. ¿Te sorprende? ¿Lo de tener bebés?

Sacudí un poco la cabeza.

—Un poco. Solo fue algo que dijo Grayson.

—Tengo que preguntarte por qué estás desnuda pensando en algo que dijo Grayson. No es que te esté juzgando. Es muy atractivo, y mucha gente encuentra ese aire de «He sido profundamente herido, así que arremeto contra todos» muy seductor.

Puse los ojos en blanco, sin dignarme a negarlo.

—Dijo que puede que tuviera bastante ADN alienígena en mí para tener la compatibilidad suficiente para que tú y yo tomáramos una mala decisión en la vida.

—Puede que tenga razón con respecto a los otros Origin, pero no sabrá mi capacidad verdadera para tener hijos. Los Origin más recientes también eran estériles. Después de todo, ¿qué puede distraer más que tener un hijo? —Empujó la puerta, bajó los brazos y dio un paso adelante. Se detuvo junto al lavabo—. ¿Te molesta?

No estaba segura de cómo responder a eso, porque los niños eran algo en lo que ni siquiera había empezado a pensar. Así que decidí ser sincera.

—No lo sé, porque ni siquiera sé si quiero tener un hijo dentro de muchos muchos años. —Pensé en los gritos de Kat y me estremecí—. No sé si alguna vez querría pasar por todo eso del parto. Los bebés me dan un poco de miedo.

—¿Y dentro de diez años? ¿Dentro de veinte? ¿Cuando ya no nos ocupemos de Dédalo y solo estemos nosotros criando un rebaño de llamas?

El hecho de que Luc pensara en un futuro tan lejano (pensara en *nosotros* en un futuro tan lejano) hizo que el corazón me saltara de alegría en el pecho. No solo pensaba que había un futuro para nosotros, sino que quizás hubiera un futuro para nosotros que no implicara a Dédalo o estar atrapados en medio de una lucha por la dominación del mundo...

Espera.

—¿Criar un rebaño de llamas? —repetí.

Se encogió de hombros.

—Siempre he pensado que sería genial tener un rebaño de llamas.

Sonreí.

—Me gustan las llamas.

—Lo sé.

Imaginarnos con una casita y un rebaño de llamas en el patio trasero me hacía reír. Era el futuro más ridículo.

El mejor futuro.

—Siempre podríamos adoptar algún día —dije—. Si eso es lo que queremos.

—Podríamos. —Inclinó la cabeza—. ¿Todavía está caliente el agua?

Asentí con la cabeza.

—¿Todavía quieres que...?

—Siempre —contesté, sin necesidad de oír nada más.

Apareció esa sonrisa plena y excepcional suya, y me derretí como la nieve en el primer día cálido de invierno. Y entonces se despojó del resto de la ropa.

Debería apartar la mirada. ¿No era lo más educado? Pero no podía. Y tampoco creía que Luc quisiera que lo hiciera.

Incluso con solo la luz de las velas, pude verlo todo. Sentía como si mi piel se hubiera calentado con la fuente, igual que el agua. No era la primera vez que lo veía, pero lo parecía, porque había una cierta consciencia que latía entre nosotros, llena de una aguda expectación y un profundo anhelo.

Comencé a moverme hacia delante, pero la mano de Luc en mi mejilla me detuvo. Me echó la cabeza hacia atrás, se arrodilló fuera de la bañera y me besó.

—Déjame que te lave primero el pelo —dijo cuando levantó la cabeza.

—No tienes que hacerlo. —Me bullía la sangre—. Era solo una estratagema.

—¿Para hacer que me desnudara?

Sonriendo, asentí.

—Ha funcionado.

—Pues sí. —La jarra acabó en su mano—. Pero quiero hacer esto. Me dará tiempo.

—¿Para qué? —Lo observé desde mi posición acurrucada, todavía evitando quedar expuesta. Parecía más justo ahora que la pared de la bañera ocultaba todas las partes interesantes de Luc.

—Para no terminar dándome vergüenza a mí mismo.

Tardé un momento en darme cuenta de lo que quería decir y, cuando lo hice, lo único que pude susurrar fue un suave «Oh». A pesar de toda la experiencia de Luc y su carácter juguetón, esta podría ser su primera vez.

Podría ser nuestra primera vez.

Luc se quedó callado mientras me lavaba el pelo, tomándose su tiempo. Nunca me habían lavado el pelo. O al menos no lo recordaba, y no creía que me gustara, pero en lugar de sentirme consentida, me sentí... querida. Tuvo cuidado de no enredarme los dedos en el pelo y calentó todas las jarras de agua fresca, asegurándose de que ni la espuma ni el acondicionador me resbalaran por la cara, sino que cayeran en el recipiente que había traído para que no nos empapáramos con el agua que estaba utilizando para lavarme el pelo. A mí no se me habría ocurrido, la verdad.

—Gracias —dije.

—No tienes que darme las gracias.

—Acabo de hacerlo, y creo que ahora soy una mimada y voy a exigir siempre que me laves el pelo. Se te da genial hacerlo.

—No es mi primera vez. Solía lavarte el pelo cuando estabas enferma.

¿Por qué me seguía sorprendiendo oír eso? Lo vi rellenar la jarra, colocándola en el borde de la bañera. Joder, tendría que haber tenido catorce años o menos, y algo así parecía un gesto sencillo, pero requería un nivel de madurez e intuición del que yo sabía que carecían incluso la mayoría de los adultos. Luc era, para mi sorpresa, un cuida...

Se levantó sin avisar y yo abrí los ojos de par en par. Esta vez desvié la mirada, porque, madre mía, era...

Cada centímetro de él era hermoso.

Como no tenía ningún sentido del decoro, le eché un vistazo. Estaba de espaldas a mí mientras sumergía la cabeza en el lavabo y se mojaba el pelo. Luego se echó champú. Eso fue todo. Sin acondicionador. En cinco segundos, se había lavado el pelo en el lavabo, sin preocuparse por los enredos y los nudos del tamaño de mi puño.

Qué hombre, un hombre con un trasero precioso.

Se volvió hacia mí y desvié la mirada.

—¿Vas a unirte a mí ahora? —pregunté, esperando que mi petición sonara misteriosa y sexi y no tan aguda y chillona como sonaba en mis propios oídos.

—Nada en este mundo podría detenerme —respondió—. Ni siquiera una banda de música. Solo tendrían una buena vista de mis dotes y tendrían que aguantarse.

—¿Dotes? —Me eché hacia delante, riéndome. El agua me cubrió la espalda cuando él entró en la bañera detrás de mí y se sentó. Estaba intentando mantener la calma, pero me sentía como si estuviera a punto de sufrir un infarto—. Seguro que disfrutarían de las vistas.

—Tú lo has hecho.

Sonriendo, dejé caer la frente sobre mi rodilla.

—No puedo negarlo.

—No me gustaría que lo hicieras. —Deslizó las piernas contra mis caderas y el vello de sus pantorrillas me produjo una oleada de escalofríos.

Respiré hondo, levanté la cabeza y me incliné hacia atrás lo suficiente como para dejar de tener la frente pegada a las piernas. Primero me tocó el centro de la espalda y luego me pasó el pelo mojado por encima de un hombro. Transcurrió un latido y solo sentí la punta de sus dedos en mi cintura. Un instante después, sus labios me rozaron la nuca. Me mordí el labio y estiré el brazo hacia atrás, enroscando los dedos alrededor de sus manos. Las guie hacia delante mientras separaba las piernas y me enderezaba.

—Espera. —Sus manos abandonaron mi piel y me rodeó con los brazos mientras agarraba la pastilla de jabón. Lo vi enjabonarse de nuevo las manos antes de volver a dejar el jabón en la repisa. Sus manos volvieron a la parte superior de mis brazos, bajaron y el dorso de sus dedos me rozó los laterales de los pechos, lo que hizo que me estremeciera.

—Solo quiero ayudarte —dijo con voz grave.

—Qué servicial —murmuré.

Siguió subiendo las manos enjabonadas y resbaladizas por mis brazos y bajando por la parte inferior de mi vientre. Las detuvo solo el tiempo suficiente para enjabonarme de nuevo, y luego deslizó las palmas por mis costillas y más arriba, demorándose hasta que me agarré a sus piernas haciendo todo lo que podía para no retorcerme.

—Estoy asegurándome de que estás limpísima —me dijo al oído.

—Ajá.

Soltó una risita sombría mientras hundía las manos en el agua, y después regresó sobre sus pasos anteriores, quitando el jabón con una manopla que debía de haber aparecido de la nada. El material me hizo cosas extrañas e interesantes en la piel, pero entonces volvió a tener el jabón en la mano.

—Inclínate hacia atrás. —Obedecí de inmediato su ruda petición.

El contacto de mi espalda con su pecho y mis caderas contra las suyas era una sensación maravillosa, exquisitamente placentera, pero se vio superada con rapidez cuando sus manos se abrieron paso por mis caderas y mis piernas. Levantó una y la apoyó en el borde de la bañera, y luego deslizó los dedos sobre mi piel, de nuevo en el agua.

Apoyé la espalda en su hombro, con todo el cuerpo palpitándome.

—Estás siendo muy meticuloso.

—Por supuesto que sí. —Su voz era como humo—. Soy un perfeccionista.

Mis caderas se sacudieron y se elevaron fuera del agua, mientras una intensa y aguda palpitación me atravesaba. Llevé una mano hacia atrás, agarrando la nuca de Luc.

—No quiero dejarme ningún sitio —continuó—. Deberías asegurarte de que no me dejo ninguno.

Eso hacía.

Tenía los ojos abiertos, fijos en cómo la luz del farol parpadeaba sobre el agua y nuestras piernas. Me fijé en cómo se le flexionaron los tendones de la mano cuando le tiré de la cabeza. No se resistió, me besó en el cuello y luego recorrió la línea de mi mandíbula cuando giré la cabeza hacia él. Sus labios se encontraron con los míos y su beso estaba lleno de hambre.

No hubo más pausas para el jabón mientras mi otra mano acariciaba la suya, sintiendo cómo aquellos tendones que había observado se movían contra mi palma. La palpitación anhelante se intensificó mientras nos besábamos sin parar, con nuestros cuerpos resbalando el uno contra el otro y contra los lados de la bañera. Ambos respirábamos de manera rápida y superficial, sin llegar a ser más que jadeos. Me sentí como una cuerda demasiado tensa cuando me separé y volví a bajar la pierna al agua.

Apoyé las manos en los laterales de la bañera y me giré, deslizando las rodillas a ambos lados de sus piernas. No fue nada elegante. El agua salpicaba por todas partes y mi rodilla derecha chocaba contra la bañera. Tenía las palmas resbaladizas y me temblaban. Me posó las manos en las caderas y me sostuvo.

—Gracias —susurré, deslizando las manos a sus hombros.

Con los ojos entrecerrados, negó con la cabeza.

—Debería ser yo quien te diera las gracias a ti.

—Yo no he hecho nada.

—En eso te equivocas. —Flexionó las manos, pero las mantuvo en mis caderas—. Me estás dando todo lo que siempre he querido o necesitado. Siempre lo has hecho.

Sus palabras me sacudieron hasta lo más profundo y, por un momento, no pude moverme. El corazón se me encogía y se me expandía de la mejor manera posible, porque sabía que no hablaba solo de esto. Hablaba de mí.

Si hubiera tenido alguna reserva sobre lo que estábamos haciendo, habrían saltado de la bañera en ese momento, pero no tuve ni una duda, ni una vacilación. Cada parte de mi ser sabía que era el momento adecuado. Esta era la ocasión adecuada, y pensé que me había sentido segura antes, incluso con mi ex, Brandon, pero me había equivocado, porque nunca me había sentido así. Como si este momento pudiera congelarse durante toda la eternidad y no fuera suficiente. Como si este segundo no pudiera pasar lo bastante rápido y cuando lo hiciera siguiera siendo demasiado lento. Como si no pudiera entender cómo o por qué habíamos esperado hasta ahora y, sin embargo, estuviera tan contenta de haberlo hecho, porque este era el momento adecuado.

Deslicé las rodillas hasta sus caderas y hundí los dedos en su pelo mojado. Su agarre se hizo más fuerte cuando me acomodé en su regazo y me estremecí al oír el sonido entrecortado que hizo.

Nuestros labios se encontraron, y este beso fue poderoso y profundo como todos los anteriores, pero diferente. Tenía un toque de urgencia que hizo que se me tensaran los músculos del estómago. Mi cuerpo se movió en respuesta, por instinto, y cuando deslizó las manos más allá de mis caderas, atrayéndome más hacia él, pude sentir la misma intensidad feroz creciendo en su interior. Temblaba contra mí y casi podía imaginar que su control era una fina capa a punto de resquebrajarse.

Pero Luc me había cedido las riendas a mí. Lo había hecho en cuanto se metió en la bañera, dejándome que yo guiara sus manos y sus labios. Había cedido todo el control.

Rompí el beso, su pecho subía y bajaba con fuerza contra el mío.

—Podemos parar —susurré mientras dejaba descansar mi frente contra la suya—. Podemos hacer lo que tú quieras.

Una de las manos de Luc subió por mi espalda hasta enroscárseme en la nuca.

—Quiero exactamente lo que tú quieres.

Me estremecí al deslizar una mano por su pecho húmedo y luego más abajo, bajo el agua. Arqueó la espalda y la forma en la que pronunció mi nombre cuando mi mano lo tocó me besó la piel. Levanté la mano lo suficiente para que solo quedáramos él y yo y el sonido estrangulado que hizo contra mis labios.

Ninguno de los dos se movió durante varios latidos largos y vacilantes. Sentí un pinchazo de dolor que fue más bien una molestia mientras me adaptaba a la sensación. Luc seguía igual de quieto, con el cuerpo endurecido por la tensión.

Respirando de manera entrecortada, incliné el cuerpo hacia delante y lo besé. Sus dos manos se tensaron, una se enredó en mi pelo en la nuca y la otra se clavó en mi piel.

—Evie. Dios —respiró, estremeciéndose cuando me moví con timidez—. Yo...

Tenía las manos de nuevo sobre sus hombros.

—¿Esto está bien?

—Está más que bien. —Sus labios tocaron los míos—. Está perfecto. Es solo que había pensado en cómo se sentiría esto. Joder, puede que lo hubiese pensado demasiado. —Me apretó más contra él, arrancándome un grito ahogado a la vez que él gemía—. Pero nunca imaginé que podría sentirse así. No tenía ni idea, Evie. Ni puta idea.

—Yo tampoco —respondí, y era verdad.

Nuestras bocas se juntaron y empecé a moverme de nuevo, despacio, mientras intentaba empaparme de cómo se sentía contra mí, dentro de mí, y cómo cada centímetro de mi piel se volvía hipersensible. El corazón me retumbaba en el pecho, completamente perdido y nada preparado para la embriagadora oleada de sensaciones que parecía invadirme, invadirnos a ambos.

Entonces, en medio de toda esa locura apasionada, un rayo de miedo me atravesó. ¿Y si volvía a olvidarlo? Aún había una posibilidad. Siempre habría una posibilidad. ¿Y si no recordaba la belleza de estos momentos, la felicidad de esto? Podría...

—Te quiero, Evie. —Me rodeó la cintura con uno de los brazos, estrechándome contra su pecho mientras sus caderas seguían el ritmo de las mías—. Nunca lo olvidarás. Nunca olvidarás esto. Yo tampoco. Es imposible.

Le clavé los dedos en los hombros y luego le tiré del pelo.

—Imposible —repetí, abriendo los ojos para mirarlo fijamente.

Con los ojos entrecerrados, en ese momento no había sensación de ritmo, no pensaba en el agua que subía y bajaba, para volver a subir, desbordándose por el borde. Se oyó un traqueteo y después el crujido de la puerta del baño que se balanceaba despacio. Una suave luz blanca parpadeó a lo largo de sus hombros y miré hacia abajo, más allá de su pecho y el mío, hasta donde apareció una constelación de puntos oscuros a lo largo de mi estómago, moviéndose y retorciéndose con mi cuerpo, con nuestros cuerpos.

—Hermosa —murmuró, buscando las manchas con la mano y siguiéndolas sobre la curva de mi cadera—. Eres tan hermosa.

Me sentí así en ese momento. ¿Cómo no iba a sentirlo? Y no había lugar para las palabras. Solo estábamos nosotros y lo que sentíamos el uno por el otro, y eso se convirtió en una fuerza potente que electrificó el espacio hasta que pude oír el crepitar del aire que nos rodeaba cargándose de la fuente, iluminando el propio aire que respirábamos, como si de repente el cuarto de baño estuviera lleno de mil luciérnagas, una muestra impresionante de lo poderoso que era nuestro amor mutuo.

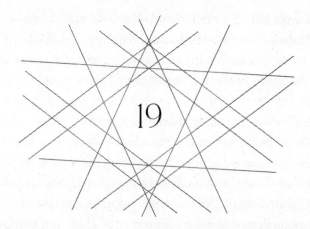

19

—Es raro —estaba diciendo Luc algún tiempo después. Estábamos tumbados en la cama, ninguno de los dos estaba hablando mientras él jugaba con mi pelo y yo utilizaba su pecho como almohada. Estaba tumbada intentando determinar si mi visión era mejor que antes de dormir, porque no recordaba haber podido ver la habitación con tanta claridad, o si era mi imaginación—. El sexo es raro —añadió—. Lo digo en el buen sentido, pero es como si a mi cerebro le costara procesarlo. Como si no cambiara nada, pero lo cambiara todo. Sé que no tiene sentido.

—Sí que lo tiene. —Sonreí, porque me había estado preguntando si Luc se había dado cuenta de que estar abrazados ahora era más íntimo o si solo me lo parecía a mí—. Cuando lo hice antes, fue un poco... muy incómodo después. Como si hubiera terminado y ambos estuviéramos como... «Vale. ¿Ya está?». O al menos eso fue lo que sentí yo. Se acabó, y creo que me dijo algo agradable, y luego se dio la vuelta y empezó a toquetear el móvil.

—Ahora no sientes lo mismo, ¿verdad?

Levanté la cabeza para poder verlo.

—No siento nada de eso, Luc. Me siento cómoda y completamente a gusto estando así. —Mi mirada buscó la suya en la penumbra—. ¿Cómo te sientes tú?

—Mejor de lo que jamás podría haber imaginado. Siento que las palabras serían inadecuadas incluso si intentara describirlo.

—¿Te molesta que no haya sido mi primera vez?

—¿La verdad? No me molesta. No de la manera en la que piensas. ¿Estaba celoso? Por supuesto, pero eso era cosa mía. Y como ya te dije, no es que haya tenido las manos quietas durante años. —Me tocó la mejilla—. Estabas viviendo. Yo estaba viviendo. Y no era más que eso.

Volví a sonreír y me estiré para besarlo. Su mano volvió a deslizarse por mi pelo mientras yo me acomodaba contra él una vez más. Se hizo el silencio entre nosotros y, por alguna razón, mi mente vagó hacia lo que Grayson había dicho antes de que me mareara.

—¿Cuánto tiempo lleva Grayson aquí? —le pregunté.

—Bueno, llegó a la zona más o menos al mismo tiempo que nosotros, quizás unos segundos...

—No me refería a eso. ¿Nació aquí, en la Tierra, o llegó hace poco?

Me miró unos instantes y luego alzó las pestañas.

—Esa es otra pregunta impresionantemente aleatoria. Déjame adivinar. ¿Es por algo que dijo Grayson?

—Sí. Dijo que Kent fue el primer humano que conoció y que tenía dieciséis años cuando ocurrió. A menos que Grayson esté envejeciendo con una increíble elegancia, eso no pudo haber sido hace más de un par de años.

—Conoció a Kent hace cuatro años.

Inspiré con fuerza.

—Grayson era... —Bajé la voz por alguna extraña razón. No era como si alguien estuviera merodeando en el armario escuchándonos—. ¿Llegó con la invasión?

Esas pestañas se levantaron.

—Creo que ya sabes la respuesta a eso.

Vaya. Tenía muchas preguntas.

—¿Es por eso que parece odiar a los humanos?

—Grayson odia a todas las especies por igual —murmuró.

Eso me parecía creíble.

—¿Cómo os conocisteis? ¿Quería matar humanos? —Se me ocurrió otra cosa—. ¡Eso significa que asimiló enseguida el ADN de un humano para parecerse a nosotros! ¡Tomó la cara de otra persona! ¿Quería meternos en zoológicos humanos?

—¿Zoológicos humanos? —Luc rio por lo bajo—. Puedo decirte que no mató a humanos inocentes. Bueno, al menos no a muchos.

Levanté las cejas. ¿Que no a muchos? Eh...

—No es un mal tipo, a pesar de lo que ha hecho y a pesar de su personalidad menos que estelar, y sé que te mueres por saberlo todo sobre Grayson, pero mucho de eso, todo, no puedo contártelo yo porque no es mi historia. Es la de Grayson. Tengo que respetar eso.

Y era su forma de pedirme que yo también lo respetara. Me estaba matando no hacer un millón de preguntas y exigir respuestas. Nunca había conocido a uno de los Luxen invasores... Bueno, al menos no creía haberlo hecho. Joder, podría haberlo hecho y no haberlo sabido nunca.

Pero saber que Grayson legítimamente no había estado rodeado de humanos hasta hacía cuatro años explicaba por qué parecía destacar tanto entre ellos, a diferencia de la mayoría de los Luxen que llevaban aquí décadas o habían estado rodeados de humanos desde su nacimiento. No era de extrañar que pareciera tan... inhumano.

A decir verdad, no estaba segura de cómo sentirme al saber que Grayson había formado parte de los Luxen invasores. Pero no había matado a gente inocente... Bueno, aparte de la cara y el cuerpo de quienquiera que hubiera robado, al estilo de *La invasión de los ladrones de cuerpos*, y por muchos «no a muchos» que fueran en realidad. Vale. Era una forma de hablar, pero si Luc confiaba en él, tenía que haber una razón, una que fuera más allá de las molestas zonas grises morales.

Luc enroscó mi pelo alrededor de su dedo.

—Creo que has oído mis pensamientos antes.

Volví a levantar la cabeza, ya sin pensar ni por asomo en Grayson.

—¿Qué?

—Creo que has oído mis pensamientos —repitió, con un aspecto increíblemente cómodo con el brazo metido detrás de la cabeza.

—No puedo oír tus pensamientos.

—Pero lo has hecho. —Inclinó la barbilla hacia mí—. ¿Qué dije cuando me fui a buscar a la doctora?

Tenía la cabeza aún un poco revuelta, así que tardé un momento en recordar.

—Dijiste que no querías irte.

Se le torció un lado del labio.

—Pero yo no dije eso.

—Sí, lo hiciste. —Me levanté sobre un codo, apoyándome en el pecho de Luc—. Te oí.

—No lo dije en voz alta, Melocotón. Lo pensé —explicó—. Y cuando estábamos hablando de todo después de que la doctora se marchara, me oíste otra vez.

—¿Cuándo?

—Pensé: «He sido yo», y tú respondiste como si hubiera pronunciado las palabras en voz alta, pero no lo había hecho.

Lo único que pude hacer fue mirarlo fijamente. Mi primera respuesta fue negar que eso fuera posible. Una gran parte de mí seguía creyendo que era una humana corriente. Al fin y al cabo, llevaba años y años siéndolo.

Pero si Luc decía que no había hablado en voz alta, no había razón para que mintiera. Había oído sus pensamientos.

«He oído sus pensamientos».

¡Madre mía!

—¿Cómo? —exclamé—. ¿Cómo he oído tus pensamientos?

—Es una buena pregunta. Solo puedo teorizar que es una de esas habilidades latentes que se están despertando, y lo más probable es que estuviera haciendo ruido durante esos momentos. Es posible que los Troyanos puedan leer los pensamientos como Archer y yo. Tendría sentido que Dédalo intentara desarrollar eso en el suero Andrómeda. Les daría a los Troyanos otra ventaja —dijo—. O podría ser otra cosa.

—¿Cómo cuál?

Cerró los ojos.

—Te he curado varias veces.

—¿Como después de lo de Micah? —No solo me habían machacado en mi pelea con ese Origin. Había estado cerca de morir.

—Sí. Siempre te estabas metiendo en problemas. Te caías y te cortabas una rodilla o una mano. Una vez te rompiste el brazo —dijo, con tono ligero—. Otra vez fue el pie derecho.

Las comisuras de los labios se me torcieron hacia abajo.

—Parece que era muy torpe.

—No eras torpe. Es que no tenías miedo. —Abrió los ojos—. Siempre saltabas antes de mirar.

—Bueno, ahora suena como si hubiese sido una chica mala.

—Ahora eres una chica mala —me dijo—. Y cuando enfermaste por primera vez, intenté curarte. Sé que los híbridos a menudo pueden comunicarse por telepatía con el Luxen que los mutó. Así que podría ser eso. Aunque yo no te muté, te dieron los otros sueros que ayudaron a mutar a otros híbridos.

—Quiero intentarlo ahora. —Me levanté, empujándole el pecho. Luc gruñó—. A ver si puedo leerte la mente.

—Vale —murmuró, con los ojos entrecerrados.

Respiré hondo y sacudí los hombros. No tenía ni idea de lo que debía hacer, pero supuse que debía requerir concentración.

El silencio llenó la habitación. Nada más que silencio.

—No oigo nada.

—Es que no estoy pensando en nada, la verdad —murmuró—. Estoy muy distraído en este momento.

—¿Por qué? —Fue entonces cuando recordé que estaba desnuda—. ¡Luc!

—Lo siento. —Se rio entre dientes—. Pero tal vez esté bien que no sepas lo que estoy pensando ahora mismo. Bueno, no pensando. Más bien imaginando...

—Tienes que concentrarte. —Empecé a revolverme sobre él, pero mi mirada se posó en la pila de camisetas de la cómoda que le pertenecían. Eran las que ya estaban aquí, las que había traído Dee hacía unos días.

No tenía que levantarme.

Podría ser una vaga como Luc y Zoe. El corazón me dio un vuelco mientras bajaba la barbilla. Plenamente consciente de que Luc seguía mirándome, no me dejé distraer por eso. Me concentré en el zumbido de bajo nivel dentro de mi pecho y luego imaginé la camiseta de arriba...

Chillé cuando la camiseta voló por la habitación y me golpeó en la cara. Cayó sobre el pecho de Luc.

—Estupendo —comentó.

—¡Pero lo he conseguido! —Feliz y sorprendida, agarré la camiseta y me la puse.

—Buuu. —Luc hizo un mohín.

Sonreí.

—No puedo creer que haya conseguido que esa camiseta viniera a mí. Tal vez debería probar con la botella...

—Nop. —Enroscó la mano sobre la mía—. Dejemos los líquidos mientras estemos en la cama. No necesitamos un segundo baño.

Tenía razón.

—Además, después de todo el asunto de dormir, tú...

—No digas que debo tomármelo con calma. Me siento bien. Genial, incluso.

—Bueno, eso tiene todo que ver conmigo y esa bañera.

Le lancé una mirada tediosa. Luc me devolvió la sonrisa.

El corazón me bailó con felicidad, porque era estúpido.

—No tenemos un tiempo infinito para tomárnoslo con calma. Por la mañana, practicaremos un poco más. Mover cosas con la mente...

—En realidad, no es con tu mente, es con la fuente.

—Detalles.

—Claro. Tienes razón. Solo el detalle de una habilidad de la que tienes muy poco control o comprensión de ella.

Abrí la boca, pero volví a cerrarla. Otra buena observación. *Uf.*

—Mover cosas con la fuente no es útil cuando dicho objeto me golpea en la cara.

—Tendré que estar de acuerdo contigo en eso. También tengo que estar de acuerdo contigo en la camiseta que has elegido.

Fruncí el ceño, miré hacia abajo y vi que ponía: «LAS COMAS SALVAN VIDAS». Sacudí la cabeza.

—¿De dónde sacas estas camisetas?

—De Amazon.

Levanté la vista.

—¿En serio?

Luc sonrió.

—Sí. ¿Sabes una cosa?

—¿Qué cosa? Y no me digas que mi trasero es rosa, porque te doy un guantazo.

—No he dicho «De Amazon» en voz alta.

Mis labios se separaron al inhalar.

—¿De verdad?

Asintió con la cabeza.

El entusiasmo se apoderó de mí. Me puse de rodillas y cuadré los hombros.

—Piensa algo. A ver si lo oigo.

Alzó las cejas.

—¿Has oído algo?

Escuché con mis oídos..., mi mente..., la fuente. Lo que fuera.

—No.

—Bien. Porque estaba bloqueando mis pensamientos.

—¿Qué narices? —Levanté las manos—. ¿De qué sirve eso?

—Solo quería asegurarme de que no puedes leerme la mente cuando te apetezca. —Me guiñó un ojo—. Me gusta mi privacidad.

Le di una palmada en el pecho, y se puso de lado, llevándose media sábana por delante mientras se reía.

—Oh, ¿te gusta tu privacidad? Debe de ser agradable. ¿Cómo crees que me siento yo?

—¿Como si no tuvieras privacidad? —Me miró por encima del hombro.

—Madre mía.

Sin dejar de reírse, se puso boca arriba.

—Puedo enseñarte a proteger tus pensamientos, si quieres.

Respiré hondo y luego lo hice otra vez.

—¿Sabes? Estaba a punto de preguntarte por qué acabas de ofrecerme eso, pero puede que te golpee de nuevo, así que sigamos adelante.

—Sí. Sigamos. Un pequeño paso de Troyano a la vez. Si puedes leerme los pensamientos, podría ser útil para cuando...

—Tengamos que hablar en privado —interrumpí.

—Quiera decirte guarradas en público —terminó.

Cerré los ojos y los volví a abrir.

Luc parecía totalmente inocente.

—Luc. —Suspiré.

Apareció una media sonrisa.

—Intentémoslo de nuevo. No te voy a bloquear.

—Será mejor que no.

«Te lo prometo».

Se me puso la piel de gallina. Lo había estado observando, así que no vi que moviera los labios.

—Te he oído.

«Mírate, me estás leyendo los pensamientos».

La sensación de escalofrío en mi piel se intensificó.

—¿Cómo? ¿Cómo puedo leer esos, pero no todos los demás? ¿O estás protegiendo tus pensamientos sin parar? —Si era así, parecía agotador.

—Estaba proyectando, a falta de una palabra mejor —explicó—. Me concentraba en querer que me oyeras. Es como hablar.

Y eso significaba que yo también podía hacerlo. En lugar de que él recogiera pensamientos aleatorios, a menudo inconvenientes, yo podía controlar...

Se me ocurrió algo.

—No estabas mintiendo cuando me decías que solo me oías cuando hago ruido.

—Casi siempre. Ha habido veces en las que he profundizado, pero eso ya lo sabes.

Lo sabía.

—Entonces, ¿es posible que la razón por la que hago tanto ruido sea porque estoy proyectando sin darme cuenta? ¿Pensando en ti al mismo tiempo?

—Tienes razón —dijo, y yo estuve a un segundo de aplaudir—. Y a la vez no.

Menos mal que no aplaudí.

—La mayoría de las veces, es porque estás proyectando sin darte cuenta. —Se puso de lado y apoyó la mejilla en el puño—. Otras veces es porque tus emociones están exaltadas, y cualquier escudo natural que posea la mente, y sí, parte del bloqueo es orgánico, se derrumba. Construir escudos para bloquear a los imbéciles que leen la mente como yo no es fácil.

—Claro que no —murmuré.

«Pero ¿sabes qué lo es?».

El escalofrío que acompañó el saber que estaba escuchando sus palabras en mi mente fue intenso.

—¿El qué?

«Responderme así».

—Pero...

«Piensa en mí y di lo que quieras, pero hazlo en tu mente».

Responder como un ser humano normal era, bueno, lo que me salía de forma natural, así que tuve que impedírmelo. Me concentré en Luc, pero no lo miré. Era como hacer trampa.

«¿Me oyes?».

«Sí».

Giré la cabeza hacia Luc. Me estaba observando con aquellos ojos entrecerrados.

—¿En serio?

Arqueó una ceja mientras se golpeaba la sien con un dedo.

«¿En serio?».

«Sí».

Las comisuras de los labios se me levantaron. «¿No será la aluci-nación de un deseo cumplido?».

Luc sonrió. «Sería raro desear esto».

No cuando querías sentir que de verdad estabas logrando algo.

Pero estaba hablando con Luc por telepatía, y eso tenía que ser lo más genial del mundo.

Vale. Tal vez mover una camiseta con mi mente (con la fuente) era igual de genial.

¿A quién quería engañar? Todo esto era genial, y yo... Madre mía de mi vida. Estas habilidades no me daban miedo. Me miré la mano y vi unos puntos negros muy tenues, apenas visibles bajo la piel. No tenía miedo.

Miré a Luc, y él me estaba observando. «¿Sabes qué?».

«¿Qué?».

«Me siento como una chica mala».

Su sonrisa de respuesta fue rápida y amplia, y antes de que pudiera darme cuenta de lo que estaba haciendo, se movió. En un nanosegundo, estaba debajo de él. «Siempre lo has sido. ¿Sabes cómo me hace sentir eso?».

Se me ruborizó el cuerpo. «Puedo hacerme una idea bastante aproximada».

Los labios de Luc tocaron los míos, y a partir de ahí no hubo conversación, ni vocal ni mental.

Horas más tarde, me liberé muy despacio y con mucho cuidado del abrazo de Luc.

Tardé un rato.

Incluso durmiendo, se aferraba a mí como si yo pudiera volver a desaparecer de él otra vez, y saber que era una preocupación muy real para él hizo que me doliera el corazón.

Pero el hecho de que Luc no se despertara demostraba lo agotado que estaba. Necesitaba dormir un día o dos, pero yo no podía dormir todavía.

Inquieta, pero tampoco mucho, encontré unas mallas en la oscuridad y me las puse. En el fondo de mi mente, sabía que antes me habría costado muchísimo encontrar esos pantalones negros, pero no me obsesioné con eso. La mejora de la vista era sin duda una gran ventaja, pero esta noche había hablado con Luc por telepatía.

También había movido una camisa con la fuente.

Luc y yo nos habíamos acostado también.

No estaba segura de cuál de ellas me había cambiado más la vida. Todas lo habían hecho por motivos diferentes. Así que podía obsesionarme con muchas cosas, y con razón, pero no quería estresarme con ninguna de ellas.

Se me había ocurrido una idea mientras estaba tumbada en la cama, y no sabía por qué no lo había pensado antes. Me dirigí a la cocina, agarré enseguida unas latas de comida y un par de botellas de agua y las metí en una de las bolsas de papel apiladas en el suelo de la despensa. Si Nate había venido mientras yo había estado durmiendo, podría haber estado buscando comida y haberse asustado por la presencia de tanta gente entrando y saliendo de la casa. Aunque no lo hubiera estado, quizá si encontraba la bolsa, volvería.

Con la bolsa en la mano, salí a la noche fresca y miré a mi alrededor. Al ver los muebles junto a la hoguera, pensé que sería un buen lugar para dejar la bolsa. La coloqué sobre el cojín y me giré para mirar hacia arriba. El cielo estaba cubierto de estrellas diminutas y deslumbrantes, algunas más brillantes que otras. ¿El cielo siempre había sido así o es que mis ojos lo registraban mejor ahora? Tenía que pensar que el hecho de que no hubiera fuentes de luz significativas en kilómetros y kilómetros tenía que ser la causa de que se vieran tantas estrellas.

En cualquier caso, era precioso.

El suave llanto de un bebé rompió el silencio y me volví hacia la casa de Kat y Daemon. El llanto volvió a sonar. Un llanto suave y muy frustrado que sin duda venía de fuera.

Se me movieron los pies antes de que yo se lo ordenara. La curiosidad se había apoderado de mí mientras caminaba a lo largo de la valla, hacia la parte delantera de la casa y a través de una zona que solo tenía dos metros de ancho y era más hierba que piedra. A medida que me acercaba, el gemido se debilitó y sentí una espeluznante sensación de cosquilleo en la nuca. Recorrí el porche cubierto con la mirada mientras me adentraba en el césped delantero.

Daemon estaba en el porche con el bebé. No lo veía, no a través de las gruesas cortinas, pero no tenía esa sensación cuando estaba cerca de Kat.

Desde el porche llegaban silbidos masculinos y bajos que eran respondidos por un gemido aún más somnoliento.

Sentí que me estaba entrometiendo y me di la vuelta, pero una de las cortinas se descorrió y allí estaba Daemon, brillando como un arcoíris para mis nuevos y especiales ojos de Arum, y en sus brazos había una cosita diminuta que brillaba en blanco con un tinte violáceo.

Un bebé Origin.

El espectáculo de luces se desvaneció hasta ser apenas visible. Había mucha piel que ver, ya que Daemon estaba sin camiseta, pero era el niño quien acaparaba mi atención. Estaba envuelto en una manta blanca peluda (lo cual supuse que era normal), pero esta manta tenía una capucha diminuta, y esa capucha tenía la mitad de una cara y orejas...

—¿Es una capucha de llama? —dije de golpe, y el bebé soltó otro llanto—. Ay, madre, perdona. Probablemente no debería estar hablando si estás tratando de calmarlo o algo así.

—No, está bien. Hablar no le impide dormir. Seguro que una bomba estallando tampoco le impide dormir. —Daemon suspiró mientras miraba al niño—. Y sí. Es una manta de llama, lo de la capucha.

Aliviada, me quedé mirando la manta de llama.

—¿Luc?

—¿Quién más? —Bajó los escalones, con los pies también sin nada—. Espero que los gritos superfuertes de Adam no te hayan despertado.

—No. No podía dormir. —Sorprendida de que Daemon estuviera cruzando el camino de entrada hasta donde yo estaba en lugar de apresurarse a alejar al bebé de mí, me quedé allí de pie.

Y como una tonta, dije la cosa más estúpida posible.

—Nunca he visto un bebé.

Ralentizó los pasos.

—A ver, no recuerdo haber visto antes un bebé, pero nunca he estado cerca de uno en la vida real. —Hice una pausa—. No es lo mismo que ver uno en la televisión o algo así. Dios, qué pequeño es. Mira, vaya, es pequeñísimo.

Y yo, vaya, necesitaba callarme la boca.

—Sí, es un pequeñín. —Daemon sonrió cuando Adam hizo un sonido de cansancio que se parecía vagamente a un bostezo—. Le da por llorar, alrededor de una hora cada noche, a la misma hora. No tiene hambre ni nada. Según uno de los libros que ha leído Kat, es algo que hacen los bebés.

—¿Cómo está Kat? —pregunté, cruzando los brazos sobre la cintura.

—Bien. —Daemon seguía mirando al niño y me di cuenta de que se estaba moviendo mientras permanecía allí, balanceándose y meciéndose con suavidad—. Perfecta, en realidad. Se ha vuelto a dormir no hace mucho. Estaba despierta dándole de comer. Dios, es una maldita diosa. —Una breve sonrisa más amplia apareció mientras varios mechones gruesos de pelo negro le cayeron sobre la frente—. No sé cómo lo ha hecho. —Su tono se llenó de asombro—. De verdad que no lo sé. Así que me quedo con el niño por la noche para que descanse hasta que vuelva a tener hambre, que es a menudo. Esto es pan comido.

Les sonreí.

—Es increíblemente fuerte. Yo seguro que estaría escondida en un baño sollozando de pánico si estuviera en su lugar.

Daemon se rio mientras me miraba.

—Kat dijo lo mismo más de una vez, para que lo sepas. —Se giró, inclinando su cuerpo para que yo pudiera ver la cara de Adam—. Se parece a mí, ¿no?

Al abrir la boca, no sabía qué decir. La pequeña cara enrojecida no se parecía ni a Daemon ni a Kat. De hecho, parecía un viejecito cansado. Y entonces abrió los ojos de par en par. No podía ver el color, aunque sabía que serían de un impresionante tono amatista. Pero le vi las pupilas. Blanco diamante. Me dirigió una mirada bastante crítica para ser un bebé de cuatro días.

—Eh... —Sacudí la cabeza—. ¿Se parece a ti?

—Respuesta correcta —respondió—. Por cierto, me alegro de verte levantada y en movimiento y no muerta.

Parpadeé.

—Luc habría sido... Bueno, «un verdadero grano en el trasero con el que todo el mundo tendría que lidiar» sería quedarse corto si te hubiera vuelto a perder —continuó, y no pude evitar pensar en nuestra conversación en la discoteca de Luc—. Joder, estaba que le iba a dar algo cuando fui a preguntarle cómo estabas.

—¿Te has pasado por allí? —La conmoción me inundó el sistema.

Daemon asintió mientras se balanceaba.

—Llegaba más o menos hasta la mitad del camino a la casa cada vez antes de que Luc me hiciera irme. Creo que temía que empeorara las cosas. No puedo culparlo por eso, si lo tenemos todo en cuenta.

Me quedé sin palabras.

—De todas formas, Viv nos ha puesto al día a Kat y a mí antes. Nos ha dicho que estabas despierta y bien. Íbamos a pasarnos, pero ha sugerido que os diéramos un poco de tiempo. —Esa sonrisa francamente encantadora apareció de nuevo—. Se lo he dicho a Kat unas tres veces desde que Viv se ha ido. Pensé que Luc no querría interrupciones. Sé que yo no querría ninguna si Kat hubiera estado durmiendo durante cuatro días.

—¿Quería venir? ¿Después de dar a luz? ¿Con el bebé?

Me miró como si se preguntara dónde estaría exactamente el bebé si no era con ellos.

—Ha estado preocupada por ti.

—Pero si acaba de dar a luz —medio susurré y grité a la vez como si él no lo supiera.

—Como he dicho, mi chica es una diosa guerrera.

—Sí. Sí que lo es. —Estaba medio asustada, pero tenía que preguntar—. ¿Por qué no te preocupa que esté tan cerca de tu bebé ahora? No me quieres aquí, y lo entiendo perfectamente. Estoy practicando para controlar la fuente, y sabía quién era cuando me desperté, pero lo entiendo. De verdad.

La luz de la luna se reflejó en su rostro mientras levantaba la barbilla.

—No sé si lo sabes o no, pero yo no estaría aquí sosteniendo a mi hijo si no fuera por Luc. Adam decidió venir al mundo a su manera, con los pies por delante. Había mucha hemorragia, el cordón umbilical estaba apretado y perdía oxígeno. Podría haberse asfixiado. Luc se aseguró de que eso no ocurriera. Ha salvado la vida de mi hijo, y no hay manera de que pueda pagarle por eso. No la hay. —Con voz áspera, bajó la cabeza y besó la parte superior de la cabeza de la llama—. Lo menos que podría hacer es comportarme un poco menos como un idiota paranoico con su chica.

Me ardía la parte posterior de la garganta mientras un nudo de emoción se alojaba allí mismo.

—Pero eso tampoco significa que haya dejado de preocuparme —añadió en un tono amable para mi sorpresa—. He visto de lo que eres capaz. Lo he sentido. Espero por el bien de todos que esa preocupación se quede solo en eso.

Recordando con facilidad la advertencia de Kat, asentí.

—Haré todo lo posible para que así sea.

—Lo sé. —Hubo un momento de silencio—. Tal vez debas volver dentro pronto. Si Luc se despierta y ve que te has ido, a saber lo que hará, pero seguro que armará un escándalo y hará que todo mi duro trabajo aquí con Adam se vaya a la basura.

Sonriendo mientras el bebé gorjeaba somnoliento, asentí.

—Puede que tengas razón.

—Suelo tenerla —contestó, con una sonrisa burlona.

—Bueno, espero que la noche sea tranquila y que todos descanséis.

—Yo también lo espero, pero si no es así... —Bajó la mirada hacia la cabeza cubierta del bebé. Sus rasgos se suavizaron de una forma que parecía imposible—. No cambiaría un maldito segundo de esto por nada.

Dios mío.

Mi corazón implosionó de azúcar.

—Buenas noches —murmuró Daemon, del todo inconsciente de que me estaba derritiendo como chocolate en un caluroso día de verano. Se volvió, con su gran mano aún plegada de manera protectora alrededor de la nuca de su hijo, mientras empezaba a susurrarle al niño dormido sobre una princesa llamada Snowbird.

Al verlo desaparecer por el camino de entrada y a través de la cochera cubierta, pensé que en realidad habíamos tenido una conversación decente.

Tal vez Daemon no me odiaba, porque me estaba dando la oportunidad de demostrar que no era un peligro. Y tal vez los bebés eran en realidad adorables, porque Adam era adorable con los pequeños sonidos extraños que hacía. En especial los que no me desgarraban a mí cuando hacían su aparición en el mundo.

Bebés.

Me estremecí.

Me quedé mirando la oscuridad de la ciudad que se avecinaba. Ahora mismo, los bebés me daban ganas de gritar y correr en dirección contraria. Era lo bastante lista como para saber que eso podría cambiar más adelante, porque habría un más adelante, pero ese era un puente que Luc y yo ya cruzaríamos. Juntos. Si algún día queríamos tener hijos (volví a estremecerme), podríamos adoptar. Ser capaz de concebir un hijo no convertía a una madre en madre ni a un padre en padre. No significaba que se quisiera más o menos a un niño y, desde luego, no hacía que uno fuera menos que el otro en ningún sentido.

Lo sabía mejor que la mayoría.

Mi madre quería a Evie, a la verdadera Evie. Podía verlo cuando me hablaba de ella y en el recuerdo que había aflorado. Y creo que ella me había querido a mí, a pesar de todas las mentiras. O tal vez eso era lo que necesitaba creer, porque la echaba de menos. Echaba de menos su sonrisa, su olor y sus abrazos. Echaba de menos poder pensar en ella sin culpa ni odio.

Y por primera vez desde que supe la verdad sobre todo, casi me encontré deseando poder olvidar a mi madre.

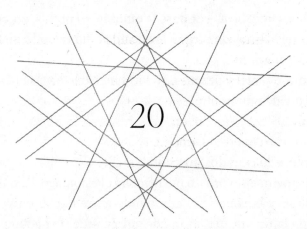

20

—¿No lo hemos hablado ya? —Me eché el pelo hacia atrás, me hice un moño y me coloqué la primera de un millón de horquillas—. Te dije que quería volver a entrenar lo antes posible.

Luc estaba de pie delante de la televisión, y parecía que el cuadro del arcángel Miguel estaba a punto de fulminarlo. Seguía sin camiseta, y tenía la fuerte sospecha de que intentaba distraerme.

—Ya lo hemos hablado —respondió—. Pero fue una especie de discusión unilateral contigo diciendo que querías volver a entrenar.

—Y tú estuviste de acuerdo.

—Sí, pero también creo que no hay nada de malo en tomárselo con calma.

—No necesito tomármelo con calma después de dormir cuatro días. —Me metí otra horquilla y casi me arranco el cuero cabelludo. *Auch.*

—No quiero que te sobrepases, Evie, y que luego vuelvas a desmayarte. —Agarró una camiseta.

—La doctora Hemenway no ha dicho que pudiera pasar nada de eso.

—Tampoco sabe lo que puede pasar. —Frunció el ceño—. ¿Cuántas horquillas necesitas?

—Muchas. Y me siento muy bien. —Una horquilla más y estaba segura de que mi pelo no se despeinaría ni con la más ligera brisa.

—Te ves muy bien. —Se puso la camiseta. «Por fin». Arqueó una ceja—. No me había dado cuenta de que mi pecho varonil distraía tanto.

—¿Pecho varonil?

—Son solo piel y pezones, Melocotón. No lo hagas incómodo.

Me quedé mirándolo.

Sonrió.

—No seas tan encantador.

«No puedo evitarlo. Soy adorable».

Un movimiento brusco me revolvió el estómago. Durante toda la mañana, Luc había estado alternando entre hablar en voz alta y a través de la fuente, una forma de entrenamiento distinta de la que estábamos discutiendo.

Me concentré en él, imaginando una cuerda que nos conectaba. «Eres molesto».

Fingió fruncir el ceño. «Rebota, rebota y en tu culo explota».

—Madre mía. —Me reí—. ¿Cuántos años tienes? ¿Cinco?

Luc asintió.

—Ya soy un niño mayor.

—En serio. Deja de ser tan adorable. Estoy enfadada.

—No puedo evitar ser como soy. —Luc no solo caminó hacia mí. Se pavoneó—. Sé que estás lista para volver a entrenar, y sé con toda probabilidad que solo estoy paranoico.

—Definitivamente estás paranoico.

—Pues sí.

Me concentré en la cuerda entre nosotros. «Pero entiendo por qué estás paranoico. Yo también lo estaría si hubieras sido tú el que se hubiera desmayado durante cuatro días».

Me miró a la cara.

—Me alegro de que lo entiendas. —Cambió a la forma más privada. «No es que intente controlar lo que haces o que no te crea capaz de volver a entrenar. Es que estoy preocupado. Mucho».

—Lo sé.

Me echó hacia atrás un mechón de pelo que ya se había escapado de una de las muchas horquillas. «Sé que anoche no dormiste mucho».

Luc estaba despierto cuando regresé, seguro que a punto de iniciar una búsqueda y un posible rescate, pero lo único que comentó cuando volví a la cama fue lo fríos que tenía los dedos de los pies. Me estrechó contra su pecho y enseguida volvió a dormirse.

«Ya había dormido bastante», le dije, y luego cambié a la forma con la que me sentía más cómoda.

—Lo único que siento es un poco de inquietud, pero nada como antes. ¿Recuerdas que Grayson dijo que podía sentir la fuente, como un zumbido interno? Eso es lo que siento. Quizá sea algo a lo que tenga que acostumbrarme.

Me apartó otro mechón fino de pelo.

—Puede. Sé que a los híbridos les lleva un tiempo. Solo prométeme que, si empiezas a sentirte rara o mareada o algo así, me lo harás saber de inmediato.

—Te lo prometo.

Me pasó los dedos por la mandíbula y me echó la cabeza hacia atrás.

—Siento que debería disculparme.

—¿Por qué?

—Porque te he despertado esta mañana.

Fruncí el ceño.

—¿Ah, sí?

Asintió con la cabeza.

—Cuando me desperté, seguías durmiendo y estabas tan quieta contra mí, que tuve un momento de pánico, pensando que no ibas a despertarte otra vez. Así que casi grité tu nombre. Me sorprendió que no te despertaras chillando.

—Luc. —Se me encogió el corazón—. No tienes que disculparte. Yo habría hecho lo mismo.

—Recuerda que has dicho esto cuando lleve un año gritando tu nombre preso del pánico por las mañanas.

—Lo recordaré.

Bajó la cabeza y me besó, y desde ayer cada beso había sido diferente, más dulce y más cargado de promesas. Di un paso hacia él, agarrándole la parte delantera de la camiseta. El sonido que retumbó en su interior me hizo sentir un escalofrío.

«Evie». Luc sonrió contra mis labios.

—Si no nos vamos ahora, no nos iremos en mucho tiempo.

—Eso no me parece mal —respondí, con los ojos aún cerrados—. ¿Lo está?

—No. —Deslizó la mano por mi cadera—. Suena como todos los mejores sueños haciéndose realidad.

Le rocé la nariz con la mía mientras ladeaba la cabeza.

—¿Pero...?

—Pero vamos a ser maduros y responsables —respondió con un suspiro tan disgustado que me arrancó una sonrisa—. Quieres poner tus habilidades a punto. Prioriza, Melocotón.

—Pero si me has besado tú.

—Tus labios estaban suplicando los míos.

Riendo, abrí los ojos y me aparté.

—Vamos.

Me tomó de la mano y salimos por la puerta principal en una mañana soleada de noviembre. El cielo era de un azul muy claro, y las nubes, esponjosas y bajas. Ansiaba capturarlo con la cámara. Mientras bajábamos por el camino de entrada, fantaseaba con sustituir todos los cuadros de ángeles por fotografías del cielo, algunas en color y otras en blanco y negro. Pero eso no iba a ocurrir pronto.

—¿Quieres correr? —pregunté al final del camino de entrada. Íbamos al mismo sitio que antes, al viejo almacén de embalajes.

—Creía que primero haríamos una parada en boxes. A diferencia de ti, no he tenido la oportunidad de ver de verdad a la nueva incorporación al mundo —dijo Luc—. Solo pasó un minuto o así después de que naciera cuando oí a Grayson.

—Me parece bien. —Le había contado a Luc lo del encuentro sorpresa, pero no le había mencionado lo que Daemon me había dicho anoche sobre lo que había hecho Luc—. Eres increíble, lo sabes, ¿verdad?

—Por supuesto. —Me apretó la mano—. Pero ¿qué te ha hecho decidirte a reconocerlo por fin?

—Estoy bastante segura de que no es la primera vez que lo reconozco. —Cruzamos el césped delantero, dirigiéndonos hacia donde la cortina ya estaba descorrida—. Pero sé lo que hiciste por su bebé.

—Ah. —Miraba hacia arriba, hacia el cielo—. No hice mucho. Nada por lo que impresionarse.

—¿Nada por lo que impresionarse? Mantuviste al bebé estable. ¿Cómo pudiste hacerlo?

Se detuvo justo debajo de los escalones del porche.

—Tuve suerte. Todos tuvimos suerte de que fuera un cordón umbilical comprimido, algo físico y no biológico. Si hubiera sido así, ninguno de nosotros habría podido hacer nada.

Lo miré, manteniendo la voz baja.

—Creo que todos tuvieron suerte de que estuvieras aquí.

Su mirada bajó hacia mí.

—Solo hice lo que pude. Mantuve estable la respiración del bebé. Eso es todo.

Y eso mantuvo con vida al niño, pero al oír hablar a Luc, era como si tan solo hubiera ayudado a descargar la compra o algo así.

Me estiré, le besé la mejilla y, cuando volví a ponerme en pie, me observó. Tiré de su mano y me siguió hasta el porche.

Daemon abrió la puerta antes de que llamáramos.

—Mira quién nos honra con su presencia.

Luc sonrió.

—Sabía que seguramente me estabas echando de menos.

El Luxen se rio.

—Como un agujero en la cabeza.

—Eso podría ser una mejora —respondió Luc.

—Ha venido a ver al bebé —dije antes de que los dos se enzarzaran en un concurso para ver quién es más sarcástico que el otro.

—¿Está celoso de que tú lo hayas visto primero? —preguntó Daemon.

Asentí con la cabeza.

—Voy a empezar a llamarte «Melocotón Chaquetero» —murmuró Luc.

Eso me hizo bufar de la risa.

—Estás de suerte. —Daemon cerró la puerta detrás de nosotros—. Adam está despierto.

—Eso es porque está ansioso por conocerme.

Puse los ojos en blanco mientras seguíamos a Daemon de vuelta al dormitorio. Una vez más, me asombró la cantidad de libros que había en la casa.

«¿Puedes oír alguno de los pensamientos de Daemon ahora mismo?». La voz de Luc me hizo dar un respingo y lo miré.

No había oído nada la noche anterior, pero tampoco es que lo hubiera intentado entonces. Centrándome en la espalda de Daemon, me concentré y no oí nada.

«No oigo nada», le dije a Luc.

«Interesante. Está pensando en lo guapa que está Kat y..., vaya, no voy a repetir lo que estoy oyendo ahora». Arqueó las cejas. «Quizá sea algo exclusivo entre nosotros, por mis intentos de curación y los otros sueros».

Si era algo exclusivo entre nosotros, ¿significaría que los demás Troyanos no podrían comunicarse así ni oír los pensamientos de los demás? Si era así, Luc y yo teníamos una ventaja sobre los otros Troyanos. O podría significar que los demás Troyanos podían oír los pensamientos de todos los demás como Luc y que yo tenía algún defecto debido a los otros sueros.

«No tienes ningún defecto».

Le lancé una mirada a Luc.

«Sal de mi cabeza».

Sonrió.

Lo que necesitábamos era otro Troyano. Era la única forma de poner a prueba muchas de nuestras teorías o encontrar alguna respuesta, pero era probable que eso no ocurriera.

—Creo que Adam sabía que ibas a venir —dijo la voz de Kat desde el final del pasillo—. Suele estar durmiendo la siesta a esta hora del día, pero está despierto.

Dado que los Origin eran todos un poco diferentes, eso podría ser posible.

—Entonces debe de estar tan emocionado como yo —respondió Luc al entrar en la habitación. Yo me quedé atrás.

Kat levantó la vista desde donde estaba sentada, meciéndose con suavidad en la silla, con el pelo recogido en un moño que parecía tan despeinado como el mío y las mejillas sonrojadas de un color rosa saludable. El bebé estaba acurrucado contra el pecho de Kat, mirando y parpadeando a lo que sea que miraban los bebés.

Sin la mantita con capucha, vi que el niño tenía mucho pelo grueso y oscuro. ¡Tenía la cabeza llena!

Kat sonrió cuando su marido cruzó la habitación, dándole un beso en la mejilla a ella y luego en la coronilla a su hijo. Se levantó de la silla, el vestido azul claro se le deslizó por los pies mientras caminaba hacia delante, deteniéndose frente a Luc, que permanecía de pie, como si estuviera embobado.

—Kat...

Poniéndose de puntillas, Kat le besó la mejilla, haciendo que se callara.

—Muchas gracias —susurró, con los ojos brillantes de lágrimas mientras se apartaba—. Esas dos palabras no son suficientes, pero muchas gracias.

Apreté los labios y aspiré con fuerza por la nariz. Luc sacudió despacio la cabeza y supe que estaba a punto de soltarle la misma retahíla que me había soltado a mí, pero Kat no quería saber nada de eso.

—Perderlo nos habría matado de la peor manera posible, y no sé si nos habríamos recuperado de ello, pero los tres estamos aquí gracias a ti —le dijo—. Y me gustaría que hubiera alguna forma de devolvértelo, alguna forma de que pudieras entender de verdad la profundidad de nuestra gratitud.

Luc seguía sin habla y volvía a estar tan quieto como una estatua, así que intervine.

—Le gustan los sándwiches de queso fundido.

Kat me miró y enarcó las cejas.

—Mucho —añadí—. Tanto que está en una relación comprometida a largo plazo con ellos. Un suministro de por vida de sándwiches contribuiría en gran medida a demostrar vuestra gratitud.

Kat sonrió mirando a Daemon mientras los hombros de Luc empezaban a relajarse.

—Creo que podemos cumplir eso. ¿Verdad, cariño?

—Puedo hacer unos sándwiches de queso fundido buenísimos —respondió él.

«Gracias», fue la suave respuesta de Luc.

Parpadeé para disimular la humedad que tenía en los ojos. «Ahora ya no tengo que preocuparme de hacerte ni uno».

Me dedicó una sonrisa por encima del hombro y una mirada que decía que lo sabía muy bien.

Kat se giró un poco y, en ese momento, el pequeño Adam estiró un brazo diminuto y regordete hacia Luc mientras su cabecita se balanceaba y ondulaba detrás de la mano de Kat. Soltó un suave sonido de bebé.

—Creo que quiere saludar.

Antes de que Luc pudiera hacer o decir nada, Kat estaba poniendo al bebé en los brazos de Luc.

—Asegúrate de sujetarle la cabeza. Así. —Kat hizo que el brazo de Luc y luego su mano formaran una cuna—. Ya está. Eres un profesional.

Luc parecía como si le hubieran dado una bomba.

—Oh, sí, cuánta naturalidad —comentó Daemon.

Kat le lanzó una mirada a Daemon que lo hizo reír entre dientes.

—Lo está haciendo muy bien. —Sonrió a Luc—. Lo estás haciendo muy bien.

—Es muy pequeño. —Fue lo único que dijo Luc.

—Hace cuatro días no lo parecía, te lo aseguro —respondió con ironía, y yo apenas pude disimular mi estremecimiento.

Me acerqué y vi que el bebé miraba a Luc con unos ojos idénticos a los suyos. Adam estaba increíblemente callado mientras movía los pies cubiertos con calcetines.

—Creo que le gustas —comentó Daemon—. Lo que de verdad va a molestar a Archer. En el momento en el que se acerca, Adam hace pucheros y empieza a llorar.

—Ese es mi chico. —La sonrisa de Luc era lenta mientras se volvía hacia mí—. ¿Quieres sostenerlo?

—¡Nop! —Levanté las manos—. No os ofendáis, pero no confío en mí misma para no hacer algo mal.

—Yo pensé lo mismo la primera vez que lo sostuve. —Kat extendió la mano y me tocó el brazo—. Me alegro de ver que estás bien. Estábamos muy preocupados.

—Gracias —respondí—. Y tú te ves estupenda, por cierto.

—Me siento como si me hubiera pasado por encima un camión de diez toneladas y estoy agotada. —Su mirada se desvió hacia Luc y su hijo—. Pero estoy encantada. —Extendió la mano, enderezando el pequeño calcetín de uno de sus pies—. ¿Sabéis alguno de vosotros o Viv por qué has estado durmiendo durante unos días?

En realidad, me sentí aliviada de que me lo preguntara, porque empezaba a cuestionarme qué tipo de cosas extrañas habían visto esos dos para que aún no me lo hubieran preguntado, y les conté lo que sabíamos. Luc intervino después de que Daemon recuperara a su hijo y explicó la teoría de Viv.

—Joder —murmuró Daemon—. Todo eso parece una locura, pero también tiene sentido.

Kat estaba jugando con el pie de Adam de nuevo.

—Vi algunos de sus laboratorios mientras estaba en uno de sus complejos. Dasher me los enseñó. —Le sonrió al bebé—. No hay nada que no crea que sean capaces de hacer, por lo que la codificación de una mutación para actuar como un virus latente en realidad no me sorprende.

A Daemon se le tensó la mandíbula.

—Pero si la teoría de Viv es cierta y esos sueros adicionales han cambiado las reglas del juego, eso explicaría por qué no intentaste regresar a Dédalo y por qué no nos reconociste.

—Estabas reiniciando —aclaró Kat—. Y algo que Luc dijo o hizo aceleró el proceso o te sacó de él.

Algo se había dicho. Casi podía oírlo. Fuera lo que fuese, floreció en los márgenes de mis pensamientos y luego se me escurrió entre los dedos como el humo mientras miraba fijamente a Kat. Mi cerebro dio vueltas intentando recuperarlo, pero no pude.

—Has utilizado la fuente desde entonces, ¿verdad? —preguntó.

—Sí —les respondí, volviendo a centrarme—. La he usado para que me trajera una camiseta. Creo que me va a hacer que me vuelva perezosa.

Kat me dedicó una sonrisa.

—Mujer, la primera vez que tuve el control de la fuente, la usé para todo.

—¿Es posible que todo lo de dormir puede que fuera el reinicio final? ¿O la actualización en marcha? —preguntó Daemon.

—No es imposible —contestó Luc—. No lo sabremos hasta que, bueno, lo sepamos.

Daemon devolvió a Adam a Kat.

—Y practicar con la fuente no es lo mismo que hacer lo que hiciste en el bosque.

—Lo sé. —Lo miré fijamente—. Pero estamos empezando poco a poco, y supongo que, con el tiempo, iremos a toda máquina. Luc tiene una forma de..., eh..., asegurarse de que no me descontrole demasiado.

—¿Ah, sí? —Kat sonó sorprendida mientras volvía a la silla. Sentada, colocó al bebé boca abajo sobre su brazo. Parecía muy contento allí—. ¿Cómo?

Como Luc no contestó, lo hice yo.

—Básicamente puede apagarme tomando el control. Noquearme sin, ya sabéis, noquearme de verdad.

La mirada de Kat pasó de mí a Luc mientras frotaba la espalda de Adam con la mano.

—Eso suena extremo.

—Lo que pasaría si no lo hace sería mucho más extremo. —Miré a Kat a los ojos, deseando que recordara la advertencia que me había hecho antes, y debió de hacerlo, porque asintió.

—Quiero estar allí cuando vayas a toda máquina —anunció Daemon.

Arqueé las cejas.

—Eh, yo, esto... No sé si eso es una buena idea.

—Lo mismo digo —añadió Luc.

—Creo que debo ser más claro. —Daemon entonces fijó esos ojos verdes ultrabrillantes en Luc—. Quiero estar ahí para ayudar a que no se nos vaya de las manos.

Callado, Luc ladeó la cabeza y, tras una pequeña eternidad, dijo:

—Está bien.

¿Que estaba bien?

«Está siendo sincero, Melocotón». Su voz resonó en mis pensamientos sin previo aviso, haciéndome estremecer. «Quiere asegurarse de que no pase nada malo para que no ocurra algo malo de verdad».

Lo medité. «¿Quieres decir para que no acabe enfadando a Cekiah y me echen de la zona?».

«Nunca te echarán de la zona».

—Te avisaré cuando estemos listos.

—Estupendo. —Daemon se cruzó de brazos, pareciendo el Luxen bravucón que conocía.

—Estupendo —susurró Kat, y luego más alto—. Dee va a estar encantada de oír que estás despierta y que te va bien.

—Me sorprende que no esté aquí. —Luc agarró lo que parecía un plátano de peluche y frunció el ceño—. Le he comprado mejores juguetes que esto.

Daemon lo ignoró.

—Archer y ella están fuera. Tiene muchas entrevistas.

Mis pequeños y viejos oídos se aguzaron.

—¿Con ese senador estúpido?

—Entre otra gente estúpida. —Apareció una breve sonrisa, pero se desvaneció de inmediato—. ¿Recuerdas a ese tipo de los Hijos de la Libertad? ¿Steven? ¿No habló sobre una gripe?

—La armada con la mutación —repliqué—. Dijo que la habían liberado en pequeños lotes.

Daemon asintió.

—Bueno, parece que se ha liberado en un rango más amplio. Mucha gente está enfermando. Algunos están actuando con violencia. Otros se están muriendo.

Se me encogió el estómago y, de inmediato, pensé en James, en todos los que había visto día tras día en el Instituto Centennial.

—¿Cómo de amplio?

—Por lo que Dee ha averiguado, los brotes iniciales de Kansas City y Boulder se han extendido. No sé cuántos están enfermos, pero son suficientes para que la gente no pueda salir o entrar en las ciudades —explicó Daemon, y me llevé la mano al centro del pecho—. Ha habido otro en Orlando, uno en Nueva Orleans y...

Se me cortó la respiración y el miedo estalló en mi interior.

—¿Dónde?

Hubo una rápida mirada a Luc antes de que Daemon respondiera.

—Columbia, Maryland y algunas de las ciudades de los alrededores.

—No —susurré, con las rodillas temblorosas de repente. Quería dar media vuelta y volver a Columbia. Parecía una locura. ¿Qué podía hacer yo? Pero quería asegurarme de que James y mis amigos estaban bien.

—¿Cómo de grave es? —preguntó Luc.

—Igual que las otras ciudades. Están bloqueadas, intentando detener la posible propagación. —La mano de Kat se detuvo en el centro de la espalda del bebé. Adam estaba dormido—. O eso dicen, pero si Dédalo es el responsable de la gripe, sabes que o hay una razón por la que la están conteniendo ahora mismo o es mentira.

—¿No se sabe el número estimado de enfermos? —preguntó Luc.

—Lo único que ha oído Dee es que en Boulder dicen que es alrededor del tres por ciento de la población, pero allí el número es mayor debido a la gran población Luxen. —A Daemon se le desencajó la mandíbula—. Eso es lo que dicen los funcionarios, y puede que sean algo más de tres mil, basándonos en cuando vivíamos allí.

—Madre mía. —Di un grito ahogado—. Si menos del cincuenta por ciento se vacuna contra la gripe y te basas en esas estadísticas, eso podría significar que al menos mil quinientos de ellos morirán o mutarán.

Daemon dijo algo, pero yo no estaba pendiente de la conversación. Una corriente constante de rostros pasó ante mí, algunos de ellos conocidos, otros sin nombre, y luego esa corriente se convirtió en un río de gente sin cara, todos ellos inocentes. Las náuseas me retorcieron las entrañas.

—Y déjame adivinar, ¿se está culpando a los Luxen y la gente se lo está creyendo a pies juntillas?

—Sip —respondió Daemon.

—Tenemos que hacer algo —dije, con el corazón palpitando.

—No hay nada que nosotros podamos hacer. —Luc me miró.

—Tiene que haber algo. —Mis pensamientos corrieron en busca de una respuesta, llegando a la única cosa en la que mi madre siempre había insistido—. Las vacunas contra la gripe. Dee podría difundir un mensaje para asegurarse de que la gente se vacune contra la gripe. Sería una protección...

—Hay escasez en todo el país —repuso Daemon—. Una muy conveniente. Si la gente no se ha vacunado ya, no lo van a hacer.

Levanté una mano y me la pasé por la frente.

—Tiene que haber algo más. La gente va a mutar o a morir.

—Se está haciendo algo —dijo Luc.

—Acabas de decir que no hay nada...

—Que *nosotros* podamos hacer —repitió—. Tú, yo y todos los que estamos en esta habitación, incluido el adorable bebé dormido. No podemos luchar contra un virus de la gripe, Melocotón. Ni con los puños ni con la fuente, a menos que usemos esta última para bombardear ciudades, y no creo que nadie quiera eso.

—Ya lo sé.

—Dee está haciendo todo lo posible para que se corra la voz de que los Luxen no están enfermando a los humanos —explicó Daemon—. Que la gripe se está propagando como cualquier otra gripe, a través del contacto entre humanos. No está culpando a Dédalo ni al Gobierno. Si se dirigiera a ellos de esa manera, la excluirían. Nadie la escucharía. Tenemos que tener la esperanza de que la gente la escuche y tome las precauciones necesarias en lugar de creerse los apodos pegadizos.

—Tenemos que *creer* en eso —corrigió Kat—. Hay un montón de humanos por ahí que no tienen miedo a los Luxen, que tienen que ver más allá de estas idioteces.

—¿Y después qué? —pregunté, alternando la mirada de uno a otro—. ¿Y si les hacen caso? ¿Y si no lo hacen? Una vez que la gripe haga su daño y mate o mute a millones, o incluso si no hay más brotes, ¿qué vamos a hacer?

Ni Kat ni Daemon respondieron.

Aspiré con fuerza. Sabía lo que eso significaba, lo que seguía significando, aunque Daemon estuviera dispuesto a darme otra oportunidad e incluso a estar allí para ayudar a Luc a detenerme antes de que las cosas se descontrolaran. Ninguno de los dos confiaba en mí, no con lo que planeaban hacer.

Eso aún me seguía escociendo y enfureciendo, pero lo que me destrozaba era saber que todavía no les había dado ninguna razón real para confiar en mí.

Podía sentir la mirada de Luc sobre mí cuando preguntó:

—¿Cuál es ese apodo tan pegadizo para la gripe?

—Es la cosa menos ingeniosa que puedas imaginar. —El tono de Daemon destilaba asco—. Lo llaman «E. T.».

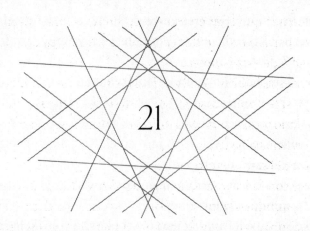

21

Tres días después de saber que la gripe con el apodo más estúpido de la historia se estaba extendiendo y que lo único que podíamos hacer era esperar que la gente hiciera caso a Dee, agarré el plátano de peluche que salió volando de la mano de Zoe y que se dirigía directamente a mi palma en lugar de a mi cara.

—¡Ajá! —grité, lanzando al aire el juguete que Luc había robado de casa de Daemon y Kat.

—¡Lo has vuelto a hacer! —Zoe aplaudió, un público mucho más servicial y entusiasta que Grayson.

—Felicidades —dijo la voz ronca que era sorprendentemente más irritante que la seca de Grayson—. Has evitado que un plátano de peluche te agrediera físicamente en la cara. —Una pausa embarazosa—. Después de veintitrés intentos.

Conté hasta diez mientras deslizaba la mirada por la expresión desconcertada de Luc hacia el hombre mayor sentado en la silla de metal plegada.

Por desgracia, Zoe no había venido sola los dos últimos días.

El general Eaton estaba sentado, frotándose la rodilla de su pierna rígida. Hacía más comentarios que un locutor deportivo. Cuando se presentó ayer con Zoe, dijo que quería comprobar por sí mismo que yo estaba... ¿Cómo lo había dicho? «Consciente y respirando y no tratando de matar a todo el que se me pusiera por delante».

Qué simpático.

—No han sido veintitrés veces —espeté, resistiendo el impulso de convertir el plátano en un verdadero proyectil y lanzárselo a la cabeza.

—Más bien han sido quince —intervino Luc.

Entrecerré los ojos.

—No estás ayudando.

Luc sonrió, pero había algo raro en él. No sabía qué era ni si de verdad había algo raro en él.

«Me pones mucho cuando te enfadas».

«No trates de engatusarme».

Riéndose, Luc levantó la mano y el plátano voló de la mía directamente a la suya. Durante los dos últimos días, Luc había pasado todo el rato de hablar en voz alta a no hacerlo y, aunque seguía siendo un impacto oír su voz con tanta claridad, enviar lo que yo quería que oyera se había vuelto más fácil. Y a pesar de la actitud poco comprensiva de Eaton, mejoré de forma considerable en el uso de la fuente. Sí, a veces me faltaba un poco de puntería, pero desde el día uno, como se refería Luc al primer día después de despertar, había habido una mejora notable. Ya no fallaba cuando intentaba mover algo. No tenía que concentrarme tanto y, para ser sincera, me sentía muy bien.

—Vamos a intentar hacer algo más difícil —anunció Luc, arrojando el plátano al regazo de Eaton. El general lo miró con el ceño fruncido—. Quiero que muevas objetos animados, algo que pueda defenderse.

Zoe levantó la mano.

—Me ofrezco voluntaria como tributo.

Me crucé de brazos.

—No estoy segura de sentirme cómoda con eso.

—Yo sí. —Se quitó la goma del pelo de la muñeca y se apartó la masa de rizos definidos de la cara—. Muéveme. Te reto.

Eaton arqueó una ceja.

Miré a Luc. Tenía los hombros tensos. Mover un plátano de peluche robado era una cosa. Obligar a mi amiga a hacer algo era totalmente distinto.

«No pasa nada. No vas a hacerle daño», la voz de Luc vino a mí.

«¿Cómo puedes estar seguro?».

«Porque no te estoy pidiendo que la tires por una ventana».

Apreté los labios mientras desviaba la mirada hacia Zoe.

—¿Estás segura de esto?

Asintió con la cabeza.

—Solíamos hacer esto todo el tiempo cuando entrenábamos. Así aprendimos a trabajar con la fuente.

Bueno, eso no me hizo sentir mucho mejor.

—¿Y estás de acuerdo con hacer esto de nuevo?

—Ponte a ello, chica. —Eaton se rascó la barbilla—. Que se nos va a ir el día.

—Si te aburres, siempre puedes ir a buscarte otra cosa —sugerí con amabilidad.

Se inclinó hacia delante.

—Tengo un consejo para ti.

—¿En serio?

—Por eso estoy aquí —respondió—. Si quieres tomar lo que te hicieron y hacer algo bueno con ello, tienes que superarte.

Parpadeé.

—¿Perdón?

—Eaton —suspiró Luc, volviéndose hacia el hombre mayor.

—No, escúchame. —Levantó una mano—. Sigues pensando como si fueras humana, como si estuvieras rodeada de frágiles y pequeños humanos. No eres humana. Ya no lo eres. Y estos dos nunca han sido humanos. Tienes que dejar de pensar y actuar así.

—Tiene razón —comentó Zoe al cabo de un momento—. No vas a hacerme daño.

Luc no dijo nada mientras yo cambiaba mi peso de un pie a otro. La cuestión era que podía hacerle daño a Zoe, pero Luc tenía razón. No iba a intentar tirarla por una ventana ni nada parecido. Además, Eaton también tenía razón. Seguía pensando como una humana. Era difícil no hacerlo.

—De acuerdo. —Descrucé los brazos—. Hagámoslo.

—Quiero que empujes a Zoe hacia atrás sin tocarla —indicó Luc.

Zoe saltó hacia donde yo estaba y se detuvo delante de mí, sonriendo con alegría.

—Muéveme.

Me quedé mirándola.

—Hazlo. Ya sabes qué hacer. Haz que me mueva. —Me empujó el hombro y puse los ojos en blanco—. Haz. Que. Me. Mueva.

—No tienes que ser tan molesta.

—Oh, sabes que aún no has visto nada —respondió—. Puedo ser mucho más molesta que esto. ¿Recuerdas aquella vez que tú y Heidi queríais ver ese espeluznante programa sobre bichos dentro de la gente y yo no estaba por la labor?

Sonreí al recordarlo.

—Empezaste a bailar delante de la tele, haciendo una rutina de danza interpretativa malísima.

—Ah, sí. —Alzó las cejas—. Puedo volver a ser un árbol. Un árbol derribado. —Levantó los brazos por encima de la cabeza y empezó a balancearse—. Un árbol triste, siendo derribado.

—¿Qué narices? —murmuró Luc.

Intentando no reírme mientras Zoe comenzaba a inclinarse a la derecha y luego a la izquierda, aproveché el zumbido de energía en mi pecho e imaginé a Zoe moviéndose...

—¡Oh, mierda!

Los pies de Zoe patinaron por el suelo mientras volaba hacia atrás, con la camiseta ondeando a su alrededor. Levantó una mano y se detuvo antes de estrellarse contra la pared.

Eaton se rio entre dientes.

—Joder, ahora sí que se ha puesto interesante.

—¡Dios mío, lo siento! —empecé a decirle a Zoe.

—¡Ha sido increíble! —exclamó Zoe, y me detuve de golpe—. Madre mía, ha sido como ser azotada por vientos huracanados.

Su amplia mirada se desvió hacia Luc.

—¿Has visto eso?

—Lo he visto. —Una leve sonrisa marcó sus labios—. Hazlo otra vez, pero esta vez, Zoe, contraataca.

—Lo he hecho. —Se puso bien la camiseta mientras caminaba hacia donde yo estaba—. Me he defendido.

—Inténtalo con más fuerza.

Arrugó la nariz.

—De acuerdo. —Poniéndose delante de mí, se lo estaba tomando en serio en esta ocasión. Nada de rutinas de danza interpretativas. Barbilla baja, brazos a los lados, asintió—. Haz que me mueva.

Hice lo mismo que antes, imaginármela moviéndose, pero esta vez las pupilas de Zoe se pusieron blancas y no voló hacia atrás. Retrocedió varios centímetros.

—Empújala hacia atrás —indicó Luc, con la mandíbula apretada.

Empujé, metiendo los dedos hacia dentro. Zoe apretó los labios y le aparecieron venas blancas debajo de la piel incluso mientras movía otro pie.

—Joder —gruñó, con la camiseta de tirantes pegada a la barriga y al pecho.

Un segundo después, perdió la batalla, deslizándose hacia atrás. Dejé de hacerlo y miré a Luc.

Estaba frunciendo el ceño.

—¿De verdad te estás resistiendo, Zoe?

—¡Sí! —Alzó los brazos—. Pensé que lo tenía por un momento, pero ella... —Zoe desvió la mirada hacia mí—. Chica, qué fuerte eres. —Me recorrió con la mirada—. ¿Y tu piel ahora mismo? Se ve bastante genial.

Mi pecho se llenó de orgullo, y Zoe y yo nos enfrentamos una vez más. Resistió un par de segundos las dos veces siguientes, pero después empujé con más fuerza y ya no hubo resistencia.

Zoe tuvo que irse poco después y Luc ocupó su lugar. Se había ofrecido voluntaria para ayudar a la doctora a hacer controles generales de salud a todos los humanos. Tenía la sensación de que estaban comprobando una y otra vez si había algún síntoma de gripe, aunque era muy poco probable que alguien hubiera entrado en contacto con ella.

Luc se colocó delante de mí, con las piernas abiertas y firmes. Empujé, empujé con fuerza. La camiseta se le pegó al cuerpo y el pelo se le revolvió en la frente. Las pupilas se le encendieron con intensidad y, durante varios segundos, no se movió.

Y entonces lo hizo.

Luc se deslizó medio metro antes de detenerse. El blanco cobró vida, iluminando una red de venas a lo largo de sus mejillas y garganta. Después de eso, no se movió.

Respirando de forma entrecortada, sacudí los brazos.

—Eso es todo lo que puedo hacer.

Luc se enderezó y la luz desapareció de sus venas. Alrededor de su boca se formaron arrugas de tensión.

—Eres poderosa. Eso ya lo sabemos, pero ¿sabes qué más sé yo?

—¿El qué? —Tomé el agua que me lanzó y bebí un trago.

—Sé que eres mucho más poderosa que eso. —Se acercó a mí y agarró la botella que le ofrecí—. Lo sé de primera mano.

Se me revolvió un poco el estómago al verlo beber un trago.

—Lo que estoy haciendo ahora no es lo que hice en el bosque.

—Cierto, pero tienes ese tipo de fuerza en ti. Deberías ser capaz de mandarme volando por la habitación.

Ahogué un bostezo, preguntándome por qué Luc estaba tan deseoso de que lo arrojaran al otro lado de la habitación.

—¿Estás cansada? —Luc se acercó, con voz grave.

Dormir no había sido fácil desde que me desperté de mi corto período de coma. El problema era seguir durmiendo. Dormirme había sido demasiado fácil. No sabía si tenía que ver con todo el asunto de la mutación que me había despertado, con preocuparme por Heidi y Emery o con enterarme de lo de la gripe, pero, en cualquier caso, había pasado un montón de horas en silencio dándole vueltas a todo. Estaba previsto que Dee y Archer regresaran hoy, y esperaba que ella trajera consigo alguna actualización sobre la gripe y lo que estaba ocurriendo en realidad.

Pero había algo que me seguía atormentando, algo fuera de mi alcance. No dejaba de pensar que era algo que Kat había dicho cuando la visitamos, pero no podía precisarlo.

—Estoy bien —le dije, y luego, en privado, añadí: «Te prometí que te iba a avisar si me sentía rara o algo así. Y no lo estoy»—. No quiero lanzarte por la habitación.

Luc dejó la botella a un lado.

—Y ese es el problema.

Me puse rígida.

Enroscó los dedos alrededor del dobladillo de mi camiseta, poniéndola bien.

—Eaton podría haberlo dicho mejor.

—Creía que lo había dicho perfectamente —murmuró el general.

Luc lo ignoró.

—Pero estás pensando como una humana. Nos tratas como si fuéramos humanos. Te has contenido con Zoe. Sé que lo has hecho —dijo cuando abrí la boca para discrepar—. Ella no debería haber sido capaz de resistirse en absoluto. Y no has presionado tanto como sé que puedes hacerlo conmigo. Tienes que dejar de preocuparte por hacerme daño a mí o a Zoe.

Me puse las manos en las caderas.

—Es más fácil decirlo que hacerlo, Luc. Soy capaz de hacerte daño, y no sé exactamente cuál es el límite.

—Conocer tu límite es fácil. —Sus ojos se encontraron con los míos—. Si no quieres hacerme daño, entonces no me hagas daño.

Levanté las cejas.

—Eso puede sonar como si tuviera sentido para ti, pero no lo tiene para mí.

Una luz blanca le brotó de la palma, y levantó la mano.

La energía crepitó con suavidad cuando me acarició la mejilla. Su palma y la fuente se sentían cálidas cuando me tocó, y suaves sacudidas de energía me recorrieron la piel.

—¿Te duele? —preguntó.

—No.

—Pero me has visto usar esto para matar, ¿verdad? Me has visto colocar esta misma mano sobre alguien y quemarlo de adentro hacia afuera, ¿verdad?

Con el pecho encogido, asentí.

—No es que vaya a olvidarlo.

—La fuente es la fuente, Melocotón. La única diferencia es la voluntad que hay detrás, el quién está detrás. No quiero hacerte daño, así que no lo hago. Tú no quieres hacerme daño, así que no lo hagas.

Cambió a una forma de conversación mucho más privada. «La noche de la pesadilla, entraste en pánico y perdiste el control. No tenías voluntad detrás de lo que estaba sucediendo, y cuando la fuente se queda sola, a menudo se convierte en destrucción pura y dura».

—Inténtalo —dijo, bajando la mano. La fuente se apagó—. Invoca la fuente y tócame.

La mera idea de hacerlo provocó que se me acelerara el corazón.

—Tengo la sensación de que vosotros dos estáis haciendo eso que Kat y Daemon hacen todo el tiempo —refunfuñó Eaton—. Hablar entre vosotros.

Luc me sostuvo la mirada.

—Alguien parece celoso.

«Inténtalo, Evie. Confío en ti».

El pulso me latía con fuerza, sabía que tenía que intentarlo. «¿Me detendrás si te hace daño?».

«No lo hará». Una pausa. «Pero lo haré si lo hace».

Respirando hondo y tranquilizándome, invoqué la fuente mientras levantaba una mano. Una masa de luz y oscuridad surgió de mi palma. Eaton murmuró una maldición mordaz cuando la energía me lamió los dedos. Bajo la fuente, aparecieron puntos brillantes como fragmentos de ónice incrustados en mi piel. «No quiero hacerle daño. No quiero hacerle daño», repetía mientras extendía la mano y la colocaba sobre su brazo. Luc se sacudió un poco y yo empecé a retirar la mano.

—Estoy bien —dijo—. Sigue.

Respiré hondo y asentí. La energía pulsó alrededor de su brazo, pero no hizo lo que antes, trepar por su piel como si intentara tragárselo entero. Mi mirada se dirigió a su rostro.

Luc arqueó las cejas.

—Siento como si me hicieras cosquillas.

—¿De verdad?

—Sí. Un poco de cosquillas. —Sus ojos adquirieron un tono más intenso mientras pequeños destellos de luz blanca y oscura danzaban sobre su piel y luego desaparecían, desvaneciéndose o filtrándose en su interior—. Me gusta. —Se mordió el labio inferior mientras cerraba los ojos—. Mucho.

Me sonrojé hasta la raíz del pelo.

—Jesús, María y José —gruñó Eaton—. No quiero saber lo que le estás haciendo, pero no le estás haciendo daño. Sigamos con esto.

Aparté la mano y quise que la fuente se desvaneciera. Luc, por su parte, abrió despacio los ojos, con una sonrisa de pura picardía. Las líneas tensas alrededor de su boca habían desaparecido.

—Cuando terminemos aquí, me aseguraré de que sepas calentar el agua. Tengo muchas ganas de darme un baño más tarde.

El rubor se extendió y me temblaron los músculos del estómago. Luc y yo no lo habíamos hecho desde aquella noche. Aunque no había sido por falta de ganas. Nos pasábamos casi todo el día practicando con la fuente, y además estaba todo el mundo. Siempre que estábamos solos, no duraba nada. Tanto si aparecía Zoe o Grayson o alguien que necesitaba a Luc para algo, que era casi todas las noches, para cuando Luc volvía, yo ya había caído rendida, y cuando me despertaba en mitad de la noche, él parecía demasiado tranquilo como para despertarse.

Aunque dudaba que le importara.

—¿Lo prometes? —pregunté.

—Lo prometo... —Giró la cabeza hacia las puertas dobles cerradas—. Estamos a punto de tener compañía.

«Qué buen ejemplo», pensé con ironía, y eso que ni siquiera estábamos solos. Seguí su mirada, sin percibir absolutamente nada...

Unos puños golpearon la puerta.

—¡Eaton! ¿Estás ahí? Tenemos un problema... grande —dijo una voz que no reconocí desde el otro lado de la puerta—. Uno muy muy grande.

Me volví hacia Luc.

—¿Cómo narices haces eso?

—Tengo talento —respondió Luc. Estaba dispuesta a apostar a que quienquiera que estuviera ahí fuera era humano.

Suspirando, el general se puso de pie y dejó caer al suelo el plátano de peluche.

—¿Cuándo es pequeño el problema? —refunfuñó.

Luc llegó a la puerta antes de que Eaton diera un paso, y cuando la puerta se abrió, mi sospecha inicial se confirmó. Un joven humano de piel negra estaba allí de pie, sin aura transparente a la vista. La sangre le salpicaba la camiseta gris claro y los pantalones cargo verde oliva.

El rostro del hombre se llenó de alivio cuando vio a Luc.

—Menos mal que estás aquí. Acabamos de recibir un paquete y menudo desastre.

Un paquete solía significar un grupo de Luxen u otros que necesitaban una entrada segura en la Zona 3, y basándome en la sangre, tenía la sensación de que algo había ido terriblemente mal. De inmediato pensé en Heidi y Emery. No se les esperaba, pero...

—¿Dónde están, Jeremy? —La pregunta de Luc era tan fría y tranquila como el agua estancada.

El pecho de Jeremy subía y bajaba con respiraciones rápidas.

—En la casa de entrada. La doctora Hemenway se dirige hacia allí ahora. Sé que Daemon está con Kat, y que Eaton tiene conocimientos médicos, pero tú puedes curar, ¿verdad? Zouhour está allí, pero...

—No va a poder hacer nada. —Eaton rebuscó en el bolsillo de sus vaqueros. Las llaves sonaron al buscarlas—. ¿Quién ha caído?

—Spencer. —Las manos de Jeremy se abrieron y cerraron a los lados. Miró en mi dirección, pero pareció no verme—. No es bueno. Nada bueno. Su pecho... —Inspiró hondo, y se le quebró la voz cuando habló a continuación—. Es grave.

No tenía ni idea de dónde estaba la casa de entrada ni de quién era Spencer, pero cuando Luc me lanzó una rápida mirada por encima del hombro, le dije:

—Vete.

Asintió una vez con la cabeza y desapareció en el tiempo que tardé en parpadear.

—Vamos. —Eaton se dio la vuelta y se dirigió a la puerta—. Conduciré hasta allí. Llegaremos más rápido que andando, y podrás contarme qué demonios ha pasado.

Enviándome otra mirada interrogativa, Jeremy aflojó las manos y se frotó los pantalones con las palmas a la altura de las caderas.

—No estoy muy seguro. Esperábamos a Yesi y a su grupo de vuelta esta mañana, que transportaban a tres no registrados y a aliados, pero solo llegaron Spencer y dos aliados. Él estaba herido, y lo único que pude sacarle a uno de los no registrados fue que los emboscaron en la frontera estatal.

—¿Los agentes del GOCA? —Eaton se detuvo en la puerta, mirando hacia atrás—. ¿Vienes? ¿O quieres quedarte aquí y mover un poco más ese plátano de peluche?

Incapaz de ocultar mi sorpresa o mi poca disposición a mover un plátano de peluche, me abalancé hacia delante.

—Voy, voy. —Alcanzándolos, seguí a los dos fuera de la puerta y del aire viciado y polvoriento.

—Suponiendo que haya sido el GOCA —respondió Jeremy—. Han estado reuniendo más y más patrullas en Oklahoma y Luisiana. Algunos de nosotros pensamos que pueden saber que algo está pasando aquí.

Eaton no contestó, así que pregunté:

—¿Los aliados son humanos?

—Sí. —Jeremy tragó saliva—. Ya sabes, ¿como aliados en la guerra? Una cosa militar, supongo. O eso es lo que he oído.

—Tiene sentido. —Vi cómo Eaton se abría paso entre la maleza que había atravesado el asfalto y cómo su cojera se atenuaba a medida que se acercaba a un viejo *buggy* como el que tenía la doctora. Miré al joven—. Soy Evie, por cierto.

—Jeremy. Pero seguro que ya lo sabes. —Esbozó una breve sonrisa mientras extendía la mano y luego la retiraba—. Lo siento. Sangre. —Subió a la parte trasera del vehículo mientras Eaton metía la llave en el contacto.

Me metí en el asiento del copiloto, y ni un segundo después de que mi trasero tocara el fino cojín podrido por la lluvia, el vehículo se puso en movimiento. Le pisó a fondo, tirándome contra el asiento. Al instante siguiente, giró bruscamente a la izquierda. Me agarré a los barrotes antes de que me saliera del vehículo y acabara en lo que parecía la hiedra venenosa de todo un continente. El *buggy* pasó entre el almacén y una valla de alambre, en un espacio apenas lo bastante ancho para que cupiera. Miré a Eaton con los ojos muy abiertos mientras las ruedas pasaban por encima del terreno rocoso y después golpeaban el asfalto de la carretera frente al almacén. Aumentó la velocidad y el viento me recogió el pelo, apartándomelo de la cara.

Aceleró por la carretera, dejando atrás los coches oxidados. Cuando giró el vehículo a la izquierda, evitó por los pelos chocar con un camión que debió de haber sido de un rojo cereza brillante. Aferrada al barrote, me imaginé que salía volando y me plantaba de bruces en la carretera en cualquier momento. El corazón me latía con fuerza y casi me pierdo el movimiento. Algo salió disparado de detrás del camión, corriendo detrás de la furgoneta de trabajo con letras descoloridas. La visión había sido rápida, pero vi el pelo castaño brillante.

«Nate».

La bolsa de comida que había dejado había estado allí a la mañana siguiente, pero había desaparecido a la siguiente salida del sol, y yo tenía muchas esperanzas de que hubiera sido Nate quien había recuperado la comida y no una ardilla fuerte quien se la hubiera llevado.

Estuve a punto de gritarle a Eaton que detuviera el vehículo, pero si lo hacía, era muy probable que todos saliéramos volando por los aires. Además, no quería retrasar el ir a ver a alguien que parecía gravemente herido.

Torciendo el cuello, intenté ver si Nate reaparecía, pero parecía haberse esfumado. Al menos seguía vivo. Eso era bueno.

—¿Evie? —Eaton resopló, sacudiendo la cabeza mientras se hacía con el volante del vehículo y bajaba a toda velocidad por la empinada colina.

Me volví hacia él.

—¿Qué?

—Me hace gracia cuando te presentas y respondes a eso. Uno de estos días... —dijo el general. Hizo girar el volante y el *buggy* se puso sobre dos ruedas. Bajo el estruendo del motor, oí lo que me pareció el padrenuestro de Jeremy—. Vas a recuperar el poder que te dio el nombre con el que naciste.

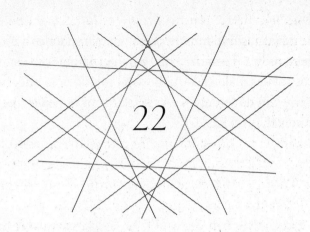

22

Resultaba extraño que algo que yo había estado tratando de entender saliera de la boca del general Eaton y me diera un guantazo en la cara.

«Vas a recuperar el poder que te dio el nombre con el que naciste».

Kat había dicho que tenía que haber algo que Luc había hecho para hacerme reaccionar en el bosque. Había algo que había dicho. Era lo mismo que me había sacado del sueño.

«Nadia».

Había utilizado mi verdadero nombre, o como diría Eaton, el nombre con el que nací. Y eso no sería para tanto si no fuera porque Dédalo no me había entrenado y programado cuando era Evie.

Lo había aprendido todo cuando había sido Nadia.

Tenía que haber una conexión.

Con qué, no tenía ni idea, y ahora mismo no era el momento de averiguarlo.

Estaba intentando seguir con vida.

El general Eaton conducía como si estuviéramos en la seguridad de un tanque de acero, y Jeremy sin duda había estado recitando una oración. Varias veces estuve a punto de salir volando del vehículo, y solo me faltaron unos segundos para unirme a esa plegaria cuando pasamos por encima de un prado donde la hierba era tan alta como los laterales del coche.

Casi esperaba que un maldito velociraptor se abalanzara sobre nosotros.

Pero no fue un dinosaurio de *Parque Jurásico* el que estuvo a punto de matarnos mientras atravesábamos la hierba alta, sino una vaca que se movía despacio y que estaba comiéndose su almuerzo tardío.

Casi me muero tres veces en los diez minutos que tardamos en llegar a nuestro destino.

La casa de entrada resultó ser una granja, una que seguía funcionando a tenor del ganado que Eaton esquivaba con impresionante facilidad. Cuando el *buggy* se detuvo de golpe junto a otro similar, salté de él con una velocidad que incluso me impresionó.

—La doctora Hemenway está aquí. —Jeremy parecía que iba a vomitar mientras se bajaba de la parte trasera del vehículo. Se miró la ropa manchada—. Bien. Eso está bien. —Intentaba convencerse a sí mismo, y lo único en lo que podía pensar era en la sangre que lo cubría y en qué tipo de herida podría haber causado eso.

Mis pasos se ralentizaron al acercarme a la puerta trasera. La casa se veía normal, pero al mismo tiempo parecía palpitar como si tuviera latidos. O como si a los huesos de la casa les costara contener lo que había dentro. Nunca había sentido algo así, ni con un Luxen ni con un Arum.

—¿Spencer es un... aliado? —pregunté.

—Sí. —La voz de Jeremy era ronca—. Sí, lo es.

Eaton se dirigía hacia la puerta trasera, ya sin la cojera.

—¿Dónde están?

—En el salón. —Jeremy me hizo un gesto para que lo siguiera.

Eaton ya había desaparecido en los recovecos de la granja cuando entramos por un despejado vestíbulo. Diferentes tipos de consciencia me invadieron. Estaba claro que aquí había un Luxen. También podía sentir lo que ahora reconocía como un Origin y la sensación que acompañaba a un híbrido, pero notaba un cosquilleo peculiar en la piel. Sentí algo más. Lo tenía en la punta de la lengua, con el sabor del verano en las calles. Asfalto caliente.

Dejando el vestíbulo, entré en un pasillo estrecho, y ya no estaba pensando en sensaciones o sabores inexplicables.

Armas.

Eso fue lo primero que noté. En realidad, casi lo único que noté. Una llama podría haber bailado la danza del vientre delante de mí y yo solo habría visto las armas.

Muchísimas armas.

Fusiles de todas las longitudes y calibres apoyados contra la pared del pasillo, suficientes para armar a un... Espera. Miré por segunda vez. ¿Eso era un lanzacohetes?

Un grito de dolor recorrió la casa y atrajo mi atención. Jeremy se puso en marcha y sus botas golpearon el desgastado suelo de madera.

No vi la cocina que atravesé mientras caminaba más despacio, cada parte de mí se fijaba en el retablo del comedor. Una habitación que presumiblemente había acogido reuniones familiares, fiestas navideñas y había sido un lugar de alegría, pero sería difícil recordarlo viendo la tragedia que se desarrollaba ahora en la habitación.

De todos los presentes, vi primero a Luc. Era como si cada célula de mi cuerpo supiera dónde encontrarlo. Estaba al lado de una mesa de caballetes, con las manos apoyadas en un pecho que parecía muy herido. No podía verle los dedos bajo el intenso resplandor blanco de la fuente, pero sí vi la sangre que le manchaba los antebrazos. Su rostro estaba muy concentrado mientras miraba al hombre, que se agitaba y se debilitaba.

—Deja de resistirte. Vamos, hombre, deja de resistirte —ordenó Luc, con la mandíbula apretada.

Un hombre mayor estaba de pie a la cabecera de la mesa, con el pelo blanco como la nieve asomando por debajo de un sombrero de paja y agarrando la cabeza del hombre caído de una forma que indicaba que había visto muchas cosas en su vida. Los tendones de sus antebrazos con manchas causadas por el sol asomaban por las mangas remangadas de su camisa vaquera manchada de sangre.

Sangre. Había muchísima, corría por los costados de Spencer, se acumulaba en la mesa y se derramaba por el suelo.

La doctora Hemenway se precipitó hacia delante desde detrás de Luc, sosteniendo lo que me recordaba a una bomba de aire combinada con una jeringuilla gigante. Excepto Luc, todos en esta habitación eran humanos, pero había Luxen aquí. Había otros, y había algo más en esta casa. Esa sensación no solo había persistido, sino que se había intensificado. No quería molestarlo, pero el instinto me decía que necesitaba saberlo.

«Luc», lo llamé. «Siento algo extraño».

Sus ojos se posaron en los míos durante un breve segundo. «¿Cómo?».

«Aquí hay algo diferente». Me empezaron a sudar las palmas de las manos.

—¿Quién está en esta casa? —preguntó Luc.

—Dos chicas humanas —respondió el hombre mayor—. Eso es todo. Zouhour está con ellas. Están bastante asustadas.

Definitivamente había algo más que una chica humana en esta casa.

«Lo que sea que estés sintiendo, tendrá que esperar. Estoy perdiendo la batalla con este tipo», me contestó Luc directamente a mí, y tenía razón. Cualquier cosa tendría que esperar.

—Solo necesito que detengas la hemorragia —dijo la doctora mientras se inclinaba alrededor de Luc, clavando el extremo de la bomba en el charco de sangre que se formaba en la cavidad hundida del vientre de Spencer—. Entonces podré ver lo que tenemos aquí. —Tiró hacia atrás del émbolo de la jeringuilla y la bomba se llenó de sangre roja.

—No tienes mucho que hacer aquí —comentó Luc—. Tiene varias arterias reventadas... —Una oleada de luz blanca recorrió a Spencer y se le arqueó la espalda—. Y cada vez que se mueve, se rompe la que acabo de arreglar.

—Su aorta todavía tiene que estar intacta o ya estaría muerto. —La doctora dio un paso atrás—. Mantenlo vivo durante diez minutos, Luc. Necesito diez minutos para que la bomba filtre esta sangre y la meta en una bolsa. —Miró la herramienta que sostenía—. Menos mal que tenemos innovaciones.

Los dedos fantasmales a lo largo de mi nuca se intensificaron.

—No estoy seguro de que toda la innovación del mundo pueda ayudarlo en este momento —dijo la jocosa voz de Grayson desde detrás de mí menos de un minuto después. Lo miré por encima del hombro. ¿Era el Luxen que había percibido? No lo creía, a menos que hubiera estado en otra parte de la casa. Grayson no miró en mi dirección mientras apoyaba un hombro en el marco de la puerta. Se sacó una piruleta del bolsillo.

Jesús, tenía que ser el Luxen más inútil conocido por el hombre.

La doctora Hemenway lanzó a Grayson una mirada que debería haberlo frito en el acto.

—Si no fuera por tres mujeres humanas inteligentes y compasivas que querían asegurarse de que los países en desarrollo pudieran transfundir sangre sin electricidad, Spencer estaría muerto y yo te estaría metiendo tanto el pie por la garganta que no podrías volver a pensar en una piruleta sin estremecerte.

Abrí los ojos como platos.

Un lado de los labios de Grayson se curvó en una sonrisa de satisfacción justo antes de que se metiera una piruleta de cereza en la boca, pero entonces Spencer se agitó de nuevo, y las maldiciones de Luc señalaron otro chorro de sangre fresca.

—¡Jeremy, ven aquí y agárrale una de las piernas! —gritó Eaton, yendo a por la que se estaba retorciendo—. Evie, agárrale el brazo. ¡Ahora!

Hice lo que se me había ordenado: agarré el brazo del hombre y lo apoyé en la mesa. Haciendo caso omiso del frío, la humedad y el malestar que sentía en la piel, vi de cerca la herida.

—Madre mía —susurré, con el estómago revuelto. Tenía la piel desgarrada. La piel se desprendía en jirones, revelando cartílagos destrozados y músculos desgarrados.

—No lo mires, Melocotón. —La voz de Luc era suave mientras la fuente se encendía—. Mírame a mí. Soy una vista mucho más agradable.

El hombre mayor que sujetaba la cabeza de Spencer resopló.

No podía apartar los ojos de semejante destrozo.

—¿Qué ha causado esto? ¿Una granada?

—Si hubiera sido una granada, seguro que estaría muerto —comentó Grayson—. Bueno, estaría más muerto.

—Gracias por la aclaración, capitán Imbécil —espeté, y la doctora levantó la vista frente a mí.

—Sabía que había una razón por la que me caías bien. —Volvió a sonreír—. Deberíamos hacernos amigas.

Spencer empujó contra mi agarre mientras yo decía:

—Me gustaría, doctora...

—Llámame Viv —me recordó—. Todo el mundo lo hace. —Clavó en Grayson otra mirada fulminante—. Tú no. Tú me llamas doctora Hemenway.

—No me atrevería a pensar en llamarte de otra forma, doctora Hemenway.

—Preparaos —dijo Luc, con las pupilas blancas antes de cerrar los ojos. Las venas se le encendieron bajo la piel, empezando por las mejillas y abriéndose en abanico por la cara, bajando por la garganta y saliendo por debajo de las mangas de la camiseta. Estaba tirando de la fuente de verdad. Un aura se extendió por el aire a su alrededor, perfilando su cuerpo de blanco. La estática cargó la atmósfera e inhalé, saboreando la vida.

Se me cortó la respiración.

Dios, el tipo de poder que ejercía Luc era alucinante, pero dentro de mí estaba ocurriendo algo distinto. Sentía como si la fuente de mi interior se hubiera hecho un ovillo y ahora se estuviera deshaciendo, abriéndose, y no en el fondo de mi garganta o en la boca de mi estómago, sino en el centro de mi pecho, de repente dolorido, vacío y frío. Con el pulso acelerado, comencé a aflojar el agarre, pero todo el cuerpo de Spencer se tensó como si hubiera entrado en contacto con un cable en tensión. Me sobresalté y presioné su brazo hacia abajo mientras Viv hacía lo mismo frente a mí. El grito me taladró los oídos, me hizo llorar y...

Y entonces sentí una pared de hielo presionando contra mi espalda.

La piel se me puso de gallina, y Luc abrió los ojos de par en par. Sus pupilas blancas se dilataron cuando su mirada se encontró con la mía. Con la respiración entrecortada en la garganta, miré por encima del hombro. Grayson se hacía a un lado mientras una masa de sombras ondulantes y estiradas palpitaba en la cocina, tan oscura y profunda que podría ser un agujero negro. No, sombras no. Era un hombre. Un hombre hecho de sombras y piel de un tono alabastro que de algún modo conseguía parecer desprovisto de sangre sin parecer espantoso. Su pelo era tan negro que, bajo el resplandor del farol de gas, se teñía de azul como el ala de un cuervo. De mandíbula fuerte y nariz recta, rasgos duros, como si estuviera tallado en granito, era guapo de la misma manera que Grayson, remoto y frío. Tal vez incluso cruel.

No estaba solo.

Una mujer bajita de pelo negro estaba detrás de él, con una pequeña mano enroscada alrededor de su bíceps mientras miraba fijamente la mesa y sus ojos marrones salpicados de verde se abrían de par en par.

Ella era humana, pero él era un Arum.

Los ojos de él, de un azul tan pálido que era casi como si les hubieran quitado todo el color, recorrieron la habitación, pasaron por encima de mí y luego volvieron al lugar donde yo estaba.

Era la primera vez que sentía a un Arum. No me cabía duda de que era por eso por lo que me sentía como si me hubieran empapado de hielo, pero ¿era él lo que sentía diferente? No estaba segura, pero no podía deshacerme de la sensación de consciencia que me sabía a asfalto caliente en verano. Su cabeza se inclinó hacia un lado en un movimiento tan fluido como el agua y tan serpenteante que me recordó al Arum que había conocido fuera de Presagio. El que se llamaba Lore.

El que había preguntado qué era yo.

Había percibido el ADN de Arum en mí, y era obvio que este también. Sus fosas nasales se ensancharon y dio un paso hacia mí, liberándose del agarre de la mujer humana.

—Serena —dijo, su voz tan profunda que hablaba de sueños y pesadillas, y de alguna manera se las arregló para elevarse por encima de los gritos de dolor de Spencer—. Quiero que salgas de esta casa. Ahora.

—¿Qué? —La confusión llenó la voz de la mujer.

El Arum no me quitó los ojos de encima, pero vi, a lo largo de mi periferia, que Grayson se sacaba la piruleta de la boca.

—Porque ya has visto demasiado horror para toda una vida, y no quiero que veas cómo mato a esta cosa que tengo delante.

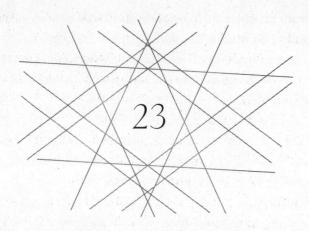

23

Debería haber sentido miedo, más bien puro terror. Este Arum parecía capaz de cumplir la amenaza que su boca estaba soltando. Y yo debería haber estado pensando en agarrar ese lanzacohetes, porque los bordes de su cuerpo de repente parecían sombreados con carboncillo. El efecto borroso empezó a extenderse, haciendo que sus rasgos perdieran nitidez a medida que sombras profundas florecían bajo una piel cada vez más fina. La mujer llamada Serena estaba retrocediendo, acercándose a su espalda.

Spencer se quedó quieto, con toda la rigidez que se filtraba de su cuerpo. Estaba inmóvil, y yo no tenía ni idea de si vivía o respiraba...

Y algo más frío y otra cosa se estaba despertando de la caverna de mi pecho, y se deslizaba hacia arriba, mezclándose con mis pensamientos, rastreando no solo cada una de sus respiraciones y el más leve movimiento, sino también los de la mujer humana, a través de mis ojos.

Esto no era como la noche de la pesadilla, ni se parecía en nada a lo que había sentido cuando había estado entrenando. Me recordaba al bosque, a la pelea con April, cuando algo distinto a mí susurró por mis venas, apoderándose del control y borrándome en el proceso.

Esta era la fuente, el tipo de poder que no se utilizaba solo para mover objetos o para hablar por telepatía con Luc.

Y eso no tenía miedo.

A eso no le preocupaba lo más mínimo saber que la mujer estaba buscando una pistola.

La fuente simplemente había percibido una amenaza, como había hecho en el bosque, como sospechaba que había hecho con April. Pero esto también era muy diferente.

Porque yo aún seguía teniendo el control.

Tendría que analizar todo esto más tarde, junto con todo el asunto de Nadia. Ahora mismo, cuando un Arum quería asesinarme, no era el momento para nada de eso.

Me encontré de frente con la mirada del Arum, y sus labios se despegaron en un gruñido mientras el humo y las sombras se agitaban a su alrededor.

—Hunter. —La voz de Luc era tan tranquila que me envió un escalofrío de advertencia por la espina dorsal—. Serena me cae bien y tú también, así que odiaría tener que matarte delante de tu mujer.

Hunter.

Qué nombre tan acertado, porque me sentía cazada, pero no era una presa.

Eso era lo que me decía la fuente mientras inclinaba la barbilla un poco hacia atrás.

Grayson tiró su piruleta a una pequeña papelera de plástico.

—Me habían dicho que estabas fuera reuniéndote con Lore y Sin.

—Acabo de volver —contestó Hunter, y juraba que la temperatura había bajado veinte grados. Apostaba a que él y su mujer no tenían ningún problema en el caluroso y húmedo verano de Texas.

«Evie, quiero que te muevas para colocarte al otro lado de la mesa, pero muévete despacio».

Oí a Luc, pero no me moví. No lo necesitaba.

La mitad del cuerpo de Hunter se volvió casi transparente.

—Si sabes qué es esa cosa y piensas protegerla, tenemos un problema, Luc.

—Sé exactamente a quién estoy protegiendo. —El calor se presionó contra mi espalda—. Y también sé lo que pasará si das un paso más hacia ella. Te convertirás en un montón de cenizas. Ella no es responsable de lo que ocurrió y siento saber que pasó eso. Era bueno. Mejor que tú. No se merecía eso.

No tenía ni idea de lo que estaba hablando Luc, pero supuse que estaba captando sus pensamientos. Intenté escuchar algo, pero no había nada proveniente del Arum.

—Sal de mi cabeza, Luc —gruñó el Arum.

—Alguien tiene que estar ahí —dijo Luc—. Ella no es lo que crees que es.

«Pero sí que soy exactamente lo que él cree que soy», le susurró la fuente a Luc.

El calor se encendió, pulsando contra las esquinas de mi visión. «¿Evie?».

Parpadeé. «No sé de dónde ha salido eso». Mentira. «Pero sigo aquí».

«¿Tienes el control?».

¿Sí? No. ¿Quizás? Decidí que sí.

Las sombras se intensificaron alrededor de Hunter, y no creía que fuera a escuchar a Luc.

Solté los brazos de Spencer cuando Eaton se alejó de la mesa, agarró a Jeremy y lo apartó. El joven se había quedado quieto como una estatua.

—¿Qué demonios está pasando aquí? —preguntó el hombre mayor, y no hubo respuesta.

—Hunter. —Serena se quedó a un palmo detrás de él, a su lado, donde me tenía a la vista por si decidía usar esa pistola que yo sabía que ahora estaba empuñando. El hecho de que lo supiera casi me perturbaba, pero a estas alturas, supuse que era otro instinto alimentado por la fuente—. Confiamos en Luc. Quizás deberíamos escucharlo.

—No confiamos en Luc.

—Ahora estás hiriendo mis sentimientos a propósito. —El tono de Luc era ligero, pero sabía que sería una mala elección de vida si uno juzgara su estado de ánimo por sus palabras.

Los pálidos ojos de Hunter se encendieron.

—Una de esas cosas mató a mi hermano.

—¿A cuál? —preguntó Grayson, con una postura laxa, pero cuando había tirado su piruleta, algo que no estaba segura de haberlo visto hacer nunca, estaba yendo en serio.

—Lore. —Hunter soltó el nombre como una bomba de dolor y angustia. Me sobresalté al reconocerlo. Había estado vivo en Halloween. ¿Cómo ha podido suceder?

Pero Kent había estado vivo esa noche. También Clyde y Chas.

Y mi madre.

—Joder —murmuró Grayson.

—Siento mucho oír eso —repitió Luc—. Lore era uno de los buenos. De verdad que sí, pero ella no ha tenido nada que ver con la muerte de tu hermano.

—Ella no es natural —arremetió Hunter.

—Y yo tampoco. —Todas las pretensiones habían desaparecido de la voz de Luc—. Y recuerdo con claridad que no hace mucho te diste cuenta de que podría patearte el trasero hasta la próxima galaxia, y, colega, no te equivocaste al suponer eso. Esta conversación se está volviendo obsoleta y estoy empezando a aburrirme. ¿Quieres saber lo que pasa cuando me aburro?

Serena movió el brazo...

—Tiene una pistola —advertí, y no estaba segura de a quién estaba advirtiendo. A todos los presentes o a la propia mujer. Se me empezaron a erizar todos los vellos del cuerpo.

—Lo sé, Melocotón, pero no va a usarla. —Luc hizo una pausa—. ¿Verdad, Serena?

Hunter parpadeó ante el apodo y Serena dijo:

—No quiero hacerlo.

—Entonces no lo hagas.

—Te aconsejaría encarecidamente que no lo hicieras —intervino Grayson, añadiendo por fin algo de valor—. Si sigues viva después, te diré lo que pasó con el último grupo de hombres que le apuntaron con un arma. Terminaron desperdigados por todas partes cuando ella acabó con ellos.

Me entraron ganas de sonreír, pero me sentí mal, así que me las arreglé para no hacerlo.

—Las cosas se están poniendo un poco tensas aquí —murmuró Jeremy.

—No sé qué está pasando aquí y no me importa. Tenéis que iros todos a otra parte —ladró Viv, volviendo con una bolsa intravenosa llena de sangre en una mano y una de esas mascarillas de válvula de bolsa manual. Le tendió esta última a Jeremy—. Estoy intentando salvarle la vida a Spencer, por si a alguien le importa.

—A mí me importa —confirmó Jeremy.

—A mí también. Mi mujer está en esta casa, atendiendo a las chicas que ha traído Spencer —dijo el hombre mayor, y oí a la perfección el amartillar de una escopeta—. Y esas chicas ya están asustadas como conejos cazados por lobos. No hay necesidad de que se vean envueltas en esto.

Spencer murmuró algo en voz baja, pero lo único que pude distinguir fue «ellos», y el resto era demasiado débil.

Viv estaba a su lado, introduciéndole la aguja en el brazo y levantando la bolsa de sangre.

—No pasa nada, Spencer. Todo va bien. Voy a mirarte el pecho mientras estos alienígenas demasiado agresivos se llevan sus enfrentamientos afuera. ¿No es así? —preguntó, y supe sin verla que estaba mirando fijamente a Hunter y a Luc—. O al menos lleváoslos a otra habitación.

—¿Qué dices, Hunter? —La voz de Luc estaba más cerca, su energía cosquilleándome sobre la piel—. ¿Cocina? ¿Afuera? —Entonces estaba frente a mí, todo su cuerpo zumbando de energía—. ¿O la opción C?

—¿Cuál es la opción C? —La parte inferior de Hunter se solidificó.

Un rayo blanco crepitó en los nudillos de Luc.

—La opción C es que acabe con esto antes de que te des cuenta de que ha empezado.

Sombras y humo pulsaron alrededor de Hunter, chasqueando contra el umbral de la puerta. Donde tocaba la sustancia de tinta, quedaba una marca chamuscada. Lo que Hunter empuñaba era la forma más oscura e igualmente peligrosa de la fuente.

Esperando que Hunter atacara, cada músculo de mi cuerpo se tensó. No permitiría que Luc sufriera ningún daño.

—Esperemos no llegar a eso —murmuró Luc, que había captado mis pensamientos.

Esperaba que no lo hiciera, porque no tenía ni idea de si podría controlar la fuente de verdad si me conectaba a ella, pero en ese momento, me di cuenta de que me arriesgaría para proteger a Luc. No me importaba que fuese una locura o estuviese mal.

—Mi hermano está muerto, y algo como ella lo mató. —El dolor crudo convirtió la voz de Hunter en trozos de hielo.

—Lo siento —dije, y su mirada se disparó hacia la mía. El odio y la pena eran difíciles de ver—. Conocí a tu hermano de pasada, fuera del club de Luc. Fue... No fue malo conmigo. —No podía decir exactamente que fuera amable, pero no había querido matarme, así que por lo menos ya era algo—. Siento mucho oír que ha muerto, pero no soy como lo que lo mató.

—¿Y se supone que debo creerlo porque tú lo afirmas? —preguntó Hunter.

—O porque me he pasado los últimos minutos de mi vida diciéndote eso —respondió Luc.

Pasaron varios minutos tensos.

—¿Qué eres?

—No estoy muy segura —contesté. Fue un impacto darme cuenta de lo cierto que era. Por fin entendí que yo no era como los demás Troyanos.

—Luc —llamó Viv, con urgencia—. Te necesito. Tiene otra fuga.

Luc no se movió.

—Necesito saber que puedo confiar en ti, Hunter.

—Estoy bien —dije—. Ayúdalos.

Hunter se solidificó, las volutas de sombras y el fuego negro se desvanecieron en la nada.

—Ayuda al humano. Estaremos esperando fuera.

Luc se volvió hacia Spencer cuando Hunter entró en la cocina con el brazo alrededor de su mujer. Grayson captó la mirada de Luc y, asintiendo con la cabeza, se giró para seguirlos a la salida.

Me quedé allí unos instantes y después dije lo obvio.

—Es humana.

—Se quieren. —El brillo blanco apareció alrededor de las manos de Luc mientras las colocaba justo encima del pecho de Spencer—. Está claro que Serena no tiene muy buen gusto.

—¿Eso es común? —pregunté mientras Eaton se encargaba de sujetar la bolsa de sangre y Viv sacaba una cartera de cuero. Los instrumentos médicos brillaron a la luz.

—No particularmente.

—¿Cómo puedo ayudar? —Miré a mi alrededor, viendo que Eaton había dispuesto otra vía intravenosa y Jeremy tenía los dedos en la muñeca de Spencer.

—Quédate donde estás. —Luc frunció las cejas, concentrado—. No es que crea que no puedes arreglártelas sola, pero aun así voy a preocuparme, y entonces me distraeré.

Cada músculo de mi cuerpo se crispó. Quería salir y hablar con Hunter para averiguar todo lo que pudiera sobre este otro Troyano y lo que había pasado, pero Luc, bueno, Luc, se iba a preocupar. Ahora mismo, necesitaba estar centrado en Spencer al cien por cien.

—Puedes ayudarme a mí —le ofreció Viv, levantando la vista del pecho de Spencer mientras trabajaba junto a Luc para cerrar las heridas—. Tengo una bolsa aquí, junto a los pies de Georgie —dijo, y supuse que el hombre mayor era Georgie—. Ahí dentro vas a encontrar un montón de cosas. Necesito que busques la bolsita transparente. Estará llena de agujas.

Me apresuré hacia la bolsa con cremallera, me arrodillé y la abrí enseguida. No mentía al decir que había muchas cosas dentro. Cajas apiladas y rollos de gasa entre otros cachivaches de aspecto médico. Rebuscando, encontré de inmediato la bolsita con cremallera, y menudo detonante para cualquiera que tuviera miedo a las agujas.

—La tengo —dije.

—Perfecto. Ábrela y verás que esas agujas están etiquetadas. Dame una que ponga morfina —me indicó—. No te preocupes. Están tapadas. Ponla en la mesa que hay detrás de ti.

Aliviada al oír eso, saqué la aguja. Era enorme. Me giré para soltarla, pero me quedé mirando las fotos enmarcadas en las que no había reparado hasta entonces. Fotos de Georgie y de una mujer de pelo plateado que supuse que era su mujer abarrotaban la superficie. Desde jóvenes, con la piel sin arrugas, hasta tener líneas de expresión y más, las fotos mostraban una crónica de las décadas que llevaban juntos.

—No te preocupes por las fotos, cariño. Doris arreglará lo que se haya caído —comentó Georgie.

Aun así, coloqué con cuidado la aguja tapada junto a una foto de ellos de cuando tenían veinte años, encaramados al portón trasero de una camioneta. Y cuando me di la vuelta, todavía tenía la piel erizada por la extraña y fuerte consciencia.

—Viv —murmuró Luc, y se me desplomó el corazón. Conocía ese tono. Conllevaba otro tipo de suavidad, una intensa.

—Lo sé. Lo sé —cortó—. No me rindo. Evie, hay otra aguja ahí, etiquetada como epinefrina. Sácala y destápala, con cuidado.

Era otra aguja enorme. La destapé, esperando nuevas instrucciones.

—¿Cuál es su pulso, Jeremy? —preguntó Viv.

—Viv —repitió Luc.

El sudor salpicó la frente de Jeremy.

—Es rápido. Creo que no estoy contando bien.

—¿Cuánto has contado?

—Son más de trescientos —susurró.

—Mierda —murmuró Eaton.

—Fibrilación ventricular —espetó Viv—. Eaton, trae el tensiómetro. Compruébalo.

Así lo hizo Eaton, subiendo el manguito manual y maldiciendo mientras observaba la aguja roja. Dijo una cifra que parecía demasiado baja.

El resplandor blanco desapareció de las manos empapadas en sangre de Luc.

—Viv.

—¡Ya lo sé! —gritó, metiendo una gasa blanca en una de las heridas—. Evie, dale la epinefrina a Eaton. Él sabe qué hacer con ella.

Eaton la tomó y me pidió el capuchón. Al entregárselo, lo vi colocarlo de nuevo en la aguja. Georgie estaba negando con la cabeza.

—¿Qué estás haciendo? —preguntó Viv, un mechón de pelo le cayó sobre la cara—. Necesito que estés listo para usarlo cuando su corazón se detenga.

—Sabes que tenemos que darle una descarga, Viv. No tenemos eso aquí —respondió Eaton—. No tiene sentido desperdiciar esto cuando seguramente podríamos usarlo más tarde.

Crucé los brazos sobre la cintura.

—Eso no significa que no podamos intentarlo.

—Esa inyección solo va a provocar una circulación espontánea. Ya lo sabes —dijo Luc en voz baja—. No va a hacer nada más.

—No. Todavía podemos intentarlo. —Los ojos de Viv volaron a los suyos justo cuando la sangre empapaba las vendas—. Tenemos que intentar salvarle la vida...

—Y eso hemos hecho, pero Georgie está respirando por él. No hay forma de que podamos reemplazar esa cantidad de sangre —argumentó Eaton—. Su corazón está a punto de pararse, y aunque ocurra un milagro y consigamos reiniciarlo, no podemos seguir haciéndolo.

—Sí, podemos —replicó la doctora—. Luc puede seguir curándole las...

—No puedo.

Aquellas dos palabras silenciaron a todos los presentes. Todos los ojos se volvieron hacia él.

—Puedo seguir cosiendo los desgarros y al final dejarán de desgarrarse, pero ahí dentro no hay nada —explicó Luc, pasándose el antebrazo por la frente—. El cerebro está muy dañado. Parecen lesiones.

—¿Lesiones? —susurró Viv, y cuando Luc asintió, volvió a taponar las heridas con más vendas—. Podría ser un accidente cerebrovascular. Spencer es joven. Él...

—Deja que se vaya, cariño. —Georgie había dejado de apretar la bolsa y puso la mano en el hombro de Viv—. Has hecho todo lo que has podido. Todos lo sabemos. Spencer lo sabe. Es hora de dejar que Dios haga el resto.

Jeremy cerró los ojos y, poco a poco, levantó los dedos de la muñeca del joven mientras Viv miraba al hombre mayor.

—No debería morir así —susurró.

—Nadie debería morir así. —Georgie le apretó el hombro.

«¿Evie, vienes?».

En silencio, di un paso atrás y me uní a Luc. Lo seguí hasta la cocina, donde se acercó a un viejo fregadero doble. Allí había una jarra de agua, alcancé el bote de jabón de manos y le eché la espuma con aroma a limón en las manos. El rojo jabonoso salpicó la pila, dando vueltas con rapidez por el desagüe.

Respiré hondo.

—Has hecho todo lo que has podido.

—Lo sé. —Siguió frotándose las manos—. Hay algunas heridas que ni siquiera yo puedo curar. Estaba muerto incluso antes de que su cuerpo tocara esa mesa de ahí.

—¿Lo...? —Se me erizaron los pelos de todo el cuerpo. Mi mirada abandonó el perfil de Luc y se centró en la puerta—. ¿Lo conocías? A Spencer.

—Solo de pasada. —Cerró el grifo y sentí su mirada clavada en mí—. ¿Estás bien?

El zumbido que notaba en el pecho se hizo más fuerte.

—¿Sientes eso?

—¿El qué?

Un grito resonó en el salón.

—¿Está muerto? ¡Oh, Dios mío! Está muerto.

Luc llegó a la puerta más rápido que yo, pero yo estaba justo detrás de él. Vi varias cosas a la vez. Viv estaba sentada en una silla de madera en un rincón, con las manos ensangrentadas juntas bajo la barbilla. Jeremy y Georgie estaban extendiendo una sábana azul marino sobre Spencer mientras Eaton permanecía de pie junto a Viv. En la puerta había tres mujeres, dos humanas y una Luxen. Una tenía el pelo gris hasta los hombros. La reconocí por las fotos. Doris. Tenía el brazo alrededor de la otra humana, la que había gritado. Se tapaba la boca con las manos mientras temblaba contra la mujer mayor. La mujer de piel pálida y ojos dorados era una Luxen. El aura arcoíris la delataba.

Doris consolaba a la chica, haciendo suaves ruidos tranquilizadores, mientras comenzaba a acercarla a la puerta, donde había otra chica. Tardé un momento en reconocerla. Había dos razones principales para ello. La primera era el extraño efecto de superposición ondulante que oscurecía brevemente sus rasgos, como si hubiera dos personas de pie en el mismo lugar, una clara y otra oscura.

Y la segunda razón fue porque cuando esa aura desapareció, ella parecía diferente. La última vez que la había visto, su pelo rubio estaba lacio, tenía venas que parecían serpientes negras y había estado escupiendo una bilis azul negruzca por todas partes antes de saltar por la ventana de la discoteca de Luc.

De repente supe exactamente lo que había estado sintiendo en esta casa todo el tiempo. No había sido Hunter quien me había erizado la piel. Había sido ella.

Sarah, la humana enferma que había mutado en Troyana y después había desaparecido, estaba ante nosotros.

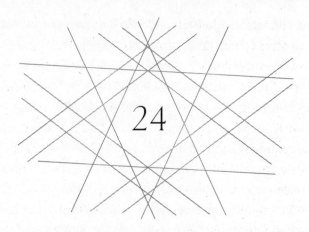

24

—Este día, literalmente, no puede ir a peor —gruñó Luc, y luego me dijo a mí: «¿Esto es lo que has sentido?».

«Sí». No tenía ninguna duda.

«Yo no la he sentido a ella. En absoluto».

Eso no era bueno, pero no me sorprendió. Después de todo, una Troyana pasaría desapercibida, ¿no?

—Tienes mucho mejor aspecto desde la última vez que te vi —dijo Luc.

Sarah no parecía oír a Luc, ni siquiera sabía que estaba allí. Me miraba fijamente, con la cabeza ladeada como un perro que captaba una nota que solo él podía oír.

—¿Qué está pasando aquí? —preguntó la Luxen de piel pálida, frunciendo las cejas oscuras mientras se colocaba frente a lo que ella creía que eran tres humanas.

—Solo somos amigos que perdimos el contacto hace tiempo y que nos hemos reunido para charlar. —Luc avanzó un paso—. ¿Por qué no te llevas a Doris y a la muy traumatizada chica humana a tomar el aire, Zouhour? Georgie te ayudará. Y ya que estás, creo que a la doctora también le vendrá bien. ¿Qué opinas, Eaton?

—Creo que a todos nos vendrá bien un poco de aire fresco. —Eaton se puso tieso como una vara al establecer contacto visual con Jeremy.

La confusión se reflejó en el rostro de Zouhour, pero ella, agradecida, escuchó. Empezó a volverse hacia Sarah, para incluirla...

—No, ella no. —El tono de Luc era tranquilo, incluso agradable. Por el rabillo del ojo, vi que Eaton agarraba a Viv del codo y la ponía de pie—. Ella se queda.

—Cuanto más lo pienso, más me apetece dar un paseo. —Eaton guio a Viv hasta la otra puerta—. Conozco un sitio estupendo. El camino largo junto al río.

Lo que dijera Eaton significaba algo para más de la mitad de los presentes. Los rostros se quedaron impresionantemente en blanco, uno tras otro, como una fila de fichas de dominó.

Zouhour apretó con más fuerza a la chica que estaba llorando. Había dado un paso, y vi que la mirada de Sarah se desviaba hacia ella.

El instinto disparó avisos a diestro y siniestro, y sentí que la fuente se me acumulaba en el pecho, expandiéndose y estirándose. Lo otro en mí, la fuente, se retraía en el centro de mi pecho, apretándose y enroscándose. Se me aceleró el ritmo cardíaco, haciendo que el pulso me fuera a mil.

«Te he estado buscando». Su voz fue una intrusión repentina, como garras en mi mente. Retrocedí un paso. «Nuessstro amo está muy disssgussstado».

La fuente palpitó y luego comenzó a desplegarse, llenándome las venas. Volví a sentir su sabor en el fondo de la garganta. Metal caliente y piedra. Estaba sucediendo muy rápido: la fuente estaba tomando el control, apoderándose de los músculos y los nervios, respondiendo a la presencia de otra Troyana.

A una amenaza.

A un desafío.

Se me crisparon los dedos mientras parecía aguzar la visión, y en lo más profundo de mí, donde irradiaba la fuente, se estaba abriendo una puerta.

No sabía cuál iba a ser el resultado final, si me quedaría o si estaba a punto de convertirme en algo más. El pánico ni siquiera tuvo la oportunidad de instalarse. Solo me quedaban unos segundos para avisar a Luc.

«Está sucediendo», le dije. «Saca a todo el mundo de aquí. Ahora».

Se oyó un grito ahogado de la Luxen, y la maldición que siguió fue de Eaton.

Sarah parpadeó, y sus iris eran charcos de ónice; la pupila, una estrella brillante.

Y entonces todo se fue al garete.

Fotografías enmarcadas flotaron en el aire mientras sombras de tinta ribeteadas de luz blanca salían de Sarah. Los presentes se dispersaron, todos menos Luc. Él...

El estúpido e idiota caballero de brillante armadura me agarró del brazo y me empujó hacia atrás mientras Sarah se acercaba a mí. Una luz blanca crepitante, chisporroteante e intensa brotó de Luc. Era poderoso, increíblemente poderoso, pero Sarah era una Troyana.

Y el poder de un Troyano era insondable.

No.

No permitiría que le hiciera daño.

De ninguna manera.

La puerta que había en mí se abrió de par en par y un poder salvaje y potente me inundó el organismo. Mi piel cobró vida, me aparecieron pequeñas manchas brillantes y mi mente se hundió en la fuente, en el instinto.

Empujé, empujé fuerte con la mente, saqué a empujones a Luc y a todos los presentes. Ninguno de ellos podía hacer nada. Ni siquiera... él. Ojos Violetas. Los eché a todos, no solo de la habitación, sino de la casa, y nada más quedamos ella y yo.

La fuente se alejó de ella cuando se llevó la mano al bolsillo y sacó algo negro parecido a un llavero. El pequeño dispositivo trajo recuerdos de dolor y pérdida. Lo habían sostenido otras manos. Una pequeña y femenina. Otra más grande, castigadora. El dispositivo dolía. Arrebataba. Un gruñido siseante me salió de la garganta.

Nunca más. Nunca más. Nunca más.

Me moví como una cobra atacando, atrapando su muñeca y retorciéndola. Un hueso crujió y su grito de rabia se convirtió en dolor. Sufrió un espasmo en los dedos y le arrebaté el dispositivo de la mano. Cuando cerré el puño en torno a él, la fuente palpitó con un pulso helado y ardiente. Abrí la mano.

El polvo cayó al suelo lleno de marcas.

Ella observó las partículas caer por un momento y luego dirigió su mirada a la mía. Pasó un latido y después se dio la vuelta y atravesó la casa.

Limpiándome la palma de la mano, la seguí, crucé el salón y salí por la puerta principal a un porche.

La gente estaba allí, retrocediendo. Humanos. Luxen. Otros. Caras.

Nombres.

Alguien los retuvo. Ojos Ámbar. Ella los mantuvo atrás mientras yo bajaba los escalones, con la madera crujiendo bajo mis pies. Escudriñé la zona, encontrando a la Troyana atrapada entre un Luxen rubio y él. Ojos Violetas. Giró la cabeza en mi dirección.

La Troyana se movió hacia él, con la fuente encendiéndose en su mano.

Me arrodillé y golpeé con la mano la tierra compacta y seca.

—Mierda —gruñó Ojos Violetas—. Retrocede, Grayson.

Demasiado tarde.

El suelo se dividió, propagando el aroma de la tierra fresca en el aire mientras la zanja corría por el espacio, dividiéndose en dos al llegar a los tres, ramificándose y cavando un hoyo profundo. Abrí el suelo bajo sus pies, succionándolos y llevándolos a las profundidades, fuera del alcance de la Troyana. Sus gritos se convirtieron en ruido de fondo cuando la Troyana se dirigió hacia los humanos, hacia los Ojos Ámbar que los custodiaban.

«Yo no haría eso».

La Troyana tensó los músculos, girando la punta del pie para apuntar en la dirección de ellos mientras su cabeza salía disparada hacia mí. La fuente brotó de mi cuerpo, cargando la atmósfera. El aire a mi alrededor se llenó de estática. El viento se levantó, elevándome el pelo mientras el cielo se oscurecía sobre nosotros, lleno de nubes densas.

—Jesús —susurró alguien.

—Jesús no tiene nada que ver con esto —respondió otro.

La Troyana abrió la mano y el cielo estalló en una intensa luz blanca. Un rayo cayó entre ella y ellos. Vino otro y después otro. Alguien gritó, pero el sonido se perdió. Estalló un trueno que hizo vibrar las ventanas y la casa que había detrás de mí. El relámpago cegador retrocedió. La hierba humeaba y la Troyana corría hacia una línea de árboles lejana, con el cabello rubio como una bandera que ondeaba tras ella.

El instinto primario se puso en marcha, el impulso de perseguir, de cazar, era mayor que el deseo de acabar con esto. Salí detrás, y ella era rápida, pero yo lo era más.

La golpeé por detrás y la derribé con la mano en la nuca. Gruñó cuando le estampé la cara contra el suelo duro.

La fuente brotó de ella. Había cometido un error. Me había acercado demasiado. Lo sabía. El poder se expandió y me empujó como un tren de mercancías a toda velocidad. Me lanzó hacia atrás y me estampó contra un árbol. El dolor me recorrió toda la nuca. Me deslicé hacia abajo y me detuve antes de caer. La humedad me hizo cosquillas en el cuello.

Se arrastró sobre sus manos y rodillas antes de levantarse de un salto. Volvió a ponerse en marcha, y yo también.

Un rayo de la fuente atravesó los árboles. La corteza se astilló a mi lado y los trocitos me cortaron la mejilla. Cuando me detuve, el árbol que había detrás de mí se desprendió del suelo, con gruesos terrones de tierra colgando de las raíces mientras se proyectaba hacia mí. Golpeé el suelo mientras volaba a escasos centímetros de mí. Levanté la cabeza, vi el árbol y lo detuve. El árbol se quedó suspendido, con las agujas cubriendo el suelo, mientras yo desviaba la mirada hacia donde la Troyana salía a la luz del sol. Hice girar el árbol hacia ella.

Saltó a un lado, pero no fue lo bastante rápida. Las raíces chocaron contra ella y la velocidad le desgarró la piel y la carne. Tropezó con otro árbol, retorciéndose. Abrió los ojos como platos y reconocí el brillo. Había dolor, pero detrás había algo mucho más potente.

Miedo.

Sonriendo, me levanté y me puse de pie. Ella se deslizó alrededor del árbol y echó a correr de nuevo. Comencé a correr detrás de ella, despacio al principio y luego acelerando el paso.

Los árboles eran una mancha borrosa mientras se abría camino entre ellos, entrando y saliendo de las corrientes de luz que las pesadas ramas dejaban pasar, y después salimos disparadas de ellos, cortando a través de los altos juncos de un campo abierto. Las casas se alzaban ante nosotras, hileras e hileras de casas idénticas de una sola planta.

Giró a la izquierda y fue directamente a la primera casa. La puerta principal se abrió de golpe, arrancándose de las bisagras mientras ella subía a toda velocidad por el camino agrietado de la entrada. Entró en la casa y yo aminoré la marcha, recorriéndola con la mirada. Ventanas tapiadas. Grietas en el tejado. Mis sentidos se aguzaron mientras cruzaba el porche. La casa estaba vacía excepto por ella, y el aire estaba polvoriento, viciado. Atravesé una habitación vacía y oscura.

Desde fuera se oían gritos, pero no significaban nada para mí mientras rastreaba a la Troyana por la casa hasta la cocina desprovista de electrodomésticos y encimeras.

Inhalé hondo, aspirando el olor a tierra y sangre. Me pregunté si volvería a huir. Se me curvaron las comisuras de los labios. Eso esperaba. Mi cuerpo palpitaba ante esa posibilidad. Sería demasiado fácil. Estaba herida, pero una presa herida seguía siendo divertida.

Me acerqué.

Respirando con dificultad, la Troyana retrocedió mientras se limpiaba la sangre azul negruzca de debajo de la boca. No se enfrentó a mí, aunque tenía la oportunidad y había armas. Tablones que podía arrancar. Un techo que podía derribar sobre mí. Herramientas desechadas que podían cortar e incluso matar.

No usó nada de eso, mientras aún se alejaba de mí, con su pecho subiendo y bajando.

Me detuve en el centro, estudiándola. «¿Por qué?».

Pareció entender lo que le estaba preguntando.

—No sé cómo.

Curvé el labio.

—Ellos no me han entrenado. —Volvió a limpiarse la sangre—. Me han enseñado solo lo básico. Se supone que yo...

«¿Ssse sssupone que tú qué?».

—Tenía que encontrarte. —Bajó la mano—. Comprobar si la onda Cassio funcionaba esta vez. Si lo hacía, tenía que llevarte de vuelta conmigo.

«¿Y si no?».

Su respiración se hizo más lenta.

—Entonces habría fracasado. Ya sabes lo que eso significa.

No estaba segura. Mi cerebro era un abismo de recuerdos y pensamientos, necesidades y deseos. Me escabullí entre ellos, entre los destellos de risa y los ojos del color de las joyas de amatista, apartando imágenes inundadas de dolor hasta llegar a aquella en la que él estaba de pie detrás de mí, con las manos sobre mis hombros.

Conocía a ese hombre.

Jason Dasher.

Y también sabía que no me gustaba cuando se ponía detrás de mí. Solo un idiota le quitaría los ojos de encima. Podía moverse tan rápido como cualquiera de nosotros, incluso más.

—*Fracaso* —me dijo al oído—. *El fracaso es la opción de los que buscan la muerte. Yo no lo tolero, no lo toleraré. Mira. Abre los ojos y mira para ver qué es el fracaso.*

Abrí los ojos, y ante mí estaba lo que quedaba de otro como yo, con la ropa y la piel empapadas de sangre, el suelo blanco manchado con un río carmesí que se filtraba hasta el centro, hasta un desagüe del color del óxido. La sangre se ralentizaba allí y formaba un charco grotesco e impactante de vida desperdiciada y ambición infinita y sin alma.

El odio me inundó el pecho y, con la fuente, encontró un hogar. Cerré las manos en puños. Mi mirada se cruzó con la suya. Me observó en silencio, con los ojos negros excepto por las pupilas blancas. No hizo nada, no dijo ni una palabra.

La fuente se derramó de mí, ondulando en sombras del crepúsculo sobre mi cuerpo. El sabor a ozono quemado me cubrió el interior de la boca. Me crepitó la piel cuando la fuente tiró más y más. El viento rugía en la habitación, azotándome el pelo en las mejillas mientras elevaba todo lo que no estuviera atornillado. Martillos. Sillas rotas. Mesas sucias. Botellas vacías. Basura. Todo se volvió ingrávido.

Incluso yo me volví ingrávida cuando toda aquella energía saturó el aire a mi alrededor, convirtiendo la habitación en tonos del crepúsculo y del amanecer. Los cristales se resquebrajaron y se hicieron añicos. Un gran estruendo sacudió la casa cuando el tejado se despegó como la página de un libro antiguo, y reveló nubes oscuras de tormenta.

—¡Evie! —gritó alguien, con una voz cercana.

Sarah dio un paso adelante, con una luz blanca y negra saliendo de su palma...

El torbellino de energía, una mezcla explosiva de poder y odio, surgió en mi interior y encontró un objetivo. Dejé que la fuente se acumulara hasta que me quemó la piel y se apoderó de mis entrañas, dejándome casi sin espacio para respirar, para que mi corazón latiera, y entonces, cuando ya no pude contenerla más, la liberé.

El estallido de poder me dejó en una ola. Lanzada hacia arriba y hacia fuera, la explosión de la fuente fue más que la detonación de una bomba. Una vez liberada, la fuente era una fuerza expansiva, que desintegraba sin más lo que se interpusiera en su camino en el momento en el que la luz sombría lo alcanzaba. Ladrillos. Yeso. Madera. Tela. Acero. Todo se convirtió en ceniza resplandeciente, rodeándome como mil luciérnagas, cayendo despacio hacia el suelo, donde no existía ninguna alfombra desgastada y manchada con años de existencia. No había subsuelo ni semisótano. La ceniza resplandeciente cubría la arcilla marrón rojiza y el suelo franco que había a varios metros de donde me encontraba.

Me quedé mirando el lugar donde ella había estado. Allí no había nada. Ni siquiera cenizas. Sentí una gran satisfacción.

Ella había fracasado.

Pero yo no.

Sonreí mientras observaba lo que quedaba. La destrucción absoluta parecía limitarse al suelo debajo de donde estaba flotando; sin embargo, la explosión había liberado una onda expansiva que había sacudido las casas cercanas y había roto algunas de las ventanas. Las cortinas salían ahora de los agujeros y se adentraban en el silencio de las colinas y los valles que dominaban la tumba de acero de la ciudad.

—¿Puedes volar? —preguntó una vocecita.

Se me elevaron unos mechones de pelo de los hombros, flotando hacia fuera y alrededor de mí mientras bajaba la mirada.

Una niña de cuatro o cinco años estaba descalza sobre la acera agrietada. Llevaba un mono con las piernas remangadas y un tirante desabrochado que colgaba suelto, dejando al descubierto la camiseta azul cubierta de margaritas amarillas y blancas. Su pelo me recordaba al chocolate más oscuro, demasiado salvaje para mantenerlo en las coletas que intentaban con desesperación refrenar las ondas y los rizos. Llevaba una llama de peluche pegada al pecho y me miraba con unos ojos grandes e impresionantes del color de las violetas.

Sus ojos me recordaron algo.

A alguien.

—¿Puedes? —preguntó, acercándose con sigilo al borde de la acera, donde la tierra cruda quedaba expuesta.

¿Podía?

—No estoy segura.

Inclinó la cabeza hacia un lado.

—Deberías intentar averiguarlo.

La niña tenía razón. Debería intentar averiguarlo. Así que me impulsé hacia delante, hacia ella, y floté en el aire.

—¡Puedes volar! —Su cara en forma de corazón esbozó una amplia y desinhibida sonrisa mientras levantaba un pequeño puño en el aire y abrazaba más fuerte la llama.

Las comisuras de los labios se me inclinaron hacia arriba.

—Pues sí.

—Ojalá yo pudiera volar. Solo puedo hacer volar a los demás. He intentado hacerlo yo, pero mamá se ponía muy triste cuando lo intentaba y papá gritaba. —Arrugó la nariz—. Es la única vez que he oído gritar a papá. —Levantó la llama hasta la barbilla—. ¿Tú has hecho esto?

—Sí.

—¿Tu papá va a gritar?

—Yo... —No estaba segura de cómo responder a eso—. No tengo papá.

—Pero tienes dos nombres. —Se le dibujó una sonrisa traviesa—. Yo quiero dos nombres.

Tenía dos nombres, porque era dos personas y también algo más.

—¡Ashley! ¡Madre mía! —Una mujer subió corriendo por la acera, con una manta rosa peluda agarrada en una mano mientras el pelo del mismo color chocolate oscuro ondeaba detrás de ella.

La niña llamada Ashley miró a la mujer.

—Mamá va a llorar otra vez. —La sonrisa diabólica reapareció cuando volvió a mirarme—. Se suponía que estaba durmiendo la siesta, pero te he sentido.

La mujer solo me dedicó una breve mirada antes de agarrar a la niña en brazos. Retrocedió y apretó la manta contra la espalda de la niña. La mujer me miró entonces, sin dejar de hacerlo mientras se alejaba.

Me llamó la atención el movimiento a lo largo de la calle. Gente que salía de detrás de la valla deformada y agrietada del otro lado de la calzada. Cuerpos que avanzaban. Uno era Ojos Azules, con la cara manchada de tierra. Se detuvo en el suelo sucio.

—Mierda.

Detrás de él había una Luxen de ojos ámbar. Ambos eran poderosos. Eso también podía sentirlo, pero ninguno podía conmigo. Ojos Azules estaba pálido, parecía aturdido. La mujer parecía... preparada.

Se me erizó la nuca cuando el poder presionó contra mí. Miré por encima del hombro. Ojos Violetas estaba allí, con el pelo echado hacia atrás y la cara sucia, llena de pequeños arañazos. Había estado demasiado cerca de la casa. No estaba solo. Un hombre hecho más de sombras que de carne estaba en la esquina. Al otro lado había otro Luxen, uno al que sabía que había hecho sangrar antes. Sus ojos verdes guardaban el recuerdo de aquello.

Ojos Azules se encontraba a mi espalda. El Arum, a mi derecha; Ojos Verdes, a mi izquierda y él, delante de mí.

Me estaban rodeando, y eso no me gustaba. Y no lo entendía, porque no quería hacerles daño. No estaba segura de por qué, pero sabía que no era mi voluntad. Calculé con rapidez quién era la mayor amenaza.

Ojos Violetas. Era poderoso. Su cuerpo brillaba con él. Podía ser una amenaza, eso lo sabía, pero no quería hacerle daño. Tampoco quería lastimar a los demás.

Desvié la mirada hacia el Arum. Él era otra historia. Quería hacerme daño. Lo recordé. Había una razón, una triste. Recordaba sentirme triste, pero ahora...

Él era un depredador.

Pero yo era la depredadora alfa.

Levantándome, tiré de la fuente y la sentí chisporrotear antes de encenderse, debilitada pero allí. Me volví hacia el Arum.

—Joder, Hunter —gruñó Ojos Violetas—. Cálmate.

La oscuridad a su alrededor parpadeó y luego se desvaneció, revelando a un hombre de pelo oscuro. No parecía contento, pero estaba retrocediendo. Lo observé, sin fiarme de la retirada.

—Mírame —me pidió con suavidad. Solo obedecí porque era él. Ojos Violetas dio un paso adelante, con las manos levantadas a los lados. Tenía los dedos cubiertos de tierra, e imaginé que él y Ojos Azules habían tenido que cavar para salir. Dudaba que les hubiera gustado, pero estaban vivos, ¿no?—. ¿Evie?

Evie. Ese era uno de mis nombres.

—Te acuerdas de mí, ¿verdad? Te acuerdas de todos nosotros.

Lo hacía. Sabía que lo hacía. Solo necesitaba un momento para darle sentido a lo que recordaba.

—No pasa nada —continuó Ojos Violetas, y su voz era tranquilizadora. Me gustaba. Me encantaba, el sonido y cómo me hacía sentir—. Lo has hecho bien. Te has asegurado de que no lastimara a nadie aquí. Lo has hecho muy bien.

No había fracasado.

El alivio se reflejó en los rasgos llamativos y sucios de Ojos Violetas. Estaba concentrado únicamente en mí, solo en mí.

—No, Melocotón, no has fracasado.

Bajé, y acababa de tocar el suelo con los pies cuando se oyó un crujido agudo, un ruido seco. El dolor me estalló en la espalda, entre los hombros, y luego en el pecho, robándome el aliento.

25

Todo sucedió muy rápido.

Ojos Violetas se giró hacia el Luxen de ojos verdes, que también se estaba dando la vuelta. Había un hombre de pie, con las manos empuñando una pistola.

—¿Qué has hecho? —jadeó el Luxen de ojos verdes.

—Ella es la intrusa, ¿verdad? —El hombre seguía apuntando con el arma—. Tiene que serlo, ¿no? ¡Acaba de destruir el edificio! Tenía que...

Atónita, me miré la camiseta. Era de color gris claro, y una pequeña mancha oscura había aparecido en el centro de mi pecho, un círculo irregular que dobló su tamaño en cuestión de segundos...

El sonido que rasgó el aire fue un rugido de rabia pura e insondable, y procedía de él, de Ojos Violetas, mientras una red de venas se llenaba del resplandor luminoso de la fuente, extendiéndose por sus mejillas y su garganta.

Ojos Verdes se dio la vuelta.

—Luc...

Su brazo se echó hacia atrás cuando un rayo de energía estalló de su mano derecha. Una corriente de energía crepitante atravesó el espacio como un relámpago y encontró su objetivo. El grito del hombre terminó justo cuando empezó, cortado cuando la fuente lo consumió, quemando ropa y piel, destruyendo músculos y huesos.

Segundos, solo habían pasado segundos entre el estallido y el trozo de tierra quemado.

Intenté respirar, pero el dolor me invadió. Apenas pude inspirar con dificultad y me llevé una mano al pecho. La sangre me manchaba los dedos, se filtraba a través de ellos. Un calor húmedo me recorrió la espalda mientras retrocedía un paso y las rodillas me fallaron...

Alguien me atrapó por detrás. Un Luxen. El de los ojos azules, el que siempre llevaba una piruleta.

—¡Ha caído! —gritó, e intenté apartarme, pero no parecía tener control sobre mi cuerpo. Ojos Azules me sujetaba mientras se caía al suelo, de rodillas—. ¡Luc!

La confusión me nublaba los pensamientos mientras me miraba la mano, la sangre que me corría por el brazo, sobre los puntos negros que se agitaban con rapidez.

No había visto al tirador. No había sabido que la amenaza estaba ahí.

Un brazo se deslizó bajo mi cuello y el aroma a pino y hojas quemadas me rodeó. El instinto, alimentado por la fuente, me dijo que me curaría, que solo necesitaba encontrar un lugar seguro, y donde estaba ahora no lo era. Necesitaba alejarme, pero los mensajes que mi cerebro enviaba a mi cuerpo no llegaban. Intenté invocar la fuente, pero el aleteo de mi pecho era aún más débil. Las marcas de mi piel ya no parecían relucientes fragmentos de ónice. No podía moverme, y no estaba a salvo...

—Estás a salvo, Evie. Te tengo. —Se oyó una voz grave, una voz que pertenecía a unas manos que me apartaban el pelo de la cara con cuidado—. No dejaré que nadie más te haga daño. Estás a salvo.

Me estaban tumbando, y las nubes oscuras que se dispersaban con rapidez fueron sustituidas por un rostro que conocía, por unos ojos del color de las violetas salvajes, las pupilas de un blanco brillante. Era él. Sabía su nombre. Lo tenía en la punta de la lengua.

Quitó la mano de mi mejilla y me la puso en el pecho. La mía había caído flácida e inútil a mi lado. Como si fuera un reflejo enterrado desde hacía mucho tiempo, seguí intentando invocar la fuente, pero el zumbido de energía era tenue y cada vez más débil.

—Creo que ha entrado por la espalda —dijo el Luxen de ojos azules—. Y que ha salido por el pecho.

Ojos Violetas tiró de mi camiseta, levantándola. Con una maldición, empezó a ponerme de lado, hacia él...

Un dolor ardiente me atravesó los hombros, tan agudo y repentino que grité. La fuente palpitó en respuesta al dolor, saliendo de mí.

Ojos Violetas gruñó, echándose hacia atrás, pero se aferró con más fuerza.

—Lo siento, Melocotón. Lo siento mucho. —Siguió dándome la vuelta hasta que estuve de lado, la agonía era una ola interminable que me arrancó otro grito—. Sé que te estoy haciendo daño. Lo siento.

La fuente no respondió esta vez, ni siquiera cuando él se movió y apretó la mano contra el dolor punzante. Su mano desprendió calor, contrarrestando el escozor. La calidez me recorrió la espalda.

—Abre los ojos. Necesito que lo hagas por mí. Por favor. Abre esos hermosos ojos.

«Por favor».

¿No estaban abiertos? Mi cuerpo pareció obedecer a esa súplica casi desesperada mientras me obligaba a levantar los párpados.

Le brillaba todo el cuerpo, no solo los ojos, y el calor palpitante estaba en todas partes, yendo y viniendo.

—Ahí estás. —Sonrió, pero me pareció que no tenía buen aspecto—. Te vas a poner bien. ¿Me oyes, Evie?

—He... fracasado.

Una emoción parecida al dolor tensó las líneas de sus rasgos.

—No has fracasado, Evie. No lo has hecho. Pero yo sí.

Abrí la boca, pero en lugar de palabras salió una tos húmeda, con sabor a hierro.

—No pasa nada. —La cara del atractivo hombre que estaba sobre mí se volvió borrosa—. No pasa nada. Te lo prometo. Quédate conmigo.

Se inclinó sobre mí, y una descarga de electricidad me recorrió cuando apretó sus labios contra el centro de mi frente. Me vinieron recuerdos de cómo lo hacía una y otra vez. Sus labios contra mi sien, contra mi piel y mis propios labios. Me había besado muchas veces antes, porque era...

—Lo eres todo para mí —susurró, enroscando su cuerpo alrededor del mío—. Y yo lo soy todo para ti.

Me desperté recordándolo todo.

Tendida sobre Luc, con la mejilla pegada a su pecho, estábamos desnudos de cintura para arriba. Una sábana nos cubría, y recordaba vagamente que Viv y Zoe me habían quitado la camiseta y el sujetador empapados de sangre para examinar la herida.

Me estremecí. Las cosas estaban borrosas, pero recordaba con claridad y por desgracia haberme aferrado a Luc como un mono ardilla cuando Viv y Zoe intentaron separarnos. Estaba tan mal que Luc tuvo que traerme hasta aquí.

Madre mía.

Probablemente nunca dejará que me olvide de eso.

Mi comportamiento puede que tuviera algo que ver con el hecho de que no podía recordar quiénes eran Viv y Zoe en ese momento, y en mi extraña mente infestada de la fuente, me había sentido segura con Luc porque me había curado.

También recordaba que Viv estaba bastante entusiasmada con mi comportamiento, algo relacionado con que daba más credibilidad a su teoría del reinicio. En aquel momento no tenía ni idea de lo que decía, pero ahora sí. Cuando había dejado que la fuente tomara el control, lo había hecho de una forma distinta a la del bosque. Había sido diferente, pero no una homicida sin más. Así que eso era una mejora.

¿Pero que te disparen? No tanto.

No podía creer que me hubieran disparado ni que estuviera viva y me sintiera bien, excepto porque me dolía el espacio entre los omóplatos. Y eso tenía que agradecérselo a Luc.

Tenía la clara impresión de que me habría curado sin su intervención, pero el mismo instinto me decía que habría sido un proceso más largo y doloroso. ¿Tendría habilidades regenerativas? ¿O sería como la forma en la que Luc se había quitado aquellas balas? Había pensado que podría curarse a sí mismo una vez que se las sacara, pero esas balas habían sido diferentes. Habían sido modificadas con una forma más débil de pulso electromagnético, diseñadas para herir y no para matar. ¿Habría sabido curarme a mí misma? No tenía ni idea.

El pecho de Luc se movía bajo el mío al ritmo profundo y constante del sueño. El fino vello de su pecho me hacía cosquillas en la piel sensible. No recordaba haberme dormido así, pero basándome en lo que sí recordaba, era probable que me hubiera subido encima de él. Aunque me avergonzaba un poco que los demás me hubieran visto convertirme en una lapa del máximo nivel de alerta, no me avergonzaba que me hubiera provocado semejante respuesta cuando aún no era yo misma. Eso era una señal de que tal vez yo era menos peligrosa que antes. Al menos para él.

Pero no para esa chica.

Como ahora no quería pensar en nada de eso, abrí los ojos. Un farol de gas parpadeaba con suavidad desde la mesita de noche, arrojando luz sobre la cama, y otro estaba sobre la cómoda, empujando la más profunda de las sombras...

Me fijé en la silla situada en un rincón, justo fuera del alcance del débil resplandor del farol. La silla no estaba vacía, y aquello no era una sombra con forma de persona.

«Grayson».

Respiré de manera entrecortada cuando se levantó de la silla y cruzó la habitación, silencioso como un fantasma. Se arrodilló a unos centímetros de la cama, con la cabeza vuelta hacia Luc, y después desvió su mirada hacia la mía.

No habló. Yo tampoco.

Y entonces lo hizo, con la voz tan baja que dudé que despertara incluso a Luc.

—No es imparable, ¿sabes? Puede debilitarse.

Se me hizo un nudo en el estómago al pensarlo. Luc siempre parecía increíblemente más grande que la vida misma, nunca débil, nunca cansado, pero yo sabía que no era así.

—Lo sé —susurré.

Grayson cerró los ojos, y entonces un resplandor dorado irradió desde el centro de su pecho. La luz lo bañó mientras se deslizaba en silencio hacia su verdadera forma. La de un ser humano de luz tan brillante que era casi como mirar al sol. Alzó el brazo y, desde el interior de la luz, vi su mano y sus dedos mientras los colocaba sobre el brazo de Luc, el más cercano a él. Una onda de luz danzó por el brazo de Luc, esparciéndose por su piel en una ola dorada y brillante. Sentí el calor y el zumbido de energía a bajo nivel donde mi piel se encontraba con la de Luc.

Luc seguía durmiendo, con la respiración incluso aún más profunda, y Grayson le estaba dando a Luc parte de su propia energía, reponiendo parte, si no toda, la que seguramente había perdido al intentar salvar a Spencer y luego curarme a mí.

Grayson retiró la mano y se puso de pie, alejándose de la cama, su verdadera forma se desvaneció hasta que estuvo una vez más en su forma humana. Se marchó sin decir una palabra más.

Poco después de que Grayson se marchara, el brazo de Luc alrededor de mi espalda se movió, apretándose y luego relajándose. Levanté la cabeza y vi cómo abría los ojos. Su mirada se centró en la mía y la sostuvo.

—Hola —susurré.

—Hola. —Su voz era áspera por el sueño mientras alzaba el brazo que Grayson había tocado. Puso su mano contra mi mejilla—. ¿Cómo te sientes?

—Me siento bien. Me duele un poco la espalda, pero no me siento como si me hubieran…, ya sabes, disparado por la espalda ni nada parecido.

—Bien. —Su mirada permaneció clavada en la mía, y había una intensidad en ella que yo estaba empezando a reconocer y a darme cuenta de que había estado ahí cada vez que me miraba. Sentí un escalofrío de conocimiento en la piel.

—¿Y tú? —susurré.

—Como nuevo.

Me pregunté cuánto de eso tenía que ver con Grayson, pero no dije nada. Tenía la sensación de que Grayson no quería que Luc supiera lo que había hecho por él.

—¿Seguro que te encuentras bien? —preguntó—. Ha sido una herida tremenda. Te alcanzó uno de los pulmones. Rompió un par de arterias vitales.

Se me puso la piel de gallina al oír lo que no decía. Si hubiera sido humana, lo más probable era que me hubiera pasado como a Spencer, que me hubiera desangrado antes de que nadie hubiera podido hacer nada.

—Me encuentro bien —le contesté—. Gracias a ti.

Seguía sin apartar la mirada.

—Maté a ese hombre.

—Lo sé.

—No sabía quién eras. Eaton había conseguido dar la alerta de que había una intrusa. Te vio y pensó que eras tú. Solo estaba haciendo lo que la comunidad confiaba que hiciera, y yo lo maté.

Mi mirada buscó la suya mientras me levantaba un poco sobre los brazos. Sentí un leve tirón en la piel de la espalda, pero nada más.

—Luc…

«Pero te hizo daño. Te hizo sangrar». Su voz se coló en mis pensamientos. «No me arrepiento de lo que he hecho».

—Yo habría hecho lo mismo —admití, y esa era la verdad, estuviera bien o estuviera mal. Era la verdad.

—Lo sé. —Me pasó el pulgar por la mandíbula y luego lo deslizó hasta mi garganta, donde la yema de su dedo se posó sobre mi pulso—. No tenía ni idea de si podías morir por una herida así o si el tipo de los Hijos de la Libertad tenía razón sobre lo que podía matarte.

Un traumatismo craneoencefálico. Eso era lo que Steven había afirmado que podía acabar con un Troyano, y parecía que volarlos en pedazos también podía, pero eso no era algo que supiéramos con seguridad. Sobre todo si yo era diferente a los demás, y la verdad era que estaba empezando a parecer que ese era el caso.

—Estabas sangrando por todas partes. Esa sangre todavía mancha tu piel ahora mismo. Mancha la mía. Es la segunda vez en muy poco tiempo que temo perderte.

—Lo...

—No te disculpes, Evie. No lo hagas. —Me acarició la nuca mientras me ayudaba a incorporarme. El movimiento fue fluido, causando poca tensión en la zona entre mis hombros—. Hay muchas cosas de las que tenemos que hablar. De Sarah. De Hunter. De lo que pasó con ella, contigo, pero ahora mismo, te necesito. Necesito sentirte, estar rodeado de ti. —Me presionó la frente con la suya—. Necesito olvidar que ambos estamos manchados con tu sangre.

Cerrando los ojos con una respiración estremecedora, le acuné las mejillas.

—Estoy aquí.

Luc me besó, y no había nada de lento ni vacilante en el movimiento de su boca ni en la forma en la que sus labios separaban los míos. El beso se hizo más profundo, y tenía un punto de desesperación, una pizca de miedo persistente.

La sábana se separó de nosotros y cayó al suelo, cerca de los pies de la cama. Luc rompió el beso y se separó de mí. Antes de que pudiera preguntarme qué estaba haciendo, sus labios se posaron en el espacio que me dolía entre los hombros y sentí sus dedos enroscándose en la cintura de mis pantalones.

El aire frío bañó mi parte inferior, ahora desnuda, pero el calor de Luc lo ahuyentó de inmediato. Se colocó detrás de mí, piel contra piel. Un escalofrío me recorrió la espalda cuando una chispa infinita se transfirió entre nosotros, algo que nunca podría forzarse ni fabricarse.

La visión de su mano plantándose en el colchón junto a mi cabeza y la sensación de la mano en mi cadera me revolvieron y retorcieron las entrañas en un embriagador lío que me hizo clavar los dedos en las sábanas. El deseo no era lo único que cargaba el aire que nos rodeaba. Había mucho más mientras se apretaba contra mí, dentro de mí. Amor. Miedo. Alivio. Aceptación. Extendí la mano sobre la suya, entrelazando mis dedos con los suyos.

Pasó un largo y antagónico momento de quietud, con el cuerpo tenso como una cuerda a punto de romperse, y entonces se movió. El sonido de la parte posterior de su garganta me abrasó la piel, y no hubo sensación de control o contención. Caímos juntos, de cabeza y sin reservas, hundiéndonos profundamente en la oleada de sensaciones que iban más allá de lo físico. Perdí la noción de todo excepto de Luc, de cómo se sentía, de cómo se movía y de cómo no había nada que no hiciera por mí.

Y cuando los dos caímos por el precipicio, dimos vueltas, cayendo juntos, y no sé cuánto tiempo permanecimos allí, con los cuerpos encajados, temblando y con el corazón acelerado.

Luc dejó caer la frente sobre mi hombro, manteniendo su peso apoyado en su brazo, aquel alrededor del que, en algún momento, me había enroscado la parte superior del cuerpo.

—No te he hecho daño, ¿verdad?

—No. —Le besé la mano y sentí cómo un estremecimiento le recorría todo el brazo—. ¿Te has hecho daño tú?

Luc se rio.

—Puede que me haya dado un tirón.

Me reí de su chiste tonto.

—Bien.

—Tal vez debería haberme controlado —dijo, su aliento cálido contra mi cuello—. Esto ha sido muy inapropiado por mi parte.

—Pues sí.

Se movió detrás de mí y sentí que sus labios volvían a rozarme la zona dolorida entre los omóplatos.

—Pero creo que te gusta cuando hago cosas inapropiadas de forma salvaje.

Sonreí.

—Sí, me gusta.

Otro beso contra el lugar que la bala había atravesado horas antes.

—¿Cuál de nosotros es la mala influencia? Voy a decir que eres tú.

—¿Qué? —Volví a reírme—. ¿Cómo lo sabes?

—He sido un chico bueno y formal durante años, Evie. Años.

Resoplé.

—¿Dudas de mí?

—Has sido un buen chico solo porque no habías tenido...

—Porque no había tenido... ¿qué? Puedes decirlo. Son solo cuatro letras de nada unidas.

Puse los ojos en blanco.

—Sexo.

—¿Te estás ruborizando?

—¿Lo estás haciendo tú? —le contesté.

—Sí. Porque todavía soy un gran...

—¿Tocapelotas?

—¿Eso es un ofrecimiento?

—Madre mía. —Me reí aún más fuerte ahora—. Sí, suenas como un buen chico.

—Como he dicho, lo era. —Volvió a moverse, esta vez estirándose hacia arriba para rozarme la mejilla con los labios cuando habló a continuación—. Pero ¿ahora? ¿Contigo? —Acercó su boca a mi oído. Las palabras que susurró en él me abrasaron la piel y me provocaron un cosquilleo—. Esto es lo que soy ahora.

Me mordí el labio y cerré los ojos mientras los dedos de mis pies se enroscaban en las mantas desordenadas.

—¿Qué te parece? —preguntó, atrapándome la piel con los dientes.

Abrí los ojos. «Me encanta quién eres».

Un oscuro rumor de aprobación patinó sobre mi piel. «¿Evie?».

De alguna manera sabía lo que me estaba preguntando. Tal vez por la forma en la que pronunció mi nombre. Podría haber sido solo el vínculo siempre presente allí, forjado durante años que no podía recordar y fortalecido desde el momento en el que volvimos a nuestras vidas.

Levanté la cabeza y la giré hacia él. Su boca encontró la mía, y fue el tipo de beso que me hizo creer que la combustión espontánea era posible. El beso fue como encender una cerilla, y yo estaba ardiendo. Los dos lo estábamos.

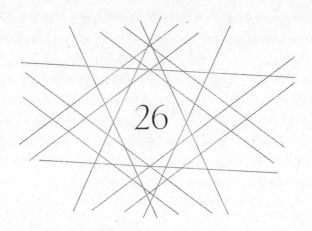

26

Había pasado un rato cuando Luc se puso de lado, de cara a mí, con un pie metido entre mis pantorrillas.

Jugueteó con los mechones de mi pelo mientras yo permanecía tumbada, con los ojos cerrados y disfrutando del suave tira y afloja de sus dedos.

—Ya es hora —dijo con un suspiro—. De que seamos maduros y responsables. Tenemos que hablar.

Y eso hicimos.

—Ojalá pudiéramos quedarnos así, como ahora, para siempre.

—No tienes ni idea de lo mucho que estoy de acuerdo con esa afirmación —respondió, y creía que más o menos me lo podía imaginar, pero abrí los ojos—. ¿Cuánto recuerdas?

—Todo —respondí—. Bueno, todo hasta que me estabas curando. Entonces las cosas se volvieron borrosas.

—Qué conveniente —murmuró.

—Recuerdo haberme pegado a ti...

—¿Como si estuviéramos hechos de velcro?

—Cállate.

—Concéntrate —se burló—. Cuéntame qué recuerdas.

—Lo recuerdo todo desde el momento en el que la fuente se montó en el asiento del conductor. —Le hablé de la onda Cassio y de lo que Sarah había afirmado, de lo que había sentido durante todo ese tiempo—. Fue diferente. No tenía el control, pero no estaba en modo psicótico.

—¿Crees que no tenías el control? —Arqueó una ceja.

—No tenía ni idea de cómo hice lo que hice. Lo hizo la fuente. Yo no.

—No le hiciste daño a nadie. No cuando nos forzaste a salir de la casa, lo cual, por cierto, si vuelves a hacer, se me irá la pinza.

Abrí la boca.

—Entiendo por qué lo hiciste. Reconociste lo que era, de lo que era capaz, y quisiste protegernos. Eso es admirable. Joder, más que eso. —Me soltó el pelo—. Pero yo no necesito que me protejas. No necesito que te preocupes por protegerme. Eso te distraerá y podría hacerte vulnerable.

Me quede mirándolo mientras me incorporaba sobre los codos.

—¿Ya has terminado de echarme la bronca?

—En realidad, no. Sarah podría haberme pateado el trasero de aquí a la Luna y volver. Incluso podría haberme hecho daño. Lo dudo, pero, oye, cosas más raras han pasado —continuó, y entrecerré los ojos—. Puede que seas una Troyana de armas tomar, pero yo soy tuyo. Tú eres mía. Eso significa que cuando te enfrentes a alguien o a cualquier cosa, irás a la batalla conmigo a tu lado, y si caigo luchando cubriéndote las espaldas, no habrá ni una sola parte de mí que lo lamente. Es mi elección, y la tienes que respetar.

No podía creer lo que estaba oyendo.

—¿Ya has terminado?

Sonrió.

—Sí.

—Tú habrías hecho lo mismo, ¿verdad? Y no te atrevas a mentir. Habrías arrastrado mi trasero fuera de esa habitación si hubieras podido. No habría importado cuántas otras personas salieran heridas, mientras yo estuviera bien...

—Exacto.

—Pues muy mal.

Su sonrisa se desvaneció.

—En primer lugar, sé que quieres protegerme, y sí, es una de las razones por las que te quiero —expliqué, y frunció su pequeño ceño. Aunque eso no duró mucho—. Pero no soy de dejar que todo el mundo se estrelle y arda a nuestro alrededor. Puedo protegerte mientras protejo a los demás, así que sé muy bien que tú también puedes hacerlo. En segundo lugar, ¿todo eso de «es mi elección, y la tienes que respetar»? Eso es cosa de dos. No puedo ni contar las veces que me has puesto a salvo mientras todos los demás, incluido tú, corríais grandes riesgos. Recuerda tu pequeña bronca la próxima vez que se vaya todo a la mierda y te pongas delante de mí en vez de a mi lado.

Luc me miró fijamente y luego dijo:

—Mierda.

—Sip.

—Me has atrapado.

—Lo sé. —Sonreí entonces, con una sonrisa grande y brillante.

Él no parecía tan emocionado.

Daba igual.

—Bueno, me alegro de habernos quitado eso de encima para que podamos volver al tema —dije—. ¿Crees que tenía el control solo porque no hice daño a nadie?

Entrecerró los ojos y se inclinó hacia mí para besarme.

—Menos mal que me pareces adorable. —Se apartó—. Hiciste explotar una casa y a una Troyana en pedacitos diminutos y brillantes y solo destrozaste un par de ventanas cercanas. Así que, sí, creo que tenías cierto nivel de control, te dieras cuenta o no.

—¿Crees que tenía el control a un nivel inconsciente?

—Creo que no tenías miedo de lo que eres. Creo que confiabas en ti misma —respondió, y yo no sabía si eso era cierto o no. Había tenido miedo del riesgo que corría, pero...—. Pero tenías más miedo de que Sarah hiciera daño a alguien y tenías más miedo de que ella te convirtiera en algo más.

—Sí. —Aumentó la decepción—. Ojalá no hubiera destruido esa onda Cassio. Podríamos haberla investigado, incluso usarla para ver lo que hacía. Me dio a entender que Dédalo no estaba seguro.

—Hubiera estado bien tenerla, pero es mejor que no se usara contigo.

No era lo único que deseaba haber hecho de otra manera, y quizás por eso me resistía a aceptar que, en cierto modo, tenía el control, porque eso significaba...

Eso significaba que fui yo quien mató a Sarah.

—¿Evie? —Su voz era suave.

—Sarah no había sido entrenada como yo. Lo admitió cuando la acorralé en esa casa. Sabía que se había acabado. Que había fracasado. Podría haberme echado atrás, dejarla vivir. Eso habría sido lo más inteligente. Podríamos haberla interrogado, podríamos haberla comparado conmigo para ver lo diferente que soy...

—Pero eso no fue lo que pasó.

—No —susurré—. Dejó de luchar contra mí, Luc. Cerró los ojos y se detuvo, y me asqueó el hecho de que hubiera fracasado, y si yo tenía el control, fui yo. Esa no fue la fuente, no en su totalidad.

—No es del todo inaudito que la fuente haga que los híbridos sean más agresivos. La clave está en reconocer cuándo está teniendo ese tipo de efecto en ti. No es algo que no puedas cambiar. —Me tocó con el dedo la parte superior del brazo—. Tengo una pregunta para ti.

—Vale.

—Si te vieras acorralada por un Troyano que crees que puede vencerte, ¿qué harías si retrocediera una vez que dejaras de luchar?

—Yo... —Me detuve antes de responder de la forma en la que lo habría hecho hace un año—. ¿La verdad?

Bajó el dedo hasta mi codo.

—La verdad.

—Atacaría —admití, sintiéndome mal—. A ver, eso es lo que tendría sentido.

—Pues sí. —Volvió a deslizar el dedo por mi brazo, haciendo pequeños círculos—. Mostrar piedad puede ser una debilidad que puede ser aprovechada.

—¿Crees que eso es lo que Sarah habría hecho?

—Puede.

Tenía muchas ganas de aferrarme a eso para poder decirme a mí misma que había hecho lo correcto.

«Hiciste lo único para lo que fuiste entrenada».

—Eso no quiere decir que esté bien.

—Tampoco quiere decir que esté mal. —Luc me enroscó la mano alrededor del codo doblado—. Tener a Sarah aquí para interrogarla habría sido estupendo, pero habría supuesto un riesgo tremendo. No tenemos ni idea de lo que habría hecho o de si habríamos podido contenerla. Has hecho lo que yo hubiera hecho, y sé que eso no es decir mucho. Soy un poco más de gatillo fácil de lo que tú nunca serás, pero estaba aquí para ver si podía convertirte en algo como ella. ¿Y si hubieras dejado que ese corazón tuyo, ese hermoso pero blando corazón, se hubiera compadecido y ella te hubiese hecho daño? ¿O a alguien más? Nunca te lo perdonarías.

Lo que decía tenía mucho sentido, pero ¿y si Sarah no hubiera atacado? Sabía que había sido derrotada, que había fracasado y que todo había terminado. Estaba lista para morir...

—¿Crees que Dédalo habría entrenado a alguno de vosotros para que os tumbarais y murierais? Tú no recuerdas tu tiempo allí, pero yo sí. También Zoe y Kat. Dawson y Daemon y Beth. Pregúntale a Archer. —Me acarició la piel por encima del codo con el pulgar—. Puede que ella pasara poco tiempo allí, pero puedes estar segura de que le inculcaron la lucha a muerte. Ni una parte de mí cree ni por un segundo que no se estaba haciendo la débil. Para Dédalo, el fracaso...

—... es la opción de los que buscan la muerte —terminé.

Flexionó la mandíbula.

—¿Has tenido otro recuerdo? No me lo has contado.

—Ha sido uno breve. Nada importante.

—Cualquier cosa que recuerdes es importante. —Me tiró del brazo y se acercó unos centímetros más.

Le conté lo que recordaba.

—Eso fue todo. No fue gran cosa.

—¿Viste a alguien muerto, desangrándose en el suelo, y eso no es gran cosa? Madre mía. —Recorrió el resto de la distancia, doblando el brazo alrededor de mi hombro. Me acurruqué bajo su barbilla. Enroscó la mano en mi pelo—. Tengo razón sobre Sarah.

—Lo dices porque crees que tienes razón en todo.

—Pues claro.

Ahogué la risa contra su pecho.

—Y por supuesto que tengo razón en esto.

—Vale. —Lo dejé pasar. Por ahora—. No me puedo creer que haya destruido una casa.

—No pasa nada.

—¿Que no pasa nada? —Me alejé lo suficiente como para verle la cara—. ¿Cómo puede no pasar nada si he estallado una casa?

—Era inhabitable y básicamente la estaban tirando por partes. —Hizo una pausa—. Lo que hiciste fue de una auténtica chica mala.

Una pequeña sonrisa se me dibujó en los labios.

—Pues sí.

Bajó la barbilla y me rozó la frente con los labios.

—Hay algo más de lo que tenemos que hablar.

—¿Qué estaba haciendo Sarah con ellos para empezar?

—Sí, eso también, pero algo más.

—Ah, bueno.

Se le tensó el brazo.

—Cuando la fuente tomó el control, te quedaste callada. No pude captar ninguno de tus pensamientos. No hasta lo de la casa. Entonces pude volver a oírlos.

Le pasé un brazo por la cintura.

—¿Qué crees que significa que no pudieras oírme al principio?

—No lo sé —contestó mientras yo frotaba la nariz contra su pecho y él se sobresaltó—. ¿Por qué tienes la nariz tan fría?

Solté una risita.

—Lo siento.

—No, no lo sientes.

Era verdad. Pensé en lo que había dicho.

—Tal vez Viv tenga toda la razón y estaba reiniciando, y cuando estuve a punto de conectarme... —Joder, eso sonaba más raro de lo que jamás había creído posible—, pudiste oírme de nuevo. Eso no explica por qué no podías oírme al principio.

—Podría ser porque fue entonces cuando empezaste a reiniciarte, y no pude...

—¡Mierda! —Me sacudí, haciendo una mueca de dolor cuando me dio un tirón en la espalda.

La preocupación se le reflejó en el rostro.

—¿Estás bien?

—Sí. Estoy bien. Acabo de recordar algo que se me ocurrió antes de que todo se fuera al garete —exclamé—. ¡Es Nadia!

Se sobresaltó.

—¿Qué?

No era frecuente ver a Luc tan desprevenido, y era asombroso. Quería recrearme en ello, pero no era el momento.

—Kat dijo algo el otro día que me ha estado volviendo loca. Dijo que podrías haber hecho algo en el bosque que me sacara del proceso. Y lo hiciste. Fue lo mismo que dijiste cuando estaba durmiendo profundamente. Te oí, y eso fue lo que me despertó. Me llamaste Nadia. Las dos veces.

Luc tragó saliva con dificultad, y luego suavizó la expresión.

—Sí. —Se aclaró la voz—. Lo hice las dos veces. Sé que odias que...

—No lo odio.

Alzó una ceja.

—Vale. Lo odiaba al principio, porque era confuso, y sigue siendo raro. A ver, no la conozco... Quiero decir, no me conozco. —Gimiendo, lo intenté de nuevo—. Tan solo es raro. Lo único que sé es que ya no me molesta porque soy ella, y esa parte de mí te respondió. Me mutaron y me entrenaron como Nadia, no como Evie, así que eso tiene que significar algo, ¿no? Tiene que haber una conexión.

Me alisó el pelo hacia atrás.

—Creo que significa justo lo que has dicho hace un momento. Que tú eres ella, y estoy pensando que como pasaste por la mutación como ella, hay un nivel de consciencia allí que yo puedo alcanzar. —Exhaló despacio—. Es bueno saberlo. Es otra vía si las cosas se intensifican. Algo que puedo intentar antes de desconectarte.

—¿Has intentado desconectarme hoy?

—No. —Me acomodó el cabello detrás de la oreja—. Te callaste muy rápido, pero...

—Pero podrías haberlo hecho en el momento en el que te dije que estaba perdiendo el control.

—Podría haberlo hecho, pero quería ver qué ibas a hacer primero.

—Madre mía, Luc. —Lo miré fijamente—. ¿Y si se me fuera la pinza y no pudieras alcanzarme?

—Estaba dispuesto a apostarlo todo a que no lo harías. —Volvió a dejar caer la mano sobre mi brazo—. Ya te lo he dicho antes, Melocotón. Creo en ti; creo que nunca te dejarás llevar hasta el punto en el que lo hiciste en el bosque, y no lo has hecho. No desde que tuviste aquella pesadilla, ¿y cuál es la gran diferencia? Has empezado a usar la fuente. Has dejado de tenerle miedo. Has comenzado a confiar en ti misma, y ya es hora de que empieces a creer en ti.

Me dio un vuelco el corazón. Joder, tenía razón.

—Lo sé.

Ignoré ese comentario.

—¿Por qué te cuesta tanto hacerlo? —preguntó en voz baja.

Hombre, era una pregunta difícil de responder, de explicar. Me puse boca arriba, aliviada al descubrir que no me dolía. Sentí un nudo en el estómago cuando volví a pensar que antes me habían disparado, literalmente. Mi cerebro no pudo procesarlo mientras deslizaba una mano por debajo de la sábana y encontraba el pequeño parche ultrasuave de piel cicatrizante.

—¿Me va a dejar cicatriz?

—¿La de la espalda? ¿La herida de entrada? Ya es una marca débil. Para mañana, seguro que habrá desaparecido. El pecho puede que cicatrice, pero no se notará demasiado en un par de días. Parecerá la cicatriz de una herida de hace años.

—Eso es raro. Ni siquiera puedo entenderlo. —Me pellizqué la piel, haciendo una mueca de dolor—. Está sensible.

—Sí. —Se acercó y me sacó la mano de debajo de la sábana—. Así que intenta no tocarla.

—Buen consejo.

Se quedó callado mientras yo resistía el impulso de toquetear más.

—Melocotón.

—¿Mmm?

—¿Por qué no crees en ti misma?

—No lo sé —suspiré, mirando el techo oscuro. Pero ¿era eso cierto en realidad? No lo creía—. Creo que Eaton tenía razón. Sigo permitiéndome pensar que soy la Evie de antes y que las cosas están fuera de mi control, porque...

Luc se levantó sobre el codo.

—¿Porque crees que es más fácil?

Cerré los ojos, la verdad era difícil de decir, de reconocer. «Porque siempre me he sentido así. Como si nunca hubiera tenido el control de nada».

—Eso no es del todo cierto.

Abriendo los ojos, giré la cabeza hacia él.

—¿Por qué?

—Antes, incluso cuando te enfrentabas a cosas que estaban fuera de tu control, como tu padre y la enfermedad, hacías todo lo posible por recuperarlo. Te enfrentabas a las cosas de frente, sin importar las cartas que te habían tocado —dijo—. Y esa fuerza feroz sigue dentro de ti. Eso no podría pisotearlo ningún suero, no por completo.

Nadia era increíble, pero era yo, y me preguntaba cuánto de ella seguía existiendo en mí. Si lo que solía ser era la razón por la que, como Evie, siempre me sentía angustiada y sin rumbo, como si me hubieran metido en una piel que no me quedaba bien.

—Tu vida como Nadia se borró en su mayor parte, pero incluso la noche que entraste en la discoteca, vi muchas de las cualidades de Nadia en ti. No se trataba solo de ciertas comidas o bebidas que te gustaban o no. Era más que tu amor por la fotografía. Estaba en la forma en la que no te dejabas intimidar por mí, en cómo te defendías incluso antes de saber si estabas segura conmigo o no. Todo eso era Nadia. También tu fuerza inherente. La mayoría de la gente se habría derrumbado por la presión y por todo lo que has pasado.

Pero tú no. Igual que no lo hiciste cuando hiciste lo necesario para alejarte de tu padre. Igual que hiciste cuando te diagnosticaron el cáncer. Seguiste adelante.

Su mirada buscó la mía.

—Puede que te hayan quitado tus recuerdos y te hayan puesto en una piel que no te quedaba bien, pero siempre has estado ahí dentro, y tengo que pensar que tener esa fuerza y esa voluntad atadas durante tanto tiempo te ha hecho sentir que no tenías control. Puede que incluso fuera tu subconsciente intentando decirte que algo no iba bien.

Pensé en lo que había dicho Eaton.

—Es hora de recuperar el poder de mi verdadero nombre, mi verdadera identidad.

Luc no respondió a eso, pero yo sabía que era cierto. Ya había pasado mucho tiempo, y darme cuenta de eso no fue un momento que me cambiara la vida, no de ninguna manera que yo pudiera sentir. No era como si de repente no tuviera miedo y creyera que era capaz de todo y más. Tampoco significaba que de repente empezara a responder como Nadia, pero era un paso en la dirección correcta, y algo más.

Porque sabía en lo más profundo que Nadia confiaría en que, pasara lo que pasara, no haría daño a gente inocente. Creería en sí misma tanto como creía en Luc. No tomaría el camino de la menor resistencia. Explotaría a través de todos y cada uno de los obstáculos. Y lo haría bailando.

Se me alzaron las comisuras de los labios.

—¿Tienes hambre o algo? —Luc rompió el silencio—. Daemon ha traído algo de comida. O al menos eso ha dicho cuando ha venido aquí.

Mi sonrisa se detuvo.

—¿Daemon ha estado aquí mientras te usaba como un colchón hinchable?

Alzó un lado de los labios.

—Sip.

—Joder —gemí.

—No me ha importado. Me ha parecido extrañamente relajante. —Me pasó el dedo por el brazo—. Eras como una de esas mantas con peso. Tenemos que dormir así más a menudo.

Para mi sorpresa, había estado cómodo, pero nuestras posibles posturas para dormir no eran lo más importante en este momento.

—¿Ha podido Daemon contarte algo sobre cómo Sarah había ido a parar con esa gente?

—Sí. —La media sonrisa se desvaneció, y a mí me dio un vuelco el estómago—. ¿La otra chica humana? Se llama A. J. Fue capaz de llenar algunos de los espacios en blanco una vez que se calmó. Estaba con una Luxen no registrada, una amiga con la que había crecido. Estaban preocupadas por lo que estaba pasando y querían un lugar para pasar desapercibidas. Tenemos contactos en los centros de asistencia Luxen que investigan a los que quieren escapar. A. J. y su amiga pasaron la investigación y se les dio los detalles sobre dónde reunirse con Spencer y Yesi. A. J. afirma que Sarah ya estaba allí con un Luxen, a la espera de ser trasladada aquí. Ha dicho que Sarah y ese Luxen se mantuvieron al margen, lo cual es normal. Tienen instrucciones de ni siquiera compartir sus nombres hasta que estén aquí. Lo mismo ocurre con los que trasladan los paquetes. No le dicen a nadie quién vive aquí o incluso a dónde van. Es una forma de proteger la zona en caso de que alguno de ellos sea capturado en el proceso. Los que recogen los paquetes son los de más confianza de la zona. Caerán sin decir una palabra, pase lo que pase.

Luc levantó el brazo y yo rodé hacia él.

—Según A. J., las cosas se torcieron cuando llegaron a la zona donde tuvimos que abandonar el coche. Yesi se había adelantado con Sarah, el Luxen misterioso y otro. Creemos que fue entonces cuando Sarah los atacó. La razón no la sabemos. Sarah lo habría hecho sin importar el motivo. Tal vez Yesi vio o sintió algo, pero A. J. dijo que escucharon ligeros sonidos de lucha en la oscuridad, y antes de que Spencer pudiera comprobarlo, A. J. dijo que algo salió del bosque y se estrelló contra ella. Se quedó inconsciente, y cuando volvió en sí, todos menos ella, Sarah y Spencer estaban muertos.

—Madre mía. —Me estremecí.

—Dijo que Sarah y ella ayudaron a llevar a Spencer al muro. No tenía ni idea de que era Sarah quien les había hecho daño. —Luc pasó la punta de los dedos por mi columna vertebral—. Dawson y Archer salieron hacia donde Sarah dijo que creía que habían sido atacados. Encontraron los cadáveres de cuatro Luxen, entre los que tiene que estar el que viajaba con Sarah. Así que, aunque no hay amenaza de que este Luxen pueda haber vuelto a Dédalo, no nos dice cómo se relacionó con él o por qué se volvió contra él.

—¿Crees que tal vez Dédalo hizo que un Luxen fuera con ella y le ordenó matarlo antes de que pudiera advertir a otros aquí? Porque si ese es el caso, sería un gran riesgo una vez que este Luxen se acercara a otros que pudieran ayudarlo. —Extendí la mano sobre su pecho, por encima del corazón—. Pero entonces eso significaría que Dédalo sabría lo de las zonas.

—Si Dédalo supiera quién está aquí, ya habrían asaltado esos muros —respondió seco—. Pero definitivamente tienen que saber que los Luxen no registrados están siendo trasladados y escondidos en algún lugar. Tienen que suponer que hemos desaparecido en uno de esos lugares. Emparejar a Sarah con un Luxen que controlan de una forma u otra aumenta sus posibilidades de que confíen en Sarah y le permitan entrar en al menos uno de los lugares donde se esconden a los Luxen. O ella tuvo una suerte increíble de terminar en el lugar correcto u obtuvo algún conocimiento interno de que los contactos a los que acudió trabajaban con nuestra zona.

—¿Saben los contactos a dónde trasladan a los Luxen no registrados? —pregunté, pensando que, de ser así, sería un riesgo tremendo. Podía imaginarme con facilidad a Dédalo secuestrando a familiares de los que trabajaban allí para obligar a los contactos a desvelar secretos.

—No. La zona sigue siendo segura. —Luc se frotó la barbilla sobre mi cabeza—. Daemon también tenía un mensaje para nosotros. Cekiah quiere vernos a primera hora de la mañana.

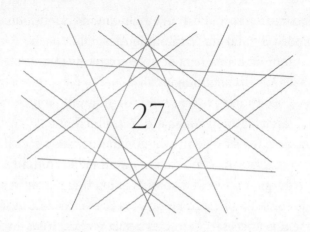

27

«Todo el mundo me está mirando como si fuera un bicho raro».

«Todo el mundo no», respondió Luc mientras me tomaba de la mano y me tiraba hacia atrás y hacia abajo, donde él estaba sentado, de modo que quedé apoyada en sus rodillas. «Kat no te está mirando».

Recorrí con la mirada unos cuantos rostros familiares y un montón de rostros desconocidos. Vibrantes ojos Luxen mezclados con otros de humanos corrientes me devolvían la mirada con abierta desconfianza. Ser observada por un grupo de alienígenas legítimos como si yo fuera la rara de la que había que desconfiar era bastante inquietante.

Kat estaba sentada en la larga mesa de conferencias, con la silla echada hacia atrás mientras mecía con cuidado a Adam.

«Eso es porque está centrada en el bebé».

Luc me rodeó la cintura con un brazo. «Daemon no te está mirando».

«Eso es porque está mirando a su mujer y a su hijo». Lo cual era cierto. Su oscura cabeza estaba inclinada mientras tocaba los diminutos pies cubiertos de calcetines.

«Todo el mundo te está mirando porque eres guapa».

Torcí los labios mientras me rugía el estómago. Luc y yo habíamos desayunado hacía unos treinta minutos, pero tenía la sensación de no haber probado bocado en una semana, y eso me recordaba cómo había estado justo antes del tema del minicoma. Lo cual sería más preocupante si no estuviera en ese momento delante de lo que parecía un pelotón de fusilamiento. «Ajá».

«Y porque has volado una casa con tu mente».

Suspiré. «No estás ayudando».

Su risita de respuesta me hizo cosquillas en la mente. Solo Luc estaría totalmente despreocupado en ese momento.

Cekiah se aclaró la garganta, llamando mi atención. Llevaba las trenzas apartadas de la cara, amontonadas en un diseño fascinante e intrincado que hacía resaltar las trenzas teñidas de azul. No estaba sentada a la cabecera de la mesa. En realidad, nadie se sentaba a la cabecera. Ni siquiera había sillas, lo que me pareció interesante.

Aquí nadie estaba a la cabeza de nada.

Los ojos de Cekiah, de un color más meloso que los de Zouhour, se clavaron en los míos.

—Espero que te hayas recuperado del todo.

Asentí con la cabeza.

—Así es. Gracias.

Deslizó la mirada hacia el espacio más allá de mi hombro.

—Ojalá pudiera decirse lo mismo de Jonas.

—Ojalá —respondió Luc con suavidad mientras yo me tensaba.

—Jonas era un buen hombre y solo estaba haciendo su trabajo —dijo un Luxen de más edad, cuya piel seguía siendo tersa en su mayor parte, a excepción de algunas arrugas en el rabillo del ojo.

—Estoy seguro de que era una persona increíble, Quinn, pero disparó a Evie. —El tono de Luc no cambió—. Quién era antes de eso ya no importa.

Daemon levantó la vista y nuestras miradas se cruzaron. Lo que me había dicho una noche en Presagio era demasiado fácil de recordar.

«Porque las personas como Luc y yo no somos las malas, Evie, pero tampoco somos las buenas».

La mandíbula de Quinn se endureció.

—Aquí nadie hace de juez ni de jurado. Nadie tiene ese tipo de poder.

—¿Estás seguro de que nadie está jugando a ser juez o jurado? —preguntó Luc mientras observaba la sala—. Más o menos parece que eso es lo que está ocurriendo ahora mismo. La única diferencia es que yo no lo oculto cuando lo hago.

—Luc —dijo Cekiah a modo de suave advertencia.

Se encogió de hombros.

—No estoy seguro de lo que queréis que diga sobre Jonas, aparte de que deberíais entrenar a vuestros humanos para que estén muy seguros de a quién están disparando antes de apretar el gatillo.

Eaton levantó las cejas desde donde estaba sentado al otro lado de Cekiah.

—Tomo nota.

Ni siquiera tuve que mirar para saber que Luc estaba sonriendo.

—Cualquiera de nosotros habría hecho lo mismo que Luc —comentó Daemon, enderezándose.

—Para bien o para mal, así son las cosas —dijo Dawson. Daemon se sentó al lado de Dawson, y me pregunté si habían elegido sentarse el uno al lado del otro para molestar a todo el mundo. Miró a Quinn desde la mesa—. Igual que tú habrías hecho lo mismo si Jonas hubiera disparado a Alyssa.

Quinn volvió a sentarse en su silla, sin decir palabra, y tuve la sensación de que Alyssa era alguien muy importante para él.

—Su silencio significa que sabe exactamente lo que haría —añadió Hunter desde donde estaba sentado reclinado, con una pierna sobre la mesa. Serena estaba a su lado. Por suerte, hoy ninguno de los dos intentaba matarme—. Pero es un Luxen civilizado.

Daemon resopló. Mis cejas comenzaron a trepar por mi frente.

—Lo que le pasó a Jonas es una lástima, algo que debería haberse evitado —interrumpió Bethany desde el otro lado de Dawson—. Pero no creo que nos hayan convocado a esta reunión para hablar de eso.

Beth se sentó tan cerca de Dawson que sus brazos se rozaron, y mi estómago vacío se hundió al recordar el horror en su voz. Había temido mucho por su hija, por lo que yo había hecho.

Por lo que habría podido hacer.

—Estáis aquí para hablar de mí. —Decidí que no había razón para andarse con rodeos—. Y si se me debe permitir o no quedarme aquí. Me advertisteis que habría problemas si demostraba ser un riesgo.

La sorpresa se reflejó en algunos de los rostros humanos, pero no en el de Cekiah.

—También se lo advertí a Luc. Guardé tu secreto hasta que ya no pude hacerlo.

—Hasta ayer no sabíamos que no eras humana. —Los rasgos de la Luxen del día anterior estaban tensos—. Ni que decir tiene que a ninguno de nosotros nos ha hecho mucha gracia descubrir que no solo Cekiah nos había ocultado el secreto, sino también varios miembros de confianza de nuestra comunidad.

La verdad era que no tenía ni idea de qué responder a eso, y ninguno de esos miembros de confianza de la comunidad parecía muy molesto por el hecho de que le llamaran la atención.

Daemon y Dawson parecían aburridos, la verdad.

—Y yo que pensaba que íbamos a hablar de cosas importantes como lo cerca que ha estado Dédalo de descubrir la comunidad... —Luc plantó la mejilla en el puño mientras apoyaba el brazo en el lateral de la silla—. Y de lo que se hará para que eso no vuelva a ocurrir.

—Eso es lo que estamos discutiendo —respondió Cekiah—. Esa cosa estaba aquí, obviamente, por Evie.

Esa cosa.

—Y eso significa que la comunidad está en peligro —dijo una humana. Era joven, puede que treintañera—. Alguien más podría venir a buscarla de la misma manera que esa cosa.

Ahí estaba otra vez. *Cosa*. Cerré las manos en puños. Yo no era como Sarah, pero ¿lo entendían? ¿Era yo una cosa para ellos?

—¿Debemos dejar de transportar aquí a los que necesitan seguridad? —Se unió un híbrido—. Porque ¿de qué otra forma podríamos evitar que algo así vuelva a ocurrir?

Se me heló la piel. Pensé en Heidi y Emery, que seguían ahí fuera, y en todos los demás Luxen no registrados que necesitaban refugio. Si cerraban, ¿lo harían también las demás zonas por precaución?

—No podéis hacer eso —solté—. Sigue habiendo Luxen y otros que necesitan un lugar seguro al que ir. Si vosotros o las otras zonas empezáis a rechazar a la gente, estarán indefensos. Nunca se ha vuelto a ver a nadie que haya sido detenido y procesado. Si estas zonas cierran sus puertas, básicamente estaríais firmando sus certificados de defunción.

—Me alivia saber que piensas en los que necesitan nuestra ayuda. —Zouhour me miró desde donde estaba sentada, pinzándose la nariz—. Entiendes la importancia de lo que hacemos aquí.

—Claro que sí.

—Entonces también tienes que entender por qué nos preocupa que pongas en peligro lo que hacemos aquí.

Y lo hacía.

Levanté una mano y me la froté contra la herida, la que seguramente me habría matado si fuera humana y Luc no hubiera estado allí. Necesitaba estar aquí, donde se suponía que estaba a salvo a excepción de recibir un disparo, para poder aprender más sobre lo que podía hacer y cuánto control tenía en realidad sobre la fuente, pero no podía ser la causa de que otros quedaran abandonados a su suerte sin más.

No lo haría.

«Evie». Había un mundo entero de advertencia en cómo dijo mi nombre.

Cerré los ojos. «No está bien».

Una débil carga de electricidad bailó a lo largo de mi espalda, procedente de Luc. No me cabía duda de que los demás también la sentían.

—Lo entiende perfectamente, más de lo que cualquiera de vosotros querría reconocerle. Excepto tú, Kat; tienes un corazón tan grande como el suyo.

Kat no levantó la vista de la cara de su hijo dormido mientras decía:

—Por el tiempo que he pasado con Evie, sé que no querría hacer nada que pusiera en peligro a nadie ni lo que hacemos aquí. —Sonrió a su hijo—. Estoy segura de que está a pocos minutos de ofrecerse voluntaria para irse. Eso es lo que haría yo.

Daemon suspiró con pesar mientras asentía con la cabeza, enviando a Luc una inusual mirada de simpatía.

—No me importa si uno o cien más vienen a buscarla. La traje aquí porque era el lugar más seguro que se me ocurrió. —Luc se movió detrás de mí y me rodeó la cintura con el brazo, mientras un tono brutal endurecía su voz—. No hay ni una sola cosa que no vaya a hacer para asegurarme de que esté lo más a salvo posible.

—Luc. —Le lancé una mirada por encima del hombro.

Me ignoró.

—Ni una sola cosa —repitió.

—Hazme caso —refunfuñó Eaton mientras se pasaba el pulgar por la frente—. Todos somos plenamente conscientes de ello.

—Entonces no sé por qué estamos teniendo esta conversación —replicó Luc.

—Pero esa es la cuestión. —Kat alzó la vista entonces—. No importa si Evie se va esta tarde. Dédalo no lo sabrá a menos que la vean fuera de la zona. Si envían a más, vendrán a pesar de que ella no esté aquí. Aunque esa preocupación es válida, es inútil, y no podemos dejar fuera a otros que necesitan nuestra ayuda.

Separando despacio los labios, miré fijamente a Kat mientras la humana se giraba hacia ella.

—Entonces, ¿qué sugieres que hagamos?

—Asegurarnos de que los que vienen aquí son investigados de verdad y que todos y cada uno de nuestros contactos son examinados con la lupa más precisa posible, porque no creo ni por un segundo que esta chica y el Luxen con el que estaba hayan sido tan investigados. No digo que tengamos un espía en uno de nuestros contactos, pero creo que tenemos a alguien que ha metido la pata —dijo, y el bebé Adam arrulló con suavidad—. Pero es solo una sugerencia, Jamie. Una respuesta mesurada, menos extrema.

—¿Está sugiriendo que estoy siendo alarmista? —preguntó la mujer.

—No me atrevería a sugerir eso. —Kat miró fijamente a la mujer—. Pero ¿qué crees que hará la zona de Chicago si dejamos de permitir la entrada de paquetes? Harán lo mismo que nosotros.

Se intercambiaron miradas por toda la mesa, y fue Zouhour quien habló.

—Tienes razón.

Luc se relajó detrás de mí.

—¿Alguna vez te paras a pensar lo increíblemente afortunado que eres por tener una mujer tan brillante, Daemon?

Daemon sonrió.

—Cada día.

—Existe un riesgo adicional en nuestros contactos. Tenemos que averiguar cómo se investigó y se permitió la entrada de esta cosa —añadió Quinn.

—No era una cosa —espeté mientras el persistente dolor de mi estómago subía—. Se llamaba Sarah, y todo lo que le hicieron fue contra su voluntad. La vimos cuando mutó. No tenía ni idea de lo que le estaba pasando. Puede que sea lo más parecido al mal que nos podamos imaginar ahora, pero un poco de empatía nunca ha matado a nadie.

La humana abrió la boca.

Yo no había terminado.

—Y para que todos estemos al tanto, Sarah y yo fuimos mutadas por Dédalo. No somos iguales, y yo tampoco soy una cosa.

El zumbido de aprobación de Luc se mezcló con mis propios pensamientos mientras me apretaba un instante la cintura con el brazo.

—Lo siento. —Quinn inclinó la cabeza—. Tienes razón.

—Dices que no eres exactamente como ella, pero a ambas os mutaron. —Cekiah se cruzó una pierna sobre la otra—. Sé lo que Luc y Zoe me han dicho. Sé lo que tú misma has dicho, así que ¿qué ha cambiado para que de repente sepas lo que eres?

Prácticamente podía sentir a Luc preparándose para una respuesta mordaz, pero esta era mi batalla. Me levanté, y Luc no me detuvo.

—Sé que sea lo que sea, no soy como ella. No creo que esté programada como ella y los otros Troyanos.

—¿No lo crees? —preguntó ella.

—No. No creo que lo esté. Yo no maté a ese. —Asentí en dirección a Hunter—. A pesar de que iba en serio con lo de matarme.

—Es cierto —murmuró el Arum.

Luc volvió la cabeza en dirección a Hunter, y el Arum puso los ojos en blanco mientras bajaba las piernas de la mesa.

—Y le debo una disculpa por eso —refunfuñó Hunter—. Lo siento.

Arqueé las cejas. Antes de que pudiera responder, su mujer se inclinó a su alrededor.

—Y yo estaba buscando mi pistola. Ella no me atacó. —Una pequeña sonrisa tímida apareció—. Yo también lo siento.

—Eh..., está bien. —Parpadeé, nunca pensé que estaría en la posición de aceptar una disculpa de dos personas que habían querido asesinarme el día anterior.

—Pero ¿qué nos dice eso en realidad? —preguntó Zouhour, y había auténtica curiosidad en su tono.

—Por lo que sabemos, los Troyanos han sido entrenados para percibir una amenaza, un desafío, y luego eliminarlo. No habrían retrocedido ante eso —expliqué.

—¿Así que esta vez has podido mostrar contención? —dijo Jamie, con los brazos cruzados sobre el pecho.

La miré fijamente.

—He sido capaz de mostrar contención y de eliminar a la Troyana que muy probablemente no habría mostrado contención después de que intentara convertirme justo en lo que ella es. He impedido que les hiciera daño, y lo he hecho sin lastimar a nadie. Eso es lo que he hecho esta vez.

—Has hecho explotar una casa entera —replicó ella.

—Pero ¿has muerto tú? ¿Ha muerto alguien que no fuera el malo? No.

Luc se inclinó hacia delante, con las manos sobre las rodillas.

—¿Responde eso a tu pregunta, Jamie?

No se atrevió a mirar a Luc a los ojos mientras soltaba:

—Aun así, eso no quiere decir que no se pueda convertir en un riesgo la próxima vez.

—Ha estado practicando para controlar la fuente —dijo Eaton, estirando la pierna izquierda—. Ella y Luc. Ella ha estado usando la fuente.

Respirando un poco más tranquila, asentí.

—No es que no crea que no intentaron hacerme igual que los demás, pero no creo que funcionara. Viv, la doctora Hemenway, cree que se debe a que me administraron tres tipos diferentes de sueros y que tener los otros dos en mi organismo podría haber interactuado de algún modo con el suero Andrómeda.

—Eso son teorías —replicó Cekiah.

—Uno de esos Troyanos mató a mi hermano, y todos sabéis... —Hunter aspiró—. Todos lo conocíais. No era débil. Luchó con uñas y dientes. También lo hicimos Sin y yo, pero ese Troyano no se contuvo. Se abalanzó sobre nosotros en cuanto dejamos la casa de Lotho y salimos a la superficie.

«¿Lotho?».

«Es el líder de los Arum», respondió Luc. «Y es un poco excéntrico».

¿Un poco excéntrico? El interés floreció. «Hablando de Hunter, quiero charlar con él. Quiero saber cómo nos percibió a Sarah o a mí».

«Ya me he encargado. Está disponible más tarde».

Esperaba seriamente que hubiera un más tarde.

—Era como si nos estuviera esperando. Entre los tres pudimos herirlo, pero seguía vivo cuando escapó. —A Hunter se le movió un músculo a lo largo de la mandíbula—. Nunca había visto nada igual. Y tampoco había visto nunca nada como ella, pero lo que nos encontramos en Atlanta no era lo mismo. Ahora lo veo.

Se me cortó la respiración. Atlanta. «Estábamos allí, Luc».

«Lo sé», fue su respuesta escueta.

Cerré los ojos. No era lógico que el Troyano hubiera estado allí, buscándonos..., buscándome a mí.

—El Troyano al que nos enfrentamos no mostró ninguna contención —añadió Daemon—. Apenas pudimos dominarlo, y mucho menos matarlo. El Troyano me recordó a... —Se interrumpió, sacudiendo la cabeza—. Es difícil de explicar. Tenía algo totalmente inhumano.

—El que vi me recordó a ese robot de metal líquido de las películas de Terminator —dijo Hunter.

Fruncí el ceño.

—¿El T-1000? —preguntó Beth, y cuando varios pares de ojos se desviaron hacia ella, se encogió de hombros—. ¿Qué? Me encantó esa película.

—Sí, ese. —Hunter se pasó una mano por el pelo—. Esa expresión en blanco, robótica, carente de toda emoción. No había miedo. Ninguno en absoluto.

Dawson estaba asintiendo.

—Es verdad. El que encontramos podría haber sido el T-1000 perfecto.

—No tengo ni idea de lo que es un T-1000 —murmuró Zouhour.

El híbrido a su lado le dio unas palmaditas en el brazo.

—Después te lo cuento.

Cekiah empezó a hablar, pero sentí un baile de dedos por la nuca y los omóplatos en el mismo momento en el que ella debió de hacerlo.

—Parece que estamos a punto de tener compañía.

La puerta se abrió con un chirrido y Zoe entró junto con Grayson. Se detuvieron justo detrás de la puerta y dejaron que se cerrara despacio.

Zouhour frunció el ceño.

—No sabía que estabais invitados a esta reunión.

—No lo estábamos. —Grayson se apoyó en la pared y se cruzó los brazos sobre el pecho—. Pero aquí estamos.

Esa respuesta recibió más de un par de miradas entrecerradas.

—Lo que Grayson quería decir es que sabemos que no estábamos invitados —explicó Zoe—. Pero también sabemos a qué va a conducir esta reunión, y queríamos estar aquí.

—¿Y a qué creéis que va a conducir esta reunión? —preguntó Cekiah.

—A que echen a Evie de aquí, o al menos a que todos intentéis hacerlo. Estamos aquí para evitar que toméis una muy mala decisión

—respondió Zoe, de pie, como si estuviera lista para entrar en batalla—. Y entiendo por qué todos vosotros no la queréis aquí. Ninguno de vosotros ha visto nada como ella. Es diferente. Creéis que es un riesgo, pero conozco a Evie desde hace años. Y Grayson también.

No estaba segura de que vigilar a alguien durante años significara que Grayson me conociera, pero aceptaría cualquier apoyo.

—Es una buena persona que ha pasado por mucho y necesita la protección de esta comunidad. Se lo merece —dijo Zoe, y joder, cuánto la quería. No podía pedir una amiga mejor.

—Estoy seguro de que es una persona maravillosa, pero esto no es nada personal —contestó Quinn, y no había ni un ápice de desprecio en su tono. Me creía lo que decía—. Pero tienes razón. Nunca habíamos visto nada igual. Ninguno de nosotros, incluida ella, sabe de lo que es capaz.

—Y los humanos nunca habían experimentado nada como los Luxen. Aún no tienen ni idea de lo que sois capaces, y su miedo a lo desconocido es la razón por la que existe esta comunidad. ¿No esperáis todos y cada uno de vosotros que se os dé la oportunidad de demostrar que venís en son de paz y toda esa mierda? —desafió Zoe—. ¿O es que los humanos y los Luxen comparten ese defecto común?

—Dales caña —murmuró Luc mientras las comisuras de mis labios se inclinaban hacia arriba.

Los que poseían ADN alienígena palidecieron o retrocedieron ante la hipocresía que se les había echado en cara. Jamie, la única humana, parecía menos complacida, pero incluso había un destello de duda en sus ojos marrones.

—En realidad —interrumpió Grayson con un largo suspiro de sufrimiento—. Casi todo el mundo aquí, incluida ella, cree que necesita la protección de la comunidad. Eso no es cierto. Ni por asomo. Lo que sí es cierto es que vosotros sí que la necesitáis a ella.

Giré la cabeza hacia él, sorprendida. ¿De verdad Grayson me estaba defendiendo de forma activa?

—Ella es más poderosa que todos los presentes en esta sala juntos —continuó, desplegando los brazos y metiéndose la mano en el bolsillo. Se sacó una piruleta de manzana ácida—. Dédalo tiene a más como ella, y cuando decidan acabar con esta pequeña milicia que tenéis aquí, incluso alguien que no sea especialmente inteligente sabría lo buena idea que sería tenerla de su lado.

El mundo dejó de girar sobre su eje. Los cerdos estaban volando. Papá Noel era real. Incluso el infierno se había congelado.

—Pero creo que la mayoría de vosotros sois demasiado humanos. —Grayson no había terminado mientras su mirada recorría con desdén a los Luxen de la sala—. Si la obligáis a irse, perderéis a Zoe. Me perderéis a mí. Y también perderéis a Luc. Y ya tendríais que ser muy estúpidos para no tener en cuenta lo que eso significa.

Luc sonrió satisfecho mientras se quedaba mirando a cada uno de los miembros no oficiales pero totalmente oficiales del consejo.

—Qué piquito de oro tiene, ¿verdad?

—Desde luego. —Cekiah se dio golpecitos con los dedos debajo de la barbilla—. Pero no estamos del todo indefensos aquí. Nos ha ido muy bien sin que ninguno de vosotros estuviera por aquí.

—¿Y cómo os las arreglaréis sin nosotros? —preguntó Daemon, y otra ráfaga de conmoción me recorrió.

—¿Ni sin nosotros? —Dawson se echó hacia atrás, pasando el brazo por encima del respaldo de la silla de Beth.

La sonrisa de Hunter era como humo.

—¿Ni sin mí y sin todos los Arum aquí?

Necesitaba sentarme.

—Y estoy seguro de que Archer y Dee se marcharían justo detrás de nosotros —añadió Daemon.

Necesitaba sentarme antes de caerme, de verdad. Retrocedí y me desplomé en la silla vacía que no creía que hubiera estado junto a Luc momentos antes.

Luc mostraba una media sonrisa que yo sabía que enfurecía a cualquiera que la recibiera.

—¿Qué es lo que estabas diciendo, Cekiah?

Había apretado los labios.

—No aprecio la amenaza no tan velada de ninguno de vosotros. De algunos esperaría algo más. De ti no, Luc. No esperaba menos.

—Y eso es lo que siempre tendrás —respondió.

Soltó una carcajada seca mientras su mirada se deslizaba hacia Daemon y el grupo.

—¿De verdad os iríais de aquí con un recién nacido? ¿Arriesgaríais la vida de ese niño por estar con ellos?

—¿Quieres oír algo interesante? —preguntó Kat. El bebé Adam se había despertado, estirando una manita hacia arriba. Le dio un beso en los nudillos—. Le dije a Evie lo que haríamos si demostraba ser una amenaza. Que cualquiera de nosotros se arriesgaría a una muerte segura a manos de Luc para garantizar la seguridad de la Zona 3. ¿Y sabes qué respondió? No se enfadó conmigo, ni gritó ni se derrumbó. Dijo que lo entendía, y yo le creí. Sigo haciéndolo.

La habitación se había quedado en silencio cuando Kat dijo:

—No quiero llegar a eso. No hasta que Dédalo esté de verdad destruido y tengamos un mundo en el que querría criar a mi hijo. ¿No es para eso para lo que nos estamos preparando?

Varias miradas severas se posaron en los rostros de los presentes, pero Kat no se dejó callar.

—Estamos entrenando a todas las personas capaces de defenderse para que lo hagan. —Sus ojos grises me miraron—. Eso es lo que estamos haciendo en el Patio.

Alguien, y creo que fue Quinn, sonó como si estuviera teniendo un paro cardíaco.

—Kat... —empezó Jamie.

—Interrúmpela y ya verás —respondió Daemon despreocupado, como si estuviera dando instrucciones—. Y no es de mí de quien te estoy advirtiendo. Esta noche, Adam nos ha tenido despiertos a ambos hasta tarde. Mi chica está de mal humor.

Jamie cerró la boca de golpe.

La sonrisa de Kat era francamente sanguinaria.

—Sabíamos, incluso antes de tener pruebas de que Dédalo seguía operando, que más pronto que tarde los responsables vendrían a por nosotros. Siempre lo hacen, pero estaremos preparados. Será lo último que haga cualquiera que intente destruirnos. Entonces saldremos ahí fuera y cazaremos a todos y cada uno de los miembros de Dédalo y a todos los que les han ayudado y les han permitido poner en el cargo a un presidente que no se detendrá solo en el genocidio de los Luxen. Y, oh, sí, desde luego que él está en nuestra lista. No todos en esta sala ayudaron a salvar el mundo entero cuando fue la invasión de los Luxen, pero la mitad de nosotros sí, y no es una exageración. No permitiremos que aquello por lo que sangramos y nos sacrificamos se convierta en algo mucho peor de lo que los Luxen invasores podrían haber esperado conseguir. El mundo más allá de estos muros nos pertenece a todos. Nos aseguraremos de que así sea.

Podría haber dejado de respirar en ese momento.

—Cada Luxen e híbrido está siendo entrenado para luchar con la fuente, y cada humano que es capaz está siendo entrenado para luchar cuerpo a cuerpo y algo más. —Volvió a besar el puño de Adam—. Los que no pueden están aprendiendo a contraatacar de distintas maneras, desde proporcionar asistencia médica hasta una multitud de otras cosas esenciales que son necesarias.

Esos eran los cimientos de esta comunidad, la razón por la que eran capaces de cuidar de todos, sin importar su edad o sus capacidades. Todos colaboraban, ya fuera lavando ropa o cultivando alimentos, cuidando de los ancianos o enseñando a los niños, y todos lo hacían con un objetivo común.

Recuperar su mundo.

Kat sonrió ante el suave sonido que hizo Adam.

—He oído que Dasher afirma que tiene un ejército. Bueno, nosotros también, y es más grande de lo que podáis imaginar y de lo que Dédalo pueda soñar.

—¿Recuerdas cuando preguntaste si la gente se iba alguna vez de aquí? —me preguntó Zoe desde detrás de mí, y yo asentí—. Lo hacen. Tanto aquí como en Chicago. Salen y se reúnen con otros, creando enclaves por todo Estados Unidos. Reclutan a familiares y amigos a los que les dijeron que estaban muertos. No hace falta mucho para abrirles los ojos a la verdad de lo que está pasando.

No, imaginaba que no haría falta mucho.

—Hay decenas de localizaciones estratégicamente situadas por todo Estados Unidos, cada una al mando de uno de los líderes de zona o de un humano de confianza, exmilitar —dijo Dawson—. Eaton ha ayudado a coordinarlos e investigarlos.

—Hay puestos de avanzada en otros países, lugares que no se han alineado con las políticas actuales de la administración. —Serena sonrió—. Puede que Dédalo tenga muchas conexiones, pero puede que hayan olvidado lo bien conectados que han llegado a estar algunos de los Luxen, en especial en Europa.

—Somos decenas de miles —dijo Kat—. Y cuando luchemos, no lo haremos por la codicia o la sed de poder de otra persona. No lo haremos por un sueldo o por elogios. Lucharemos por sobrevivir.

—Apuesto a que así será. —Hunter dio un golpecito con la mano.

—Así que no criaremos a nuestro hijo en el mismo maldito tipo de sociedad que vamos a derrocar, una comunidad llena de gente que debería ser más sensata, a la que se le han dado segundas, terceras y hasta quintas oportunidades y que, sin embargo, se niega a dar lo mismo a otra porque es diferente. —Kat miró a cada uno de los miembros de la mesa—. ¿Si echamos a Evie? Eso sentará el tipo de precedente que ha desgarrado el mundo fuera de estos muros durante siglos. Será el mismo precedente que se trasladará al mundo que intentaremos construir.

—Somos mejores que eso. —La voz tranquila de Beth atrajo todas las miradas—. Al menos eso es lo que siempre he creído, pero escuchando a algunos de vosotros hoy, tengo serias dudas de que pueda haber estado equivocada.

—Bethany —dijo Quinn con amabilidad—. ¿Cómo puedes no estar preocupada?

—Ninguno de nosotros está diciendo que no estemos preocupados por lo que podría hacer o llegar a ser. Dios sabe que ayer me morí de miedo cuando vi a Ashley delante de ella. —Tragó saliva mientras Dawson le echaba un mechón de pelo hacia atrás, con la mano en la nuca—. Pero Ashley no le tiene miedo. Lo único que hizo ayer fue hablar de su nueva amiga que podía volar.

Oh.

Oh.

Esa era yo, definitivamente era yo.

—Y nuestra niña suele juzgar mejor el carácter que casi el cien por cien de la gente que conocemos —comentó Dawson—. Si Ashley quiere ser su amiga, entonces Evie tiene mi voto.

—Le di suficientes razones para atacarme, y no lo hizo —añadió Hunter—. También tiene el mío.

—Lo mismo digo. —Serena levantó la mano—. Estaba directamente apuntándola con un arma. No hizo más que advertirme. —Se encogió—. De nuevo, lo siento mucho.

—También tiene mi voto —dijo Kat—. Por si eso no era obvio ya.

—¿Viendo lo que vi ayer? —Daemon se encontró con la mirada de Luc, y esto también era porque Daemon le debía una a Luc. Pero esa no era la razón principal. No iba a hacer de menos lo que estaban haciendo liándose la manta a la cabeza conmigo. Confiaban en mí—. La quiero en mi equipo cuando llegue el día en el que acabemos con esto.

—Tiene mi voto —anunció Zouhour, y una pluma podría haberme derribado de la silla—. Kat y Bethany tienen razón. Estamos construyendo un mundo mejor. No podemos hacerlo si dejamos que nos guíe el miedo a lo que no conocemos o no entendemos.

Apreté los brazos de la silla para evitar hacer alguna estupidez, por ejemplo, subirme a la mesa y abrazarlos a todos, incluso al bebé Adam.

Cekiah miró a los rostros de la mesa y, uno a uno, todos asintieron, incluso Jamie. Había un atisbo de sonrisa en su rostro cuando su mirada volvió a dirigirse a mí.

—Bueno, supongo que alguien debería llevarte al Patio.

28

El Patio era en realidad eso y mucho más.

Todavía un poco aturdida por lo que había pasado en la reunión y definitivamente todavía sobrepasada por el torrente de palabras efusivo que había soltado cuando había intentado darles las gracias a Kat y a todo el mundo después, escuchaba a Cekiah mientras me hacía un recorrido y Luc se quedaba unos metros más atrás, siguiéndome a un ritmo más tranquilo.

El Patio estaba detrás de un instituto y abarcaba el aparcamiento y los campos de fútbol, fútbol americano y béisbol.

Pero eso no era todo. A medida que nos acercábamos a las puertas dobles abiertas, capté un chasquido leve y repetitivo.

—¿Qué es eso?

—El auditorio ya estaba insonorizado, así que era el campo de tiro perfecto —me explicó Cekiah—. No queríamos que los niños o las personas vulnerables se asustaran por el sonido de las armas. Por supuesto, solo podíamos detener hasta cierto punto la transmisión del sonido, y hay un nivel de desagrado en utilizar una sala dentro de un colegio para este fin, pero a menos que estés en esta parte de la propiedad, no podrías oírlo.

—Tiene sentido. —Desde donde estábamos, podía ver siluetas de personas moviéndose justo dentro, detrás de la puerta. A excepción de los Troyanos y otros por el estilo, estarían usando armas de fuego. Después de todo, parecía que las pistolas eran el arma predilecta de los humanos. Para combatir el fuego con fuego.

—También utilizamos algunas de las aulas para la planificación estratégica de los que han sido recomendados para dirigir un posible puesto de avanzada —continuó Cekiah—. El colegio tiene dos gimnasios y los utilizamos para entrenamientos de lucha.

—Algo así como la lucha libre —explicó Luc—. Pero un poco más intensa, ya que a menudo incorpora artes marciales mixtas. Dédalo lo utiliza a menudo en sus entrenamientos.

—Si tengo en cuenta cómo me cargué a April, me imaginaba que había sido entrenada en algo así, pero supongo que los recuerdos están bajo llave.

—A mí me parece fascinante. —Cekiah se volvió hacia mí, con los ojos muy abiertos—. No es que me parezca fascinante lo que te hicieron, sino más bien el hecho de que lo que sabes existe a un nivel inconsciente. Me parece muy interesante cómo eres capaz de aprovechar ese conocimiento y utilizarlo.

—Tú y yo, las dos —murmuré.

—Sería interesante ver si puedes acceder a esas técnicas de entrenamiento en las circunstancias adecuadas. —Luc apartó la mirada del edificio de ladrillo visto—. Imagino que sería muy parecido a lo que ocurre con la fuente. Una vez que utilices ese entrenamiento, te resultará más natural.

—No lo sé. —Me crucé de brazos—. Ser capaz de usar una fuente de poder alienígena parece más creíble que mi repentino conocimiento de *jiu-jitsu*.

Luc sonrió.

—¿Te parece más creíble que que puedas correr más rápido que yo?

Sonreí al recordar cómo lo había hecho, disfrutando un poco de aquel momento de victoria.

«Sinvergüenza».

«No me agües la fiesta», le dije.

—¿Quiénes están entrenando?

—Una mezcla, pero, sobre todo, gente capacitada en cualquier área en la que se esté formando. Tuvimos suerte con Eaton. Conocía a muchos hombres y mujeres que no estaban contentos con lo que se avecinaba. Incluso algunos que, como él, conocían Dédalo y al principio habían creído que podían hacer algo bueno.

—¿Tú crees que querían hacer algo bueno al principio? —pregunté, curiosa por saber cuál era su postura.

Se volvió hacia el colegio y sacudió un poco la cabeza.

—Creo que todo lo que involucra a los humanos no es coser y cantar. Y lo mismo ocurre con los Luxen, con cualquier especie que tenga la capacidad de tener emociones, deseos y anhelos. —Me miró—. La historia ha demostrado que algunas de las mayores atrocidades fueron apoyadas por gente con buenas intenciones.

—Dicen que el camino al infierno está empedrado de buenas intenciones —comentó Luc, metiéndose las manos en los bolsillos.

Cekiah nos guio lejos de la entrada, hacia la valla metálica.

—El campo de fútbol es una de las zonas donde entrenamos a los humanos para el combate cuerpo a cuerpo —explicó mientras atravesábamos el aparcamiento—. Como puedes ver.

Sin duda, podía verlo.

Había varias estaciones instaladas en el campo, donde las marcas que señalaban las yardas hacía tiempo que se habían desvanecido; algunas de las estaciones estaban dirigidas por un Luxen o un híbrido; otras, por humanos.

Varias decenas de humanos se encontraban dando una paliza o recibiendo una. Un grupo cerca de los postes oxidados parecía estar placándose los unos a los otros sobre unas colchonetas rojas.

Algo de aquello me removió los límites del subconsciente.

—¿Están aprendiendo...? —Había una palabra para eso, y no era *placajes*. No era por cómo se les estaba enseñando a usar las piernas o cómo arrastrar al oponente por el brazo. La palabra me vino de repente a la cabeza—. ¡Derribos! ¿Están aprendiendo derribos?

—Punto para ti —murmuró Luc desde detrás de nosotras.

Le lancé una mirada por encima del hombro, y mi estómago aprovechó ese momento para gruñir con fuerza.

Luc alzó las cejas.

Cekiah asintió.

—En cualquier combate, las probabilidades son más altas si consigues tumbar a tu oponente en el suelo. Además, se les está enseñando a encajar una caída de forma que se evite la mayor cantidad de lesiones posible, pero también a ser capaces de ponerse de pie con rapidez.

En otras estaciones, estaban aprendiendo puñetazos y patadas y técnicas más complicadas que parecían propias de las artes marciales mixtas. A medida que nos acercábamos al campo de fútbol, se oían chasquidos débiles. En cuanto lo vi con claridad, me quedé con la boca abierta.

—Mierda —susurré.

—Impresionante, ¿verdad? —Cekiah sonrió—. Fue el proyecto de Eaton al principio, y nos llevó casi un año montarlo.

—Parece una carrera de obstáculos para marines. —Parpadeé, más que impresionada, porque eso es lo que parecía, y la estaban utilizando en ese momento.

—En teoría es eso —confirmó ella.

Dos mujeres se pusieron en marcha y saltaron con facilidad la primera valla, que parecía haber sido construida con postes de teléfono, y después saltaron otra que estaba a varios metros del suelo. Llegaron a una barra alta que estaba a unos dos metros y medio del suelo. Ambas saltaron e hicieron una dominada en la que pasaron un brazo y una pierna por encima de la barra y luego cayeron al suelo. Los espectadores las vitorearon cuando saltaron el siguiente obstáculo y llegaron a un tronco. Se subieron a este y saltaron para agarrarse a lo que parecía ser una barra muy grande y larga. Se balancearon a través de ella y cayeron a un conjunto de troncos de árbol aserrados sobre los que corrieron.

Pero no habían terminado.

Al llegar a un muro de dos metros, treparon por él y lo saltaron. Una vez en el suelo, pasaron por encima de varios troncos colocados a distintas alturas. Llegaron a otra barra alta, pero esta vez eran dos. Me quedé boquiabierta cuando saltaron y sus manos chocaron contra la primera barra. Balancearon los cuerpos, ganando el suficiente impulso para luego elevar las piernas y los cuerpos por encima de la barra unos treinta centímetros más arriba, sin soltar nunca la barra más baja.

Las mujeres cayeron al suelo y luego se encontraron con el último obstáculo: la subida por la cuerda. Subieron utilizando la fuerza de la parte superior e inferior del cuerpo. Alcanzaron la cima y volvieron a bajar de la misma manera que habían subido, codo con codo.

Los gritos y los aplausos sonaron cuando cayeron al suelo al mismo tiempo. Las dos mujeres se levantaron y se abrazaron.

—Estoy agotada de ver esto —susurré, sacudiendo la cabeza. Como si necesitara sentarme después de ver aquello.

—Este recorrido ejercita la resistencia y el vigor. —Cekiah reemprendió la marcha justo cuando un hombre y una mujer daban el pistoletazo de salida—. Y, según Eaton, un sentido de apoyo y confianza entre ellos mismos.

—Nunca dejaría de regodearme si lo completara —admití.

—Pero tú no tienes que completarlo —dijo Cekiah, y luego hizo un gesto con la cabeza en dirección al campo de béisbol que se encontraba en la parte inferior de una pequeña pendiente—. Y ellos tampoco.

Se me cortó la respiración cuando la estática cargó la atmósfera. Abajo, varios Luxen invocaban la fuente. La luz blanca les rodeaba las palmas de las manos. Se me aceleró el pulso cuando la fuente zumbó en mi pecho. Una sacudida de energía hormigueante me recorrió las venas, pero era débil. El vacío del estómago pareció extendérseme al pecho cuando un movimiento en el otro extremo del campo captó mi atención.

Tres Luxen estaban allí abajo, sujetando globos. Al soltarlos, utilizaron la fuente para mover los globos en ráfagas erráticas de actividad.

Siguiendo una orden, uno a uno, los Luxen y los híbridos dieron un paso al frente. Aprovechando la fuente, derribaron un globo tras otro. La energía pura y precisa no hizo estallar los globos. Se los tragó enteros, desintegrándolos sin hacer ruido.

—Objetivos en movimiento —jadeé—. Están practicando cómo golpear a objetivos en movimiento con la fuente.

—Sus objetivos no se van a quedar quietos, ¿no? —preguntó Cekiah mientras la brisa rozaba los bordes de su fina blusa, levantándole el dobladillo fruncido—. Eres más que bienvenida a hacer uso del Patio, pero te pediría que lo hicieras bajo la supervisión de Luc. —Hizo una pausa—. O de alguno de los que hablaron en tu favor durante la reunión.

—Es factible —convino Luc mientras yo intentaba imaginarme a Hunter ayudándome con cualquier nivel de entrenamiento.

Asentí cuando Cekiah miró en mi dirección. Puede que no me fueran a echar de la zona, pero eso no significaba que Cekiah o los demás estuvieran dispuestos a dejarme vía libre. No podía culparlos por ello.

Se acercó a un híbrido que estaba subiendo la colina y no paraba de dirigir la mirada a nosotros y a Cekiah. Al ver a los Luxen y a los híbridos abajo, la fría certeza de que se estaban preparando para la guerra no solo me asaltó. Me bombardeó.

El discurso de Kat no había sido para dramatizar. Era una realidad, y no es que no lo supiera cuando lo oí, pero verlo era algo totalmente distinto.

Mirando hacia el campo, de repente pensé en Nate. Esto podría explicar por qué tenía tanto miedo. Cualquiera de estas cosas le daría a uno una buena dosis de miedo, sobre todo si no sabía por qué estaba ocurriendo esto. Joder, yo sabía por qué estaba ocurriendo y aun así me daba un poco de miedo verlo.

—¿Estás bien? —preguntó Luc en voz baja mientras se acercaba a mí.

—Sí. —Exhalé con brusquedad—. ¿No? —Miré por encima del hombro justo cuando otra ronda de globos se evaporaba. Hasta donde yo sabía, solo algunos Luxen podían hacer eso con la fuente. La mayoría dejaba un cuerpo herido y humeante. En cualquier caso, atacar a un humano con la fuente no sería nada parecido a derribar un globo—. No recuerdo mucho de la invasión. Antes de saber la verdad, creía que había enterrado los recuerdos de lo que pasó. Como si hubiera sido tan aterrador y traumatizante que hubiera sido la única forma de sobrellevarlo. Ahora ya sé por qué. Era Nadia cuando ocurrió todo aquello. Quizás, si lo recordase, todo esto no sería tan inquietante. Pero sí que lo es —admití, mirando a Luc—. Aunque creo que, si no me perturbó en ese momento, habría un problema, ¿sabes? A ver, a ti seguro que no te perturba nada de esto porque has estado rodeado de ello toda tu vida.

—A veces, la realidad de todo se me viene encima. —Me agarró de la mano y entrelazó los dedos con los míos. A la luz del sol, sus ojos eran amatistas pulidas—. Por lo general, cuando la vida se parece a lo que imagino que es la normalidad, las cosas que he visto me toman desprevenido. —Volvió la cabeza hacia el campo de abajo—. Puede que sea capaz de quitar una vida cuando sea necesario, y puede que ni siquiera me arrepienta de haberlo hecho, pero no olvido ni una sola vida.

La presión me oprimió el pecho mientras le apretaba la mano.

Luc entrecerró los ojos y me devolvió el gesto.

—Y antes de que esto acabe, se van a cobrar muchas vidas. En ambos bandos. —Me miró—. ¿Estás preparada para eso, Evie? Va a haber más Sarahs. Enemigos que se han vuelto así contra su voluntad. Y habrá otros que crean que están en el lado correcto de la historia.

Me dio un vuelco el estómago.

—Tengo que estar preparada. Quiero detener a Dédalo. No puedo hacerlo si no me ensucio las manos.

—No te vas a ensuciar las manos. —Inclinó el cuerpo hacia mí y sus ojos se encontraron con los míos—. Te las vas a llenar de sangre.

—Lo sé. —Noté otra brusca sacudida en el estómago, que sustituyó el gruñido de hambre.

Su mirada buscó la mía mientras levantaba la otra mano y me colocaba la punta de los dedos en la mejilla.

—Tienes un corazón bondadoso —murmuró—. No quiero ver cómo se endurece o cómo se destruye.

—Yo tampoco. —Enrosqué la mano alrededor de su muñeca—. Pero si no hiciera nada, eso le haría cosas peores a mi corazón, Luc, y no tenemos más alternativas. Tenemos que luchar.

—Tenemos alternativas, Melocotón. Siempre las tenemos. —Se acercó un poco más—. Podríamos desaparecer. Tengo otros lugares escondidos por todo el mundo, lugares que Dédalo tardaría décadas en descubrir. No tenemos que hacer nada.

Tardé un momento en escuchar lo que decía, porque me quedé sorprendida en lo de que tenía lugares por todo el mundo.

—¿En serio?

—Sí.

—¿Dónde?

Se le levantó un lado de los labios.

—Tengo una pequeña casa de campo en Grecia.

Parpadeé.

—¿Una pequeña casa de campo?

Asintió con la cabeza.

—Paris la compró uno o dos años antes de la invasión. Tú escogiste la ubicación.

—Yo... —No fue exactamente una sorpresa escuchar que yo había elegido Grecia. Como Evie, que era quien era ahora, siempre había querido ir—. ¿Y tienes otros lugares?

—Tengo un piso al sur de Londres y un apartamento en Edimburgo —me dijo, y lo único que pude hacer fue quedarme mirándolo—. También está la casa de Punaauia.

—Ni siquiera sé dónde está.

—Puedo enseñarte exactamente dónde está. Solo tienes que decirlo y podemos desaparecer. —Inclinó la cabeza—. Incluso nos llevaríamos a tus amigos si quisieran ir.

Lo que ofrecía tenía un encanto seductor y poderoso. No habría manos ensangrentadas de las que preocuparse, ni Jason Dasher ni Dédalo, al menos durante unas décadas, y unas décadas eran una eternidad. Podríamos desaparecer con la gente que nos importaba.

Pero el mundo no desaparecería con nosotros. Ni este virus ni Dédalo. Seguirían buscándonos y, aunque no nos encontraran a nosotros, encontrarían a otros. El mundo seguiría caminando de puntillas por una senda que lo cambiaría todo para siempre.

Bajé la mirada.

—Todo esto... es más grande que nosotros, Luc. Si desapareciéramos y no hiciéramos nada para detener esto, no sé si podría vivir conmigo misma. —Despacio, alcé la vista hacia él—. ¿Es eso lo que quieres?

—Soy increíblemente egoísta cuando se trata de ti. Deberías saber la respuesta a eso.

—Eres egoísta, pero no indiferente —le contesté—. Si lo fueras, te habrías olvidado de esas muertes que has mencionado.

El tono de sus ojos se agitó al bajar sus pestañas y le hablé en la forma que solo él podía oír. «Nos carcomería a los dos».

Pasó un largo instante y entonces su voz susurró en mis pensamientos. «Pues sí».

—Puedes enseñarme todos esos sitios después —le dije.

—Puedo hacerlo.

—¿Me lo prometes?

—Te lo prometo.

Después de atiborrarme de queso y una clase de carne curada que me recordaba a la cecina, aún tenía hambre cuando salimos para reunirnos con Hunter.

—Quizás tengas una solitaria —sugirió Luc mientras caminábamos las dos manzanas que nos separaban de donde Hunter y Serena se habían instalado.

Curvando un labio, lo miré.

—¿En serio? ¿Eso es lo mejor que se te ha ocurrido?

Se rio mientras chocaba el hombro contra el mío.

—A ver, si hubieras tenido una dentro el tiempo suficiente, estarías comiendo sin parar.

—No creo que sea así como funciona. —Me aparté antes de que pudiera volver a darme en el brazo.

—Bueno, hay una enfermedad rara que...

—¿Sabes? Olvídate de lo que te he dicho. —Me subí a la acera—. No es tan malo como lo era antes de tomarme unas vacaciones mentales, así que seguro que es solo que mi cuerpo se está intentando acostumbrar a la falta de azúcar.

—¿Cuánto azúcar comías?

—No mucho.

—¿Cuántos gramos?

—¿Cómo voy a saber cuántos gramos de azúcar...?

Luc me atrapó la planta del pie con el suyo y me hizo trastabillar.

—¡Mierda! —Riendo, me abalancé sobre él, pero Luc se había movido muy rápido, ya había recorrido la mitad de la manzana cuando me di la vuelta—. Eso es trampa.

—Más bien es que necesitas trabajar en tus reflejos.

Le di la espalda. Sonriendo, vino a pararse junto a un patio sombreado por grandes árboles con hojas de color rojo quemado.

—Puede que seas el Origin más poderoso del mundo entero...

—Del universo —me corrigió.

Lo ignoré.

—Pero a veces tienes la mentalidad de un niño de doce años.

—Un niño de doce años que también es el Origin más poderoso del mundo entero.

Me detuve a varios metros de él y me quedé mirándolo.

Bajó la barbilla, sonriendo.

—Pero aun así me quieres.

Se me dibujó una sonrisa en los labios.

—Pues sí. —Entonces salté hacia delante, deseando moverme rápido, y lo hice. Supe que lo había sorprendido cuando le agarré las mejillas y retrocedió unos centímetros. Me estiré y lo besé, lo besé de verdad. Luc me agarró, pero yo me aparté. Hizo un mohín y dejó caer los brazos a los lados—. Te he sorprendido.

—Sí. —Con los ojos brillantes, me miró mientras pasaba a su lado—. ¿Sabes siquiera a dónde vas?

—Nop. —Seguí andando—. Creía que sabría dónde estoy cuando mis sentidos alienígenas ultraespeciales me lo dijeran.

Luc me alcanzó mientras caminábamos por la manzana, con la calle bordeada de grandes árboles. Habíamos cruzado la calle cuando sentí lo que me recordó a una bocanada de aire frío en la espalda. Me detuve y me giré a la derecha. El jardín estaba cubierto de maleza, pero la acera que conducía al porche estaba despejada.

—Dame un segundo. —Cuando Luc asintió, caminé un par de casas hacia abajo y regresé cuando la sensación se desvaneció. Miré al otro lado de la calle y sacudí la cabeza—. Es esta casa.

—Dos puntos para ti en un día. —Se volvió para subir a la acera.

Lo seguí y esperé a que subiera al porche. Le di una patada que le alcanzó la planta del pie. Tropezó y se detuvo mientras se daba la vuelta con las cejas arqueadas.

—Tres puntos —respondí.

Comenzó a sonreír poco a poco y luego esbozó una sonrisa que me hizo respirar de manera entrecortada y que me derritió el corazón.

—¿Sabes lo que pasa cuando consigues tres puntos en un día?

—¿Qué? —Subí los escalones, deteniéndome en el que estaba debajo de él.

Luc se inclinó para que su boca rozara la mía mientras hablaba.

—Hay una recompensa.

Se me cerraron los ojos.

—¿Tiene que ver con chocolate?

—Algo mejor. —Rozó sus labios con los míos.

—Mmm. —El aleteo de mi pecho bajó—. ¿Palomitas cubiertas de chocolate?

—Incluso mejor que eso. —Me mordió el labio inferior y me dio un beso. Estábamos tan absortos el uno en el otro que ninguno de los dos se dio cuenta de cuándo se abrió la puerta detrás de nosotros.

—Creo que hay porches mejores para hacer eso —pronunció la voz de Hunter—. Muchos, cualquiera que no sea el mío.

Al abrir los ojos, vi que Luc sonreía justo antes de darme otro beso rápido y girarse para mirar al Arum.

—Me disculparía, pero eso daría a entender que me importa.

Hunter resopló mientras me miraba.

—No sé cómo lo aguantas.

—Si Evie te conociera mejor, le preguntaría lo mismo a Serena.

Un esbozo de sonrisa apareció mientras nos hacía pasar.

—Es verdad.

Siguiendo a Luc y Hunter al interior, la primera impresión que tuve de la pequeña casa fue que era muy monocromática. Paredes blancas y desnudas. Sillas y sofás negros colocados junto a mesas auxiliares negras y una mesita negra. Las cortinas y la alfombra eran blancas, literalmente no había color en la casa a excepción de las pequeñas figuritas de madera que estaban esparcidas por el salón. Un lobo estaba posado en la mesa auxiliar junto a una lámpara negra. Un gran oso estaba de pie sobre las patas traseras entre dos velas blancas que se habían consumido hasta la mitad. En la otra mesa había un caballo al galope y varios perros pequeños alineados en lo que había sido un mueble de televisión. Cada una de las figuritas estaba detallada de una forma que me imaginé que habría llevado horas hacer las muescas y los cortes más mínimos en la madera.

«¿Crees que ha buscado la casa que ya estaba decorada en blanco y negro?» pregunté, cuestionándome cómo habíamos acabado en una fiesta temática de ángeles.

«Seguro. Necesitaría un lugar tan profundo y oscuro como sus pensamientos perturbadores. Los Arum son así de góticos».

Resoplé riéndome.

Hunter entrecerró los ojos.

—¿Estáis teniendo una conversación privada? Es de mala educación hacerlo en una casa ajena.

De repente, el oso tallado me pareció absolutamente fascinante, y esperaba que no se diera cuenta de que tenía las mejillas coloradas.

—Nunca haríamos tal cosa. ¿Dónde está Serena? —Luc cambió al instante de tema mientras se sentaba en el sofá, dando palmaditas en el lugar a su lado. Me senté allí mientras Hunter se sentaba en la silla diagonalmente opuesta.

—Está haciéndole una visita a Kat. —Le dio una patada con la bota a la mesita—. Pasando algo de tiempo con el bebé.

—¿Por qué no me sorprende que no hayas ido tú a visitarla?

Sacudió los hombros con una risa silenciosa mientras dejaba caer el brazo sobre la rodilla doblada.

—Pocas cosas en la vida me asustan. Pero los bebés son una de ellas.

Oh. Hunter y yo teníamos algo en común.

—Bueno, ¿de qué queríais hablar? —La mirada ultrapálida se desvió hacia mí—. Espero de verdad que no hayas venido a por otra disculpa.

Resoplé.

—No.

—Y también espero que no estés aquí para darme las gracias otra vez. No creo que pueda volver a pasar por eso.

Apretando los labios hasta hinchar las mejillas mientras abría los ojos de par en par, respondí:

—Puede que me haya emocionado un poco en respuesta.

—Creía que ibas a abrazarme.

—De eso no tenías que preocuparte. No tengo por costumbre abrazar a gente que quería matarme el día anterior.

Un destello de dientes blancos brilló cuando me sonrió.

—Sabia elección. Entonces, ¿por qué estáis los dos aquí?

Luc guardó silencio mientras yo me arrimaba al borde del sofá.

—Antes de preguntarte nada, quería decirte que siento lo de tu hermano.

—¿Por qué lo sientes? —Comenzó a dar golpecitos con los dedos a lo largo del brazo de la silla—. ¿Lo conocías?

—En realidad, sí que lo conocí. De pasada. —Le expliqué cómo me había topado con él fuera de la discoteca—. No me atacó ni nada. Se despidió y entró.

Se le tensó la mandíbula.

—Lore no tenía por costumbre atacar a chicas adolescentes.

—Está bien saberlo —murmuré.

—¿Cuáles son tus preguntas? —replicó, obviamente sin querer centrarse en la pérdida de su hermano.

Más que nadie, lo entendí. Cada vez que aparecía la imagen de mi madre, pensaba de inmediato en cualquier otra cosa. Me preguntaba si Luc hacía lo mismo.

—Me sentiste, ¿verdad? O sentiste a Sarah, o a las dos. ¿Cómo lo hiciste? ¿Otros Arum han...?

—¿Lore?

Asentí con la cabeza.

Desvió la mirada hacia Luc.

—¿Tú no puedes sentirla?

—Nop. Y los Luxen tampoco —contestó.

—Interesante —murmuró Hunter—. Puedo hacer algo que tú no.

—Debe de ser una sensación increíble —respondió Luc—. No podría saberlo. Verás, me he pasado toda la vida haciendo cosas que tú no puedes hacer.

Uh.

Hunter se rio.

—Eres un imbécil.

—Por eso te caigo bien.

—Cierto. —Asintió—. Podía sentir la parte Arum en ti, pero no la sentía bien. Era demasiado débil. No sé si solo te sentía a ti o a las dos. Notaba como una pesadez en el aire...

—¿Y en la piel? —Apreté las rodillas.

Se quedó quieto un instante y después asintió.

—Exacto.

Mirando de nuevo a Luc, comenté:

—Me pregunto por qué los Arum pueden sentirme a mí, pero no los Luxen ni los Origin.

—¿Hunter? —dijo Luc.

El Arum esbozó una media sonrisa.

—Imagino que tiene que ver con cómo somos capaces de percibir y ver a los Luxen y a cualquiera con ADN Luxen. Somos más sensibles.

—¿Las auras que veo ahora? ¿Estás hablando de eso? —pregunté.

—Sí. A los Luxen les gusta pensar que son cazadores. Pero no lo son. Nosotros sí. Biológicamente, somos depredadores naturales. Nuestros sentidos son mucho más agudos que los de los Luxen: ver, oír, saborear, oler. Al parecer, Dédalo ha sido capaz de replicar eso. Lo han estado intentando desde que tengo memoria.

—Yo sentí a Sarah en cuanto me acerqué a esa casa. Pero no sabía lo que sentía. —Respiré hondo—. Pude comunicarme con ella como puedo hacerlo con Luc, y creo que la oí en mi cabeza cuando estaba mutando.

—Tiene sentido. Podemos comunicarnos con los demás de ese modo. —Continuó moviendo los dedos—. ¿Puedes oír otros pensamientos como el señor Especialito que tienes al lado?

Sacudí la cabeza.

—¿De verdad es eso un alivio? —preguntó Luc.

Hunter entrecerró los ojos.

—Ahora solo estás tratando de demostrar algo, y me vas a enfadar.

—¿Puedes comunicarte conmigo así? —pregunté antes de que toda la reunión se fuera al garete.

—Ya lo he intentado. No me has oído. Y yo no te oigo a ti.

Fruncí el ceño.

—Tal vez solo pueda hacerlo con otros Troyanos.

—Eso no explica lo de vosotros dos.

—Me ha curado un par o una decena de veces. —Me encogí de hombros.

Hunter aguzó su pálida mirada al centrarse en Luc. Algo se estaba agitando detrás de sus ojos.

—¿Cuánto heriste al Troyano? —preguntó Luc.

—Le hice un agujero en el pecho. Como si pudiera ver a través de ese bastardo —respondió Hunter—. Lo herí mucho.

—Vaya —susurré.

—Él no fue tras nosotros como tú hiciste con la otra Troyana. Podría haber volado cualquiera de los edificios a nuestro alrededor. —Los dedos de Hunter se pararon—. Supongo que por eso una bala te dejó fuera de combate. Expulsaste toda tu energía. Imagino que te dejó seca.

Luc se movió hacia delante, y toda su perezosa arrogancia desapareció.

—Refréscame la memoria, Hunter. ¿Qué pasa cuando no te queda nada de la fuente? Cuando no te alimentas...

Arqueó una ceja.

—¿Como cuando casi tocamos fondo? No muchos eligen vivir ese tipo de vida, pero cuando lo hacen, nos debilitamos, nos volvemos prácticamente humanos. La primera vez es la peor. Es como desintoxicarse. Nos entra hambre.

Me quedé de piedra.

—¿Qué?

—Un hambre que ningún alimento puede saciar. Como el tipo de hambre persistente que te agarrota el estómago y el pecho —explicó, y sentí como si el sofá se moviera debajo de mí—. Muchos acaban durmiendo durante la peor parte.

—¿Durmiendo? —chillé—. ¿Durante un par de días o así?

Me miró.

—Sí. A veces más.

—Mierda —susurré.

—Joder —murmuró Luc mientras me miraba—. Debería haberlo pensado. Eres parte Arum. Empezaste a tener hambre después del bosque y luego te quedaste dormida durante cuatro días.

—Bueno, eso debería haber sido un indicio —comentó Hunter.

Sentada allí, solo podía mirar al oso.

—Tal vez para ti, pero ella no es cien por cien Arum. Estoy seguro de que te han informado de sus antecedentes.

—Sí, pero no sabía que había estado dormida durante cuatro días —replicó Hunter—. ¿Qué ocurrió cuando te despertaste?

Parpadeando, aflojé el agarre mortal de mis rodillas.

—Me sentí bien.

—Eres parte Luxen, así que puede que te tomases ese tiempo para reponer lo que usaste. Era la primera vez que utilizabas la fuente hasta tal extremo después de activarla, ¿verdad? Eso no contradice la teoría de la doctora. Más bien la prueba —dijo, y luego se rio.

—¿Qué tiene tanta gracia? —le pregunté.

—Nada —contestó Hunter, con los labios curvados en una sonrisa mientras se centraba en Luc—. ¿Qué te parece convertirte en su bebida energética personal?

29

—¿Cómo? —Me puse en pie de un salto—. ¿Estás diciendo que voy a necesitar alimentarme de Luc?

Hunter arqueó una ceja mientras me miraba.

—O de él o de un Luxen. Los híbridos no valen la pena. Te alimentas de uno de ellos y te mueres de hambre unas horas después. Los humanos, bueno, te podrías alimentar de ellos por diferentes razones.

Empecé a preguntar por qué, y entonces, por suerte, pensé en Serena y me di cuenta de que en realidad no necesitaba hacer esa pregunta.

Volví a mirar a Luc. Su expresión se había vuelto pensativa. Se me cayó el estómago hasta los dedos de los pies.

—No me voy a alimentar de ti.

Ladeó la cabeza, pero no dijo nada.

—Entonces estoy seguro de que puedes encontrar a un Luxen dispuesto a intervenir. —Hunter bajó la barbilla—. ¿Sabes? No tiene por qué ser doloroso...

—¿Es doloroso? —susurré, apretando las manos contra mi pecho.

—Solo si tú quieres que lo sea. —Bajando el pie al suelo, se inclinó hacia delante—. Pero puedes hacer que el donante dispuesto lo disfrute mucho.

El calor me recorrió la cara.

—Ni siquiera sé cómo alimentarme.

Hunter deslizó una mirada cómplice en dirección a Luc.

—Conozco a un Arum o dos que estarían más que encantados de guiarte.

Luc dirigió la mirada hacia él.

—No será necesario.

—¿Seguro? Sin debería llegar pronto. —Hunter se mordió el labio. El Arum estaba claramente disfrutando, el muy imbécil—. Y ya sabes lo útil que es él.

La sonrisa de Luc era todo fuego.

—También sé lo doloroso que va a ser mi puño en tu cara.

—Solo es una sugerencia.

—Sí, porque estás siendo muy útil.

Riéndose, Hunter se recostó en la silla.

—Ese es mi segundo nombre.

—¿Y si no me alimento? —Volví a sentarme—. ¿Terminaré en coma durante días otra vez?

—Parece que sí. Dormirás hasta que tu cuerpo pueda reponer lo que hayas perdido. —Hunter volvió a apoyar el pie en la mesita—. En cierto modo, tienes suerte. Si fueras una Arum, tu única opción sería alimentarte, a menos que quisieras perder por completo la capacidad de aprovechar la fuente.

—¿Suerte? —Solté una carcajada seca—. Supongo.

—Hay algo más —dijo Hunter—. El ópalo.

—¿Ópalo? —Miré del uno al otro—. ¿La piedra preciosa?

Luc asintió.

—¿Recuerdas que te dije que el cuarzo beta puede ocultar a los Luxen, neutralizando sus longitudes de onda? Esa no es la única piedra natural que tiene un impacto. Algunas son buenas. Otras son malas.

—¿Como el ónice? Sé que puede herir a los Luxen. —Estaba por todas partes fuera de estos muros, instalado como sistemas de aspersión en muchos de los edificios públicos, emitiendo una fina ráfaga de ónice. La mezcla tenía un efecto extraño en el ADN alienígena, haciendo que los Luxen sintieran como si sus propias células rebotaran unas contra otras. Se me había olvidado. ¿Me afectaría a mí?

Sacudí la cabeza. Vamos a alucinar por las cosas de una en una.

Luc debió de captar mis pensamientos, porque dijo:

—Las mezclas de ónice y diamante no tienen ningún efecto en los Origin. Imagino que a ti te pasará lo mismo.

—¿Diamantes? —No había oído nada sobre diamantes.

Luc asintió.

—Los diamantes tienen el mayor índice de refracción de la luz. No hará daño a un Luxen o a un híbrido, pero en grandes cantidades, puede drenarles la fuente.

—Aunque el ópalo es completamente distinto. —Hunter apoyó la cabeza en el respaldo de la silla—. Refracta y refleja longitudes de onda específicas de la luz, cambiando la velocidad y la dirección. Para cualquiera con ADN Luxen, es un potenciador de energía. Y para un Arum, si tenemos uno, nos da más poder y limita cuánto tenemos que alimentarnos.

—¿Tienes algún trozo de ópalo por ahí? —le pregunté a Luc, esperanzada.

Sacudió la cabeza.

—Desde que el presidente McHugh asumió el cargo, el ópalo ha sido difícil de conseguir. La mayor parte ha sido confiscada o destruida.

—¿No tienes un alijo? —La sorpresa llenó el tono de Hunter.

—Lo tenía —respondió con un tono seco—. En dos sitios, de hecho. De uno de ellos tuve que marcharme de forma inesperada, y el otro está bastante lejos de aquí. Créeme, si tuviera uno, Evie lo llevaría puesto.

—Bueno, entonces, es una pena. —Hunter deslizó la mirada hacia mí—. Aliméntate o duerme. Esas son tus opciones.

—No hay opción —argumentó Luc—. Tienes que alimentarte.

Con las manos en las caderas, miré fijamente hacia donde estaba él, casi tirado en el sofá, con un brazo descansando en el respaldo del cojín y un pie descalzo apoyado en el borde de la mesita. Parecía muy cómodo para alguien que ha estado a cinco segundos de recibir un tortazo en la cara.

Llevábamos así desde que fuimos a ver a la doctora, justo después de irnos de casa de Hunter. Quería ver si ella creía que había algo que yo pudiera hacer. Como, no sé, una dieta de carne roja o vegetales crudos. Tal vez tenía algunas inyecciones de vitamina B por ahí. Luc me siguió la corriente con la visita. Viv no podía hacer ni sugerir nada. Al parecer, ella nunca había visto un Arum que no se alimentara. Todos los de aquí, que no eran muchos, tenían donantes Luxen dispuestos.

Lo que me había llevado a preguntarle a Luc en el camino de vuelta:

—¿De quién se está alimentando Hunter?

—¿Sabes? No quiero ni saberlo. —Fue su respuesta.

Al igual que a Luc, a Viv le había molestado no haberse dado cuenta de que, como tenía ADN Arum, quizás necesitara alimentarme. Pero ¿quién lo habría imaginado? Los Troyanos eran supernuevos, y yo incluso era más especial todavía.

De camino a casa me enteré de que el otro alijo de ópalo estaba en la pequeña casa de campo de Luc en Grecia, así que no me sirvió de nada.

—No entiendo por qué te preocupa tanto esto. —Luc levantó la otra pierna, cruzándola por los tobillos—. Hunter me ha explicado cómo hacerlo.

Y había sido tan incómodo como parecía. El Arum se había divertido a fondo, dando instrucciones paso a paso mientras hacía referencias sin parar a «Luc u otra persona que esté dispuesta».

Siendo sincera, me sorprendió que Hunter siguiera vivo.

Cuando Hunter explicó cómo alimentarme, hizo que todo pareciera más fácil de lo que yo había imaginado. Afirmando que mi cuerpo sabría qué hacer, admitió que estaba sorprendido de que no me hubiera alimentado ya de manera involuntaria de Luc. Y entonces explicó que él lo había hecho por accidente con su mujer y, la verdad, para mí eso era demasiada información en ese momento.

—También ha dicho que no tiene por qué ser doloroso —continuó Luc—. Y aunque lo fuera, seguiría estando de acuerdo.

Le fruncí el ceño.

—Mira, haré lo que sea para asegurarme de que estés bien...

—Ya estoy bien.

Torció un lado de los labios.

—Acabas de comer otra vez y todavía tienes hambre. ¿Cuánto falta para que empieces a marearte y te desmayes?

—No lo sé. —Levanté las manos—. Me aseguraré de avisarte cuando esté a punto de suceder.

—No llegaremos a ese punto. —Luc se pasó una mano por el pelo—. Que entres en lo que equivale a un coma no es una opción. El hecho de que pienses que lo es me deja anonadado.

—¿Anonadado? ¿En serio?

—Sí. Anonadado. No pude llegar a ti durante casi cuatro días. No tenía ni idea de si alguna vez despertarías, y saber que esta vez sí lo harás no lo hace más fácil —prosiguió—. ¿Y si ocurre algo mientras duermes?

—Eso es el título de una película, que lo sepas.

Su expresión se suavizó.

—Lo sé. Era una de tus favoritas —contestó, y me dio un vuelco el corazón. Sabía que nunca se lo había dicho como Evie—. ¿Y si nos atacan aquí? ¿O qué pasará cuando estemos ahí fuera, arreglando el mundo, y tengas que reponer lo que has usado? ¿Vas a pedir tiempo muerto y te vas a echar a dormir?

Apreté los labios.

—¿Crees que Dédalo te va a dar ese respiro? ¿Pedirás una tregua mientras te recuperas? Mejor aún, convoca a la fuente ahora, Evie.

Me quité las manos de las caderas.

Alzó las cejas.

—¿O ya lo has intentado y no has podido?

Iba a pegarle, en serio.

—Ya lo has intentado.

Pues sí.

Mientras estaba en el baño, intenté invocarla, pero solo apareció una débil y parpadeante bola de energía que se apagó enseguida.

Me crucé de brazos.

—¿Por qué preguntas eso? Ya lo sabes todo.

—Entonces te das cuenta de que no puedes practicar con la fuente hasta que la repongas. Lástima que no haya energía aquí. Podríamos hacer un maratón de programas de crímenes reales.

—No hace falta que te hagas el listillo —espeté—. Claro que he pensado en eso. He pensado en todo eso.

—¿Y todavía sigues llevándome la contraria en esto? ¿En serio?

—Además del hecho de que no estoy segura de si voy a hacerte daño o no, también ha dicho que podría perder el control y dejarte seco —le recordé, que fue algo que Hunter mencionó mientras salíamos por la maldita puerta—. No me gusta la idea de quitarte algo así. Es tuyo y lo necesitas. Está mal.

Luc se quedó mirándome y después se inclinó hacia delante, bajando los pies al suelo.

—¿Qué crees que hice cuando te quité la fuente la noche que perdiste el control? ¿Te pareció mal?

Me sacudí.

—Porque es más o menos lo mismo, Evie.

—Pero tú tuviste que...

—Y ahora tienes que hacerlo tú. —Su voz se suavizó—. Dudo que pierdas el control, pero si lo haces, lo detendré.

Respiré de forma entrecortada y aparté la mirada.

—No estoy tratando de complicar las cosas.

—Lo sé.

—¿Ah, sí? ¿Entiendes por qué esto es...? —Ni siquiera sabía cómo describirlo.

—¿Demasiado? —sugirió, y volví la cabeza hacia él—. Sí, ya lo sé. Si fuera al revés, estaría oponiéndome a ti con uñas y dientes en esto, ¿y sabes qué? Tú estarías haciendo lo mismo que yo ahora.

Apreté los labios, odiaba cuando tenía razón, pero era incluso más que eso. Ayer mismo, Luc había utilizado la fuente para intentar salvar a Spencer y luego para curarme a mí. Había estado agotado, y si Grayson no hubiera hecho lo que hizo, ¿habría sombras oscuras debajo de sus ojos, la tirante línea de tensión alrededor de su boca?

—Me habría puesto bien sin Grayson —dijo en voz baja, sobresaltándome—. No me he enterado de eso leyéndote el pensamiento. Ya lo sabía. Él no sabe que lo sé. Y así seguirá siendo.

—Estabas exhausto, Luc. Eso fue ayer...

—Y hoy estoy cargado al ciento veinte por ciento. No es que no vaya a recuperarme más —replicó Luc—. Simplemente no necesito dormir durante días para hacerlo. Solo necesitaré una hora más o menos para recuperarme, y no es algo que tenga que hacer todo el tiempo. Si Hunter tiene razón, será solo después de que uses cantidades extremas de la fuente. —Se arrimó al borde del sofá—. ¿Sabes cuántas veces, cuando estabas enferma, deseé poder hacer algo más? ¿Que yo pudiera ser tu cura milagrosa? Entonces no podía, pero ahora sí. No te lo digo como una forma de chantaje emocional. Es la pura verdad. Déjame darte lo que necesitas.

Descruzando los brazos, cerré los ojos mientras exhalaba un suspiro entrecortado.

—No tengo problemas en ser tu bebida energética personal.

Sacudí la cabeza mientras abría los ojos.

—Esto no tiene gracia.

—Todo tiene su gracia. —Su mirada captó la mía—. Si olvidamos eso, lo perdemos todo.

Algo en las palabras me sacudió. Eran un eco en mi mente y en mi alma. Sin duda, sabía que se las había oído decir antes, muchas veces. No tenía ni idea de por qué eso me empujaba a decidirme.

Me moví antes de darme cuenta de lo que estaba haciendo, rodeé la mesita y me senté a su lado. El corazón me retumbaba como si hubiera corrido un kilómetro para llegar allí en lugar de caminar unos metros.

Su mirada no se apartó de la mía y no habló cuando inclinó el cuerpo hacia mí. Me dije a mí misma que iba a hacerlo, que necesitaba hacerlo. Porque en algún momento entre su comentario y cuando me senté a su lado, me di cuenta de que si no lo hacía, sería débil.

Por lo tanto, Luc sería débil. Mucho más débil de lo que sería si me alimentara, porque pasaría días distraído y preocupado, y cualquier cosa podría pasar en una hora.

Esperó a que estuviera preparada, y eso llevó una pequeña eternidad, pero cuando me decidí, sucedió.

El vacío de mi pecho palpitó y la fuente se encendió. Era débil como antes, pero estaba ahí, como si supiera lo que iba a hacer. Apoyé una mano temblorosa en el brazo de Luc.

—Si te hago daño, párame.

Luc asintió, pero una parte de mí sabía que estaba mintiendo. No me iba a detener, y yo no sabía si quería gritarle o decirle que lo quería.

Respirando de manera entrecortada, coloqué la otra mano sobre su pecho como Hunter me había indicado, justo donde sentía la fuente en mi interior. Cerré los ojos y, un instante después, noté que Luc colocaba su mano sobre la mía. Las lágrimas me punzaron los párpados cuando la emoción creció con tanta rapidez que aspiré con fuerza. En lugar de apartar el torrente de sentimientos, dejé que me invadieran, y entonces retuve todo aquel amor, toda aquella aceptación cerca de mi corazón.

Hunter no había mentido.

El instinto se apoderó de mí. Me incliné hacia él, coloqué mis labios a un milímetro de los suyos e inhalé.

Sentí que la fuente se encendía contra su pecho y que el calor fluía por mi mano y mi garganta como una cascada de luz solar. En lo más profundo de mi pecho, la fuente volvió a latir, esta vez con más fuerza, más brillante, como una gloria matutina que se abre a los primeros rayos del sol.

Luc sufrió un espasmo que me produjo una descarga de miedo. Comencé a retroceder.

«Estoy bien. De verdad», susurró su voz entre mis pensamientos. «No me duele. Solo es... distinto. Sigue».

Al escuchar su voz en busca de cualquier indicio de dolor, no encontré ninguno, lo cual era bueno, porque necesitaba más. Volví a inhalar y, esta vez, el calor me invadió hasta el centro palpitante de mi pecho, y entonces la energía de Luc se extendió por todas partes. Mi piel zumbaba con ella, mi sangre se aceleraba en respuesta. Esta vez la chispa no parpadeó. Se encendió y...

De repente y sin previo aviso, las imágenes encajaron. Me vi a mí misma, una yo más joven vestida con lo que parecía una sábana blanca con una abertura para la cabeza y un cinturón plateado ceñido a la cintura. Tenía el pelo recogido en moños a ambos lados de la cabeza. Estaba girando y los bordes de la sábana se levantaban para dejar ver unas mallas blancas mientras blandía un sable láser de plástico. Risas. Oí una carcajada, y supe que era la de Luc cuando salí disparada hacia el sonido, dando una estocada con el sable láser como si fuera una espada. La imagen fue sustituida de inmediato por otra de mí, en la que parecía un año mayor.

Estaba sentada en el suelo junto a un hombre impresionante que parecía hecho de oro y diamantes. Su piel era de un tono dorado muy asombroso, el pelo como la luz del sol.

Paris.

Madre mía, ese era Paris.

Estaba mirándome mientras agitaba el puño y después abría la mano. Los dados cayeron. Todos eran números seis.

—*¡Pleno!* —grité.

Paris sonrió.

—*¿Cuántos lleva, Luc?*

Se oyó un suspiro contrariado.

—*Cinco. Lleva cinco plenos, y la estás ayudando totalmente a hacer trampa.*

Me vi riendo de una forma que nunca antes había reído, cayéndome de lado.

Esa imagen se evaporó y fue sustituida por una versión más mayor de mí, en la que llevaba un vestido plateado y brillante y el pelo largo, como una maraña salvaje. Con las mejillas sonrojadas por la ira y las manos cerradas en puños, me encontraba en la puerta de una oficina. Había fajos de billetes apilados sobre un escritorio. Encima de uno de los montones había una especie de consola portátil.

—*Odio cuando haces eso* —dije.

—*¿Cuando hago el qué?* —La voz indiferente pertenecía a Luc. Era suya, pero ni de lejos tan profunda como ahora.

—¡No finjas que no tienes ni idea de lo que estoy hablando! Esa pareja y ese tipo que estaban aquí. No querías que me vieran. ¿Qué les pasaba? Parecían...

—No es la pareja la que me preocupa —respondió—. Es el otro. No necesita saber nada de ti.

Mis pensamientos se agolpaban con luces y sombras agitadas, haciendo aparecer otras imágenes...

Suficiente. Tenía suficiente. Necesitaba parar.

Pero el sabor de Luc estaba en mis labios y dentro de mí. Estaba rodeada de él, y pensé que podría ahogarme en él, y que eso estaría bien. Eso sería más...

No.

Si me ahogaba, seguramente Luc se hundiría conmigo. Tenía suficiente, más que suficiente.

Tiré de la mano hacia atrás mientras levantaba la cabeza. Hasta ahí llegué. De algún modo, Luc se encontraba de espaldas y yo estaba mitad sobre él, mitad de lado. Sus brazos me rodeaban con fuerza y, bajo mi pecho, su corazón latía deprisa. Tenía la cabeza echada hacia atrás, los ojos cerrados y la boca laxa. Se me paró el corazón de miedo mientras me latía con fuerza todo el cuerpo.

—¿Luc? ¿Estás...?

—Estoy bien. —Tragó saliva con dificultad—. No me duele.

—Pues parece que sí.

—No me duele.

Fruncí el ceño mientras empezaba a rodar sobre él para alejarme...

—Nop. —Me sujetó la cintura con el brazo, acercándome a su lado—. Quédate ahí.

Me quedé mirándolo.

—Vale. Eso puedo hacerlo.

—Bien. Estupendo. —Luc movió la mandíbula y luego inclinó la cabeza hacia un lado, hacia mí. Abrió los ojos, y las pupilas estaban blancas—. ¿Cómo te sientes? ¿Ha sido suficiente?

—¿Que si...? —Sacudí la cabeza—. Acabo de alimentarme de ti, ¿y me preguntas que cómo me siento?

Frunció el ceño.

—¿Por qué no iba a hacerlo?

Lo miré fijamente, sintiendo cómo las lágrimas se me agolpaban de nuevo en los ojos.

—Te quiero —susurré.

La expresión se le suavizó y apareció una pequeña sonrisa.

—Lo sé.

Cerré la mano en un puño contra la parte delantera de su camiseta.

—Gracias...

—No me des las gracias por eso, no por hacer lo que tenía que hacer.

Se le desdibujaron los rasgos.

—¿Cuándo se supone que debo darte las gracias, Luc?

—Cuando haga algo por lo que merezca la pena darme las gracias. —La luz retrocedió de sus pupilas mientras me preguntaba qué narices creía que valía más que lo que acababa de darme—. Has visto algo, ¿verdad? Cuando te has alimentado.

La pregunta me trajo la imagen de mí vestida con una sábana, blandiendo un sable láser. Sabía lo que había visto. Era yo vestida de princesa Leia en Halloween. Lo sabía porque Luc me lo había contado.

—He visto tus recuerdos —susurré.

—Sí. Debería haberte advertido de que eso podía pasar. Cuando un Arum se alimenta, puede ver recuerdos y a veces captar emociones. No estaba seguro de si lo harías, pero quería estar preparado por si acaso. Quería que vieras algunos de mis recuerdos buenos.

30

Luc había necesitado más de una hora para recuperarse. Habría necesitado el resto de la tarde, pero al anochecer había vuelto a sentirse él mismo. Más o menos. Se había quedado dormido muy pronto y yo traté de no preocuparme demasiado. Dijo que solo necesitaba descansar y que volvería a la normalidad. Tenía que creer en eso.

Mientras estaba recostada a su lado, sin sentir ya que el estómago intentaba comerse a sí mismo, se me ocurrió una idea. Me había levantado sin hacer ruido de la cama y me había movido en silencio por la casa. Recogí varias latas de comida que no creía que Luc o yo fuéramos a echar de menos y las metí en una bolsa de papel junto con unas botellas de agua y otro paquete de pan fresco, pero esta vez añadí algo más. Sin duda, me había mejorado la vista, porque encontré con facilidad un viejo bloc de notas y un lápiz en la oscura encimera de la cocina. Le escribí una nota rápida a Nate, preguntándole si necesitaba algo en particular. Dejé el lápiz y un papel en blanco en la bolsa, me dirigí hacia la puerta y sentí la presencia de un Luxen. No creía que hubiera sentido a Daemon, a menos que estuviera tratando de hacer dormir a Adam y hubiera entrado en el patio trasero.

Dejé la bolsa sobre la encimera y abrí la puerta. El aroma de la lluvia siguió a las ráfagas de aire fresco mientras escudriñaba la entrada y el patio trasero. El cosquilleo de la consciencia aumentó...

—Me has sentido, ¿verdad?

No salté al oír la voz de Grayson, por lo que quise darme una palmadita en la espalda. Salí y cerré la puerta cuando apareció, viniendo del estrecho sendero que separaba la casa de la de Daemon y Kat.

—Sí —admití.

Ladeó la cabeza.

—Bueno, eso le quita la gracia a andar a escondidas.

Mis ojos recién mejorados podían distinguir la mayoría de sus rasgos. No me estaba mirando a mí, sino al dormitorio.

—Diría que lo siento, pero sería mentira.

Grayson sonrió con suficiencia.

—¿Estás patrullando o algo así? —le pregunté.

—En otras palabras: ¿por qué estoy aquí? —replicó.

No podía verle los ojos, pero podía sentir su mirada.

—Más o menos.

—Me he encontrado con Hunter.

Los músculos del cuello se me tensaron.

—Te lo ha contado, ¿verdad?

—Sí.

—Por supuesto que sí —suspiré, cruzándome de brazos—. Apuesto a que ha disfrutado mucho explicándote lo que tenía que hacer.

—Pues sí. —Hubo un atisbo de sonrisa en su rostro, pero fue rápido.

Ahora sabía por qué Grayson estaba aquí.

—Luc está bien. Ahora mismo está durmiendo. No he tomado demasiado ni le he hecho daño —le dije, con las mejillas coloradas mientras me concentraba en la hoguera. Sabía que no debía avergonzarme. Era obvio que era algo que los Arum tenían que hacer y yo no tenía elección. En realidad, no—. Y no es que quisiera hacerlo. Hemos discutido la mayor parte de la tarde sobre ello, pero yo...

—Tenías que hacerlo —terminó, sorprendiéndome—. Es imposible que Luc hubiera permitido otra cosa. Puede que se hubiese sentado encima de ti hasta que te alimentaras.

Solté una pequeña carcajada.

—Puede. —Le eché un vistazo y vi que volvía a mirar hacia el dormitorio—. No le voy a hacer daño —solté. Despacio, Grayson me miró—. Sé que lo hice en el bosque, pero cuando fui tras Sarah, quería protegerlo. A todos vosotros. Y la idea de hacer algo que pudiera hacerle daño, aunque no tenga el control de mí misma, me asusta muchísimo. No podría vivir conmigo misma si lo hiciera.

Grayson no dijo nada, no durante varios momentos.

—No te dejaría hacerlo otra vez. Seguro que acabaría muerto en el proceso y, si no, definitivamente moriría después, pero no dejaré que llegue a eso.

Lo que dijo no fue una amenaza. Al menos yo no me lo tomé de ese modo, así que asentí. No sé por qué, pero de repente me pregunté si había juzgado mal el origen de la lealtad de Grayson. Pensé en lo que Grayson había hecho por Luc después de curarme y en lo sorprendido que se había quedado cuando supo que yo era Nadia. Había otros ejemplos que ahora se me antojaban diferentes, y pensé que tal vez ahora sabía por qué parecía no caerle bien.

—¿Por qué me estás mirando? —preguntó.

Cómo sabía que estaba haciendo precisamente eso, ya que seguía mirando hacia el dormitorio, era algo que se me escapaba, y me dije a mí misma que no hiciera la pregunta que tenía en la punta de la lengua, pero ni mi cerebro ni mi boca me hicieron caso.

—¿Lo quieres?

Grayson me miró entonces.

—¿Crees que ese es el motivo por el que no me caes bien?

Bueno, esa fue una respuesta contundente, así que le di una respuesta igual de directa.

—Sí.

Bajó la barbilla, riendo entre dientes. Levanté las cejas y él negó despacio con la cabeza.

—¿Te molestaría si te dijera que sí?

Lo medité.

—No. No me molestaría.

—¿Porque él te quiere a ti?

—Sí —respondí—. Y tiene que saber que lo quieres. Lo sabe casi todo. No le molesta.

—Estoy seguro de que lo sabe. —Hubo una pausa—. Pero te equivocas en una cosa. No te odio.

Abrí la boca para responder, pero antes de que se me ocurriera qué decir, Grayson había retrocedido y desaparecido por el lateral de la casa. ¿Que no me odiaba? Se me escapó una risa ahogada mientras me volvía hacia la puerta. No veía ninguna razón para que Grayson me mintiera. Nunca se había preocupado por mis sentimientos. Recogí la bolsa y me apresuré a acercarme a la hoguera, pensando que Grayson tenía que ser la persona más complicada que había conocido nunca.

Y vaya si lo era.

Al día siguiente por la tarde, la bolsa había desaparecido y no había ninguna nota. Intenté no desilusionarme y sentirme aliviada de que Nate siguiera ahí fuera, sobreviviendo como pudiera.

No le conté a Luc mi conversación con Grayson, y si se había dado cuenta en algún momento, no lo mencionó. Y tampoco lo hizo Grayson durante los tres días siguientes, mientras yo me había vuelto muy buena en el uso de la fuente para detener objetos e incluso personas. Grayson había sido el conejillo de Indias de aquella ronda de entrenamiento, muy a su pesar. Como actuaba como si él y yo nunca hubiéramos tenido esa conversación, decidí seguirle la corriente. Lo que más o menos había admitido no me molestaba. Luc era, bueno, era adorable cuando quería serlo, y yo me sentía aliviada de que Grayson fuera capaz de sentir otra emoción que no fuese aversión u odio.

Pero incluso Luc se había quedado impresionado de lo bien que me estaba yendo con la fuente. Y no era el tipo de impresión vacía y de apoyo, porque prácticamente congelé a Grayson y más tarde a Zoe. Ninguno de los dos pudo romper mi dominio sobre ellos.

A Luc le había llevado bastante tiempo soltarse de mi agarre y había tenido que utilizar aún más la fuente. Cuando terminamos, tenía los hombros tensos y las arrugas que tenía alrededor de la boca me recordaron a la otra vez que practicamos con la fuente. Me preocupaba que tuviera que ver con que me hubiera alimentado de él, pero me aseguró que estaba bien.

Así que me sentía bastante bien con todo aquello, pero cuando el aula con ventanales de pared a pared que habíamos ocupado aquella tarde se sumió en una repentina y completa oscuridad y las temperaturas descendieron hasta casi el punto de congelación, no pude reprimir el escalofrío que me recorrió la espalda. No podía ver nada y, por la maldición de Zoe en voz baja, ella tampoco.

—Creído —murmuró Luc desde algún lugar dentro del aula. Había estado sentado en el pupitre. Ahora podía estar literalmente en cualquier parte.

De algún modo, Luc había convencido a Hunter para que trabajara en mis habilidades no Luxen, que al parecer incluían convertir el día en noche. Una parte de mí pensaba que Hunter se sentía en secreto aliviado por estar haciendo algo. De vez en cuando, una inquietante tristeza se apoderaba de sus facciones y sabía que estaba pensando en su hermano.

Levanté la mano, incapaz de verlo.

—¿Cómo lo has hecho?

—Dessstreza —respondió Hunter, y como estaba en su verdadera forma, su voz sonaba a sombras y humo. Sonaba igual que la voz de Sarah y la mía cuando habíamos hablado de manera telepática—. Essstoy usssando la fuente para ossscurecer mi presssencia.

—¿Yo puedo hacer eso? —pregunté.

—No veo por qué no podríasss.

—Sería útil cuando necesitases hacer una salida rápida —dijo Zoe—. Como cuando estás en una fiesta y hay alguien molesto allí.

—O cuando me piden ayuda para entrenar —comentó Grayson.

—O cuando Grayson entra en la habitación —añadí.

—Eso no está bien —soltó Grayson desde algún lugar en la oscuridad.

Sonreí.

La oscuridad se agitó de repente delante de mí, espesándose. Entrecerré los ojos y sentí que Hunter se había acercado a mí.

—Puedes contraatacar —me aconsejó Luc—. Ese truco solo debería cegarte durante un instante. Si dejas pasar más tiempo, habrás perdido la ventaja.

¿Contraatacar? Mmm. Invocando la fuente, sentí cómo corría por mis venas. Una luz blanca y negra me rodeó la palma de la mano y la imaginé creciendo hasta que toda la habitación se inundó de luz, pero no quería hacer daño a nadie. Solo quería ver.

El agitado resplandor estalló, escupiendo media docena de minibolas al espacio. Cada una de ellas explotó como un petardo y bañó la habitación de una luz brillante que cayó sobre las densas sombras, devorándolas como ácido y evaporándose antes de caer al suelo. En cuestión de segundos, la oscuridad había desaparecido y Hunter se había acercado.

—Qué adorable —soltó tras volver a su forma humana—. Eso sí que es un truco de magia.

—No quería hacer daño a nadie de los que están aquí. —Hice una pausa—. O a ti. Podría haberte sacado y las sombras se habrían ido.

Por encima del hombro de Hunter, vi la sonrisa de suficiencia de Luc mientras Grayson se apoyaba en el escritorio.

—Esa es mi chica —dijo Luc.

Sonreí y volví a centrarme en Hunter.

—¿Cómo has hecho que las sombras hicieran eso?

—Lo más probable es que haya sido de la misma forma en la que tú las has hecho más brillantes. —Se acercó al escritorio y agarró la manzana que había traído—. Menos los fuegos artificiales.

Miré a Zoe y ella enarcó las cejas. Empecé a pedirle más detalles, pero, por lo que había aprendido, el uso de la fuente se reducía a lo que uno quería que hiciera, a lo que uno quería de ella. No había por qué darle demasiadas vueltas.

«No hay ninguna razón», dijo la voz de Luc.

Asentí, levanté las manos e invoqué la fuente una vez más. Esta vez, las bolas de energía que me rodeaban las manos eran más oscuras que claras. Imaginé que crecían y se expandían, y la energía palpitó, salió de mis palmas y se escurrió por el aire. Florecieron unas sombras profundas e intensas mientras la piel de los brazos se me llenaba de manchas negras brillantes. La fuente rugió a mi alrededor como una tormenta, filtrándose con rapidez por las ventanas y bloqueando la luz del día. Sonreí cuando se absorbió toda la luz de la habitación, pero aún podía ver. Luc estaba sentado en el escritorio, mirando al techo. Grayson estaba a su lado, tan accesible como un jabalí furioso. A mi izquierda, Zoe tenía las manos apretadas bajo la barbilla y los ojos muy abiertos. Hunter estaba de pie delante del escritorio, observándome.

Todos estaban en tonos grises.

—¿Puedes verme? —le pregunté al Arum.

Sacudió la cabeza.

—No, pero tú sí puedes vernos.

—Sí —respondí, y Luc bajó la barbilla—. Todo está un poco grisáceo, pero puedo ver.

—Todas estas sombras, como tú las llamas, son una parte de ti, casi como una extensión. No te serían ningún obstáculo —explicó Hunter.

—Oh. Eso es genial.

—Sí. —Se cruzó de brazos—. Tan solo recuerda que si tú puedes hacer esto, otros Troyanos podrán hacer lo mismo.

Eso le quitó un poco de genialidad al asunto.

—¿Qué tal estoy en tonos grises? —preguntó Luc—. Sigo siendo extraordinariamente guapo, estoy seguro.

Poniendo los ojos en blanco, me reí.

—Te ves bien.

—Mentira —contestó.

Zoe miró a su alrededor con los ojos muy abiertos.

—Seguro que yo parezco rara.

—No...

Descruzó los brazos y los movió como fideos flácidos mientras levantaba las rodillas, cojeando de un pie a otro como una marioneta extraña.

—Sí —me corregí—. Sí, sin duda, pareces rara ahora mismo. Y espeluznante.

Sonrió mientras emitía una risita aguda.

—¿Quiero saber siquiera lo que está haciendo? —preguntó Grayson.

—No. —Vi cómo Zoe hinchaba las mejillas.

—Debes tener cuidado con esto —intervino Hunter, atrayendo de nuevo mi atención hacia él—. Las sombras tienen peso. Podrías sellar una habitación entera con ellas y, cuando lo haces, impides que entre el oxígeno. ¿Conoces ese olor a ozono quemado que suele acompañar al uso de la fuente?

Asentí con la cabeza.

—Es la fuente básicamente comiéndose las moléculas que componen el oxígeno. En este caso, no solo estás bloqueando la luz, sino que prácticamente estás succionando el oxígeno más rápido de lo que cualquiera puede devolverlo al aire respirando. Seguro que matarías cualquier cosa con un poco de ADN humano, incluida tú misma.

—Oh —susurré, mirando a mi alrededor con preocupación mientras me relajaba, dejando que grietas de luz solar penetraran en la oscuridad—. ¿Cuánto tiempo se tarda en agotar el oxígeno en una habitación?

—Tres minutos, si tienes suerte —respondió Grayson—. Quizás un poco más para los que tienen ADN Luxen, pero no mucho. —Apareció un atisbo de sonrisa y fruncí el ceño—. Sería interesante averiguar cuánto tiempo exactamente.

Arrugué la frente. Joder, a veces me daba miedo.

La puerta del aula se abrió de repente. La luz del día entró a raudales junto con Daemon, que se paró en seco cuando el aura del arcoíris que lo rodeaba se desvaneció para revelar que tenía el ceño fruncido por lo alto que había levantado las cejas.

—¿Qué narices?

Perdí la concentración, y la masa de sombras perdió intensidad, se separó y se dispersó con rapidez.

Daemon miró alrededor de la habitación y posó la mirada en Zoe. Ella se había congelado a mitad de la giga, o lo que fuera que estuviera haciendo ahora mismo.

—¿Sabéis qué? Ni siquiera quiero saberlo.

Poco a poco, Zoe volvió a apoyar el pie en el suelo y juntó las manos detrás de la espalda.

—Estaba aprendiendo a bloquear la luz para que nadie me vea venir —le expliqué—. Y, al parecer, a Grayson le gustaría ver cuánto tarda uno de nosotros en morir por falta de oxígeno.

Daemon alzó las cejas.

—Me esperaba algo de esto.

Grayson se encogió de hombros.

—¿Qué ocurre? —preguntó Luc.

—Siento interrumpir —comenzó Daemon.

Luc se rio.

—En realidad, no.

—Cierto. —Una rápida sonrisa apareció—. Eaton me ha dicho que todos estabais aquí. Necesito pediros un favor a un par de vosotros.

—Lo siento —declaró Luc cuando me acerqué a él. Sin decir palabra, me rodeó la cintura con un brazo y me empujó entre sus piernas—. No puedo cuidar al bebé Adam. Va en contra de mi religión.

Daemon arqueó una ceja.

—Tú serías la última persona a la que le pediría que hiciera de canguro.

—¿Yo no soy la última? —preguntó Grayson—. Estoy impactado.

—Corrección. Eres la penúltima persona a la que le pediría que cuidara a Adam.

—Bueno, eso es un poco ofensivo. Soy cien por cien digno de confianza —argumentó Luc—. Y hago unos regalos geniales.

Daemon se cruzó de brazos.

—Una vez intentaste regalarnos a Kat y a mí una llama porque, según tú y literalmente nadie más, sería una gran mascota para un bebé.

«¿Qué?».

La sonrisa de Luc se volvió pensativa.

—Protegería un rebaño...

—Un solo niño no es un rebaño, Luc —suspiró Daemon.

—Un niño equivale a un rebaño de corderos. —Luc me rodeó la cintura con el otro brazo, juntando las manos.

—Eso no te lo voy a discutir... Espera un momento. —Daemon fijó la atención en el escritorio—. ¿Es ese el plátano de peluche de Adam? Lo he estado buscando por todas partes.

«Oh-oh».

—Puede que te esté dando un derrame cerebral —advirtió Luc—. Ahí no hay ningún plátano.

Sin lugar a dudas, el plátano estaba allí.

—En realidad ni siquiera estamos en esta habitación —continuó Luc.

—¿Qué favor necesitas? —pregunté mientras rodeaba a Luc y agarraba el plátano. Se lo lancé a Daemon.

Lo atrapó.

—El favor en realidad va dirigido a más personas, no solo a Luc.

«No lo hagas», le advertí a Luc, capaz de darme cuenta de que estaba a punto de decir algo muy sarcástico.

«No eres nada divertida». Apoyó la barbilla en mi hombro.

—Hay algunos suministros médicos que se nos están acabando y vamos a tener que salir antes de lo que esperábamos —explicó Daemon—. Como no se espera que Archer regrese hasta dentro de un día o así, y como Jeremy y otros han salido a escoltar otro paquete, nos falta mucha gente.

—¿Necesitáis que vaya yo? —supuso Luc.

—Necesitamos que vayan un par de personas. —Daemon se metió el plátano de peluche en el bolsillo trasero—. Será un viaje nocturno. Saldremos esta noche y planeamos estar de vuelta mañana por la tarde.

—¿Saldremos? —Luc alzó la barbilla—. ¿Vas a salir tan pronto?

—Sí. En realidad, no quiero, pero fuimos Archer y yo los que exploramos el lugar, y con él fuera, solo yo conozco los detalles. Por eso va a ser lo más rápido posible. Dawson también va a ir. Necesitamos al menos dos más.

—Sé que solo quieres pasar un rato conmigo, así que te seguiré la corriente e iré —respondió Luc.

Un lado de la boca de Daemon se inclinó hacia arriba.

—Sí, justo es por eso.

—Yo iría si pudiera —dijo Hunter—. Pero Sin está de camino y podría llegar en cualquier momento. Podría ser mañana. Podría ser la semana que viene. De cualquier manera, tengo que estar aquí cuando suceda.

Daemon asintió.

—Tienes que estar aquí cuando llegue. Solo Dios sabe en qué clase de problemas se meterá.

—Yo puedo ir. —Me aparté de Luc emocionada. Podría ser útil de verdad, trabajar a cambio de toda la comida que había consumido.

Que había sido mucha.

Y la que le había estado dando a Nate.

Que también había sido mucha.

—No sé exactamente lo que necesitas, pero he mejorado mucho con la fuente, y...

—Voy a detenerte justo ahí —me cortó Daemon, y toda esa emoción se estrelló contra una pared de ladrillos yendo a ciento treinta kilómetros por hora—. No quiero que te lo tomes como algo personal, y no pretendo parecer un imbécil, pero las cosas se pueden poner peliagudas ahí fuera. Más de una vez nos hemos topado con agentes del GOCA, y aunque fuiste capaz de controlar las cosas con la Troyana, todavía estás trabajando en eso. No podemos arriesgarnos a que vueles otro edificio.

Tenía razón, y mucha, pero seguía teniendo los hombros hundidos bajo el peso de la decepción.

—También está la cuestión de que podrían reconocerte. —La voz de Zoe se llenó de comprensión—. Tu imagen salió en todas las noticias en relación con Syl..., con el asesinato de tu madre.

Otra buena razón. No es que no hubiera olvidado que me habían culpado de forma conveniente de su asesinato. Intentaba no pensar en ello, pero ese recordatorio fue como un puñetazo en el pecho.

—Sí, tenéis razón. —Me apoyé en la mesa y Luc me posó las manos en las caderas. Apretó con suavidad—. Sé que no es nada personal.

La mirada de Daemon se encontró con la mía.

—No lo es, de verdad. Espero que lo sepas.

—Lo sé. —Y lo sabía. A veces la verdad era más dura que si algo fuera personal.

«Y muy pocos saben cuándo hacerse a un lado», susurró la voz de Luc entre mis pensamientos.

Respiré hondo para tranquilizarme. «Solo quiero poder ayudar».

«Lo sé». Deslizó la mano hasta la parte baja de mi espalda. «Lo harás».

—Yo puedo ir —estaba diciendo Zoe—. Lo he hecho antes cuando he estado aquí.

—Perfecto. —Daemon miró a Luc—. Nos encontraremos esta noche en la casa de entrada.

Esperaba que aquello fuera mucho más aburrido que la última vez que todos estuvieron allí. Preguntándome por qué Grayson no se había ofrecido voluntario, esperé hasta más tarde esa noche, mientras Luc se arreglaba, para preguntar.

Sentado en la cama, lo observé rebuscar en el montón de camisetas. El pelo húmedo le caía sobre la frente mientras se agachaba y sacaba una camiseta negra lisa. Los pantalones negros tipo cargo que llevaba seguían desabrochados. Estaba convencida de que o la fuente o la magia le sujetaba los pantalones, porque los cabrones estaban desafiando a la gravedad en ese momento.

—¿Por qué Grayson no se ha ofrecido voluntario para ir? —le pregunté.

Sacudió la camiseta.

—Sabía que se lo necesitaba aquí.

Comencé a preguntar por qué, pero entonces me di cuenta.

—Se queda para cuidarme.

—Yo no lo llamaría cuidarte. —Se irguió y me miró. Pareció congelarse por un momento, con los ojos un poco abiertos mientras me miraba. Con la camiseta olvidada en la mano, caminó hacia mí. Se detuvo delante, colocó las manos a ambos lados y bajó la cabeza, sus labios encontraron los míos.

Su beso fue suave y lento, del tipo que amenaza con romperme en mil pedacitos. Cuando me besaba así, con tanta suavidad, me decía lo que las palabras nunca podrían captar.

Apretando su frente contra la mía, se estremeció mientras me deslizaba las manos por los costados.

—Me he olvidado de qué estábamos hablando.

Dejé escapar una pequeña carcajada, porque yo también tenía que pensar en eso.

—De que Grayson va a cuidarme.

—Eso. —Movió la cabeza y me besó la frente—. Solo le echará un ojo a todo.

—Parece que ese es su trabajo principal.

—Es el más importante.

Me mordí el labio inferior cuando se apartó, con la camiseta en la mano y el tejido arrugado. Me dolía el pecho. Luc tenía que saber cómo se sentía Grayson, y convertirme en la prioridad de Grayson me parecía un error.

—Lo sé.

Parpadeé.

—¿Qué?

Su mirada se encontró con la mía.

—Que lo sé.

Grayson.

Estaba diciendo que sabía lo que sentía Grayson.

—Entonces, ¿crees que hacer que se quede aquí es una buena idea?

—Sé que es una buena idea, porque es lo que él quiere.

—Eso no tiene sentido —admití después de un momento—. Bueno, a menos que lo que sienta sea ese tipo de amor puro y desinteresado en el que...

—¿Te protege a ti por lo que me ocurriría a mí si te pasara algo? —interrumpió.

Asentí con la cabeza.

—Tengo que admitir que yo... Sí, no sería tan buena persona.

—Y Grayson tampoco lo es. Ni siquiera puedo creer que pienses que lo es. ¿Hace cuántas horas se estaba preguntando cuánto tardaría la gente en asfixiarse? No es desinteresado. —Sonrió—. Deberías verte la cara ahora mismo.

—No necesito verme la cara para saber que es la viva imagen de la confusión —le contesté—. Si no es tan buena persona, ¿por qué querría quedarse atrás?

—Porque el amor puede ser complicado, Evie.

Arqueé una ceja.

—Vale. Eso ha sido innecesariamente confuso.

—Mira, no te preocupes por Grayson. Está bien. Si yo pensara que no lo está, no se quedaría aquí. —Se puso la camiseta sobre la cabeza—. A menos que el que se quede aquí te haga sentir incómoda.

—No. —Arrugué la nariz—. Bueno, a ver, la mitad del tiempo, ni siquiera sé que está cerca.

—Es bastante bueno.

—Es bastante espeluznante —murmuré.

Apartándose el pelo de la cara, soltó una risita.

—Tengo que admitirte una cosa. —Se subió la cremallera de los pantalones—. Casi presioné para que vinieras.

—¿En serio?

Asintió.

—Por razones puramente egoístas. No me gusta la idea de dejarte aquí. No porque no puedas protegerte o porque crea que vaya a pasar algo. —Se abrochó los pantalones y me miró a través de las densas pestañas—. Preferiría tenerte a mi lado. Soy así de dependiente.

—Yo también preferiría estar a tu lado.

—Lo sé. —Agarró un par de botas negras y se sentó a mi lado—. Pero la gente ahí fuera nos va a ver. Es inevitable. Si te reconocen y se ponen en contacto con las autoridades, las cosas van a ir cuesta abajo y sin frenos a partir de ahí.

Había estado pensando en eso.

—¿Crees que hay tinte para el pelo por aquí?

Se ató una bota y me miró.

—¿Estás pensando en teñirte el pelo?

Tomé un mechón.

—Y puede que cortármelo. En algún momento tendré que irme de aquí, y puede que sea buena idea que cambie de aspecto. Teñirme y cortarme el pelo no me va a hacer irreconocible, pero al menos no sería tan fácil.

Me recorrió con la mirada y luego asintió.

—Es buena idea. No sé si tienen aquí. Puedes preguntárselo a Zouhour. Ella lleva la cuenta de todas las mercancías, pero yo también estaré atento por si veo alguno mientras estoy fuera. ¿Tienes algún color en mente?

—No lo sé. —Me solté el pelo—. ¿Castaño, quizás? Algo fácil que se vea natural. Siempre quise ser pelirroja, pero tengo la sensación de que con el tinte de caja acabará mal.

—¿Pelo castaño? —Se ató la otra bota—. Creo que me gustará.

Sonreí.

Bajó el pie calzado al suelo.

—¿Vas a estar bien esta noche tú sola?

—Estaré bien.

—No creo que vayas a estar «bien». Seguro que te tirarás despierta toda la noche, abrazando una de mis camisetas contra el pecho, sollozando.

—Seguro que dormiré mejor que nunca en mi vida —respondí con recelo, pero, a decir verdad, no me apetecía nada quedarme dormida sin él. Era extraño cómo podía haberme acostumbrado a eso.

Se llevó la mano al pecho, esbozando en su rostro una expresión herida.

—Yo me tiraré toda la noche apretando una de tus camisetas contra el pecho, sollozando.

Me reí por lo bajo y negué con la cabeza.

—La verdad es que puede que me pase buena parte de la noche preocupada por vosotros. Todos vosotros sois geniales, pero puede pasar cualquier cosa —admití—. Prométeme que tendrás cuidado.

—Siempre lo tengo, pero te lo prometo. —Me acarició la mejilla y la burla desapareció de su voz—. Nada me alejará de ti, Evie. Nada.

31

Solo había pasado media hora desde que Luc se había marchado cuando oí unos suaves golpes en la puerta de la cocina. No había sentido nada, así que supe que quien estaba allí era humano. La esperanza se disparó cuando me apresuré a abrir la puerta. No conocía a nadie que hubiera acudido a la puerta trasera aparte de Nate.

Me dije a mí misma que no debía hacerme ilusiones, abrí la puerta de un tirón y me asomé al exterior. Al principio, no vi a nadie en la entrada. Las comisuras de los labios se torcieron hacia abajo, y entonces vislumbré una cabellera anaranjada y cobriza que asomaba por la esquina de la entrada. Se me paró el corazón.

—Nate —susurré.

Un segundo después, su rostro pálido apareció a la luz de la luna. Parecía un poco menos sucio que la última vez que lo había visto.

—Hola —saludó, su mirada nerviosa desviándose detrás de mí.

—No hay nadie más aquí —le dije, haciéndome a un lado para que pudiera entrar.

—Lo sé. —Salió de la esquina, pero no entró—. A ver, he visto a los demás irse. A él. Al chico que vive aquí contigo. No te estaba vigilando... Bueno, lo hacía para, ya sabes, saber cuándo pasarme.

—No pasa nada, pero puedes venir cuando él esté aquí. Te caerá bien. Hace chistes tontos —repetí. Nate no parecía convencido—. ¿Quieres entrar?

Pareció pensárselo y respiró hondo antes de entrar. Se había mantenido alejado de mí mientras yo cerraba la puerta en silencio.

—Eh, tengo la comida que dejaste para mí. Gracias.

—Me alegra oír eso. Me preocupaba que se la hubiera llevado una ardilla. —A la luz del farol de gas, me pareció más delgado que antes, con las mejillas más hundidas.

—Entonces sería una ardilla grande y aterradora.

—Cierto.

Apareció una leve y desigual sonrisa que luego se desvaneció.

—Ya vine una vez, pero había mucha gente en la casa.

Como no quería preocuparlo, asentí.

—No me encontraba bien, pero ahora sí lo estoy. Siento no haberte visto —añadí cuando parecía a punto de insistir—. ¿Recibiste la nota que te dejé la última vez?

Asintió.

—Iba a responderte, pero temía que alguien más la encontrara.

No me sorprendió mucho oír eso. Este chico no confiaba con facilidad. Incluso ahora, seguía mirando alrededor de la cocina como si esperara que alguien saliera de un armario.

—He estado preocupada por ti.

Parpadeó.

—¿Ah, sí?

La sorpresa en su voz era tan genuina que me llegó al corazón.

—Claro que sí. No sabía si tenías suficiente comida o agua. ¿Por eso has vuelto?

—No. Yo estaba... Bueno, esperaba que tuvieras algo que pudiera ayudar, por ejemplo, a desinfectar la piel.

—¿Como alcohol o agua oxigenada? —Sabía que teníamos ambos en el baño. Cuando Nate asintió, la preocupación sustituyó al alivio—. ¿Hay alguien herido?

—No. —Arrugó la nariz—. Bueno, no mucho. No es grave. Tenemos vendas y cosas así, pero nada para, ya sabes, desinfectar la piel. Y no sé mucho, pero sé que los cortes y esas cosas hay que limpiarlas con algo. Eso es lo que mi madre solía hacer cuando me hacía daño.

—¿Qué le pasó a tu madre? —pregunté, medio esperando no obtener respuesta.

—Está muerta. Nunca conocí a mi padre. —Se encogió de hombros—. Puede que también esté muerto.

—¿Murió ella en la invasión?

Frotándose el pecho con una mano, sacudió la cabeza.

—Murió unos años antes. Estábamos..., bueno, yo estaba en un centro de acogida cuando se produjo la invasión. Éramos varios, y cuando la gente empezó a morir o a irse, nos quedamos allí.

La comprensión se apoderó de mí.

—¿Quieres decir que te dejó allí quien dirigía el centro de acogida?

—Sí, pero en realidad no habría supuesto ninguna diferencia que alguien se hubiera quedado allí. —Nate se encogió de hombros con indiferencia mientras la ira me invadía con tanta fiereza que sentí el pulso de la fuente como respuesta—. Prácticamente todos nos cuidábamos los unos a los otros.

—Eso no hace que esté bien. Nadie debería ser abandonado a su suerte —le dije, luchando con mis emociones antes de que viera que no era exactamente humana.

—Sí, bueno, la gente ya se quedaba abandonada a su suerte antes de que todo se fuera a la mierda —respondió—. ¿Las personas que vivían en la calle? Ya habían sido abandonadas.

Tenía razón, y se lo dije.

—Sé que es difícil de creer, pero en esta comunidad no se abandona a nadie. Se cuida de todos, y todos contribuyen de una forma u otra.

Nate no dijo nada mientras se frotaba el pecho.

—Déjame traerte un poco de agua oxigenada o algo. —Me dirigí hacia el pasillo, pero me detuve—. No vayas a ninguna parte. Por favor. Vuelvo enseguida.

Asintió con la cabeza.

Me quedé mirándolo un momento, casi deseando poder congelarlo en su sitio, pero eso no ayudaría a ganarme su confianza, así que me apresuré a ir al baño. Fue en algún momento entre encontrar una vieja mochila y meter en ella los botes de alcohol y agua oxigenada, junto con bolas de algodón y un frasco de analgésico, cuando decidí que iba a obligarlo a llevarme con el resto de los chicos. Sabía que podía ser peligroso, aunque no parecía que hubiera ningún adulto con ellos, y también sabía que Luc se pondría furioso cuando se enterara, pero por el aspecto que tenía Nate ahora, no podría sobrevivir mucho más tiempo así. Tal vez no lograría convencerlo, pero si había otros, podría tener más suerte con ellos. También necesitaba saber con precisión cuántos niños había por ahí, valiéndose por sí mismos, y lo herido que estaba ese otro. También pensé que sería una buena idea ver exactamente cómo Nate entraba y salía de la ciudad sin ser visto. Podía defenderme, y ayudar a Nate era mucho más útil que quedarme aquí sentada echando de menos a Luc, a Zoe y a todos los demás.

Encontré un tubo de crema antibacteriana y lo metí en la bolsa. No tenía ni idea de si estaba caducada o no, pero pensé que no podía hacer daño.

Nate estaba esperando donde lo había dejado, con la mirada clavada en el pasillo. Me pareció ver alivio en su cara cuando volví a entrar.

—Aquí tengo algunas cosas que creo que te ayudarán. —Puse la mochila en la isla, dejándola abierta para que pudiera mirar dentro—. Pero este es el trato. —Esperé hasta que su mirada se dirigió a la mía—. Sé que es probable que discutas conmigo, pero si quieres estas cosas para ayudar a tu amigo, entonces voy a ir contigo.

Abrió la boca.

—Confío en ti, Nate. Está claro, ya que acabo de dejarte entrar en mi casa, y espero que puedas intentar confiar en mí. No le he hablado de ti a ninguno de los líderes de la comunidad. —Eso no era mentira—. Y estoy más que dispuesta a ayudarte, pero necesito ver quién está herido. Dices que no es grave. No tengo forma de saberlo, y no saberlo me va a afectar. Así que este es el trato. Incluso te daré algo de comida enlatada y pan. Lo tomas o lo dejas.

En aquel momento me sentí increíblemente adulta, aunque Nate no podía tener más de cuatro años menos que yo, pero me dieron ganas de darme una palmadita en la espalda.

Nate cambió el peso de un pie al otro, flexionando la mandíbula. Pasaron varios segundos y luego dijo:

—Trato hecho.

Estaba tan sorprendida que podría haber necesitado sentarme.

No parecía ni remotamente contento cuando aceptó, pero lo había hecho y no le iba a dar la oportunidad de cambiar de opinión. De inmediato, agarré algunas judías verdes enlatadas, una especie de salchicha y pan.

—Si haces algo que asuste a los demás, saldrán corriendo —me dijo cuando me di la vuelta hacia él—. Dejarán de confiar en mí y no podrán sobrevivir ahí fuera.

—No haré nada. Te lo prometo.

Nate exhaló un suspiro entrecortado.

—¿No te preocupa que te haga daño? ¿Que alguien más lo haga? No me conoces. No sabes con quién te estoy llevando.

El hecho de que me lo preguntara disminuía mi preocupación, pero me quedé mirándolo mientras cerraba la cremallera de la mochila y me recordé a mí misma que, de hecho, era una Troyana de primera.

—No dejaré que tú ni nadie me haga daño, Nate. Si alguien lo intenta, te prometo que no acabará bien.

Abrió los ojos de par en par, pero después asintió.

—Vale.

Me coloqué las correas de la mochila sobre los hombros y sonreí.

—Vale.

La forma en la que Nate entraba y salía de la comunidad se hizo evidente en cuanto me di cuenta de que me estaba guiando por un laberinto de callejones estrechos entre casas abandonadas, hacia la misma carretera en la que vivía Eaton y hasta el final de esta.

Escondidos detrás de un coche, vimos a un Luxen patrullar la valla de alambre que separaba la comunidad de una zona de árboles y de la ciudad.

En el momento en el que el Luxen desapareció de nuestra vista, miré a Nate.

—Conoces sus horarios, ¿verdad?

Asintió con la cabeza.

—Tienen como intervalos, minutos arriba o minutos abajo. —Se levantó—. Sígueme.

El hecho de que un chico sin reloj pudiera averiguar con exactitud cuándo iban a estar los guardias en una zona determinada era más que preocupante. Guardándomelo mentalmente para discutirlo con Luc cuando volviera, seguí a Nate a la luz de la luna, a través de la carretera agrietada y por una pequeña parcela de hierba crecida. Nate me condujo directo a una sección de valla rota que estaba oculta en parte.

Otra cosa que había que abordar.

Corrimos entre los árboles, mientras mis ojos se adaptaban a la escasa luz de la luna. No tenía ni idea de cómo Nate era capaz de orientarse, pero me imaginaba que tenía mucho que ver con la rutina. Sin embargo, tropezó varias veces con las raíces que sobresalían y el terreno irregular.

En cuanto salimos del bosque y pude ver la ciudad, se me revolvió el estómago.

—Esto antes era un parque público —explicó Nate mientras avanzaba a zancadas y la maleza le llegaba a las caderas—. Había senderos y cosas así, y mucha gente solía correr por ellos. A veces daban conciertos aquí.

De la hierba surgían farolas fundidas, y de vez en cuando veía una forma de algo bajo la hierba que podría haber sido un banco.

—¿Ibas a ellos?

—A algunos.

Llegamos al final del parque, y pude sentir cómo el suelo cambiaba bajo mis pies, pasando de la hierba al cemento. Lo que supuse que sería un aparcamiento se había convertido en un campamento provisional. Había tiendas cada tantos metros, algunas medio derrumbadas y otras ondeando al viento. Un escalofrío me recorrió la espalda cuando pasamos junto a ellas y entramos en una calle que debió de estar muy transitada en otro tiempo.

Los coches permanecían intactos en medio de la carretera, algunos con las puertas abiertas de par en par y las ventanillas reventadas, mientras que otros parecían prácticamente intactos a excepción del desgaste de los años de exposición. Papeles y trozos de tela cruzaban la calle a la deriva, deteniéndose solo para ser atrapados por el viento una vez más y llevados hacia los escaparates oscurecidos. No dejaba de imaginarme una manada de perros salvajes saliendo de las sombras, pero eso no ocurrió mientras Nate me guiaba calle abajo.

Formas altas y oscuras se extendían hacia el cielo nocturno, silenciosas y premonitorias, pero por un momento casi pude imaginar decenas de luces brillando desde las ventanas de los rascacielos, el zumbido del tráfico y la gente haciendo su vida.

Y pensé en mi casa.

Se me encogió el corazón. Intenté no pensar en mi antigua vida, en una ciudad bulliciosa, llena de ruido, gente y normalidad. O al menos un remedo de normalidad, pero ver en qué se había convertido Houston me hizo preguntarme si habría más ciudades como esta, y me hizo echar de menos... el antes. No es que quisiera volver a tener una venda con respecto a lo que estaba pasando o a lo que yo era o a estar sin Luc, pero había una simplicidad que echaba de menos, junto a mis amigos y a...

Mi madre.

Un nudo de emoción se alojó en mi garganta. Dios, la echaba de menos, y esos sentimientos no se habían vuelto menos confusos ni más fáciles de manejar. La odiaba y la amaba. Igual que odiaba mi falsa vida en Columbia, pero también la amaba.

—¿Estás bien? —La voz de Nate irrumpió en mis pensamientos.

—Sí. —Me aclaré la garganta—. ¿Por qué?

—Parece como si estuvieras a punto de, no sé, llorar o algo.

—¿Eso te haría sentir incómodo? —bromeé.

—Eh, sí.

Sonreí.

—Entonces no lo haré.

Se tiró del dobladillo de la camiseta mientras me miraba.

—Pero ¿estás triste?

—Un poco —admití—. Antes vivía en una ciudad. No tan grande como esta, pero me ha hecho pensar en mi casa.

—¿Por qué no estás allí ahora?

Me llevaría toda la noche intentar explicárselo.

—Había gente que intentaba hacernos daño a mí y a mis amigos. Mi madre fue asesinada, y este era el único lugar al que podíamos ir.

—Siento lo de tu madre. —Apartó la mirada—. ¿Por qué estaban tratando de hacerte daño a ti y a tus amigos?

Incapaz de profundizar demasiado en el porqué, dije:

—¿Acaso la gente necesita una razón?

—No. —Suspiró—. Entonces, te estás escondiendo.

—Sí, lo estoy haciendo. —Hice una pausa—. Como tú, supongo.

Asintió con la cabeza cuando se detuvo y miré al otro lado de la calle, a un edificio cuadrado de una planta que parecía fuera de lugar entre los edificios más altos y grandes.

—Esto antes era una iglesia. Como una de esas pequeñas, pero se convirtió en un lugar para las personas cuyas casas fueron destruidas en la invasión. Tenía muchas camas —explicó—. Es uno de los lugares donde nos alojamos.

—¿Hay más? —pregunté mientras cruzábamos la calle.

—Tenemos un par de sitios. —Se adelantó, deteniéndose en la puerta—. Seguro que ya te han visto aquí fuera. —Señaló con la cabeza una de las ventanas oscuras—. Y seguro que se están escondiendo, así que no digas nada al principio, ¿vale? Déjame hablar a mí.

Asentí con la cabeza y casi contuve la respiración cuando la puerta se abrió con un chirrido y Nate entró haciéndome señas para que lo siguiera. La oscuridad era casi total en la pequeña sala de recepción. Incluso con mis nuevos ojos de Troyana ultraespeciales, me costaba distinguir las sombras que se amontonaban contra la pared, y olía a almizcle, a gente y a madera quemada.

Nate caminaba por un estrecho pasillo que se abría a un amplio espacio que antaño debía de utilizarse para oficios religiosos. El altar situado al fondo de la sala lo delataba, al igual que los pocos bancos que quedaban a los lados. Las velas brillaban en el altar y en las mesas improvisadas esparcidas por los catres revueltos. Mantas y periódicos viejos cubrían las ventanas. En el centro de la sala había un barril de acero con una especie de rejilla de alambre encima. A su lado había una pila de ollas y latas abiertas. Vi lo que podía ser crema de maíz y percibí el olor a leña quemada. Así era como calentaban la comida.

No estaba segura de que quemar leña aquí fuera saludable, pero era probable que tuvieran demasiado miedo como para encender fuego fuera.

—No pasa nada —dijo Nate en voz alta, caminando hacia delante—. Es una amiga que nos ha estado dando algo de comida y cosas. Ha traído algunas cosas con ella ahora. Se llama Evie y es de fiar.

Mientras hablaba, centré la mirada en los bancos contra la pared. Entre el asiento y el suelo había un espacio de unos sesenta centímetros. El espacio estaba oscuro, pero...

—Podéis salir todos. Os lo prometo. —Nate se detuvo, rascándose el pelo con los dedos—. No va a hacer nada.

Se oyó un suave arañazo bajo los bancos, pero no hubo movimiento.

Nate se volvió hacia mí, suspirando.

—Enséñales lo que tienes.

Asintiendo, me quité la mochila del hombro y abrí la cremallera. Empecé a sacar cosas: agua oxigenada, algodón, comida y agua. Las coloqué sobre una de las mesas.

—¿Jamal? ¿Nia? —llamó Nate—. Vamos. No tenemos todo el tiempo.

Se hizo el silencio y, de la oscuridad de una de las puertas que había detrás del altar, salió un chico. Era un poco más alto que Nate, pero a medida que se acercaba, calculé que su edad rondaba la suya. Tenía suciedad o un moretón cerca del ojo que oscurecía su piel negra. Un segundo después, alguien más salió por la puerta, y en esta ocasión era una chica, que se llevaba una mano a su fina camiseta rosa. Se le habían escapado unos pequeños mechones de pelo de la trenza. Su piel morena parecía un poco sonrojada mientras avanzaba y se colocaba detrás del chico llamado Jamal. Ella tampoco parecía mayor que Nate.

—¿Qué estás haciendo? —preguntó Jamal en voz baja—. ¿La has traído aquí?

—Ya lo sé, pero quería ayudarnos y es muy simpática. No es como ellos —respondió Nate, y yo mantuve el rostro inexpresivo—. Ha traído algunas cosas para tu mano, Nia.

La niña miró la mesa, pero no se movió.

Me alejé un paso de la mesa, pero permanecí en silencio. Tres pares de ojos siguieron mi movimiento, y creí que muchos más habían hecho lo mismo.

—No pasa nada —repitió Nate—. No le ha dicho ni una palabra a nadie. —Respiró más hondo—. Ya os he hablado de ella. No es como ellos.

Un movimiento a mi izquierda atrajo mi mirada. De debajo de un banco, se desplegó un cuerpo diminuto. Era una niña pequeña, que no tendría más de cinco o seis años. Su camiseta era varias tallas más grande, casi el doble, como si llevara un vestido sobre los pantalones vaqueros.

—Crema de maíz.

Parpadeé.

Nate volvió a suspirar.

La niña se acercó con cautela, y vi que llevaba algo en el brazo. No era una muñeca ni un peluche. Parecía una mantita.

—Tú nos diste la crema de maíz.

—Sí.

Levantó la manta hasta la barbilla.

—Me gusta la crema de maíz.

—He traído un poco más. Está en la mesa.

La niña miró a Nate y, cuando él asintió, corrió junto a los catres hacia la mesa. Sacó una manita mugrienta y alcanzó una lata.

—Eso son judías verdes —le dije, acercándome despacio. La niña no corrió cuando agarré la crema de maíz—. Aquí tienes.

Dejó caer la lata directamente al suelo y tomó la otra, sujetándola contra su pecho. Después se dio la vuelta y echó a correr hacia Nate. Me agaché para recoger la lata y, cuando me levanté, el corazón se me paró.

Y, sin duda, se me rompió un poco.

Los niños salían en tropel de debajo de los bancos, la mayoría no mucho mayores que la niña. Algunos eran más grandes, más cercanos a la edad de Nate, y sus cuerpos demasiado delgados se habían doblado en Dios sabía qué clase de contorsiones para caber debajo de los bancos. Todos se mostraban cautelosos, con los ojos moviéndose con nerviosismo como los de Nate en la casa, y ninguno de ellos tenía buen aspecto. Estaban demasiado delgados, demasiado pálidos o grises y demasiado sucios, y había demasiados. Recorrí los rostros con la mirada. Tenía que haber... Madre mía, tenía que haber casi veinte. Quizás más. Porque algunos se movían en grupos más pequeños, protegiendo a los más jóvenes, así que era difícil contarlos.

Quería llorar.

El nudo que se me había formado en la garganta se me había alojado en el pecho al echarles un vistazo, pero mantuve bajo llave mis emociones mientras exhalaba con brusquedad. Me centré en Nia.

—¿Eres tú la que está herida?

Levantó un hombro.

—No es más que un arañazo.

—Pero los arañazos se infectan —dijo Jamal.

—¿Sucede a menudo? —pregunté.

Nate miró a la niña.

—A veces. Pero casi siempre tenemos suerte.

«Casi siempre». Tragué saliva.

—He traído alcohol y agua oxigenada. Aquí hay unos bastoncillos de algodón y un ungüento. Nate me ha dicho que teníais vendas, ¿verdad? —Limpias, quería añadir.

—Sí, tenemos —respondió Jamal mientras los demás observaban en silencio—. ¿Es eso una aspirina o algo así?

Asentí con la cabeza.

—Creo que es ibuprofeno. He pensado que os vendría bien.

—Sí. —Jamal se quedó mirando el envase como si fueran cien pavos lo que había allí—. Nos vendrá bien.

Nia empezó a avanzar y yo no me atreví a moverme mientras alcanzaba un bote.

—Esto va a dolerme, ¿no? Como si burbujeara y quemara.

—Tal vez un poco, pero creo que eso significa que está funcionando. —Feliz de que me hablara, decidí tentar a la suerte—. ¿Puedo verte la mano?

Se observó la mano y luego la extendió poco a poco hacia mí. Abrió los dedos, mostrando un corte fino y desigual en la palma.

—¿Es malo? —preguntó Jamal.

El corte no era profundo ni grande, pero la piel estaba de un rojo chillón alrededor de la herida.

—No creo que sea grave, pero no soy doctora ni nada parecido. Mi madre sí que lo era, y recuerdo que una vez me dijo que cuando hay una infección, se ven unas líneas que salen de la herida. No sé si siempre es así o no. —Levanté la vista, deseando haber prestado más atención cuando mi madre había hablado al azar de cosas médicas.

—No sale pus ni nada —dijo Jamal—. Lo he estado comprobando.

—Y la he mantenido limpia —añadió Nia—. Al menos lo he intentado.

—Seguro que ha sido de ayuda.

Nate se acercó y desenroscó la tapa de uno de los botes.

—Acabemos con esto.

Sin más preámbulos, roció el corte con un poco de agua oxigenada. El aire silbó entre los dientes de Nia y el líquido se evaporó de inmediato. La dejamos así unos instantes, y luego me permitió limpiar el líquido con un algodón. Nate pasó al alcohol, que quizá fuera excesivo, pero yo no tenía ni idea. Intenté hacer preguntas mientras uno de los otros chicos aparecía con un paquete de gasas sin abrir. ¿Cuánto tiempo llevaban aquí? ¿Qué edad tenían? ¿Había alguien enfermo? Todo lo que obtuve fueron respuestas evasivas o encogimientos de hombros, pero a medida que los otros niños se acercaban, vi que otros tenían moretones. Algunos en los brazos. Otros en las mandíbulas. Algunos tenían los labios partidos.

Miré a Nate mientras Jamal vendaba con cuidado la mano de Nia.

—¿Por qué tenéis todos esos moretones y esas cosas?

La mano de Jamal se detuvo durante una fracción de segundo y luego Nate dijo:

—Algunos se pelean. Pero todos somos como una familia.

—Una disfuncional —murmuró Nia.

—A lo mejor deberíais, no sé, ¿no pelearos tan en serio? —sugerí.

Jamal esbozó una sonrisa.

—Me parece buena idea.

—¿Todos habéis estado en casas de acogida? —pregunté.

—Más o menos la mitad de nosotros. Algunos eran sintecho, creo. Había más, pero... —contestó Jamal, interrumpiéndose. Se aclaró la garganta—. Algunos niños se pusieron enfermos, ¿sabes? O hubo accidentes.

La presión me oprimió el pecho.

—¿Había más niños y murieron?

Nia asintió.

—Sí, y había otros...

—Mierda —susurró Nate en el mismo segundo en el que retumbó una voz muy grave y muy masculina.

—¿Qué demonios estás haciendo aquí?

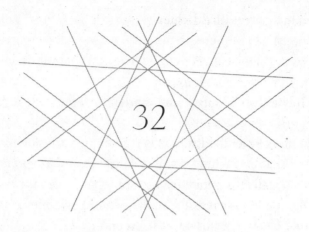

32

Los niños se dispersaron.

Volvieron corriendo a los bancos, todos menos Nate, que permaneció a mi lado mientras un hombre salía de la oscura puerta por la que antes habían salido Nia y Jamal.

Y en el momento en el que mis ojos se cruzaron con los del hombre, no me gustó. No fue una respuesta irracional. Tenía razones, comenzando por que fuera un adulto, de unos treinta años, quizás más, y estaba mucho más limpio que todos los niños presentes. No tenía ni una mota de suciedad en las mejillas rosadas ni en la gorra de béisbol que llevaba en la cabeza, y su camisa de franela y su camiseta interior parecían estar en mucho mejor estado. Tampoco parecía tan delgado como cualquiera de aquellos chicos, lo que hizo que se me saltaran las alarmas una tras otra. Y lo que era más importante, tenía la sensación de que, si apostaba que este hombre no se encargaba de ir a conseguir comida y provisiones, ganaría.

¿Y cómo era posible que un adulto se quedase sentado y dejase que los niños corrieran de un lado a otro, apropiándose de comida y provisiones?

—¿Qué demonios crees que estás haciendo aquí? —volvió a preguntar, apartando los catres y las mantas a patadas mientras avanzaba. El hombre era sin duda humano, eso era lo único que sabía.

—Ella es la que me ha estado dando comida, y necesitábamos algo para la mano de Nia. Pensaba...

Una mirada del hombre lo hizo callar.

—No te he preguntado, chico.

Nate se puso delante de mí y no me lo pensé. Agarré la parte de atrás de su camiseta y tiré de él hacia atrás para situarlo detrás de mí.

—¿Quién eres tú? —repliqué, sintiendo el pulso de la fuente cobrar vida en mi pecho.

El hombre extendió los brazos y noté que varios de los niños se encogían. Algunos incluso levantaron los brazos para protegerse. En mi mente aparecieron moretones y labios partidos, y un escalofrío al darme cuenta me recorrió la espalda cuando alzó las cejas, que le desaparecieron bajo la visera de la gorra.

—¿Vienes a mi casa a preguntarme quién soy?

—Pues sí —respondí con frialdad, reconociendo vagamente que debería sentir cierto nivel de miedo, o al menos la antigua Evie lo habría sentido, pero no era así. Solo sentía una rabia fría y palpitante.

—Me llamo Morton. Estos son mis chicos, y sé muy bien de dónde eres. ¿Cómo has conseguido que te trajera aquí? ¿Eh? ¿Le has dicho que querías ayudar? ¿Que esos bichos raros de esa comunidad le darían la bienvenida? ¿Que acogerían a todos estos niños?

¿Bichos raros?

—Estos chicos pueden ser un poco brutos, pero no son tontos. Bueno, no todos —soltó, y la fuente volvió a latir—. Saben o deberían saber que no deben confiar en ninguno de vosotros. Seguro que les has mentido, ¿verdad? Solo por ese motivo estarían aquí. —Se detuvo a unos metros de mí—. Seguro que les has dicho que eras humana, ¿verdad?

No pude evitar la sorpresa que se apoderó de mis ojos, y tampoco pude ignorar cómo la mayoría de los chicos retrocedían aún más.

Morton sonrió satisfecho.

—¿Crees que no me he dado cuenta? Oh, sí que lo sé. Has venido aquí sin ningún arma visible. No hay ni un solo humano que sea tan estúpido. ¿Pero uno de esos bichos raros alienígenas? Esa es otra historia.

—¿Debería tener un arma? —pregunté.

—Serías más tonta de lo que creo si no. —Agarró algo apoyado en el otro lado de la mesa y lo levantó: un bate.

El instinto se apoderó de mí y no pude evitarlo. La fuente me zumbaba por las venas y, cuando levanté la mano, sucedió como si lo hubiera querido. El bate se soltó de la mano de Morton, voló hacia mí y chocó contra mi palma. Me picó, pero conseguí sujetarlo.

—Te equivocas —repliqué—. No he venido sin un arma.

Morton dio un paso atrás y, aunque los niños no hubieran soltado un grito ahogado, no me habría sentido como una tipa dura. Eso me dejó sin aliento.

—¿Qué vas a hacer? —preguntó Morton—. ¿Golpearme?

Joder, si mi floreciente sospecha fuera cierta, querría hacerlo, pero no lo hice. En su lugar, coloqué el bate en otra mesa.

—¿Por qué querría hacerlo?

Morton me miró fijamente durante unos instantes.

—Os lo he contado todo. ¿Verdad? Os lo he dicho a todos y cada uno de vosotros. —Recorrió los grupos de niños—. Pueden parecerse a cualquiera. Incluso a una niña rubia inofensiva. —Dio otro paso atrás—. No necesitamos ayuda de los de tu clase y no la queremos.

—Entonces, ¿has estado saliendo a buscar comida y provisiones, o solo lo ha hecho uno de estos chicos? —pregunté.

Enroscó los dedos de la mano derecha en la palma.

—Como ya te he dicho, no necesitamos ni queremos tu ayuda. No queremos ni necesitamos volver a verte, y si piensas por un segundo en volver aquí con cualquiera de tus otros amiguitos bichos raros, no te molestes. No estaremos aquí. Espero que recuerdes la salida —soltó—. Porque tienes que marcharte.

No me moví, no hasta que Nate, sorprendentemente, me tiró del brazo.

—No pasa nada. Vamos.

Le sostuve la mirada a Morton mientras Nate volvía a tirarme del brazo. Dejé que el chico tirara de mí y me volví justo cuando vi que el hombre sonreía una vez más. No me atreví a hablar hasta que estuvimos fuera del edificio.

—¿Quién es ese para todos vosotros? —pregunté en cuanto llegamos al centro de la calle desierta.

—Me has mentido —respondió—. Me has dicho que no eras una extraterrestre.

—No soy una extraterrestre. —Lo miré fijamente—. Tan solo no soy humana al cien por cien.

Levantó las manos.

—¿Y hay alguna diferencia?

—No, no la hay. En realidad, no, porque ser alienígena no tiene nada de malo. Que no sea cien por cien humana no me convierte en malvada, no digna de confianza o un bicho raro —le dije—. ¿Quién es ese hombre para todos vosotros?

Nate me devolvió la mirada por un momento, pero luego sacudió la cabeza mientras miraba hacia el edificio. Jamal y Nia estaban allí de pie.

—Es uno de los adultos que sigue, ya sabes, vivo.

Consciente del acercamiento de los otros dos, pregunté:

—¿Había más adultos?

—Mis padres —respondió Nia, deteniéndose a unos metros de nosotros, con los dedos jugueteando con el borde de la venda que Jamal le había puesto en la mano—. Enfermaron hace unos dos años, murieron uno después del otro.

—Mi abuela estaba conmigo —añadió Jamal, con un nudo en la garganta—. También enfermó. Se cortó la mano o algo así, y sí, eso se la llevó por delante.

Con razón había estado tan atento a la herida de Nia.

—Había algunos más, algunos que supongo que vivían en las calles, como Morton antes —añadió Nate—. Pero sí, todos están muertos. La mayoría no duró ni el primer año.

Qué conveniente para Morton.

—¿Alguna vez sale a buscar la comida? ¿O las provisiones?

Ninguno de ellos respondió, y mis sospechas se confirmaron. Ese hombre los estaba utilizando.

—¿Os ha hecho daño a alguno de vosotros? —Miré a Jamal—. ¿Te ha hecho eso en el ojo?

—No —respondió Nate—. No es así.

No sabía si creerlo o no.

—Lo que voy a decir puede que sea una sorpresa, y también va a ser doloroso de escuchar, pero es necesario decirlo. Los Luxen pueden curar humanos, cosas que no son causadas por problemas internos. Cualquiera de esos Luxen que están ahí, que no son bichos raros malvados ni nada de eso, habría curado el corte que tu abuela tenía en la mano y le habría salvado la vida. ¿Tus padres? ¿Los otros? —Desvié la mirada hacia Nia y Nate—. Puede que siguieran enfermando, pero puedo deciros que habrían tenido acceso a algún tipo de atención y habrían estado en mejores condiciones para recuperarse. Odio decir eso, porque nada de esto es culpa vuestra, y sé que todos vosotros puede que vierais cosas horribles durante la invasión, pero los Luxen y todos los que viven allí no son malas personas. Ese hombre de ahí dentro os está comiendo la cabeza a todos.

Jamal lanzó una mirada nerviosa a Nate, pero los labios de Nia se crisparon cuando maldije.

—No me conocéis ninguno. La verdad es que no, pero creedme cuando os digo que si los Luxen de esa comunidad quisieran haceros daño, si yo quisiera haceros daño, ninguno de vosotros estaría aquí.

Los ojos de Nate se dispararon hacia mí.

—¿Es una amenaza?

—No, solo estoy recalcando que, si quisiera hacerte daño, ya lo habría hecho. Si quisiera hacerle daño a ese hombre, y uso la palabra «hombre» con mucha generosidad, ya lo habría hecho. Y si no quiero haceros daño y quiero ayudaros, ¿por qué demonios creéis que los demás no sentirían lo mismo? Me arrodillaría y os rogaría que me creyeseis cuando digo que no todos los Luxen son malvados ladrones de cuerpos. Igual que no todos los humanos son malas personas. —Respiré hondo—. Podemos ayudaros.

—Aquí estamos bien —replicó Nate.

—¿En serio? —Arqueé una ceja.

Los otros dos apartaron la mirada, pero Nate asintió, y yo me tragué un camión entero de maldiciones. Quería volver corriendo allí dentro, reunir a todos aquellos niños y salir corriendo con ellos. Sus vidas podrían ser mejores, aunque al principio no lo creyeran, pero vi la verdad en cómo habían reaccionado cuando se dieron cuenta de que yo no era exactamente humana. Me sorprendió que ellos tres estuvieran aquí, hablando todavía conmigo. Si los obligasen, se tardaría toda una vida en deshacer ese daño. Tenía que darles la oportunidad de verlo por sí mismos antes de participar en la decisión de qué era mejor para ellos.

—Sé que piensas que las cosas están mal, pero no puedes volver aquí, y no puedes traer a nadie contigo. No necesitamos tu ayuda. No así —dijo Nate—. Ni siquiera pierdas el tiempo, porque estoy seguro de que nos iremos esta noche.

—¿Y si volviera? —cuestioné—. ¿Os haría él daño a vosotros?

—Ya te lo he dicho, no es así. —Apenas había calor en sus palabras—. Ya has visto cómo han actuado los otros. Huirían. Y has visto lo jóvenes que son la mayoría. Todo acabará para ellos.

Exhalé larga y lentamente.

—No volveré, y te he dicho que no traeré a nadie aquí. No te he mentido, pero aun así quiero que acudáis a mí si necesitáis algo, y si alguna vez decidís que queréis darle una oportunidad a vivir en la comunidad o si necesitáis mi ayuda para que eso ocurra, acudid a mí. ¿De acuerdo?

Nia bajó la barbilla, pero asintió.

—Vale —respondió Jamal.

Me quedé mirando a Nate.

—¿Tú qué dices?

—Vale —murmuró.

—¿Me lo prometes? —insistí.

Su mirada se dirigió a la mía.

—Te lo prometo.

Esperando que lo dijera en serio, asentí.

—¿Conoces la salida? —Cuando le dije que sí, añadió—: Deberías marcharte. Los que controlan esta zona volverán a pasar pronto —dijo—. No pueden verte.

—Lo sé. No lo harán. —No queriendo dejarlos con un hombre que los trataba como a su propia tribu de niños cazadores y recolectores, me quedé un momento más—. Cuidaos. Todos vosotros. Por favor.

Tras otra ronda de promesas, comencé a darme la vuelta. Jamal me detuvo.

—Si no eres humana por completo y no eres uno de ellos, entonces, ¿qué eres?

¿Cómo podía responder a esa pregunta? No tenía ni idea, así que dije:

—Solo soy Evie.

Después me marché, escabulléndome entre los dos altos y oscuros rascacielos y siguiendo la carretera hacia la salida, haciendo todo lo posible por no pensar en lo silencioso y vacío que estaba todo. En cuanto me acerqué a la rampa de salida, sentí la presencia de un Luxen.

—Mierda —murmuré, dejándome caer detrás de una especie de arbusto. La sensación aumentó y se me tensaron los músculos, preparados para correr. Podía ser rápida, puede que más rápida de lo que un Luxen podía ver. Podía...

El crujido de la grava bajo una bota demasiado cerca me hizo levantar la cabeza.

Grayson estaba de pie sobre mí, con un rostro impresionantemente inexpresivo a la luz plateada de la luna.

—Mierda —repetí, levantándome despacio de mi posición en cuclillas. Una parte de mí sabía que no debía sorprenderme de que estuviera allí. Después de todo, era su deber cuidarme—. No te he sentido hasta ahora.

—Eso es porque me he quedado lo bastante atrás para que no me sintieras hasta que yo quisiera.

Apreté los labios.

—Eso no es justo.

—Justo o no, ¿quieres saber lo que es estúpido? Que te escapes en mitad de la noche con un tipo cualquiera...

—¿Un tipo cualquiera? Querrás decir un niño cualquiera.

—A una ciudad que no conoces —continuó—. Sin decírselo a nadie, tú sola.

—Bueno, es obvio que no estaba sola —solté—. Cuando estaba con un niño cualquiera y tú me seguías como un buen acosador.

El blanco destelló en sus ojos sombríos.

—Y lo entiendo... Vas a querer gritarme y echarme la bronca, pero ¿podemos por favor no hacerlo aquí? Yo... Bueno, ahora... Tenemos que volver antes de que nos vean. —Levanté la mano cuando empezó a discutir—. Te lo explicaré todo, y también me quedaré quieta y callada y dejaré que despotriques a gusto, pero ¿podemos volver ya a la comunidad, por favor?

Grayson se hizo a un lado sin más, extendiendo un brazo.

Pasé junto a él, le lancé una mirada y eché a correr a toda velocidad. Grayson se mantuvo cerca mientras yo corría por el claro, directamente hacia la arboleda. No aminoré la marcha cuando llegamos a la parte rota de la valla metálica que indicaba que habíamos vuelto a la comunidad. No aminoré la marcha hasta que vi la hilera de casas.

Todavía sorprendida por mi propia velocidad, me aparté varios mechones de pelo de la cara al pisar el asfalto de la calle en la que vivía Eaton.

Grayson agarró la mochila y me detuvo.

—Es hora de que me dejes despotricar a gusto.

Me liberé y me volví hacia él.

—Antes de que lo hagas, déjame explicarte lo que estaba haciendo.

—No creo que ese sea el trato que hayamos hecho.

—Eso es porque no hemos hecho un trato. —Antes de que pudiera decir otra palabra, comencé a contar la versión más breve y corta que pude sobre Nate y los niños. Incluso le dije que Luc sabía lo de Nate—. No puedes decirle nada a nadie, solo a Luc —le pedí cuando terminé—. Si entramos ahí, los niños podrían dispersarse, y ese tipo que he visto...

—Permíteme detenerte ahí mismo. —Grayson dio un paso adelante y bajó la barbilla—. No me importa ni lo más mínimo esos niños, ese tipo o su hambre y sus cortes y moretones.

Me quedé con la boca abierta.

—Lo único que me importa es mantenerte con vida —dijo, y entonces cerré la boca de golpe—. Que es algo que sigue siendo un trabajo a tiempo completo, porque solo tú harías algo tan increíblemente...

—Si dices *estúpido*, vamos a tener un problema —le advertí.

—Imprudente —gruñó—. Quieres ayudar a todos los niños perdidos del mundo. Fantástico. Pero nunca te vayas sin decírselo a nadie.

Había una pequeña parte de mí que entendía lo que estaba diciéndome, pero una parte mucho mayor se sumió directamente en la irritación.

—No tengo que decirle a nadie lo que estoy haciendo. Nadie es mi guardián, Grayson. Ni siquiera Luc, y mucho menos tú.

—Como te he dicho, imprudente.

—¿Imprudente? —Me quedé boquiabierta mirándolo mientras quería lanzarle la mochila y pegarle con ella—. Estoy intentando ayudar a los niños.

—¿De verdad tienes idea de lo que haría Luc si te pasara algo? ¿Otra vez? —preguntó—. ¿De lo que le pasaría a él? ¿Y a cualquiera en su camino?

—Lo sé...

—No creo que lo sepas de verdad —me cortó mientras sus pupilas brillaban como diamantes—. Porque si lo hicieras, te habrías parado un segundo a pensar en la posibilidad de que esto fuera una trampa. Que te podrían haber llevado a algún sitio o a alguien que tuviera la onda Cassio. Que podrías haber sido inmovilizada de cientos de maneras diferentes. No estás cien por cien a salvo aquí. Nadie lo está y, sin embargo, te has largado sin pensarlo dos veces. —Estaba aún más cerca, el calor de su ira irradiaba de él en oleadas—. ¿Te has olvidado de que te estaría vigilando? ¿O por eso te sentiste tan segura como para marcharte?

—No me he olvidado. —Lo miré fijamente—. Es solo que no he pensado que estuvieras alrededor, vigilándome.

—Quizás deberías comenzar a pensar un poco más —espetó.

—¿Y quizás tú podrías ser menos idiota? —respondí, con las manos cerradas en puños—. ¿Y por qué no has intervenido? Si tanto te preocupaba que pudiera haber caído en una trampa, ¿por qué me dejaste ir sin más?

—Quería ver qué estabas haciendo.

—Ah. Sí. Eso tiene mucho sentido. —Me reí—. Tal vez esperabas que fuera una trampa.

Puede que la conmoción que le recorrió el rostro fuera la mayor emoción que había visto en él. Fue breve, pero se había quedado por un instante aturdido antes de que se le endureciera la mandíbula y que aquellos ojos luminosos se le entrecerraran.

—Puede que me odies, *Nadia*. Puedes pensar que yo te odio. No te culparía por ninguna de esas dos cosas, pero no insinúes jamás que yo permitiría que algo así ocurriera.

Con el corazón retumbándome, di un paso atrás sin darme cuenta de que lo estaba haciendo.

Grayson inclinó la cabeza hacia atrás.

—¿De verdad crees por un segundo que Luc no me había advertido sobre este chico?

Me quedé con la boca abierta.

—¿Que no sabía la noche que estuve fuera que le estabas llevando comida? —continuó—. No hay mucho que Luc no comparta conmigo, y confía en mí, incluso en lo que respecta a ti. No le fallaría ni... —Se interrumpió, y su pecho se elevó en una respiración profunda y agitada—. Vete a casa, Evie. Solo vete a casa, por favor.

Muchas veces me habría negado en redondo a hacerlo, pero el instinto me decía que hiciera caso. Sin embargo, lo más importante era lo desconcertada que estaba por el hecho de que Grayson hubiera dicho «por favor».

33

A la mañana siguiente, observé cómo las figuritas de ángeles que había recogido de uno de los dormitorios de invitados se movían arriba y abajo sobre la mesita como si estuvieran saltando obstáculos.

No estaba sentada entreteniéndome. Estaba practicando con la fuente en lugar de preocuparme por Luc y Zoe, Daemon y Dawson, o esos niños y ese tipo.

O pensando en lo que Grayson me había dicho. Ya había tenido bastante con pasarme media noche en vela. Odiaba que tuviera razón. No es que no supiera que había un riesgo. Era solo que estaba dispuesta a correr ese riesgo, y tal vez eso me hacía imprudente o, como mínimo, incauta.

Una de las figuritas comenzó a caerse y maldije. No tenía ni idea de por qué, pero usar la fuente para mover objetos ligeros era mucho más difícil de controlar que mover cosas más pesadas.

La figura de una tortuga marina con alas acababa de abalanzarse sobre el conejo alado cuando un golpe en la puerta me sobresaltó. Las figuras empezaron a caer, pero conseguí frenarlas antes de que aterrizaran. Me levanté del sofá y corrí hacia la puerta. Como no había sentido nada, sabía que quienquiera que fuese era humano. También supuse que no era Nate quien llamaba a mi puerta a plena luz del día.

La doctora Hemenway estaba allí, con su largo pelo castaño recogido en una coleta. No la había visto desde que había ocurrido todo. De inmediato, se me hundió el estómago.

—¿Va todo bien?

—¿Qué? —La confusión se apoderó de su rostro y fue rápidamente sustituida por la comprensión—. ¡Ah! Por supuesto que sí. Bueno, al menos eso creo. No he oído nada.

Me relajé. Un poco.

—Me he pasado por aquí para ver si querías ser mi aprendiza durante un día —me explicó Viv, para mi incredulidad—. Eso puede que implique que nos quedemos sentadas sin hacer nada la mayor parte del día y quizás vendar algún que otro corte sin importancia, pero lo hiciste muy bien con Spencer. Mantuviste la calma y fuiste una gran ayudanta. Pensé que tal vez te interesaría ayudar.

Otra oleada de sorpresa me recorrió y después dio paso al entusiasmo.

—Sí. ¡Sí! Estaría genial. Me encantaría.

Viv sonrió.

—Estupendo. Ya podemos ir para allá. He traído el *buggy*, así que es un paseo rápido.

—Estupendo. Voy a por mis zapatos y estoy lista.

—Tómate tu tiempo.

No me tomé mi tiempo. Entré corriendo en el dormitorio, me calcé las zapatillas y salí corriendo. Me di cuenta cuando íbamos hacia el coche. Miré a Viv mientras rodeaba la puerta.

—Luc —dije.

—¿Qué pasa con él? —Se subió al asiento del conductor.

—Esto ha sido idea suya.

—Sí —admitió—. Pero cuando me lo planteó, pensé: «Joder, qué idea tan buena». No tuvo que convencerme. Si no me hubiera parecido una buena idea, la habría echado por tierra.

Le creí.

—Espero que no estés enfadada ni nada por el estilo —me dijo mientras yo subía al asiento del copiloto.

—No. No lo estoy. —Me senté, sonriendo, y no necesité verme para saber que era una gran sonrisa bobalicona. Él sabía que yo quería ser útil aquí, prestar algún tipo de servicio, y lo había hecho posible—. Me alegro de que te lo haya comentado.

—Yo también. —Dio marcha atrás con el *buggy*, salió del camino de entrada y empezó a circular por la calle—. He estado formando a algunas personas aquí, por si necesito una mano extra o pasa algo, así que cuanta más gente sepa algo más que primeros auxilios básicos, mejor.

—Lo curioso es que, en realidad, me había planteado ser enfermera antes de... Bueno, antes de todo. —Miré las casas pasar—. Solía pensar que no tenía estómago para ello.

—Sí que lo tienes —repuso con confianza—. Si no lo tuvieras, no habría habido forma de que estuvieras en la misma habitación que Spencer. —Entrecerrando los ojos, exhaló de forma ruidosa—. Nunca en mi vida había visto algo así.

—Puede que sea algo bueno —le dije mientras nos acercábamos al parque cubierto de maleza—. Hiciste todo lo posible por salvarle la vida. No le fallaste.

—Ojalá no se sintiera así. —Apretó el volante—. Pero sé que lo hice todo. Todos lo hicimos. Aunque es una mierda.

—Sí —contesté en voz baja—. Lo es.

Apareció una leve sonrisa.

—Te diré algo: nunca más me quejaré de estar aburrida, eso seguro.

Sonreí y asentí con la cabeza cuando vi el mercado.

—¡Ay! ¿Te importa si pasamos por la biblioteca muy rápido? —pregunté—. Quiero ver si hay tinte para el pelo aquí y no tengo ni idea de dónde se supone que tengo que buscar a Zouhour.

—¿Estás segura? —Me lanzó una mirada llena de preguntas.

—Quiero cambiar mi aspecto —le expliqué—. Con el tiempo, voy a tener que volver a salir, y necesito que sea más difícil que la gente me reconozca.

—¡Ah! —Viv se rio—. Eso tiene sentido. Estaba pensando que era un momento raro para un cambio de imagen.

—Desde luego —asentí.

Pasamos por la antigua biblioteca y, tras esperar un par de minutos, Zouhour apareció con una gruesa carpeta que contenía un listado de todos los artículos almacenados. Resultó que hacía tiempo hubo tinte para el pelo, pero las cajas que no se usaron se tiraron porque nadie quería ponerse tinte de varios años en la cabeza. Era comprensible, porque yo, desde luego, no lo querría.

Esperando que Luc encontrara uno, le di las gracias a Zouhour y Viv y yo volvimos al consultorio, conduciendo por la parte de atrás del concurrido mercado. Ella aparcó el *buggy* justo delante de la consulta y yo la seguí hasta el interior.

Por las ventanas entraba suficiente luz solar como para que la sala de espera estuviera bien iluminada. En lugar de filas de sillas, se habían desplazado cinco camillas.

Viv me vio mirándolas.

—Extraña ubicación para tratar pacientes, lo sé, pero aquí hay demasiada luz natural como para desperdiciarla. —Tiró las llaves sobre el mostrador—. Las habitaciones del fondo se utilizan cuando se necesita intimidad. Todas menos una tienen ventanas por las que entra algo de luz, y encenderemos los faroles si los necesitamos. —Me hizo un gesto para que la siguiera—. Por suerte, no hemos tenido que usarlas muy a menudo. Con Daemon aquí, puede ocuparse de la mayoría de las heridas, y ahora Luc. Eso reducirá las cosas que me hacen sentir como si mi cabeza estuviera a punto de sumergirse bajo el agua.

—¿No hay otros Luxen aquí que puedan curar? —pregunté.

—Hay algunos que pueden curar heridas leves, pero nada como lo que le pasó a Spencer. Si Luc no pudo mantenerlo estable, Daemon tampoco habría podido.

—Me han dicho que todos los Luxen pueden curar, pero en diversos grados. —La seguí por un estrecho pasillo. La mayoría de las puertas estaban cerradas.

—Sip. Parece que a los que se les daba mejor curar, bueno, no llegaron hasta aquí.

Podía haberles pasado cualquier cosa, pero tenía la sensación de que Dédalo tenía más que un poco que ver con eso. Los que podían curar a completos desconocidos habrían sido excelentes candidatos para las mutaciones.

—Aquí está el almacén de suministros. —Viv abrió la puerta de lo que antes debía de ser un pequeño laboratorio. La luz natural entraba por las ventanas y proyectaba un suave resplandor sobre las estanterías metálicas que cubrían las paredes. Recorrí la habitación con la mirada y solo pude pensar en aquellos niños y en la abuela que había muerto de un maldito corte en la mano. Justo delante de mí había varias cosas que le habrían salvado la vida. Había cajas de vendas y guantes de látex, cajas de agujas y bolsas de suero, una fila tras otra de frascos de pastillas, numerosos equipamientos médicos y botiquines apilados llenos de todo lo necesario para desinfectar un corte.

—Nos estábamos quedando sin algunas cosas, como inhaladores. Tenemos algunas personas aquí con un asma bastante grave, y están a punto de agotarse y...

El timbre de la puerta sonó, indicando que había alguien aquí.

—¡Ya voy! —gritó Viv antes de alzar las cejas hacia mí—. Vamos a ver qué pasa.

Resultó que era un hombre humano y la pequeña Wonder Woman, la niña a la que Ashley había hecho volar en el patio de recreo. La niña estaba cubierta de un sarpullido rojo chillón y supurante que resultó ser hiedra venenosa, para alivio del padre. Se le administró loción de calamina, junto con un antihistamínico oral y una seria advertencia de que no se rascara, cosa que la niña prometió no hacer segundos antes de rascarse el brazo como si intentara quitárselo. Al salir, la niña se despidió con la mano y el padre me saludó con la cabeza. Fue la única vez que reconoció mi existencia de verdad.

Después llegó la pareja de ancianos más adorable del mundo. El marido estaba preocupado por su mujer. Había tenido dolores en el pecho y, tras un breve examen que incluyó tomarle el pulso y la tensión y hacerle numerosas preguntas, Viv estaba bastante segura de que no era nada grave, pero recomendó a la mujer que acudiera en cualquier momento si le faltaba el aire o tenía náuseas. Ninguno de los dos me prestó mucha atención, ni siquiera cuando Viv me enseñó a utilizar el tensiómetro.

Cuando se marcharon, Viv se sentó en el taburete con ruedas, con los hombros caídos, mientras los observaba arrastrando los pies hacia el mercado.

—Puede que le esté fallando el corazón —dijo al cabo de unos instantes.

La presión me oprimió el pecho. No tuve que preguntar. Los Luxen no podían curar algo así. Ni siquiera Luc.

—No hay nada que se pueda hacer.

Viv sacudió la cabeza con tristeza.

—No. Aquí no. No tenemos capacidad diagnóstica ni siquiera para hacer pruebas y no podemos recetar a ciegas una medicación que podría hacer más mal que bien.

—Tiene que ser duro saber que puede haber algo grave y no poder hacer nada.

—Hay algunas cosas que podemos hacer. —Viv se dio la vuelta—. El año pasado sospechamos que uno de los chicos tenía cáncer. Ya lo había tenido antes, y todos sus síntomas apuntaban a un cáncer de páncreas o de hígado, y eso es algo que no podemos tratar aquí. Nos ofrecimos a escoltarlo a uno de nuestros puestos de avanzada. Le proporcionaríamos identificación y algo de dinero. Sin seguro, sería un juego de azar, pero aun así era algo.

—¿Aceptó?

Viv me dedicó una sonrisa tensa.

—No. Nunca lo olvidaré, pero me dijo que sabía que todo el tratamiento del mundo sería inútil y que prefería quedarse aquí. No podemos forzar a nadie, y algo como el páncreas no muestra síntomas reconocibles hasta que suele ser demasiado tarde. Y tenía razón. En menos de un mes, se había ido. Puede que el tratamiento le hubiera alargado la vida, pero puede que no fueran los mejores meses de más que hubiera tenido.

La pesadumbre se apoderó de mí, pero no tuve mucho tiempo para pensar en ello. Otra persona entró por la puerta, con un pañuelo empapado de sangre en la mano.

Por un momento pensé que el tipo se desangraría allí mismo, pero resultó que los dedos solían sangrar mucho. El tipo solo necesitó cinco puntos. No me dedicó más que un escueto saludo. Lo mismo ocurrió con el segundo hombre, que necesitaba que le cerraran la palma de la mano porque se la había abierto ayudando a reparar un tejado. Después de una inyección de lidocaína y una hilera de puntos bastante ordenada, salió por la puerta, sustituido por lo que resultó ser un dolor de muelas, un caso de indigestión, un posible ataque de cálculos en el riñón y lo que Viv creía que era un malestar estomacal.

—¿Cómo sabes qué diagnosticar a estas personas? —La curiosidad me había podido—. No es que dude de lo que se te ocurre, pero ¿cálculos en el riñón? ¿Indigestión?

—Leo la mente —bromeó—. En realidad, ¿has visto todos esos libros de ahí atrás? He leído todos los manuales de diagnóstico posibles. La mayor parte de las veces he acertado. —Arrugó la nariz—. Bueno, excepto aquella vez.

—Cuéntamelo.

Se rio.

—La mujer se quejaba de malestar estomacal, vómitos y fatiga. Le hice las preguntas de rigor. Que qué había comido, que cuándo había tenido la última regla, que si mejoraba antes o después de comer... Bla, bla, bla. Nada que me indicara qué podía estar pasando, aparte de un problema estomacal. Unas semanas más tarde, volvió con la misma queja, pero había ganado un poco de peso. Volví a preguntarle por la regla, pero esta vez me dijo que no se acordaba.

Empecé a sonreír.

—Después de hacerse una prueba de orina en un palito, sabíamos que estaba embarazada. Así que esa vez no fue culpa mía.

Me reí.

—Bueno, podría entender lo difícil que es llevar la cuenta de los meses aquí.

—Esa mujer estaba embarazada de cinco meses. ¿Cómo es que no recuerdas que no has tenido la regla en cinco meses?

Abrí los ojos como platos.

—Tienes razón.

—Y tanto.

Mirando por la ventana, observé a varios hombres y mujeres que llevaban cestas a la parte trasera de los puestos.

—¿Puedo preguntarte algo?

—Claro.

—¿Es normal que la gente de aquí no sea precisamente cálida y amable con los nuevos? —pregunté—. ¿O es porque volé una casa?

—Ay, es que aquí todo el mundo desconfía bastante de casi todo el mundo. —Arqueó las cejas—. Y también porque volaste una casa, ¿puedes culparlos?

—No —contesté y me reí.

—Ya te tomarán cariño. —Se acercó y me dio unas palmaditas en el brazo—. Sobre todo si no vuelas más casas.

—Intentaré no hacerlo.

—Pero no te esfuerces tanto, no vaya a ser que acabes por no hacer lo que hay que hacer cuando haya que hacerlo. —Se levantó—. Necesito un chute de proteínas. Y tengo la bebida perfecta para que la pruebes.

Quince minutos después, me encontré mirando lo que Viv llamaba su «almuerzo de campeones», que era una mezcla de verduras crudas, una especie de polvo que ella juraba que no había caducado y leche fresca. Parecía blandiblú verde. Blandiblú verde que había vomitado blandiblú verde.

Estaba a punto de contarle lo de los niños de la ciudad cuando dio un gran trago y me ofreció el vaso.

—Pruébalo. No está mal.

—Eh, creo que voy a pasar.

Me clavó una mirada con la ceja arqueada.

—Eres una híbrida alienígena que puede volar una casa, pero te da miedo un batido de proteínas lleno de vitaminas.

Asentí con la cabeza.

Apretó los labios.

—No está tan malo, de verdad. A Kat le encanta.

—Kat también acaba de tener un bebé.

—Evie.

Suspiré, alcanzando el vaso.

—Vale.

—Estupendo. —Se mordió el labio, mirándome fijamente—. Pruébalo. Venga. Puedes hacerlo.

Al levantar el vaso, ni siquiera intenté olerlo mientras tomaba un pequeño sorbo...

—Pruébalo, pero de verdad.

—¡Eso hago!

—Eso no es probarlo de verdad. Tienes que tomar un trago como si fueran tus primeras vacaciones de primavera.

Eso me hizo resoplar, pero bebí un trago de verdad, y en el momento en el que mi lengua tocó la mezcla espesa y desigual, se me despertaron las náuseas en un acto reflejo.

—Está bueno, ¿a que sí? —preguntó.

Como no quería herir sus sentimientos, me obligué a tragar y luego pasé unos segundos preciosos deseando no vomitar. Solo cuando estuve segura de que no iba a potarle encima, le dije:

—Es... diferente.

Curvó el labio.

—No sabes lo que te conviene. —Volvió a tomar el vaso—. Pero supongo que en realidad no necesitas batidos de vitaminas y proteínas, ¿verdad?

La vi beberse la mitad del vaso.

—Menos mal.

Todavía bebiendo, me miró de reojo.

—Seguro que has pasado unas vacaciones de primavera estupendas —comenté.

Se detuvo el tiempo suficiente para decir:

—No recuerdo la mayoría de ellas, así que voy a decir que por supuesto que sí.

Miré por las ventanas delanteras y sentí un escalofrío en la nuca. Vi a Grayson y me tensé. Hoy no lo había sentido en absoluto, pero ahora sabía que había estado cerca, manteniéndose lo bastante lejos como para que yo no lo sintiera. Lo cual era un poco irritante.

Todavía no sabía qué pensar de lo que había dicho Luc antes de irse ni de mi conversación con Grayson la noche anterior. También me preguntaba si Grayson dormía alguna vez.

—Ay, madre, aquí viene mi persona favorita del mundo mundial —refunfuñó Viv, y yo apenas reprimí la risa cuando entró—. ¿A quién o a qué debemos el placer de su visita, señor Grayson?

Grayson arqueó una ceja.

—Dudo que encuentre algún placer en mis visitas.

—Nah —respondió tan convincente como un niño con la mano metida en un tarro de galletas.

Esa mirada azul ultrabrillante se deslizó de ella a mí.

—Tengo noticias.

Me senté con la espalda recta.

—¿Sobre qué?

—Acabo de enterarme de que ha llegado un grupo. Una de ellas es una mujer humana con el pelo rojo muy brillante.

Saltando del taburete, estuve segura de que se me había parado el corazón.

—¿Es Heidi? ¿Y Emery?

—A menos que sepas de alguna otra chica humana pelirroja de la que vendría a hablarte, entonces supongo que sí.

—Dios mío. —Me giré hacia Viv—. Siento hacer esto, pero ¿puedo...?

—No pasa absolutamente nada. ¡Vete! —Viv me espantó, agitando las manos—. Lárgate.

Me giré hacia Grayson, casi consumida por la felicidad y el alivio.

—¿Dónde están?

—En la casa de entrada.

—Gracias.

No esperé su respuesta ni nada más. Salí corriendo por la puerta, crucé el aparcamiento y aceleré el paso, sabiendo exactamente a dónde estaba yendo. Corrí tan rápido como cuando había corrido con Luc. El viento me tiraba de la coleta y me rasgaba la ropa. Sabía que iba rápido, pero podía sentir la presencia de un Luxen cerca. Grayson me estaba siguiendo.

Atravesé la zona boscosa, sin pensar en la última vez que había estado allí. En menos de un minuto, me apresuré a pasar junto a las dos parcelas de tierra removida que habían quedado cuando había succionado a Grayson y Luc hacia el suelo.

Reduje la velocidad para no atravesar una pared, subí los escalones y entré por la puerta abierta. Quizás debería haber gritado o algo, porque irrumpir en casa de cualquiera era de mala educación, pero el corazón me latía contra las costillas cuando oí voces, voces masculinas y una más suave, femenina.

Entré en el salón y eché un rápido vistazo a la mesa, pero tuve que apartar la vista. Ahora parecía normal. Un mantel blanco la cubría y, por un segundo morboso, me pregunté si la sangre de Spencer la habría manchado.

Dejando a un lado ese pensamiento, seguí las voces hasta la cocina. Mis sentidos especiales se pusieron en marcha. Había un Luxen de pelo oscuro justo dentro, con el aura arcoíris difuminando un poco sus rasgos. Un zumbido más débil indicaba que también había un híbrido cerca, pero me fijé en su vibrante pelo carmesí.

—¡Heidi! —grité.

Se giró hacia mí y se le dibujó una sonrisa en la cara.

—¡Evie! ¡Madre mía! ¡Evie!

Crucé la distancia en un nanosegundo. En serio. Lo bastante rápido como para captar su mirada de sorpresa justo antes de chocar con Heidi y rodearla con mis brazos.

—¡He estado muy preocupada por ti y por Emery! Dios, ¡no tienes ni idea! Tenía mucho miedo de que pasara algo y no supiera qué hacer. Espera. ¿Dónde está Emery?

—Aquí mismo. —Llegó la voz familiar, y abrí los ojos de golpe.

Emery estaba de pie en el vestíbulo, con el cabello negro recogido. El pelo rapado de un lado de la cabeza había comenzado a crecerle. Saludó con la mano.

—¡Hola! —chillé.

Sonrió.

—Hola, Evie.

—Yo también te he echado de menos —susurró Heidi—. A ti y a Zoe y a Luc y a todos... —Se apartó, apretándome las mejillas con sus manos frías—. Chica, te has movido muy rápido. Superrápido. Creo que me he perdido muchas cosas.

—Pues sí. Un montón.

—Espera. ¿Qué nombres has dicho? —preguntó uno de los chicos que estaban detrás de nosotros.

Heidi se soltó mientras miraba a Emery.

—Ay, mierda. Después de todo este tiempo, he cometido un desliz y he soltado nombres.

—Yo acabo de gritar tu nombre a los cuatro vientos —le dije, parpadeando lágrimas de felicidad. En mi emoción, había olvidado por completo que a los que viajaban no se les permitía compartir ni siquiera la información básica, como los nombres.

—No pasa nada ahora que estamos aquí. —Jeremy apareció detrás de Emery, quitándose un gorro negro—. Todo el mundo puede presentarse.

—¿Qué nombres has dicho? —repitió el tipo, y yo me volví hacia él, todavía agarrando a Heidi como si fuera a desaparecer.

El Luxen no era quien había hablado. Parecía demasiado aterrorizado para hacerlo mientras se quedaba mirando al hombre que tenía a su lado. Tenía el pelo castaño claro peinado hacia atrás y el rostro robusto y atractivo de un híbrido. Tenía una red de tenues cicatrices blancas grabadas en las mejillas y en la nariz, casi como una telaraña de líneas. Sus ojos, una mezcla de marrón y verde apagado, se encontraron con los míos. Al reconocerme, retrocedió sobresaltado y se le puso la cara pálida.

—Madre mía —susurró.

Separé los brazos de Heidi cuando fui vagamente consciente de que Grayson entraba en la habitación.

—Me reconoces, ¿verdad?

—Jesús —pronunció.

Grayson pasó a mi lado como un rayo. En un abrir y cerrar de ojos, había agarrado la parte delantera de la camiseta del hombre. Los platos traquetearon cuando Grayson empujó al híbrido contra los armarios. El nuevo Luxen gritó y se dirigió hacia ellos mientras el resplandor de la fuente lo rodeaba.

No me paré a pensar.

Invocando la fuente, detuve al Luxen. Su cuerpo se sacudió como si tuviera los pies pegados al suelo. No le impediría atacar con la fuente, pero esperaba que fuera una advertencia que tuviera en cuenta.

—Por favor, no ataques a Grayson —dije, y la cabeza del Luxen giró en mi dirección. Separó los labios en una inhalación aguda—. No quiero tener que hacerte daño.

—Mierda —susurró Heidi—. Estás... Evie, tienes purpurina negra por todas partes.

—Lo sé. —Mantuve los ojos fijos en el Luxen—. Esa es una de las cosas que te has perdido.

—Yo tampoco quiero hacerle daño a nadie —respondió el Luxen—. Ni él.

—¿Estás seguro? —pregunté—. Porque estás empezando a brillar como una luciérnaga.

—Lo siento. Es una respuesta instintiva —contestó, y el resplandor se desvaneció hasta que nada lo rodeó.

Asentí, pero no aflojé, manteniéndolo en su sitio.

—¿Quién eres tú? —exigió Grayson.

Más allá del hombro de Grayson, los grandes ojos del híbrido se clavaron en mí. Un frío glacial me contrajo los músculos cuando tragó saliva.

—Un hombre muerto. Soy un hombre muerto.

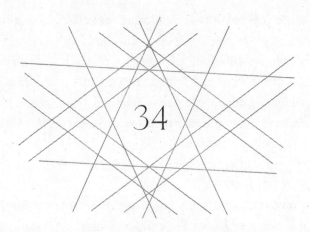

34

—Es un nombre rarísimo —comentó Grayson, levantando al híbrido de los pies—. Así que es posible que quieras pensar esa respuesta.

Georgie, el viejo granjero, entró desde el comedor con una cesta de tela debajo el brazo. Echó un vistazo a la habitación y suspiró.

—Otra vez no. Doris —gritó, dejando la cesta en el suelo. Se enderezó y abrió la puerta del viejo frigorífico.

Casi se me salieron los ojos de las órbitas. Habían vaciado el interior para guardar otro alijo de rifles.

—¿Qué? —contestó Doris.

Sacó un rifle y lo apuntó directamente a la cabeza del híbrido.

—Será mejor que esperes fuera un rato. Tenemos un problema aquí.

Grayson levantó al híbrido aún más alto mientras la fuente comenzaba a borbotear en el aire a su alrededor.

—Empiezo a impacientarme y, para que lo sepas, no se me conoce por mi paciencia.

—Conozco sus nombres. —Jeremy también había agarrado uno de los rifles del vestíbulo. Con un rápido vistazo, vi que Emery tenía a Heidi detrás de ella. Las pupilas de la Luxen eran brillantes como diamantes—. Han sido investigados. El Luxen es Chris Strom —respondió Jeremy—. El híbrido se llama Blake Saunders.

Ninguno de los nombres significaba nada para mí, pero sí para Grayson y Emery.

—Mierda —susurró Emery.

—Eso no puede ser. —La fuente se encendió alrededor de Grayson—. Conozco ese nombre. Blake Saunders está muerto.

El híbrido no dijo nada, pero el Luxen sí.

—Es verdad. Su nombre es Blake, y estoy seguro de que mucha gente cree que está muerto, pero no murió. No estamos mintiendo. No estamos aquí para causar problemas. Si hubiéramos sabido que Luc estaba aquí, no habríamos venido...

—¿Por qué sería un problema? —pregunté—. ¿Quiénes sois vosotros dos?

La mirada del híbrido se dirigió hacia mí.

—No la mires —le advirtió Grayson—. Jeremy, necesito que traigas a Hunter. Ahora mismo. Él podrá confirmar exactamente quiénes son estos dos. Y necesito que lo traigas rápido —ordenó Grayson—. No hables con nadie más sobre esto.

—Ya voy —respondió Jeremy, y salió corriendo de la habitación.

—Todos deberíais iros. Lo siento, Georgie. Sé que esta es tu casa, pero te quiero a ti y a Doris lejos de aquí —ordenó Grayson—. Lleva a Emery y a Heidi con Cekiah. Está en la antigua biblioteca. Cuéntale lo que está pasando. Asegúrate de que se mantiene en silencio. Hay otros aquí que no necesitan enterarse de esto.

—¿Otros? —preguntó Chris, todavía congelado donde yo lo retenía, con su pecho subiendo y bajando con rapidez—. ¿Quién más está aquí?

Su pregunta fue ignorada cuando Grayson dejó caer al híbrido. Cayó de espaldas contra la encimera, con los ojos abiertos. Tenía la camiseta rota alrededor del cuello. No dijo nada y mantuvo la mirada fija en Grayson.

—Evie —dijo Grayson mientras Emery tomaba el brazo de Heidi y se unía a Georgie en la puerta—. Ve con ellos.

—¿Qué? —protesté—. No me voy a ir a ninguna parte.

—No me importa a dónde vayas, pero vas a ir a cualquier sitio que no sea aquí.

—No, de eso nada.

Manteniendo una mano plantada en el centro del pecho del híbrido, me dedicó una breve mirada.

—No te lo estoy pidiendo.

—Genial —contesté—. Porque, aunque lo hicieras, seguiría sin escucharte. Si quieres que me vaya, vas a tener que obligarme, y eso es algo que me gustaría ver.

La fuente se encendió con violencia a su alrededor y, por un momento, pensé que iba a intentarlo, pero entonces me dedicó una sonrisa de labios apretados.

—Allá tú. —Luego se volvió hacia el híbrido—. Sentaos. Quiero que os sentéis los dos.

La habitación se había vaciado y una parte de mí quería ir tras Heidi. Tenía muchas cosas que contarle y quería abrazarla de nuevo, pero mi instinto me decía que tenía que quedarme aquí.

El híbrido bajó despacio hasta el suelo, sentándose con una pierna levantada y la otra estirada.

—Eso significa que tú también. —Grayson miró al Luxen.

—No puedo —respondió—. No puedo moverme.

—Es por mí. —Tirando de la fuente hacia atrás, dejé ir al Luxen.

Sacudiéndose como si estuviera atado a una cuerda y tiraran de ella, el Luxen giró la cabeza hacia mí mientras se sentaba a unos metros del híbrido.

—¿Cómo has hecho eso?

No respondí, porque no estaba segura de lo que podía confesar delante de él.

—Ha sido cosa de Dédalo —respondió el híbrido—. El suero Andrómeda, ¿verdad?

Me desplacé hacia él.

—Quiero saber de qué me conoces.

—No —dijo el híbrido, con la mandíbula endurecida—. No quieres.

El estómago se me llenó de pequeños nudos mientras me acercaba a él.

—Si insistes en quedarte, lo menos que puedes hacer es mantenerte alejada de ellos. —El brazo de Grayson me bloqueó—. Si son quienes dicen ser, Luc no te querría en el mismo código postal.

Los nudos crecieron. Ninguno parecía muy amenazador por el momento. El Luxen parecía a segundos de desmoronarse. Por otra parte, todo esto podría ser una actuación.

No los conocía, aunque el híbrido sí parecía conocerme a mí.

—¿Quiénes son? —le pregunté a Grayson.

—¿Quiénes dicen ser? —Grayson sacó una piruleta del bolsillo—. Dos personas que definitivamente deberían estar muertas.

—Eso no me dice nada.

—Nunca te he conocido a ti. —El híbrido miró a Grayson desde donde estaba sentado.

—No, no lo has hecho. —Grayson desenvolvió la piruleta—. Pero si eres quien dices ser, he oído las historias.

—¿Por Luc? —preguntó.

Grayson no contestó.

Un lado de los labios del híbrido se movió hacia arriba como si intentara sonreír.

—Si no te has enterado por él, creo que sé quiénes son los otros que están aquí.

—Entonces sabes que tu impactante regreso de entre los muertos va a durar en realidad bien poco.

—No hemos venido a causar problemas —soltó el Luxen—. Te juro que no. Solo buscábamos un lugar seguro y oímos que había zonas a las que podíamos ir. No teníamos ni idea de quiénes estaban aquí. No nos dijeron nada más. Si lo hubiéramos sabido, no habríamos venido. Te lo juro. Nos habríamos arriesgado ahí fuera.

—No importa, Chris —dijo el híbrido mientras inclinaba la cabeza hacia atrás contra los desgastados y descoloridos armarios blancos—. No nos creerían.

—¿Puedes culparlos? —susurró el Luxen.

Inclinando la barbilla en dirección al Luxen, negó con la cabeza.

—No. Nunca culpé a ninguno de ellos.

El Luxen empezó a ponerse de rodillas, pero se detuvo cuando Grayson lo miró. Volvió a sentarse, mirando al híbrido.

—Hiciste lo que tenías que hacer para sobrevivir. Todos lo hicimos.

—¿Qué hiciste? —le pregunté.

Sin dejar de mirar al Luxen, el híbrido apretó los labios y luego dijo:

—Traicionar a todos. A todos menos a Luc. Él siempre lo supo. No se le pueden ocultar muchas cosas. Pero nunca les contó a los demás la verdad sobre mí. No fue hasta más tarde que descubrí por qué.

Nada de lo que decía tenía sentido.

—Quiero saber de qué me conoces a mí —volví a preguntar, ignorando la mirada penetrante que Grayson lanzó en mi dirección.

—¿De verdad? —El híbrido volvió la vista hacia mí entonces con ojos afligidos.

Un mundo de inquietud se instaló sobre mí como una manta gruesa y áspera.

—Me conociste cuando era Nadia.

Frunció las cejas, con una de ellas partida por la mitad por una leve cicatriz.

—Te quitaron tus recuerdos. Los borraron por completo.

El aire se detuvo en mis pulmones.

—Exacto. Eso es lo que habían dicho que harían. Últimamente tengo mala memoria. —Una mueca sarcástica le curvó los labios—. No sabía que lo habían hecho. Un día estabas allí. Después desapareciste.

Dios mío, me conocía de cuando estaba con Dédalo. Temblorosa, no sabía qué decir ni qué hacer, porque sentía que estaba dividida en dos. Una mitad de mí quería lanzarse a interrogarlo y obligarlo a contármelo todo. El deseo de saber más sobre el tiempo olvidado me quemaba la piel. Pero ¿la otra mitad? Basándome en la forma en la que Luc había palidecido al darse cuenta de que yo había sido Nadia en aquella época, en cómo Kat y Zoe habían dicho que mi falta de memoria era una bendición y en los breves recuerdos a los que podía aferrarme, la otra parte de mí no estaba segura de necesitar saber qué me habían hecho. O lo que puede que le hubiera hecho a otros.

—Te vi con Luc, aunque él intentó mantenerte oculta —respondió el híbrido—. Eso fue antes de Dédalo. —Su mirada se dirigió hacia mí—. Antes de comprender por qué no les decía a los demás quién era yo. Fue por ti.

—Ya basta. —Grayson se sacó la piruleta—. Es hora de que os calléis.

No iba a quedarme callada como ellos, no mientras comenzaba a poner en orden lo que sabía con rapidez. Luc había utilizado a Daemon y a Kat para entrar en Dédalo, para recuperar los sueros que creía que me curarían. ¿Estaba involucrado el híbrido que decía ser Blake, y eran Daemon y Kat a quienes había traicionado? Si fuese así, eso significaba que...

La ira me invadió.

—¿Trabajabas para Dédalo?

—No por elección suya —respondió Chris con una mirada nerviosa a Grayson—. Crecimos juntos. Estábamos muy unidos. Como hermanos. Hubo un accidente cuando éramos más jóvenes. Uno malo, y yo lo curé. Él mutó y Dédalo lo descubrió, y desde entonces, hasta que por fin escapamos, Dédalo me usó para controlarlo. Fue así durante más años de los que no lo fue.

—Creía que había dicho que era hora de que os callarais —soltó Grayson.

—Lo obligaron a hacer cosas terribles, cosas que nunca habría hecho si no me hubieran podido utilizar. Nos controlaban. Tienes que entenderlo —continuó Chris, suplicó, en realidad—. Todo lo que hizo, lo hizo para que yo viviera, para él sobrevivir. Hizo lo que cualquier otro hubiera hecho.

—Algunos habrían hecho cosas peores —murmuró el híbrido, sus ojos se encontraron con los míos—. Hicieron cosas peores.

Un aire frío me presionó la espalda y, aunque sus palabras eran desconcertantes, sabía que esa sensación significaba que Hunter estaba cerca. Segundos después, entró por el vestíbulo y se dirigió directamente hacia los dos hombres sentados en el suelo.

Grayson se hizo a un lado y, sin decir palabra, Hunter se arrodilló frente al Luxen. La estática cargó el aire cuando el híbrido comenzó a moverse, pero Grayson fue más rápido, lo agarró por el cuello y le golpeó la cabeza hacia atrás.

—Ni lo pienses —dijo Grayson con la piruleta en la boca.

Hunter puso la mano en el centro del pecho del Luxen y bajó la cabeza. Después introdujo la mano en su pecho. El cuerpo de Chris se sacudió y su espalda se arqueó mientras todo su cuerpo se iluminaba. Se convirtió en su verdadera forma, un ser envuelto en una luz que parpadeaba con rapidez mientras Hunter se alimentaba.

Suponía que así era como podías hacer que la alimentación doliera.

Cielos.

Hunter estaba tomando los recuerdos del Luxen, igual que yo cuando me había alimentado de Luc. Era tan fascinante como horripilante de presenciar.

—¡Para! —gritó el híbrido—. ¡Lo estás matando! Para.

Se me hundió el estómago cuando Grayson se rio.

—No lo está matando. —Una pausa—. Todavía.

Hunter lo soltó unos instantes después, y el Luxen se desplomó de nuevo contra el armario, su luz seguía pulsando, pero ahora más despacio.

—¿Chris? —susurró el híbrido.

Irguiéndose, Hunter miró al híbrido.

—Sí que eres un hombre muerto.

Cekiah y otros Luxen llegaron poco después, y los dos hombres habían sido llevados a un área de espera hasta que se pudiera determinar qué hacer con ellos. Había oído que los registrarían a ambos una vez más en busca de alguna pista.

Hunter había decidido que a Kat y a Bethany no se les iba a decir nada de los recién llegados, no hasta que Daemon regresara, y entonces supe que, fuera lo que fuese lo que Blake había hecho, había sido una de esas cosas terribles a las que Chris se había referido y que las implicaba a ellas. No podía imaginar qué podía ser para que consideraran que era mejor mantener a alguien tan fuerte como Kat en la ignorancia, y ese fantasma había sido el que había rondado en el fondo de mi mente varias horas después. Incluso ahora, mientras estaba sentada en la casa que habían abierto para Heidi y Emery, la vacía que había dos casas más abajo de la que compartía con Luc. Unas velas y unos faroles iluminaban el salón, luchando contra la noche que se avecinaba. Acababa de poner al corriente a Heidi y a Emery de todo lo que había ocurrido desde la noche en la que todos huimos de Columbia. Heidi estaba sentada a mi lado en el sofá, pero se había levantado cuando les había contado lo de Kent.

Se sentó en el brazo de la silla, pasando la mano por la cabeza de Emery.

—No sé qué decir. —Se inclinó y le dio un beso en la sien—. Siento mucho lo de Kent —susurró—. Dios, siento mucho lo de Clyde y Chas. Lo de todos ellos.

Emery se quedó mirando a la nada, con los labios apretados mientras inspiraba hondo por la nariz.

—¿Están muertos? —preguntó, parpadeando—. ¿Los hombres que mataron a Kent? ¿Están muertos?

—Sí —respondí—. Todos ellos.

Tomando otra larga inhalación, asintió.

—Bien.

La vi volverse hacia Heidi y aparté la mirada cuando se abrazó a ella, dándoles toda la intimidad posible.

Pasó un tiempo antes de que Emery dijera:

—Ha aumentado mucho el número de agentes del GOCA, pero el verdadero problema era la Guardia Nacional.

Heidi asintió.

—Estaban por todas partes.

—Grandes patrullas en las carreteras interestatales y en las áreas de descanso —continuó Emery—. Nunca había visto algo así, iban uniformados y armados de pies a cabeza. Por eso tardamos tanto. Tuvimos que dar marcha atrás, tomar carreteras secundarias y pasar desapercibidas. Las noticias seguían diciendo que su presencia era para asegurarse de que no se entraba ni se salía de las ciudades en cuarentena, pero estaban en estados que no están ni cerca de los lugares donde hay brotes.

—E. T. —Heidi puso los ojos en blanco mientras negaba con la cabeza—. ¿Cuán estúpido es ese apodo?

—Mucho —respondí, inclinándome hacia delante—. ¿Cómo de graves son los brotes?

Repitió básicamente lo que Daemon había contado.

—Pero la cosa es que nadie está entrando o saliendo de esas ciudades, y ha habido alguna mierda extraña publicada en las redes sociales desde esas áreas.

—Creé una cuenta falsa para intentar comprobar cómo les iba a James y a otros que conocíamos. No quería conectarme a la mía por si la estaban rastreando. La última vez que pude comprobarlo, estaba bien, pero han cerrado los colegios y los negocios. —Heidi se apartó un mechón de pelo de la cara—. Había publicado que había toque de queda y que el ejército había entrado y había tomado el control. Había un mensaje... —Se interrumpió, sacudiendo la cabeza.

—¿Qué? —Miré a Emery.

—Creo que se refiere a las publicaciones sobre los muertos.

—Madre mía.

—Sí. —Heidi alzó los hombros—. Dijo que los soldados iban por su barrio diciéndole a todo el mundo que si alguien se ponía enfermo debía colgar una toalla blanca en la ventana o en la puerta de su casa. En una de las casas de al lado acabaron poniendo una. Publicó que al día siguiente los vio sacar tres bolsas para cadáveres.

Me llevé las manos a la boca.

—Y la última publicación era sobre los demás. —Heidi se cruzó de brazos—. Los que habían enfermado, pero no habían muerto.

—¿Los que mutaron? —pregunté detrás de mis manos.

—Supongo que sí —respondió Heidi—. Él no lo sabría, pero había publicado algo sobre que pensaba que ellos eran la verdadera razón de que el ejército estuviera allí. Dijo que la gente estaba actuando raro. Que atacaba a los demás y que, no sé, estaba furiosa. Dijo que la noche era lo peor. Solo se oían gritos. Dijo que parecía sacado de una película de terror.

Después de haber visto con mis propios ojos lo que Sarah y Coop habían hecho, no podía ni empezar a imaginar lo que sería que decenas o cientos más estuvieran pasando por lo mismo.

—¿Qué está haciendo el Ejército? ¿Dispararles directamente?

—No lo sé —contestó Heidi—. Su último mensaje fue justo antes de llegar a Arkansas.

El miedo era un arma de control social.

—Joder.

—No sé si le ha pasado algo. Parece como si las redes sociales no funcionaran en Columbia y en las demás ciudades, pero las noticias siguen diciéndole a todo el mundo que las cosas están bajo control. Que cada vez enferma menos gente. Si eso es cierto, ¿por qué iban a aislar por completo esas ciudades?

Lo sopesé.

—No quieren que el mundo sepa lo que está pasando. Quieren que la gente esté lo menos preparada posible.

—Y, en su mayor parte, la gente sigue su vida como si nada hubiera pasado y como si no pudiera tocarles. —Emery se echó hacia atrás—. Nos encontramos con esos dos en Arkansas. No tenía ni idea de quiénes eran ellos. ¿Por qué iba a saberlo? He oído las historias y me dijeron que estaban muertos.

—¿Quiénes son? —pregunté, esperando por una vez obtener una respuesta.

—Por lo que sé, Blake era un híbrido que Dédalo utilizaba a menudo para espiar a los híbridos recién mutados. Para ver si eran viables, capaces de controlar sus habilidades y serles útiles a Dédalo. Hace varios años lo habían enviado a Petersburg, Virginia Occidental, y se había matriculado en el instituto al que asistían Kat y Daemon. Dédalo sabía que Kat había mutado y querían testimonios de primera mano. No tuvieron ni idea de quién era en realidad Blake hasta que fue demasiado tarde. Mató a uno de sus amigos, un Luxen con el que Dee se había estado viendo. Adam Thomson.

Adam. Inhalé hondo, sabiendo al instante que su bebé se llamaba como él.

—Hay mucho más que eso. El tipo era o es un maestro de la manipulación y la mentira. Acabó haciendo que Kat fuera capturada por Dédalo y, mientras estaba con ellos, Jason Dasher la hizo luchar contra otros híbridos, en concreto contra Blake. Ella lo mató —dijo Emery—. O, al menos, eso es lo que ella y todos creían.

—Madre mía. —Me pasé los dedos por la cara. Con razón no querían que Kat lo supiera hasta que Daemon regresara—. ¿Y qué tiene que ver con Luc?

Emery alzó un hombro.

—No sé de qué lo conoce Luc. Solo sé que ha coincidido con él un par de veces, pero yo no estaba por allí entonces.

No tenía ni idea de si Emery decía la verdad o no. Era algo que iba a tener que sonsacarle a Luc.

—Me conocía —dije, dejando caer las manos sobre los muslos—. Creo que estaba allí cuando yo estaba en Dédalo, siendo entrenada.

—¿Y convirtiéndote en la Troyana de armas tomar que puede tener tatuajes que desaparecen? —Heidi se levantó del brazo de la silla y se dejó caer a mi lado—. Porque eso es a lo que me recordaban. O a piedras incrustadas... A tatuajes o a piedras que se mueven. —Sonrió cuando mi mirada se encontró con la suya—. Se veía genial.

Esbocé una sonrisa.

—Voy a serte sincera. —Se mordió el labio—. Pero me cuesta mucho imaginarte corriendo rápido en cualquier sitio. A ver, te recuerdo en clase de Educación Física. Corrías como si fueras a cámara lenta.

Se me escapó una carcajada mientras me inclinaba hacia ella, apoyando la cabeza en su hombro.

—Joder, te he echado de menos.

—Yo también —susurró.

Sabiendo que se acercaba la hora en la que Luc y su equipo debían regresar, nos fuimos a la casa de entrada. Grayson se nos unió, apareciendo de la nada. El camino a la granja fue tranquilo.

Por la noche tenía un aspecto totalmente distinto, la entrada y el porche estaban iluminados con antorchas y luces solares. Había tanta luz que supe que el Arum que sentí al acercarnos al porche era Hunter. Pude verlo sentado en una de las mecedoras, con su mujer al lado.

Doris salió de la casa con una bandeja de vasos.

—Creía que tendríamos más compañía de lo normal esta noche. He hecho un poco de té dulce.

—Gracias. —Agarré un vaso y me senté en el último escalón. Bebí un trago y casi gemí de placer. Era té dulce de verdad, muy dulce.

Heidi y Emery hablaban con Hunter y Serena mientras Grayson merodeaba por algún lugar a mi izquierda. Me bebí mi té dulce, sin saber cómo iban a tomarse Daemon y Kat la noticia.

—Hola.

Me volví hacia mi izquierda y, tal y como había sospechado, Grayson estaba allí, justo fuera del alcance de las luces. Estaba en lo que debió de ser un parterre. Por alguna razón, pensé en lo que me había dicho anoche. «Puedes pensar que yo te odio». Bueno, él no actuó como si yo le cayese bien, y si Luc le importaba tanto, en realidad no podía culparlo por no caerle bien.

—Tengo la sensación de que esto te va a entrar por un oído y te va a salir por el otro. También tengo la sensación de que Luc te va a decir lo mismo —dijo, con la voz tan baja que dudaba que alguien más pudiera oírlo—. Sé que quieres hablar con Blake, pero tienes que darte cuenta de que cualquier cosa que te diga tienes que tomarla con pinzas. No es de fiar.

Asentí con la cabeza.

Grayson tenía razón. Quería hablar con Blake, pero si tenía la oportunidad, ¿podría creerme algo de lo que dijera? Esa pregunta iba a tener que esperar.

—Por cierto, no he contado nada de dónde estuviste anoche —añadió.

—Me he imaginado que si lo hubieras hecho, ya me habría gritado alguien —contesté—. Pero gracias por no decir nada.

Guardó silencio un momento.

—Pero se lo contaré a Luc en cuanto termine este pequeño drama.

—Voy a contárselo yo —susurré—. No se lo ocultaría.

—Espero que no. —Luego se dio la vuelta.

Lo que estaba pasando con Nate y esos niños era importante, pero este asunto de Blake iba a tener prioridad.

Unos momentos más tarde, los sentí antes de verlos. Me levanté y aparté el vaso de té para que no se me cayera. Bajé los escalones. Unos instantes después, el pequeño grupo apareció en la oscuridad. Cuatro se habían marchado. Cuatro habían vuelto. Todos llevaban mochilas y bolsas de lona a punto de reventar.

Quería correr hacia el camino de entrada, encontrarme con él allí, como estaba haciendo Heidi, que corría hacia Zoe, pero me quedé donde estaba, presintiendo que algo grande iba a ocurrir en el momento en el que Daemon se enterara de la verdad. Observé a Luc mientras se adentraba en la zona iluminada, con una hermosa sonrisa en sus llamativos rasgos. La sonrisa vaciló en cuanto captó mis pensamientos. Repasé todo lo que había sucedido y sabía que él lo había leído todo.

Su rostro se quedó impresionantemente inexpresivo mientras su mirada se desviaba hacia donde Hunter estaba sentado en la mecedora. Luego pasó junto a mí, deteniéndose un momento para darme un beso antes de descargar lo que había traído en el porche. Esperó a que Daemon hiciera lo mismo y, para entonces, Hunter ya había levantado el trasero de la mecedora y se había puesto de pie.

—Daemon —lo llamó Hunter.

El silencio de la voz del Arum debió de haber enviado algún tipo de advertencia a Daemon, porque se quedó increíblemente quieto.

—¿Qué?

—Blake Saunders está vivo —le dijo Hunter—. Y está aquí.

35

Daemon dio un paso atrás, con los brazos a los lados.

—Eso no es posible.

—Es verdad —dijo Hunter—. Me he alimentado del Luxen. No sé cómo están vivos, pero sé que dicen la verdad sobre quiénes son.

—¿Ese hijo de puta está vivo y está aquí? —Daemon comenzó a girar, sus pupilas de un blanco crudo—. ¿Dónde está?

—Están retenidos bajo la biblioteca —respondió Hunter.

—Espera —dijo Luc cuando Daemon empezó a bajar los escalones—. Tenemos que hablar de esto.

—¿Hablar de qué? Se supone que está muerto. Tiene que estar muerto, y no hay forma de que no lo esté. —Un resplandor blanco emanaba de Daemon mientras bajaba los escalones—. No hay nada que discutir.

Luc se puso delante del Luxen, que estaba claro que estaba enfurecido.

—Tienes que calmarte.

—Y tú tienes que quitarte de en medio.

—Voy a ignorar eso, porque lo entiendo. Estás enfadado. Tienes todo el derecho a estarlo, pero necesitamos saber cómo es que está vivo.

—En este momento, no me importa. No se puede confiar en lo que nos diga. —Daemon estaba perdiendo el control de su forma humana—. Tú lo sabes, Luc. Ninguno de nosotros puede confiar en él.

—No estoy sugiriendo que nadie lo haga.

Daemon miró a un lado, la luz brillaba a su alrededor. Empezó a apartarse de Luc, pero se dio la vuelta.

—¿Tienes idea de lo que le ha hecho a Kat? ¿La tienes?

—Sé lo suficiente —respondió Luc en voz baja—. Pero tenemos que hablar con él. Tenemos que saber cómo ha acabado aquí y qué trama. Ha reconocido a Evie. Estuvo con ella mientras estaba en Dédalo. Tenemos que descubrir lo que sabe.

—¿Qué parte de «no me importa» no entiendes? —gruñó Daemon.

—No te pido que te importe, pero antes de que lo mates, necesito hablar con él —razonó Luc, y un escalofrío me recorrió—. A mí no puede mentirme.

Lo que había dicho había sido un error.

La cabeza de Daemon giró hacia Luc mientras la fuente pulsaba a su alrededor. Se me erizaron los vellos de todo el cuerpo cuando dijo:

—Y nunca ha podido, ¿verdad?

Las palabras de Blake volvieron a mí, y el nudo del estómago se me hizo más profundo cuando Daemon continuó:

—Siempre supiste lo que... lo que iba a hacer. —Se acercó a Luc, y vi a Grayson alejarse de las sombras del porche—. Sabías que Blake iba a traicionarnos, pero necesitabas acceder a esos sueros. Solo éramos tu sistema de entrega. Mató a Adam, Luc. Ha matado a otros, pero a ti no te importa. Porque solo te importaba ella, ¿verdad?

—Como si tú no hubieras hecho lo mismo si hubieras estado intentando salvarle la vida a Kat. —Luc ni siquiera lo negó.

—Sabes muy bien que lo habría hecho —admitió Daemon—. Pero eso no es lo que pasó.

—Dédalo te habría puesto las manos encima conmigo o sin mí. —Las pupilas de Luc empezaron a brillar—. Pero conmigo, yo os tenía a los dos protegidos todo lo que podía desde dentro, ¿o es muy conveniente olvidarlo?

—Tu protección solo llegó hasta cierto punto, Luc. ¡Torturaron a Kat! —gritó Daemon, y un rayo surcó el cielo—. La usaron para obligarme a mutar a otros. La abrieron en canal, Luc. Las cosas que vio aún la despiertan en mitad de la noche.

—Y por eso, nunca me lo perdonaré —replicó Luc, y fue entonces cuando me di cuenta de que todos los humanos, incluida Heidi, se habían metido dentro. Solo aquellos con algún tipo de ADN alienígena permanecían fuera.

—Pero no cambiarías nada, ¿verdad?

—No —admitió, y cerré los ojos.

—Esos sueros ni siquiera la curaron. —Daemon sonaba asombrado.

—¡Esos sueros le dieron al menos unos meses más! —gritó Luc, y vi un relámpago detrás de mis ojos cerrados—. Le dieron el tiempo suficiente para curarse. Si no los hubierais conseguido, ahora estaría muerta.

Un sabor amargo me llenó la boca al abrir los ojos. Sabía que Luc había puesto en peligro a Daemon y a Kat en su intento de salvarme la vida. Daemon me lo había dicho. En ese entonces, no había sabido cómo procesar eso, y ahora, todo lo que podía sentir era horror. No había sabido lo que les habían hecho. Tenía ideas, terribles, pero nunca lo había sabido en realidad.

Zoe apareció a mi lado y me rodeó el brazo con la mano. Tiró de él, pero yo no podía moverme. Que yo había sido la razón por la que habían sido capturados por Dédalo me golpeó como un camión de cien toneladas. No importaba si Dédalo habría llegado a ellos con el tiempo. Sucedió entonces por mi culpa.

Por Luc.

Y ahora, era yo otra vez la que iba a causar más dolor a Daemon y a Kat.

—Y si hubiera muerto, no habría acabado en manos de Jason Dasher, pasando por Dios sabe qué mientras la convertían en algo diseñado para matarnos a todos —replicó Daemon—. Fue culpa tuya, Luc. Felicidades.

Aspiré con fuerza y Luc solo se movió demasiado rápido. Su puño golpeó la mandíbula de Daemon. La cabeza del Luxen se echó hacia atrás, pero no cayó. Dawson gritó, pero era demasiado tarde.

—¡Parad! —grité.

Chocaron el uno contra el otro como trenes de mercancías. Cada uno asestó un golpe antes de que ambos cayeran, con Daemon encima durante medio segundo antes de que Luc lo volteara, sujetando la camiseta de Daemon con los puños.

—¿Crees que no lo sé? —Levantó la parte superior del cuerpo de Daemon mientras se inclinaba—. ¿Crees que no sé con exactitud lo que he causado?

—¿Pero ha valido la pena? —preguntó Daemon.

—¿Cómo puedes siquiera preguntar eso? —Luc se llenó las venas de luz blanca y echó un brazo hacia atrás.

Ya había visto suficiente.

Más tarde, puede que me asombrase un poco de no haber dudado y de no haber temido ni por un segundo herir a nadie, pero en ese momento, lo único que me importaba era detener esto. Alcé la mano, invoqué la fuente y levanté a Luc de Daemon. Aterrizó de pie, a varios metros de distancia, con el pecho subiendo y bajando con respiraciones agitadas.

Sin el peso encima, Daemon se puso de pie. Escupió una bocanada de sangre y luego cargó hacia Luc...

—¡Basta! —Congelé al Luxen, manteniéndolo en su sitio. Daemon giró la cabeza hacia la mía, sus labios se retrajeron en un gruñido—. ¿Ya habéis terminado?

—No, todavía no. —Luc sonrió—. Necesito ponerle el otro ojo morado.

—Te diré lo que no necesito yo. —Daemon volvió la cabeza hacia Luc—. No necesito que mi novia pelee mis batallas.

—Eh, ¿qué tal si te vas a la...?

—Cállate —dije—. Los dos, callaos los dos.

—Ojalá no los hubieras detenido. —Hunter estaba apoyado en la barandilla del porche—. Esto se estaba poniendo interesante.

—Cállate tú también —espeté, a lo que el Arum se rio—. Los dos os estáis comportando como críos.

—Suena correcto —dijo Luc—. Porque pega como un crío.

—Yo estoy a punto de pegarte como un crío —advertí, y Luc me miró, con las cejas levantadas—. Si os soy sincera, no me importa si os pegáis hasta dejaros medio muertos, pero no quiero escuchar a ninguno de los dos quejarse de ello después. Vosotros dos sois amigos. Ni siquiera sé cómo, y la verdad, no me importa lo suficiente en este momento para averiguarlo, pero los dos estáis actuando bastante mal.

—¿En qué forma estoy actuando mal? —preguntó Daemon—. Y en serio, tienes que descongelarme o lo que sea que estés haciendo.

—¿Vas a intentar pegar a Luc otra vez?

Daemon pareció meditarlo.

—Puede.

Luc resopló.

—Entonces puedes quedarte congelado —le dije—. Básicamente sugerir que estaría mejor muerto es actuar bastante mal.

Un músculo se le flexionó a lo largo de la mandíbula cuando su mirada se encontró con la mía. Pasó un momento.

—No quería decir eso.

—¿Ah, no?

—Pues sonaba como que sí —lanzó Luc.

—Lo sé, pero no quería decir eso —insistió Daemon—. A veces digo estupideces. Pregúntaselo a Kat. Ella puede confirmarlo.

—Yo también puedo confirmarlo —murmuró Dawson.

Asentí, aceptando su disculpa solo porque no era la prioridad en ese momento.

—Deberías preocuparte más por ir a ver a tu mujer y averiguar cómo decirle que el tipo al que creía haber matado sigue vivo y está aquí de hecho, en lugar de pelearte con Luc y salir corriendo a matar a un tipo. Porque ¿de verdad crees que no se va a enterar? ¿O que no se va a cabrear mucho cuando se entere de que lo sabías y en vez de acudir a ella, fuiste a por Blake?

Daemon cerró la boca.

—Tiene razón —comentó Luc.

—Y tú. —Giré la cabeza en su dirección.

—¿Yo? —Luc se puso la mano en el pecho.

—Sí, tú. No sé todo lo que hizo Blake, pero sé lo suficiente. No puedes esperar que Daemon esté de acuerdo con algo que no implique un asesinato sangriento —dije—. Y ni siquiera sé cómo me siento sobre matar directamente a alguien que no te está atacando en este momento.

—Se lo merece —refunfuñó Daemon.

—Es cierto —asintió su hermano—. Más de lo que nunca te imaginarás.

—¿Y qué? ¿Se supone que debo esperar hasta que me clave ese cuchillo en la espalda por última vez? —preguntó Daemon—. ¿Y reírle las gracias?

—¿Por qué no has podido congelarle la boca? —murmuró Luc.

Lo ignoré.

—No estoy diciendo eso. Solo estoy siendo sincera en que no estoy en plan «¡Viva el asesinato!». Solo digo que lo que sea que Blake sepa sobre mí y sobre Dédalo no vale la pena como para causarle más dolor a Daemon, a Kat o a nadie más.

—Él podría contarnos lo que te hicieron mientras estabas en Dédalo —argumentó Luc—. Él podría contarnos sobre los otros Troyanos.

—No sabemos exactamente lo que sabe...

—Esa es la cosa. Blake podría ser una mina de oro.

—Pero ¿valdrá la pena causar más dolor a tus amigos? —pregunté, con las manos temblando a mi lado—. Porque puedo decirte que, para mí, no valdrá la pena saber que soy la causa.

—Tú no eres la causa. —El asombro salpicó la expresión de Luc. Casi desapareció en un abrir y cerrar de ojos, apareciendo directamente delante de mí—. No causaste dolor a nadie.

«Lo sé». Me encontré con su mirada. «Pero tú sí, por mí. No eres un monstruo que no se preocupe por los demás. Lo sé, porque no podría haberme enamorado de ti dos veces si lo fueras». Se le puso la cara pálida, y me mató ver eso.

—No volveré a ser la razón.

Luc apartó la mirada, con la mandíbula apretada, y luego volvió a clavarla en la mía.

—No quería que les hicieran daño. Nunca quise que les hicieran daño, pero tuve que hacerlo. —Dio un paso atrás, se volvió hacia

Daemon, y cuando habló, su voz era ronca—. Ella es lo único que he necesitado en toda mi vida, la única persona a la que he amado, y se me estaba escapando de las manos. La veía morir día tras día y no podía hacer nada. No podía curarla. Nadie podía. Y la iba a perder. La estaba perdiendo. ¿Puedes siquiera empezar a imaginar lo que se siente?

Daemon cerró los ojos.

—No —contestó con brusquedad—. No puedo. No quiero.

—Espero que nunca tengas que hacerlo. Sé lo que le hice. —Su voz se quebró—. Pero no pensaba dejarla morir. No podía.

—Tú no provocaste lo que me hizo Dédalo. —Di un paso hacia él, pero Luc se apartó de mi alcance. Tragué saliva—. No tenías ni idea. No puedes culparte por eso, y tú tampoco puedes culparlo a él —le dije a Daemon.

—Eso ha sido caer muy bajo —murmuró Dawson, con los brazos cruzados—. Más de lo que te he visto caer.

—Lo sé. —Daemon dejó caer la cabeza hacia atrás. Presintiendo que Daemon no volvería a pegar a Luc, lo liberé de mi agarre. No pareció darse cuenta—. No debería haber dicho eso.

Luc no dijo nada.

—Entonces..., ¿vamos a matar a ese tipo o no? —preguntó Hunter.

—Nadie va a matar a nadie —anunció Cekiah, sobresaltándome. Había estado tan absorta en todo que ni siquiera había sentido su presencia ni la de Zouhour, pero ambas estaban de pie en la entrada—. A pesar de lo que Luc le hizo al hombre que disparó a Evie, eso no es lo que hacemos aquí, pase lo que pase.

Daemon se volvió hacia ellas.

—No se le puede dejar con vida.

—No va a morir —dijo Zouhour—. Al menos, no esta noche.

La discusión sobre el futuro de Blake se había trasladado al interior, y por suerte nadie estaba lanzando golpes en este momento. Aunque parecía que Kat estaba lista para empezar a romper cosas. Dawson la había traído, y el bebé Adam se había quedado con Beth.

Hunter parecía medio dormido en el sofá y Grayson acechaba en un rincón, sin aportar nada más que su presencia a lo que estaba ocurriendo, que era prácticamente el único valor que yo estaba aportando en ese momento. La única razón por la que seguía aquí era porque Luc lo estaba. Emery y Heidi se habían ido con Zoe, y Georgie y su mujer ya se habían despedido de todos, sin querer saber nada de aquella conversación.

Kat se paseaba por el salón, los ojos de su marido seguían cada uno de sus movimientos.

—No puedo creer que esta conversación tenga que tener lugar.

—¿Crees que discutir sobre matar a alguien no es necesario? —desafió Zouhour desde donde estaba detrás de Cekiah.

—No cuando tiene que ver con Blake. —Dio otro paseo de nuevo a lo largo de la alfombra deshilachada—. No tenéis ni idea de a quién tenéis encerrado ahora mismo.

—Lo obligaron a trabajar para Dédalo —respondió Cekiah—. Tenían a Chris a modo de extorsión. Sí, él nos lo ha dicho.

—¿Y os ha dicho lo que hacía cuando trabajaba para ellos? —preguntó Kat.

—Nos ha dicho que se ganó tu confianza y luego te traicionó, causando entonces la muerte de un amigo y después tu captura. —Cekiah miró fijamente a Kat—. Nos ha dicho que te hicieron luchar contra él y te hicieron creer que lo habías matado.

Kat se detuvo y cerró los puños.

—Sé que lo maté. Vi su cuerpo... —Se le entrecortó la voz, y Daemon alargó la mano para alcanzarla. La atrajo hacia su regazo. Pasó un momento, y cuando habló, su voz era firme—. Vi lo que le hice. Nadie sangra tanto y vive para contarlo.

—Al parecer, él sí —respondió Cekiah con suavidad—. Chris lo curó y lo trasladaron a otro lugar para que se recuperara. Dice que tardó meses.

Kat se frotó los labios mientras negaba con la cabeza.

—No me lo puedo creer. No se puede confiar en él. El hecho de que esté aquí ya es un gran riesgo para todos. —Daemon le pasó la mano por la espalda—. No ha terminado aquí por accidente.

—Los hemos registrado a ambos. Ninguno tiene ningún rastreador en ellos —dijo Zouhour—. El ADN Luxen interferiría con cualquiera de los biorrastreadores que han usado en el pasado.

—No solo eso, también los hemos investigado —añadió Cekiah.

—Y mira cómo resultó la última vez —señaló Hunter.

Buena observación.

—Sea como sea, seguimos sin matar a la gente —replicó Zouhour.

—Todos menos Luc —comentó Daemon.

Le eché un vistazo. Era sorprendente lo callado que estaba.

—Eso ha sido un incidente puntual que ninguno de nosotros piensa repetir.

Cekiah se inclinó hacia Kat y Daemon.

—Hace nada estabas diciendo que querías que lo que hiciéramos aquí fuera diferente: construir un mundo en el que quisieras criar a tu hijo. Estuve de acuerdo con todo lo que dijiste. ¿Cómo es que matarlo va a ser un mundo diferente del que hay ahí fuera?

—Porque Blake no debería formar parte de ese mundo ni de este —contestó Kat.

La discusión continuó a nuestro alrededor, dando vueltas en un círculo vicioso hasta que Zouhour dijo:

—Parece que ha hecho lo suficiente en su pasado como para merecer una sentencia de muerte, pero no estamos hablando solo de él. Chris ha sido un rehén más de la mitad de su vida. No os ha hecho nada a ninguno de vosotros. Si matamos a Blake, lo matamos a él. ¿Alguno de vosotros quiere eso en su conciencia?

—Es un peso que estoy dispuesto a soportar —respondió Daemon.

Ni Zouhour ni Cekiah parecían esperarse esa respuesta. Yo tampoco lo habría hecho si no hubiera visto el enfado de Daemon. Todavía no tenía ni idea de cómo sentirme al respecto. Hablaban de pena capital, pero sin juicio, y siempre había estado en conflicto con la idea de una vida por una vida. Una parte de mí pensaba que algunas personas habían cometido crímenes tan atroces que perdían el derecho a la vida, aunque la otra... ¿Cómo se arreglaban las cosas quitando una vida? Pero entonces pensé en Jason Dasher. Él no merecía vivir.

Sin embargo, todo esto era demasiado real. Antes, nunca me había planteado en serio la idea de participar en la decisión de acabar con la vida de alguien. Ahora, era testigo de ello. Supongo que era una parte de la normalidad de mi antigua vida que echaba de menos.

Miré a Luc y vi que los observaba a todos, pero me di cuenta de que apenas seguía la conversación. Sabía que no tenía ningún problema con lo del ojo por ojo, pero también quería a Blake vivo, al menos por un tiempo. Parecía que conseguiría lo que quería. Excepto que ahora, mientras estudiaba su perfil, no podía decir lo que quería. Su expresión era muy ilegible.

«Luc».

Sus pestañas bajaron y subieron. «Dime».

«¿Estás bien?».

Hubo un silencio y oí su respuesta. «Sí».

Se me revolvió el estómago mientras me quedaba mirándolo. No necesitaba oír su voz ni ver su expresión para saber que estaba mintiendo.

Lo que Daemon había dicho, lo que yo había dicho, seguía desgarrándolo. No necesitaba leerle la mente para saberlo.

«¿Quieres salir de aquí?», pregunté.

«Pues la verdad es que necesito un poco de aire fresco».

Empecé a levantarme, pero su voz me detuvo.

«Solo. Te veré en la casa. No me esperes levantada».

Y con eso, salió de la habitación sin mirar atrás ni una sola vez.

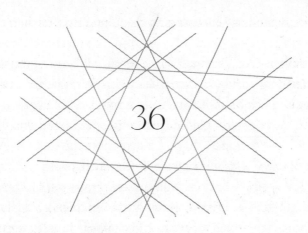

36

Sí que lo esperé levantada.

¿Cómo no iba a hacerlo?

Tras salir poco después que Luc, esperé durante horas, pero no apareció. Tuvieron que pasar varias horas de la medianoche para que al final cediera a la agotadora preocupación que me hacía recorrer la casa oscura.

En algún momento sentí que la cama se movía y que el cálido peso de su brazo se posaba sobre mi cintura. Comencé a girarme hacia él.

—Vuelve a dormir —susurró, rodeándome con el brazo—. Hablaremos mañana por la mañana.

Medio dormida y rodeada del aroma familiar de Luc, el olor a pino y a aire fresco, había hecho justo lo que me había pedido. Ojalá no lo hubiera hecho. Cuando me desperté, Luc ya se había ido y era más de la hora de comer. No lo había vuelto a ver, pero encima de la cómoda había una caja con tintes para el pelo de un tono moka intenso. Lo había dejado allí, pensando que no era el momento para un cambio de imagen.

La preocupación no era solo una sombra en el fondo de mi mente. Era una entidad tangible que me dificultaba prestar atención a la conversación a mi alrededor. Sabía con exactitud qué era lo que estaba alejando a Luc de mí. Era lo que Daemon había dicho el día anterior.

Era lo que yo le había dicho.

«Pero ¿valdrá la pena causar más dolor a tus amigos?».

Eso era lo que le había dicho, y no podía retirar esas palabras. No lo haría. Esas palabras eran la verdad. Los intentos de Luc por mantenerme con vida habían puesto a otros en peligro. Habían herido a gente. Los habían llevado a la muerte, y eso era algo con lo que él tenía que vivir, con lo que ambos teníamos que vivir, pero yo no se lo reprochaba. No podía arrepentirme de lo lejos que había llegado para mantenerme con vida. Incluso sin leerme la mente, Luc tenía que saberlo. Tenía que saber que, si hubiera sido él, yo habría hecho lo mismo. Daba igual quién fuera antes o quién fuera ahora, sabía que habría hecho cualquier cosa para salvarle la vida.

—¿De verdad crees que van a matarlos? —preguntó Heidi desde donde estaba sentada junto a Emery. Estábamos fuera, junto a la hoguera. Se habían sentado en el sofá de dos plazas, y Zoe estaba acurrucada en una de las otras sillas.

Mirando a nuestro alrededor, era casi fácil fingir que estábamos en cualquier jardín bonito y que las cosas eran normales. O al menos la nueva normalidad. Por fin estábamos todas juntas. Solo nos faltaba James, y estaban discutiendo si iban a ejecutar a Blake o no.

Así que, como he dicho, *casi* fácil.

—No sé cómo podrían dejarlo vivir —respondió Emery mientras jugueteaba con un mechón de pelo de Heidi—. Incluso si ha pasado página, no se puede confiar en él y, por ese motivo, no es como si pudiera ser exiliado o algo similar.

—Porque ¿y si todavía está trabajando para Dédalo? —preguntó Zoe, con los brazos enredados alrededor de las rodillas—. Ahora sabe demasiado.

Emery asintió.

—Como qué es esta zona y quién está aquí. ¿En el momento en el que sepan que aquí es donde están Daemon y Archer? ¿Kat? ¿Dee? Van a acabar con este lugar.

—Joder, ¿Daemon y Archer? Si se enteran de que Luc y su Troyana desaparecida están aquí tan panchos, vamos a estar hasta las cejas de agentes de Dédalo —añadió Zoe—. Ya lo sabrían si Evie no hubiera detenido a Sarah, y no puedo evitar pensar que toda la zona tiene los días contados en este momento.

Dirigí la mirada hacia ella. Había algo en su forma de decirlo que me hizo pensar que se refería a algo más que a Blake.

—¿Qué quieres decir?

Zoe se mordisqueó el labio inferior mientras negaba con la cabeza.

—¿Qué? —insistí.

—No lo sé. Es solo que no puedo ser la única persona que ha estado pensando que Sarah tuvo ayuda interna. Incluso si los contactos de ahí fuera, los de los centros de recursos, no saben a dónde se trasladan los paquetes, parece muy conveniente que Sarah encontrara el camino hasta aquí.

Me hundí en la silla.

—No. No creo que seas la única.

—Pero si supieran lo que está pasando en la zona, ¿no crees que estarían por aquí? —preguntó Emery.

—Eso es lo que no puedo entender. Si lo saben, ¿por qué no nos han invadido? —Zoe se encogió de hombros—. Eso significa que puede que esté muy paranoica.

—No creo que puedas ser demasiado paranoica —contesté, apartándome un mechón de pelo que el viento me había tirado a la cara.

—Pero ¿volviendo a Blake? —Emery miró a su novia—. Las cosas no pintan bien para él.

—No sé nada de eso —dijo Zoe, desplegando las piernas—. A Cekiah y Zouhour no les gusta matar a gente directamente, sobre todo cuando eso lleva a la muerte de Luxen inocentes.

—Presuntos Luxen inocentes —corrigió Emery—. En realidad, no sabemos la verdad. Solo retazos de la historia que quieren contar.

Y, joder, esa era una verdad que no se podía discutir.

—No sé cómo me siento al respecto —admitió Heidi—. A ver, entiendo que este tipo, Blake, ha hecho cosas terribles y no se puede confiar en él, pero ¿y si se ha, no sé, reformado? O ¿y si de verdad estaba haciendo todo lo posible para mantener a su amigo con vida? —Miró alrededor de nuestro pequeño e incompleto círculo—. Todos haríamos cualquier cosa por mantener a salvo a nuestros seres queridos. Yo estoy aquí por eso. No es que no quiera estar con Emery, pero he dejado a mi familia para que estuvieran a salvo. Ahora están atrapados en una ciudad cerrada al mundo entero. No tengo ni idea de cómo están o de si siquiera... —Se le cortó la respiración y se me oprimió el pecho—. Ni siquiera sé si están bien. Quiero llegar hasta ellos, pero sé que no solo nos pondría en peligro a nosotros, sino también a ellos si Dédalo pensara que puede utilizarlos para llegar hasta nosotros.

Emery dejó caer el mechón de pelo con el que había estado jugando y tomó la mano de Heidi, con la mirada sombría clavada en su cara.

—Lo que intento decir es que cualquiera de nosotros, puede que incluyendo a la mitad de los que estamos aquí, haría cosas horribles para salvar a sus seres queridos. —Los ojos de Heidi brillaban con lágrimas no derramadas—. ¿Vamos a castigar a otros por hacer lo que tenían que hacer para mantener a alguien con vida?

—¿Qué harías si él hiciera algo que terminara con Emery siendo torturada? —preguntó Zoe.

—Yo lo querría muerto —contestó Heidi, haciendo que Zoe levantara las manos—. Pero espero que me quedara la suficiente empatía como para intentar entender por qué ha hecho lo que ha hecho si algo así ocurriera.

—Yo no la tendría —admitió Emery, apretando la mano de Heidi—. Ni siquiera puedo mentir. No soy tan buena como tú.

—No creo que tenga nada que ver con ser bueno o no, porque eres buena —dijo Heidi, tirando de sus manos unidas en su regazo—. Solo estoy sensible.

Zoe resopló.

Heidi la ignoró.

—Mirad, estoy en contra de la pena de muerte. ¿Alguna de vosotras puede sorprenderse por mi conflicto?

—¿Y tú? —Zoe me miró—. ¿Qué opinas tú?

Abrí la boca y luego la cerré. ¿Que qué opinaba? No había una respuesta fácil.

—Siendo sincera, no lo sé.

—No te escaquees —murmuró Zoe.

—No. Estoy hablando en serio. —Me incliné hacia delante en la silla—. Una parte de mí piensa que debería ser, no sé, sacrificado con humanidad. Tengo la sensación de que solo sabemos la mitad de lo que ha hecho, y lo que sabemos es bastante terrible. Nadie aquí va a confiar en él, así que no es como si se le pudiera dejar andar de aquí para allá, y no podemos ponerlo en libertad de nuevo.

—¿Pero? —preguntó Heidi.

Suspiré.

—Pero si Blake muere, entonces Chris también, y si Blake ha hecho esas cosas para mantener a Chris con vida, entonces solo estaba haciendo lo que necesitaba. Lo mismo que haría cualquiera de nosotros.

Zoe me miró.

—Presiento que viene otro pero.

—Pues sí. —Sintiendo la sensación punzante del Luxen entrante, miré a mi alrededor mientras bajaba la voz, sin saber si Daemon estaba en el patio de al lado—. Pero si él hubiera causado lo que le pasó a Kat, a Luc o a cualquiera de vosotras, lo querría muerto. No sé cómo sentirme al respecto.

Heidi asintió mientras se sentaba de nuevo, bajó la mirada a donde sostenía la mano de Emery.

—Las cosas eran mucho más fáciles antes.

El eufemismo del año.

Un movimiento me llamó la atención y miré hacia la casa. Grayson estaba de pie en el estrecho sendero que conducía al patio delantero. El corazón me dio un vuelco.

—Perdonad —murmuré, poniéndome de pie de un salto. Corrí hacia él—. ¿Sabes dónde está Luc?

Su fría mirada me recorrió la cara antes de posarse unos centímetros por encima de mi cabeza.

—Está en la biblioteca. Creí que te gustaría saber que se está preparando para hablar con Blake.

No podía creer que Luc fuera a intentar hablar con Blake sin mí. Tampoco podía creer que Grayson me estuviera contando esto.

Se me revolvió el estómago y comencé a correr, pero conseguí detenerme. Me volví hacia las chicas.

—Tengo que irme.

La curiosidad se reflejó en sus expresiones, pero me volví hacia Grayson.

—Gracias.

Grayson bajó la mirada y no sé por qué hice lo que hice a continuación, pero lo toqué. Alargué la mano y le agarré la suya. Su piel era cálida, lo que no concordaba con todo lo demás en él. La apreté. Eso fue lo único que hice, pero todo su cuerpo pareció estremecerse como si le hubiera dado una descarga. Puso los ojos como platos y se le tensó todo el cuerpo.

—Siéntate con ellas. Habla con ellas —le dije, soltándole la mano antes de que se desmayara—. Sé que les encantaría.

Unos ojos azules como el hielo se encontraron con los míos.

—¿Estás segura de eso?

Bueno...

—Estoy segura de que a Emery le encantaría hablar contigo —contesté, y luego sonreí.

Solo las comisuras de sus labios se curvaron, pero era algo.

—Será mejor que te des prisa.

Encontré a Luc menos de dos minutos después, pues había corrido tan rápido como pude hasta la antigua biblioteca. Estaba en la primera planta, hablando con Cekiah, mientras yo casi irrumpía por la puerta principal.

—Sí, te prometo que solo voy a hablar con él —decía Luc mientras me detenía derrapando, con unos cuantos mechones de pelo cayéndome en medio de la cara. Me miró y arqueó una ceja cuando me aparté el pelo del rostro.

Nuestras miradas se conectaron y, por un momento, pensé que iba a ignorarme. Que fingiría que no estaba allí, y no supe qué hacer. A decir verdad, sí que lo sabía. Me enfadaría. Puede que montara una escena, y después me escondería y lloraría como una persona madura.

—Corrección. —Se volvió hacia Cekiah—. Nosotros no vamos a tocarle ni un solo pelo de la cabeza a Blake. Solo queremos hablar con él.

Una respiración agitada me salió de los pulmones.

Cekiah me miró con los labios fruncidos. Pasó lo que pareció un minuto entero antes de que dijera:

—Tenéis media hora. Eso es todo. Ya sabéis dónde encontrarlo.

Vi a Cekiah volver a través de las puertas dobles abiertas que conducían a la parte principal de la biblioteca. Desde donde estaba, podía ver hileras de libros. Despacio, desvié la mirada hacia Luc. Tenía el mismo aspecto que cuando lo había visto subir por el camino de entrada, el mismo que tenía antes de marcharse. Las intrigantes y deslumbrantes líneas y planos de su rostro me resultaban familiares, al igual que la anchura de sus hombros y la ligera tensión de su cuerpo. Aquellos ojos seguían siendo preciosos a rabiar, de un tono tan brillante que parecía que hubieran colocado joyas en ellos.

Sin embargo, había algo diferente cuando me devolvió la mirada.

—Supongo que alguien te ha contado lo que estaba haciendo.

—Nunca lo diré —intenté soltar una broma, pero cayó tan plana como una tabla en el espacio que había entre nosotros. Quería hablarle de lo que sabía que le molestaba, pero no era el momento—. No hemos hablado esta mañana como habías dicho que haríamos.

Luc no dijo nada.

Respiré de manera entrecortada.

—Vas a hablar con Blake.

Asintió.

—¿Se te ha pasado por la cabeza que tal vez querría estar aquí? —pregunté, dándome cuenta de que mi voz no había sonado ni de lejos tan contundente como quería que sonara.

—Sí.

Levanté las cejas.

—¿Y?

—Y pensé que, como solo Dios sabe lo que Blake va a decir, decidí que lo más seguro es que no fuera muy buena idea que estuvieras allí.

Mi irritación aumentó.

—Menos mal que no tomas decisiones por mí.

Una emoción se reflejó en sus facciones, demasiado rápido para que yo pudiera descubrirla. Se le suavizó la expresión.

—Vamos.

Ignorando el cosquilleo de la inquietud y el torrente devastador de la incertidumbre, lo seguí por el pasillo y me dirigí hacia la puerta sin ventanas situada al fondo, junto a un rincón en el que había una vitrina de cristal que imaginé que una vez había albergado libros. El pasillo era oscuro y estrecho, e incluso mis nuevos ojos especiales de alienígena no podían distinguir un paso en la oscuridad, pero eso no duró mucho. El resplandor de la fuente se derramó alrededor de la mano de Luc, iluminando el camino. Comenzó a bajar los escalones.

Repitiéndome a mí misma que no era el momento de hablar con él, abrí la boca y solté:

—¿Estás bien?

—Sí. —Fue su respuesta, y supe que era mentira.

—¿Seguro? —pregunté mientras doblábamos la esquina—. Estoy preocupada.

Permaneció en silencio unos instantes y se detuvo al llegar al siguiente rellano. Me miró, el resplandor le suavizaba las facciones.

—Si vas a venir aquí a hablar con Blake, no puedes preocuparte por mí. Yo sabré cuándo está mintiendo, pero tú no, y puede que no sea capaz de decir nada antes de que el daño esté hecho. Y luego está la verdad —dijo—. Tienes que estar presente en lo que estamos haciendo. ¿Entiendes?

Me dio un vuelco el corazón, pero asentí.

—Sí.

Su mirada buscó la mía, y entonces volví a enviarle el mensaje. «Sí».

—Vale. —Luc se giró y la puerta crujió al abrirse.

Había una hilera de faroles en las paredes del sótano que iluminaban lo suficiente como para que no tuviéramos que usar la mano de Luc como linterna. Pasamos junto a mercancías empaquetadas, en cajas y etiquetadas. No presté atención a nada de aquello cuando la puerta del fondo se abrió a un espacio iluminado de la misma manera. No pensaba en nada, porque había una celda. Había varias, y todas brillaban en la escasa luz como si las hubieran rociado con purpurina.

—Ónice —me explicó Luc—. Los barrotes están recubiertos de ónice y diamantes para evitar que los Luxen se escapen.

—¿Cómo los han hecho?

—Creo que los barrotes ya existían. Los humanos los trasladaron aquí —dijo, y no pude evitar pensar en a quiénes habían contenido esos barrotes en otro tiempo. Pero tenía que concentrarme en a quién contenían ahora.

Blake estaba en la celda del centro, solo. Estaba sentado en una cama, con una pierna doblada y la otra estirada y apoyada en el suelo. Miré a mi alrededor y vi que las demás celdas estaban vacías.

«Chris está preso en la otra habitación». La voz de Luc se filtró en mis pensamientos. «No los querían juntos».

Eso tenía sentido.

Blake levantó la cabeza cuando nos acercamos. Un bocadillo a medio comer estaba en un plato al lado de la cama, junto a una botella de agua. No sonrió ni mostró ninguna emoción.

—Os estaba esperando.

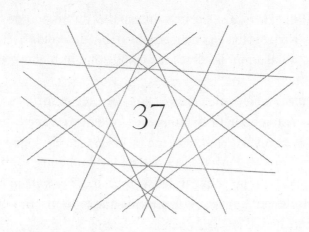

37

—Siento haberte hecho esperar. —Luc se detuvo a medio metro de los barrotes. No parecía sentirlo en absoluto.

Blake lo percibió, porque sonrió con satisfacción.

—Veo que no has cambiado nada.

—Creo que si pasaras cinco segundos fuera de la celda, descubrirías que todavía hay más gente que no ha cambiado —respondió Luc.

Se le desvaneció la sonrisa.

—Supongo que Daemon sabe que estoy aquí.

—Así es.

Se concentró en el techo. También brillaba con trozos de ónice.

—¿Y Kat?

—Si yo fuera tú, ni siquiera pensaría en su nombre, y mucho menos lo diría.

—Sí. —Exhaló con pesar—. Me quieren muerto.

—Pues claro que sí —replicó Luc.

—Pero no estás aquí por eso. —Bajó la mirada.

—Nop —dijo Luc mientras daba un paso adelante—. La historia es que estás vivo porque Chris te curó.

—Morí. Más de una vez. Kat acabó conmigo, y tengo las cicatrices que lo demuestran. —Se señaló la cara—. Y no solo aquí. Tengo todo el cuerpo cubierto de ellas.

—¿Se supone que debo sentir lástima por ti? Si es así, te aviso: no lo hago.

—No espero que lo sientas —respondió—. Chris me curó. Me trajo de vuelta, y luego me trasladaron a otro lugar, y si quieres saber por qué le hicieron creer a ella que estaba muerto, no tengo ni idea.

—¿Cómo te curó Chris si habías muerto? —le pregunté—. ¿No habría significado eso que él habría muerto también?

Blake desvió la mirada hacia mí.

—Buena observación, pero los Luxen no siempre mueren inmediatamente después de que muera el híbrido al que mutaron. Algunos se quedan un par de minutos. Por suerte, o por desgracia, Chris se quedó, pero no es que no tuviera ayuda. Dédalo seguía reiniciando mi corazón y bombeándome más sangre.

Miré a Luc.

—Está diciendo la verdad —dijo Luc.

—¿Por qué iban a mantenerte con vida? —pregunté—. Por lo que recuerdo de Dédalo, no toleran el fracaso, y si Kat te venció, fracasaste.

—Pensaron que aún era útil —respondió.

—¿Y lo fuiste? —preguntó Luc.

—Tardé semanas en curarme del todo, y pasé la mayor parte de la guerra recluido, junto con Chris, en Raven Rock.

—¿Raven Rock? —Fruncí el ceño.

—Una base militar en Pensilvania equipada con todo lo necesario para sobrevivir a una guerra nuclear —explicó Luc—. Yo arrasé esa base. —Lo mencionó como si estuviera hablando de cortar el césped.

—Eso es lo que escuché, pero para entonces ya nos habían trasladado.

De repente, a Luc se le tensaron los hombros.

—Os trasladaron a Fort Detrick.

Mis labios se separaron en una inhalación temblorosa, y lo supe. Ni siquiera tenía que preguntar, pero lo hice.

—Ahí es donde me viste.

—Ya te había visto antes —me recordó Blake—. En la discoteca. Estabas bailando.

—Tenía que haberte matado entonces —gruñó Luc, y la cruel veracidad de sus palabras me produjo un escalofrío.

—Pues sí, pero me necesitabas. —Blake cruzó los brazos sobre el pecho—. Te vi de nuevo en Fort Detrick.

Comenzó a latirme con fuerza el corazón.

—¿Me entrenaron en Fort Detrick? ¿Todo el tiempo?

Blake asintió.

—En la parte que está muy bajo tierra, más allá de su nivel cuatro de riesgo biológico. No sabías de ese lugar, ¿verdad, Luc?

Luc no tuvo que contestar. No había sabido que yo había estado allí.

—¿Qué puedes decirme sobre lo que hice allí? —pregunté.

—Hiciste lo que querían que hicieras. —Se movió, estirando la pierna que tenía doblada—. Con el tiempo.

—Déjate de dramatismos, Blake. Sabes que tengo muy poca paciencia —advirtió Luc—. Eso tampoco ha cambiado con los años.

Se le puso rígida la mandíbula.

—No estabas de acuerdo con el programa cuando te vi por primera vez.

—¿Me opuse? —pregunté.

—Sí.

Al oírlo, me entraron ganas de sonreír. Sabía que sonaba a locura, pero la satisfacción de saber que no me había limitado a seguirle la corriente a Dédalo con lo que quería era enorme.

—Eso no duró para siempre —añadió Blake.

Ay. La satisfacción se me desinfló un poco.

—¿Estás segura de que quieres saberlo? —preguntó.

Luc me miró, y pude leer en sus ojos lo que él prefería. Si por él fuera, yo no estaría aquí abajo. No escucharía nada de esto. Pero podía manejar lo que Blake me dijera.

—Quiero saberlo.

Blake negó con la cabeza mientras dejaba escapar un fuerte suspiro.

—Te resistías todo lo que podías, negándote a aprender a luchar, y cuando te obligaban, te negabas a utilizar lo que te enseñaban contra los demás. —Cerró los ojos—. Pero siempre encontraban la forma de conseguir lo que querían. No te veía todo el tiempo, pero cuando te veía, parecía que hubieras perdido una pelea con un boxeador de peso pesado.

Luc estiró el cuello hacia el lado izquierdo y luego despacio hacia el derecho.

—¿Me golpearon hasta que cedí? —pregunté, y era extraño lo indiferente que estaba al saberlo. Quizás porque no me sorprendió tanto.

—Privación de la comida y del sueño. Sé que usaban eso, porque lo hacían siempre que no se salían con la suya. También sé que lo hacían porque la única vez que te vi, parecía que no habías dormido en una semana. Eso fue al principio. Imagino que emplearon otros métodos. —Sonaba cansado y agobiado—. Podían ponerse creativos.

Tragué saliva, sin atreverme siquiera a mirar en dirección a Luc.

—¿Y después qué?

Blake miró a Luc antes de decir:

—Te rompieron.

Una carga de energía hizo que el aire se volviera más denso. Los faroles de gas parpadearon y Blake descruzó los brazos.

—Luc. —Me acerqué y le puse la mano en la parte baja de la espalda. «No pasa nada. Todavía sigo aquí. No me han roto».

«Sí que pasa. Siempre pasará». Otra oleada de energía lo recorrió, y entonces su pecho se elevó con una respiración profunda.

Una vez segura de que Luc no iba a perder la cabeza, le pregunté:

—Entonces, ¿me convertí en una esbirra sin cerebro?

Le apareció una mueca.

—Creo que nunca te convertiste del todo en una esbirra. Eras distinta a los demás.

Con la respiración entrecortada, bajé la mano.

—¿A qué te refieres?

Se arrimó al borde de la cama.

—No estaba cerca de ti todo el tiempo. Era esporádico, pero tenías un sentido de la consciencia que los demás nunca tuvieron. Seguías las cosas de otra manera, como si de verdad las vieras. Pensabas antes de actuar, incluso cuando hacías lo que ellos querían.

—¿Ellos? ¿Ese *ellos* incluye a Jason Dasher?

—A Jason y a los otros que trabajaron con todos vosotros. Una vez me metió en la jaula con uno de vosotros. —Blake se apresuró a mirar a Luc—. Nunca me peleé con ella. Lo juro.

Luc levantó la barbilla en señal de que le creía.

—¿Qué es eso de la jaula?

—Era un cuarto donde os hacían enfrentaros unos a otros...

—¿Con paredes blancas y un desagüe en el centro?

Asintió con la cabeza.

—Así la limpieza era mucho más fácil si solo tenían que darle al cuarto con la manguera después.

Las náuseas aumentaron al formarse la imagen de la sangre dando vueltas por el desagüe. Fui más allá.

—¿Maté a otros como yo? —Como no habló, di un paso adelante—. Quiero saberlo.

—Si yo pudiera olvidar una décima parte de lo que he hecho, lo haría con gusto. ¿Por qué quieres saberlo?

—Yo no soy tú.

—No, supongo que no. —Levantó la barbilla un poco—. Sí. Mataste a otros como tú. Y mataste a otros que no eran como tú.

La conmoción me impactó.

—¿A otros que no eran como yo?

—Luxen. Híbridos. Un Origin o dos —enumeró, y la bilis se me subió a la garganta—. Humanos...

—Vale —cortó Luc—. Se aseguraron de que pudiera usar sus habilidades para luchar y matar. Entendido.

Me llevé la mano al estómago.

—Te vi después una vez. Estabas con él. No parecías orgullosa de ti misma. No como los demás cuando complacen a su creador.

Eso era un alivio. Suponía.

—Estabas mucho con Dasher —dijo Blake—. Te trataba diferente a los demás. Te traía comida de fuera. Te dejaba ver la televisión. Te hacía sentarte a su lado mientras trabajaba.

Eso me recordó a la relación de Luc con Nancy. Creo que Luc pensaba lo mismo, porque tenía la mandíbula tan rígida que no era de extrañar que se le hubiera roto una muela.

—Les había visto hacer eso con híbridos u Origin a lo largo del tiempo que pasé con ellos. Solía cabrear a los demás. —Blake levantó las cejas—. Aunque eso no parecía siquiera perturbar a los Troyanos. Como si los celos no estuvieran contemplados en su programación, lo que es extraño, ya que eran competitivos.

—¿Hablamos tú y yo? —pregunté, y cuando asintió, quise saber qué habría dicho, cómo habría actuado.

—Fue breve. Dasher estaba hablando con mi nuevo supervisor, y te tenía en su despacho. La verdad es que no nos estaban prestando atención. Me miraste y me dijiste que te acordabas de mí.

—¿Y qué le dijiste tú? —preguntó Luc.

—Le pregunté por ti. —Blake lo miró—. No podía entender cómo la habían atrapado. No sabía que había estado enferma. Me enteré más tarde. Sabía que a ti no te tenían. Ninguno de ellos habría estado hablando de otra cosa durante días si ese hubiera sido el caso.

Algo del viejo Luc se coló entonces, porque sonrió con satisfacción, y, madre mía, nunca me había sentido tan aliviada al verlo.

—Me dijiste que Luc estaba libre —dijo Blake, y un ligero escalofrío recorrió a Luc—. Y entonces me dijiste... —Una sonrisa le agrietó los labios, y se rio un poco—. Que yo estaba en tu lista.

—¿Mi lista?

—De gente a la que planeabas matar.

Luc soltó una risita, pero lo único que pude hacer yo fue quedarme mirándolo.

—¿Y cómo respondiste a eso?

La pequeña sonrisa se desvaneció.

—Creo que dije que tendrías que ponerte a la cola.

—Es una cola bastante larga —murmuré, y me pareció sentir una oleada de diversión brillar en mis pensamientos—. ¿Sabía Dasher que yo era distinta?

—No veo cómo no podría haberlo sabido. Para mí era obvio.

—¿Y eso no le molestó?

—No lo parecía. —Blake se levantó poco a poco—. No dejaba de pensar, incluso después de que parecieras haber desaparecido de Fort Detrick, en por qué narices te tenían. ¿Por qué te salvarían y luego te entrenarían? Tenía que tener algo que ver contigo. —Se centró en Luc—. Pero eso tampoco tenía sentido. Puede que fueras increíble para ellos, pero, hombre, si hubieras visto a los Troyanos en acción, y me refiero a una acción real, sabrías que no te necesitaban. Entonces, ¿por qué?

—No pueden renunciar a mí —respondió Luc, sonando aburrido.

Otra débil sonrisa apareció en el rostro de Blake, pero era quebradiza, como si no hubiera sonreído mucho.

—Es una buena pregunta —comenté—. Y supongo que no lo sabes.

Se detuvo frente a los barrotes.

—Solo sé que no puede ser algo bueno. —Sus ojos se encontraron con los míos—. Y que tienen que tener algún tipo de plan que os implique a los dos.

Eaton lo había sugerido, pero seguía abriendo una supurante herida de malestar.

—¿Sabes si Dasher mutó? —preguntó Luc.

La pregunta pareció sorprender a Blake.

—No. ¿Por qué?

—Sylvia le disparó en el pecho. Lo vi con mis propios ojos. Ella tendría que haberlo curado —respondió Luc.

—No creo que mutara. Al menos no de una manera que yo pudiera confirmar —respondió.

—¿Y a Sylvia? ¿Alguna vez la viste? ¿La viste conmigo?

—Unas cuantas veces. Cuando estabas con Dasher en su despacho. Ella bajaba.

Me crucé de brazos bajo el pecho, luchando por no sentir nada al respecto.

—¿Cuándo fue la última vez que me viste?

—No sé exactamente cuándo, pero no volví a verte después de que habláramos —contestó—. Solo me había enterado de algunas cosas sobre el Proyecto Poseidón, pero me imaginé que te convertirías en lo que ellos quisieran que fueras. Supongo que resultó ser la hija de Jason Dasher. No me dijeron nada de ti. Nunca me preguntaron si sabía quién eras, e incluso después de que te fueras, sabía que no debía hacer preguntas.

—¿Siguen usando las instalaciones que hay debajo de Fort Detrick? —preguntó Luc.

—Pude escapar un año después, y entonces sí que lo hacían. Imagino que siguen haciéndolo.

Abrí la boca y luego la cerré mientras apretaba los ojos durante un latido antes de volver a abrirlos. Si eso era cierto, entonces mi madre tenía que haber seguido trabajando para Dédalo cuando murió. ¿Cómo no iba a hacerlo si esas instalaciones seguían activas bajo sus pies? Pensé en cómo me había avisado la noche que había muerto y yo había huido. ¿Cómo iba a saber que venían si entonces no tenía nada que ver con ellos?

—Está bien saberlo —murmuró Luc—. ¿Cómo escapasteis?

—Nos estaban trasladando a una nueva ubicación. No sé a dónde. No nos lo dijeron, pero a Chris y a mí nos iban a trasladar juntos. Era nuestra única oportunidad. No creo que ninguno de los dos pensara que lo íbamos a conseguir, pero estábamos preparados para las consecuencias si fracasábamos.

—¿La muerte? —dije.

—La muerte segura —confirmó—. Pero estábamos en la interestatal, en algún lugar de Ohio, cuando pararon a echar gasolina, y entonces huimos. Hemos estado huyendo desde entonces. Ha sido una casualidad que Chris conociera a un Luxen que le hablara de uno de los centros de recursos. Si no, seguiríamos huyendo.

—Y estarías en una posición menos precaria —terminó Luc por él—. ¿Algo más de interés que quieras compartir?

—Si supiera más, te lo diría.

—Entonces supongo que esta conversación ha terminado.

—Espera —gritó Blake antes de que Luc o yo pudiéramos girarnos—. Necesito tu ayuda.

—Estoy seguro de que necesitas muchas cosas, Blake.

—Necesito salir de aquí. Si no lo hago, Chris va a morir, y te digo que él ha sido inocente en todo esto. Puedes leerme la mente y ver que es verdad.

—Puedo, pero no veo cómo crees que puedo ayudar.

—Sabes exactamente cómo puedes ayudar. —Blake se agarró a los barrotes, haciendo una mueca de dolor cuando la mezcla de ónice y diamante empezó a actuar en el ADN alienígena que llevaba dentro—. Si no me ayudas a escapar, me matarán. Eso matará a Chris. No se lo merece. La sangre está en mis manos.

—Esa sangre no se puede lavar, Blake. Nunca se podrá.

—Tú mejor que nadie sabes que soy consciente de ello. —Blake seguía agarrado a los barrotes, las cicatrices de su cara comenzaban a resaltar más—. Si de alguna manera pudiera romper este vínculo que ata la vida de Chris a la mía, lo haría. Joder, lo habría hecho hace años, pero no puedo, y él no merece morir, Luc. No lo merece.

Con el corazón retorcido por una compasión no deseada, miré a Luc.

—Por favor —suplicó Blake—. No me estás ayudando a mí. Estás ayudando a Chris. Por favor. Daemon va a matarme. Sabes que lo hará.

—¿Puedes culparlo? —preguntó Luc.

—Joder, no. No lo culpo en absoluto. Si fuera solo yo, lo aceptaría de buen grado. Dios, lo haría. No tienes idea de la clase de pesadillas que tengo. Tú escapaste, Luc. Yo no. Pero si no lo hubieras hecho, yo soy en lo que te habrías convertido.

Me puse rígida.

—Yo nunca me habría convertido en ti.

—¿Estás seguro? —Blake asintió hacia mí.

Luc dio un paso adelante, apretando las manos contra los barrotes por encima de Blake. El híbrido apartó las manos de un tirón. Blake retrocedió. Su mirada se dirigió a la mía.

—Por favor...

—No. —Luc se movió, bloqueándome de la vista de Blake—. No le pidas eso a ella. Si lo haces, tu vida termina aquí, ahora mismo. Sabes que lo haré.

Hubo un silencio y luego:

—Sí.

Luc no dijo nada.

—Haré lo que sea. Cualquier cosa —susurró Blake—. Piensa en todos los favores que podría deberte...

—No puedo ayudarte —repuso Luc.

—¿No puedes o no quieres?

—No quiero —respondió Luc, y me entraron ganas de llorar.

No quería que Luc ayudara a Blake. No quería que Kat y Daemon se preguntaran dónde estaba Blake, ni quería que la comunidad viviera con el temor de que los traicionara, porque sabía en mi corazón que lo haría si alguna vez lo capturaban, pero esto era triste. Era una maldita tragedia, y odiaba aún más a Dédalo por haber convertido a este hombre en lo que era, por haberle puesto todos los clavos en el ataúd hace años. Si Blake era asesinado y Chris moría, podría ser por la mano de Daemon, pero sería Dédalo quien lo habría provocado.

Quería cerrar los ojos, pero no lo hice. Blake volvió a aparecer en mi campo de visión, solo porque estaba retrocediendo. Se sentó en la cama e inclinó la cabeza hacia atrás contra el ladrillo visto. Cerró los ojos y volvió a esperar lo que era seguro que se le venía encima.

La muerte.

Y entonces, sin decir una palabra, Luc me agarró de la mano y nos fuimos.

Luc me soltó la mano en cuanto llegamos a la planta principal. Aquello me dolió, porque me pareció raro e incorrecto, al igual que el hecho de que ninguno de los dos dijera una sola palabra.

—Tenemos que hablar —dije en cuanto estuvimos en la acera, lo bastante lejos como para que nadie nos oyera—. No sobre Blake...

—Lo sé. —Con las manos en los bolsillos de sus vaqueros, se volvió hacia mí—. Sí que tenemos que hablar.

Volvió la sensación nauseabunda de antes. Esperaba que dijera algo estúpido o tonto. No esperaba que estuviera de acuerdo, y el instinto me gritó una serie de advertencias que hicieron que cien nudos se me agolparan en las entrañas.

—Lo que Daemon dijo sobre...

—¿Cuánto dolor he causado a personas que se merecían algo mucho más que eso? —interrumpió, y sentí como si un cuchillo me abriera el pecho—. Lo que dijo era cierto. Lo que dijiste tú era verdad. Tienes razón. No necesitan que se les cause más dolor, pero, al fin y al cabo, lo que tú pensaras o lo que Daemon quisiera, no importaba. Después de todo, Blake está vivo. Teníamos que hablar con él. Conseguí lo que quería.

Y no descubrimos mucho más allá de una nueva pesadilla.

—Hiciste lo que tenías que hacer para mantenerme con vida. La gente salió herida. Murió gente. —Di un paso hacia él y se puso visiblemente tenso—. Desearía que no hubiera pasado. Sé que tú también, pero me estaba muriendo y me mantuviste con vida. No puedo reprochártelo.

Algo de la frialdad se filtró de su mirada cristalizada, y una chispa de alivio aflojó los nudos.

—Lo sé, Evie. No creí ni por un segundo que me lo reprocharas.

Mi mirada buscó la suya.

—Yo haría lo mismo si fueras tú.

—¿Lo harías de verdad?

Me eché hacia atrás, atónita.

—¿Cómo puedes siquiera preguntar eso?

Apartó la mirada.

—Tú no habrías hecho las cosas que yo he hecho. No habrías hecho daño a la gente. Eres buena, Evie.

La ira se estrelló contra la agonía que cosechaban sus palabras. Quería abrazarlo. Quería estrecharlo entre mis brazos y demostrarle lo agradecida que estaba de que sintiera el tipo de amor que garantizaba mi supervivencia. Y también quería estrangularlo, estrangularlo con amor, por supuesto, porque no me conocía tan bien como creía.

—Tenemos que ir a un lugar privado.

Enarcó una ceja y volvió la cabeza hacia mí.

—Melocotón, no creo que lo que tengas en mente sea apropiado en este momento.

Entrecerré los ojos.

—Ojalá fuera eso lo que tuviera en mente, pero no vas a tener tanta suerte.

—Vaya, ahora tengo mucha curiosidad.

—Tenemos que ir a un sitio tranquilo porque estoy a punto de gritarte, y no necesitamos que media comunidad sea testigo de tu bochorno.

Luc abrió mucho los ojos y me miró en silencio durante unos instantes.

—Acabas de sonar muy parecido a ella. A Nadia.

—¡Eso es porque soy ella! —grité, haciendo que un pájaro solitario echara a volar por encima de mí hacia el cielo.

Siguió mirándome fijamente.

—Jesús —espeté, arremetiendo contra él. Lo agarré de la mano y empecé a andar.

—Evie...

—Nop —lo corté—. No hasta que estemos en casa o en algún lugar privado.

—Solo iba a...

—¿Callarte de verdad? —sugerí—. Vaya. Gracias.

La risita de respuesta de Luc hizo estallar todos mis nervios, porque creo que nunca lo había oído divertirse tanto.

—¿De qué te ríes? —le pregunté, y como no respondió, lo miré mientras cruzábamos la intersección—. ¿Qué?

Parpadeó.

—¿Se me permite hablar ahora?

Exhalé por la nariz.

—¿Sabes qué? No me importa lo que te parezca tan gracioso. No, no se te permite hablar.

Los labios de Luc se movieron como si estuviera reprimiendo una sonrisa u otra carcajada, pero fue sabio y consiguió luchar contra ello y permanecer callado durante todo el camino de vuelta a la casa. En cuanto la puerta se cerró detrás de nosotros, le solté la mano y me giré hacia él.

—¿Vas a gritarme ahora? —preguntó—. Pero no muy alto. Daemon y Kat podrían oírnos.

—Si dices una tontería más, nos va a oír todo el mundo —le advertí, y por mucho que me molestara, también me encantó ese brillo que vi en sus ojos—. Creía que me conocías. Creía que me conocías mejor que yo misma. La mayoría de los días me lo parece, pero me equivocaba.

Frunció el ceño.

—Claro que te conozco.

—Sabes cómo era yo antes. En realidad, creo que ni siquiera me conocías tan bien como crees que me conocías entonces —dije—. Es imposible que pienses que yo no habría hecho exactamente lo mismo que tú si nuestras posiciones hubieran sido al revés.

—Evie —empezó—, tú no...

—Pondría a la gente en peligro. Lo haría, y lo odiaría, pero eso no me detendría si eso significara asegurarme de que tú estuvieras bien —dije—. Y tengo la sensación de que incluso antes de que me arrebataran mis recuerdos, lo habría hecho entonces. ¿Eso hace que lo que hiciste esté bien? ¿Que lo que yo haría si tu vida estuviera en peligro esté bien? No. Lo que hiciste y lo que yo haría nunca estará bien, pero es lo que hay. No es que no te importe, Luc.

—¿Ves? Ahí es donde no me conoces tan bien como crees —replicó—. No me preocupé lo suficiente por los demás como para no iniciar las cosas que llevaron a la tortura de Kat y a la muerte de Paris. No me importó lo suficiente como para devolverte el móvil y dejarte en paz. En el momento en el que decidí que no podía, que no volvería a alejarme de ti, todo lo que ha pasado desde entonces ha sido por eso.

Me quedé boquiabierta.

—No tienes ni idea de lo que habría pasado si no hubieras tomado esa decisión.

—Sé que Kent aún estaría vivo. O al menos, sus amigos no habrían tenido que verlo morir así. Sé que Clyde habría vivido para ver otro día, porque mi cabeza habría estado centrada y los habría sacado a él y a Chas antes de que nos asaltaran —argumentó—. Tengo más ejemplos, pero lo más importante es que nunca sabrás la cantidad de sangre que me gotea de las manos por lo que he hecho para asegurarme de que estés aquí de pie, justo delante de mí.

Se me cortó la respiración.

—¿Te das cuenta de que todo lo que acabas de decir también pone toda esa muerte, toda esa sangre, sobre mí?

—No. No tiene nada que ver. No tiene nada que ver contigo, porque tú nunca tomaste esas decisiones. Las tomé yo.

—¡Eso no es verdad! —Respiré hondo—. No te propusiste hacerles daño, ¿o sí?

—Eso no cambia que ocurriera. No cambia que tenga que haber algo malo en mí —me espetó, dejándome aturdida—. ¿Sabes lo que he hecho durante toda la noche pasada? ¿Durante toda la mañana? No he parado de caminar, tratando de entender lo que me hicieron para hacerme así. Para que no me importaran los demás, para que me pareciera bien hacer las cosas que he hecho. Cosas que han hecho daño a la gente. Cosas que han matado a gente —dijo, abriendo las manos—. Porque hay más momentos en los que ni siquiera me siento remotamente humano. Que si no fuera por lo que siento por ti, sería un monstruo. Pero lo soy. —Retrocedió un paso, con los ojos brillantes—. Tengo que serlo, porque duermo muy bien por las noches, Evie. Las heridas que he infligido y las muertes que he causado me pesan, pero no me han cambiado. Lo haría todo de nuevo. En serio.

Dios mío.

Las grietas se extendieron por mi corazón; las lágrimas se agolparon en mis ojos no por mí, sino por él. ¿Cómo podía pensar eso de sí mismo?

Lo peor era que esto no había surgido de la noche a la mañana. Lo que Daemon había dicho solo había apretado el gatillo del arma cargada que siempre había estado ahí.

La vergüenza me quemó la piel mientras abría los dedos. ¿Era egoísta? Tal vez lo fuera, pero yo también lo era, y mi egoísmo tenía su origen en la autoprotección, mientras que el suyo procedía de mi protección. Mi propia inmadurez fue una sacudida para mi sistema, y era muy consciente de lo inmadura que podía ser en cualquier momento, pero esto iba más allá. Era como si hubiera sumergido la cabeza en agua hirviendo.

Esta era la causa de esos momentos de tranquilidad en los que parecía atrapado en algún tipo de pesadilla personal de la que no podía despertar. Esto era lo que no podía ocultar en sus ojos aunque sus rasgos se convirtieran en una máscara ilegible. Había estado tan enfrascada en mis propios problemas, en mi propio bagaje, que no me tomé el tiempo de fijarme de verdad en los suyos, porque si lo hubiera hecho, habría visto esto.

De repente, creí entender a qué se había referido Grayson cuando dijo que Luc no podía ser siempre invencible. Pensaba que se refería a algo físico, pero estaba hablando de algo mucho más importante. Yo no lo había visto. Pero Grayson sí.

Visto con retrospectiva, las cosas son más fáciles, ¿verdad?

—Lo siento —susurré.

—¿Que lo sientes? —Sacudió la cabeza con incredulidad—. ¿Por qué lo sientes?

—¿Por todo?

Se estremeció como si alguien le hubiera asestado un golpe, y mi cuerpo se movió sin que yo me diera cuenta. Me acerqué a él y, cuando se echó hacia atrás para separarnos, no se lo permití. Le puse las manos en las mejillas, deteniéndolo. No utilicé la fuente. No me hacía falta. Luc siempre se paraba por mí.

Lo miré fijamente a los ojos mientras apoyaba las palmas de las manos en sus mejillas.

—No tienes nada malo en ti.

Las pupilas le brillaban como estrellas luminosas.

—Evie...

—Has hecho cosas monstruosas, pero Daemon también. Igual que su hermano y la mitad de la gente que conocemos. Incluida yo. —La humedad se pegó a mis pestañas. Me acerqué a él, hasta que el calor de su cuerpo golpeó el mío—. Sí que te importa. He visto el peso que llevas, pero debería haberlo visto de verdad.

Luc temblaba mientras sus manos se cerraban en torno a mis muñecas. Podía hacer cualquier cosa con su fuerza. Apartarme. Retenerme. Pero la forma en la que me sujetaba las muñecas era como si me estuviera sujetando a mí allí.

—Quiero creerte. No tienes ni idea. —Su voz estaba cargada de emoción—. Pero a veces pienso que tuvieron mucho más éxito conmigo de lo que Nancy Husher nunca se dio cuenta.

—No. —Me incliné hacia él, sintiendo cómo se estremecía—. Si eso fuera cierto, no podrías amarme como lo haces. Y por eso has hecho lo que tenías que hacer. No por Dédalo ni por que tengas algo malo en ti, sino porque yo era lo único que necesitabas en toda tu vida.

Otro estremecimiento lo sacudió mientras bajaba la cabeza hacia la mía. Las puntas de mis dedos estaban mojadas por las lágrimas, pero no eran mías.

Eran suyas.

—Eres un regalo. Siempre has sido el regalo más preciado que me ha dado la vida. ¿Podré alguna vez ser digno de eso? —susurró—. ¿Digno de ti?

Las lágrimas habían llegado a mis mejillas, y esas sí que eran mías.

—Ya lo eres, Luc. Siempre lo has sido. Solo es que todos tenemos algo monstruoso dentro de nosotros. ¿Cómo podríamos no tenerlo cuando amamos a alguien como lo hacemos?

—Te quiero, Evie. Me enamoré de ti la primera semana que te conocí. Te amé incluso antes de saber lo que eso significaba, y te amé incluso cuando te habías ido, y te amé cuando te convertiste en otra persona —dijo, declaró, en realidad—. Y me enamoré aún más de ti cuando atravesaste las puertas de Presagio. Nunca he dejado de quererte. Nunca dejaré de quererte.

—Te amo. —Cerré los ojos, perdiendo el aliento una y otra vez—. Y cada parte de mi corazón y de mi alma te pertenece, Luc. Eres un regalo.

No sé quién dio el primer paso, quién besó a quién, pero nuestros labios se encontraron, y todo (todo) fue una acalorada y cegadora ráfaga que llevaba ese filo de desesperación que siempre había estado ahí. Lo había saboreado antes en sus besos, lo había sentido en la forma en la que me abrazaba por la noche. Lo saboreaba y lo sentía ahora mientras mi espalda chocaba contra la puerta. Alimentaba la forma codiciosa en la que nuestras manos empujaban y rasgaban la ropa, la forma en la que sus manos me agarraban de las caderas y me alzaban. Estaba detrás de la forma casi frenética en la que su boca se movía contra la mía. Había pensado que era por lo cerca que había estado de perderme antes, y estaba segura de que eso era parte de ello, pero ahora sabía que también era por esas cicatrices ocultas tan profundamente en él.

No fue lo único que nos llevó al suelo y a lo que parecía el borde de la muerte. Era la fuerza bruta de lo que sentíamos el uno por el otro. Era amor, del tipo que puede arrasar civilizaciones enteras, del tipo que puede reconstruirlas. El amor era el trueno en nuestros corazones, el relámpago en nuestras venas, y fue lo que nos mantuvo juntos donde aterrizamos, incluso después de que nuestra piel empezara a enfriarse y nuestras respiraciones se ralentizaran.

Nos quedamos tumbados, con su cabeza debajo de la mía, mientras yo miraba al techo y le pasaba la mano por el pelo. Me hice una promesa y esperaba que él la oyera. Esperaba que supiera lo profunda que era.

Lo que le dije no había curado las heridas que había en su alma. Lo que acabábamos de hacer tampoco era un remedio mágico, pero ahora veía las heridas que había y haría todo lo posible por curarlas.

Cualquier cosa.

38

Poco después le conté a Luc lo de Nate y lo que había visto cuando lo seguí a la ciudad. No me sorprendió en absoluto que se incorporara y se inclinara sobre mí, con las cejas arqueadas, para preguntarme si me había oído bien. Tuve que repetirle que sí, que había ido con Nate a la ciudad. Como esperaba, no le hizo mucha gracia, y no creía que oír que Grayson me había seguido hubiera ayudado. Tenía la sensación de que Grayson iba a tener que explicarle por qué no me había detenido, y esperaba por su bien que tuviera una respuesta mejor que la que me había dado a mí.

Cuando Luc por fin terminó de echarme la bronca sobre mantenerme a salvo, me preguntó:

—¿Crees que ese tipo...? ¿Cómo se llamaba?

—Morton.

—¿Crees que abusa de esos niños o algo por el estilo? Porque si es así, ¿cómo vamos a sentarnos a esperar a que pidan ayuda?

Justo eso.

Justo eso demostró que Luc se preocupaba más de lo que él pensaba.

—Nate me dijo que no, así que solo son mis sospechas, pero, de cualquier manera, lo más probable es que esté usando a esos niños para buscar comida y suministros, y solo Dios sabe lo peligroso que es eso.

Luc se acomodó a mi lado.

—Vamos a tener que hacer algo.

Lo miré.

—Lo sé. Solo tengo la esperanza de que vengan a nosotros. Si los obligamos, creo que se confirmarán sus temores. Y no solo eso, si vamos allí, saldrán huyendo.

—Tengo la sensación de que esos chicos saben dónde esconderse.

Asentí con la cabeza.

—¿Crees que a los demás les parecerá bien acogerlos?

—Cekiah y los demás los acogerían con gusto —respondió—. No lo dudo ni por un segundo.

Fue un alivio oírlo, y esperaba que así fuera. Nos quedamos allí un rato más, pero el calor y el silencio no duraron mucho. Dee y Archer regresaron más tarde y ya sabían lo de Blake. De algún modo, Daemon les había hecho llegar un mensaje. ¿Habría usado una paloma mensajera o algo así?

Casi todo el mundo estaba en la antigua biblioteca, amontonado en la sala principal. Rodeados de pilas de libros, el consejo, que se negaba a llamarse a sí mismo de esa manera, ocupaba una de las largas mesas de conferencias. Luc y yo estábamos sentados uno al lado del otro en una de las mesas más pequeñas, con las piernas colgando mientras escuchábamos cómo una hora se convertía en dos horas de discusiones sobre qué hacer con Blake y Chris.

Como era de esperar, Dee lo quería muerto. No había peros que valieran. Y tampoco me extrañaba que más de la mitad del consejo no oficial pero totalmente oficial se empecinara en la maldad moral de todo esto.

Me dolía la cabeza.

Vale, no tenía un dolor de cabeza real, pero tenía uno imaginario que me dolía tanto como cualquiera que hubiera tenido.

—Deberíamos celebrar un juicio —sugirió alguien.

—¿Lo dices en serio? —exclamó Dee, levantando las manos. Archer había salido en algún momento, y no tenía ni idea de a dónde ni por qué, pero le tenía mucha envidia.

Muchísima envidia.

—¿Un juicio? —Daemon se burló—. ¿Y quién sería el juez?

—¿Quién sería el jurado de sus iguales? —preguntó Zouhour—. ¿Necesitamos encontrar a un grupo de personas que hayan estado antes en su situación? Un juicio parece inútil.

—Tenemos un jurado de sus iguales. —Cekiah señaló a los que estaban sentados en la mesa—. Hay personas aquí que han estado bajo el control de Dédalo antes. ¿Quién podría...?

—Si crees por un segundo que alguno de nosotros puede simpatizar con él, estás loca —replicó Kat—. ¿Y crees que vamos a quedarnos aquí mientras él lo esté? Eso no va a suceder.

—No queremos que nadie se sienta inseguro —contestó Quinn, el Luxen de más edad—. Y entendemos tu historia.

Unos ojos verdes vibrantes y enfurecidos se dirigieron al Luxen.

—No creo que la entiendas.

Quinn se inclinó hacia delante.

—Tenemos que tener en cuenta a Chris. He hablado con él. No ha sido más que un rehén.

Despacio, miré a Luc. Un instante después, dos ojos violetas se encontraron con los míos. Suspiré. Un lado de sus labios se levantó.

«No puedo aguantar mucho más», le dije.

«No hacen más que darle vueltas a lo mismo», convino, mirando hacia donde Daemon parecía estar a punto de voltear una mesa. Al menos eso sería algo diferente. «¿Por qué no te vas de aquí? No hay razón para que estés».

«Si yo me voy, tú también».

El otro lado de sus labios se curvó hacia arriba mientras se inclinaba y me daba un beso en los labios. «Nada me gustaría más. Quizás podríamos repetir lo de esta tarde». Una pausa mientras se inclinaba hacia atrás. «No la parte profunda y oscura. Sino lo que vino después. Creo que tengo quemaduras en la espalda por la alfombra».

Me ardió la cara de calor.

—No —solté un grito ahogado.

Cekiah nos miró con una leve mueca en la cara.

Luc se puso la mano en la boca y ahogó una carcajada.

«Te odio».

«Eso no era lo que me estabas diciendo antes».

Lo miré.

Consiguió borrar la sonrisa de su cara. «Pero tengo que quedarme. Tengo la sensación de que Daemon va a estallar y tengo que estar aquí para detenerlo». Me puso la mano en la rodilla y me la apretó. «No es que en realidad quiera ver a Blake vivo, pero eso podría hacer que echaran a Daemon de aquí y, aunque ambos estaban dispuestos a irse si no te aceptaban, necesitan este lugar».

Mirando a Daemon y Kat, pensé en el bebé Adam. Estaba en casa, al cuidado de Heidi y Emery, que al parecer se dedicaban ahora a cuidar bebés. Necesitaban este lugar.

«Puedo quedarme».

«Vete». Volvió a apretarme la rodilla. «Déjame vivir indirectamente a través de ti».

Eso me hizo sonreír. «Quiero hablar con Viv. No la he visto desde que volviste. La he abandonado por completo».

«Te buscaré allí».

Comencé a deslizarme para bajarme de la mesa, pero me detuve. Inclinándome hacia él, le di un beso rápido mientras pensaba: «Sí que te preocupas».

Luc no respondió, y eso estaba bien. Sabía que me había oído. Sabía que él sabía que yo creía en lo que decía, y si él aún no creía en esas palabras, yo lo haría hasta que él pudiera.

Nadie más se dio cuenta de mi huida cuando salí con sigilo de la habitación. Habían vuelto a caer en una acalorada discusión. En el pasillo, miré hacia el final, hacia la única puerta que conducía a Blake. ¿Qué iban a hacer con ellos?

Sin tener ni idea, salí a la luz del sol. Archer se había marchado de la reunión, pero no había ido muy lejos. Se paseaba justo donde Luc y yo habíamos estado antes. Se detuvo y me miró mientras bajaba los escalones.

—¿Siguen ahí dentro?

Asentí mientras me acercaba despacio al Origin más mayor.

—No podía quedarme sentada a escuchar más. Voy a ver a Viv.

—No te culpo. —Cruzó los brazos sobre el pecho y dirigió la vista a la puerta cerrada detrás de mí—. No podía quedarme allí, no en el mismo edificio que Blake, sabiendo cómo hirió a Dee. Casi la mata también.

—¿Cómo lo está llevando Dee?

—Está conmocionada. Enfadada. Las cosas se pusieron un poco feas cuando se enteró, pero mi señora es fuerte.

—¡Sí que lo es! —solté, quizás con demasiado entusiasmo—. A ver, para hacer lo que hace, tiene que serlo. Yo nunca podría mantener la calma como ella lo hace.

Su sonrisa se acentuó.

—Deberías verla después de las entrevistas en directo. Estoy seguro de que quiere volar cosas por los aires. —La sonrisa desapareció tan rápido como había aparecido—. No sé cómo Daemon puede soportar estar en el mismo código postal que ese tipo.

—No creo que pueda. Por eso Luc se ha quedado ahí, por si Daemon va a por él —contesté, pasándome una mano por el brazo. Había un frío en el aire que no había antes—. ¿Qué crees que van a hacer?

—No lo sé —respondió, con ojos casi idénticos a los de Luc deslizándose hacia mí—. No creo que importe lo que decidan al final.

Yo tampoco lo creía.

Inclinó la cabeza.

—¿Cómo te hace sentir eso? ¿Saber que dos personas morirán, una de ellas puede que inocente?

—No lo sé —contesté, y luego tomé un largo suspiro—. En realidad, sí lo sé. No me gusta la idea de que Chris muera. No me gusta la idea de que muera nadie, pero si le hubiera hecho esas cosas a Luc, pediría su ejecución.

Archer me observó.

—La muerte nunca es fácil, ni siquiera cuando es bien merecida. Pero los muertos tienen la costumbre de no permanecer muertos.

—Eso parece. —Comencé a juguetear con el dobladillo de mi camiseta—. Y supongo que lo mismo podría decirse de mí.

—Luc nunca nos dijo que estabas muerta. Solo asumimos que lo estabas.

No estaba segura de cómo sentirme si un montón de personas me daban por muerta.

—¿Cómo van las cosas en el exterior?

—Donde grabamos, todo está normal, pero las noticias no son buenas. Están impulsando de verdad la narrativa de los Luxen, incluso las cadenas que no suelen coincidir con la agenda de la administración. Solo las fuentes de noticias extranjeras cuestionan la causa de la gripe. —Levantó una mano y se pasó los dedos por el pelo cortado a la perfección—. La gente no está prestando atención. Si esta gripe se extiende más allá de las ciudades infectadas y lo único que hacen los humanos es evitar a los Luxen en lugar de a los demás, las cosas se van a ir al garete con rapidez. Como con la gripe española.

Me estremecí al intentar imaginarme un brote generalizado. Si algo me había enseñado Hollywood era que una sola persona en un avión podía paralizar el mundo entero. Para ser sincera, me sorprendió que solo hubiera llegado a cinco ciudades y no a más.

—¿Hay noticias de las ciudades en cuarentena? —le pregunté, esperando que tuviera una historia diferente a la de Heidi y Emery.

Apretando los labios, negó con la cabeza, y me dio un vuelco el corazón.

—Los funcionarios afirman que se está prestando ayuda y que, en cuanto se pueda desarrollar una vacuna, los no infectados de las ciudades serán los primeros en recibirla, pero ya sabemos que es mentira.

Pues sí.

Solo la vacuna antigripal normal podía prevenir la mutación del virus, y dudaba de que los funcionarios fueran a hacer algo para solucionar la interrupción de la vacuna antigripal en todo el país, una interrupción que estaba segura de que habían planeado.

—A veces no lo entiendo. ¿Cómo puede Dédalo tener tal alcance si los Centros para el Control y Prevención de Enfermedades no están en todo esto? Que no haya una sola persona dentro de la organización que no esté levantando la mano y diciendo: «Espera un momento».

—Estoy seguro de que las ha habido —respondió—. Y estoy seguro de que muchas de ellas, si no todas, han sido silenciadas a través de accidentes convenientemente programados.

Joder, ni siquiera había pensado en eso.

—Justo cuando crees que Dédalo no puede ser más malvado o poderoso, te equivocas.

—Aprendí hace mucho tiempo a no subestimarlos nunca.

Mi mente voló directamente a Luc, a lo que había compartido. Se me encogió el corazón. Luc había escapado de ellos hacía mucho tiempo y nunca había llegado a ser como Blake, pero Dédalo había hecho esos primeros cortes.

—¿Estás bien? —me preguntó Archer.

Parpadeé y sonreí.

—Sí.

Arqueó una ceja.

—Sabes que te puedo leer la mente, ¿verdad?

—¿Sabes que es de mala educación hacer eso sin el permiso de alguien?

Archer sonrió.

—Sí, pero tú...

—Soy ruidosa —suspiré—. Lo sé.

Asintió y luego dirigió la mirada a las puertas de la biblioteca.

—Conozco a Luc desde hace mucho tiempo.

Cada parte de mí se tensó. No quería que se enterara de lo que Luc había compartido conmigo. Nadie tenía por qué hacerlo.

—Nadie lo hará —dijo Archer, y esos ojos violetas se encontraron con los míos—. Hay días en los que pienso que no sé mucho, pero estuve durante una larga temporada con Dédalo, prácticamente de incógnito. Ninguno de nosotros salió de allí sin cicatrices. Todos temíamos convertirnos justo en lo que ellos querían de una forma u otra. En un monstruo.

Me quedé con la boca abierta. ¿Hasta qué profundidad había entrado en mi mente para sacar eso?

—Es Dee quien me mantiene humano —continuó—. Siempre has sido tú quien ha hecho eso por Luc, y tengo la sensación de que, aunque no te des cuenta, él hace lo mismo por ti.

La siguiente respiración me abrasó la garganta. No sabía qué decir.

Archer sonrió.

—Será mejor que vuelva ahí dentro.

Asentí y me hice a un lado cuando pasó junto a mí. Lo observé hasta que la puerta se cerró detrás de él. Más que asustada, me di la vuelta despacio y comencé a andar, pensando en lo que Archer había dicho. Una parte de mí no quería saber cómo me había sacado todo eso de la cabeza, pero tenía razón. Luc estaba allí cuando tenía pesadillas y todas las cicatrices que llevaba me parecían una carga. Si él no estuviera, puede que yo fuera tan inhumana como imaginaba que eran los otros Troyanos.

Caminando por el solar vacío que había detrás del centro comercial, observé los taburetes que había delante de los lavabos, girados para que se secaran. Los tendederos estaban vacíos y, mientras caminaba por debajo de ellos, no pude evitar pensar en lo espeluznante que era...

Un suave silbido atrajo mi atención hacia la derecha. El corazón me golpeó las costillas mientras giraba, buscando la cara que no había visto en días. Allí estaba. Detrás del contenedor, vi un pelo rojo que me resultaba familiar.

—Nate. —El alivio se apoderó de mí al cruzar la distancia y luego dio paso a la preocupación, porque la verdad era que no esperaba verlo tan pronto—. ¿Va todo bien?

Se escabulló entre las sombras cuando doblé la esquina y fruncí el ceño cuando siguió alejándose. Nate era asustadizo, pero esto era diferente.

—¿Estás bien?

—Sí. Es que...

Le vi la cara y la rabia se apoderó de mí como una violenta tormenta de verano. Lo habían golpeado, lo habían golpeado fuerte. Alrededor del ojo izquierdo hinchado, tenía la piel de un púrpura intenso y de un tono rojo chillón. La fuente me palpitó en el centro del pecho, recorriéndome el cuerpo.

—¿Quién te ha hecho eso?

Nate retrocedió, pegándose contra la parte trasera del edificio.

—Tu piel. —Su único ojo se abrió de par en par—. Se está moviendo.

No tuve que mirarme los brazos para saber que la fuente estaba haciendo acto de presencia y él estaba asustado. ¿Quién podía culparlo? Además de todas las tonterías que le habían contado sobre los Luxen, estaba segura de que parecía algo sacado directamente de una película de ciencia ficción de bajo presupuesto.

—No pasa nada. —Levanté las manos y Nate se estremeció. Qué estupidez. Me obligué a calmarme. La fuente palpitó y luego volvió a ser un zumbido constante—. No voy a hacerte daño. Tienes que saberlo, ¿verdad?

Nate permaneció inmóvil durante varios latidos, y después asintió.

—Es verdad que no eres como ellos, como los que nos invadieron.

—No lo soy. Y tampoco los que están aquí. —Conseguí respirar con tranquilidad—. ¿Quién te ha hecho esto?

Su silencio fue una respuesta.

—¿Ha sido Morton?

Cruzó unos brazos escuálidos sobre su frágil pecho y asintió una vez más con la cabeza.

El hecho de que no perdiera los estribos allí mismo demostró cuánto control tenía de verdad, porque ahora era yo quien quería volar algo por los aires.

Algo llamado Morton.

Era curioso que acabase de alejarme de gente que estaba discutiendo sobre si estaba bien o mal matar a alguien y que ahora estuviera aquí, dispuesta por completo a cometer un asesinato. Nate era solo un niño. Todos ellos eran solo unos niños. ¿Cómo demonios podía un hombre adulto golpear a uno de ellos? Y sabía que no era la primera vez.

—Tus ojos —susurró Nate.

—Lo siento. Solo estoy enfadada por ti. Nadie tiene derecho a pegarte, Nate. Eso no está bien. —Sorprendida por el tono controlado de mi voz, bajé poco a poco las manos—. Por favor, dime que estás aquí porque quieres nuestra ayuda. Por favor.

Inclinó la cabeza.

—Después de que te fueras, Jamal y Nia... Creo que querían ir contigo. Así que hablé con los demás. Están listos —dijo—. Quieren largarse.

Casi me caigo al suelo. Hace solo unas horas, Luc y yo estábamos hablando de esto. Nunca me atreví a esperar que Nate acudiera a nosotros tan rápido.

—Vale. Eso es bueno. Estupendo. Podemos irnos ahora...

—Ahora no. —Nate alzó la barbilla—. Tiene que ser más tarde. Esta noche. Cuando esté oscuro. Encenderemos las luces cuando estemos en The Galleria. Es el centro comercial.

Yo no tenía ni idea de dónde estaba, pero él se despegó de la pared.

—¿Tienes que volver? —pregunté, sin querer que lo hiciera—. Puedes quedarte aquí. Estarás a salvo e iremos a buscar al resto. No tienes que volver allí.

—Pero sí que tengo. —Nate se irguió al dar un paso, y fue entonces cuando lo vi cojear.

Antes no cojeaba.

—¿También te ha hecho eso? —Alcé la barbilla, señalándole la pierna.

—Me dio una patada cuando me caí.

Iba a matar a Morton.

—Quédate —le insistí—. Puedo llevarte a la doctora. Ella puede darte algo...

—Tengo que volver. Por los más pequeños. Se asustan con facilidad por la noche. Jamal y Nia no pueden manejarlos solos.

—Pero...

—Por favor. Solo ven esta noche, ¿vale? Cuando esté oscuro. Te haré una señal desde dentro de The Galleria. Estaremos cerca de la entrada.

Al darme cuenta de que no había nada que pudiera hacer para detenerlo sin que se asustara, di un paso atrás.

—Allí estaremos.

—¿Estaremos?

Asentí con la cabeza. Puede que hubiera hecho un montón de estupideces, pero de ninguna manera iba a volver a esa ciudad yo sola e intentar reunir a un grupo de niños asustados.

Además, alguien tenía que guiarlos mientras nos ocupábamos de Morton.

—¿Tu novio? —preguntó.

—Él estará allí. Te caerá bien. Lleva camisetas realmente estúpidas.

Apareció una sonrisa vacilante, pero no duró. Había visto demasiado, había pasado por demasiado.

—Esta noche.

—Esta noche —prometí.

Verlo marchar fue una de las cosas más difíciles que había tenido que hacer nunca. Podían ocurrir cientos de cosas diferentes de aquí a que oscureciera lo suficiente como para que los chicos pudieran hacer acto de presencia. Morton podría ir a por Nate otra vez, podría ir a por cualquiera de los otros chicos.

Cerré las manos en puños.

Pero sabía que, si Nate no volvía allí, los niños no vendrían al centro comercial. Se dispersarían por una ciudad que conocían como la palma de su mano. Nunca los encontraríamos.

Ahora solo tenía que convencer a Cekiah y a todos los demás de que acoger a más de una decena de niños era lo correcto. Solo podía esperar que Luc hubiera acertado al decir que Cekiah y Zouhour estarían más que dispuestas a acoger a los niños.

Di media vuelta, volví corriendo a la biblioteca y entré derrapando en la sala principal. Todo el mundo seguía allí. No se había dado la vuelta a ninguna mesa, pero yo no llevaba mucho tiempo fuera.

Viv estaba allí, sentada en una de las sillas vacías. No me había cruzado con ella. Sabía que era un mal momento para contarles lo de Nate y los niños, pero no tenía elección.

—Esto se está volviendo... —Kat se detuvo a mitad de la frase cuando Daemon me miró por encima del hombro.

«Es Nate. Ha vuelto. Están listos».

La mirada de Luc se dirigió hacia mí y, con un rápido movimiento de cabeza, se puso de pie.

—La situación con Blake es importante, y estoy seguro de que todos queréis seguir discutiendo los mismos puntos una y otra vez, pero Evie tiene algo que también es importante compartir.

Supuse que mis pensamientos eran muy ruidosos en ese momento, así que no me sorprendió en absoluto que Archer entrecerrara los ojos y se inclinara para susurrarle a Dee al oído.

—Por favor, dime que no es otra persona cuyo derecho a vivir o morir tendremos que discutir —dijo Quinn con cansancio.

Bueno...

Iba a saltarme esa parte por el momento.

—¿Recordáis cuando dije que había visto luces en la ciudad? No estaba viendo la luz del sol reflejándose de forma extraña ni nada por el estilo —expliqué, dándome cuenta de que Eaton ya no parecía medio dormido mientras Daemon ladeaba la cabeza—. Hay gente en la ciudad. Niños.

Eso atrajo la atención de todos. Los ojos humanos y alienígenas se fijaron en mí.

—¿Qué? —Cekiah se había retorcido en su asiento.

—Poco después de ver las luces, llegué a casa y encontré a un niño en ella. Sabía que no formaba parte de esta comunidad porque no estaba en el colegio. Estaba buscando comida. Se llama Nate, y lo he vuelto a ver unas cuantas veces, y he hablado con él una vez más. Luego vino porque uno de los otros niños estaba herido. Fui con él a la ciudad...

—¿Que hiciste qué? —preguntó Daemon.

—Créeme, ya ha recibido la bronca que sé que vas a echarle —comentó Luc.

Le dediqué un atisbo de sonrisa.

—Sé que no fue la idea más brillante, pero lo hice. Necesitaba ver cuántos niños había e intentar que Nate confiara en mí. No quería que se lo dijera a nadie y le preocupaba que, si lo hacía, los niños se dispersaran por la ciudad. Hay más de una decena de niños en esa ciudad. Todos humanos. Nate podría ser el mayor, y no puede tener más de trece años.

Alguien aspiró con fuerza y se oyeron jadeos. Esperaba que fuera una buena señal.

—¿Cómo es eso siquiera posible? ¿Dónde están sus padres? —Jamie, a quien no le había gustado mucho que anduviera por allí, se llevó una mano al pecho.

—Algunos no tenían hogar o estaban en centros de acogida o algo similar antes de la invasión y se quedaron olvidados en el caos sin más —respondí—. Pero uno de los niños me dijo que antes había más niños, que había padres, familias, pero muchos de ellos no sobrevivieron al primer año.

—Dios mío —susurró Jamie—. Eso es... Ni siquiera tengo palabras.

—Tengo muchísimas preguntas ahora mismo —dijo Zouhour—. ¿Cómo habéis podido burlar nuestras patrullas? Tenemos guardias patrullando sin parar los exteriores de la ciudad.

—Los niños conocen toda esta zona. Saben con exactitud dónde van a estar los guardias en cada momento, su horario.

—Bueno, añadiré cambiar la rutina de los guardias a mi lista mental de cosas por hacer —murmuró Eaton—. No puedo creer que no hayamos visto a ninguno de ellos cuando hemos hecho nuestros barridos. Hemos recorrido cada centímetro de esa ciudad en los últimos cuatro años.

—Como os he dicho, saben cómo esconderse y no ser encontrados —repetí.

—¿Qué quieres decir con que han estado viviendo allí? —preguntó Jamie—. No hay nada en la ciudad. No hay comida. Ningún suministro verdaderamente útil aparte de lo que puedan tomar en algún sitio.

—Y por ese motivo ha estado desapareciendo parte de la comida. —Viv se aclaró la garganta con una ligera mueca.

Escudriñé al grupo en busca de expresiones de censura, pero lo único que vi fue conmoción y consternación.

—Quise decir algo en cuanto los descubrí, pero sabía que si alguien iba a buscarlos, nadie volvería a verlos.

—¿Cómo están? —preguntó Viv.

—Desnutridos. Tengo la impresión de que ha habido infecciones, sobre todo por cortes y contusiones. Cosas con las que imagino que si vivieran en mejores condiciones no tendrían que lidiar. —Miré a Viv más de cerca. Tenía las mejillas sonrojadas—. ¿Te encuentras bien?

—Sí. Es alergia. —Sorbió por la nariz—. Qué lástima que las bombas no nucleares de pulso electromagnético no hayan acabado con ellas. ¿Por qué no han venido aquí para recibir tratamiento? Los habríamos ayudado.

—Están asustados —intervino Luc—. Yo no he visto a ninguno de los niños, pero eso es lo que le han dicho a Evie. Tienen miedo de nosotros, de todos los Luxen de aquí.

—Madre mía —murmuró Quinn, pasándose el pulgar por la barbilla—. ¿Han visto el Patio? ¿Es por eso?

—No sé lo que han visto, pero hay un hombre que se ha convertido en su guardián —continuó Luc—. Ha hecho que les tengan auténtico pavor a los Luxen, y me imagino que les ha hecho creer que solo él puede protegerlos, y como es humano, les resulta conocido.

—Pero no los está protegiendo. Su nombre es Morton. Los está usando. Estoy dispuesta a apostar que la mayor parte de la comida y los suministros van a él, y ha estado abusando de al menos uno de ellos. Estoy segura que de más —continué—. Acabo de ver a Nate, tenía un ojo morado y cojeaba. Le he preguntado si había sido Morton y me ha respondido que sí.

La mano de Kat se crispó sobre la mesa.

—Eso es inaceptable.

—Sí —coincidí—. Y ninguno lo ha confirmado, pero creo que... No sé, pero es terriblemente conveniente y extraño que todos estos niños sobrevivieran, pero solo un adulto lo hiciera. Morton podría tener algo que ver con que los otros adultos no sobrevivieran. Solo digo que lo he visto una vez y ese tipo me da mala espina.

—Lo que estoy oyendo me ha sentado como una patada en el estómago —soltó Dee.

Asentí con la cabeza.

—Les he dicho que podemos ayudarlos. A ver, lo haríamos, ¿no? Son solo niños, pero han estado demasiado asustados para aceptar ayuda. —Respiré de forma entrecortada—. Hasta esta noche. Nate dice que están preparados. Quieren ayuda. Les dije que lo haríamos. Sé que no estoy en vuestro consejo no oficial pero totalmente oficial y que no hablo en nombre de ninguno de vosotros, pero tengo que creer que la clase de mundo que todos estáis construyendo no dejaría que los niños se murieran de hambre ni haría la vista gorda cuando les hacen daño.

Las miradas abandonaron la mía y se intercambiaron a lo largo de la mesa hasta que, uno a uno, asintieron. Se me cortó la respiración y lancé a Luc una mirada nerviosa y esperanzada.

Luc me guiñó un ojo.

—¿Puedes repetir cuántos niños hay? —preguntó Cekiah.

—Al menos veinte. Podría haber más. Todos son muy asustadizos y se mueven mucho. Es difícil seguirles la pista —respondí—. Si les ayudamos, y espero que lo hagamos, un grupo grande no puede entrar ahí. Solo podemos ser unos pocos. De lo contrario, me temo que algunos huirán aunque Nate los haya reunido.

—Encontrar alojamiento para todos ellos será difícil. —Zouhour estaba mirando a Cekiah—. Pero podríamos instalar un alojamiento temporal aquí hasta que sepamos qué hacer con ellos. —Me miró—. ¿Qué edad tiene el más pequeño que has visto?

—Cinco o seis —dije, y pude ver cómo Dee palidecía.

—Hay familias que conozco que estarían encantadas de acoger a los pequeños. Incluso a los mayores. Ahora mismo se me ocurren varias —añadió Viv, sorbiéndose los mocos—. Y si hay alguno enfermo, puedo alojarlo en el edificio de medicina.

Jamie estaba asintiendo.

—Tenemos que hacer algo. Son solo niños.

—Exacto —dijo Quinn.

Cekiah se sentó.

—Los ayudaremos. Haremos todo lo que podamos para ayudarlos.

39

Poco después, estábamos en el salón. Me había puesto unas mallas y una camiseta negra de manga larga que pertenecía a Luc, pensando que una ropa menos restrictiva y ligera sería una mejor elección.

Íbamos a correr mucho en nuestro futuro cercano.

—¿Está todo el mundo preparado? —preguntó Eaton. Iba a esperarnos en el almacén, el punto más cercano a la ciudad. Cekiah, junto con Zouhour y Viv, estaban acondicionando la biblioteca y el edificio médico. Jamie y Quinn se estaban encargando de avisar a la comunidad, ambos confiaban en que, para cuando volviéramos, ya tendrían casas para la mayoría de los niños, si no para todos.

Dios, eso esperaba.

Pero sobre todo esperaba que quien se ofreciera a acogerlos fuera paciente. Estos niños habían pasado por mucho, muchos incluso antes de la invasión. Esto no iba a ser una película de Disney hecha realidad.

—Sí. —Daemon terminó de atarse las botas. No esperaba que se ofreciera voluntario, pero había insistido. Igual que Kat.

Luc asintió.

—Ya estaba listo. Solo estaba esperando a que Daemon descubriera cómo atarse los zapatos.

Sonriendo, Daemon se enderezó y se volvió hacia donde estaba Kat, que estaba sosteniendo a Adam, un bebé bastante despierto. Se lo quitó y lo abrazó mientras le besaba la mejilla.

—¿Puedes decir: «El tío Luc es un imbécil»? ¿Eh? Di...

—Daemon —lo amonestó Kat, con los ojos abiertos como platos.

—En primer lugar, no soy su tío. Soy su padrino, muchas gracias. —Luc arqueó una ceja, y sentí que me había perdido ese anuncio—. Y en segundo lugar, le voy a enseñar mejores insultos que ese.

Kat se dio la vuelta.

—No, no lo vas a hacer.

La sonrisa que se dibujó en el rostro de Luc decía que iba a hacer exactamente lo que había dicho.

La verdad era que no podía ni empezar a entender la amistad de Daemon y Luc. Pasaban de darse puñetazos a bromear como si nada hubiera pasado. Tenía que ser cosa de chicos.

O cosa de alienígenas.

—A ese niño no le quedará más remedio —dijo Archer desde donde estaba sentado con Dee. Ellos se reunirían con Eaton en el almacén.

Esbocé una sonrisa, aunque tenía un nudo en el estómago. En mi cabeza daban vueltas muchos «¿y si...?». ¿Y si Nate cambiaba de opinión? ¿Y si no podía convencer a todos los niños? ¿Y si Morton...?

—Todo irá bien. —Luc me rodeó con un brazo, atrayéndome a su lado—. Vamos a sacarlos. A todos.

Kat recuperó el bebé de Daemon, y Adam enseguida dejó caer su regordeta mejilla sobre su pecho.

—Es hora de hablar de lo que vamos a hacer con este tipo. ¿Qué pasa si está utilizando a esos niños y haciéndoles daño? ¿Y si es verdad que ha matado a otros? No puede venir aquí.

Había una razón por la que todos habían esperado a que Cekiah y los demás estuvieran ocupados para sacar el tema.

—Lo sé —dijo Luc—. No va a venir aquí.

—Zoe y Emery van a guiar a los niños hasta aquí. Esperamos que vayan con ellas —comenté.

Con una sonrisa de oreja a oreja, Zoe juntó las manos.

—Lo harán. Tengo cara de ser de fiar.

Heidi la miró desde donde estaba sentada en el brazo del sofá.

—Por favor, no sonrías así cuando los veas. Los vas a asustar.

Zoe entrecerró los ojos.

—Si no, tendré que ir con ellas —añadí, pensando que eso sería muy probable si Zoe hacía lo de agitar los brazos.

—¿Y después qué? —preguntó Dee, con el pelo largo y oscuro retirado de la cara.

—Después nos encargaremos de Morton —contestó Luc—. De un modo u otro, no supondrá un problema.

Kat miró alrededor de la habitación mientras situaba la mano detrás de la cabeza de su hijo. Asintió y, al instante, todos los presentes, incluido Eaton, aceptaron lo inevitable.

Puede que Blake no muriera esta noche.

Pero alguien sí lo haría.

Corté varias veces mis pensamientos para no pensar de verdad en ello. Puede que Morton se lo mereciese. Igual que Blake. Pero matar a alguien seguía siendo acabar con una vida, y una parte retorcida de mí esperaba en serio que Morton nos diera una razón para hacerlo. Matar a alguien en defensa propia era mucho más fácil de procesar.

—Sigue sin gustarme nada de esto. —Se oyó murmurar desde un rincón de la habitación. No tuve que mirar. Era Grayson, el último miembro de nuestro equipo de seis personas.

Francamente, Grayson era la última persona a la que llevaría si no quería asustar a nadie.

Luc resopló.

Levanté la vista hacia él y sonreí mientras decía:

—No creo que te gusten muchas cosas, Gray.

—No conocemos a estos chicos. —Se despegó de la pared y dio un paso adelante—. Ni dónde han estado o de dónde son.

Kat arqueó las cejas.

—Lo dices como si tuvieran piojos.

—Bueno, es muy posible que tengan piojos —repuso Luc, y mi mirada se convirtió en fulminante—. Oye, es posible. No los estamos juzgando.

—Tiene razón —dijo Dee, apoyando los codos en las rodillas—. Hay muchas cosas que no sabemos, pero sabes que son humanos, y si esto es de algún modo una especie de trampa, aun así están utilizando a esos niños y siguen necesitando nuestra ayuda.

—¿Qué clase de trampa podría ser? —preguntó Kat, meciendo con cuidado al bebé—. Si se tratara de Dédalo, ¿de verdad crees que estaríamos aquí teniendo esta conversación?

Daemon negó con la cabeza.

—Una cosa es tener niños escondidos en la ciudad y otra muy distinta que la gente entre en ella sin que nos enteremos.

—Nada es imposible —respondió Grayson.

—No he dicho que lo fuera, pero los habríamos visto —contestó Daemon.

—No estoy sugiriendo que se trate de Dédalo. Espero que todos seáis capaces de verlo —replicó Grayson—. Eso no significa que estos niños no vayan a ser un problema.

—¿Acaso has estado con niños? —preguntó Eaton mientras dejaba un mapa sobre la mesita—. Creo que no, porque siempre son un problema.

Grayson entrecerró los ojos.

—He visto niños. Ahí hay uno. —Señaló a Adam.

—Eso es un bebé —explicó Luc—. Hay una gran diferencia entre eso y un niño de verdad, colega.

—Ya lo sé. —Grayson se cruzó de brazos—. Da igual. Vamos a convertirnos en hermanitos y hermanitas de la caridad, pero en versión alienígena.

—Ajá. ¿Veis esto? —Eaton tocó una línea resaltada en azul—. Este es el sistema de metro. La mayor parte discurre por la superficie, pero hay accesos subterráneos que llevan a los túneles peatonales, a unos seis metros por debajo del centro de la ciudad. Esos túneles conectan unas noventa y cinco manzanas. Ahora, el muro atraviesa uno de los túneles construidos bajo el metro —explicó, y recordé que había mencionado los túneles el primer día que habíamos hablado con él—. Una de las primeras cosas que hicimos fue cerrar ese túnel desde dentro. Volamos esa sección del túnel. Se tardarían años en retirar todos los escombros para hacerlo remotamente transitable, y habríamos visto actividad procedente del exterior. Puede que hayamos cometido algunos errores, pero hemos hecho todo lo posible por cubrir nuestras bases. Ahora. —Eaton movió el dedo hacia la izquierda, tocando una línea rotulada «Westheimer Road». Aquí es donde está The Galleria. Está en la parte alta de la ciudad, y el punto de acceso más rápido desde allí es el almacén. Vais a subir por la 610. Daemon conoce la forma más rápida de llegar. The Galleria está justo en una salida. En coche, con la carretera despejada, se tardaría unos buenos treinta minutos, pero hemos despejado la mayor parte de la autopista lo suficiente como para que viajar a pie o en vehículo no suponga un problema.

—Nos llevará unos minutos —dijo Daemon, poniéndole bien el calcetín a Adam en el pie—. Lo difícil es traer a los niños aquí.

—Jamie y Viv se verán conmigo en el almacén. Están reuniendo todos los vehículos disponibles que todavía funcionan —explicó Eaton.

—Los mantendremos en movimiento —aseguró Emery—. Y cuando estemos listos para que nos recojáis, os enviaremos una señal.

—Vamos a iluminarnos como... —Zoe se detuvo mientras yo arqueaba las cejas—. Vamos a iluminarnos de una manera que no asuste a los niños.

—Luego entraremos e iremos a por los niños —concluyó Eaton—. ¿Sabes en qué parte estarán una vez que estén en The Galleria? Ese lugar es el centro comercial más grande de todo Texas. Tiene tres plantas y una pista de patinaje debajo.

—Me ha dicho que estarían cerca de la entrada principal —respondí.

—Eso está cerca de la torre, el gran edificio que se ve desde aquí. Bueno, uno de ellos —dijo Daemon cuando Eaton lo miró—. Sé en qué parte está. Podemos entrar por esa calle. ¿Cómo se llamaba?

—Creo que Hidalgo —contestó Archer.

—Eso es. —Al ver mi expresión, añadió—: Estuvimos un tiempo entrando y saliendo del centro comercial. Conseguimos un montón de suministros buenísimos de allí.

—Ah, sí. —Una mirada soñadora recorrió el rostro de Dee—. De ahí salió todo lo de Chanel.

Kat le sonrió.

—Creo que...

Sin previo aviso, el mapa se elevó en el aire y giró.

—¿Qué narices? —Eaton se echó hacia atrás y me miró.

—¡No he sido yo! —Levanté las manos.

—¿Luc? —preguntó Archer.

Lanzó una mirada de tedio al Origin mayor.

—Perdonad. Es Adam. —Kat le dio una palmadita en la espalda mientras Daemon recuperaba del aire el mapa que seguía girando y se lo entregaba a Eaton—. Ha estado haciendo mucho estas cosas últimamente.

—Estaréis con mil pares de ojos —comenté, pensando que, de hecho, tenía más control que un bebé Origin.

—Pues sí. —Kat le besó la mejilla a Adam—. Sobre todo cuando son objetos afilados.

—Madre mía —murmuré.

Luc me deslizó la mano por la espalda mientras miraba por la ventana.

—Ha oscurecido —dijo—. Ya es la hora.

Los seis pasamos por donde Eaton esperaba fuera del almacén, junto con Dee y Archer. Pronto se les unirían otros y, con suerte, el grupo que estaría esperando no lo haría en vano.

—El terreno por aquí no es malo, pero es irregular —comentó Daemon—. Cuando lleguemos a la carretera, será mejor que os quedéis en el centro. Todos los coches insalvables se han movido a un lado. Solo nos llevará dos minutos como mucho.

—Me parece bien —dijo Emery, mientras la brisa le levantaba los mechones de pelo de un lado de la cabeza.

Me quedé mirando el campo. Era una noche clara, y la luz de la luna iluminaba lo suficiente como para que, entre ella y los nuevos y mejorados globos oculares, no me preocupara chocarme contra un árbol. Mi mirada se dirigió hacia una de las sombras más oscuras y densas que parecían cernirse sobre el resto de los rascacielos. La torre.

—¿Alguna pregunta? —inquirió Daemon.

Luc levantó la mano.

Lo alcancé, porque tenía la sensación de que iba a ser del todo irrelevante, pero no fui lo bastante rápida.

—¿Sí, Luc?

—¿Estás seguro de que estás en contra de que le regale una llama a Adam? —preguntó Luc—. ¿Seguro de verdad?

Daemon suspiró.

—Sí. Lo estoy.

—Aguafiestas —murmuró, bajando la mano.

No pude evitarlo. Se me escapó una risita.

—No te rías —dijo Daemon—. Eso no hace más que animarlo.

Mordiéndome el labio, conseguí evitar que la siguiente risa se liberara.

—¿Alguna pregunta que sea importante de verdad? —preguntó Daemon.

Grayson empezó a alzar la mano.

—Sí, Grayson, todos los niños están sucios y todos huelen raro —contestó Daemon antes de que Grayson soltara la pregunta.

Emery soltó una medio risa, medio bufido desde donde estaba.

—Gracias por el aviso, pero eso no era lo que iba a preguntar —dijo Grayson arrastrando las palabras—. Iba a preguntar cuál es el plan en caso de que Morton aparezca y nos haga retroceder mientras los niños aún siguen allí. Creo que no queremos freírlo delante de un grupo de críos impresionables que ya nos tienen miedo.

¿Críos impresionables?

Pero Grayson tenía razón.

—No queremos hacerle nada mientras estén cerca —comenté mientras me apretaba la coleta—. Yo podría congelarlo hasta que saquemos a los niños.

—Sí, te has vuelto muy buena en eso. —Daemon me dedicó una mirada mordaz.

Esbocé una sonrisa incómoda.

—Pues parece que tenemos un plan —dijo Luc, acercándose y tirándome del pelo—. Pase lo que pase, estaremos todos juntos. Lo mismo va para vosotras dos. —Eso iba dirigido a Emery y Zoe—. No os separéis cuando saquéis a los niños.

Todos asintieron, y llegó el momento. Daemon se deslizó bajo la abertura que había creado. Zoe y Emery lo siguieron, y cuando me adelanté para hacer lo mismo, Luc me agarró de la mano, deteniéndome. Me di la vuelta.

Antes de que pudiera hablar, Luc me besó, dulce y despacio, como si tuviéramos todo el tiempo del mundo. Y deseé tenerlo, porque cuando profundizó el beso, quise más. Pero no teníamos tiempo, y habría un después en el que sí lo tendríamos.

Luc se apartó, su mano deslizándose de la mía, y cuando asintió, tomé aire y pasé a través de la valla, con el contacto de sus labios contra los míos. Grayson fue el último en pasar, y luego Daemon, Emery y Grayson tomaron sus verdaderas formas.

No importaba cuántas veces lo viera, seguía dejándome sin aire. La luz se derramaba de ellos sobre el suelo. La de Daemon ardía con más intensidad, y era difícil mirarlo sin que se me humedecieran los ojos. Desvié la mirada hacia Emery y luego hacia Grayson. Todavía no era agradable mirarlos directamente, pero si me acercaba lo suficiente, podía verlos detrás de la luz, con la piel suave y casi translúcida. Parecían seres etéreos, puros y hermosos.

Entonces comenzaron a correr, tan rápido que parecían relámpagos cruzando el suelo. Miré a Zoe y a Luc, y luego corrí por el campo sin perder de vista a Daemon.

¿Quién necesitaba una linterna cuando estaban ellos?

El viento se levantó con mi velocidad, tirándome de la camiseta y del pelo. Bajo mis pies, el suelo era irregular y rocoso y los juncos me llegaban a los muslos, pero cuanto más rápido iba, menos parecía tocar el suelo con los pies.

Alcanzando al Luxen en cuestión de segundos, con Luc justo detrás de mí y Grayson manteniendo el ritmo, nos alejamos por la autopista, hacia la tranquila y amenazante ciudad. Había coches abandonados a lo largo de los arcenes, y el asfalto de la carretera ya había empezado a acusar el desgaste de la falta de mantenimiento. Se habían formado grietas, y todo el camino estaba infestado de baches. Más adelante, el edificio que parecía tan alto como una montaña se acercaba cada vez más. Solo unos minutos después, Luc levantó una mano y aminoramos la marcha.

—La salida está ahí —avisó, y vi la señal de la carretera que Daemon y Archer habían mencionado antes. Estaba torcida y oxidada, puede que a días de caerse—. Deberíais bajar la intensidad, luciérnagas. Una pequeña manada de Luxen corriendo hacia el lugar de encuentro no va a tranquilizar a nadie.

Uno a uno, los Luxen se atenuaron y, cuando la luz se replegó, volvieron a sus formas humanas.

Luc se puso a mi lado mientras avanzábamos por la carretera. Aquí había más coches y dudaba de que pudiera pasar algo más grande que un sedán.

—Qué mal rollo —murmuró Zoe, levantando la vista.

Tenía razón, y aunque ya había visto la ciudad de noche, no era menos inquietante. Los altos edificios bloqueaban gran parte de la luz de la luna, y Daemon y Luc convirtieron sus manos en linternas alimentadas por la fuente. Esta zona de la ciudad era, de lejos, mucho peor de lo que yo había visto. Las ventanas de los edificios cercanos estaban reventadas. Varios escaparates y oficinas tenían marcas de quemaduras. Algunos coches estaban boca arriba. Había agujeros de bala en las pocas ventanas que quedaban.

Siguiendo a Daemon, giramos a la derecha y la intersección...

—Vaya —murmuró Emery, deteniéndose—. Mirad.

Delante de nosotros, el movimiento se agitaba en torno a una zona que debió de haber sido un parque o algún tipo de espacio verde. Un ciervo salió, con su enorme cornamenta. Sus pezuñas repiqueteaban en el asfalto mientras cruzaba la carretera. No estaba solo. Le seguía todo un rebaño. ¿O se llamaba manada?

«Manada», respondió Luc.

Sonreí al ver a los cervatillos marchar detrás de los adultos, con patas no tan robustas. «¿Por qué no me sorprende que lo sepas?».

Ninguno de nosotros habló ni se movió hasta que el último hubo pasado, desapareciendo de nuestra vista.

—Apuesto a que Luc desearía que fueran llamas —comenté.

Daemon gimió.

—No te haces una idea, Melocotón. Me habría hecho amigo de una y me la habría llevado a casa de Daemon...

—Madre mía —gimió Daemon.

Luc me miró.

—Y entonces las demás la echarían de menos y vendrían también.

Empecé a sonreír.

—Antes de que Daemon se diera cuenta, tendría un rebaño de llamas —continuó, y Daemon echó a andar—. Kat estaría encantada.

Riendo, le tomé la mano.

—Eres un rarito.

—Si querer un rebaño de llamas me convierte en un rarito, entonces abrazaré la senda de la rareza y lo disfrutaré —respondió.

—Eso lo dices ahora. —Grayson pasó junto a nosotros—. Hasta que la primera te escupa en la cara.

—Creo que las llamas me verán como uno de los suyos y no se atreverán a pensar en hacer eso —razonó Luc.

Sacudí la cabeza mientras caminábamos bajo la sombra de la torre. Dejamos de hablar de llamas cuando giramos a la izquierda. Me comenzó a latir con fuerza el corazón al ver un aparcamiento. Había coches oxidados por todas partes, con los parabrisas destrozados. Imaginé que los coches y sus dueños debían de haber estado aquí cuando cayeron las bombas no nucleares de pulso electromagnético, y había algo triste en ver los coches, algunos de ellos tan destartalados que ya no podía distinguir sus colores, y en cómo eso mostraba lo que estaba haciendo la gente cuando sus vidas eran destrozadas sin remedio.

Esperamos bajo la línea de árboles, ocultos en las sombras. Luc y Daemon hablaban entre ellos en voz baja, y fuera lo que fuese de lo que estuvieran hablando o discutiendo, Emery y Zoe sonreían. Grayson estaba a unos metros de mí, con la mirada fija al frente, como la mía. No sé cuánto tiempo nos quedamos mirando las letras «GALL». En algún momento, las letras «ERIA» habrían pasado a mejor vida.

Como el suelo.

Yo lo vi primero, el destello de luz amarilla.

—Allí.

—Lo veo —confirmó Luc, que había estado vigilando el edificio. La luz parpadeó dos veces más.

—Ese es Nate. ¿Podemos de alguna manera enviar una señal en respuesta? —pregunté.

Luc dio un paso adelante y levantó la mano. La fuente salió disparada de su mano y luego parpadeó antes de volver de nuevo. Lo hizo una vez más.

Contuve la respiración, con las manos apretadas, hasta que la luz volvió a brillar desde el interior del centro comercial.

—Vale. —Exhalé de forma brusca—. Él está aquí. Están todos aquí.

—Recordad —advirtió Luc—. Permaneced juntos.

Asintiendo con la cabeza, giré y bajé del bordillo para subirme a la acera. Nos unimos a los demás y cruzamos corriendo el aparcamiento, hasta llegar a unas puertas que hacía tiempo que habían sido arrancadas.

—Qué bonito —murmuró Grayson mientras entrábamos.

Zoe arrugó la nariz. Había un olor que recordaba a los sótanos más húmedos y oscuros. A la derecha, había una entrada a una de las torres de oficinas, y a la izquierda, un hotel. Los cristales crujían bajo nuestros pies mientras avanzábamos. Había mucha luz procedente del centro. Miré hacia arriba y hacia donde la luz de la luna entraba a raudales por la enorme claraboya. Faltaban secciones enteras de cristal del tamaño de un coche compacto, exponiendo todo lo que había dentro a los elementos que hubieran acontecido los últimos cuatro años, lo que explicaba el denso y asqueroso olor a humedad.

Los escaparates estaban irreconocibles. Había carteles rotos en el suelo. La luz plateada de la luna rebotaba en los fragmentos de cristal que aún quedaban en los escaparates de algunas tiendas y alumbraba una fina capa de lo que parecía moho. Se deslizaba por las paredes entre las tiendas y hasta la segunda planta.

—¿Los niños se quedan aquí? —preguntó Emery en voz baja—. Porque si es así, esto es como lo contrario de aire limpio y puro.

—No lo creo —respondí, pero tampoco tenía ni idea.

—Madre mía, pues espero que tengas razón. —Zoe miró al suelo mientras levantaba un pie—. Creo que hay algo creciendo en el suelo.

Me estremecí, escudriñando toda la longitud iluminada por la luz de la luna. La oscuridad se extendía a ambos lados y en línea recta.

—La luz venía del centro. —Daemon entrecerró los ojos—. Tienen que estar por aquí.

El instinto me decía que sí. Estaban escondidos, puede que en el vacío absoluto frente a nosotros, esperando a ver qué hacíamos. Intentando desesperadamente no pensar en todas las películas de terror, di un paso adelante.

«Evie», la voz de Luc era un susurro áspero.

—No pasa nada. No voy a ir lejos. —Me quedé mirando a la nada—. Pero... que todo el mundo se quede atrás un momento.

Podía sentir lo poco dispuesto que estaba Luc. Golpeaba mi mente como olas rompiendo, pero nadie se movió ni un centímetro.

—¿Nate? ¿Jamal? —Los llamé—. ¿Nia? Estamos aquí para ayudar, como dije que haríamos. —Hice una pausa, sintiendo que Luc se había acercado—. El chico que está justo detrás de mí es mi novio.

—Ohhh —dijo Luc—. Es la primera vez que me llamas así. Hoy, sea la fecha que sea, será para siempre nuestro aniversario de novios.

Lo miré por encima del hombro. La luz de la luna se le reflejó en la mejilla mientras sonreía.

—Es un poco diferente. —Me volví hacia la oscuridad—. El resto son mis amigos. También están aquí para ayudar.

Silencio.

—Tal vez se han ido —comentó Grayson, y, para ser sincera, sonaba un poco demasiado aliviado por la perspectiva.

Entonces lo oí, el suave arrastrar de pies. La esperanza volvió.

—¿Nate?

Otro silencio demasiado largo y después susurros. Casi podía intuir que Grayson estaba a punto de hablar, pero levanté la mano para que se callara.

«¿Los oyes?», le pregunté a Luc.

«Oigo algo».

«Creo que son ellos y que están susurrando».

«¿Has desarrollado un oído supersónico? Si es así, me parece sexi».

Mis labios se inclinaron hacia arriba a pesar de que no creía que lo de mi oído estuviese tan confirmado. «Es raro que te parezca sexi».

«Todo en ti me parece sexi».

Ahora sí que estaba sonriendo, y tal vez eso ayudó, porque después de una pequeña eternidad, el silencio fue roto por la voz de Nate.

—Estamos aquí. Vamos a salir.

Volviendo la vista hacia los demás, me encontré con la mirada de Luc, y le dejé ver la sonrisa más amplia, que rozaba el límite de lo espeluznante.

«Melocotón», me llegó su voz. «Deja de ser tan adorable».

«Te quiero», le dije, y me volví. La oscuridad había cambiado, volviéndose sólida a medida que los niños salían. Retrocedí con cada uno de sus pasos, sin querer agobiarlos. Acabé colocándome codo con codo con Luc. Me rozó los dedos con los suyos y después tomó mi mano entre las suyas.

Apreté. Luc hizo lo mismo.

Vi a Nate primero, y la ira volvió a invadirme al ver su cara. El moretón parecía aún peor a la luz de la luna, como si tuviera toda la zona alrededor del ojo negra. Llevaba de la mano al niño más pequeño, uno que yo no había visto antes. Jamal sujetaba a dos niños, al igual que Nia. Los otros niños mayores se quedaron detrás de ellos, lanzando sin parar miradas de recelo. Parecían cansados.

—Dios —susurró Zoe con la voz tomada.

La mirada de Nia se dirigió hacia ella cuando se detuvo, acercando a los dos niños.

—No pasa nada —le dije—. Es amiga mía.

Zoe asintió con entusiasmo.

—Me llamo Zoe —replicó, aclarándose la garganta—. ¿Y veis a esta chica de aquí con el pelo muy raro?

La mirada de Nia se dirigió a Emery mientras uno de los niños más pequeños esbozaba una sonrisa. Nia asintió.

—Ahora mismo no tengo el pelo tan raro —respondió Emery.

—Sí que lo tienes. —Zoe abrió los ojos ante los niños mientras asentía—. Pero me va a ayudar a llevaros a por comida.

—¿No nos vas a llevar tú? —me preguntó Jamal y luego se volvió hacia Nate.

—Estaré justo detrás de vosotros. Os lo prometo.

—Hay diecinueve —dijo Daemon en voz baja—. ¿Están todos?

Volví a examinar el grupo, pero era difícil distinguirlos. Muchos tenían la cara sucia.

—¿Estáis todos? —pregunté.

—No hemos podido encontrar a Tabby —contestó Nia, temblando en su fina camiseta.

—Yo sé dónde está —dijo Nate mientras conducía al niño hacia Zoe. El niño la miró con ojos grandes—. Le gusta que lo agarren de la mano. ¿Te importa?

—Claro que no —susurró Zoe, extendiendo la mano sin vacilar.

El niño pequeño miró fijamente su mano como si fuera una víbora enroscada.

—Venga, Bit. Tómale la mano —le dijo Nate.

—¿Bit? —preguntó Emery.

—Él... no sabe su nombre. —Nate se encogió de hombros como si eso fuera algo común—. Así que le pusimos Bit y ya está.

—Le gusta —añadió Nia.

Se me cerró la garganta cuando Emery sonrió y dijo:

—A mí también me gusta el nombre.

Bit extendió vacilante la otra mano, colocándola en la de Zoe. Parecía muy pequeño mientras seguía mirándola fijamente.

—¿Eres una extraterrestre?

—No. —Zoe sonrió, pero yo conocía sus sonrisas. Le costaba mantener la compostura—. Soy algo mucho más genial que eso.

Daemon se burló en voz baja.

—Yo sí lo soy. Y ella no es tan genial como yo.

Eso le granjeó miradas de desconfianza, pero Daemon sabía utilizar su encanto. Su sonrisa fácil, la que dejaba entrever unos hoyuelos, parecía funcionar incluso con los niños. La mitad de ellos perdieron la mirada de recelo y en su lugar se mostraron curiosos.

«Vaya», le dije a Luc. «Qué bueno es».

«Sí que lo es».

—Id con ellos —instó Nate, enviándome una mirada nerviosa—. Tengo que buscar a Tabby.

Nate tardó un poco en convencerlos, sobre todo a los mayores, y mientras tanto, la inquietud me florecía en la boca del estómago. Nate era como su líder no oficial. No esperaba que perdiera de vista a ninguno de esos chicos.

«Está pasando algo», le envié a Luc, diciéndole lo que sabía. «Quiere a estos chicos fuera de aquí. ¿Puedes sonsacarle algo?».

«He estado escuchando todo el tiempo», contestó Luc. «Está asustado. No para de repetir una y otra vez "puedo hacerlo", y está pensando en Tabby».

El malestar creció. «¿Nada más?».

«Tiene demasiado miedo. Le está nublando los pensamientos». Luc se quedó callado un momento. «Puedo ir más allá. No sé si lo sabes, pero puedo ir más allá del miedo, pero él lo sentirá. Lo haré, pero si se asusta...».

No sabía que pudiera hacer eso, y me pregunté si era algo que no hacía a menudo, porque nunca lo había sentido jugueteando en mi cabeza.

«Captar los pensamientos superficiales no es difícil», me dijo, demostrando que lo había hecho. «Pero si alguien tiene miedo, siente emociones intensificadas o utiliza escudos, entonces tienes que atravesar eso».

«No te arriesgues. Si lo siente y se asusta, alarmará a los niños». Observé la oscuridad una vez más. «Tenemos que prepararnos para cualquier cosa».

«Lo estamos», fue su respuesta.

Al final, Zoe y Emery controlaron a los niños, con la ayuda de Jamal y Nia. Nate tuvo que volver a asegurarles que iba a volver, y luego tuve que hacerlo yo, porque fui la única cara que apenas reconocían. Entonces, Zoe y Emery los guiaron de vuelta por donde habíamos entrado.

—¿Estarán bien con ellos? —preguntó Nate en el momento en el que estaban fuera del alcance del oído.

Me volví para mirarlo.

—¿Qué está pasando, Nate?

—¿Qué? —dijo.

Mientras Daemon y Luc intercambiaban una mirada, me adelanté, manteniendo la voz baja.

—Me has dado la impresión de que no perderías de vista a esos niños, ¿y ahora vas y los entregas como si nada?

El único ojo bueno de Nate pasó de mí a Luc y luego a los demás.

—Solo tengo que ir a por Tabby. Está...

—Mierda —murmuró Luc, y sentí la carga golpear el aire un segundo antes de que las venas debajo de los ojos se le llenaran de luz blanca.

Retrocediendo un paso, Nate casi se cae.

—Dijiste que no era un Luxen.

—Y no lo es —respondí.

—Soy algo muy muy diferente. —Luc dio un paso hacia el chico—. Así que vas a querer pensar antes de hacer lo que vas a hacer a continuación.

—¿Qué está pasando? —preguntó Daemon.

—Está a punto de llevarnos a una trampa —explicó Luc, y me dio un vuelco el corazón—. ¿No es cierto?

—Nate —susurré, con el pecho encogido por el doloroso agarre de la decepción.

—Lo... —Nate se derrumbó—. Lo siento. Evie, lo siento. No he tenido elección. Tiene a Tabby. Tiene a mi hermanita.

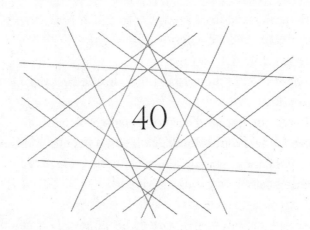

40

—¿Tu hermana? —exclamé. No sabía que tenía una hermana—. No me has dicho nunca que tenías una hermana. —Di un paso hacia él...

Nate se estremeció como si hubiera levantado la mano.

—Lo siento. Lo siento mucho. Has sido muy amable, pero Tabby... es la única familia que me queda. La conociste. A ella es a la que le encantaba...

—La crema de maíz —interrumpí, recordando la primera vez que había estado en la casa—. La niña que agarró la lata es tu hermana.

—Sí. Ni siquiera creía que él supiera que era mi hermana. Ella debió de pifiarla y decirle algo. Lo siento, pero tiene a mi hermana y le va a hacer daño. —Nate se arrodilló y juntó las manos—. Lo siento. Debería habértelo contado todo cuando te vi, pero tengo miedo. No quería hacer esto, pero le hará daño. Sé que lo hará.

Luc se movió y Nate giró la cabeza hacia él. Se arrodilló para quedar a la altura de sus ojos.

—Puedo leerte la mente, así que es mejor que sigas siendo sincero. Sabré cuándo estás mintiendo.

Nate miró boquiabierto a Luc, y era obvio que nunca había sabido que eso fuera posible. Me invadió la ira, dirigida tanto a Nate como a Morton, pero le agarré el brazo a Nate con la mano y tiré de él para que se pusiera de pie.

—Cuéntanoslo todo.

Le temblaba el labio inferior.

—Me vas a odiar.

—Creo que debes preocuparte más de que perdamos la paciencia —advirtió Daemon.

—Tienes que hablar y hacerlo rápido —concordó Luc mientras Grayson se movía como si nada para situarse detrás de Nate.

—No pasa nada —le dije a Nate, aunque en realidad sí pasaba—. Solo cuéntanoslo todo y dinos la verdad.

El chico pareció recobrar la compostura.

—Nos tenía a todos asustados de los Luxen, de la gente que vive aquí. No era difícil. Muchos de nosotros recordamos cómo fue cuando llegaron. Todos vimos cosas espantosas. Supe que algo pasaba cuando me pidió que...

Lo oí al mismo tiempo que Luc, solo un latido después. Grayson se giró y Daemon se puso rígido. Pasos resonando en la oscuridad. Muchos.

Agarrando a Nate, lo empujé detrás de mí mientras la oscuridad parecía expandirse.

—Son soldados —dijo Nate—. Los he visto antes. Los otros no, pero Morton ha hecho que yo sí los viera.

—Joder —murmuró Daemon—. ¿Cómo han entrado?

—Por los túneles —susurró Nate, con los dedos aferrados a la parte de atrás de mi camiseta—. Nos ha hecho excavar el túnel desde dentro. Hemos pasado tres años haciéndolo.

Si esto era algo en lo que habían estado trabajando durante años, entonces sabía que solo una cosa podía estar detrás de esto.

«¿Dédalo?», le dije a Luc.

«Por desgracia».

Pero no tenía sentido. Si Dédalo había estado trabajando para entrar en la ciudad sin ser vistos durante tres años, entonces tenían que saber lo que estaba pasando aquí.

—¿Y los otros chicos? ¿Están en esto? —interrogó Daemon.

—No. Lo juro. Cavaron los túneles, pero no sabían por qué. Yo tampoco lo sabía hasta hace unos días.

—Está diciendo la verdad —confirmó Luc, y esa parte me hizo sentir un poco mejor al saber que no estábamos enviando un puñado de zorros al gallinero.

—Lo siento, Evie —siguió susurrando Nate—. Lo siento muchísimo. Yo no...

—Puedes disculparte más tarde —lo corté cuando los pasos se detuvieron de repente. Miré fijamente en la oscuridad—. Necesito que te calles ahora mismo.

Pequeños destellos de luz aparecieron en la oscuridad.

—Preparaos —advirtió Luc—. Están aquí.

Daemon y Grayson se transformaron en sus verdaderas formas, luces intensas gemelas.

Y entonces estaban aquí.

Decenas y decenas de oficiales del GOCA salieron de la oscuridad. Filas de ellos vestidos de blanco, con escudos ocultándoles los rostros. Todos llevaban rifles, del tipo que sabía que estaban modificados para transmitir una corriente eléctrica peligrosa, a menudo mortal.

Todos estaban apuntando hacia nosotros.

«Yo me encargo de las armas», dijo Luc. «Tú encárgate de ellos».

«Hecho», respondí, dejándome llevar por el instinto. Practicar tanto me había ayudado a eliminar el miedo a perder el control, pero esto sería diferente. No estaba moviendo objetos ni personas, pero no podía dejar que el pánico se apoderara de mí. Recurrí a la fuente. La energía en el centro de mi pecho se estiró como si estuviera despertando, y luego inundó mi sistema.

—Al suelo y en forma humana. Ahora —ordenó uno de los oficiales—. O dispararemos.

Luc suspiró mientras me hormigueaba la piel.

—Qué aburrimiento. —Y luego levantó las manos—. Esperaba algo mejor.

Los dedos se movieron sobre los gatillos, pero no fueron lo bastante rápidos. Los fusiles salieron despedidos y volaron hacia el techo. El metal crujió y se desplomó al fundirse y doblarse los cañones. Los pulsos eléctricos iluminaron las recámaras de los fusiles y estallaron por la parte trasera en pequeñas explosiones inofensivas. Ojalá pudiera ver las caras de los agentes.

Extendí los brazos e invoqué la fuente. Una luz blanquecina con sombras negras arremolinadas me recorrió los brazos mientras los imaginaba yendo en la misma dirección que los rifles.

Se oyeron gritos cuando la primera fila de agentes se elevó del suelo. No me permití pensar si esto les haría daño o si sería peor. No podía. No cuando sabía de dónde venían y, con toda probabilidad, quién los había enviado.

Volaron hacia arriba y más allá, hasta la claraboya. Algunos atravesaron los agujeros que ya había. Otros destrozaron el cristal, sus gritos de sorpresa acabaron en alaridos.

—¡Joder! —gritó Nate con asombro detrás de mí.

Quedaban unos doce agentes más.

Un rayo de la fuente salió disparado de Daemon, alcanzando a uno de los agentes y enviándolo contra la pared. Otra ráfaga salió disparada de Grayson. Golpeó a un agente, que no se había detenido. Este cayó de bruces, con el cuerpo humeando al chocar contra el suelo.

Luc envió a tres volando contra la pared, sus cuerpos chocaron con un golpe carnoso que dio paso al sonido de los huesos crujiendo que hacía que se te revolviese el estómago.

En ese momento, los agentes que quedaban, poco menos de una decena, supieron lo que pasaba. Comenzaron a darse la vuelta, a echar a correr, y yo no podía permitirlo. Dirigí la mirada a la barandilla del segundo piso, hecha de cemento y cristal, justo encima de los agentes. Daemon y Grayson eliminaron a otros dos. Luc lanzó a otro a través del escaparate.

Confiando en que no iba a hacer nada que me obligara a reiniciarme o lo que fuera, cavé más hondo y una ráfaga de energía más pesada y densa me recorrió mientras miraba fijamente el saliente de arriba. El cemento se resquebrajó por la mitad, lanzando una columna de polvo fino a la luz plateada de la luna. Empujando con las manos, controlé la caída de la gran franja de cemento y cristal. Se balanceó hacia abajo, atrapando a los agentes que quedaban mientras se daban la vuelta para huir. No llegaron lejos.

Bajando las manos, miré a Nate mientras el corazón me latía con fuerza.

—¿Hay más?

Temblando, asintió.

—Supongo que es un mal momento para decir que te lo dije, ¿no? —comentó Grayson.

Sí.

Sí, lo era.

Luc levantó la mano. Las yemas de sus dedos echaron chispas. El aire se iluminó, como le había visto hacer una vez en su apartamento encima de la discoteca. Unos brillantes puntos dorados de luz salieron de Luc en todas direcciones, extendiéndose por los oscuros pasillos a ambos lados, devorando el vacío.

Los pasillos estaban despejados.

—¿Dónde están? —preguntó Daemon, habiendo vuelto a su forma humana—. ¿Dónde está ese Morton? Y sé concreto, chico. Sé que hay más de trescientas tiendas en este edificio.

Nate mantuvo los brazos pegados al pecho.

—Quería que te llevara con él. —Me miró fijamente—. Dijo que estaría en el parque.

—¿El parque? —repetí.

Asintió con la cabeza.

—El que está junto a la torre grande.

—Acabamos de llegar de esa dirección. No había nadie ahí fuera —replicó Daemon.

—No lo sé. Lo juro. Ahí es donde me dijo que estaría —repitió Nate—. Él está allí. Tiene que estar. Tenéis que ayudarme a recuperar a Tabby.

—Lo haremos —le contesté.

Grayson me lanzó una mirada que decía que no debería de haber dicho eso.

—¿Cuántos agentes más has visto? —preguntó Luc, con las pupilas de los ojos blanco diamante.

Nate negó con la cabeza.

—Puede que el mismo número que los que estaban aquí —contestó.

—¿Y qué va a hacer una vez que lleves a Evie hasta él? —preguntó Grayson, volviendo a la versión humana atenuada de sí mismo—. ¿Te va a entregar a Tabby sin más?

—Eso es lo que me ha prometido.

Grayson soltó una carcajada y sacudió la cabeza.

—¿Qué? ¿Qué me estás queriendo decir? —gritó el chico. Cuando Grayson apartó la mirada, Nate se estremeció—. Me lo ha prometido. He hecho todo lo que me ha pedido. Durante años, nos hemos mantenido alejados de vosotros, pero entonces me dijo que tenía que conseguir suministros de todos vosotros. Fue entonces cuando entré en la comunidad. Dijo que no podía ser visto hasta que te viera a ti.

Se me hundió el estómago, aunque ya lo sabíamos. Dédalo estaba aquí. Habían estado aquí, y a saber lo que iba a ocurrir a partir de ahora, lo que podría estar ocurriendo ya en la comunidad. Y estaban aquí por mi culpa.

Después de todo lo que había hecho, había puesto en peligro a la comunidad.

—Me dijo cómo eras y que tenía que hacer que me siguieras, pero no de inmediato. Sería demasiado sospechoso.

—¿Por qué quería que te siguiera? —preguntó Daemon.

—Tenía que confirmar quién era ella. —Nate comenzó a caminar en una línea estrecha y reducida.

—Por eso estaba allí aquella noche. —Se me estiraron los dedos mientras la fuente enviaba un furioso empujón de energía a través de mí—. Necesitaba ver quién era yo con sus propios ojos.

Nate se pasó una mano por el pelo, tirando de él.

—Nunca me dijo por qué. Aún no me lo ha contado. Todo este tiempo nos ha hecho creer que estábamos abriendo el túnel para salir. Mintió.

—¿Y te has creído que te devolvería a tu hermana después de que lo ayudaras? —preguntó Grayson.

El horror apareció en el rostro del niño.

—¿Qué otra cosa podría creer?

Dios, comprendía la posición en la que se encontraba. Tenía que creer, porque si no lo hacía, entonces solo habría una dura realidad.

—No fue hasta que despejamos el túnel hace unos días. Entonces me dijo que era hora de que me siguieras. —Volvió a tirarse del pelo—. No sabía el motivo y no entendía por qué actuaba así cuando te veía. Quería verte, pero te obligó a marcharte.

Porque había conseguido lo que necesitaba para estar seguro.

—Entonces, antes me llevó al túnel y vi... a los hombres de blanco. Los soldados. Me dijo que tenía que conseguir que volvieras conmigo —continuó—. Pero me negué. Me caes bien. Nos diste comida y cosas y fuiste amable, y ya había hablado con Jamal y Nia. Pensábamos ir a verte. Te lo juro.

—¿Pero? —susurró Luc, y me acerqué más a él, sabiendo que ese tono suave significaba que estaba a segundos de hacer algo malo.

—Pero me pegó. Me dio patadas. No me importó. No era la primera vez. Pero entonces me dijo que tenía a Tabby. —Las lágrimas le mancharon ambas mejillas, incluso la que estaba debajo del ojo hinchado y magullado—. No tuve elección.

¿En serio?

«Está diciendo la verdad», repitió Luc, con su voz irrumpiendo en mis pensamientos. «Tiene una hermana. Este hombre la tiene o al menos le ha hecho creer que la tiene».

Una parte de mí comprendía las acciones de Nate. Al igual que entendía por qué Daemon y Kat y Dee y casi todos los demás querían matar a Blake mientras reconocía, sin quererlo, que a Blake lo habían puesto en una situación espantosa.

Pero todos teníamos opciones.

Nunca sabríamos de qué lado caeríamos hasta que tuviéramos que tomar esa decisión.

—Ojalá me hubieras dicho la verdad antes. Te habríamos ayudado igual —le dije—. No tienes ni idea de a lo que te enfrentas.

Nate cerró el ojo.

—Daemon —lo llamó Luc—. Vuelve a la comunidad. Avisa a los demás de que Dédalo está aquí. Prepáralos.

Daemon dio un paso y luego dudó. Dudó de verdad, y eso decía mucho, porque su mujer estaba allí, su bebé. Y también decía mucho que Luc le pidiera que fuera él y no Grayson. Luc tenía que saber que Daemon quería volver allí por si acaso ya se había puesto más feo de lo que éramos conscientes.

—¿Tenéis esto controlado, colegas? —preguntó Daemon.

—Sí. —La mirada de Luc pasó de Grayson a mí—. Lo tenemos.

Asentí con la cabeza.

—Sí.

Daemon se encontró con la mirada de Luc, y luego se fue, corriendo hacia la comunidad, hacia su mujer y su hijo, y yo recé para que las cosas estuvieran como las habíamos dejado.

—Vamos a buscar a tu hermana —dijo Luc—. Quiero conocer a ese Morton. Estoy superentusiasmado con la idea.

—Si vamos por ese pasillo, es más rápido. —Nate señaló el pasillo que teníamos delante.

—Sí —confirmó Luc—. Daemon estaba pensando justo en eso antes de marcharse.

Grayson chasqueó los dedos hacia Nate.

—Tú. Te quiero a mi lado. Al alcance de la mano todo el camino.

Paralizado, Nate me miró.

—Ve con él —le dije—. No te hará daño.

Grayson arqueó una ceja.

Nate no se movió.

—No estás al alcance de la mano —murmuró Grayson—. No me gusta esperar.

El chico se armó de valor y se dirigió hacia Grayson.

Luc se acercó a mí y me puso la mano en el brazo.

—Esto no es culpa tuya, Evie.

Me encontré con su mirada mientras se me formaban nudos en el estómago.

—Están aquí por mí, y si le pasa algo a la gente...

—Si fuese así, sigue sin ser culpa tuya —contestó—. Y me pasaré los días que sean necesarios recordándotelo, pero ahora mismo, te necesito fuera de aquí.

—¿Qué?

—Están aquí por ti. Lo último que queremos es llevarte directamente hacia ellos. —Levantó la mano hacia mi mejilla—. Tienes que saber que eso sería una mala idea.

—Lo que es una mala idea es que no me llevéis. Sois todos geniales, pero no tenemos ni idea de lo que va a pasar. ¿Y si tienen un Troyano? —solté, con el corazón latiéndome mientras bajaba la voz—. ¿Qué pasa con la hermana de Nate?

—La recuperaremos y nos ocuparemos de lo que haya allí, sea Troyano o no.

Di un paso atrás.

—No vas a librar mis batallas sin mí.

—Evie...

—No —repetí—. No necesito que me protejas. No necesito que te pongas delante de mí. Necesito que estés a mi lado.

Abrió los ojos de par en par y pasaron varios instantes antes de que acortara la distancia, ahuecándome esta vez las mejillas con ambas manos.

—Si te pasara algo...

—Te sentirías igual que yo si te pasara algo a ti —terminé por él—. Estarías destruido. Yo estaría destruida. Juntos, nos aseguraremos de que eso no ocurra.

—Juntos —repitió, cerrando los ojos—. Odio esto. Cada fibra de mi ser odia la idea de que te acerques a esta gente. Que ya hayas estado cerca y que cualquier cosa podría haber pasado. Odio esto, Evie.

—Lo sé. —Le agarré las muñecas—. Yo también.

—No dudes, Melocotón. Vas a matar más esta noche, y si las cosas se van de madre, si hay un Troyano, derríbalo —dijo—. Usa todo lo que tengas y yo me encargaré del resto, yo me encargaré de ti después.

—Lo sé —repetí.

Luc se inclinó y me besó. Fue demasiado rápido, pero tan poderoso como cualquiera de los otros besos. Luego se apartó. Yo también, y juntos nos unimos a Grayson, que estaba de pie junto a Nate. Una mirada a la expresión de Grayson me dijo que estaba de acuerdo con Luc. No me quería aquí, y lo entendía. De verdad que lo entendía. Estaban aquí por mí.

Y era a mí a quien atraparían.

Caminamos por el pasillo, pasando junto a los hombres destrozados que yacían desperdigados.

—Limpiar esto va a ser una mierda —murmuró Grayson—. No voy a estar en ese equipo.

Le lancé una mirada, pero no dije nada cuando llegamos a un oscuro almacén. Luc cortó el espectáculo de luces, no quería que Morton ni nadie más viera que nos acercábamos. Me adentré en la oscuridad sin vacilar. No es que no tuviera miedo. Sí que lo tenía. El corazón me latía con fuerza, mi miedo alimentaba la fuente y hacía que mis sentidos se aguzaran. Sería estúpido, mortal, no tener miedo. Ya había derribado a una Troyana, pero Sarah no había sido entrenada como yo, como los demás. Podría fallar. Podrían pasar muchas cosas. Tan solo no podía pensar en ellas mientras navegábamos por las estanterías volcadas y los maniquíes caídos. Esta era mi lucha, y si no podía controlarme aquí, no podría hacerlo ahí fuera.

Llegamos a las puertas y, tras advertir a Nate de que guardara silencio, salimos al aire fresco que no quitaba el olor persistente a moho. Luc nos guio hacia la derecha y caminamos por la calle, manteniéndonos cerca de la torre y fuera de la luz de la luna. Distinguí el conjunto de árboles que habíamos pasado antes y el espacio oculto en su interior. Había una abertura...

Se me puso la piel de gallina. Mi visión pareció contraerse y ampliarse a medida que el instinto cobraba vida y se apoderaba de mí.

Me moví rápido, más rápido de lo que Luc podría haber previsto, saliendo disparada delante de ellos. Fue casi como cuando vi a Sarah. La fuente tomó el control, pero yo seguía allí, y esta vez estaba en el asiento del conductor, pero era la fuente la que guiaba mis movimientos. Se me aguzaron los oídos al percibir un chasquido repetitivo.

Extendiendo la mano, la palabra «detente» se formó en mi mente. Se vertió en la fuente y luego en el aire.

542

Se detuvieron a pocos centímetros de nosotros. Más de una decena de diminutos objetos cilíndricos que contenían una carga eléctrica azulada en el centro permanecían allí, congelados a nuestro alrededor.

Nate soltó un grito ahogado.

Dando un paso adelante, Luc agarró uno del espacio. Se le curvó el labio.

—Son el mismo tipo de balas con las que me disparó la supervisora de April.

Lo que significaba que no buscaban matar a ninguno de nosotros. Nos querían heridos, y eso en realidad era peor.

—Exacto. —Luc captó mis pensamientos, indicándome que esta vez era diferente a las anteriores. No había podido oír mis pensamientos cuando fui tras Sarah. Sus dedos se cerraron sobre la bala mientras la fuente crecía alrededor de su mano. Movió el brazo en el aire y, una a una, las balas modificadas explotaron. Un segundo después, iluminó el aire, enviando la fuente en todas direcciones, y vi a los agentes restantes. Había tantos o más que los que habían entrado en el centro comercial.

Me puse en marcha antes de darme cuenta, corriendo a través de la abertura. Luc y Grayson estaban justo detrás de mí cuando me detuve, con los ojos fijos en las armas bajadas, percibiendo su disposición a disparar una vez más.

—¿Cuándo aprenderéis? —dijo Luc, curvando los dedos como si los estuviera invocando. Los rifles saltaron por los aires, estrellándose contra la torre que teníamos detrás y contra los árboles.

Estos agentes no huyeron como los otros. Vinieron directamente hacia nosotros, sacando algo pequeño y negro de las fundas de las pistolas.

—Pistolas paralizantes —advirtió Luc.

—Hora de divertirse. —Grayson empujó a Nate hacia atrás mientras se transformaba en su verdadera forma.

—Atrás —ordené, esperando que todos me escucharan.

Agachándome, golpeé el suelo con las manos. La tierra tembló y se despertó con una respiración profunda y temblorosa. Géiseres de tierra volaron por los aires, y después el suelo se expandió bajo mis manos, ondulándose en todas direcciones, formando túneles de tierra y hierba revueltas.

Se oyó un grito cuando el hombre que estaba más cerca retrocedió, levantando el brazo. La electricidad subió por las puntas de las pistolas paralizantes cuando, presa del pánico, pulsó el botón. Cayó en picado, junto con otros más. Los enterré bajo la tierra espesa y arenosa.

No creí que fueran a salir.

Nunca.

Al levantarme, vi a Luc agarrando a uno de los agentes por el brazo. Un hueso le crujió y la pistola paralizante cayó al suelo. Luc golpeó el pecho del agente con la mano. La fuente bañó al hombre. Sus gritos terminaron de forma abrupta, justo cuando la fuente atravesó la zona, golpeando a otro agente. Su grito lleno de dolor fue ahogado cuando Grayson derribó a otro.

Seguí avanzando, el viento se levantaba a mi alrededor mientras mis ojos se movían hacia los árboles. Unas armas perfectas y útiles. Con la fuente guiándome, extendí los brazos y curvé los dedos hacia dentro. Las ramas crujieron como truenos, arrancándose de los árboles.

Grayson y Luc sabían lo que iba a pasar. Se lanzaron al suelo como profesionales, Grayson arrastrando a Nate con él. No todos los agentes fueron lo bastante rápidos.

Las ramas (ahora como flechas dentadas de varias puntas) se lanzaron a través del claro. Golpearon a los hombres y luego los atravesaron, perforando escudos, cascos y armaduras.

El aire olía a metal mientras bajaba las manos.

Seis menos.

Quedaba media docena.

Escudriñé el terreno, buscando a Morton y a la niña. Un agente vino directo hacia mí y lo empujé con la fuente. Salió volando hacia atrás como si la mismísima mano de Dios lo hubiera agarrado y encontró un final desgraciado contra una especie de muro de cemento que se alzaba en el centro del parque.

¿Dónde estaba...?

Giré y me encontré cara a cara con un agente que sostenía una pistola paralizante a escasos centímetros de mí. No tenía ni idea de lo que me haría, si es que me haría algo. No quería averiguarlo. El agente me apuntó con la pistola paralizante. La electricidad cobró vida...

Me moví.

O eso creí, porque el agente avanzó a trompicones y la pistola paralizante disparó inofensivamente contra la nada, contra...

Humo y sombras.

Joder.

Había hecho lo de los Arum, lo que había hecho April. Yo estaba allí, pero a la vez no. El agente giró y yo extendí la mano. Estaba allí, al menos su contorno oscuro y borroso, y atravesó el pecho del hombre. La sangre me salpicó la cara cuando retiré el brazo. El hombre dejó de gritar y se desplomó, doblado como una bolsa de papel. Vi cómo se me solidificaba el brazo, cómo las piernas se convertían en algo más que una forma.

Levanté la cabeza y miré a Luc, que estaba a unos metros de mí. Sus grandes ojos se encontraron con los míos.

—¿Has visto eso? —le pregunté.

Asintió con la cabeza.

—Te has convertido en Arum durante un momento.

—No sabía que podía...

Luc me agarró del brazo, empujándome hacia un lado mientras extendía la mano. Un rayo de la fuente le brotó de la palma e impactó en el pecho del hombre que había aparecido justo detrás de mí.

—Gracias —dije, dándome la vuelta y viendo a Grayson matando a otro agente. Iba a tener que tomar lo que acababa de hacer y dejarlo a un lado para emocionarme más tarde.

Luc y Grayson acabaron rápido con los agentes restantes. En cuestión de minutos, el campo estaba sembrado de cadáveres, y el olor a carne quemada y sangre flotaba en el aire. De repente, me di cuenta de que se acercaba un Luxen. Mi mirada se desvió hacia la repentina luz brillante que se abría paso entre los árboles. El Luxen se solidificó, convirtiéndose en humano.

—Daemon. —La sorpresa dio paso al miedo—. ¿Va todo...?

—Va todo bien y ya les he avisado. He vuelto para ayudar. —Se adelantó—. Aunque no parece que lo necesitarais.

—Te he dicho que lo teníamos controlado —respondió Luc, agachándose y quitándole el casco a uno de los agentes—. Joder. Este tipo no puede ser mayor que nosotros.

No quería sentir el pellizco de tristeza por una vida perdida mucho antes de entrar en este campo, ni por lo que podría haber llevado a alguien a firmar para trabajar en una organización como Dédalo.

«Creen que están en el lado correcto de la historia», me comentó Luc mientras se levantaba. «Siempre lo creen».

—Por favor, dime que Morton está entre ellos —dijo Daemon.

—Lo siento —replicó Grayson—. Todavía no ha hecho acto de presencia.

—¿Están bien los demás? —preguntó Nate desde donde estaba sentado sobre las rodillas, con los brazos pegados al pecho.

Daemon le dedicó una breve mirada.

—Están bien. Los están recibiendo ahora mismo con mantas y sopa caliente, creo.

Nate cerró los ojos, con los hombros hundidos. Me alivió saber que los niños habían sobrevivido y que, de momento, no había pasado nada en la comunidad, pero...

Las ramas se quebraron bajo la caída de pies con botas y giramos hacia el muro de cemento. Morton salió de detrás del muro. Tenía una mano sobre el pequeño hombro de la niña. Ella tenía su manta. Temblaba como una bandera al viento y parecía demasiado aterrorizada como para llorar o hacer ruido.

Una sonrisa desagradable y sedienta de sangre tiró de mis labios mientras avanzaba. No haría daño a esa niña. No haría daño a Luc, a Grayson o a Nate. No me haría daño a mí.

—Yo no daría ni un paso más —aconsejó Morton, levantando la otra mano. Sostenía algo pequeño—. Si lo haces, pulsaré este botón sobre el que ya tengo apoyado el pulgar. Eres rápida, pero pulsaré este botón a tiempo. Puede que me hagas daño. Puede que me mates. Pero esta vez sí que te activarás.

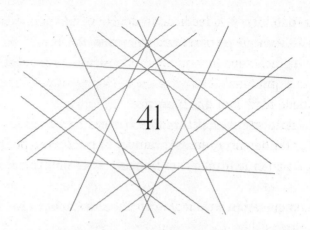

41

Sostenía la onda Cassio entre los dedos.

A la fuente, eso le daba lo mismo. El deseo de arremeter contra él, de destruirlo, hizo que los pequeños músculos de todo mi cuerpo se crisparan mientras me obligaba a quedarme quieta. Me temblaba todo el cuerpo mientras le miraba la mano. Podía con él. Podía llegar a él antes de que apretara...

«Ten cuidado», se entrometió la voz de Luc. «Eres rápida, pero tiene el dedo sobre el botón».

Respirando hondo y con calma, alcé la barbilla.

—Exacto. —Morton sonrió—. Puede que seas poderosa. Todos vosotros lo sois, pero lo que tengo en mis manos es el verdadero poder.

Se me curvó el labio y salió de mí un sonido que ni siquiera sabía que era capaz de emitir. Era un gorjeo grave que solo le había oído a Sarah el día que mutó.

—Ya, no te gusta oír eso —respondió Morton.

—Deja que la niña se vaya —dijo Luc—. Lo que creas que va a pasar aquí no tiene nada que ver con ella.

—Por favor —suplicó Nate desde donde estaba de rodillas, al alcance de la mano de Grayson—. Me prometiste que si te traía...

—No has hecho exactamente lo que te pedí, Nate. Tampoco es que esté muy sorprendido. Seguir instrucciones básicas nunca ha sido tu fuerte. —Morton no me quitaba los ojos de encima—. Pero tiene razón, lo que sé que va a pasar aquí no tiene nada que ver con ella.

Morton levantó los dedos de su hombro. La niña no se movió, su mirada aterrorizada estaba llena de cansancio y miedo. Me di cuenta de que probablemente se preguntaba si aquello era algún tipo de truco.

—Tabby —la llamó Nate, con voz temblorosa.

Echó a correr y se abalanzó sobre su hermano con las piernas y los brazos delgados, sin mirar a los cadáveres. Él la tomó en brazos y la envolvió en un abrazo. Nate no esperó. Se dio la vuelta y se marchó. Lo único que yo esperaba era que después pudiéramos encontrarlo o que él pudiera encontrarnos a nosotros.

Entrecerré los ojos hacia Morton.

Si es que había un después.

«Lo habrá», aseguró Luc, y luego dijo:

—Me sorprende que los dejes ir con tanta facilidad.

—No los necesito.

—¿Estás seguro? —preguntó Luc—. Hace menos de un minuto, tenías una rehén. Ahora solo estamos tú y nosotros.

—Y esto. —Levantó la mano que sostenía la onda Cassio y me tensé—. Te hemos estado esperando, Evie.

—¿Ah, sí? —pregunté, considerando cómo de rápido podría llegar hasta él. No era tan hábil como los demás para enviar rayos de la fuente.

Morton sonrió.

—Sabíamos que en algún momento vendrías aquí.

Grayson cambió su peso de un pie a otro.

—¿Así que has estado merodeando? ¿Usando niños pequeños para que te consiguieran comida?

—Más bien me he asegurado de que los niños se mantuvieran alejados de los demás hasta que necesitara que los vieran. Decidme, ¿de verdad la gente de la comunidad cree que Dédalo no tiene ni idea de quién está aquí?

—Si todos vosotros sabíais de verdad que hemos estado aquí todo este tiempo, ¿para qué esperar? —gruñó Daemon—. ¿Por qué no venir a por nosotros?

—¿Para qué íbamos a malgastar una mano de obra y un tiempo precioso? —preguntó Morton—. Lo que estáis haciendo no nos preocupa. No sois una amenaza.

Arqueé las cejas, sorprendida.

—¿Que no somos una amenaza? —se rio Daemon—. Vale.

Morton sonrió satisfecho.

—Hemos sabido todo este tiempo que algunos de los centros para Luxen han sido tapaderas para trasladar a Luxen no registrados y simpatizantes a Houston y Chicago.

Mierda. Sí que lo sabían.

—Nos ocuparemos de todos vosotros muy pronto, no os preocupéis —dijo Morton.

—Ah, no estamos preocupados —gruñó Daemon.

—¿Vamos a quedarnos todos parados hablando un poco más? —preguntó Luc—. ¿O solo estás perdiendo el tiempo hasta que aparezcan más agentes? Si es así, espero que sean mejores en su trabajo que las dos últimas tandas.

—No van a venir más.

No estaba segura de creerlo.

—No necesito más. He visto todo lo que necesitaba ver —continuó—. Sabía que en el momento en el que me arrancaste el bate de la mano, estabas lista.

Respiré hondo. Me había provocado con aquel bate para ver qué hacía, y yo había expuesto al menos algunas de mis habilidades allí mismo. Menuda estupidez.

«No lo sabías», la voz de Luc entró en mis pensamientos.

No creía que eso importara.

Morton me miró.

—La Troyana que llegó a la Zona 3 era una prueba. Supongo que fracasó. Una pena, pero el sargento Dasher estará encantado de oír lo experta que se ha vuelto Nadia en el uso de la fuente.

El aire se me atascó en la garganta mientras me zumbaba la piel con una fuerza apenas contenida.

—No pronuncies ese nombre —advirtió Luc, el aire a su alrededor crepitando—. Jamás.

—¿Qué nombre debo usar? ¿Evie? Ese no es su verdadero nombre. La razón por la que sigue respondiendo así es extraña... e interesante.

—¿Qué tal si no usas ninguno de los dos nombres? —sugirió Luc.

Morton se rio por lo bajo.

—¿Se lo vas a decir tú mismo al sargento Dasher? —le pregunté—. ¿Crees que vamos a dejar que te vayas de aquí?

—Se lo vas a enseñar tú misma, ya lo verás. En el momento en el que pulse este botón, te activarás.

El pánico y la furia se apoderaron de mi pecho.

—No me activé la última vez, pero si llevas aquí tres años, supongo que no te habrás enterado de eso.

—Me ha puesto al día uno de los hombres. Creo que es uno de los que has enterrado bajo tierra —comentó Morton—. Este es un dispositivo nuevo y mejorado. Te activarás, y como represento al sargento Dasher, me harás caso. ¿Quieres saber qué es lo primero que te haré hacer? Me aseguraré de que los mates.

El aire que me entraba en los pulmones no era suficiente.

—Estos dos Luxen intentarán detenerte, pero fracasarán. No pueden derrotarte. Entonces tu novio intentará hacer lo mismo, pero también fracasará —continuó Morton mientras el hielo me recorría las venas—. ¿Y recuerdas que íbamos a ocuparnos de la Zona 3 después? Bueno, eso será antes de lo que piensas. Te enviaré allí a continuación, y acabarás con cada una de las personas que hay allí.

Me empezaron a flaquear las rodillas.

—Hombre, mujer... —Hizo una pausa—. Y niño.

No.

No.

Desvié la mirada hacia Luc. Estaba mirando fijamente a Morton, todo su cuerpo parecía vibrar de rabia. No podía permitirlo. De ninguna manera.

—¿A qué estás esperando, entonces? —interpeló Grayson—. ¿Qué te detiene? Si yo fuera tú, ya habría apretado el maldito botón. Ya has visto de lo que es capaz. El hecho de que no lo hayas pulsado me dice que no estás tan seguro de que la onda Cassio vaya a funcionar.

Una pequeña chispa de esperanza, pero...

Pero ¿y si sí funcionaba? Era demasiado arriesgado, porque si funcionaba, no habría vuelta atrás. Y si Dédalo sabía lo que todo el mundo estaba haciendo aquí, entonces tenían que estar seguros de que este dispositivo funcionaría. Porque si no, acababan de exponer su conocimiento de ellos. Habían perdido la ventaja de un ataque sorpresa, y no habría forma de que Morton saliera vivo.

Intenté encontrar una salida. Tenía que haber algo.

Lástima que nadie hubiera conseguido esos tranquilizantes para elefantes con los que bromeaba Zoe. Si me noquearan, al menos no sería un peligro...

Lo sabía.

Sabía lo que podía funcionar.

—Solo déjame despedirme de Luc.

—Evie —comenzó Luc—, tú no...

—Por favor —le corté mientras le enviaba el mensaje. «Tienes que quitarme la fuente»—. Solo déjame despedirme.

Luc no respondió y Morton se echó a reír.

—¿Se supone que debo confiar en ti?

—¿Qué puedo hacer? Si te ataco, le darás al botón. Si alguno te ataca, le darás al botón —razoné. Si pulsa el botón, estaré completamente vacía. Puede que aun así me activara, pero no podría hacerles daño a ninguno de ellos—. Por favor —les supliqué tanto a Morton como a Luc—. Solo quiero despedirme.

Por el rabillo del ojo, vi a Grayson y a Daemon intercambiar miradas.

—Por favor —susurré. «Podrás acabar con él y podrás encargarte de mí. Podrás mantenerme contenida hasta que sepas qué hacer conmigo o...».

«No habrá otra opción», fue su rápida respuesta. «Te traeré de vuelta».

«Pero si no puedes, tienes que tener cuidado conmigo. No tendrás mucho tiempo. Puede que me duerma, pero cuando me despierte, estaré a pleno rendimiento».

—Puedes despedirte —dijo Morton, y yo casi me desmayé de alivio—. Pero un paso en falso y se acabó.

—Gracias. —Se me escaparon las palabras mientras me volvía hacia Daemon y Grayson—. No hagáis nada. Por favor. Solo dejadme despedirme.

Daemon me miró como si estuviera loca, pero Grayson asintió y supe que intuía que Luc y yo tramábamos algo. Me iba a seguir la corriente.

—Ve —instó Morton—. Hazlo de una vez.

Mis pasos eran bruscos mientras caminaba la corta distancia que me separaba de Luc, con el corazón desbocado cuando mi mirada se cruzó con la suya. La furia se arremolinó en sus ojos mientras la estática crepitaba de forma inofensiva sobre mi piel.

«Prométemelo». Me detuve frente a él mientras le ponía las manos en el pecho. «Si no vuelvo de esta, por favor, no dejes que me convierta en un verdadero monstruo».

—Evie —dijo con voz áspera mientras me acariciaba la mejilla.

—Nadia —susurré, empapándome de sus rasgos y grabándolos en una memoria que esperaba no perder—. Esa es quien soy.

Luc se estremeció, los ojos se le cerraron y volvieron a abrirse. Sus pupilas eran tan blancas y grandes que casi se tragaban todo su iris.

—Nadia.

Asentí con la cabeza.

—Te quiero.

Dejó caer su frente sobre la mía mientras me rodeaba la cintura con el brazo. «Prométemelo», le dije. «Prométeme que no dejarás que me convierta en algo que odie».

Luc me atrajo hacia su pecho, encajando mi cuerpo en el suyo. Inhalé hondo, dejando que su aroma me envolviera, y cuando sus labios tocaron los míos, un sollozo me sacudió. Deslizó la mano desde mi mejilla hasta mi garganta. Me incliné hacia atrás lo suficiente para que metiera la mano entre nosotros. Su mano se apoyó en mi pecho. Le devolví el beso, con lágrimas cayéndome por la cara mientras me aferraba a sus hombros. Sentía el pulso como una mariposa atrapada.

«Te quiero», dijo, y percibí la fuerza de lo que sentía en su beso. «Te amo con cada aliento que doy, Nadia. Te traeré de vuelta».

Me estremecí cuando su palma se calentó contra mi pecho. Sentí el primer tirón suave, y luego fue más fuerte, más duro. Mi cuerpo empezó a sacudirse, pero Luc me abrazó con más fuerza, reteniéndome y silenciando el grito agudo que surgió de mi garganta cuando la fuente rugió a la superficie y después se contrajo con rapidez, ondulando de nuevo por mis venas. Una luz intensa brilló alrededor de Luc. Se oyó un grito y mi corazón se paralizó.

«Prométemelo, Luc». Comencé a marearme. «Prométeme que acabarás con esto».

Me besó más fuerte, más profundo. Las lenguas y los dientes chocaron, y no me importó. Quería recordar esto, recordarlo a él, y entonces...

«Nunca», prometió. «Nunca te abandonaré».

Abrí los ojos de golpe al darme cuenta de lo que me había prometido, y eso era no hacer lo que había que hacer si no podía volver como yo de esta.

Si no lo hacía, todo esto sería en vano. Una vez que recuperara mi poder, no podría contenerme. Luc no me detendría, y me convertiría en lo que él ya temía ser.

Pero ya era demasiado tarde.

Luc echó la cabeza hacia atrás y apartó la mano. Unos hilos de luz blanca que palpitaban con intensas sombras negras se adhirieron a sus dedos. La fuente latía al ritmo de mi corazón. Podía sentir cómo salía de mí y entraba en él en olas rápidas y estrepitosas, y vi cómo se filtraba en su piel, cómo se hundía en sus huesos y músculos hasta llegar a su núcleo. Sus ojos se abrieron de par en par cuando unas rayas blancas rompieron el violeta. La masa de poder retorcido y palpitante se lo tragó entero. Su brazo se flexionó a mi alrededor, y entonces eso fue todo.

Caí al suelo con fuerza, debilitada y desprevenida por la repentina falta de apoyo. Aturdida por el hecho de que Luc me hubiera soltado, me hubiera dejado caer, levanté la cabeza y miré hacia arriba mientras lo que quedaba de la fuente palpitaba a duras penas.

Ni siquiera podía verlo.

La luz a su alrededor era muy intensa, más fuerte que la de la otra noche que había hecho esto. Esta vez había tomado más, casi todo. El remolino de luz blanca y negra giró a su alrededor hasta que se suavizó y no fue más que la silueta de un hombre coloreada a la sombra de la resplandeciente luz de la luna.

Brillaba más que cualquier Luxen, que cualquier estrella. Toda la zona, hasta donde alcanzaba la vista, estaba iluminada. Convirtió la noche más oscura en la parte más brillante del día.

Me quedé mirándolo, con los ojos llorosos, mientras su poder parecía seguir creciendo, volviéndose aún más brillante, y por alguna razón pensé en lo que había dicho Eaton.

«Tenías que saber, Luc, que encontrarían alguna forma de hacerte volver».

Era lo único que ninguno de los dos podía entender, lo único que incluso Blake se había preguntado. ¿Por qué iban a necesitar que Luc volviera cuando me tenían a mí, cuando tenían a los otros Troyanos?

«Tú eres la sombra más ardiente y él es la estrella más oscura, y juntos, traeréis la noche más brillante».

La noche más brillante.

—Joder —murmuró Grayson, que había salido de su verdadera forma, igual que Daemon. Levantó el brazo para protegerse los ojos—. Espero que eso sea normal.

Poco a poco, miré hacia Morton. Debería estar entrando en pánico, y yo ya debería estar activándome. Obviamente, él ya tenía que saber que Luc y yo no nos habíamos despedido sin más, pero yo me sentía igual, y Morton...

Se quedó de pie, con una mano levantada para bloquear parte de la intensidad. No le estaba dando ningún ataque. No estaba pulsando el botón sin cesar. Se quedó allí sin más como si se hubiera esperado esto.

«La noche más brillante».

Empezó a surgir la comprensión, una tan horrible y tan definitiva que no quería aceptarla. No quería creer. Simplemente no podía. Con el pulso acelerado, giré la cabeza hacia Luc. Intenté llegar a él, enviándole mis pensamientos directamente.

Nada.

Nada y luego...

Un torrente de hielo, fuego y poder, un poder puro y potente, capaz de arrasar ciudades, destruir civilizaciones y borrar historias enteras. Mi mente se retrajo de inmediato y la fuente se encendió en lo más profundo de mi ser. Luchaba, una mera chispa comparada con el infierno de Luc, pero latía, desencadenada por una amenaza muy real y muy grave.

De repente, pensé en el sueño que había tenido mientras dormí todos esos días. Luc y yo frente a frente, con una ciudad totalmente destruida al fondo. Despacio, me puse de pie y volví a mirar a Morton.

Bajando la mano, me miró fijamente y asintió.

Casi me caigo otra vez.

Nada parecía real cuando me vi obligada a aceptar que ninguno de nosotros, ni uno solo, le había dado suficiente crédito a Dédalo. De todas las formas posibles, habíamos subestimado sus planes, su previsión.

Este había sido su plan desde el principio.

Miré fijamente a Luc.

Este había sido el legado de Nancy Husher.

Presionándome el dorso de la mano contra la boca, me volví hacia Morton.

Abriendo la mano, dejó caer el aparato al suelo.

—Solo es... —dijo Daemon—. Solo es un mando a distancia viejo.

—He mentido. —Morton bajó la mano, con la mirada fija en mí—. El sargento Dasher estará muy orgulloso de ti, Nadia. No le has fallado. Sabía que no le fallarías. Gracias.

Me estremecí.

—¿De qué demonios está hablando este hombre que pronto estará muerto? —gruñó Daemon.

—Puede que fueras el Luxen más fuerte, pero nunca fuiste el más listo —replicó Morton.

Daemon dio un paso hacia el hombre, gruñendo mientras la bruma blanca de la fuente lo rodeaba.

—No lo hagas —advertí, y luego congelé a Daemon en su sitio con la mente antes de que dejara huérfano a su hijo.

Intentó levantar el pie, le costó moverse. Me miró con los ojos muy abiertos.

—Será mejor que no estés haciendo lo que creo que estás haciendo.

Lo estaba, y él iba a tener que aguantarse. Igual que Grayson, mientras lo congelaba donde se encontraba. No sabía cuánto tiempo iba a poder retenerlos. No tenía ni idea de lo que pasaría si alguno de ellos cargaba contra Morton, y no necesitaba preocuparme por ellos. Volví a centrarme en Luc. Aún había una posibilidad. Acababa de tomar el poder. Lo estaba absorbiendo, y una vez que eso ocurriera, sería diferente, pero estaría bien. Lo estuvo la última vez. Todavía había una...

—Dime, Nadia, ¿es la primera vez que se alimenta de ti? —preguntó Morton, tan curioso como un niño—. ¿Ha sido solo esta vez? Creíamos que con dos veces sería necesario.

—¿Que se alimenta de ti? —espetó Grayson con disgusto.

Me negué a responder, intentando llegar de nuevo a Luc, sin encontrar nada más que el espacio estéril que se llenaba de un poder interminable y descontrolado, y recordé lo que Luc había dicho después de haberlo hecho antes.

«Me cambiaría».

—Por favor, dímelo —pidió Morton.

«Me convertiría en algo mucho peor».

—Debo saberlo.

«Me convertiría en algo a lo que temer de verdad».

—Verás —insistió—. Tenemos una apuesta en la oficina...

—Hijo de puta —espeté. La fuente echó chispas en mi interior, alimentada únicamente por la rabia que me golpeaba—. Tú no importas. En absoluto.

Morton rio por lo bajo.

—Oh, claro que importo —amonestó—. ¿Sabes quién más importa? Luc. Es todo lo que hemos necesitado. Por eso eras especial. No haría lo que acaba de hacer por nadie más que por ti. Después de todo, él haría cualquier cosa por ti.

Luc bajó despacio los brazos en llamas.

—Nadie, ni siquiera ese general traidor o los desfasados Hijos de la Libertad, entendía de verdad para qué estaba diseñado el Proyecto Poseidón, por qué estaba en conjunción con los Origin. Eaton debería haber sabido que el sargento no le habría enseñado todas sus cartas.

Pero Eaton había sospechado que había algo más. Al igual que Blake. Simplemente no habíamos escuchado.

—Para los que seáis demasiado lentos para entenderlo. Daemon, estoy hablando de ti. —Miró al furioso e inmóvil Luxen—. El suero Andrómeda no creó Troyanos. Lo único que hizo fue crear un híbrido actualizado de última generación. Uno con las habilidades de los Luxen y los Arum, codificado para responder ante Dédalo, y sin ese molesto sentido del yo que tienen los Origin y los híbridos anteriores. No son más que versiones mejoradas y perfeccionadas de un modelo anterior que ya no es necesario. —Hizo una pausa y me miró con frialdad—. Todos menos tú. Esperábamos que cuando April utilizara la onda Cassio, tú te activaras y entonces Luc acabara alimentándose de ti en un intento de debilitarte y controlarte, pero al parecer eres algo defectuosa. El sargento está muy interesado en descubrir por qué sigues teniendo ese sentido del yo.

Ignorando lo que había querido decir como un insulto, pero que en realidad era un cumplido, intenté de nuevo llegar a Luc.

—Verás, Dédalo solo tenía dos opciones cuando se trataba de Luc. Con su poder, teníamos que matarlo o encontrar una forma de controlarlo, de utilizarlo. Nancy Husher siempre había insistido en que matarlo habría sido demasiado desperdicio, que solo necesitábamos una forma de controlarlo. Es una pena que ya no esté viva para ver cuánta razón tenía.

—Mierda —murmuró Grayson, el siguiente en entender de verdad lo que estaba pasando. Confiando en que no iba a hacer ninguna estupidez, le devolví la capacidad de moverse. Grayson no dio muestras de lo que había pasado.

—Los nuevos híbridos son poderosos, y se convertirán en uno de los ejércitos más avanzados que el hombre haya visto jamás, pero él es... —Morton miró entonces a Luc con una expresión que era en parte de asombro—. Pero él es el arma de destrucción masiva. Una simple demostración de su fuerza y acabará con las guerras antes incluso de que empiecen. No habrá resistencia. No habrá oposición. No cuando el mundo vea lo que puede hacer con solo chasquear los dedos. Él es el verdadero Troyano.

—Si ese es el caso, ¿para qué necesitáis a los nuevos híbridos? —preguntó Daemon, y lo solté. Él también demostró que era igual de listo y no dio muestras de que ahora pudiera moverse—. ¿Para qué crear la gripe y mutar a la mitad de la maldita población si Luc es el arma definitiva?

Luc ladeó la cabeza al oír esas palabras. Me dio un vuelco el corazón. Estaba escuchando. Era consciente, pero ¿era él el que estaba ahí? ¿Ese Luc frío y apático que no hacía bromas tontas ni hablaba de tener una granja de llamas? ¿O era algo completamente distinto?

¿Algo que incluso él temía?

—¿Mutar a la población? —Morton volvió a reír, captando mi atención—. ¿Quién os ha dicho eso? Ninguno de los humanos infectados por esta gripe sobrevivirá sin nuestra intervención, y ya hemos elegido a quién salvaremos.

Como si fueran dioses.

—El resto acabará autodestruyéndose, puede que llevándose por delante a algunas personas. Es una consecuencia desafortunada, pero creará más caos...

—Y odio hacia los Luxen, porque habéis convencido a todos los demás de que los estábamos enfermando nosotros —completó Daemon.

—Exacto —confirmó Morton.

Madre mía, ¿toda esa gente que estaba destinada a enfermar? Ni siquiera mutarían, y no estaba segura de qué era peor, pero todos eran inocentes. Miles de millones de inocentes iban a morir.

—Si no hay necesidad de un ejército de híbridos 2.0, entonces ¿para qué los tenéis? —cuestionó Grayson.

—Porque un arma tan delicada como él no debería desperdiciarse en cosas que ni siquiera son humanas.

Daemon se puso blanco, de hecho, palideció cuando las palabras de Morton calaron hondo, y yo pensé que podría vomitar.

Los híbridos se utilizarían para exterminar a los Luxen y a cualquier humano con ADN alienígena.

Y lo peor era que podría funcionar.

La mayoría de los Luxen caerían luchando contra los nuevos híbridos mientras el mundo se desmoronaría a su alrededor, asolado por la enfermedad, una enfermedad que alimentaría aún más la violencia de unos contra otros y contra lo único que podía salvarlos.

Los Luxen.

Pero eso era solo una posibilidad, porque Luc no había hecho ningún movimiento contra ninguno de nosotros, aunque cuando intenté llegar a él de nuevo, no hubo respuesta.

—Luc —dije en voz alta esta vez—. Sigues ahí. Sé que sigues ahí. Tienes que estar ahí. Todavía estás...

—Ya no es el Luc que conocías —dijo Morton en voz baja, caminando hacia Luc. Se detuvo a su lado—. Mantenla con vida. Tu creador querrá saber por qué es defectuosa. Mata a los otros.

Tu creador.

Me tensé cuando Luc levantó la cabeza. La fuente palpitaba con intensidad a su alrededor, y sabía que si atacaba, nadie tendría ninguna posibilidad. Mataría a cualquiera de nosotros con solo un pensamiento a medio formar.

Los zarcillos de la fuente se extendieron desde Luc, llenando la zona con una oleada de estática antes de retroceder enseguida, revelando por fin los rasgos que amaba con tanta intensidad.

Una cara que apenas reconocí.

Era Luc, con los pómulos anchos y angulosos y la mandíbula esculpida, los labios carnosos y la piel dorada, pero aquellos ojos, de amatista fracturada con vetas de luz blancas siempre arremolinadas, no eran los suyos.

Aquellos ojos rastrearon a todos los presentes. A Morton. A Daemon. A Grayson. A mí.

Y cuando me miró, lo hizo como miraba a todo el mundo. Evaluando. No había suavidad ni calidez. Ni amor ni afecto. Solo una dureza y un hielo sin fin, desprovisto de toda emoción.

Este no era Luc, cuya mirada se movía más allá de mí, de vuelta al Luxen.

Este ni siquiera era el Luc de después de haberse alimentado por primera vez.

Este era de lo que me había advertido él mismo.

El corazón se me rompió de forma tan absoluta e intensa en el pecho que casi pude oírlo. Hubo un grito en mi mente, y fue el mío propio mientras me temblaban las rodillas. Un sollozo me ahogó y las lágrimas se agolparon en mis ojos mientras dejaba que la fuente saliera a la superficie.

El Luc que conocía, el Luc que amaba, no estaba allí. Y eso significaba que yo sabía algo que Dédalo no sabía, algo que solo en su suprema arrogancia no habrían tenido en cuenta.

—¿Morton? —grité mientras Luc giraba poco a poco la cabeza en mi dirección. Un escalofrío me recorrió la piel cuando aquellos ojos fracturados se encontraron con los míos—. Te he dicho que no importabas. No me equivocaba. No importas. Peor aún, eres prescindible. Por eso estás aquí y no Dasher. Por si acaso... —Respiré hondo—. Ya sabes, por si Dédalo creaba por accidente algo mucho peor de lo que podían imaginar.

Morton frunció el ceño mientras desviaba la mirada de mí a Luc.

—Haz lo que tu creador te ha ordenado, Luc. Mata a los Luxen. A ella, sométela. La necesitamos viva.

—¿Creador? —Luc habló por fin, y me estremecí ante el hielo que cubría esa única palabra, el poder tan fuerte que pensé que podría aplastarnos a todos.

Por el rabillo del ojo, vi reaccionar a Daemon y a Grayson, que dieron un visible paso atrás.

—¿Creador? —repitió Luc—. Yo no soy una creación. Yo soy un dios.

Morton ni siquiera tuvo un segundo para reaccionar. Luc volvió esos ojos hacia él, y eso fue todo. El hombre se desplomó. La piel se le incineró, llevándose consigo sangre y músculos. Los huesos se le hicieron añicos como el cristal y, en uno o dos latidos, Morton no era más que un montón de ropa medio quemada y cenizas.

—Madre... —susurró Daemon.

—Mía —terminó Grayson.

La mirada de Luc se dirigió hacia nosotros, y la falta de humanidad, la ausencia de él, en esos ojos fríos y dispersos me hizo sentir un rayo de puro miedo recorriéndome la columna.

¿Cómo podía Dédalo crear algo así y esperar controlarlo?

Nada podría.

Me enfocó con esos ojos aterradores y agitados, percibiendo la mayor amenaza. Inclinó la cabeza una vez más. Vi el pulso de la fuente alrededor de Daemon y de Grayson, y supe que intentarían contener a Luc en cuanto se dieran cuenta de que no estaba bien. Morirían.

—Corred —les dije a los demás mientras los mechones de pelo se me levantaban de los hombros. Los ojos de Luc se desviaron hacia Daemon, y supe que ni él ni Grayson podrían moverse lo bastante deprisa.

Desatando lo que quedaba de la fuente, dejé que me inundara y la liberé. La explosión de poder rugió más rápido de lo que Daemon o Grayson podían responder, barriéndolos y llevándolos tan lejos como pude antes de que la fuente se redujera a la nada. Sus aterrizajes serían complicados. Les iba a doler, pero seguirían vivos.

Al menos por el momento.

Luc seguía de pie. No se había movido ni un centímetro. Solo se le había movido un mechón de pelo ondulado, que se le volvió a posar despacio en la frente. Sus labios, los labios que habían besado los míos, los labios que habían pronunciado palabras de amor, se torcieron en un facsímil de sonrisa perfecta y vacía.

Una luz plateada apareció alrededor de sus manos abiertas, y supe que no sobreviviría a esto. No viviría. Estaba vacía, prácticamente era humana. No tenía escapatoria. Lo único que podía esperar era que Daemon y Grayson se recuperaran lo bastante rápido como para avisar a los demás, para apartar a tanta gente como fuera posible del camino de Luc. Que tuvieran la oportunidad de esconderse, porque la mayor amenaza ya no eran Dédalo ni su gripe, ni siquiera sus híbridos.

Era lo que tenía delante de mí.

La fuente creció alrededor de sus manos mientras el gélido ardor del poder aumentaba a mi alrededor. El viento rugía entre los árboles. Las lágrimas me cegaron al pensar qué le pasaría a Luc si volvía de esta y recordaba lo que estaba a punto de hacer, y lo que quedaba de mi corazón acabó destruido.

Continuaba mirándome fijamente, con las cejas fruncidas y aquellos ojos...

Se deslizó hacia delante, y ni siquiera estaba segura de si sus pies tocaban el suelo. Después estaba justo delante de mí. Se me puso la piel de gallina cuando se me quedó mirando.

—¿Luc? —susurré, con los ojos desorbitados al verlo llevar una mano a mi mejilla. La fuente plateada bailaba alrededor de las yemas de sus dedos. No me moví. No podía hacerlo. Me mantuvo inmóvil con su mirada. No podía mover ni un solo músculo. Los dedos revoloteaban cerca de mi mejilla, y no tenía ni idea de lo que haría cuando aquello me tocara, porque ya no sabía cuál sería la voluntad detrás de la fuente.

Y mientras me miraba, supe que lo que estuviera a punto de decir sería muy probablemente lo último que dijera en mi vida.

—Te quiero —susurré, con el cuerpo temblando mientras el viento me atrapaba la ropa—. Siempre te querré. Te quiero, Luc. Te quiero...

Las yemas de sus dedos me rozaron la mejilla, y un calor helado me empapó el cuerpo cuando la fuente se desprendió de él.

Fuera de mí, el mundo gemía y gritaba. Tembló y luego se hizo pedazos. El cemento se rompió y se desmoronó. Edificios tan altos como montañas cayeron en una lluvia de polvo fino. Los tejados se desprendieron y se hicieron añicos. Los árboles se estremecieron sobre sí mismos, y el metal crujió y cedió al hacerse trizas los coches abandonados. De las viejas reservas de gas o propano estallaron llamas que chisporrotearon hacia el cielo como géiseres. El aire se cargó de escombros mientras la onda expansiva se extendía y se extendía y se extendía a nuestro alrededor durante lo que pareció una eternidad.

Dentro de mí, se desató una tormenta distinta. Comenzó en los recovecos de mi mente, donde estaba oscuro y nublado, un estruendo y el traqueteo de una puerta cerrada. La luz plateada que rasgaba el acero y el cemento me atravesó, borrando todas las sombras en una oleada cegadora de dolor que fue una sacudida para el sistema mientras me recorría la columna vertebral, disparándose a lo largo de los nervios. Me consumía tanto, era tan poderosa que no podía gritar, ni siquiera respirar, mientras las imágenes parpadeaban donde las nubes oscuras me tenían. Rostros, sucesos, palabras y emociones que tenían significado, y seguían apareciendo, años y años de pensamientos, deseos, miedos y recuerdos.

Y entonces la tormenta se calmó. Las imágenes se detuvieron. El dolor se detuvo. El mundo se detuvo.

No estaba de pie.

Los brazos me colgaban de los costados y las piernas me flaqueaban. Luc me sujetaba con un brazo alrededor de la cintura y la palma de la mano apoyada en mi mejilla. No podía hablar mientras miraba fijamente a unos ojos llenos de relámpagos. Algo me pasaba. No podía moverme, ni cerrar los ojos, ni hablar, ni detenerlo mientras me bajaba hacia el suelo humeante y en ruinas.

Por encima de su hombro, vi que la torre había desaparecido, al igual que The Galleria. Mis ojos se desviaron solo una fracción a mi derecha, y, madre mía, no había nada allí. Ni edificios. Ni árboles...

La mano que tenía en la mejilla se deslizó hasta mi nuca cuando sentí que mis piernas y luego mis caderas tocaban el suelo. Mi cabeza fue guiada hacia abajo y él seguía sobre mí, con sus labios a escasos centímetros de los míos.

—Nunca —dijo, y el suelo tembló bajo mis pies. Alrededor de su boca se formaron paréntesis de tensión y se le puso rígida la mandíbula. Sus ojos se cerraron y volvieron a abrirse. Los rayos de luz blanca se ralentizaron—. Nunca vengas a por mí. —Deslizó poco a poco la mano por debajo de mi cabeza mientras sus labios rozaban la comisura de los míos—. Nunca me busques. Si lo haces, te lo arrebataré todo.

Luc se apartó despacio y, durante un brevísimo segundo, nuestras miradas se encontraron. Me pareció oírlo susurrar mi nombre, pero entonces desapareció y no quedó más que piedra caliente y ceniza, brillando como un millón de luciérnagas. Nada más que pequeñas motas de lo que quedaba de la ciudad volvían al suelo, donde caían sobre mí y sobre todo lo que me rodeaba como esquirlas de nieve besadas por el sol.

No podía hablar, pero aunque pudiera, Luc ya se había ido, así que no podía decirle que estaba equivocado. Me lo había dado todo, porque lo recordaba.

Lo recordaba todo.

Sigue leyendo para ver una escena adicional y exclusiva de

DAEMON

Nunca en toda mi maldita vida había estado tan asustado.

Creía que había sido en el momento en el que me di cuenta de que Kat se había ido sola, como cebo para ese Arum para protegernos a mi hermana y a mí.

Me había equivocado.

Cuando me di cuenta de que Blake había estado trabajando para Dédalo, me había asustado mucho por ella, y cuando Will, el hombre que había utilizado a su madre para llegar hasta ella, hasta nosotros, la había metido en aquella jaula, había sentido pavor por las pesadillas que sabía que aquellas horas dejarían tras de sí.

Me había equivocado.

Incluso cuando Dédalo se hizo con ella, las cosas se fueron al garete y todo lo que pasó después de eso, había pensado que nunca podría tener más miedo de que me la arrebataran.

Me había equivocado muchísimo, joder.

Ahora lo sabía.

Porque las horas de dolor y las demasiadas decisiones difíciles mientras Kat luchaba por traer a nuestro hijo a este mundo habían sido en realidad los momentos más aterradores de mi vida. Y cada vez que sentía que su corazón se ralentizaba hasta latir despacio, pensaba que eso sería todo. Ella era una híbrida increíblemente fuerte, y yo era uno de los Luxen más poderosos del mundo, pero cuando sus ojos grises habían comenzado a desenfocarse, me aterrorizó pensar que no sería suficiente.

Y por mucho que me matara admitirlo, no lo habría sido.

El pequeño cuerpo contra mi pecho se retorció, atrayendo mi mirada. Mi hijo. Nuestro hijo. Envuelto en una manta blanca, era muy pequeño. No sabía que los bebés fueran tan pequeños. Seguro que me cabía en las dos palmas. No es que lo intentara. Dios sabe que tenía demasiado miedo de dejarlo caer.

O de respirar demasiado fuerte.

O de pensar demasiado alto.

Estaba dormido, e incluso ahora, sus piernecitas y bracitos se agitaban bajo la manta, como si estuviera listo para salir ahí fuera y enfrentarse al mundo.

Igual que su mamá.

Levanté la mirada de la carita arrugada. La suave luz de las velas parpadeaba por toda la habitación, bailando sobre la mejilla de Kat. Ya había empezado a volverle el color a la piel. Había habido momentos en los que había estado demasiado pálida, cuando había habido demasiada sangre. Ya se estaba curando.

Gracias a Luc.

Miré a mi hijo y fue como si alguien me hubiera hecho un agujero en el pecho.

Si Luc no hubiera estado aquí, Kat no se habría recuperado. Habría muerto. Yo me habría ido con ella, y si nuestro hijo hubiera sobrevivido, lo habría hecho sin las personas que lo querían más que todas las estrellas del cielo.

En silencio, me volví hacia la pared que daba a la casa en la que estaban Luc y Nadia. «Evie», me corregí por enésima vez. Ahora se llamaba Evie. Un día de estos dejaría de llamarla Nadia.

Puede que dentro de mucho tiempo.

Pero tenía que intentarlo.

Le debía a Luc... Se lo debía todo. Por él seguíamos aquí, sanos y enteros.

La preocupación se apoderó de mis pensamientos. No tenía ni idea de lo que le había pasado a ella, y lo único que sabía era que no se había despertado, hiciera lo que hiciera Luc. Si le había ocurrido algo...

Bueno, Dédalo sería el menor de los problemas del mundo.

Ahora mismo no podía pensar en eso.

Sería un puente que esperaba no tener que cruzar nunca. Esperaba que todo saliera bien. Luc me sacaba de quicio, pero se merecía la felicidad tanto como Kat y yo. Se merecía tener a su chica a su lado.

Kat se removió bajo la manta. Un pie pálido sobresalió. Sonreí cuando curvó los dedos. En cualquier otro momento le habría agarrado el pie. Se despertaría sacudiéndose, creyendo que un demonio o alguna mierda la habría atrapado. Gracias a todos los libros que leía, tenía una imaginación muy viva. Lo habría compensado, empezando por ese pie y siguiendo la longitud de una pierna curvilínea.

Ahora que lo pienso, por algo parecido era por lo que ahora tenía a nuestro hijo en brazos.

Mi sonrisa creció.

Maldita sea si no me perdí un poco mirándola. Siempre lo hacía. El asombro me invadió una vez más. Estaba sorprendido por cómo lo había manejado todo. Incluso cuando supe que le dolía, cuando pude sentir que le fallaba el corazón, se había aferrado a mi mano con mucha fuerza.

Una y otra vez me demostró que no era digno de ella y que tenía mucha suerte de tenerla. De tener esto.

Los labios en forma de arco se fruncieron y las cejitas se le arrugaron. ¿Estaba soñando? ¿Soñarían los bebés? No tenía ni idea, pero si soñaba, quería que fueran buenos sueños. Mientras lo mecía con suavidad hasta que se le alisó la frente, tuve la sensación de que Kat y yo íbamos a tener mucho trabajo con Adam.

Nunca hubo un nombre más apropiado para nuestro hijo. Sería tan feroz como su tocayo y tan valiente y fuerte como su madre. Y me tendría a mí detrás de él. Siempre.

Todos sabían que quemaría el mundo entero por Kat; que lo vería todo arder en llamas si tenía que hacerlo. Siempre supe que lo haría. No lo dudaba, pero cuando miré fijamente su carita arrugada, me di cuenta de la destrucción que causaría para mantenerlos a ambos a salvo y felices.

—Nada, y quiero decir *nada,* te pondrá un dedo encima jamás —dije, y le besé la suavidad de la parte superior de la cabeza—. Es una promesa.

Y esa era una que nunca rompería.

Acunándolo contra mi pecho, lo llevé hasta donde dormía Kat. Con cuidado de no despertar a ninguno de los dos, me acomodé a su lado. Me incliné, rozando con los labios la frente de Kat, y luego me apoyé en el cabecero.

Iba a ser una noche larga.

Pero me parecía bien.

No había otra cosa que prefiriera hacer que velar por los dos seres más importantes de mi vida.

ᴀGRADECIMIENTOS

Gracias a mi agente, Kevan Lyon, y a la agente de derechos, Taryn Fagerness. Gracias también a Stephanie Brown, Melissa Frain y al increíble equipo de Tor: Ali, Kristin, Saraciea, Anthony, Eileen, Lucille, Isa, Devi y todas las personas que han contribuido a la publicación de este libro.

La historia de Luc y Evie nunca habría existido si no fuera por ti, que me lees. No tengo palabras para agradecértelo. Un saludo especial a mis JLAnders. Siempre me sorprendéis.

La noche más brillante fue el primer libro que escribí sin mi amigo Loki. Quiero darle las gracias por diecinueve años de amistad y mimos. Acurruca a Diesel por mí.

¿TE GUSTÓ ESTE LIBRO?

escríbenos y
cuéntanos tu opinión en

 /Sellotitania    /@Titania_ed

/titania.ed

#SíSoyRomántica